가사문학의 어제와 내일

최한선 전남도립대학교 교수
박영주 강릉원주대학교 교수
류연석 순천대학교 명예교수
김학성 성균관대학교 명예교수
고순희 부경대학교 교수
김용찬 순천대학교 교수
김은희 덕성여자대학교 교수
박연호 충북대학교 교수
윤덕진 연세대학교 명예교수
이상원 조선대학교 교수
이지엽 경기대학교 교수
최상은 상명대학교 교수
한창훈 전북대학교 교수

한국가사문학연구총서 1

가사문학의 어제와 내일

초판1쇄 발행 2020년 12월 30일

지은이 | 최한선·박영주·류연석·김학성 외
펴낸곳 | (주)태학사
등록 | 제406-2020-000008호
주소 | 경기도 파주시 광인사길 217
전화 | 031-955-7580
전송 | 031-955-0910
전자우편 | thspub@daum.net
홈페이지 | www.thaehaksa.com

책임편집 | 조윤형
편집 | 여미숙
디자인 | 한지아 이보아
마케팅 | 김일신
경영지원 | 정충만
인쇄·제책 | 영신사

값 30,000원
ISBN 979-11-90727-60-0 94810
ISBN 979-11-90727-61-7 (세트)

한국가사문학관 개관 20주년 기념
한국가사문학연구총서 1

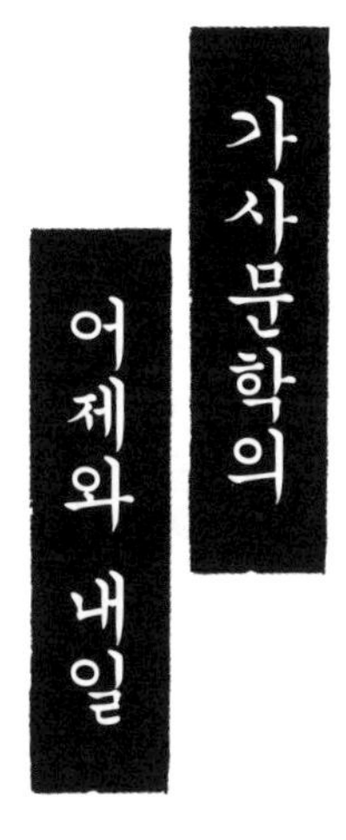

최한선 · 박영주
류연석 · 김학성 외

태학사

'한국가사문학연구총서' 발간에 부쳐

근대적 학문 방법론에 입각한 국문학 연구가 시작된 이래, 특히 고전시가는 괄목할 만한 성과를 축적해 왔다. 그러나 연구의 근간을 이루는 작품의 미학적 특성 및 작품 산출 당대의 가치체계에 대해서는 충분한 해명이 이루어졌다고 하기 어렵다. 작품 내외적 사실들의 여러 층위와 관련하여 보다 수월하면서도 설득력 있는 설명 체계를 지속적으로 갖출 필요가 있다.

우리 고전시가 가운데서도 '4음보격 연속체 율문'이라는 개방적이고 확장적인 진술 양식을 취하는 가사는 민족 고유의 시가 장르로서, 14세기 이후 다양한 작품들을 통해 면면히 창작·향유되어 왔으며, 오늘에 이르러서는 가사시로 계승되어 우리 민족의 정서를 대변하는 장르로 발전해 왔다. 가사문학 연구 역시 빛나는 성과를 축적해 왔지만, 그동안 진행해 온 논의들 가운데 보다 집중적으로 조명하고 해결해야 할 과제에 역량을 모으면서, 향후 바람직한 논의를 위한 전망적 시각을 확충해야 할 시점에 와 있다.

가사문학 연구의 폭과 깊이를 확충하기 위해서는 특히 신뢰할 만한 양질의 원전 확보, 주체적 연구 방법론 성찰, 작품의 미학적 특성 및 작품 산출 당대적 가치체계 해명, 담론의 현재성 확보 등과 같은 연구의 근간을 이루는 사안들에 대해 진지한 모색과 대안 마련에 부심할 필요가 있다. 그리고 이를 위해서는 오늘에 이르는 동안의 연구 성과를 집약해 정리하면서, 향후 전망적 시각을 갖추는 데 긴요한 사안들에 대한 논의를 활성화시킬 필요가 있다.

이 책은 이러한 연구사적 성찰을 토대로 기획했다. 가사문학 총론에 해당하는 제1부에서는 가사 장르 발생론, 양식적 특징, 장르론적 특성, 유형론적 검토, 장르 담당층과 통시적 변화상, 역사적 전개 양상, 향유 방식과 향유문화권 등 가사의 정체성과 역사적 장르로서의 특징을 해명하는 논의들로 구성했다. 작품 유형별 논의에 해당하는 제2부에서는 가사의 본질과 특성을 규명함에 있어서 핵심이 되어야 할 사안인 작품의 구조와 미학을 집중 조명한 논의들로 구성했다. 유형별 양상에 따른 작품론적 특징과 함께 논점을 부각시키고 통시적 국면을 문제 삼으며 담론의 현재성 확보에도 유념한 논의들이다.

작품 유형별 논의를 아우르고 있기는 하지만, 전체적으로 보았을 때 이 책은 가사의 정체성, 역사적 장르로서의 특징, 본질과 특성에 결부된 작품 유형별 구조와 미학을 규명하는 논의들로 구성되어 있다는 점에서 총론적 성격을 띤다. 기획의 구심처인 가사문학학술진흥위원회에서는 이 책에 이어 각 유형별 연구총서를 시리즈로 간행할 예정이다.

연구총서의 간행은 역사적 현재에 놓인 연구자의 자기성찰이다. 그동안 이루어진 개별적 성과와 집합적 양상을 유형화하여 파악하면서, 연구 의의와 가치를 재정립하고 문제를 발견하여 해결의 단서를 마련하는 데 주된 목적이 있다. 그렇기에 연구총서 간행은 오늘날의 연구가 보다 합목적적이며 실천적인 성격을 지니기 위해 필요한 지난날 연구 결과에 대한 성찰이자 전망적 시각을 확충하는 작업이기도 하다.

오늘날 가사문학 연구는 지속 속에서의 변화가 절실한 상황이다. 그런 만큼 연구사적 측면에서 주체적이면서도 널리 공감을 이끌어 낼 수 있는 논의의 필요성을 환기한다. 그리하여 논의 주제별 연구 쟁점들이 보다 적극적으로 부각되고 진지한 문제의식과 함께 설득력 있는 해결 방안들이 제시되는 데서, 가사문학의 본질과 특성에 기반한 정체성 규명 작업은 보다 설득력 있는 논리를 갖춘 채 활기를 띠게 될 것이다.

그동안 한국가사문학관에서는 가사문학학술진흥위원회를 구성하여 담양군의 보조와 지원 아래 '가사문학 전국학술대회', '가사문학 전국낭송대회', '한국가사문학대상 공모전', '가사문학 청소년 유튜브 제작대회', '전국 청소년 랩대회' 등을 비롯하여, 가사문학 자료 구입, 가사문학 자료 해제, 가사문학 데이터베이스 구축, 계간지 『오늘의 가사문학』 발간, 『한국명품가사 100선 ①·②』, 『가사시 100인선』, 『가사로 쓰는 동화 100인선』, 『가사로 쓰는 수필 100인선』을 간행하는 등 다방면에 걸쳐 가사문학 연구와 발전은 물론 가사문학의 대중화를 통한 현대적 계승 작업에 두드러진 성과를 거두어 왔다.

이와 같은 일련의 노력과 성과들은 가사라는 우리 민족의 정서를 대변해 온 장르의 당대적 의미와 현재적 의의를 부각시키면서, 그 가치와 효용성에 대한 인식을 확산하는 데 기여해 온 바 크며 앞으로도 그러할 것이다. 아무리 대단한 성과를 지닌 문학작품이라 할지라도 그것이 지난날의 시공 속에 갇혀 있거나 다수의 사람들에게 수용·향유되지 못할 때, 그 작품은 불원간 화석화의 길을 걷게 마련이다. 고전의 진정한 가치와 생명력은 역사의 매 시기마다 새롭게 읽히는 데서 제빛을 발할 수 있기 때문이다.

이 책은 류연석·김학성 두 원로 교수님과 박영주·최한선 교수가 참여하여 기획했다. 영역별 원고 작성에 정성을 기울이신 집필진 여러분들께 감사드린다. 그리고 남다른 애정으로 가사문학 연구와 발전에 물심양면 지원을 아끼지 않으시는 최형식 담양 군수님과 한국가사문학관 관계자 여러분께 깊이 감사드린다. 어려운 여건 속에서도 출간에 도움을 주신 태학사에도 심심한 감사의 말씀을 드린다.

2020년 12월
집필진의 뜻을 모아
박영주 · 최한선 씀

차례

2부

가사문학 작품의 구조와 미학

1부

가사문학의 정체성과 특징

가사의 역사적 전개 양상

류연석

1. 서언

도남 조윤제(『조선시가사강』, 1937)는 우리 시가사詩歌史의 학문적 체계를 최초로 세웠다. 이를 통하여 우리에게 많은 문제를 제시하였고, 나아갈 방향을 암시해 주었다. 특히 '가사송영시대'를 열어, 가사는 '4보격 연속체'라는 점에서 경기체가·악장·시조 등과 확연히 다를 뿐만 아니라, 다른 문학 장르를 압도할 만큼 작품량도 많아서 시가문학상 지위가 뚜렷하다고 하였다.

알다시피 가사는 700여 년의 역사를 가진 우리의 전통시가다. 가사의 효시 작품을 나옹화상(1320~1376)의 「서왕가」로 본다 하더라도 장구한 세월을 한민족과 함께한 시가 장르다. '4보격 3행시'인 시조는 정제된 언어와 상상의 함축성을 바탕으로 한 서정적 정서를 단형으로 읊어 가는 것이고, '4보격 연속체'인 가사는 줄거리가 있는 서사구조를 전제로 하여 장형으로 서술한 것이다. 다시 말하면, 긴장과 절제로 짧은 내용을 노래할 때는 시조에 담고, 이완과 부연으로 긴 내용을 읊조리고 싶을 때는 가사에 담는다. 해서 가사는 긴 이야기를 품어야 하기 때문에 기·서·결의 논리적 구성이나, 춘·하·추·동의 자연적 전개 등으로 내용을 구성하게 된다.

이러한 가사를 역사적으로 파악하기에는 가사문학의 시대구분, 가사의 기원, 발생 시기, 내용적 분류 등의 연구가 시도되어야 한다.

가사의 시대구분은 가사를 체계적이고, 통시적으로 파악하자는 데 그 목적이 있다. 해서 가사의 시대구분을 다음과 같이 5기로 나누었다.

제1기 발생기: 고려 말~성종조

제2기 발전기: 연산조~임진왜란

제3기 흥성기: 임진왜란~경종조

제4기 전환기: 영조조~갑오경장

제5기 변전기: 갑오경장~현재

가사 장르의 발생에 대한 논의는 조윤제의 '고려가요기원설'과 이병기의 '한시현토기원설'이 있으며, 이 밖에도 '시조기원설', '악장기원설', '교술민요기원설', '신라가요(불교시)기원설', '종합기원설' 등 다양하게 주장되었다.

반면에 기존의 '양식적 변용'이 아닌 '담당층의 세계관을 표현하는 수단'으로 가사가 발생하였다고 보는 시각이 있다. 김학성 교수(『가사의 쟁점과 미학』, 2020, 50~74면)는 가사의 효시작을 고려 말 나옹화상 혜근의 「서왕가」로 본다면, 혜근은 시조나 경기체가 같은 기성 장르나 외래의 사부 양식에 심취하거나 창작한 경험이 없으니 기존 양식의 영향으로 발생했다는 시각에 한계가 있다고 하며, 혜근의 하화중생下化衆生에 대한 남다른 열정으로 선가나 선시를 이해하지 못하는 중생들의 교화와 구제를 위해 가사라는 신종 장르를 창안하였다고 논증하였다.

따라서 가사는 당대의 국민적 시가로 승려, 사대부, 서민, 부녀자 등에 이르기까지 광범위한 작자층과 향유층을 가질 수 있었다. 가사의 발생은 한 장르로 말미암아 갑작스레 나타난 시형이 아니고, 오랜 세월을 거치는 동안 고유한 민요적 율조의 바탕 위에 우리의 사상과 감정을 표현하는 데 가장 알맞은 독창적 시형이라 할 수 있다.

가사의 발생 시기에 대한 견해로는 신라말·고려초엽발생설, 고려중엽발생설, 고려말엽발생설, 조선중엽발생설 등이 있다.

「서왕가」와 「상춘곡」은 창작 후 오랫동안 구전되다가 문자로 정착되었다. 「서왕가」는 「상춘곡」보다 100여 년이나 먼저 창작되었으며, 전자(普勸念佛文, 1704)는 후자(不憂軒集, 1786)보다 약 80년 먼저 문자로 정착된 셈이다. 「서왕가」가 승려나 불교신도들에 의해 전승된 데 비하여, 「상춘곡」이 문중의 친척에 의해 전해진 점을 고려하면 작품의 전승계층에 대한 신빙성은 「서왕가」에 대한 비중이 더 크다.

게다가 최근에 이두로 된 「승원가僧元歌」가 발굴되었으니, 이는 고려 말 「역대전리가歷代轉理歌」와 더불어 당시의 표기법에 따라 가사가 제작되었다는 것을 입증해 주는 좋은 자료가 된다. 이런 점에서 「서왕가」가 가사의 효시 작이라는 개연성은 충분하다. 따라서 가사의 발생 시기도 고려말엽발생설로 보는 것이 타당하다.

가사의 내용적 분류를 시도한 바, 유명씨작품有名氏作品 370여 편을 14종으로 분류하였다.

표 1. 시기와 내용별 가사작품

번호	내용 \ 시대별	발생기	발전기	흥성기	전환기	변전기	계
1	장부호기丈夫豪氣		1	4	3	6	14편
2	우언풍자寓言諷刺			2	4	2	8편
3	풍속권면風俗勸勉		1	2	6	5	14편

4	강호한정江湖閑情	2	7	17	10	2	38편
5	유람기행遊覽紀行		2	5	19	7	33편
6	연주충군戀主忠君		3	3	9	3	18편
7	풍물서경風物敍景		1	7	4	3	15편
8	송축푸모頌祝追慕			5	14	10	29편
9	우국개몽憂國啓蒙			4		17	21편
10	포교신앙布敎信仰	4		5	26	50	85편
11	회고서사懷古敍事	1	1	1	8	16	27편
12	도덕교훈道德敎訓		6	2	19	4	31편
13	연모상사戀慕相思		2		6		8편
14	그 밖의 가사			2	9	23	34편
계		7	24	59	137	148	375편

2. 발생기(고려 말~성종조)의 가사문학

고려 말부터 조선 성종조成宗朝까지를 가사문학의 발생기로 보았다.

고려 후기의 지배세력은 권문세족權門世族이라 할 수 있으며, 신흥사대부가 이에 대항하는 세력으로 성장한 것이 이 시기의 특징이다. 불승佛僧과 신흥사대부가 그들의 시가문학을 새롭게 일으키고자 한 데서 고려 후기 문학에는 전기 문학과 구별되는 두드러진 특징이 구현되었다. 이리하여 고려의 시가문학은 한동안 향가의 잔류를 이어받아 오다가, 차츰 새로운 시가가 창조됨으로 다채로운 문학적 특성을 지니게 되었다.

가사의 초기작으로 나옹화상의 「서왕가西往歌」, 「낙도가樂道歌」, 「승원가僧元歌」 등은 불교의 포교를 위한 권불가사다. 이러한 불교가사의 영향과 조선시대의 훈민정음의 창제로 성종대 정극인의 「상춘곡賞春曲」이 제작됨으로써 가사 장르는 완성된 형태로 굳어졌다.

지금까지 알려진 발생기 가사는 강호한정가사로 「상춘곡」·「매창월가」

등 2편, 포교신앙가사로 「나옹화상」·「낙도가」·「승원가」·「원앙서왕가」 등 4편, 회고서사가사로 「역대전리가」 등 모두 7편이다.

「서왕가西往歌」의 작자 나옹화상懶翁和尙(1320~1376)은 고려 말 명승으로 성은 아씨牙氏, 이름은 혜근이다. 20세에 공덕산(문경군) 묘적암 요연선사를 사사하여 승려가 된 후, 회암사에 4년간 머물며 좌선개오하였다. 28세에 중국에 가서 지공화상(인도승)을 만나 2년간 수학하는 등 연계명산을 편력하다가 39세에 귀국하여 신광사와 회암사의 주지가 되었다. 52세 왕사로 보제존자에 책봉되고, 57세 여주의 신륵사에서 시적示寂하였다. 「서왕가」의 서사는 인생무상을 노래하고 있다.

나도 이럴만졍 世上에 人子ㅣ러니
無常을 ᄉᆡᆼ각ᄒᆞ니 다 거즛 거시로쇠
父母의 기친 얼골 주근 후에 쇽졀업다
져근닷 ᄉᆡᆼ각ᄒᆞ야 世事을 후리치고
부모ᄭᅴ 下直ᄒᆞ고 單瓢子 一衲애
青藜杖을 비기 들고 名山을 ᄎᆞ자 드러
善知識을 親見ᄒᆞ야 ᄆᆞᄋᆞᆷ을 ᄇᆞᆯ키려고
千經 萬論을 낫낫치 追尋ᄒᆞ야
六賊을 자부리라 虛空馬ᄅᆞᆯ 빗기 ᄐᆞ고
마야검(摩邪劍)을 손애 들고 오온산(五蘊山) 드러가니
諸山은 쳡쳡(疊疊)ᄒᆞ고 四相山이 더옥 놉다

이어서 속세를 버리고 입산하여 선지식을 친견하고 중생제도의 보살행을 실천하려는 사홍서원四弘誓願의 큰 뜻을 펼치며, 누구나 염불해야 한다는 대 선언을 하고 나무아미타불이라는 문자명호를 염송하고 있다. 이는 단골집 문전에서 염불하는 가사로, 사람은 누구나 불성을 가지고 있으니 세상 욕심 버리고 염불로 죄악을 씻고 삼계윤회를 믿으면서 부지런히 염불하여 서방극락에 왕생하라는 권불가사다. 이는 가사의 효시작으로 문학사적 의의가 크다.

「상춘곡賞春曲」은 불우헌不憂軒 정극인丁克仁(1401~1481)이 지은 것으로, 그는 본관이 영광이요, 호는 불우헌, 다헌, 다각 등이다. 불우헌은 17세에 향시에 장원했으며, 세종 11년(1429)에 생원이 되었고, 성균관주부, 종학박사, 교수훈도, 사간원헌납, 정언 등의 벼슬을 역임하였고, 성종 1년(1470) 벼슬에서 물러난 후 처가가 있는 전북 태인으로 돌아와 불우헌이라는 초사草舍를 짓고 자신의 호로 삼았다. 그때의 심정은 도연명이 「귀거래사歸去來辭」를 읊으며 향리로 돌아가는 것과 흡사하다고 보아 「상춘곡」의 창작연대를 성종 원년으로 보았다. 불우헌은 성종 12년(1481) 8월 16일 병으로 태인의 고현리에서 81세로 졸하였다.

起辭(자연 속의 생활)

紅塵에 뭇친 분네　　이 내 生涯 엇더ᄒᆞᆫ고
녯 사ᄅᆞᆷ 風流ᄅᆞᆯ　　미ᄎᆞᆯ가 못 미ᄎᆞᆯ가
天地間 男子몸이　　날만ᄒᆞᆫ 이 하건마ᄂᆞᆫ
山林에 뭇쳐 이셔　　至樂을 ᄆᆞᄅᆞᆯ 것가
數間 茅屋을　　碧溪水 앏픠 두고
松竹 鬱鬱裏예　　風月主人 되어셔라

이처럼 「상춘곡」은 상춘賞春을 음영하고 취락한 내용이다. 표현은 매우 사실적이고, 대우법 · 의인법 등을 구사하여 곡진하게 묘사된 서정가사다. 이런 현상은 다른 강호한정가사에도 영향을 끼친 바, 「상춘곡」→「면앙정가」→「성산별곡」→「매호별곡」으로 이어졌다고 할 수 있다.

또 성종 때 불우헌 정극인의 「상춘곡」이 정제된 가사문학의 완성된 형체를 보여 줌으로써 우리의 시가문학사상 금자탑을 이루었다.

「서왕가」와 「상춘곡」은 발생기 가사의 효시작으로, 또는 완성작으로 학계에 널리 거론되었다. 시간적으로 1세기를 앞서서 발생된 「서왕가」는 고려 말 불교가사의 모습을 지녔고, 「상춘곡」은 조선 초 사대부가사의 모습을 지녔다는 점에서 가사문학의 발생과 발전을 예고하는 역사적 작품으로 볼 수 있다는 점에서 문학사적 의의를 찾을 수 있다.

3. 발전기(연산조~임진왜란)의 가사문학

연산조(1495)부터 임진왜란 전(1592)까지 약 100년간을 가사문학의 발전기라 하였다. 이 시기는 조위의 「만분가」를 필두로 가사가 본격적으로 창작·향유되었으며, 가사문학의 최고봉인 정철에 이르러서는 그 절정에 달했다.

가사가 크게 흥성하게 된 동기를 정치·사회적인 측면에서도 찾을 수가 있다. 기존 훈구파와 신흥 사림파가 대립함으로써 연산군 4년(1498)에 무오사화가 일어난 후, 반세기 동안 계속된 4대 사화는 후기 당쟁으로 발전하였다.

한번 풍파에 놀란 사람은 환로宦路에서 벗어나 산야에 묻혀 독서삼매로 유유자적하려 하였다. 퇴계도 일찍이 과거에 급제하여 잠시 환로에 나갔으나 향리(도산陶山)에 파묻히고 말았다. 곧 강호와 산림은 유자들에게 하나의 이상향이었으니, 문학에 있어서는 자연미가 깊이 이해된 것이 이 시대의 특징이라 하겠다. 이 시기의 유명씨 가사로서 현전한 작품은 14명의 작가에 24편이 있다.

「만분가萬憤歌」는 매계 조위(1454~1503)가 유배지에서 지은 것으로 유배가사의 효시다. 매계는 점필재 김종직의 처남이자 문인이었다. 성종 때(1474) 식년문과에 급제하여 시제詩製에서 누차 장원하여 문명을 떨치어 유호인과 함께 성종의 총애를 받았다. 연산군 4년(1498)에 무오사화로 의주에 유배되었다가 순천으로 이배되어 연산군 9년(1503) 49세의 나이에 적소에서 병사하여 고향인 금산으로 반장하였으나, 이듬해에 연산군은 그의 전죄를 추록追錄하여 부관참시를 시켰다.

「만분가」는 유배지에서 누구에게도 호소할 길 없는 비분을 옥황(성종)에게 하소연하는 심정을 펼친 것으로 마치 초나라 굴원이 「천문天問」을 지어 그의 원통하고 안타까움을 풀렸던 것과 흡사한 작품이다.

天上 白玉京　　十二樓 어듸매오
五色雲 깁픈 곳의　　紫淸殿이 ᄀ려시니
天門 九萬里를　　ᄭᅮᆷ이라도 갈동말동
ᄎᆞ라리 ᄉᆡ여지여　　億萬번 變化ᄒᆞ여
南山 늣즌 봄의　　杜鵑의 넉시 되어
梨花 가디 우희　　밤낫즐 못 울거든
三淸 洞裡의　　졈은 한널 구름 되어
ᄇᆞ람의 흘리 ᄂᆞ라　　紫微宮의 ᄂᆞ라 올라
玉皇 香案 前의　　咫尺의 나아 안자
胸中의 ᄡᅡ인 말ᄉᆞᆷ　　ᄡᅳᆯ커시 ᄉᆞ로리라

필자는 「만분가萬憤歌」의 성격을 '연군가戀君歌'가 아닌 '원분가怨憤歌'로 보았다. 무오사화가 일자 조위가 간행한 『점필재문집』에 「조의제문」을 책머리에 둔 것이 화근이 되어 참수하라는 왕명이 내려졌으나 이극균이 선왕의 총신이라 간청하여 죽음을 면하고 유배길에 오르게 된다. 의주를 거쳐 순천에서 5년여의 세월을 보내면서 철천의 원한을 삭이며 끝없는 인생의 벼랑에서 중병으로 최후를 맞았다. 조위는 연약한 사림파의 한 사람으로 막강한 훈구파의 권력 앞에 느낀 막막한 좌절감이 분노와 체념으로 나타나게 되었고, 이런 원분이 「만분가」라는 유배가사를 낳게 되었다. 따라서 지금까지 「만분가」를 일반 유배가사와 동일시해서 충신연군가라고 하는 입장에서 이 작품이 가진 자체의 특이성이 고려된 원분가怨憤歌라는 시각으로 바꿔야 한다고 하였다

면앙정 송순(1493~1583)의 「면앙정가」는 창작시기를 송순의 나이 40대, 60대, 치사 후 만년 설 등으로 보았는데, 김성기 교수는 그 중 60대가 가장 타당하다고 하였다. 이는 60대에 쓴 한시의 시상과 「면앙정가」에 "藍輿를 ᄇᆡ야 타고", "다만 ᄒᆞᆫ 靑藜杖이 다므디어 가노ᄆᆡ라", "神仙이 엇더턴지 이몸이야 긔로고야" 등의 구절에서 작자의 안착된 생활을 볼 수가 있고, 술과 벗으로 더불어 자족자락하는 모습을 보아 60대(1553) 노년의 특징을 잘 나타나 있다고 하였다.

人間을 ᄯᅥ나 와도	내 몸이 겨를업다
ᄇᆞ람도 혀려ᄒᆞ고	ᄃᆞᆯ도 마즈려코
ᄇᆞᆷ으란 언제 줍고	고기란 언제 낙고
柴扉란 뉘 다드며	딘 곳츠란 뉘 쓸려료
아ᄎᆞᆷ이 낫브거니	나조ᄒᆡ라 슬흘소냐

오늘리 不足거니　　　來日리라 有餘ᄒᆞ랴
이뫼ᄒᆡ 안ᄌᆞ보고　　　져뫼ᄒᆡ 거러보니
煩努ᄒᆞᆫ ᄆᆞ음의　　　ᄇᆞ릴 일리 아조업다
쉴ᄉᆡ이 업거든　　　길히나 젼ᄒᆞ리야
다만 ᄒᆞᆫ 靑藜杖이　　　다 뫼되여 가노ᄆᆡ라

여기에 나타난 자연은 한가롭게 멈추어 있지 않고 바쁘게 움직이며 생동한다. 이런 자연의 움직임을 받아들이고, 생동감에 동참하여 풍류를 즐기노라니 괴로움도 쓸쓸함도 없다. 이러한 자신의 취흥을 임금의 은총으로 여김으로써 조정의 신하된 자세를 견지하였다.

「낙지가樂志歌」는 이서(1484~?)가 중종 15년(1520)에 담양에 은거하면서 쓴 강호한정가사다. 이서는 태종의 현손으로 중형이 이과를 추대하여 모반했다는 무고로 백형(면綿)은 영남(초계군草溪郡)으로 유배가고, 자기는 중종 2년(1507)에 전라도 창평으로 귀양되었다. 그 후 1520년에 사환賜還되었으나 귀경하지 않고 담양 대덕면 등갈리에서 염정자수恬靜自守로 독서하면서 제자를 가르치다가 작고하였다.

崑崙一脈 쑥 떨어져　　　小中華로 드러올 제
唐堯曾祝 華山으로　　　夫子昔登 泰山되야
七百洞庭 나려오며　　　十二巫山 얼풋짓고
秦始皇帝 萬里城을　　　天開地裂 헥터리며
乘彼白雲 구름속의　　　海東朝鮮 도라보니
天府金城 터이로다　　　萬世基業 지여보ᄉᆡ
漢陽江水 멀리둘너　　　終南山이 되어셔라

조선은 성자신손聖子神孫이 무궁토록 계승한다고 하였다. 결사에서 자기의 의지가 보이는데, 황금을 부러워하지 않고 정명도의 탄금방화彈琴訪花를 따르겠다고 하여 자기의 심정을 몰라 줘도 개의치 않고 중장통의 「낙지론樂志論」을 높이 산다고 하였다.

「관동별곡關東別曲」은 관동팔경을 보고 노래한 것인데, 이는 백광홍의 「관서별곡」의 영향에서 비롯된 것이다. 후대의 유람기행가사인 조우인의 「관동속별곡」과 박순우의 「금강별곡」 등에 많은 영향을 주었다.

毗盧峰 上上頭의	올라보니 긔 뉘신고
東山 泰山이	어ᄂᆞ야 놉돗던고
魯國 조븐 줄도	우리ᄂᆞᆫ 모ᄅᆞ거든
넙거나 넙은 天下	엇찌ᄒᆞ야 젹닷말고
어와 뎌 디위를	어이ᄒᆞ면 알 거이고
오ᄅᆞ디 못ᄒᆞ거니	ᄂᆞ려가미 고이ᄒᆞᆯ가
圓通골 ᄀᆞᄂᆞᆫ길로	獅子峰을 ᄎᆞ자가니
그 알픠 너러바희	火龍쇠 되어셰라

예전에 볼 수 없었던 국토 예찬이요, 능란한 수법의 진경산수화라는 점에서도 대단한 의의를 가진다.

「성산별곡星山別曲」은 경치가 아름다운 성산을 배경으로 하여 속세를 떠나 유유자적하는 생활을 즐기는 모습을 담고 있다.

엇던 디날 손이	星山의 머믈며서
棲霞堂 息影亭	主人아 내 말 듯소

人生 世間의　　　　묘흔 일 하건마는
엇디 흔 江山을　　　가디록 나이 녀겨
寂寞 山中의　　　　들고 아니 나시는고

최한선 교수는 「성산별곡」의 내용, 문체, 진술 상황, 분위기, 정치 현실 등을 감안하여 볼 때, 송강의 50~54세 사이 창평에 퇴거하고 있을 당시에 제작된 것으로 보았으며, 「성산별곡」의 손과 주인은 별개의 존재가 아니라 사대부로서 출과 처를 반복해야 했던 송강의 두 자아 곧 '사회 속의 자아'와 '자연 속의 자아'의 처지를 문학적으로 형상화한 동일인으로 보았다. 결론적으로 송강은 기존의 서술미학을 문학 전통으로 받아들이면서도 그 형상화 방식이나 구조적 측면에서 한층 고도화된 서술기법을 보임으로써 강호가사의 수준을 최고 정점에 이르게 했다고 하였다.

이에 대하여 김학성 교수(『오늘의 가사문학』 21~23호, 2019)도 적극적으로 동의하며, 순전히 서술기법적 측면으로만 평가한다면 '손'과 '주인', '진선'의 설정이 모두 송강 자신을 지칭한다는 사실을 쉽사리 눈치 채지 못하게 할 정도로 고도의 서술 전략을 짜 놓은 「성산별곡」이야말로 해동의 진문장으로 평가 받는 송강의 3별곡을 넘어서는 걸작 중의 걸작이라 할 만하다고 높이 평가하였다.

「사미인곡」은 고신연주孤臣戀主의 갸륵한 충정이 유려한 필치로 묘사되어 있다. 이는 연군의 정을 노래하되 한 여인이 낭군과 이별하여 사모하는 처지에서 쓴 충신연주지사로 일품이다.

이몸 삼기실 제　　　님을 조차 삼기시니
흔싱 緣分이며　　　하늘 모를 일이런가
나 흐나 졈어 잇고　님 흐나 날 괴시니

이 ᄆᆞ음 이 ᄉᆞ랑　　견졸 ᄃᆡ 노여 업다
平生에 願ᄒᆞ요ᄃᆡ　　ᄒᆞᆫᄃᆡ 네쟈 ᄒᆞ얏더니
늙거야 므ᄉᆞ 일로　　외오 두고 그리ᄂᆞᆫ고

작자 자신을 여인에 비유했기에 여성적 정조와 심리, 어투, 행위로써 시상을 펼쳐 나갔으며, 버림받은 여인의 애절한 심정을 절실하게 하소연하여 표현의 효과를 가일층 높였다. 또한 시어의 구사력이 뛰어남을 보여 줌으로써 한글 시가의 가능성과 우리말의 표현미를 과시하였다.

「규원가」는 난설헌 허초희(1563~1589)의 연모상사가사다. 난설헌은 이달에게서 시를 배워 한시에 뛰어난 재주를 보였다. 김성립과 결혼했으나 금실은 좋지 않았다. 27세로 요절하기까지 한시를 통하여 번민을 하소연하고 선계의 환상을 찾는 독특한 작품 세계를 이룩하는 한편, 봉건사회에서 독수공방의 고독한 연정을 가사로 표현하여 여성 작가의 등장 계기를 만들었다. 「규원가」는 일반 노래와는 달리 자신의 한탄을 숨김 없이 노래하였다. 이렇게 삶의 고난을 사실대로 나타내는 가사가 출현함으로써 후기 문학정신의 싹을 보여 주었다.

우리 님 가신 後ᄂᆞᆫ　　므슴 弱水 ᄀᆞ렷관대
오거니 가거니　　消息조차 그쳣ᄂᆞᆫ고
欄干의 비겨 셔셔　　님 가신ᄃᆡ ᄇᆞ라보니
草露ᄂᆞᆫ ᄆᆡ쳐 잇고　　暮雲이 디나갈 제
竹林 프른 곳의　　새 소ᄅᆡ 더욱 셟다
世上의 셜운 사ᄅᆞᆷ　　數업다 ᄒᆞ려니와
薄命ᄒᆞᆫ 紅顔이야　　날 ᄀᆞᆺᄒᆞ니 ᄯᅩ 이실가

아마도 이 님의 지위로 살동 말동 ᄒᆞ여라

이 시기는 가사가 본격적으로 창작되고 향유된 가사의 발전기다. 연산군 때부터 사화가 일어났고 당쟁의 실마리를 보이면서 사회·정치적으로는 혼란기에 접어들었으나 정제된 시형을 갖춘 「상춘곡賞春曲」에 이어서 발달한 가사문학은 송강 정철에 이르러 가사의 최고봉에 달하는 등 가사의 송영시대誦詠時代를 맞아 많은 가사가 창작되었다.

4. 흥성기(임진왜란~경종조)의 가사문학

임진왜란이 일어난 선조 25(1592)년부터 경종(1724)에 이르는 약 130년간을 가사의 흥성기興盛期라 하였다. 이 시기는 후기가사가 등장하여 전기가사와는 사뭇 다른 형식과 내용의 가사가 다양한 작가 층에서 창작 · 향유되었다.

당쟁으로 조정이 분열된 가운데 임진왜란이 발발하니 임금은 의주로 몽진蒙塵하였다. 물질적 정신적 피해는 말로 다할 수가 없었고, 백성들은 위정자와 양반층의 무력함을 깨닫게 되었으며, 그들에 대한 불신과 불만이 고조되었다. 인조 14년(1636)에 병자호란丙子胡亂이 일어나 남한산성에서 굴욕적인 강화를 맺게 되니, 병자호란은 정신적인 면에서 임진왜란보다 더 큰 충격이었다.

17세기에 이르면 서학(천주학天主教), 고증학, 서구과학 등의 영향으로 일어난 실학이 활발히 움직이게 된다. 이 시기에 서민대중의 감정과 의식을 반영한 근대적 문학운동의 기반이 구축되었다. 노계의 가사들은 전대의 안빈낙도하는 생활과는 달리 전란으로 인한 구차한 생활상을 반영하는 '비판적인 지성'을 엿볼 수 있다. 이런 가사의 변용變容은 과거의 문학을 반성하고 비판하는 역사적 사명을 다하는 동시에 산문성이 강조된 근대문학으로 발전하는 계기가 되었다. 가사문학의 발전기를 정철이 대표한다면, 박인로는 흥성기를 대표한 작가다.

조윤제는 임란에서 경종조까지를 가사의 소휴시대小休時代라 했지만, 이때는 오히려 가사문학의 보편화 내지는 일반화되어 가는 발전시대發展時代라고 하겠다. 이에 대해서 정익섭은 융성기(임란 전후~숙종조)라고 하였고, 필자도 이 시기를 흥성기(임란 이후~경종조)로 보았다.

이 시기에는 전대의 가사문학보다 더 많은 작품이 다양하게 창작되었을 뿐만 아니라, 작자층과 내용 면에서 한층 다른 면모를 보여 주었다. 특히 이상보는 17세기를 '열매 맺는 시절'이라 하였다. 이 시기에 창작된 유명씨 작품만도 63여 편이 된다.

노계蘆溪 박인로朴仁老(1561~1642)는 임란 때 수군에 가담했으며, 선조 32년(1599)에 무과에 급제하여 벼슬이 조라포 수군만호에 이르렀다. 그의 작품으로는 「태평사」, 「선상탄」, 「사제곡」, 「누항사」, 「독락당」, 「영남가」, 「노계가」, 「소유정가」, 「입암별곡」 등 9편의 가사와 68수의 시조가 전한다.

「태평사太平詞」는 박인로(1561~1642)가 선조 31년 경상 좌수군절도사 성윤문의 막하에서 왜적을 막고 있을 때 적이 밤을 타서 달아나자 본영으로 돌아와 이 작품을 지어 수군을 위로하였다.

「누항사陋巷詞」는 박인로가 51세(1611)에 임진왜란이 끝나고 고향에 돌아와 생활하던 중에 친구 한음 이덕형이 찾아와 노계에게 산거궁고山居窮苦의 생활을 물으니, 이에 답하여 빈이무원貧而無怨하고 안빈낙도安貧樂道하는 심회와 생활상을 읊은 강호한정가사다.

작품 내용은 곤궁한 생활이지만 그것을 원망하지 않고 도를 즐기는 장부의 뜻은 변화가 없다는 것과 이웃에 농우農牛를 얻으러 갔다가 뜻대로 되지 못하자 세상일에 대한 체념적인 심회를 읊었다. 이는 현실 생활을 실감나게 그린 작품으로 이 시기 가사의 특징을 대변하였다.

어리고 迂闊홀 산	이ᄂᆡ우ᄒᆡ 더니업다
吉凶禍福을	하날긔 부쳐두고
陋巷 깁픈곳의	草幕을 지어두고
風潮雨夕에	석은 딥히 셥이되야
셔홉밥 닷홉粥에	烟氣도 하도할샤
설데인 熱冷애	뷘ᄇᆡ쇠길 섄이로다

이 작품은 현실적인 생활을 바탕으로 반성하고 비판하는 눈을 가졌다. 이러한 비판적 지성은 현실주의적 사고와 서민문학의 대두를 의미하는 것이다.

위세직魏世稷(1655~1721)의 「금당별곡金塘別曲」은 『삼족당가첩』에 수록되었다. 가사의 내용은 완도군 금당도와 만화도를 주유하고 돌아오기까지의 자연경물을 서경적으로 읊은 기행가사다. 「관서별곡」과 「관동별곡」이 북쪽 지방의 자연경관을 노래한 데 반하여, 「금당별곡」은 남쪽 지방의 해양풍경을 노래하였으며, 표현수법이 정철의 「관동별곡」과 상당히 유사하여 영향관계를 짐작하게 한다.

어와 恍惚ᄒᆞ야	내 아이 神仙인가
一盃酒 ᄌᆞ로부어	醉토록 머근후의
三花樓 비겨안저	물밋ᄐᆞᆯ 굽버보이

越溪의 싯던비단　　어ᄂᆡ물의 밀려오며
洛浦의 ᄂᆞ던 仙女　　어이ᄒᆞ야 잠긴게뇨
水色도 奇異ᄒᆞ다　　다시곰 살펴보이
湖山의 ᄑᆡ온고시　　물아레 빗츨셔라

이 가사는 장흥지방의 가사로 백광홍(16세기, 「관서별곡」) 노명선(17세기, 「천풍가」), 위세직(17세기), 위백규(18세기, 「자회가」·「권학가」), 이상계(18세기 말, 「초당가」·「인일가」) 등으로 계승된바, 이 고장 가사 발전의 맥을 살필 수 있다.

「백상루별곡百祥樓別曲」은 세종대왕의 증손인 한음군 교취당 이현(1540~1618)이 선조 때(1595) 명나라 구원병의 영위사迎慰使로 평북 안주에 머무는 동안에 지은 서경가사다. 이는 곡을 붙여 전파하고자 하는 지방민의 요청으로 조망이 가장 좋은 백상루에서 바라본 청천강의 아름다운 경치와 자기의 술회를 함께 묘사한 작품이다.

낙ᄉᆞᆫ동ᄃᆡ樂山東臺예　　느즌 구룸 채 것고
향노봉香爐峯 엇게예　　ᄌᆞ연紫煙이 빗겻는 제
슈창繡窓을 열티고　　玉枕를 비겨시니
번거ᄒᆞᆫ ᄆᆞ음에　　눈이조차 겨를 업다
두 가래 ᄂᆞ린 믈리　　누 압ᄑᆡ 와 모다져
ᄉᆞᆷᄎᆞ형셰三叉形勢 되어　　섯거 도로 감도니
쌍용雙龍이 뜨도러　　如意珠를 다토다가
善性을 골프러　　가라나ᄂᆞᆫ 즈시로다

이현은 중종 때 「낙지가」를 지은 이서처럼 왕족출신의 작자인 점이 특이하고, 이 가사는 기봉의 「관서별곡」의 영향을 받았으며, 송강가사와도 관계가 있어 주목된다.

「남초가南草歌」는 청광자 박사형(1635~1706)의 『청광집』에 실린 소재가 특이한 가사다. 그는 선조 때부터 받은 청백리의 유풍으로 일생을 초야(보성, 고흥, 장흥)에 은거하면서 청빈중에 독서하고, 작시하는 선비로서 충효사상을 지키는 사람이며, 호학문달한 문재이고, 숭의근학하는 지조의 인물이라 읊었다.

이몸이 貧賤ᄒᆞ야　　草野의 뭇쳐시니
藜藿羹을 못 免ᄒᆞ되　　葵藿忱은 혼자잇셔
너갓튼 마ᄉᆞᆯ 보니　　獻芹誠이 보야날졔
兩腋에 깃을 돋쳐　　九天의 ᄂᆞ라올나
閶闔門 드리달나　　玉皇ᄭᅴ 進上ᄒᆞ면
香案에 노아보고　　우리 東皇(我國) 常給ᄒᆞ야
千千萬萬歲를　　거의 疾病 업사실ᄭᅡ
그졔야 太平烟月에　　壽民丹을 삼으리라.

비록 소재를 남초(담배)에서 취한 것이라 해도 그 주제는 애군충정을 노래한 것으로 평소의 연군충의가 그대로 나타난 것을 볼 수 있다. 남초를 일종의 영이한 효험이 있는 약초로 보았다.

이 시기의 현전한 유명씨 작품만도 63편으로 발전기 24편에 비하여 많은 작품이 창작되었으며, 특히 박인로는 「태평사」 외 8편을 지었다.

박인로는 유교적 교훈주의적 시관을 가지고 있었는데, 배고픔과 배부름에 울고 웃는 서민대중의 애환을 노래할 때 비로소 시로써 성공할 수 있었다. 그의 진면목은 자신의 체험에 기초한 서민정신의 구현에 나타나 있다.

발전기의 송강과 홍성기 노계의 작품은 형식면에서 차이점을 발견할 수 있다. 송강의 가사형식이 정격임에 반하여, 노계의 작품은 음절율, 음보율 그리고 종장형식 등 여러 면에서 파격을 이루고 있다. 특히 송강가사는 정연한 4음보의 율격을 지니고 있는 데 반하여, 노계의 작품은 6음보의 리듬에 3·3조, 2·4조, 2·3조, 4·3조 등이 송강가사보다 훨씬 많이 쓰고 있으며, 송강의 작품을 영탄적이라 한다면 노계의 작품은 서술적이라 할 수 있다.

이처럼 이 시대는 발전기에 비하여 가사의 형식과 내용 그리고 작자군에 있어서 다양한 변화가 시도되었다. 아무튼 임병양란과 실학의 대두로 인한 사회의 변화는 민중들의 마음에 큰 충격을 주었고, 그에 따라서 시가문학의 전개에 있어서도 전환점이 마련되었다는 점에 의의가 있다. 또한 작가와 작품이 다양하고 폭이 넓어졌으며, 그 표현상 기법 역시 많은 변화를 가져왔던 시기다.

5. 전환기(영조조~갑오경장)의 가사문학

영조조(1725)부터 갑오경장(1894) 이전까지를 가사의 형식과 내용이 크게 전환한 시기로 보아 전환기라 하였다.

실학의 연원은 이수광(1563~1628)의 『지봉유설』에서 비롯되었으며, 이는 반계 유형원(1622~1673)에 의해 창도되었다. 조윤제는 실학이 하나의 학풍으로 일세를 풍미하게 된 것은 영조 이후라고 하였다. 이처럼 실학이 흥성된 것은 시대적 요구요, 청조의 영향이라 하겠지만, 西學의 영향도 컸다.

천주교는 종교만의 전래가 아니고, 서양의 과학문명도 함께 들어오니, 이를 서학이라 하였다.

또한 조선 후기로 오면 신분제도의 혼란을 일으키는데, 양반이 상민常民으로 전락하고, 상민이 양반으로 승격하기도 한다. 이러한 의식이 예술계에도 첨예하게 드러났다. 추사秋史의 사대부 예술론에도 불구하고 단원 김홍도(1745~1806?), 혜원 신윤복(1758~?) 등은 그때까지 전통 산수도·신선도의 모방에서 벗어나 서민정신을 반영한 신흥예술인, 사실성에 기초를 둔 색정적인 풍속도와 진경산수도를 개척함으로 한국의 정취와 감정을 담은 화풍이 화단을 지배했다.

또 영정시대에 이르러 사설시조가 서민가객들에 의하여 번성하였고, 고금시가를 정리한 가집이 많이 나오게 되었다. 한편 서민가사로 주목되는 작자미상의 「우부가愚夫歌」, 「용부가庸婦歌」 등에서는 패륜, 불의, 불선을 일삼는 악인을 풍자하는 비판정신, 곧 대중적 희극미가 가미된 내용의 작품이 양산되어 기존관념을 파괴하고 새로운 가치관을 제시하게 되었다.

이렇듯 이 시기에는 문학의 산문화, 즉 문학의 근대화가 시작되었다. 환언하면 실학사상의 대두로 국문학은 지금까지의 양반중심 시가문학에서 서민 중심의 산문문학으로 그 자리를 넘겨주게 되었다.

「조화전가」와 「반조화전가」는 이중실의 아내 안동권씨가 친필로 쓴 『잡록雜錄』에 전한다. 「조화전가」는 안동권씨와 친정으로 육촌 되는 남자가 여자들의 화전놀이를 비양거리느라고 지었고, 「반조화전가」는 이에 응답해서 반박하기 위해 안동권씨가 지은 풍자가사다. 그 당대에는 화전놀이를 하고 가사를 짓는 풍속이 자리 잡고 있었기에 이를 시비하는 내용을 길게 펼쳐 흥미 있게 표현하였다.

하늘이 무디ᄒᆞ여　　녀신으로 마련ᄒᆞ니
아모리 애ᄃᆞᆯ은들　　고쳐다시 되일손가
심규의 드러안자　　옥ᄆᆡ로 붕위되어
녀힝을 ᄇᆞᆰ게닷고　　방적을 힘쓰더니
동군이 유정ᄒᆞ여　　삼ᄉᆞ월을 모라오니
원근 암애예ᄂᆞᆫ　　홍금당을 둘어 잇고
촌변의 도리화ᄂᆞᆫ　　가디마다 ᄉᆡᆨ을ᄯᅴ여,
사창안 부녀 흥을　　제 혼자 도도ᄂᆞᆫᄃᆡ

이렇게 동류들끼리 노는 즐거움을 노래한 화전가는 놀이의 전체적인 과정을 차례대로 다루는 것을 격식으로 삼으면서 봄날에 대한 찬미를 듬뿍 담고 있다.

「합강정선유가合江亭船遊歌」는 위백규(1727~1798)의 작으로 『삼족당가첩三足堂歌帖』에 수록된 가사이다. 정조 16년(1792)에 전라감사 정시민이 민심을 살핀다고 지방순찰에 나섰는데, 합강정이란 정자 앞 적석강에 배를 띄워 호화로운 선유를 할 때 감사를 위한 뱃놀이 행사에 사방 십리 안의 계견鷄犬이 멸종되고, 유흥비의 충당을 위해 방아품 팔아 논곡식까지 탈취해 가니 '만민의 원수'이며 "民怨이 徹天"한다고 했다. 가렴주구로 인한 백성들의 고충과 그런 가운데서 순상巡相에게 아첨하는 비굴한 수령들을 신랄하게 풍자하였다.

銀鱗玉尺 쥬어ᄂᆡ여　　舟中의 膾烹하니
인간의 남은 厄運　　水國의 미ᄂᆞᆫ고나
五里밧 酒幕의　　狼藉ᄒᆞᆫ 져 酒肉은

別邑官人 젹기로다　浚民膏澤 안이런가
茶啖床 水波蓮은　鄕谷愚民 初見이라
奇異ᄒᆞ고 燦爛ᄒᆞ다　白金物價 드단말가
民怨이 徹天ᄒᆞ고　風樂이 動地로다.
終日 놀임 不足ᄒᆞ야　秉燭夜遊 ᄒᆞ단말가

「농가월령가農家月令歌」는 운포 정학유(1786~1855)가 헌종 때 지은 풍속을 권면한 월령체의 대표적인 가사다. 내용은 농사와 세시풍속에 대한 실천사항을 달[月]마다 읊고, 또 철따라 다가오는 풍속과 지켜야 할 범절을 노래하였다.

九月이라 季秋되니　寒露霜降 節氣로다
졔비는 도라가고　쎼기러기 언졔왓노
碧空의 우는 쇼릭　찬이슬 직촉흔다.
滿山楓葉은　臙脂를 물드리고
울밋히 黃菊花는　秋光을 즈랑흔다.
九月九日 가절이라　花煎ᄒᆞ야 薦新ᄒᆞ식
節序를 빠라가며　追遠報本 닛지마소
物色은 조커니와　秋收가 時急ᄒᆞ다.

계절에 따라 풍속을 지키며 살아가는 농가의 모습을 노래한 권면을 강조하는 가사이기 때문에 국문학·민속학·역사학·농학적 면에서 중요한 의의를 지닌다.

「일동장유가日東壯遊歌」는 퇴석 김인겸(1707~1772)이 지은 8천여 구의 장편으로 홍순학의 「연행가燕行歌」와 더불어 기행가사의 백미다. 그는 영조 39년(1763)에 조엄을 정사로 한 일본 통신사의 삼방서기로 수행하여, 약 1년간 일본 경도를 다녀와서 보고 느낀 바를 예리한 관찰력으로 노래하였다. 일본의 풍속, 제도, 인정 등을 개성적인 판단을 삽입하면서 실감 있게 서술했다.

오ᄉᆡᆨ으로 어러히오　　모양이 韓菓ᄀᆞᆺ다
ᄡᅥ혀 먹어 보랴ᄒᆞ니　　ᄡᅥ러지지 아니ᄒᆞ니
물가의 도요새ᄅᆞᆯ　　죽은 거ᄉᆞᆯ 갓다가셔
두 ᄂᆞᆯ개의 金을 올녀　　버ᄅᆞ지버 노화시니
잡힌디 오랜디라　　구린ᄂᆡ 참혹ᄒᆞ다

시각적인 효과를 돋구려고 온갖 장식을 하고 찬란하게 꾸몄지만 맛은 돌보지 않았을 뿐만 아니라 구린내까지 나서 도무지 먹을 수 없는 음식이라 하였다.

「부여노정기扶餘路程記」는 연안이씨(1737~1815)의 작품이다. 정조 24년(1800)에 부여현감인 아들(유태좌)을 보살피러 안동 하회를 떠나 부여까지 간 노정을 흥겹게 서술한 것으로 여류기행가사의 대표적 작품이다.

충암 벽계를　　몃 곳이나 지나거니
쥬렴을 잠간들고　　원근을 첨망ᄒᆞ니
산쳔도 수려ᄒᆞ고　　지셰도 활연ᄒᆞ다
사십년 막힌 흉금　　이제야 티이거다.
함창 땅 태봉 술막　　음식도 정결ᄒᆞ다

쌍교를 높이 타고 청풍을 선배삼고 명월을 후배삼아 행렬이 10리인데 좌우 위풍이 볼 만하고, 40년 막힌 흉금을 비로소 열어 제치고, 줄줄이 흘러나오는 풍류심을 멋스럽고 흥겹게 노래하였다.

「표해가漂海歌」는 제주인 이방익(1756~?)이 정조 8년(1784)에 무과급제하여 선전관으로 있으면서 충장장忠壯將으로 승진하매 수유受由(휴가)를 얻어 정조 20년(1796) 경사京師로 근친가던 중 대풍을 만나 중국 팽호도로 표류하다가 대만으로 호송되어, 하문, 복건, 절강, 강남을 거쳐 산동제역을 지나 북경에 도착하여 익년에 수륙수만리를 돌아 귀환한 경위를 기록한 가사다.

밤은 漸漸 깁허가고	風浪은 더욱 甚타,
萬頃蒼波 一葉船이	가이업시 써가나니
슬프다 무삼 罪로	하직업슨 離別인고
一生一死는	自古로 例事로다
魚腹속에 永葬함은	이 아니 冤痛한가
父母妻子 우는 擧動	생각하면 목이멘다.

망망대해로 표류하는 심정을 그린 대목이다. 이처럼 표류되어 갖은 고생 끝에 가까스로 살아 귀국하게 된 경위는 사사로운 외국 여행을 할 수 없었던 시절의 특이한 기록문학이다.

「연행가燕行歌」는 홍순학(1842~1892)이 25세 때(1866, 고종 3년) 가례책봉주청사의 서장관이 되어 청나라에 다녀온 견문을 쓴 3,924구의 장편기행가사다. 이는 예리한 관찰력과 사실적 묘사가 뛰어나 「일동장유가」와 더불어 기행가사의 백미다. 서울을 떠난 여정, 압록강을 건너는 나그네의 심정,

호인들의 생활 모습, 북경의 문물 구경, 임금에게 복명하고 집에 오기까지의 견문을 서술하였다.

淸女는 발이 커서　　남ᄌᆞ의발 ᄀᆞᆺ트나
唐女는 발이 작아　　두치즘 되ᄂᆞᆫ거ᄉᆞᆯ
비단으로 석동이고　　신뒤축의 굽을 달아
위뚯비뚯 가ᄂᆞᆫ모양　　너머질가 위ᄐᆡᄒᆞ다
그러타고 웃지마라　　명나라 ᄊᆡ친제도
져 계집의 발ᄒᆞ나니　　지금ᄭᅡ지 볼 것 잇다.

이 작품이 지어진 동기에 대하여, 평범한 서민으로 과거에 정진하여 소년등과(16세)한 그가 아직 무자식의 상태에서 생양가의 두 어머님과 젊은 아내를 위해 지은 보고문학적 성격을 엿볼 수 있다.

「쌍벽가雙壁歌」는 류사춘의 아내 연안이씨(1737~1815)의 가사인데, 정조 18년(1794)에 장자와 장질(서애 8대손 병조판서 류상조)이 32세 동갑으로 과거에 급제한 바, 이는 아들과 조카인 종형제를 칭송한 노래로서, 수려한 문장과 뛰어난 묘사법 그리고 알뜰한 자정慈情을 담은 가사로 규방에서 회자되었다.

平生이 窮迫더니　　毅然ᄒᆞᆷ도 의연ᄒᆞ다
山高ᄒᆞᄆᆡ 玉이나고　　海深ᄒᆞᄆᆡ 金이나ᄂᆡ
大兒의 玉姓金姓　　一門얼 潤德ᄒᆞ고
仲兒의 和風甘雨　　九族을 和睦ᄒᆞᄂᆡ
梧桐壁上 光風霽月　　一世의 稱慶ᄒᆞ니

태학의 부ᄉᆞᆯ(筆)ᄉᆞᆫᄌᆞ　　小科連璧 더 異常히
祥瑞로운 우리仲兒　　陞堂入室 ᄒᆞ 올젹의
老萊子의 아롱오ᄉᆞᆯ　　우흐로셔 쥬시도다

특히 동년동학으로 동시급제하여 동일동시에 도문함을 읊으면서 '若不爲之兄이라면 아우의 마음이 어떻겠으며, 만약 아우 급제하고 형이 안되었으면 그 종형의 마음이 어떻겠는가'고 노래한 곳이 절조를 이룬다.

전환기는 가사의 향유계층이 다양해지면서도 내용도 복잡해진다. 이 시기에 나타난 새로운 주제로는 실학의 영향으로 실제적 생활을 노래한 「농가월령가」 같은 풍속권면가사가 나타났으며, 천주가사, 애정가사, 그리고 개화의 의지를 담은 동학가사가 등장하였다. 전기의 박인로의 가사가 파격을 이루기 시작하였다고 했으나, 이 시기에 와서는 더욱 적극적인 변화를 자아내고 있다.

6. 변전기(갑오경장~현재)의 가사문학

가사의 변전기變轉期는 갑오경장(1894)에서 오늘에 이르기까지 120여 년을 일컫는다. 이 시기에도 수많은 가사작품이 창작되었지만 형식이나 내용면에서 가사의 전통적·본질적 성격이 많이 변화하였기에 변전기로 설정하였다.

가사의 변화는 전환기부터 꾸준히 계속되었지만, 갑오경장 이후의 변화는 심상치 않았다. 이 시기의 가사는 전통율조의 형식에 애국계몽의 내용을 담은 개화가사로 변모하게 되었다. 가사는 국난에 처한 민중에게 희망과 용기를 불어넣어 주었으며, 방황하는 민중에게 진로를 제시해 주었다.

그동안 가사는 인식과 표현의 규범을 벗어나 삶에 대한 자유롭고 개성적인 탐구를 하고자 부단히 변화하였다. 이제는 더 이상 음풍농월적인 완만성에 머물러 있을 수만은 없다. 형식에서는 적통가사의 율격을 계승하면서도 새로운 변화의 모습을 과감히 보여 주고 있으며, 내용에도 다양성과 대중성을 지닌 근대문학 정신을 담아내려고 노력하고 있다.

21세기 들어서는 한국가사문학관이 개관되었고, 『오늘의 가사문학』이란 계간지를 통하여 많은 작품이 창작·발표되고 있으며, '한국가사문학대상'이 제정되어 우수한 문청들이 몰려들고 있다. 또한 한국가사문학진흥위원회가 조직되어 오늘의 가사문학 발전에 뒷바라지를 맡고 있다.

변전기의 유명씨 가사작품은 총 599여 편이다.

「고병정가사告兵丁歌辭」는 외당 류홍석(1841~1913)이 지었다. 그의 본관은 고흥이고, 강원도 춘성군 사람이다. 55세(1895)에 왜적이 국모(명성황후)를 시해하여도 조정이 아무런 대책을 세우지 못함을 보고, 210행의 「고병정가사」를 지어 사기를 진작시켰다.

이 작품의 내용은 서사에서 인륜을 숭상한 전통을 노래하고, 본사에서는 당시의 시국과 왜의 본성을 밝히고, 막상 의병이 일어나니 조정의 신하들은 사욕에 눈이 멀어 도리어 왜만을 추종하고 오히려 의병을 공격하는 금수들이라 하였다.

愚迷한 너희등은　　君上을 져브리니
믈이ᄂᆞ 갓흘쇼냐　　긔만도 못ᄒᆞ도다
義理ᄂᆞᆫ 그만두고　　血氣로 ᄒᆞ기로셔
ᄂᆡ父母 져ᄇᆞ리고　　남의 父母 셤길쇼냐

ᄉᆞ람을 져ᄇᆞ리고　　禽獸를 위ᄒᆞᆯ쇼냐
迷惑ᄒᆞᆯᄉᆞ 너희로다　　ᄋᆡ다를ᄉᆞ 너희로다
슬푸다 병졍덜아　　네ᄂᆡ말을 ᄯᅩ드르다

이런 항일 의병가사는 「회심가」 외 몇 편이 전하지만 작가연대가 분명한 것은 「고병정가사」가 최초라 할 수 있다.

「종친척사가宗親擲柶歌」는 박정노란 여인이 70을 넘기면서 1910년 정월에 친정에 가서 종친들과 윷놀이 하는 것을 읊었다. 내용은 고희가 넘어 친정에 온 심정과 윷놀이의 흥겨움, 형제들의 노는 모습, 그들의 사정과 성격 등을 노래한 것으로 멋과 흥, 그리고 인생무상이 담겨 있다. 서술기법이 점잖으면서도 해학이 넘쳐흐른다.

멍석을 까라노코　　동서편 편갈라서
모야 뙤야 ᄒᆞ는ᄉᆞ래　　천지가 진동ᄒᆞᆫ다
여자 유힝 타고나서　　동셔남북 츌가ᄒᆞ면
만나기도 어렵도다　　머리가 희고희고
슈년만에 만나보니　　졍회가 ᄉᆡ롭구나

윤희순(1860~1935)은 「고병정가사」를 지은 시아버지 류홍석과 함께 1911년 만주로 망명하였다. 2년 후 류홍석이 세상을 떠나고, 남편 류제원도 구국과업을 이루려고 애쓰다가 1915년에 세상을 마쳤다. 그 뒤 두 아들도 독립운동에 나서니 3대에 걸친 독립투쟁을 하였다.

이ᄂᆡ몸도 슬푸련문　　우리 의병 불ᄉᆞᆼᄒᆞᄃᆞ

ᄀᆞ는 고시 ᄂᆡ땅이요　ᄀᆞ는 고시 ᄂᆡ집이ᄅᆞ
배 곱픈들 머거볼ᄀᆞ　ᄎᆞᆸᄃᆞᄒᆞᆫ들 ᄎᆞᆸᄃᆞᄒᆞᆫᄀᆞ
ᄂᆡ땅업는 서럼이ᄅᆞᆫ　이럿ᄐᆞ시 서러울ᄁᆞ
연군업는 서럼이ᄅᆞᆫ　어느 ᄂᆞᄅᆞ ᄇᆞᆫ겨줄ᄀᆞ
가는 고시 서름이요　ᄇᆞᆯ작ᄆᆞᄃᆞ ᄀᆞ시로ᄃᆞ

이 밖에도 윤희순은 「ᄋᆡ달픈 노ᄅᆡ」, 「ᄇᆡᆼ어ᄌᆞᆼ」, 「병정노ᄅᆡ」, 「병정ᄀᆞ」, 「ᄋᆞᆫᄉᆞ름으병ᄀᆞ노ᄅᆡ」 등의 의병가사를 지었다.

홍암대종사弘巖大宗師 나철羅喆(1863~1916)은 원래 유학을 한 선비로 과거에 급제하여 벼슬길에 올랐으나, 일제 침략으로 구국의 방책을 찾아 나섰다. 1905년에 백두산에서 온 노인을 만나 대종교의 기본 경전인 『삼일신고三一神誥』를 받았다. 이에 크게 깨달아 1910년에 대종교의 중광重光을 선포했다. 1915년 일제가 대종교를 불법화하자 망명하지 않고 국내에서 온갖 고초를 겪었다. 그 다음 해 황해도 구월산 삼성사가 있는 성지를 찾아가 자결함으로 54세로 일생을 마쳤다. 민족을 구하지 못한 죄를 목숨을 바치어 형제들의 고통을 대신 감당한다는 유서와 함께 「중광가」, 「이세가」라는 가사 두 편을 남기었다. 「중광가」는 절망을 희망으로 바꾸어 놓자면 확고한 믿음을 되찾아야 한다면서, 믿음의 빛으로 자유를 되찾아야 한다는 각오를 노래하였으며, 중광이라는 말은 민족광복을 의미한다.

이 빛 받은 家家에　우리 사람 또 산다
앉은뱅이 발 뻗어　일어서 펄펄뛰고
곱새는 등을 펴서　활활가며 춤추고
묶인 鐵線 벗어나　自由로 發發한다

「고흥류씨세덕가高興柳氏世德歌」는 류제한(1908~?)이 1937년에 지은 2,174구의 장편가사다. 고흥류씨는 시조는 호장공 류영柳英이고, 6세인 시중공 승무가 어진 아들을 낳으니, 그가 도첨의정승都僉義政丞 영밀공 류비柳庇(?~1329)이다. 그는 18세에 등과하여 원나라에 가서 뛰어난 외교적 재능을 발휘하여 그 공이 지대함으로 충렬왕은 그에게 3품의 직위를 주고, 장흥부에 소속된 고이부곡을 고흥현高興縣으로 승격시키라는 교서를 내렸다. 또 1305년 충렬왕이 원나라에 머물 때 왕을 본국으로 돌아가게 해 달라고 간곡히 청원함으로 元황제는 충의를 가상히 여겨 이름을 청신淸臣이라 고쳐주고 송시頌詩를 지어 칭찬했다.

進退周族 하오셔서　　送王還國 하오시고
왕의 책임 전부마타　　볼모잡혀 가시면서
竭誠盡職 하옵시고　　節義堂堂 하오시니
元王이 칭찬하고　　그 충성을 표창하되
맑은 淸字 신하 臣字　　이름지어 下賜하고
張相公을 식이여서　　詩를지어 칭송하되
우리 聖上陛下께서　　어진 宰相 알아보사
친절하게 불으서서　　옛 이름을 곳치섯네

이러한 세덕가는 현조의 덕화훈업을 찬양한 단순한 복고사상에서 나온 것이 아니다. 이는 후손임을 자각케 하고 창업정신을 본받아 변동사회에 대처하는 정신무장을 강화하는 데 있었다.

소고당紹古堂 고단高端(1922~)의 가사는 『한국현대내방가사집韓國現代內房歌辭集』과 『소고당가사집紹古堂歌辭集 상上』에 29편이 전한다. 그의 가사들은 전통가사의 형식을 그대로 계승하였고 문체도 대부분 전형적인 의고체를 유지하면서 현대 감각에 맞는 문체를 구사하였다. 「소고당가紹古堂歌」는 그의 인생 전반을 회고조로 읊어낸 것으로 장흥 평화가 친정이고 정읍 김참봉댁에 입문하여 완고하신 친시가親媤家의 가훈에 복종하면서도 학문과 기예를 닦으며 살아온 결실이 이 가사의 내용이다.

평사낙안 이터전에　　남형으로 앉은대문
북향으로 문을달제　　바깥행랑 새로지어
안팎대문 큼직하며　　앞뜰에는 꽃을심고
별당에는 방들이니　　활연흉금 시원하다
화조월석 이터전을　　춘풍추월 소요하니
인후하신 우리조상　　흠모음덕 새로워라

이 시대에 민중의 입에서 터져 나오는 노래가 있었으니 이것이 바로 애국계몽가사다. 이러한 계몽적 노래는 전통가사형식인 4·4조에 자주독립과 애국애족의 새로운 내용을 담은 것으로 '독립신문' 3호부터 자주 게재되었다.

개화가사는 전통적인 '가사'에 '개화'란 수식어를 붙인 것으로, 그 형태는 가사이지만 내용은 개화기의 근대정신을 노래한 것이다. 이 시기의 가사로는 문학적 정서에 따라 창작된 것은 없고, 대부분은 국가나 사회적인 이상을 노래한 계몽적인 것이었다.

그리고 1895년 명성황후시해 이후에 전국 각처에서 의병이 일어났다. 이들 중 의병활동에 공을 세운 류홍석은 「고병정가사告兵丁歌辭」를 지었다. 신태식도 경술국치 직전, 자신의 치열했던 3년간 의병활동을 가사로 읊은 「신의관창의가申議官倡義歌」가 있다. 일제하에서 의병가사를 짓기도 어렵겠지만 간직한다는 것은 큰 모험이기 때문에 남아 있는 것이 드물다.

이 시기를 대표한 우국계몽가사와 장부호기가사(의병가사)는 저항적 시대정신의 반영이며, 민족의식의 고취를 위해 그 일익을 담당하였고, 천주가사, 불교가사 등 종교가사는 종교적 차원에서의 시대적인 반영이다. 이는 민족을 현대적 고난에서 종교적 구원으로 승화시키는 데 큰 몫을 하였다.

7. 마무리

지금까지의 논의에서 가사문학을 민족정신의 유기적 발전의 산물로 보고 민족시가인 가사문학이 어떻게 성장·발전하여 왔는가를 역사적으로 고찰하였다. 가사문학을 사적으로 전개하기 위하여 먼저 가사의 내용 분류, 시대구분, 가사의 기원, 발생 시기 등을 살펴보고, 다음으로 시대적 배경과 작자와 작품론, 그리고 문학사적 의의를 살폈다.

1) 가사의 내용적 분류는 370여 편의 작품을 다음과 같이 14종으로 나누었다.

① 江湖閑情가사(38편) ② 戀主忠君가사(18편) ③ 道德敎訓가사(31편)
④ 遊覽紀行가사(33편) ⑤ 丈夫濠氣가사(14편) ⑥ 風物敍景가사(15편)
⑦ 戀慕相思가사(8편) ⑧ 風俗勸勉가사(14편) ⑨ 懷古敍事가사(27편)
⑩ 布敎信仰가사(85편) ⑪ 頌祝追慕가사(29편) ⑫ 寓言諷刺가사(8편)
⑬ 憂國啓蒙가사(21편) ⑭ 그 밖의 가사(34편)

2) 가사문학사의 시대구분은 문학적 사실을 위주로 하되 정치 사회적인 변동상도 참조하여, 다음과 같이 5기로 나누었다.

① 가사의 발생기: 고려 말 ~ 성종조
② 가사의 발전기: 연산조 ~ 임진왜란
③ 가사의 흥성기: 임란왜란 ~ 경종조
④ 가사의 전환기: 영조조 ~ 갑오경장
⑤ 가사의 변전기: 갑오경장 ~ 현재

3) 가사의 기원은 전대의 어느 특정한 시가의 단선적 영향이 아니라, 멀리는 향가를 거쳐 고려속요, 경기체, 한시 등의 영향을 받았다는 양식적 변용설이 있는가 하면, 가사의 효시인 「서왕가」를 보듯이 담당층의 세계관에 따라서 가사가 창안되었다는 학설도 있다.

따라서 가사는 기존 시형의 영향으로 갑작스레 나타난 장르가 아니고, 고유한 민요적 율조의 바탕 위에 우리의 사상과 감정을 표현하는 데 가장 알맞은 독창적 시형이라 할 수 있다.

그리고 가사의 발생 시기는 고려 말엽설과 조선 초엽설이 학계에 양립되면서 「서왕가西往歌」와 「상춘곡賞春曲」을 효시작으로 내세워 타당성을 주장하였다. 그럼에도 불구하고 「서왕가」는 「상춘곡」보다 100년 먼저 창작되었을 뿐 아니라 앞서 문자화되었다. 전자가 승려나 불교 신도들에 의해 전승된 데 비하여, 후자는 문중의 친척 중심의 좁은 범위에서 전해졌으므로 「서왕가」의 전승계층에 대한 신빙성이 더해진다. 또한 두 작품이 효시작이 될 수 있는 동일한 조건을 가졌다면, 전시대의 사실史實이 더 큰 의의를 지닌다고 볼 수 있다. 따라서 가사의 발생 시기도 고려 말엽으로 보는 것이 타당하다.

4) 발전기의 가사는, 연산군 이후 사화와 당쟁으로 사회 정치적인 혼란기에 접어들었으나 정제된 시형을 갖춘 「상춘곡」에 이어 가사는 꾸준히 발달

하였고, 송강에 이르러서는 최고에 달하는 가사의 송영시대誦詠時代를 맞이하였다. 특히 정철의 작품들은 중국의 한시들과 견주어서 그 가치를 높이 평하였고, 작품을 통하여 국어미가 발견됨으로써 한국언어예술의 신기원을 이루게 되었다.

5) 흥성기의 가사는 임진란 이후 서민들의 자아 각성과 서민 의식이 향상됨으로 그들의 생활 감정과 의식을 반영한 근대적 문학운동의 기반을 구축하는 데 공헌하였다. 따라서 작자의 폭이 넓어져 일반 서민들의 가사도 대두하게 되었다. 발전기의 정철과 흥성기의 박인로를 대비하면 전자는 정격이고 영탄적이라면, 후자는 파격이고 서술적이어서 가사가 산문화의 경향으로 가는 일단을 보여 주었다.

6) 전환기의 가사는, 영조 이후 흥성한 서학西學과 실학實學의 영향을 받아 형식과 내용이 크게 변화되었다. 때문에 가사의 내용이 현실적인 생활과 관련된 것과, 인간의 존엄성과 평등성에 기반을 둔 작품들이 많았으며, 형식도 파격을 이룬 율조와 산문적 내용이 분화되어 큰 변화를 보였다.

7) 변전기의 가사는 갑오경장이후에 나타난 개화가사에서 비롯된다. 이 시기의 작품은 4·4조 형식에 자주독립과 애국애족에 대한 새로운 내용을 담은 것으로, '독립신문'에 25편, '대한매일신보'에 680여 편이 수록되었으며, 류홍석의 「고병정가사告兵丁歌辭」를 비롯한 민용호의 「회심가回心歌」, 신태식의 「신의관창의가申義官倡義歌」 등의 장부호기가사가 창작되어 일제에 대한 항일의 정신을 담았다.

최근에는 『오늘의 가사문학』을 통하여 수많은 작가들의 작품이 발표되고 있는데, 대표적인 작가로는 김종, 이지엽, 최한선, 이달균, 이정환, 정일근, 류연석, 김은수, 박준규, 김준옥, 조태성, 문순태, 황인원, 윤덕진, 이수희, 백숙아 등이 있다. 이 가운데는 현대시와 시조, 수필 그리고 소설 분야의 중견작가들이 가사창작에 많이 참여함으로 오늘의 가사문학 발전에 전기가 되었다.

가사 갈래 발생에 관한 논의의 재검토

한창훈

1. 가사 갈래의 전제적 이해

가사歌辭 갈래는 시조와 더불어 고려 후기에 발생하여 이후 조선조를 거치면서, 한국 시가문학을 대표하는 양대 갈래로 주목받아 왔다. 3장 6구의 비교적 정제된 형식을 가진 시조와는 달리 가사는 3·4 혹은 4·4조가 우세한 4음보 연속체로서 일정한 율격을 가진 그러나 다소 개방적인 형태의 시가문학이라 할 수 있다.

이러한 가사의 발생을 논하려면 우선 가사 갈래에 대한 전제적 이해가 필요하다. 가사의 갈래적 이해 특히 형식에 대한 이해가 선행되어야 가사 발생에 대해 실증적인 접근이 가능하기 때문이다.

가사의 갈래 규정은 조윤제에 의해 가사의 시가 규정에 대한 반성이 이루어진 이래[1] 많은 논자들에 의해서 새로운 설이 제기되었다. 덧붙여 이에 대한 끊임없는 비판, 수정, 보완 작업이 이루어졌다. 그러나 아직도 가사의

1 조윤제, 『조선 시가의 연구』(을유문화사, 1948)가 대표적이다.

갈래 규정에 대해 만족할 만한 연구는 이루어지지 않았다고 판단한다.

이는 무엇보다도 가사라는 문학 양식이 가지고 있는 복합적인 성격에 기인하는 것으로 보인다. 즉 가사가 가지고 있는 복합적인 면모 중에서 어떤 점에 치중하는가에 따라 그의 갈래 규정 역시 방향을 달리하게 되며, 또 어떤 한 가지 규정이 이루어지더라도 이로써 가사의 총체적 면모를 충족시키기에는 부족하다는 것이다.

조윤제는 가사를 시가의 일종으로 다루던 기존의 관습에 의문을 보이며, 가사의 갈래를 다음 세 가지로 규정했다. 즉 '가사는 형식은 시가이고 내용은 문필이어서, 시가 문필의 양면성을 동시에 구유한 형태 문학', '우리나라의 독특한 형태 문학의 하나이어서 세계문학으로 보아 일종 변태적인 것이라 할지도 모른다', '운문학으로부터 산문학으로 넘어가는 도정에서 발생되었다'는 언급이 그것이다.[2]

조윤제는 경성제국대학 학부 졸업 논문으로 『조선 소설의 연구』(일문, 1929)를 제출했으나, 이후 시가 형식론(이후 『조선 시가의 연구』에 대부분 수록됨)을 바탕으로 하여 시가사를 체계화하는 작업[3]에 나섰다. 그 과정에서 '향가—경기체가(고려장가)—시조—가사'의 갈래로 이어지는 계통성을 마련하여 일단 시가사의 큰 줄기를 잡았다. 이후 설화—가전체—소설의 축을 포함하여 국문학사 연구로 나아간 것이다.

이 과정에서 우리는 조윤제가 문학 연구에서 소위 '형식'을 얼마나 중요시 했는지를 알 수 있다. 그리고 주지하다시피, 문학에서 형식의 검출은 서사문학보다 시가문학이 더 용이하다. 조윤제가 경성제국대학에서 배운 것은 주로 유럽을 통해서 동경제국대학으로 수입되었던[4] 근대적인 학문이

---

2 조윤제, 앞의 책과 『국문학 개설』, 동국문화사, 1955.

3 조윤제, 『조선시가사강』, 동광당서점, 1937.

었거니와, 여기서 말하는 근대적인 학문이란 체계가 없으면 존립할 수 없는 것이다. 조윤제 자신도 훗날, '학문은 체계를 존중한다. 체계 없는 학문은 학문이랄 수 없다'고 밝혔듯이 이 시기에 이미 체계를 지향하는 움직임을 보여 주었던 것이다. 즉 형식을 발견하고 그로써 체계를 세울 수 없었던 소설 연구로부터, 작품 그 자체에 형식이 내재되어 있는 시가 연구로 방향을 바꾸었던 것이다.[5]

적어도 가사의 갈래 문제에 대한 국문학계의 고민은 초창기 한국 시가 문학의 체계를 구축하던 조윤제의 고민과 멀지 않다. 문학의 갈래 문제는 항상 이론적 작업과 구체적 역사성의 고찰이라는 다소 상이한 두 작업을 얼마나 유효적절하게 이루어내는가에 성패가 달려 있다고 본다. 이렇게 되었다고 생각한다면, 결국 가사는 그 연구의 시작부터 약간은 애매하고 포괄적인 내용을 수록할 수밖에 없는 갈래라는 숙명을 지녔다고 할 수 있다.

따라서 현재도 가사의 갈래를 서사, 서정 등에 일부를 포괄한다고 하기도 하고, 그것도 여의치 않아 교술敎述(조동일), 전술傳術(성무경) 등으로 설명하기도 한다. 이에 대한 비판적 대안으로 중간·혼합적 갈래라는 말까지 나타나기에 이르렀다. 결국 아직도 가사의 갈래 개념은 모색의 단계에 있는 셈이 된다. 여기서 가사가 가지는 갈래로서의 공통 분모는 형식에 있어 대체적으로 4음보의 율격을 형성하고 유지하는 것뿐이라는 견해에 국문학계의 의견이 일치하여 현재에 이르렀다고 평가할 수 있다.

좀 더 세부적으로 살피면, 연구사 초기 이병기는 '조선 후기에 경기 지방 가객들 사이에서 성행한 12가사를 연구의 출발점'으로 삼아, 고려 후기 이

---

4 鈴木貞美, 『日本文学の成立』, 作品社, 2009.

5 한창훈, 「초창기 한국 시가 연구자의 연구방법론」, 『시가와 시가교육의 탐구Ⅱ』, 월인, 2008, 150~172면 참조.

후 시가 중에서 '5자 내지 9자구를 길게 나열하여 일편을 이루는 것을 가사歌詞'로 보았다.[6] 이에 비해 조윤제는 18세기부터 영남지방의 여성들 사이에서 성행한 규방가사를 주된 모형으로 하여 가사歌辭를 '4·4조의 연속체 장편'으로 규정하였는데, 이후 학계에서는 결국 조윤제의 설을 주로 받아들인 것이다. 이런 과정을 통해 가사는 결국 하나의 역사적 갈래가 아니라 그 속에 몇 갈래를 포용하는 복합체 갈래라고 보는 것이 바람직하게 되었다.

결론적으로 가사歌辭는 4음보격을 규준 율격으로 하며, 행에는 제한을 두지 않는 연속체 율문 형식이다. 그 내용 역시 까다로운 갈래적 제한 없이 다채롭게 전개되었다. 명칭은 '가사歌詞, 가사歌辭, 가ᄉᆞ' 등이 통용되었으나, 오늘날에는 문학 갈래 명칭으로 가사歌辭가 일반적으로 사용된다.

이러한 특징은 "시상의 선형적 발전을 가능케 하는 확장성을 지니며, '독자적인 부분들의 복합적인 부가 작용'을 구성 원리로 하기 때문에 부분들의 중요성이 강조되며",[7] 가사는 장편화되면서 음악과의 친연성·유사성이 적으며 노래함에 대한 지향이 약해져서 구송직인 특징을 가지게 된다.

이렇게 가사의 형태적 특징에 대한 전제적 이해가 생기게 되자 자연스럽게 나옹화상 혜근(1320~1375), 신득청(1332~1392), 정극인(1401~1481) 등의 텍스트가 형성기 가사라는 갈래로 주목받게 되었다. 그래서 결국 가사는 고려후기에 주로 승려 특히 선승禪僧 계층과 관료 사대부 계층에 의해 형성되었으며, 특히 악조의 엄격한 제한을 받지 않고 이념의 문학적 표출이라는, 다시 말해서 교술 혹은 전술이라는 가사 갈래의 현저한 특징의 하나를 그 발생기에서부터 찾을 수 있다고 본다.

---

6 이병기, 「시조의 발생과 가곡과의 구분」, 『진단학보』 1집, 진단학회, 1934.
7 성호경, 『한국 시가의 형식』, 새문사, 1999, 29면.

2. 가사 갈래 발생의 가설과 연구사적 쟁점

앞 장에서 간략히 살펴본 것처럼, 가사의 발생 시기는 시조와 같이 일찍부터 학계의 쟁점이 되어 왔다. 이 논의의 초점은 결국 가사의 형성 계층이 승려층인가 사대부인가에 따라 발생 시기를 고려 후기로 볼 것인가 조선 전기로 볼 것인가 하는 데 있다고 본다.

현재까지의 텍스트 발굴 상황에 의하면, 가사의 발생과 밀접한 관련을 찾을 수 있는 텍스트는 14세기 고려 말 나옹화상 혜근(1320~1376)의 「서왕가」, 「승원가」, 「수도가」 등과 신득청(1332~1392)의 「역대전리가」, 정극인(1401~1481)의 「상춘곡」을 들 수 있다.

이후 가사는 조선 시대에 들어와 17세기에 이르기까지 유가 이념을 기반으로 한 양반 사대부 중심으로 발전했으며, 17세기 이후 서민가사, 규방가사 등 그 창작 담담층이 사회 전 계층으로 확장되었다고 보는 것이 일반적이다.

「역대전리가」는 1371년 관료 신득청이 공민왕의 정사가 어지러운 것을 보고, 중국 역대 제왕들의 정치적 잘잘못을 들어 풍간한 차자借字 표기 작품이다. 1938년 자료가 소개된 이후 아직까지도 어학적 조명과 진위 여부에 대한 논의가 이어지고 있다.

「서왕가」는 주지하다시피, 고려 후기 가사 발생설의 중추가 되는 텍스트로, 여러 이본異本이 존재한다. 전해지는 문헌 중에서 제일 오래된 것은 1741년으로 추정되는데, 문제는 이 작품을 나옹화상 혜근으로 인정할 수 있는가 하는 문제에 대해서는 이설이 많이 존재한다.

「상춘곡」은 사대부 불우헌 정극인(1401~1481)의 유고집인 『불우헌집』 권2에 실려 전하고 있다. 경기체가인 「불우헌곡」을 포함하여 대체로 성종 연간의 작품으로 알려져 있다. 그런데 이 작품도 작가가 정극인인지에 대해서는 여러 학자들의 부정론이 대두되어 논란의 대상이 되고 있다.

가사 갈래의 발생 자체는 고려 후기로 보는 데 많은 이들이 동의하지만, 그 구체적인 발생 동인을 파악하는 것은 논자마다 의견을 달리한다. 단적인 예로 혜근, 신득청, 정극인처럼 작가와 작품이 전해지는 경우에도 그 구체적인 역사적 진실에 대해서는 위작 논의 등 논란이 끊이지 않았다. 사실 가사 발생의 문제를 다루는 본 논문도 이에서 자유롭지 않다.

이에 본 논문에서는 이들 텍스트를 우선 인정하는 전제로 논의를 진행해 나가고자 한다. 이런 전제가 곧 이들 텍스트의 위작을 주장하는 많은 논의들을 무시하는 것이 아님을 부언해둔다.

이처럼 가사라는 역사적 갈래가 고려 후기에 새롭게 발생한 데 대한 동인을 설명하는 방법에는 크게 두 가지 시각이 존재해 왔다. 하나는 가사의 발생 계기를 그 이전에 존재했던 경기체가, 악장, 화청, 시조 등 기존 문학 갈래의 양식적 변용을 통해 생성되었을 것이라는 가설을 설정하는 것이고, 다른 하나는 오히려 기존 갈래의 특성을 비판하고 반박하는 차원에서 특히 형식적 혁신을 통해 새로운 갈래가 생성되었다고 보는 것이다.

아래에서 절을 나누어 좀 더 자세히 살펴보기로 하자.

1) 선행 갈래의 영향에 의해 가사가 발생했다는 견해

가사는 어떤 과정을 통해 이루어졌는가 즉 가사의 기원 혹은 발생에 대한 초기 논의는 주로 선행하는 시가 갈래에서의 영향 관계를 구명해내려는 방법으로 전개되었다. 지금까지 이루어진 이런 제 발생설들은 개별 갈래는 그 선행하는 갈래에서 진화 즉 변화하고 발전한다는 생각이 저변에 깔려 있으며, 그 진화의 증거를 찾기 위해서 선후 두 갈래의 공통점, 곧 동질성에 주목하고 있는 것으로 보인다.

조윤제는 경성제국대학 조수 시절, 주로 향가 연구와 관련하여 벌어졌던 오구라 신페이小倉進平과 쓰치다 교손土田杏村의 논쟁에 힘입어 시가 연구에 뛰어들었다고 회고하고 있거니와, 근대적 학문 체계의 수입으로 성장했던 일본과 한국의 국문학 연구 초창기에서, '가형과 운율이 비역사적으로 출현하는 것은 우선 없다'[8]는 인식이 공통된 전제임을 이해할 필요가 있다.

이에 주로 초창기 국문학자들에서부터 현대의 국문학자들에 이르기까지 많은 학자들이 이런 관점을 알게 모르게 수용하고 지녔다는 것은 오히려 당연한 현상으로 보이기도 한다. 이런 시각을 나름대로 정리해 보면 다음과 같다.

(1) 경기체가에서 영향을 받아 이루어졌음. (조윤제, 고정옥, 박성의, 정병욱, 정익섭, 이동영)
(2) 시조에서 영향을 받아 이루어졌음. (김기동, 이능우, 김사엽, 이태극)
(3) 악장에서 영향을 받아 이루어졌음. (정형용, 김동욱, 유창균)
(4) 장편 한시에 토를 달거나 시조를 연속적으로 배열하면서 이루어졌음. (이병기, 박경주)
(5) 민요 특히 교술민요 영향설. (조동일)[9]
(6) 중국 사부辭賦 문학 영향설. (윤덕진, 최한선)[10]
(7) 불교 가요 특히 화청和請 영향설. (이은성, 한창훈)[11]

---

8 土田杏村, 『上代の文學』, 『土田杏村全集』 13권, 第一書房, 1935, 342면.

9 (1)에서 (5)까지의 연구 목록과 대략적인 연구 내용을 다음 논문을 통해 재확인할 수 있다. 최웅, 「가사의 기원」, 『한국문학사의 쟁점』, 집문당, 1986, 286~296면.

10 윤덕진, 『조선조 장가 가사의 연원과 맥락』, 보고사, 2008; 최한선, 「호남 시단의 서술시 전통」, 『고전시가와 호남 시단의 이해』, 태학사, 2017, 341~424면.

11 이은성, 「가사장르 발생에 대한 연구」, 성균관대 석사학위논문, 1999; 한창훈, 「화청의 문학적 성격에 대한 일고찰」, 『시가와 시가교육의 탐구 Ⅱ』, 월인, 2008, 233~243면.

(1)의 주된 요지는 형태적인 면에서 분장 분절로 된 고려 장가가 파격화되면서 분장 분절이 사라졌고, 그 결과로 장형의 가사가 성립할 수 있었다는 것이다. 이 논점은 경기체가의 소멸시기와 가사의 발생 시기가 근접한다는 점, 담당층이 사대부라는 점, 내용적인 면에서도 사물이나 생활을 나열 서술한다는 점에 주목한다. 그러나 3음보격이 많은 경기체가가 특별한 연유 없이 4음보격으로 변했다는 점, 분장 분절이 사라진 원인을 진화론적 시각으로는 설명하기 어렵다는 문제 등이 난점으로 꼽힌다.

(2)는 가사가 4음보격이라는 점, 조선 전기 가사의 상당수가 마지막 행이 시조의 종장과 같다는 점을 든다. 그러나 간결한 시조 형태가 왜 길어지는지 설명하지 못하고, 조선 후기 가사 대부분은 마지막 행이 시조의 종장과 다르다는 난점이 있다. 시조가 확실히 가사보다 선행하는 갈래인가라는 의문도 있다.

(3) 악장은 분명한 분장체의 시가인데, 역시 분장되지 않는 가사가 왜 악장체의 영향을 받은 것인지에 대한 설명이 어렵기는 마찬가지이다. 특히 악장이 분장체의 형식을 취하는 것은 궁중 행사나 연행에 사용하기 편리하게 선택, 생략하기 위한 것으로 각 장의 내용은 독립성을 유지하며 단시적 성격을 보인다. 외형적인 장형 형태와 상반되는 내용의 특성은 더욱 이 가설의 신빙성을 의심하게 한다.

(4)는 주로 한시에서 영향을 받았다는 견해인데, 장편 한시에 토를 달아 읽든지 시조의 초중장을 연속하면 가사가 형성될 수 있다는 것이다. 중국과 우리의 시가가 엄연히 표현 언어가 다르다는 점, 율조상 비슷한 점만을 주목하는 것은 본질을 도외시한다는 비판을 피할 수 없다. 한편 여기서 박경주가 말하는 한문가요란, '일반 한시가 시로서 인식되는 것과 달리 노래로서 인식되면서 가창이나 음영의 방식으로 향유된 순한문체나 현토체 표기의 작품을 총칭하는 것'으로 초기 가사와의 일정 부분 친연성은 인정

된다.

(5)는 기록문학의 선행 갈래를 구비문학에서 찾는 특이한 견해라 할 수 있다. 이와 함께 장편화의 이유를 생활상의 여러 가지 것을 자세하게 그려낼 수 있는 까닭 등을 해명할 수 있는 논리의 타당성도 가지고 있다. 그러나 민요를 부르는 계층인 서민과 분명한 차별을 가지고 있는 승려나 사대부가 어떻게 해서 교술민요를 통해 가사를 생성시킬 수 있었는지에 대한 실증적 논리적 근거가 부족하다.

(6)은 한시의 영향을 강조하는 논법과 함께 외래 갈래 영향설이라 할 수 있다. 특히 사부辭賦는 가사와 그 형식과 내용면에서 혹사한 유사성을 보여줌으로써 그 주목도가 더 높았다. 그런데 이런 논의들은 갈래적 속성의 공통점을 바탕으로 논의를 전개하기보다는 수사법 등 현상적으로 드러나는 유사성을 강조하고 있다는 혐의가 있다. 설득력이 높은 논점인 율문적 형식과 산문적 내용이라는 그 혹사성에도 불구하고, 한문학이라는 문학적 특징이 바로 국문 시가의 특성으로 환치될 수는 없으므로, 갈래 수행 방식과 양식적 가능태를 동시에 고려한 관점에서의 조망이 필요하다고 본다.

(7)에서 말하는 화청和請이란, 한문으로 되어 있는 범패梵唄에 대비되는 것으로 주로 일반 백성들에게 불교를 널리 전파하기 위하여 우리말로 된 가사를 민요 같은 곡조에 얹어 부르는 불교 가요의 일종이다. 화청은 태동기의 강창 구조가 발전기에는 독립 단형으로 변모되고, 이것이 다시 강창 구조의 독립 장형으로 변화되다가 담당층의 조직화와 전문화 과정에서 이른바 가사체라는 시형으로 고정된 것으로 보인다. 현재 알 수 있는 자료로 이러한 가사체의 시형을 보여 주는 것은 역시 나옹화상의 작품들이다. 이에 실체는 명확하지 않지만, 신라 이래로 계속 이어지던 불교 가요의 흐름 속에서 화청이 구술성 기반에서 기술성을 획득하여 문학적 세련화가 이루어지면서 가사가 발생했다는 설이다. 이러한 논점은 그럴듯한 추론이기는

한데, 명확한 증거 제시나 고증이 불가능하다는 점이 문제로 지적될 수 있다.

이 외에도 좀 더 눈을 넓히면, 더 세부적이고 다양한 차원의 가사 발생에 대한 가설을 찾아낼 수 있다. 그런데 지금까지 살펴본 가사의 발생론 혹은 기원론이라는 것은, 문학은 그 선행하는 갈래에서 진화된다는 생각이 밑바탕에 깔려 있다.

그리고 그 진화의 증거를 찾는 것은 선후 두 갈래의 공통점 즉 동질성 유사성을 찾는 길밖에 없다는 인식으로 연결되고 있음을 알 수 있다. 이렇게 후행 갈래는 선행 갈래의 영향을 받아 생성될 수밖에 없다는 논리를 세우고 그 동질성 혹은 유사성을 들어 설명하려고 하는 것이 기존 가설들의 핵심 원리임이 드러나는 것이다.

그러나 여기서의 동질성 유사성이란 형식적 외형의 일면만이 추출되고 확대된 것으로 보인다. 그렇기 때문에 형식의 부분적 유사성이 발견되기만 하면, 곧바로 해당 선행 갈래로부터 새로운 갈래가 발생했다고 보는 기존의 가설들은 그 타당성이 의심된다. 동질성 유사성의 검출은 기존의 많은 갈래와 연관을 가질 수 있는 것처럼 보였고, 또한 이런 점으로 하여 선행하는 많은 갈래들이 그 기원으로 논의된 것으로 보인다. 이는 기존의 가사 발생론들이 형식적 외연이나 서술기법의 측면에만 주목하고 갈래적 정체성과 발생론의 문제를 연관하여 총체적으로 고찰하지 못한 데에서 오는 한계라 생각한다.

그리고 더욱 중요한 사항은 선후 갈래의 공통점이나 유사성을 찾는 작업 자체가 가사 갈래의 발생이라는 하나의 유기체적 운동의 성격을 타당하게 설명할 수 있는가 하는 점이라고 본다. 문학사의 흐름에 주목할 때, 중요한 것은 동질성이나 유사성보다는 오히려 그 차이점에 있지 않은가 하는 것이다. 후속 갈래가 선행 갈래를 이어 받았다면 그 이어지는 측면보다는 오히려 변형되거나 새롭게 형성된 요소가 더욱 중요하다는 관점이라 하겠다.

선행 갈래와의 동질성 유사성을 찾아 그 기원이나 발생을 논한다는 것은 그 비중이 선행 갈래에 주어져 있지 후행 갈래에 있지 않다. 그리고 그 동질성 유사성이란 새 갈래의 어느 일면이 추출 확대된 것이며, 이것이 선행 갈래와 겹쳐지는 부분이 있으면 곧바로 그 선행 갈래로부터 새 갈래가 발생 되었다고 하는 것은 단순 논리이다. 이에 선행하는 다양한 갈래들이 종합적으로 새 갈래 발생에 영향을 미쳤다고 하는 설명도 학문적으로 의미 없는 무책임한 태도가 될 것이다.

2) 선행 갈래의 부정 혹은 변증법적 전환에 의해 가사가 발생했다는 견해

일반적으로 보면, 문학 담당층이 하나의 갈래를 새롭게 생성하고자 할 때에는 대체로 기존의 갈래를 양식적으로 변용하여 수용하게 된다. 즉 새로운 갈래는 선행 갈래의 단순한 형식적 모방이나 변형이 아니라, 오히려 선행 갈래가 수행하지 못하는 면을 수행하기 위하여 기존 갈래를 양식적으로 변용하여 수용함으로써 발생 되는 것이라 할 수 있다.

이러한 인식은 가사 발생론의 문제를 형식적 외연의 동질성 유사성에만 주목했던 기존의 가설들의 한계에서 벗어나, 양식론적 독자성을 파악하여 접근함으로써 해결할 수도 있을 거라는 전망을 제시한다.

여기서 잠시 시가사의 문학사적 흐름에 대한 김학성의 구도를 살펴보고자 한다.[12] 이를 통해 가사 갈래의 발생을 앞 절의 논의 구도와 정반대로 해석하는, 기존에 그리 주목되지 않았던 정재호의 논의에 다시금 주목하는

12 김학성, 「시조의 시학적 기반」, 『한국 고시가의 거시적 탐구』, 집문당, 1997, 275~312면.

필자의 의도가 잘 드러날 수 있으리라 본다. 김학성에 의하면, 서정시의 갈래에 시각을 한정하여 우리 문학사의 흐름을 파악하면, 그 주도적 갈래의 역사적 전개 양상은 다음처럼 된다고 했다.

> ① 원시민요 → ② 주술 가요 → ③ 민요적 서정 가요(장가) → ④ 사뇌가 → ⑤ 속요 → ⑥ 시조 → ⑦ 자유시

여기서 우리는 서정시가 갈래사의 흐름을 통해 갈래의 교체 전환에 있어서 중요한 법칙을 발견할 수 있다. 우선 ①에 대한 반발로 ②가, ②의 반발로 ③이, ③에 대한 반발로 ④가 ……, 이렇게 낡은 갈래가 신종 갈래에 의해 대체되는 것이지만, 이것을 각 3개의 단위로 묶어서 생각해 보면, ③은 ①의 반동으로 나타난 ②에 대한 반동이므로, 즉 ③은 ①에 대한 반동의 반동이므로 결국 ③과 ①은 닮은 관계에 있다는 사실이다. 즉 임의적으로 ③을 표준으로 할 때 어버지 갈래인 ②에 대한 반동이 은연중 할아버지 갈래인 ①을 닮게 된다는 것이다. 이때 유의할 사항은 손자 갈래가 할아버지 갈래를 닮되 똑같은 모습으로 닮는 것이 아니라 상당히 변형된 모습으로 닮는다는 것이다.

결국 홀수와 짝수 갈래는 영향력이라는 면에서는 강력하지만, 그 갈래적 지향이나 성격을 전혀 달리하게 된다. 그러나 짝수는 짝수끼리, 홀수는 홀수끼리 갈래 지향이나 성격을 같이하고 있음을 즉 갈래사적 위상이나 기반을 함께하고 있음을 알게 된다. 이처럼 서정 시가의 갈래 운동의 흐름에 어떤 법칙이 있다면, 손자가 아버지에 대한 반발로 할아버지를 닮는 과정의 반복적 연쇄라 규정할 수 있을 것이다. 이는 곧 새로운 갈래의 생성은 기존의 역사적 갈래를 양식적으로 변용하여 수용함으로써 가능하다는 사실과 관련된다.

이런 관점과 유사한 인식을 정재호의 가사 생성론에서도 찾을 수 있다.[13] 원래 경기체가에서 가사의 기원을 찾으려고 했던 정재호는, 이후 선후 갈래의 유사성 검토를 통해 가사의 기원을 찾는 입장을 바꾸고, 대신 이질성을 찾아 가사의 생성을 설명하려는 입장으로 선회한다. 필자는 이러한 정재호의 입장 선회가 기존의 논의의 틀을 벗어나 오히려 가사의 생성 문제를 역동적으로 해석하는 주목할 만한 태도라고 생각한다.

정재호에 의하면, 가사의 선행 갈래는 고려 시가라고 할 수 있으며, 이 중 가사는 고려의 별곡과 어떻게 다른가. 그 다르다는 점은 선행 갈래의 특성을 가사가 거부한 것으로 보고, 형식과 표현의 차이에서 다음과 같이 정리하였다.

(1) 선행 갈래(고려 별곡체 시가)의 특성 거부: ①분절의 거부. ②여음의 거부. ③단형의 거부. ④3음보격의 거부. ⑤영탄의 거부.

이에 의하면, 가사는 고려 시가의 단형이며 분절된 시형을 거부함으로 인하여 형성된 것이다. 이는 어디에서 발생하였다기보다는 새로운 시대의 욕구에 맞추어 생성된 것이라 할 수 있다. 시대의 요구에 의해 생성된 것이기 때문에 당대의 가치관을 반영할 수 있었고, 그들의 생활 감정을 실을 수 있는 그릇이 되었다고 보았다.

그러면 이러한 그릇으로서의 가사를 필요로 하게 된 원인은 어디에 있을까. 이 점을 살펴보는 것은 선행 갈래를 거부하게 된 이유를 알게 됨은 물론 가사 생성의 필요성과 가능성을 알 수 있다고 보고, 다음과 같이 고찰하였다.

---

13 정재호, 『한국 가사문학의 이해』, 고려대학교출판부, 1998, 136~168면.

(2) 가사 생성의 필요성: ① 작자층의 변화. ② 가치관의 변화. ③ 소재의 변화.

(3) 가사 생성의 가능성: ① 4음보격의 율조. ② 길이—분량의 문제. ③ 한글의 창제.

가사 갈래가 이루어지게 된 배경으로는 서민 대중이 주로 창작한 고려 시가에 비하여, 가사는 사대부들에 의해 이루어졌으며, 불교를 국시로 하는 고려조와는 달리 조선조는 유교를 국시로 하여 가치관의 변화를 가져왔고, 소재에 있어서도 남녀 간의 애정을 주로 노래한 고려 시가와는 달리 유학의 진리와 자연을 노래한 소재의 변화에서 그 생성의 필요성을 찾았다. 그리고 이러한 가사가 형성될 수 있는 가능성으로서는 4음보 율조를 우리 민족이 본디부터 가질 수 있었으며, 한문학의 소양으로 가사에 적절한 길이와 내용을 장만할 수 있었으며, 한글 창제가 가사체 생성에 크게 기여하였다고 본다.

이런 논점은 기왕에 존재했던 가사 발생 논의와 비교하여 볼 때, 인식론적 전환이라는 말을 붙일 수 있을 정도로 파격적인 것임은 틀림없다. 오히려 발표된지 꽤 시간이 흘렀으나 특별한 학계의 반응을 찾을 수 없는 점이 아쉽게 느껴지기도 한다. 그러나 문제는 이런 논리의 흐름은 결국, "가사체 완성의 시기는 자연히 조선조 세종 이후일 가능성이 커지게 된다."는 결론을 이끌어낸다는 점이다. 완성이라 했지만, 이는 결국 가사의 발생을 15세기 이후로 끌어내리는 결과가 되는데, 이를 어떻게 받아들이는가가 난점으로 부각된다.

결국 이 경우 기존의 가사 발생의 효시 작품들은 논의의 대상이 되지 못하게 된다. 물론 정재호는 이에 대해, '혹자는 현전하는 「역대전리가」나 「승원가」를 들어 이두식 한자로도 가사를 충분히 지을 수 있다고 주장할지 모른다. 그러나 「역대전리가」나 「승원가」의 표기가 이미 조선조 후기임이 밝혀졌으며, 더욱 「역대전리가」는 위작일 가능성이 크다. 한문으로 능히 의사표시를 할 수 있는 사람이 가사라는 새로운 갈래를 궁색하게 이두식으로 지을 필요는 없었다고 본다. 오히려 가사 갈래가 완성된 뒤에 그것을 지으면서 한자를 이용하여 이두식으로 표기한 것이 아닌가 한다'라고 진술하였다.

지금까지 살펴본 것처럼, 가사가 어디에서 기원하였는가 하는 논의는 여러 사람에 의하여 다채롭게 논의되었으나 하나의 귀결점에 도달하지 못하고 있었다. 이렇게 된 이유는 후속 갈래와 선행 갈래와의 동질성을 찾는데 그 논증의 성패가 달려 있었는데, 그 동질성이란 것은 어느 일면만을 추출, 확대할 때 어느 갈래와도 가사는 공통점을 가질 수 있는 가능성을 가지고 있기 때문이다.

따라서 이러한 기원론은 스스로 한계를 가지지 아니할 수 없다. 이러한 한계를 극복하는 길은 동질성을 찾는 기원론보다는 이질성이나 차이점을 찾아 그 생성이나 발생의 필요성을 찾는 것이 보다 바람직한 방법이라 생각하고 고찰한 논의가 본 절에서 검토한 내용들이다.

층위는 다르지만, 북한 시가사의 다음과 같은 논점도 이에 다르지 않다고 본다. 즉 가사와 같은 장가 형식은 훈민정음이 창제된 것을 토대로 해서만 발생할 수 있다. 새로운 시가 형태로서의 가사는 이 시기 다양하고 복잡해진 현실 생활과 그 시대 인민들의 사상 감정을 보다 폭넓게 반영하기 위하여 '별곡체 시가나 시조의 형식에 불만을 품고 그의 제한성을 극복하려는' 미학적 요구에 의하여 나온 것이다. 이런 논리는 결국 가사의 효시 작품을 정극인의 「상춘곡」으로 규정 짓게 되는 결과를 맞는다. 가사 형태는 15세기 별곡체 시가도 창작하고 시조도 창작하였던 국문 시가인인 정극인의 「상춘곡」에서 처음으로 발생하였다.

한편 나옹화상의 불교적 작품은 20세기에 와서 불교 선전자에 의하여 소위 발굴되고 소개된 것으로써 그의 고려 시기 가사 발생설은 전혀 믿을 수 없는 것이다. 한 승려에 의하여 장편적인 국문 시가가 갑자기 창작되었다는 것도 상당한 근거를 요구하는 억측이라고 본다.[14] 이런 논의는 앞서 살펴본 정재호의 논점과 흡사한 논리 구조를 가지고 있음을 알 수 있다.

3. 창작 담당층으로 바라 본 가사의 발생

가사의 발생 시기에 대해서는, 조윤제 이래 15세기 말에 정극인이 지었다는 「상춘곡」을 현전 최고의 작품으로 보는 조선 전기 발생설이 주류를 이루었으나, 이병기에 의해 14세기 후반에 나옹화상 혜근이 지었다는 「서왕가」를 효시 작품으로 보는 고려 후기 발생설이 성립되고, 이후 이두로 표기된 「승원가」가 발굴되어 논의의 보강이 이루어졌다.

이후에는 신득청의 「역대전리가」도 논의에 뛰어들어, 고려 후기에 관료층에 의한 가사 창작도 있었음이 주장되었다.

가사의 발생과 관련된 앞 장의 모든 해석은, 시가 형식의 계승성을 현실 발전이나 사람들의 시대 미학적 요구와는 관련이 없이 순수 시가 형식 내부의 유사성 문제로만 보고 추정을 일삼은 데 그 결함이 있다.

이외에도 가사는 국어국문에 대한 높은 사회적 관심이 필요하다고 볼 수 있다. 가사는 복잡한 과정을 거쳐야 이루어질 수 있는 어렵고 까다로운 작시법적 요인들은 없다. 그것은 장시에 대한 요구와 시조에서와 같은 음절군 조직 경험과 국문시가에 대한 높은 관심만 있으면 발생할 수 있는

14 현종호, 『조선 국어 고전시가사 연구』, 평양: 교육도서출판사, 1984.

것이었다. 때문에 형태적 유사성을 갖춘 텍스트가 발굴될 때마다 필연적으로 가사의 발생과 관련된 논의의 구도가 요동치는 현상이 나타난다.

이런 문제점 때문에 이른 시기부터 가사의 형성 시기에 대한 논의는 이를 구체적으로 입증해줄 만한 구체적인 텍스트, 즉 효시 작품을 찾는 데에서부터 비롯된 것이다. 앞에서 잠깐 살핀 것처럼, 이른 시기 이병기[15]는 「서왕가」를 효시 작품으로 보아 가사의 형성 시기를 고려 후기라고 하였고, 조윤제는 「상춘곡」을 들어 조선 전기라고 보았다. 그리고 이후 거의 모든 논의들이 이 틀에서 출발하였는데, 이러한 연구 방법은 실증적인 구체상을 대상으로 논의를 진행하는 것이므로 나름의 큰 연구사적 의의를 갖는다.

나옹화상 혜근의 작품을 가사의 효시로 보는 시각은 완강한 흐름이 있다. 그의 작품으로 전하는 가사는 이두표기로 전하는 「승원가」와 국문표기로 전하는 「서왕가」, 「심우가」, 「낙도가」 등인데, 특히 2종으로 전해지는 「서왕가」에 초점이 맞추어진다. 이들 작품은 모두 장편으로 3·4조를 기본으로 한 2 혹은 4음보의 형식을 취하고, 더러 불교 용어나 한문식 문구가 삽입되기는 하지만 비교적 파악하기 쉬운 구어체로 되어 있다. 연의 구분 없이 계속 이어지는 장편의 형식은 기존의 시가에서 찾기 어려운 것으로 가사라는 갈래의 규정에 부합한다.

불교 용어나 한문식 문구가 등장하는 것은 학식이 있는 승려층이라는 창작 담당층을 고려하면 오히려 당연하다고 판단되며, 그러면서도 국문으로서 구어체를 띠고 있다는 것은 대중을 상대로 한 포교를 위해 만들어졌기 때문이라고 이해된다. 이에 결국 고려 후기 승려층들이 기존 장편의 선가와 민요를 접맥하면서 가사의 발생에 관여했다는 가설이 성립 가능하다.[16]

---

15 이병기 · 백철, 『국문학전사』, 신구문화사, 1957.

특히 대중들에게 감성적으로 다가감으로써 감화력을 증폭시키는 데는 산문보다 노래하기나 음영하기 좋은 율문이 효과적이므로, 그 중에서도 우리말의 발화 구조에 가장 잘 어울리며 가장 보편적이고 전형적인 4음 4보격으로 표출하는 율격 양식이 채택되었다고 볼 수 있다. 이를 통해 대중 교화를 위한 메시지 전달을 극대화할 수 있었던 것이다.

혜근의 작품이 발굴된 이후 가사의 발생을 승려 더 구체적으로는 선승禪僧과 관련시켜 설명하고자 하는 노력이 이어졌다. 선승들은 고려 후기의 혼란하고 부패한 현실에 대해 모순 극복의 의지를 가지고 등장하는 새로운 사회 세력으로 볼 수 있다. 이에 자신들의 생각을 논리적, 설득적, 설명적으로 전달하여 주장하는 교술 혹은 전술적 담론을 펼치기 위한 새로운 형식의 모색은 필연적이었을 것이고, 이런 필요성은 가사 발생의 동인으로 작용할 수 있을 것으로 보인다.

일부 학자들은 불교가 번성하고 있는 고려 후기에 혜근 같은 고승이 굳이 대중 포교를 위해 우리말로 된 가사를 지을 필요는 없었다고 하며, 이를 작품 위작의 근거로 제시하기도 했는데, 필자가 보기에는 오히려 혼란한 시대의 중생 구제를 목표로 삼았던 선승이라면 우리말로 된 가사의 필요성은 더 컸으리라 짐작된다.

여기에서 차자 방식의 한자와 이두문으로 표기된 고려 후기 공민왕대의 관료인 신득청(1332~1392)이 지은 「역대전리가」가 발굴되어 가사의 발생은 고려 후기라는 사실이 거의 확정되었다. 이 작품은 단종대의 기록물인 『화해사전華海師全』 권6에 전하는데, 이는 작가의 조부인 신현이 주인공으로 설정되어 문답 형식으로 유교적 입장에서 도덕 규범과 실천 윤리를 강조한 학문과 언행을 모은 것이라고 한다.

---

16 박경주, 『한문가요 연구』, 태학사, 1998. 참조.

위서 위작 논란이 없지 않으나 여러 가지 점을 검토해보면 긍정적으로 논의할 가치가 있는 것으로 보인다. 내용을 검토해 볼 때도, 가사 갈래를 통해 대중성을 지향하여 역대의 치란을 교훈 삼으라는 목적을 실현하기에 적합한 것임을 확인할 수 있다. 따라서 신득청의 「역대전리가」를 결정적인 단서가 없는 상황에서는 함부로 위작으로 보거나 조선 후기에 지어진 가사로 단정하기는 어려울 것이다.

이렇게 되면, 고려 후기 가사의 발생에는 승려와 더불어 유교 교양으로 무장하고 배불 의식을 보이는 관료가 관여했다는 말이 된다. 즉 가사 갈래의 출발이 향찰이나 이두 표기에 의해 창작과 전승이 가능했으며, 불교계에서 시작하여 곧바로 유교 관료 계층으로까지 확산되어 갔음을 확인할 수 있다. 신득청의 이러한 방향 전환은 조선조로 넘어오면서 정극인 같은 유가적 교양을 갖춘 사대부 계층이 가사를 창작하고 향유 하는 밑바탕이 되었다고 할 수 있다.[17]

결국 고려 후기 승려 특히 선승 계층에 의해 발생된 가사가 관료에 의해 수용되고 차츰 그들의 기호에 맞는 형식으로 자리 잡아, 조선 전기에 정극인의 「상춘곡」과 같이 세련된 작품으로 나타나게 되었다고 할 수 있다. 이후 가사의 주 창작 담당층은 양반 사대부 계층이 되었고, 작품 대다수에 그들의 세계관이나 가치관이 투영되기에 이르렀다.

필자는 이런 논점에 상당 부분 공감할 수 있는 요소가 있다고 판단한다. 이처럼 가설적 수준에서나마, 나옹화상 혜근의 작품과 신득청의 「역대전리가」를 가사 발생의 구체적인 텍스트로 인정한다면, 결국 가사 발생은 교술 혹은 전술적 성격의 드러냄과 밀접한 관련이 있음을 알 수 있다. 이를

17 김학성, 『가사의 쟁점과 미학』, 월인, 2019. 필자는 이 저서에 수렴되어 있는 일련의 연구가 기존의 수많은 자료와 논점을 재검토하고, 거시적인 조망 체계를 바탕으로 새로운 연구 시각을 보여 주는 주요한 연구라고 본다.

김학성은 '발생기 가사의 교훈성 지향'이라 명명했다.

가사의 표현 양식을 담화 유형으로 비유하자면, '말하기' 지향과 '노래하기' 지향으로 드러낼 수 있다. 물론 문학으로서의 가사는 근본적으로 이 두 가지 대립 지향을 포용하고 융합시킨 것이다. 그러나 구체적인 작품에서는 어느 한쪽으로 기울어진 특성을 드러내는 것이 일반적이다. 우리가 분석의 대상을 정극인의 「상춘곡」으로 한다면, 상대적으로 '노래하기' 지향으로 이해할 수 있으며, 이는 이후 주로 사대부들에 의해 형성된 강호 가사의 주류적 흐름이라 이해할 수 있다. 그런데 이를 비교의 척도로 삼는다면, 고려 후기 나옹화상 혜근의 「서왕가」나 신득청의 「역대전리가」는 교훈적 '말하기' 지향으로 가름할 수 있다.

이처럼 우리가 혜근과 신득청의 텍스트를 가사 발생의 유력한 증거로 삼게 되면, 가사는 그 초기에 교술 혹은 전술적 성격을 강하게 가지고 시작되었으며, 조선 후기에 이르러 종교 가사나 도학 가사 등을 통해 재현되었다는 가설적 구도를 그릴 수 있게 된다. 물론 정극인의 텍스트로 이어지는 또 하나의 흐름도 항상 구도 짜기의 염두에 넣어 두어야 할 것이다.

4. 결론

개별 문학 갈래의 기원이나 발생을 밝히는 일은 문학사를 서술함에 있어 선결되어야 하는 중요한 연구 과제라 할 수 있다. 이에 국문학 연구의 초창기부터 가사 갈래의 발생 문제는 갈래 규정과 더불어 지속적으로 논의되어 왔다.

이에 지금까지 고찰한 것처럼, 그동안 가사歌辭의 발생에 관한 연구는 양이나 질적인 면에서 상당한 성과를 거둔 것이 사실이다. 그러나 그럼에도 불구하고 학계를 대표할 수 있는 정설은 아직 마련되지 못했으며, 각

가설들이 나름의 장점과 단점을 가지고 치열한 각축을 벌이고 있다고 본다.

가사의 발생은 갈래 규정 문제와도 긴밀한 연관이 있는데, 가사는 관습적 경험적 갈래로 창작되고 향유되면서, 그에 따른 복합성과 개방성을 보이기 때문에 그 실질의 규명이 쉽지 않다. 특히 필자는 가사歌辭라는 갈래 규정 자체가 이런 논쟁의 큰 원인을 제공하고 있다고 본다. 가사를 포함한 문학의 갈래 문제는 항상 이론적 작업과 구체적 역사성의 고찰이라는 다소 상이한 두 작업을 얼마나 유효 적절하게 이루어내는가에 성패가 달려 있다고 본다.

특히 가사의 발생 문제를 다루고자 할 때는 구체적 역사성의 고찰이 중요하다. 이에 다소 느슨한 형태적 유사성을 기반으로 설정된 가사 갈래의 규정을 오히려 적극적으로 활용하자는 제안을 하고 싶다. 가급적 검토의 대상이 되는 텍스트의 범위를 넓게 잡고 연구에 임하자는 뜻이다.

다음은 가사라는 역사적 갈래가 가지고 있는 성격의 변모 양상에 주목할 필요가 있다. 고려 후기 승려나 관료층에 의하여 교술 혹은 전술적 성격을 강하게 가지고 발생했던 가사가 왜 조선 전기에 이르면, 사대부들에 의해 서정적 가사로 정립하게 되었는지. 그러다가 조선 중기 이후, 왜 서사적 성격이 두드러지게 나타나게 되었는지 등의 연구는 앞으로도 계속되어야 하리라 본다. 이런 연구의 축적은 어느 시점에 이르면, 결국 가사의 발생을 보는 우리의 시각을 근본적으로 바꿀 수 있는 축으로 작용할 수도 있다.

마지막으로 새로운 자료의 발굴 노력과 함께, 기존에 발굴된 자료라 하더라도 좀 더 치밀한 고증과 확인이 필요하다. 자료에 관련된 사항을 꼼꼼하게 체크하는 것과 적극적인 해석 의지를 갖는 것은 층위가 다른 활동이다. 최근 새로운 연구 방법론이나 문학사적 구도를 짜는 일에 몰두한 나머지 자료를 고증하고 확인하는 기본적인 작업이 소홀해지는 경향이 있다. 고전시가 영역의 경우, 특히 가사 갈래가 그러하다. 이에 다시 한번 관련 연구자들의 경각심이 필요하다고 생각한다.

참고문헌

김학성, 「시조의 시학적 기반」, 『한국 고시가의 거시적 탐구』, 집문당, 1997.
김학성, 『가사의 쟁점과 미학』, 월인, 2019.
박경주, 『한문가요 연구』, 태학사, 1998.
성호경, 『한국 시가의 형식』, 새문사, 1999.
윤덕진, 『조선조 장가 가사의 연원과 맥락』, 보고사, 2008.
이병기, 「시조의 발생과 가곡과의 구분」, 『진단학보』 1집, 진단학회, 1934.
이병기 · 백철, 『국문학전사』, 신구문화사, 1957.
이은성, 「가사장르 발생에 대한 연구」, 성균관대 석사학위논문, 1999.
정재호, 『한국 가사문학의 이해』, 고려대학교출판부, 1998.
조윤제, 『조선시가사강』, 동광당서점, 1937.
조윤제, 『조선 시가의 연구』, 을유문화사, 1948.
조윤제, 『국문학 개설』, 동국문화사, 1955.
최강현 역주, 『가사 1』, 고려대학교 민족문화연구소, 1993.
최웅, 「가사의 기원」, 『한국문학사의 쟁점』, 집문당, 1986.
최한선, 「호남 시단의 서술시 전통」, 『고전시가와 호남 시단의 이해』, 태학사, 2017.
한창훈, 「가사의 갈래적 성격 연구(1)(2)」, 『시가와 시가교육의 탐구』, 월인, 2000.
한창훈, 「초창기 한국 시가 연구자의 연구방법론」, 『시가와 시가교육의 탐구 Ⅱ』, 월인, 2008.
한창훈, 「화청의 문학적 성격에 대한 일고찰」, 『시가와 시가교육의 탐구 Ⅱ』, 월인, 2008.
현종호, 『조선 국어 고전시가사 연구』, 평양 교육도서출판사, 1984.

鈴木貞美, 『日本文学の成立』, 作品社, 2009.
土田杏村, 「上代の文學」, 『土田杏村全集』 13권, 第一書房, 1935, 342면.

한국과 중국의 현대시와 시조체시형 및 가사체시형

최한선

1. 시작하는 말

한국과 중국 두 나라는 오랜 기간 동안 정치, 경제, 문화 등 다방면에 걸쳐 지속적인 영향의 수수 관계를 통하여 상호 발전과 경쟁의 역사를 써 왔다. 문학의 경우 중국의 한시에 대응하는 시조와, 사부辭賦에 대응하는 가사 등을 통하여 중국문학에 대응한 한국만의 문학 갈래를 창작, 발전시켜 왔음은 주지하는 사실이다.

한국과 중국의 옛사람들은 비교적 짧은 사설辭說의 음영吟詠을 요하거나, 단아하고 정제적整齊的이며 서정적인 시상을 함축적으로 드러내고자 하는 경우엔, 한시나 그와 대응한 시조를 사용했으며, 산수의 아름다운 정경에 대한 감상을 하나씩 들추어 말하거나, 어떤 사실이나 내용을 전달하거나 피력하는 데 있어서는 처음과 중간 끝이라는 서사구조를 통하여 서술로써 드러내고자 했는데, 중국의 경우엔 「추풍사秋風辭」 등의 사辭와 「적벽부赤壁賦」 등의 부賦를 즐겨 사용하였고, 한국문학에서는 서술시와 가사 등을 통하여 그런 임무를 수행했다.

중국은 자유시 이전에는 시가에서 구격률舊格律(근체시 형식)을 사용하는 것이 시 형식의 자연스러움이었다. 하지만 자유시 발생 이후에는 시가에서 구어口語, 절주節奏의 사용이 시의 자연스러움이라는 주장 등을 내세우면서,[1] 근·현대시의 형식 창출 과정에서 소네트 등 서구시의 영향을 받아들여 자유시파, 격률시파, 상징시파 등의 여러 형식 실험을 거치면서, 오랜 전통을 지닌 엄격한 규율의 고전 시사詩詞 형식에서 탈피하여, 전대미문의 중국 현대시라는 새로운 자유시 형식을 만들었다. 그런데 그 형식은 다소의 차이는 있지만, 1930년대 현대파, 1940년대 구엽파九葉派로 이어져 중국의 전통 고전시 형식과는 완전히 멀어지고 말았다.

한편, 한국은 근·현대시의 형식을 모색하는 과정에서 민요 등 전통의 시 형식을 중심과 바탕으로 하면서, 현대라는 시대정신을 담아내는 데 부합한 시형을 만들었는데, 이는 함축적인 시조체시형 및 서술적인 가사체시형이 그것인바, 이런 결과는 중국과는 크게 다른 점이라 하겠다.

2. 한중 현대시의 출발

한국과 중국의 시 형식은 오랜 역사를 지니면서 유사한 점도 많았지만 본격적인 근·현대문학이 시작되면서 각기 다른 길을 걷기 시작했다. 한국은 전통시의 중심 위에서 현대시 형식을 안착시켰지만, 중국은 전통을 버리면서 현대시 형식을 만들었다. 중국의 경우 일정한 격률格律과 엄격한 규범을 갖춘 근체시 곧 율시律詩·절구絶句·배율排律 등은 압운押韻을 할 뿐만 아니라, 글자의 평측平仄에 맞게 배열을 해야 하므로, 글자 수나 구句

1 赵黎明,『古典詩學資源與中國新詩理論建構』, 人民出版社, 2015, 27면.

수도 엄격히 지켜야 했는데 이런 전통은 이미 당나라 때 이루어졌다.

하지만 중국은 아편전쟁(1840~1842) 이후 량치차오梁啓超, 샤쩡유夏曾佑, 탄쓰퉁譚嗣同 등에 의하여 1895년 전통시의 개혁에 관한 토론을 벌여 새로운 명사新名詞를 사용해 특이한 느낌을 전달하는 시를 창작해야 한다는 등 신학시新學詩를 주장하였으며, 뒤를 이어 청일전쟁(1894~1895) 이후엔 황쭌셴黃遵憲의 신파시 운동과 량치차오의 시계혁명詩界革命(1899)으로 의경意境을 새롭게 하고, 어구를 새롭게 한다며 전통시 개혁운동을 벌였다.[2]

이러한 시계 혁명은 전통시의 구격률舊格律을 완전히 타파하지 못하고 구시체舊詩體의 형식 틀을 지키는 가운데 신사상, 신의경新意境, 신명사新名詞를 집어넣는 데 그쳤으나, 문학혁명(1910년대 후반~1920년대 초 문학. 사상 개혁운동) 이후부터는 백화시白話詩가 등장하면서 중국시는 완전히 새로운 국면을 맞이하였다.

이에 대해 후스胡適는 "신문학의 언어는 백화이고, 신문학의 문체는 자유롭고 격률에 구속되지 않는 것이다. …(중략)… 5·7언 8구의 율시는 결코 풍부한 재료를 수용할 수 없고, 28자의 절구는 결코 정밀한 관찰을 써 낼 수 없으며, 길이가 일정한 7언·5언은 결코 높고 깊은 이상과 복잡한 감정을 구성지게 표현해 낼 수 없다."[3]고 하여 전통적인 시 형식을 완전히 타파하고 사실적인 묘사를 중시하는 신시新詩를 주장했다.

이러한 백화시 주장이 실험적인 측면이 강하여 크게 성공한 것은 아닐지라도, 그것은 중국시의 전통적 형식과 내용으로부터 완전히 탈피하여 새로운 형식과 내용을 제시해 중국 현대시 발전의 기초를 다져 놓았다는 평을 듣는다.[4]

---

2 홍석표, 『중국현대문학사』(개정판), 이화여자대학교출판부, 2015, 45~47면.

3 홍석표, 위의 책, 156~157면 재인용.

물론 이들 백화시파에 의해 중국 현대시의 형식이 완성된 것은 아니다. 중국 시단에서는 백화시의 자유 형식과 관련하여 여러 논의가 있었다. 그 첫 번째 주자가 궈모뤄郭沫若이다. 미국의 월트 휘트먼과 독일의 괴테의 영향을 받은 그는 백화 신시의 결함을 보완하여 완미한 신시 작품을 처음으로 완성했는데, 특히 순수한 내재율을 지닌 자유시를 지향하면서 서정과 상상을 강조하여 시의 본분은 오로지 서정에 있으며 시라는 것은 정서 자체의 표현이라고 하여[5] 개성의 절대적 자유를 강조하였다.

뒤를 이어 영미시의 특징을 중국시에 적용시키려는 노력으로 신격률新格律시를 연구한 사람은 루즈웨이陸志韋였다. 그는 여러 가지 체제를 실험하며 신격률을 창조하려고 의식적으로 애를 썼다. 이후 1926년 서구 유미주의 영향을 받은 신월파新月派의 구성원이었던 쉬모즈徐志摩, 원이둬聞一多, 주샹朱湘, 천멍자陳夢家, 팡웨이더方瑋德, 류멍웨이劉夢葦 등이 『시전詩鐫』을 통하여 시의 형식미 곧 화해和諧와 균제均齊의 미를 중시하면서 고전시의 엄격하고 고정된 격률은 배제하되, 좀 더 자유롭고 다양한 격률을 만들려고 노력했는데, 이때부터 중국 신시는 새로운 단계로 접어들었다.[6]

신격률파는 자연自然 절주節奏를 중시했는데 린껑林庚 같은 이는 모든 시가詩歌는 일반 형식과 특수 형식이 있다면서, 특수 형식은 곧 민족 언어 형식으로 중국 시가 형식은 예로부터 하나의 규율을 따랐는바, 그것은 다름 아닌 반두율半逗律로서 모든 시가의 행行은 중간에 휴지逗가 있다는 것이다. 이러한 생각에서 그는 서양의 음보 혹 톤頓의 방식은 중국에서는 통할 수가 없으므로, 신시의 절주節奏는 필수적으로 전통 형식 곧 반두율의 계승

---

4 홍석표, 위의 책, 165면.
5 홍석표, 위의 책, 166면.
6 홍석표, 위의 책, 175~176면.

이라 할 수밖에 없다는 주장을 폈다.[7] 이런 생각은 중국 현대시가 전통을 버린 것이 아니라는 것으로 참 궁색한 변명이 되었다. 왜냐하면 모든 백화시에서 반두율이 존재하지 않을 뿐만 아니라, 신시는 각기 훌륭한 절주를 가지고 있기 때문이다.

앞서 말한 궈모뤄가 주장한 자유시와 신월파가 주장한 격률시格律詩의 구별은 압운押韻을 하느냐 하지 않느냐에 있었다. 격률시에서 리듬이란 규칙적인 음절音節 단위로 만들어진다는 것이었는데, 자유시는 그런 형식조차 별 관심을 두지 않았다.

이러한 백화시의 산문화 경향으로 시에서 음악미가 무시되고, 궈모뤄의 지나친 개성 강조와 자유 중시에 의해 시에서의 함축미가 상실되자, 많은 사람들은 무절제한 감정의 직접적인 노출보다는 감정의 억제와 의경의 함축미 및 음악미를 요구하게 되었는데, 앞서 소개한 신격률파와는 다른 1920년대 초에 보들레르와 베를렌의 영향을 받은 리진파李金髮, 무무톈穆木天 등의 상징시파들이 그것이다. 상징시파들은 시에서 내용의 함축, 감정의 절제, 암시의 강조 등을 중시한 시를 통하여 5·4운동 후에 중국 사회에 만연하기 시작한 청년 지식인들의 상실감을 어루만져 주었다.

중국의 신시는 외래시의 영향을 받아 앞서 말한 바와 같이 자유시파, 격률시파, 상징시파 등을 거쳐 성장하면서 고전 시사詩詞에서 완전히 탈피하여, 중국 현대문학의 주요한 한 갈래로 자리 잡았으며, 신격률시와 상징시는 1930년대 현대파의 시로 계승되거나 흡수되고, 현대파의 시는 1940년대 구엽파九葉派로 이어졌다.[8] 하지만 현대를 앞세운 다이왕수戴望舒, 볜즈린卞之琳, 허치팡何其芳 등 현대파 시인들은 시에서 문자의 아름다움이나 음률音律

---

7 赵黎明, 『古典詩學資源與中國新詩理論建構』, 人民出版社, 2015, 24면.

8 홍석표, 위의 책, 191면.

과 운각韻脚보다는, 이미지의 아름다움을 추구하는 데 노력함으로써 시 형식에 대한 논의는 일단 뒷전으로 물러나게 되었다.[9]

하지만 그렇다고 해서 중국 학계에서 현대시 형식에 대한 논의를 소홀하게 할 수는 없는 형편이었는지라 나름의 대안 모색과 함께 현대시가 서구의 영향을 받아 형성된 데 대한 해명이나 설명뿐만 아니라, 오랜 전통의 근체시의 규율規律을 포기한 데 대한 논의는 끊임없이 있었다. 그 가운데 대표적인 예를 들자면 자오린밍趙黎明 같은 학자이다.

그는 신시의 절주節奏(리듬)는 하나의 기준으로遵 정할 수 없으며, 하나의 형식式이 있을 수도 없고, 하나의 표준格으로 구속할 수도 없는 것으로써, 신시 형식의 탐색은 개방적일 수밖에 없다고 하면서, 이러한 리듬은 중국 고금의 각종 리듬(시형) 형식의 단순한 규합이 아니라, 구어口語 리듬(시형)이 주체가 된 각 문체의 정수(정화菁華)를 널리 모아서 만든 새로운 유기종합체有機綜合體라고 했다.[10]

어쨌든 중국의 현대시는 근체시라는 엄격한 시 형식의 규율을 버린 데서 탄생했는데, 그 명분은 예꽁차오叶公超가 말한 바에서 드러난다. 그는 신시新詩는 최고의 아름다움과 최고의 역량이 있는 언어를 사용하여 쓴 것이고, 구시舊詩는 최고의 아름다움과 최고의 역량이 있는 문언文言을 가지고 쓴 것으로, 백화白話와 문언文言, 설화說話와 음악音樂은 신구新舊의 구분점이 된다는 것이다.

그는 이어 이런 점을 안다면 무익한 신구 시 형식의 논쟁에서 벗어날 수 있을 뿐만 아니라, 신시 절주를 만드는 방향을 찾을 수 있을 것이라는 주장을 폈다. 그는 신절주 건설은 새롭게 음보를 메우는 운동이 아니라고

---

9 홍석표, 위의 책, 191면.

10 赵黎明,『古典詩學資源與中國新詩理論建構』, 人民出版社, 2015, 30면.

도 했다. 평상거입平上去入과 궁상치우宮商徵羽 등 전통 음운은 신시에는 사용하기가 마땅치 않고, 5·7을 개량한 형식 또한 신시라 하기에는 맞지 않을 뿐만 아니라, 시의時宜를 담아내는 데 제한이 많다고 했다.[11] 이는 결국 중국의 현대시 형식은 그 당대의 역사적 임무를 다 했던 근체시의 엄격한 규율을 벗어나, 새로운 시대가 요구하는 새로운 역사적 임무를 수행할 신절주 곧 신형식의 창출이 필요하다는 것으로 받아들여진다.

중국인의 현대시 형식에 대한 고민은 다음의 말에서 큰 공감으로 다가온다. "고인이 만든 일련의 정치한 격률格律 유산은 후대인들에게 크게 자랑거리가 되었다. 하지만 그 유산은 우리를 윤택하게 해 주었지만, 아울러 쉽게 해결하기 어려운 문제를 안겨 주었다."

결국 시에서 격률이 있는 것이 시의 자연스러움인가, 아니면 격률에 구애받지 아니한 자유자재한 것이 시의 자연스러움인가? 시 형식의 혁명은 응당 어떤 역사와 논리에 의하여 진행되어야 하는가? 이는 문제 중의 문제이면서 중국 시학에서 스핑크스의 수수께끼 같은 것으로서 중국 시단의 혼란스러움이지만 당장 철저하게 해결할 기미가 없는 실정이다.[12]

한편, 한국의 현대시 형식은 그 형성 과정과 결과에서 중국과는 많이 다르다. 한국의 현대시는 기존의 역사적 갈래를 바탕으로 만들어졌기 때문에 일단 생소하거나 낯설지 않아서 전통의 단절이나 외래 형식의 무조건적 수용이라는 말과는 거리가 멀다.

문학작품이 나오기까지에는 굳이 『거울과 램프』에서 주장한 M. H. 에이브럼스의 비평이론을 들고 나오지 않더라도, 작품이 생성된 당대 사회의 여러 정황이나 상황이 반영되지 않을 수 없거니와, 특히 새로운 장르의

11 위의 책, 27면.

12 赵黎明, 『古典詩學資源與中國新詩理論建構』, 人民出版社, 2015, 31면.

형성에 있어서는 특정 또는 선행 장르가 당대적 소임을 다하고 양식으로 변화된 것의 단순한 영향이나 일방적 수용 또는 장르 생성은 특정 작가의 관습적 문학 행위쯤으로 치부해서는 곤란한 점이 한둘 아니다. 한국 시가사에서 명멸했던 시가를 예로 들더라도 어떤 경우든 변화와 지속 그리고 새로움이라는 측면이 고려되지 않고는 온당하게 설명될 수 없는 장르가 대부분임은 이를 잘 말해 준다.

쉽게 말해서 신라 10구체 향가는 전 4구와 후 4구 그리고 결 2구로 삼분되며 결 2구의 처음에는 감탄사로 대변되는 시상 전환이나 마무리 역할의 어구가 위치한다. 이는 시조의 초장, 중장, 종장의 3장 구조와 흡사하며 특히 종장 첫 구의 "두어라" 등의 시상 전환 또는 마무리적 기능을 지닌 전곡어구의 배치까지 닮았다. 그렇지만 시조는 향가 그대로의 수용 또는 이행이 아니라 그 나름대로의 시대적 사명에 부응하기 위하여 종장 두 번째 음보의 음량音量을 늘이거나 상보적相補的 장르인 사설시조 등을 마련하는 등 그만의 독특한 형식적 장치를 하고 있음을 간과할 수 없겠다.

양식이론에 따르면 어떤 역사적 장르이건 그것이 당대적 사명을 다하고 나면 속절없이 사라지는 것이 아니라 양식으로 전환되어 새로운 장르 출현의 기저 자질로 작용을 하기 마련인데, 그때의 모습은 예전 역사적 장르 그대로의 모습이 아니라는 것이다. 역사적 장르는 그 당대적 의무를 다하면 양식으로 변(전)화되는데 새로운 시대가 요구하는 당대적 수요와 사명 및 필요에 의해 알맞게 변형 또는 굴절되어 다른 양식들과의 복합된 모습으로 새로운 장르 형성에 기여하기 마련인데, 문제는 이런 경우 어떤 양식이 주도적 역할을 하느냐는 매우 중요한 사안이다.

다시 말해서 새로운 장르 출현에 주도적 역할을 수행한 자질이 자생적인 양식 중의 하나인가 아니면 외래적인 것의 영향인가의 논의는 결코 소홀히 할 수 없는 문제이다. 이글은 바로 이와 같은 취지에서 마련되었거니와 우리 시가사의 큰 흐름을 시조체시형과 가사체시형으로 대별하고 이 두 유형이 때로는 상보적으로 때로는 경쟁적으로 혹은 순차적으로 순환을 이루고 혹은 서로 혼합되거나 병립되기도 하여 시대적 요청과 필요에 의해 당대적 모습으로 실현된다는 신념에 바탕하고 있다.

이와 같은 논의의 근저에는 시조와 가사 두 장르 모두 관습적인 장르로서 오랜 역사를 지녔다는 점과 4음 4보격의 친숙하고 안정된 전통적 율조를 속성으로 하고 있다는 점이다. 이는 달리 말해서 두 장르가 구체적인 모습을 갖추기까지에는 오랜 시간이 경과되었을 것이며, 그러는 동안에 역사상의 많은 양식들, 이른바 민요, 상대가요, 무가, 향가, 군가, 경기체가, 고려가요, 판소리, 이야기(외래 자질로서 한시도 포함) 등이 기저 자질로서 음양의 역할을 하였을 것이라는 장르사적 운동을 염두에 둔 것이다.

또한 두 유형은 이와 같은 공통적인 점을 지닌 것과는 달리 시조가 그 주제나 내용상의 구체적인 성격과는 크게 상관없이 그 형식의 정제整齊됨과 세련된 언어의 조탁성을 지향하며 함축과 생략 등 문학적 형상성을 주로 하면서 비유와 상징을 통한 단형의 형식을 본령으로 삼는 반면에, 가사는 관습적이라는 장르의 속성 외에도 개방성을 지녔으며[13] 그 표현에 있어 서술과 제시를 자유롭게 실현할 수 있다는 점, 열거와 반복을 통해 길이에서 자유로움을 누릴 수 있다는 점, 일정한 서사구조(처음—중간—결말)를 지녔다는 점, 연속체적 율문 형식이라는 점, 여러 시행으로 하나의 화행을 만든다는 점 등에서는 서로 비교되는 바가 크다고 하겠다.

문제는 시조와 가사의 장르 형성에 어떤 자질이 주도적 역할을 하였는가에 달려 있지만, 이는 쉽게 결판날 사안이 아니다. 이 문제를 위해서는 시조와 가사의 장르적 속성이 무엇인가를 규명하는 쪽의 접근이 보다 바람직

13 김학성, 『국문학의 탐구』, 성균관대학교출판부, 1987, 115~133면.

할 수 있으나 이 또한 쉬운 문제는 아니다. 이에 대해서는 달리 자리를 마련하여 논의하기로 하고 이 자리에서는 기존의 여러 양식을 가지고 새로운 장르의 모색 운동을 활발히 시도했던 육당六堂 등의 경우를 통하여 개화기라는 격동의 시대, 가치관의 혼란과 새로운 질서가 요구되는 혼미한 시대, 한마디로 새로운 장르를 갈구하는 시대에 그에 적합한 새로운 시 형식을 창출해 내는 데 주도적 역할을 했던 자질이 어떤 것이었는가를 살펴보고자 한다.

그렇게 함으로써 새로운 시가 형식을 창출하기 위하여 요구되는 주요 기저 자질이 무엇이었는가를 역으로 추단할 수 있을 것이며, 그를 통하여 현대라는 새로운 시대에 부응하는 바람직한 현대시 형태, 곧 현대가사의 부활까지도 가늠할 수 있을 것이라는 희망을 가져 본다. 나아가 오늘날처럼 민족의 주체성과 문화의 정체성에 대하여 지대한 관심이 요청되고 있는 시점에서 현대시의 다양한 제 유형을 단순한 시대적 문화의 복합 현상으로 치부한 채 국적 불명의 형식으로 무책임하게 처리할 것이 아니라, 전통과 현대의 조화적 측면과 주도적인 것과 관여적關與的인 것의 역할을 분명히 함으로써 시가사의 정통적 맥락 속에서 현대시의 적자적嫡子的 성격을 온당하게 자리매김함은 물론 미래 시 형식까지도 예단할 수 있을 것으로 생각한다.

이와는 달리, 문학 연구 방법론 중에서 장르에 대한 연구만큼 많이 논의되고, 열띤 논쟁을 벌여 온 것도 드물었다. 그럼에도 불구하고 장르론적 문학 연구 방법론이 그 열기를 덜하거나, 긴장을 완화하지 않고서 꾸준히 계속해서 더욱 박차를 가하고 있는 것은 한편으로는 아직도 이 분야에 대한 연구가 만족할 만한 기대에 도달하지 못했음을 시사함과 동시에 다른 한편으로는 매우 지난한 노력을 요하는 문제임을 인식케 해 준다.

문학 연구가 으레 그러하겠지만 특히 장르비평은, 비평가의 시각과 연구태도 및 입장에 따라서 다양할 수밖에 없다. 그러므로 정적이고, 정체적인,

다시 말해서 비非역동적인 단순한 분류 차원의 가시적인 현상에 대한 장르 비평은 문학을 사회적인 제반 상황과 관련하여 총체적인 것으로 파악하지 못하고 오로지 분류라는 명목만을 지닌 채로, 여러 문제를 남기게 될 뿐만 아니라 문학 형식의 부단한 생명력에 대한 해명을 기대할 수 없다. 그렇게 된다면 문학작품의 형식에 대한 단순한 고찰은 결코 문학 외적인 분류 차원을 넘어설 수 없을 것이며 그로 인해 기존 장르의 옹호론에 머물고 말 공산이 크다.

김준오 교수의 "특히 80년대 민중문학의 충격은 한국 현대문학의 장르 비평적 검토는 물론 장르 개념에 대한 근본적 반성을 야기시키고 있다. 왜냐하면 일부의 민중문학론자의 이론과 작품이 장르의 구분을 포기하거나 거부하고 있는 것처럼 느껴지기 때문이다."[14]라는 발언은 기존 장르의 옹호론처럼 느껴지기 십상이지만, 그러나 좀 더 음미해 보면, 김 교수의 발언은 시사하는 바가 크다.

그의 주장은 우리 시대의 시인들이 기존 장르의 형식을 위협하고 있다는 사실이다. 그러나 기존 장르에 대하여 개인이나 일부 단체가 그것을 포기하거나 거부한다고 해서 그것이 하루아침에 파괴되거나 소멸되지는 않는다. 또한 우리 문학사의 어떤 시대에 존재하여 찬란한 꽃을 피웠던 역사적인 장르를 어느 개인이나 단체가 그것을 선호하여 오늘날에 재부흥시키고자 한다 해도 쉽사리 과거의 영광을 얻을 수 없음은 가람과 육당의 시조 부흥 운동이 실패한 선례에서 익히 보아 온 바다.

곧 세계관의 변화 없이는 일조일석에 개인이나 일부 단체에 의하여 기존 장르가 파괴되지 않는 법이다. 사회가 혼미하고 세계관이 전도될 때 기존 장르에 도전하여 나타난 새로운 형식은 새로운 장르가 아니라, 하나의 양

14 김준오, 「장르개념의 변화」, 『대학신문』, 서울대학교, 1985, 2면.

식mode(논지의 전개상 편의를 위하여 부름)에 해당한다. 이 양식은 장르 창출에 없어서는 안 될 중요한 매개체이다.

장르의 변화에서 가장 흥미 있는 것은 어떤 장르가 다른 장르의 속성이나 형식, 특징 등을 포섭, 혼합 또는 복합하는바, 이러한 '잡종'은 순수 장르 분류론자들에게는 순수한 장르의 파괴나 단절, 또는 소멸이라는 괴이한 현상으로 받아들여질 것이다. 그러나, 시대의 변화나 가치관의 혼란으로 기존 세계관이 흔들리고 사회가 불안정하게 되면, 이른바 '순수 장르'라는 형식틀로써는 다양화되고 복잡 미묘해진 시대 변화의 조류에 문학이 대처할 수 없게 될 뿐만 아니라 문학이 사회를 선도하기는커녕, 도리어 다양한 문화의 소용돌이에 휘말려, 문학의 존재 이유가 불분명해지고 말 것이다.

급변하는 시대적 상황에서 오직 언어예술만이 '순수성'을 간직한 채 남아 있어야 되지 않느냐고 반문할지 모른다. 그러나, 문학적 집적물은 자신이 속한 시대의 문화, 경제, 역사, 종교 등 사회 전반의 반영물이라는 것은 두말할 필요가 없다. 한국문학사를 되돌아보건대 세계관이 바뀌고, 사회가 혼란될 때마다, 거기에 따른 수많은 새로운 문학 형식이 시도되었다가 사라지곤 했다. 이러한 '새로운 문학 형식' 그 자체를 우리는 '장르'라고 잘못되게 불러 왔다. 그렇기 때문에 개화기 시절에 여러 가지 시 형식을 시도하고 아울러 시조라는 고전 장르의 부흥을 위해 노력했던 육당을 장르 인식이 결여된 자라고 했으며, 또한 시詩와 가歌에 대한 명확한 해명이 없고 시의 서정성이나 순수성에 대한 개안이 없었던 자라고 불러 왔다.[15]

이와 같은 견해는 육당의 여러 시 형식의 시도를 통해 볼 때(뒤에 상술하겠지만 육당 자신은 많은 시 형식을 시도했다) 충분히 납득할 만한 사실이다. 또한 장르의 순수성을 주장하는 순수 장르론자들의 입장에서 볼 때, 육당의 그

---

15 정한모, 『한국 현대시문학사』, 일지사, 서울, 1981, 178면.

러한 다양한 시 형식의 시도는 퇴보된 시인, 나아가서는 시대에 역행하는 시인으로 지탄받아 당연하다.

그렇다면 과연 우리는 육당을 장르 인식이 결여된 이른바 잡동사니 형식을 시도한 시인이라는 딱지를 붙여 둔 채로 만족할 수 있을까 의문이다. 여기에서 잠시 현대시 쪽으로 눈길을 돌려 보자. 현대 시인(특히 지성을 자부한 몇몇 시인)들은 여러 가지 전통적인 역사적 양식을 수용하여 그것들을 현대시라는 형식 속에다 혼합하여, 포섭, 결합시키는 작업을 게을리하지 않고 있다. 곧 육당이 시도한 바와 같은 '잡동사니'적인 시를 쓰고 있다. 그러면 이들은 장르 인식이 결여되어서 그와 같은 지난한 작업을 하고 있는 것인가? 그렇지만은 않은 것 같다. 그들이 시도하고 있는 새로운 형식은 그 자체가 바로 장르 창출이 아니라 양식mode을 통한 실험이기 때문이다.

이러한 배경에서 오늘날 농경과 산업 그리고 정보화의 물결을 넘어 제4, 제5의 물결을 일으키며 다문화 시대, 4차 산업혁명의 시대로 나아가는 길목에서, 수많은 정보와 그에 따른 다양한 표현과 표출의 홍수 시대에서, 적폐된 현실의 모순과 불합리 등을 과연 기존의 시 형식만으로, 당대의 현실을 온전하게 담아낼 수 있는 것인가는 의문이 아닐 수 없다.

3. 이론적 배경

1) 양식mode의 개념

본고에서 주장하는 양식에 대한 개념을 설정함에 있어서는 A. 파울러의 저서에 힘입은 바 크다.[16] 양식은 기억에서 쉽사리 사라지지 않는 장르상의 한 개념으로서, 그 종류는 매우 많아서 오히려 불분명할 정도다. 모든 장르는 여기에서 출발하지만 명사적 개념어인 장르와는 달리 형용사적인 개념으로 쓰인다. 즉 장르 생성에 관여한 다른 자질들을 수식 또는 형용하여 그 쓰임새가 매우 복잡하므로 언뜻 보면, 애매모호vague할 정도이다. 하나의 완전한 외부적 형식external form을 갖추지마는, 물론 완성된 형식은 더욱 아니다. 양식은 또한 비조직적인 것이므로 정상적인 상태에서는 몇몇 다른 양식과 결합하여 새로운 양식으로 변형이 가능하다. 변형되기 이전의 양식이 부분적, 파편적인 것이라면 변형을 거친 후는 전체적comprehensive인 것이 된다.

부분적, 파편적인 것일 때 그것은 단지 하나의 고정되지 않은 기존 장르의 맛color을 경험한 혼합물(기존의 순수 장르에 동참했다가 거기에서 제외되거나 탈락된 부분이므로)인 것이다. 다시 말해서 이와 같은 양식은 축소적이면서도, 모가 나지 않아서 여러 가지 자질들과 쉽게 결합할 수 있다. 또한 양식은 그 신호 체계가 매우 다양하여 어떠한 종류의 역사적 장르와도 쉽게 교신이 가능하다. 나아가, 비문학적 요소인 지리적topographical, 신화적mythological, 계시적apocalyptic인 요소도 양식으로서 활동하게 되는데, 이것들은 특히 유명한 전원시나 에세이 단편소설 등의 장르 형성에는 중요한 역할을 한다. 모든 종류의 양식이 구체적으로 이름 지어지고 인식된 것만은 아니다. 풍자시 같은 것에서의 짧은 스타일의 경구는, 말할 수 없이 효과적인 수법이지마는 어느 시대, 어느 사회에서나 나타날 수 있는 아주 평이한 양식이기 때문에, 올바로 인식되지 않고 있다. 바꾸어 말하면 풍자satire는 끈질긴 생명력과 오랜 역사성을 지닌 양식이라 하겠다.

희극, 비극, 로망스 등은 매우 친숙한 양식이므로 한 가족으로 취급된다.

---

16 Alastair Fowler, *Kinds of literature: An Introduction to the theory of genres and Modes*, Harvard University press, Massachuse, Cambridge, 1982, pp.106~129.

결국 희극에 비극적인 요소가 강하게 작용할 수 있음은 물론 그 역도 또한 가능하다. 로망스에 희·비극적인 성격이 강하게 작용할 수 있는 것은 이와 같은 이유에서이다. 양식은 시대에 따라 변하는 것이어서 중세 로망스의 양식과 19세기 로망스 장르의 그것은 결코 똑같은 것이 아니다. 또한 앞으로 나타날 어느 장르에서는 또 다른 변모된 모습으로 나타날 것이다.

그러므로 시대의 변천에 따라서 양식의 변화는 그것에 부수하며, 그렇기 때문에 양식이 제한을 적게 받으면 받을수록 그만큼 문학 형식의 다양성이 보장받게 된다. 마지막으로 양식은 전쟁을 겪은 후에 개개인의 신분적 동요가 일어날 때라든가 아니면 사회가 극도로 혼미한 상태에 빠진다든가, 또는 가치관의 전도가 심한 때 등, 다시 말해서 사회의 불안정한 시기에 그 기능을 최대한으로 자유롭게 발휘한다는 것이다. 이상에서 필자는 양식에 대한 개념을 살폈다. 이제 이와 같은 양식론을 바탕으로 다음의 논의를 전개해 보기로 한다.

2) 육당의 시 형식 실험

(1) 여러 시 형식의 시도

앞서 말한 바와 같이 육당은 여러 가지 시 형식을 시도하였을 뿐만 아니라 고전시가 장르의 하나인 시조를 부흥하려고 부단한 노력을 경주했던 시인이었다. 김학동 교수에 따르면, 육당은 3·4조, 3·3·3·3조에서 4·4·4·4조, 5·5·5조, 6·4조, 3·3·5조, 6·6조, 7·5조, 8·5조 등에 이르기까지 실로 가능한 다양한 시 형식을 시도했었다.[17] 아래서 그의 시를 들어서 살펴보기로 하자.

---

17 김학동, 『한국 개화기 시가연구』, 시문학사, 1981, 114~115면.

㉠ 3·3·3·3조의 형식

이 형식은 우리의 민요에서 익히 보아 온 형식임은 두말할 여지가 없다. 육당이 이러한 민요 형식을 수용한 것은 그의 전통문학에 대한 깊은 애착을 나타냄과 동시에 시 형식에 대한 지대한 관심을 보인 것이다. 다음 작품을 보기로 하자.

눈감고 감안이 가슴에 손대니
손씃헤 써르를 울리는 것잇네

무언가 무언가 놀라워 하다가
얼풋이 께치니 그걸세 그걸세

내피를 돌리며 내숨을 쉬우며
내입을 버리며 내손을 놀리며

깃버서 웃기며 슯허서 울리며
운명을 부리며 기회를 만드러

맘대로 씃대로 내마음 쇠둑여
가즌짓 식이는 그무슨 힘일세

하자고 덤뷔어 못이룰 것업는
재조와 세력의 더날이 그걸세[18]

---

18 고려대 아세아문제연구소, 『최남선전집』 5, 현암사, 1973, 340면.

…(이하 생략)…

위에 인용한 「보배」는 1917년 『청춘』 제11호에 실린 것으로, 전체 26연이다. 재주와 세력을 보배로 삼으면, 이 세상에서 안 될 일이 없다고 격려하고 있다.

㉡ 4·4·4·4조의 형식

이 형식은 전형적인 가사의 4음 4보격의 형식인데, 규칙적인 리듬 때문에 전달력이 강하고, 동질 세력 간의 화합과 이질 세력의 동질화에 도움을 주는 형식 장치임은 가사에서 익히 본 바다.

버드나무 눈트라고 가는비가 오는고야
개나리 진달네꼿 어서퓌라 오는고야

보슬보슬 나려와서 촉은촉은 축여주매
질적질적 저즌흙이 유들유들 기름돈다.

아츰나절 저녁나절 나무기슭 기슭마다
참새무리 들네임을 벌서부터 드릿스니

늙은제비 졂은제비 긴날개 번득이며
넷집차저 오는쓸도 이비위엔 보이렸다

이비는 방울마다 목숨의씨 품엇나니
나무거니 풀이거니 맞는놈은 싹이나며

이비는　　오는족족　목숨의샘　부릇나니
사람이고　물건이고　더럭더럭　긔운나네
…(이하 생략)…

위의 시는 「봄의 앞잡이」[19]로, 1917년 4월 『청춘』 제13호에 실렸으며 전체 20연으로 구성되었다. '유들유들', '질적질적' 등의 같은 단어를 반복함으로써, 생동감을 느끼게 한다. 또한 규칙적인 리듬은 읽는 이로 하여금 흥을 돋우게 하고 있다.

㉢ 7·5조의 형식

우렁차게 토하는 기적 소리에
남대문을 등지고 떠나 나가서
빨리 부난 바람의 형세 같으니
날개 가진 새라도 못따르겠네
…(하략)…

1908년에 지은 「경부철도가」로, 이 7·5조의 형식은 종래의 학계에서 '전통적인 것이냐, 아니면 비전통적인 것이냐'를 놓고 논란이 많았던 것이다. 이규호 교수에 의하면, 이 형식은 맹목적으로 일본 시가에 영향받은 것이 아니라, 삼국 이래로 우리 문학사의 전 시대를 점철해 온 5언이나 7언 한시가 잠복된 상태에서 개화기라는 시대를 맞이하여 오랜 동면을 털고 일어나 「언문풍월」, 「장단구악부체」, 「충시」 등의 실험적 양식을 거쳐서 육당에게

---

19 『최남선 전집』 5, 341~342면.

접맥된 것이라 한다.[20]

육당은 당시 일본에 유학했다. 그러한 그가 일본 시가에 접했었을 것은 분명하다. 그 결과 일본 시가의 형식에 친숙했을 것이라는 추측은 어렵지 않다. 그러므로 그가 시도한 7·5조 형식에 있어서도 일본 시가의 영향을 전적으로 배제할 수는 없을 것이다. 그의 「경부철도가」가 일본인 오와다大和田의 「철도창가」와 유사하고, 그의 여러 신체시가 일본 『신체시초』에 실린 작품들과 여러 면에서 유사하다는 주장이 있는가[21] 하면, 이에서 한 발 나아가 임종찬 교수는 육당이 일본 시가에 나타난 7·5조 형식을 시범으로 보이자 김동환(산넘어 남촌에는, 누가 살길래, 해마다 봄바람이, 남으로 오네) 이은상(수줍어 수줍어서, 다 못 타는 연분홍이, 부끄려 부끄려서 바위틈에 숨어피다, 그나마 남이 볼세라 고대지고 말더라: 진달래) 등이 뒤를 그를 계승했다고 했다.[22]

그러나, 우리에게 중요한 것은 7·5조라는 형식 실험에 있어서 그것의 주가 무엇이고 종이 무엇인가에 있다. 결국, 한문학이 국문학의 당당한, 일부로서 받아들여지고 있는 오늘의 시점에서 볼 때 7·5조 역시 전통시가 형식에서 비롯된 양식화의 한 모습으로 보아야 할 것이라는 생각이다.

㉣ 기타 형식

1) 질거움과 태평의 크나큰비흘
모든 것에 골고루 난화주라신
하날명을 받드신 우리 태황조

20 이규호, 『개화기 변체 한시연구』, 형설출판사, 1986, 73~122면.
21 박철석, 『한국현대문학사론』, 민지사, 1990, 371~376면.
22 임종찬, 『개화기 시가론』, 국학자료원, 1993, 57면.

이세상에 오심에 네게로로다.

…(중략)…

사나움게 뛰노난 물결갓흔중

쌥힌바된 너의가 가장크거니

억만목이 소리를 가지런히해

너의덕을 질겁게 기리리로다

2) 내압헤노힌 숫반도는 왼큰것의 점이니

모든빗나고 고은일이 네게로서 시초라

네한나라를 위해서나 왼세계를 위해나

제일하기엔 용감하고 남위하얀 자비해

적고큰너의 모든소망 내압헤서 이루라

장하고대하고 부하라 진왕선왕 미하라.

위에 든 1)과 2)는 잘 알려진 바와 같이 『내백산시집』에 실린 작품들로서, 1)은 「태백산가 기일其一」이며, 2)는 「태백산가 기이其二」이다.[23] 그런데 여기서 우리의 관심을 집중시키는 것은 1)은 4·3·5조이고 2)는 5·4·4·3조라는 사실이다. 같은 소재를 사용한 같은 제목의 연속된 작품에서조차 자수율을 달리한 것은 과연 무엇을 의미하는가? 이 외에도 육당은 「모르네 나는」에서 5·5·5조를 실험하는 등 여러 형식을 실험함으로써 당시 상황에 적합한 시 형식을 모색했던 것으로 생각된다.

이런 노력은 앞서 소개한 바와 같이 육당의 장르 인식에 대한 결여만으로 돌리기에는 석연치 않은 점이 있다. 우리는 이와 같은 여러 시 형식의

23 김학동, 앞의 책, 126면 재인용.

시도 그 자체를 장르적인 현상으로 파악할 것이 아니라, 앞서 밝힌 대로 시대상의 혼란과 세계관의 난립에서 기인하는 자연스런 양식들의 시도로 보아야 할 것이다. 즉 기존의 시 형식이 창출된 시대적 배경과 세계관으로써는 불안정한 개화기 사회 현실과 확대된 개화 지식을 대변해 낼 수 없는 것이었다. 왜냐하면 육당은 개화 지식을 보급시키는 데 열중했던 사상가였기 때문이다. 사회 계몽가인 그에게는 확대된 지식의 양을 보다 잘 전달하기 위해서 새로운 형식의 문학적 도구가 절실히 필요했던 것은 분명하다.

"그가 자유시·산문시의 경지에까지 시를 몰고 가지 못한 것은 그가 새로운 지식을 습득하였음에도 불구하고 그것을 받아들일 문화적 계층이 아직 형성되어 있지 못한 사실과 밀접하게 관계되어 있다."라는 김윤식 교수의 진술은[24] 두 가지 측면에서 받아들여야 한다.

첫째, 육당에게 자유시나 산문시의 경지를 기대한 점은 바로 새로운 장르의 창출을 기대한 것과 같은 것인데, 그렇다면 무리한 기대가 아닐 수 없다. 왜냐하면 장르란 앞서 살핀 바와 같이 개인이나, 몇몇 단체의 힘으로 일조일석에 만들어지는 것이 아니기 때문이다.

둘째, 새로운 지식을 받아들일 만한 문화적 계층이 형성되지 않았다는 진술은 바로 정곡을 찌른 것이라 하겠다. 여기서 새로운 지식을 수용할 수 있는 문화적 계층이 형성되지 않았다는 것은, 바꾸어 말하면 기존의 유교적 질서나 세계관의 질곡에서 벗어나지 못하여 기존 세계관에 대적할 수 있는 새로운 세계관이 마련되지 못한 상황이거나 아니면 너무나 많은 세계관의 난립으로 통일된 하나의 지향점이 없었다는 말로 표현할 수 있다. 개화기의 앞뒤 상황을 미루어 볼 때 그 원인으로 전·후자의 두 요인을

24 김윤식·김현, 『한국문학사』, 민음사, 1973, 112면.

모두 간과할 수 없다. 여러 세계관이 난립되어 있었기 때문에 하나의 통일된 양식적 시도로는 여러 계층을 두루 만족시킬 수 없었을 것이다. 그런 점에서 육당의 다양한 시 형식의 시도는 오히려 지극히 당연한 결과라고 아니 할 수 없다. 왜냐하면, 주지하다시피 그는 모든 계층을 가능한 한 두루 포섭하여 교화시켜야 할 사상가였기 때문이다.

결국 김윤식 교수의 진술은 육당에 대한 재평가의 발단을 마련한 것이 되었고 양식론적인 접근은 그것을 뒷받침할 수 있는 것이라 하겠다. 이상과 같은 점에서 육당이 시도한 여러 시 형식 실험은 그의 장르에 대한 깊은 인식에서 말미암은 것이로되, 그것을 수용할 수 있는 공감층의 힘이 미약하여 하나의 새로운 장르 창출로까지 나아가지 못하고 양식의 시도에 그치고 만 아쉬움을 남겼다. 그러나 그것은 육당의 장르에 대한 인식 부족이거나 그의 문학에 대한 능력의 한계라고 단적으로 얘기해서는 안 될 성질의 것이다, 오히려 다양한 양식의 실험은 문학에 대한 그의 남다른 열정을 보여 준 것이라 생각되며, 이와 같은 양식에 대한 그의 지대한 관심 중의 일부는 필연적으로 사상가적인 의무감에서 말미암은 것으로 사료된다. 육당의 이러한 실험적인 시도는 새로운 장르는 중국 현대시처럼 외래적인 것의 이식이나 모방으로 이루어진 것이 아니라 여러 역사적인 장르의 양식화와 당대적 요청에 따른 양식들의 결합으로 이루어진다는 사실을 다시 한번 일깨워 준다.

(2) 시조체 형식의 부흥

육당의 시조 부흥 운동은 세 가지 측면에서 다시 새겨 볼 수 있다.

① 기존의 역사적 장르를 본래 모습 그대로 답습하려 했다는 점

② 그것을 개화기라는 시대적 상황에서 시도했다는 점

③ 기존의 시조 장르를 다소 변경시켜 시도했다는 점

㉠ 기존 형식의 답습

①의 입장 즉 기존의 시조라는 역사적 장르를 본래 모습 그대로 답습하려 했다는 것은 다음 사실에서 시사하는 바 크다.

개화기에 난립했던 다양한 세계관 중에는 유교적 이념을 바탕으로 한 세계관이 조선시대 못지않게 만만찮은 지지 세력을 갖고 있었다. 그러한 사실이 육당에게는 예사로 받아들여지지 않았을 것이다. 왜냐하면 결국 그는 사상가였기 때문에 가능한 한 자기 사상에 대한 많은 공감층의 확보를 필요로 하였기 때문이다. 그 결과 유교 이념을 지지하였던 다수 계층을 포섭한다는 것은 중요한 관심이었다. 유교적 이념을 기반으로 하는 계층을 수용하기 위한 가장 손쉬운 방법은 유교적 이념을 세계관으로 하여 창출되었던 시조 장르가 안성맞춤이었음은 재언을 요하지 않을 것이다. 이렇게 보면 육당의 시조 부흥 운동은 세심한 장르론적 관심에서 비롯한 것이라 할 수 있겠다.

한편, ②의 입장, 즉 개화기라는 시대적인 상황에서의 그러한 시도는 결국 양식의 개념에서 밝힌 바와 같이 양식은 전쟁을 겪은 후에 개개인의 신분적 동요가 일어날 때라든가, 아니면 사회가 극도로 혼미한 상태에 빠진다든가 또는 가치관의 전도가 극심할 때 등, 다시 말해서 사회가 불안정한 시기에 그 기능을 최대한으로 자유롭게 발휘한다는 사실을 역으로 입증하는 것이라 하겠다. 요컨대 육당은 유교 이념의 지지층을 자기와의 공감대층으로 흡수하기 위해서 고전시가의 시조 양식을 조금도 변화시키지 않고 그대로 사용했다고 할 수 있다.

㉡ 변형된 형식

위에서 들어 보인 ③의 입장, 곧 역사적으로 존재하였던 시조 장르를 다소 변형시켰던 의도는 무엇인가? 그것을 알기 위해 먼저 아래 구체적인 작품을 예로 들어 보자.

> 태백에 꼿이피니 부귀가 쌍전이라
> 대민국의 저런역사 영원토록 한갈갓다.
> 태황조 크신 힘은 만년무강이로다.

위에 든 것은 「태백에」[25]라는 제목을 갖고 있는 전체 7수의 연작 시조 가운데 첫 수이다. 무엇보다 먼저 눈에 띄는 것은 종장이다. 평시조의 종장 구성법인 3·5·4·3조에서 벗어나 친숙함을 깨뜨리고 있다. 이것은 조선시대 선비의 유장한 기품을 탈피하고 있으며, 종장 첫 구 또한 주로 감탄사가 실현되었던 종래의 구조와는 분명 다르다.

이와 같이 시조 형식에 변화를 시도한 것은 육당에게 있어서는 불가피한 것이었을 것이다. 유교를 세계관으로 굳건히 신봉하였던 계층에게도 개화기라는 격동기는 피할 수 없는 상황이었다. 그들 역시 쏟아지는 개화문물에 대하여 초연할 수 없었다. 결국 그들 중의 일부 계층은 개화사상이나 신문명에 어느 정도 개방을 허용하고자 했던 것이다. 다시 말해서 조선시대 모습 그대로의 유교적 질서나 세계관에 다소 변화를 가함으로써 시대적 상황에 현명히 대처하려는 것이었다. 요컨대 그들에게 있어서 조선시대 모습 그대로의 시조 형식은 급작스런 시대 상황에 비추어 볼 때 현실을 수용하는 데 부적합한 그릇이었음은 당연한 것이다. 그리하여 그들은 기존의 다소 억압되고 규제된 형식에서 벗어나 다소 탄력 있는 형식을 찾았다. 이에 육당은 민감하게 그들의 변화에 따라 시조 형식에 변화를 시도함으로써 일부 개방적인 유교 세력도 포섭하려 했었을 것이다. 이와 같은

25 임선묵, 『근대 시조 대전』, 홍성사, 1981, 45~46면.

입장에서 볼 때 육당의 시조 형식의 변형은 지극히 당연한 시대적 요청의 결과였다.

그렇다면 육당의 경우를 포함한 개화기(격동기, 애국·계몽기 등)에 시도되었던 여러 유형의 시를 어떻게 처리할 것인가? 육당이 시도했던 3·3·3·3, 또는 4·4·4·4, 혹은 7·5나 5·5·5 등의 시와 그가 제작한 시조를 비롯하여 개화기의 여러 시조, 『독립신문』, 『태극학보』, 『대한매일신보』 등에 실린 여러 시 형식들은 대체로 그 길이에 있어서 단형을 지향하고 있으며, 음보는 4음보를 유지하지만, 정통 시조의 연장 또는 계승이라 하기에는 다소 거리가 있다. 이들은 대체로 단형이면서 정형을 유지하고 있으며 시적 긴장감 유지, 상상력, 함축미 등을 갖고 있음을 감안하여 이를 시조체시형이라고 부르고자 한다. 그렇게 함으로써 기존의 신체시 개념 규정에 대한 논쟁의 종식은 물론 한국 시가사의 단절 극복과 나아가 우리 문학의 주체적이며 자생적인 발전사를 통하여 우리의 자존과 우월성에 대한 긍지와 함께 미래 우리 시가의 모습을 예측하는 데 기여할 수 있을 것으로 판단된다.

3) 80년대 현대시의 형식 실험

80년대의 젊은 시인들 특히 고정희, 하종오, 이동순, 김용택, 신경림, 김지하 등이 실험했던 여러 시 형식을 두고 순수 장르론적 관점에서 볼 때 '장르 규범의 파괴' 또는 '장르론의 포기'라는 지적은 당연하게 보인다. 여기서 우리는 논지의 전개를 위해 앞서 들어 보인 김준오 교수의 지적을 다시 한번 상기해 보자.

"특히 80년대 ① 민중문학의 충격은 한국 현대문학의 장르비평적 검토는 물론 ② 장르 개념에 대한 근본적 반성을 야기시키고 있다. 왜냐하면 일부의 민중문학론자의 이론과 작품이 ③장르의 구분을 포기하거나 거부하고 있는 것처럼 느껴지기 때문이다."라는 김 교수의 진술은[26] 필자 나름대로 세 가지 측면에서 면밀히 살펴볼 필요가 있다고 생각된다.

① 민중문학의 충격
② 장르 개념에 대한 근본적 반성
③ 장르의 구분을 포기하거나 거부함

①의 '민중문학'이 충격을 준다는 것은 바꾸어 말하면 '비非민중문학'은 충격을 주지 않는다는 역의 논리가 성립됨은 그리 어렵지 않다. (여기서 충격이라는 개념은 기존 장르의 형식에 대한 도전을 의미하는 것이다.) 그러면 왜 하필 민중문학만이 기존 장르 체계에 대한 전면적 반성을 요구하며 나아가 민중문학론자들이 기존 장르를 적극적으로 포기하고 거부하려는 것일까? 여기에 대한 해명은 단적으로 말해서 기존 세계관이나 장르가 민중문학론자들의 그것과는 크게 괴리된 데 기인한다고 하겠다. 또한 ②와 ③에 대한 진술은 양식적 개념에서 바라보면 더욱 분명해진다. 80년대 젊은 시인들이 시도한 다양한, 즉 현대시라는 시 형식은 그 자체가 곧바로 새로운 장르 틀은 아닌 것이다. 이러한 시각에서 잠시 현대시의 실현 양상을 들어 보기로 하자.

㉠ 민요체 형식의 수용

에헤 꽃 핀다고 다 핀 것은 아니란다.

---

26 앞의 신문, 같은 곳, ①,②,③ 번호는 인용자.

에헤 잎 진다고 다 진 것은 아니란다.
에헤 떠난다고 다 간 것은 아니란다.
(어랑어랑 어화 어랑어랑 어화)[27]

예로 든 「서울 사랑」은 전체 8연으로 구성되어 있는데, 제1연에서 제5연까지는 "어랑어랑 어화 어랑어랑 어화"라는 후렴구를 매 연마다 반복하고 있으며, 제6연에서 제7연까지는 "어이 넘차 어허 넘차 어허어이 넘차"라는 후렴구를 쓰고 있다. 즉 제1연에서 제5연까지 사용된 후렴구는 민요 「신고산 타령」을 연상시키며, 제6연에서 제7연에 따르는 후렴구는 「뱃노래」를 떠올리게 한다.

또한 "에헤 꽃 핀다고 다 핀 것은 아니란다"와 "에헤 잎 진다고 다 진 것은 아니란다"의 반복법, 열거법, 대구법은 민요에서 흔히 나타나는 형식이다. 이와 같이 현대시에 민요적인 요소를 과감히 수용한 것은 새로운 양식의 시도이지 결코 새로운 장르의 시도가 아님에 다시 한번 주목해야 한다.

이와 같은 시를 우리는 무어라 불러야 할 것인가? 필자는 이를 현대시 중 '가사체시'라고 불렀으면 하는 바람이다. 왜냐하면 앞서 말한 바와 같이 가사는 장르의 속성상 개방성과 관습성으로 인하여 가사 형성 이전의 여러 역사적 장르가 양식화된 여러 양식들을 수용하여 당대적 요청에 적합한 시 형식으로 만든 것이므로 그 속에는 한시를 비롯하여 민요, 군가, 시조, 고려가요, 악장 등 기존의 역사적 장르의 편린片鱗(양식)이 많이 들어 있다. 한편 시조와 가사 장르를 현대시에 교묘히 접맥시킨 경우를 들어 보자.

27 고정희, 『이 시대의 아벨』, 문학과지성사, 1985, 39면.

㉡ 시조체 형식의 수용

얇은 紗 하이얀 고깔은
고이 접어서 나빌레라
파르라니 깎은 머리
薄紗 고깔에 감추오고
두 볼에 흐르는 빛이
정작으로 고아서 서러워라
빈 臺에 黃燭불이 말없이 녹는 밤에
오동잎 잎새마다 달이 지는데
소매는 길어서 하늘은 넓고
돌아설 듯 날아가며 사뿐히 접어올린 외씨보선이여.
…(중략)…
이밤사 귀또리도 지새는 三更인데
얇은紗 하이얀 고깔은 고이 접어서 나빌레라.

위의 시는 주지하는 바와 같이 조지훈의 「승무」다.[28] 조지훈은 지절志節의 시인이며 학자요 고고한 선비로서 자아와 자연의 동일성을 추구한 시인으로 알려져 있다. 서익환의 지적대로 그는 세칭 청록파 시인으로 식민 통치 말기에 민족의 얼과 정서를 지키기 위하여 숨어서 시를 쓴 민족시인이다.[29] 그에게 있어서 4음보의 유장한 율조는 거의 몸에 밸 정도였으며 그와 같은 체질화된 시조의 리듬은 쉽사리 파기 또는 방기할 유산이 아니었을 것이

28 조지훈, 『승무』, 미래사, 2000, 15면.
29 서익환, 『승무』, 미래사, 2000, 141면.

다. 그의 체질화된 선비 문화적 삶의 부분 부분들이 위의 시와 같이 시조체가 바탕이 된 시형, 곧 시조체시형을 실현하였을 것이라 생각한다.

필자는 이와 같이 단아하고 조화로우며 균형감각과 세련미를 지니고 있는 현대시를 '시조체시형'으로 부르고자 한다. 다시 말해서 안정된 율조로 읽히면서 함축과 생략이 본령을 차지하고 비유와 상징을 통하여 개인의 서정을 주로 담고 있는 단형의 정적지향情的志向의 정제된 시를 시조체시형으로 이름하고자 한다. 이에는 물론 현대시조라는 장르 속屬이 포함됨은 물론이다.

현대시조가 살아남기 위해, 아니 본연의 목소리를 분명히 내기 위해 자유시에 가까운 실험을 하는 경우 그것은 오히려 더욱 자유롭게 열려 있어야 한다는 신범순의 주장은[30] 무엇을 의미하는가? 그것은 시조의 정형 속에 스며 있는 시조의 시조됨, 곧 3장과 6구의 기본 틀을 낡고 퇴행적인 것으로 방기하는 것이 아니라, 그것을 기준으로 그 정형의 진정한 의미를 통하여 변형, 일탈 등이 왜 나오지 않으면 안 되었는가를 밝혀야 된다는 것이었다. 이른바 시조의 현대적 실현 양상은 정통 시조를 중심으로 이루어져야 한다는 말로, 이는 다름 아닌 현대 시조와 자유시의 경계를 구획하는 기준이라 하겠다.

ⓒ 가사체 형식의 수용

짱아짱아 예쁜 짱아 붙는데로 붙어라
울너머로 가지마라 똥물먹고 죽을라

30 신범순, 「현대 시조의 양식 실험과 자유시에의 경계」, 『2000 만해 축전』, 만해사상실천선양회, 2000, 145~146면.

하늘높이 날지마라 거미줄에 얽힐라
먹이파리 동동가물치 송사리 동동
잠자리 꼬리에다 지푸라기 꽂아날리며
철없는 저 아이들 강가에 몰리어 노는데
…(중략)…
짱아짱아 예쁜짱아 붙는데로 붙어라
높이높이 날지마라 거미줄에 얽힐라

— 「물의 노래」(제5연)

예로 든 이동순의 「물의 노래」[31]는 1에서 16번까지의 작품 번호를 갖고 있는 가사체시형의 장시이다. 가사의 4음 4보격을 유지하면서도 리듬의 반복에서 야기되는 단조로움을 덜기 위해서 음절수 배려에 세심한 주의를 쏟고 있음을 직감할 수 있다. 또한 작가의 주석에 의하면 "짱아짱아 … 송사리 동동"은 전래동요인 「잠자리 잡는 노래」에서 따온 것이라 한다. "짱아짱아 … 붙어라"와 "높이 날지마라 … 거미줄에 얽힐라"를 연의 맨 처음과 맨 마지막에 각각 반복 구로 실현시키고 있는 것은 민요와 개화기 가사[32]에서 두루 나타나는 현상이다. 이와 같은 시는 함축이나 생략보다는 서술敍述과 제시提示를 주로 하면서 반복反復과 열거列擧를 통하여 확장擴張된 문체를 서술로써 생성해 낸다. 그러면서 일정한 서사구조 곧 스토리를 갖고 있다. 따라서 이 경우는 정적 세계의 지향보다는 경물적景物的인 서술 세계를 지향志向한다. 그래서 가사체시형에 속함은 물론이다.

31 이동순, 『물의 노래』, 실천문학사, 1983.
32 졸고, 『개화기 가사연구』, 성균관대학교 대학원 석사학위청구논문, 1985, 17~20면.

㉣ 굿체 형식의 수용

현대시라는 순수 서정 장르에다 한때 터부시되었던 무당의 푸닥거리를 과감히 수용한 것은 일단 충격이 아닐 수 없다. 고정희가 바로 그 대표적 시인인데, 그는 「사람 돌아오는 난장판」―마당굿을 위한 장시―에서 전체 세 마당으로 구성된 굿 노래를 보여 주고 있다.[33]

첫째 마당은 제1과장 홍도깨비춤, 제2과장 청도깨비춤, 제3과장 은도깨비춤, 제4과장 상여꾼의 춤 등 전체 네 과장으로 되어 있다.

둘째 마당은 제5과장 무당춤, 제6과장 박수춤, 제7과장 살풀이춤, 제8과장 원귀들의 춤 등 역시 네 과장으로 구성되었고, 마지막 셋째 마당은 제9과장 예수칼춤, 제10과장 이승 환생춤, 제11과장 난장판춤 등 세 과장으로 된 굿거리 형식이다.

홍도깨비 벌려보세 벌려보세 도깨비잔치 벌려보세 人肉에 초장치고 도살잔치 벌려보세

(거드름 장단으로 한바퀴 칼질하고 외사위로 빠르게 망나니 폼으로 춤추다가 중앙에 자리를 잡으며)

쉬이― 동쪽 것들 잠잠하라

쉬이― 서쪽 것들 잠잠하라

쉬이― 북쪽 것들 잠잠하라

쉬이― 남쪽 것들 잠잠하라

(얼쑤 절쑤 지화자자 으르륵―고수)

(끄덕이 · 용트리 · 사방치기 · 삼진삼퇴 · 너울질 · 활개펴기 · 활개꺾기 하고

33 고정희, 『초혼제』, 창작과비평사, 1996.

나서 다시 중앙에 자리를 잡으며)

홍도깨비 이곳에 당도하여 사면을 둘로보니

도깨비불이 너울너울하고

허수아비들 넓죽넓죽 절을 하니

보기도 좋고 기분도 좋다마는

내 오늘 잔칫날 불원천리 달려왔는디

(달려왔는디. 「추임새」—장고 떵쿵.)

아 이게 뭔 냄새여?

티우 방귀 냄샌가 아민 똥 냄샌가

뭐가 이다지도 향긋혀?

(코를 쫑긋거리다가 고개를 끄덕이며)

오호, 알것다 알것어

한 상 떡벌어지게 바치라 하였는디

땀 냄새 눈물 냄새 가난 냄새렸다

칠칠맞은 여편네 속것 냄새

떼거지들 몰려앉은 궁상 냄새렸다

수년만의 잔칫상에 합수 냄새 대접사라!

(엄하고 화난 투로)

으흐응, 이런 고얀 것들

아 이게 내 잔치라고 벌린 거여?

오냐, 두고 봐라

이 밤이 새기 전에 요절복통 내주리다

주제넘는 것들 풍지박산 만들리라

(풍지박산 내주리라. 「추임새」)

…(하략)…

위와 같은 시를 우리는 현대시의 하나로 대하고 있다. 그렇다면 이는 어떤 면에서 시라고 하는가? 물론 대화체에 관심을 두면 영락없는 극 장르이다. 사설에 중점을 둘 경우 시라고 하겠는데 그 역시 우리가 일반적으로 접해 온 시와는 분명 다르다. 그렇다면 고정희는 현대시가 무엇인지 잘 모르고 혼자만의 실험적인 시를 쓴 것일까? 그렇게 생각한 사람은 아마 아무도 없을 것이다. 뭔가 할 말이 많은데 그것을 시로써 다 드러내고 싶을 경우, 우리는 무가와 판소리 그리고 가사라는 기존의 훌륭한 시 전통을 갖고 있다.

시인은 그 가운데서 무가의 형식을 수용하여 당대적 가치와 요구에 맞게 변형하여 현대시라는 그릇에 담은 것이다. 이른바 고정희류의 현대시 형식인 셈이다. 물론 리듬에 있어서 3음보와 4음보의 혼합 또는 그 외 다른 음보의 실현까지도 발견되지만 그것이 주제 실현이나 전달에 필수 불가결한 영향력을 행사하는 주된 율조가 아니라는 사실을 감안하여 정통 가사와는 다른 가사의 개방성과 관습성 그리고 4음보의 유장한 리듬이 주를 이룬 가사체시형으로 부르자는 주장이다.

ⓜ 판소리체 형식의 수용

환장허겄네 환장허겄어
아, 농사는 우리가 세빠지게 짓고
쌀금은 저그덜이 편히 앉아 올리고 내리면서
며루 땜시 농사 망치는 줄 모르고
나락도 베기 전에 풍년이라고 입맛 다시며
장구 치고 북 치며
풍년 잔치는 저그덜이 먼저 지랄이니

우리는 글먼 뭐여
신작로 내어놓응게 문뎅이가 먼저 지나간다고
기가 차고 어안이 벙벙혀서 원
아, 저 지랄들 헝게 될 일도 안 된다고
올 농사도 진즉 떡 쪄먹고 시루 엎었어
아, 입은 비뚤어졌어도 말이사 바로 혀서
풍년만 들면 뭣 헐 거여
안 되면 안되어 걱정
잘 되면 잘 되어 걱정
풍년 괴민이 더 큰 괴민이여
뭣 벼불고 뭣 벼불면 뭣만 남는당게
재주는 곰이 부리고 돈은 뙤놈이 따먹는 격이여
아, 그렇잖아도 환장헐 일은 수두룩하고
헐 일은 태산 겉고 말여
생각히면 생각헐수룩
이 갈리고 치떨리능게 전라도 논두렁이라고
말이 났응게 말이지만 말여
거, 머시기냐 동학 때나 시방이나
우리가 달라진게 뭐여
…(하략)…

위에서 보는 바와 같이 김용택은[34] 「마당은 비뚤어졌어도 장구는 바로 치자」에서 맺고 풀며, 밀고 당기는 등 긴장과 이완의 수법을 주로 하면서

34 김용택, 『마당은 비뚤어졌어도 장구는 바로 치자』, 미래사, 1991.

일정한 서사구조를 지니며 행간과 바깥에 은근 살짝 양념 격으로 풍자를 집어넣는 판소리 수법을 수용, 자기 나름의 시 형식으로 변형하여 실현시키고 있다. 이 작품 외에도 그는 가사체, 타령조, 판소리체 등을 수용하여 현대시의 새로운 모델을 실험하고 있다. 이 또한 4음량의 기본 음량에다 여러 리듬을 혼합한 혼합 리듬을 취하고 있지만 그 실제는 4음보를 기준 리듬으로 하고 있음이 확인된다. 따라서 이러한 시 형식의 형성에 주된 역할을 한 양식이 바로 가사였음을 알기에는 크게 어렵지 않을 것이다. 그런 측면에서 이런 시 형식 또한 가사체시형으로 부르고자 한다.

㉥ 이야기체 형식의 수용

만물의 이치는 음양이 근본이라
화합하면 태평하고 상극하면 서로 싸워
싸우는 것 중간에 항용 기이한 기이한 꽃이 핀다 전하나니
이 꽃을 두고 일러 사꾸라라 부르것다.
我東方이 牛島로서
넓적한 대륙과 길쭉한 島國에 기어 밤낮으로
동서남북 왼갖 잡것들이 서로 들어와 맞서 끝없이 불질하는 중에
金姓, 木姓이 도한 다투고
폭군과 백성이 노상 부딪쳐
하루도 욕질에 매질, 칼질에 팔매질이 멈출 날 없으니
그 사이에 맞아죽는 자 부지기수요
安竹間에 송장이 산더미 같이 쌓이고
隋唐間에 흐르는 피가 내를 이뤄 끝없은즉
밸없고 뼈없는 자 애오라지 바라는 것 그저 제 한 몸 安命保身뿐이것다

구년 큰물에 햇빛 바라듯 나무아미타불
십년 가뭄에 비 기다리듯 관세음보살
돌쌓아 단 모으고 이제나
몸씻어 재계하고 저제나
保身秘法을 학수고대하던 중에 홀연
櫻子라 이름하는 聖人이 나타나
하루는 목멱에서 처세술 공부하는 앵군이란 놈 앞에 놓고 설법하여 가라사되
아무 해 거쳐서 아무 해 당하면
지각 있는 놈 살고 지각없는 놈 죽으리라
앵군이 물어
그때가 언제이오니까
櫻子 답하여
그때가 이때니라
…(하략)…

위는 1971년 월간 『다리』에 연재된 「앵적가櫻賊歌」의 일부인데, 말이 노래이지 이야기체라고 함이 더 적절한 시이다. 김지하 본인의 주장대로라면 담시譚詩 곧 이야기시다. 1970년대 정가政街에서 사이비 논쟁이 한창일 때 각계각층을 총체적 불신으로 내모는 등 해박하고 날카로운 서술로써 당시 사회를 풍자하고 있는데, 마치 한 편의 우화 민담을 읽는 감동을 자아내고 있으며 그 결말을 "눈물도 웃음도 아닌 기이한 꽃 한 송이 피어 있더라, 일러 전해 오것다."로 끝맺음하고 있어 오래전부터 전해 내려온 이야기 같은 느낌이 들도록 결구했다.

위의 「앵적가」는 언뜻 리듬이 없는 산문처럼 보이지만 율독을 해 보면

4음보의 리듬으로 친숙하게 율독된다. 물론 시의 내용상, 한 음보에 실리는 음의 양이 4음을 벗어난 경우가 많은데, 이는 그만큼 긴박감을 살려내는 효과를 거둘 뿐만 아니라 4음보의 유장한 율격이라 해서 음풍농월적吟風弄月的인 내용만을 담거나 유장한 완보緩步의 호흡만을 지닌다는 오해를 시원하게 불식시키고 있다.

4음보의 리듬일지라도 담겨진 내용에 따라서 얼마든지 급박한 호흡으로 율독할 수 있음은 판소리의 아니리에서 익히 보아 온 예이다. 위는 반복과 열거의 수사를 통하여 대상을 풍자하거나 강조하고 있음이 눈에 띄며 서술과 제시로써 이야기를 확장해 가고 있는데, 그렇게 하는 데 있어서 주도적 역할을 하는 양식은 다름 아닌 가사 자질이다. 따라서 이러한 시 역시 가사체시형으로 부르고자 한다.

이상에서 본 바와 같이 현대시에 전래동요와 가사체형식, 굿체형식, 민요체, 무가체, 이야기체, 시조체 등을 접합시킨 것은 분명히 기존 시형에 대한 불만족에서 비롯된 새로운 시형의 모색을 위한 시인의 진솔하고 간절한 몸부림이다. 결국 새로운 장르의 모색을 위한 몸부림은 지식층(김지하의 대설 『남』, 이동순의 『개밥 풀』, 김용택의 『맑은 날』 『섬진강』, 하종오의 『벼는 벼끼리 피는 피끼리』, 신경림의 『달넘세』 『새재』 『농무』, 고정희의 『이 시대의 아벨』 『초혼제』 등) 시인들에서 꾸준히 계속되고 있는 현상이다.

이러한 사실은 우리 시대가 그만큼 복잡하고 어수선하여 어느 하나의 시 형식으로 또는 기존의 시 형식으로는 모두 담아내지 못할 만큼 할 말이 많다는 증거이면서, 새 시대를 담을 새로운 부대의 필요성 곧 새로운 시 형식의 개발(창안, 출현)에 대한 갈망의 강한 의지적 반영으로 보인다.(비록 어려운 과업일지라도)

다른 한편으로 기존 장르에 젊은 지성 작가들의 날카로운 통찰력은 현실적 세계관과 그들이 이상으로 추구하는 세계관과는 매우 괴리된 상황에 놓여 있음에서 기인함을 주목해야 한다. 기존의 견고한 고정된 장르에 대한 불만과 해체는 여러 역사적 양식의 변용적 수용이나 혼용 등 다양한 형식 실험으로 드러났다. 복잡하고 불투명한 사회상황에 따른 온갖 문제의 발생과 정치적, 지적 권위 등에 대한 불신과 불만 등에서 비롯되는 이런 현상은 결국 다양한 문학 양식의 조합 등 다양한 실험을 거쳐, 새로운 문학을 탄생시키는 발판이 될 수 있을 것으로 판단된다.

4) 가사시의 부활과 창작방법

잘 아는 바와 같이 가사歌辭는 고려 말에 승려들의 불교 포교 목적으로 탄생하였다. 그렇게 탄생한 가사는 조선에 이르러 사대부들의 지적 취미와 강호한정, 충신효제, 우국애민 등의 내용과 규방 부녀자들의 신세한탄, 자녀교육, 시집살이를 말한 도구 등으로 유행하였고, 조선 후기에 이르러선 서민층에 의하여 신분제 차별의 부당함, 인간적 권리의 옹호 등을 대변하는 데 이용되었다. 이어 동학교도, 천주교 신사 등에 의하여 각기 자신들의 종교를 포교하는 수단으로 애용되었으며, 항일 저항 시인들에 의하여 애국과 항일의 도구로서도 크게 각광받았다. 뿐만 아니라 기행을 좋아한 사람들의 기행 체험은 물론 현실을 비판하고자 하는 사람들의 현실 참여 수단으로 애용되는 등 가사는 명실공히 전 국민의 문학으로 오랜 전통을 지닌 소중한 우리의 문화유산이다.

가사가 이렇게 많은 사람들에 의하여 오랫동안 사랑을 받은 이유는 무엇보다도 그 창작의 용이함에 있다고 하겠다. 가사는 민요, 한시, 경기체가, 고려가요, 시조 등과 같이 운율(리듬)이 있는 문학이기에 시가문학의 범주에 든다. 쉽게 말해서 가사는 시詩의 하나로서 그 창작 방법은 시 창작 방법과 다를 바 없겠다. 다만 가사의 정체성은 곧 가사의 형식적 특징에 있는

데, 그것은 4음량 4음보의 운율을 가진 서사가 있는 시라는 점이다. 여기서 '음'은 글자 수數보다는 글자 양量을 말하고, '음보'는 글자가 모여서 이룬 마디(걸음걸이)를 뜻한다. 예를 들어 조선조 선조 시대에 창작된 정철의 「관동별곡」을 보기로 하자.

강호에 병이 깊어 죽림에 누웠더니
관동 팔백 리 방임을 맡기시니

이렇게 시작되는 「관동별곡」의 경우 첫째 줄은

강호에 ①
병이 깊어 ②
죽림에 ③
누웠더니 ④

①, ②, ③, ④와 같이 네 걸음걸이를 4음보라고 한다. 이와 같이 가사는 한 행(줄)이 4음보로 이루어져야 한다는 것이 원칙 아닌 원칙이다. 하지만 2음보를 중첩시켜도, 아니 1음보로 한 행을 대신하고 나머지 3음보로 뒤를 이어도 흠 될 것은 없겠다.

그다음으로 ①의 '강호에'는 3음, ②의 '병이 깊어'는 4음, ③의 '죽림에'는 3음, ④의 '누웠더니'는 4음으로 되어 있다.

그런데 겉모양으로는 ①의 '강호에'가 3음으로 보이지만, 그것을 읽을 때(낭송, 읊조림)는 그 '음량'이 4음량이 된다. 다시 말해서 장음화의 원리에 따라 '강호에+α' 곧 α가 더 있는 것처럼 읽힌다.

여기서 우리는 우리나라 시문학의 매력에 감탄하지 않을 수 없겠는데,

이는 우리의 시문학은 음수로 읽히는 것이 아니라, 음량으로 읽힌다는 점이다.

이는 일본시나 중국시는 시구 중에 한 글자만 빠져도 시가 되질 않지만, 우리는 그와는 판이한 경우로서 우리의 시는 읽는 사람 곧 독자를 위한 시라는 점이다. 이를 관습적 율독이라 할 수 있다. 관습적으로 그렇게 읊조렸다는 말과 같다.

쉬운 예로 고등학교 시절에 김소월의 「진달래꽃」이란 시를 배웠을 것이다.

나보기가역겨워 ①
가실때에는 ②
말없이고이 ③
보내드리우리다 ④

이 경우 ①은 일곱 자(7음), ②는 다섯 자(5음)로 보이므로 이를 7·5조라고 부르고 그렇게 배웠다. 그런데 '조'라는 말은 일본에서 나온 말로, 우리의 '음'이란 말과 비슷하다.

위의 시는, 보이는 대로 말하면 ①7음, ②5음, ③5음, ④7음 곧 7·5조라고 할 수 있는 것인데, 앞서 말한 바와 같이 우리의 시는 읽는 사람 편의로, 곧 관습적으로 읽는다 했듯이, ①의 '나보기가역겨워'는 '나보기가'와 '역겨워'로, ②의 '가실때에는'은 '가실'과 '때에는'으로 읽힘을 알게 될 것이다.

그러므로 김소월의 「진달래꽃」은,

나보기가 / 역겨워 // 가실 / 때에는 //
말없이 / 고이 // 보내 / 드리우리다 //

와 같이 한 줄(행)이 네 걸음걸이(4음보)로 읽히는 전통적인 우리의 관습 시 형식을 따르고 있는 것이다. 위의 시행을 3음보로 "나보기가 / 역겨워 / 가실때에는"으로 율독할 수도 있겠다. 그러기에 우리는 김소월의 시에서 전통적인 가락을 맛볼 수 있다는 말이 나온다.

'나보기가'는 4음, '역겨워'는 3음, '가실' '고이' '보내'는 2음, '드리우리다'는 5음 등으로 각기 눈에 보이는 음의 수는 다르지만, 우리 시는 읽힘(독자 위주)을 4마디씩 때론 3마디씩 관습적으로 하면서, 음의 양을 중시하므로, 실제로 모두가 '4음량'으로 읽힌다.

다시 말해서 '가실'은 '가시이일', '고이'는 '고오오이' 등으로 장음화의 원리에 따라 길게 읽힌다는 것이다.

이를 장음화長音化 원리라고 하는데, 우리말의 아름다움을 살린 우리 시의 매력이라고 하겠다.

한편 '드리우리다'는 5음으로 보이지만, 읽을 때는 4음량으로 빠르게 읽힌다. 이를 단음화短音化의 원리라고 하는데, 우리 시의 율독에는 이처럼 장음화와 단음화의 원리가 있어서 시의 리듬에 완급(빠르고 늦음)을 자동 조절해 주고 있다.

지금까지의 말을 요약하면 가사는,

> 강호에(1음보) 병이 깊어(1음보) 죽림에(1음보) 누웠더니(1음보)
>
> —「관동별곡」

와 같이 한 줄(행)이 4음보로 이루어지며 각 음보를 이루는 음(글자 수)은 최소 2음에서 최고 5음까지라는 것이다.

다음으로 가사의 형식에서 주의를 요하는 것은 마지막 행(줄)의 규칙이다. 3, 5, 4, 3원칙은 시조와 전통 가사에서 두루 지켜 온 것으로, 마지막

행 첫 음보는 3음절, 두 번째 음보는 5음절 이상, 세 번째는 4음절 원칙이나 자유롭고, 네 번째 음보는 3음절 원칙이나 자유롭다. 결국 가사의 마지막 형식은 ㉠3, ㉡5음절 이상, ㉢4(융통), ㉣3(융통)⋯→3, 5, 4, 3으로 시조의 종장 규칙과 같다 하겠다. [어즈버(3) 태평연월이(5) 꿈이런가(4) 하노라(3)]

하지만 이는 전통가사의 형식에 준한 규칙으로 이에 대해서는 앞으로 시조와의 관계 등 활발한 논의가 있어야 할 것으로 생각된다.

다음은 가사의 형식 구성이다

가사가 시의 DNA를 잃지 않는 한 그 길이가 길건 짧건 간에 시임에 분명하다. 이는 한문학에서 부賦가 2백 행 또는 그 이상 길어도 길이에 상관없이 시의 갈래에 속하는 것과 같다. 다만 부를 서정시로 볼 것이냐 아니면 서사시로 볼 것이냐의 문제가 있듯이. 가사 또한 그 갈래 귀속에는 여전한 문제가 있다. 『오늘의 가사문학』이 창간된(2014년 여름) 이후 가사의 형식에 대해 편집 위원 간에 진지한 토론이 있었다. 가사의 형식 틀을 정하고, 그에 따른 창작을 유도해야 한다는 주장과, 가사가 시이기 때문에 시의 형식은 산문, 극, 이야기체(담시) 등으로 다양하므로 가사의 형식을 정하거나 제시해서는 안 된다는 것이 그것이었다. 물론 둘 다 일리 있는 목소리임은 분명하지만, 현대시조가 오늘날의 모습으로 정착하기까지 숱한 토론과 형식 실험 등 많은 시행착오가 있었음을 감안하여 우선은 관망하기로 했다.

가사가 관습적인 4음량 4음보의 친숙하고 용이한 리듬을 갖고 있지만 그렇다고 가사의 시됨, 곧 문학성을 지닌 가사문학 창작이 쉽다는 말은 아니다. 가사 창작 또한 시를 짓기 어려워하는 이유와 별반 다를 바 없겠으나, 다만 서사구조(처음—중간—결말)를 담을 수 있음은 긴장, 함축, 밀도, 긴밀 등에 신경을 곤두세우지 않아도 좋고 또 할 말을 갖추어 드러내고자 하는 현대인의 심정과 잘 맞아떨어지므로, 짧은 현대시나 시조의 창작보다는 더 자유로울 수 있을 것이다.

가사는 앞서 말한 바와 같이 한 줄(행)이 4음량 4음보로 구성된 서사구조를 가진 시이다. 가사의 행(줄)은 어디까지나 율독에 의한 행의 구분이다. 가사는 여러 시행(대체로 7 내지 8행)이 모여 하나의 화행話行을 이루는 경우가 많다. 연속체로 이루어진 장편의 시이기 때문에 아무래도 그 속에 담기는 내용이 많을 수밖에 없다.

시조와 가사는 하나의 짝으로서, 짧은 내용을 노래 부를 필요가 있을 때는 시조를, 긴 내용을 읊조리고 싶을 때는 가사를 각각 창작했다. 다시 말해서 가사는 많은 내용을 담고 있으므로 그 내용 전개가 서사구조 곧 서사—본사—결사, 봄—여름—가을—겨울, 도입부—전개부—결론부 등 다양한 방법으로 구성될 수 있겠다. 송순의 「면앙정가」나 정철의 「성산별곡」 등은 봄—여름—가을—겨울의 계절 변화에 따라 자연경관을 읊은 대표적 가사이다.

오늘날과 같이 복잡하고 다단한 시대를 살아가는 현대인들은 사회 또는 국가에 대해서 하고픈 말이 많을 것이다. 자기가 하고픈 말을 하고자 할 때, 은유나 직유 또는 상징이나 풍자의 수법을 동원하거나 의인법 등의 수사적 기교를 빌려와 마음껏 말을 하되, 상대방에게 설득력 있게 하기 위해서는 논리적 전개가 필요한 것이다. 가사를 창작할 때도 자기가 하고픈 말을 어떻게 전달할 것인가를 생각하다 보면, 자기 나름의 내용 전개 방식 곧 좋은 구성법이 떠오를 것이다. 이처럼 가사란 단적으로 말해서 형식은 시의 몸뚱어리를, 내용은 소설의 몸뚱어리를 지닌 이른바 '산문적 운문체'라 할 수 있겠다.

요컨대 가사는 한 줄(행)이 4음량 4음보로 된 그 형식의 자유로움과, 길이에서의 자유로움 때문에 현대인들도 누구나 손쉽게 쓸 수 있는 700년의 전통을 가진, 우리의 소중한 문화유산이다. 일본인이 하이쿠를 소중히 가꾸듯 우리도 시조와 가사 등 우리의 문학 유산을 갈고 닦아 길이길이 발전시켜 나가기를 바란다.

4. 논의 및 마무리

지금까지 필자는 한국과 중국의 현대시 형성 과정 및 한국 현대시 형성에서 시조와 가사 등 전통시가와의 관련에 대하여 살폈다. 중국의 경우 전통시 형식으로 대변되는 근체시라는 규범적, 격식적인 형식 장치를 버리고, 서양의 소네트 등 외래 양식을 받아들여 현대시 형식을 창안해 냈다는 말을 했다. 이와는 달리 한국은 전통시가의 여러 형식들을 조합, 결합, 수용, 변용 등을 통한 다양한 실험을 거쳐 현대시 형식을 만들었는데, 그 형식은 크게 시조체시형과 가사체시형으로 대별됨을 보였다. 이런 정착이 있기까지 양식적 관점에서 육당과 현대 시인들의 새로운 장르 모색에 대한 열정에 대하여도 살펴보았다. 이제 결론에 대신해서 몇 가지 사실을 부기하고자 한다.

육당의 여러 유형의 시 형식 모색에 대한 실험적 행위는 기존의 학자들이 주장한 바와 같이 그의 장르에 대한 인식의 결여에서가 아니라, 오히려 투철한 장르적 관심의 소산임을 밝혔다. 육당이 여러 시 형식의 실험을 개화기라는 혼란기 곧 세계관이 난립된 상황에서 당대의 적극적 수용 의지로서 시도했다는 점에서는 양식의 개념에서 본 바와 같이 지극히 자연스러운 결과라 하겠다.

한편, 한국 현대 시인들이 시도한 다양한 시 형식의 실험은 현대라는 공시적 상황에서, 단선적이며 일방적인 외래 시 형식의 수입설이나 영향론과는 달리, 오랜 시가사의 발전적 원리와 자기 정체적 주체성에 입각하여 자주적이며 자생적인 시 형식의 창출이라는 큰 그림 속에서 역사적 장르들의 양식적 결합을 통한 진지한 시도라는 데에 그 의의를 두고자 했다.

그러므로 이에 대해 현대 시인들이 장르를 거부한다거나 포기하는 것이 아님은 분명히 해 두어야 할 것이다. 다양한 양식적 결합에 따른 새로운 장르의 모색은 한국 시가 발전에 있어서 매우 바람직할 뿐만 아니라 주체적이며 자생적인 시 형식의 창출이라는 점 등에서 적극 장려되어야 마땅하다. 이는 또한 민주주의와 다문화라는 다양하게 열린 사고의 자유로운 분출이라는 탄탄한 기반에서 가능한 실험인 만큼 미래 지향적인 정신 활동의 긍정적 에너지로 평가해야 할 것이다.

오늘의 시가 실험의 다양함과 사고의 자유를 통해서 당대가 요구하며 마땅히 있어야 할 바람직한 시 형식의 창출로 혼미하고 무질서하며 몰주체적인 위기 상황을 극복하고, 자기 정체를 이루어 그로써 시가사의 적자嫡子로서 전통을 계승함은 물론 시대의 요구에 부응하는 민족적 역량을 유감없이 발휘할 수 있기를 기대해 본다.

이와 같은 시험적試驗的 시작詩作에 대해 시인 자신은 물론 학계와 평단은 적극적 지원과 격려를 아끼지 말아야 할 것이며, 독자들 또한 이를 긍정적으로 수용하고 적극 향유하여야 할 것이다. 왜냐하면 이는 달리 문학 행위의 치열성만이 아니라 문학이 사회를 이끌어 나가기 위해 큰 틀을 탐구하고 모색하는 진지한 활동이기 때문이다.

다른 한편, 필자는 한국 현대시는 시조체시형과 가사체시형으로 양 대별한다고 주장하였는바, 이는 두 장르가 지니는 공통점과 차이점에서 우리 시가사의 전모를 일목요연하게 통찰洞察할 수 있을 뿐만 아니라, 우리 민족의 생체적인 리듬감과 언어감을 두 갈래가 잘 대변한다고 확신하기 때문이다.

우선 두 장르는 관습적 장르로서 오랜 기간을 우리 민족과 함께 동고동락해 왔다. 그 기간에 무수히 갈고 다듬어졌으며 그러는 사이에 우리들 가슴과 뇌리 속에 체질화되었다. 체질화, 이는 매우 중요한 유전적 인자 같은 것인데, 시에 있어서 4음 4보의 친숙한 리듬이 바로 그것이다. 시는 곧 리듬이며, 그것이 다름 아닌 4음 4보라는 생각은 만가를 부를 때나 김매기 노래나 보리타작 노래를 부를 때, 자장가를 불러 주거나 신세타령을 할 때 등 때와 장소에 관계없이 노래를 하는 경우(시 창작은 물론)엔 언제든지 자연스럽게 반영되어 튀어나왔다.

그래서 한국인의 시적 생체 리듬은 4음과 4음보가 핵심 자질이 되었던 것이다. 그러면서 시조는 시조 나름대로 함축과 생략을 통하여 단아端雅하고 정제整齊되며 조화調和로움의 정적情的 세계를 추구했는데, 이는 『논어』「옹야」의 "군자박학어문君子博學於文 약지이례約之以禮"의 군자학君子學과도 어느 정도 통하는 점이 있다고 보인다.

다시 말해서 군자는 배움에 있어 널리 하고자 하므로 글에 있어서도 고찰하지 않음이 없으나 그러나 예로써 요약하지 않으면 반드시 한만汗漫함에 이르게 되어 결국 도에 위반된다고 생각했다. 또한 시조의 주된 담당층의 세계관이 유학이었기에 시조는 오랜 시간을 지내 왔지만 그 리듬의 체질화에 비해 훨씬 제한된 정도로 그 개방에 인색했다.

고전시조의 개방은 거의 한시漢詩의 경우나 고사 또는 전거에 국한되었는데, 그러다 보니 시조는 확장이나 늘림보다는 세련과 정제, 자유로움과 개방보다는 엄격함과 규제적인 지향을 보였다. 따라서 우리의 현대시 가운데 서경敍景보다는 서정抒情의 세계를 지향하며 함축과 생략, 상징과 비유를 통하여 문학적 형상화를 추구하는 시편들을 통틀어 시조체시형으로 불러도 무방하리라 생각한다. 최근에 들어 현대 시조는 초장, 중장, 심지어는 종장까지 반복이나 중복을 하고 있으며 사설시조의 경우엔 긴 장형화를 시도하고 있으나 그것이 어디까지나 시조의 속성을 가지며 정형과 함축의 본질을 강하게 지닌 채 무한한 반복이나 무한한 길이의 연장체로 나아가지 않으려는 자체 규율의 엄격함을 견지하고 있음을 중시해야 할 것이다.

그렇기 때문에 사설시조는 아무리 길어도 1장은 4개의 통사적인 의미구로 한정됨을 보인다. 이는 사설시조가 시조의 4음보적 속성을 지닌 갈래로

서 가사처럼 무한한 연속체와는 다르다는 것을 말해 준다.[35]

반면에 가사는 시조의 상대 장르로서 관습성 못지않게 개방성을 강하게 지닌 장르였다. 가사는 창작 과정에서 필요한 경우 한시는 물론 시조, 잡가, 무가, 민요, 만가, 판소리 등 여러 장르를 별 거리낌 없이 받아들였다. 그 속성이 이처럼 관습적이요 개방적이다 보니 가사는 제작에도 크게 까다롭지 않았는데, 그 길이의 무제한과 그 형식의 자유로움은 서술의 확장을 기반으로 가능한 것이었다. 이러한 가사는 갖춰 말하기라는 독특한 특성에 의하여, 그러한 창작의 요구가 발생하거나 필요할 경우엔 언제라도 문학사의 전면에 나타나 자신의 임무와 역할을 충실히 수행하였다.

그 결과 지금 남아 있는 가사 작품 수가 국민 장르로 알려진 시조보다 훨씬 많다는 점과 작자에 여성도 많은 점 등에서 이런 사실은 확인되고도 남는다. 첨언하건대 현대가사 곧 가사시는 그 길이에 있어서 최소 45행 이상이어야 하며, 7개 내지 8개의 시행詩行이 모여 1개의 화행話行을 이루어야 하고, 종장은 시조의 종장 규칙을 따르며, 음보는 4음보를 자유롭게 실현하는 것으로 일률적인 4음 4보격의 실현에 따른 시각적 규칙성이나 단조로움을 지양할 것이며, 음보는 음수가 아니라 음량音量으로 이루어져야 하는데, 이에는 장음화長音化, 단음화單音化의 원리를 적용하여 율동미를 창출하는 것이어야 할 것이다.

우리의 현대시가 담아내는 내용은 다문화와 글로벌이라는 현대의 다양한 세계관의 시대적 산물임은 재언을 요치 않는바, 다양한 세계관에 따른 다양한 목소리는 자연스러운 분출이 아닐 수 없을 것이다. 그러므로 어떤 엄격하고 폐쇄적인 그릇을 가지고는 그 다양한 개성을 담기에는 한계가 있을 수밖에 없음이 사실이다.

---

35 김학성, 『우리 전통시가의 위상과 현대화』, 보고사, 2015, 132~134면.

현대시의 형식이 민요풍을 띠거나 시조풍, 또는 굿거리풍, 판소리 가락, 이야기체, 랩 형식 등 다양하게 실현되고 있음은 현대시가 난공불락의 완성된 고정 장르가 아니라, 아직도 형성되어 가고 있는 '유동 장르'(지그문트 바우만의 유동 근대, 액체 근대처럼)라는 사실을 증명한다. 아울러 장르의 완성이란 어느 특정한 외래 사조의 일방적인 영향만으로 결코 완성될 성격이 아니라는 사실을 암시하고 있음을 간과해선 안 될 것이다.

가사체시형은 이처럼 시대가 요구하는 다양한 삶의 모습을 비교적 자유롭게 담아내기에 적합한 형식으로서 시는 물론 동화, 수필, 소설 등에서 자연스럽게 확산, 실현되리라 확신한다.

결국 현대가 요구하는 시 형식의 완성은 우리 시가사의 오랜 역사 기간 동안에 실현되었던 여러 양식들의 혼합이나 결합 또는 그것들의 변형이나 굴절 등을 통하여 이룩될 수밖에 없을 것이며, 그 경우 주된 자질은 리듬에 있어서는 4음 4보가 될 것이며, 길이는 단형 또는 장형의 두 형식으로 실현될 것임이 분명하다.

또한 지향 세계의 경우 서정적 시향과 서경 또는 서사적 지향으로 대별될 것인데, 전자의 경우는 함축과 생략, 상징과 비유를 통해 단형화를 추구할 것이며, 후자는 서술과 제시, 반복과 열거를 통해 서술된 서사구조를 추구할 것이다. 이 둘은 때로는 같은 작품에까지 나타나 서로 경쟁할 수도 있을 것이며, 때로는 서로 상보적으로 협력하기도 하는 등 경쟁과 상보의 관계를 지속하면서 한국인의 시심詩心과 함께 발전을 거듭할 것으로 확신한다.

참고문헌

고려대 아세아문제연구소, 『최남선 전집』 5, 현암사, 1973.

고정희, 『이 시대의 아벨』, 문학과지성사, 1985.

고정희, 『초혼제』, 창작과비평사, 1996.

김용택, 『마당은 비뚤어졌어도 장구는 바로 치자』, 미래사, 1991.

김윤식·김현, 『한국문학사』, 민음사, 1973.

김준오, 「장르개념의 변화」, 『대학신문』, 서울대학교, 1985.

김지하, 「앵적가」, 월간 『다리』, 1971.

김학동, 『한국 개화기 시가연구』, 시문학사, 1981.

김학성, 『국문학의 탐구』, 성균관대학교출판부, 1987.

박철석, 『한국현대문학사론』, 민지사, 1990.

서익환, 『승무』, 미래사, 2000.

신범순, 「현대 시조의 양식 실험과 자유시에의 경계」, 『2000 만해 축전』, 만해사상실천선양회, 2000.

이규호, 『개화기 변체 한시연구』, 형설출판사, 1986.

이동순, 『물의 노래』, 실천문학사, 1983.

임선묵, 『근대 시조 대전』, 홍성사, 1981.

임종찬, 『개화기 시가론』, 국학자료원, 1993.

정한모, 『한국 현대시문학사』, 일지사, 1981.

조지훈, 『승무』, 미래사, 2000.

최한선, 『개화기 가사연구』, 성균관대학교 대학원, 1985.

홍석표, 『중국현대문학사』(개정판), 이화여자대학교출판부, 2015.

赵黎明, 『古典詩學資源與中國新詩理論建構』, 人民出版社, 2015.

Alastair Fowler, *Kinds of literature: An Introduction to the theory of genres and Modes*, Harvard University press, Massachuse, Cambridge, 1982.

가사의 장르론적 특성

김학성

1. 가사 장르론이 중요한 이유

가사의 장르론이 왜 필요하고 어느 정도 중요한 것일까. 그것은 장르론적 천착을 통해 가사 장르의 본질을 알고, 그것이 다른 장르와 어떻게 다른 특성을 갖고 있으며, 어떤 문학성을 어떤 방식으로 독특하게 구현하는가를 제대로 알게 되는 수단이 되기 때문이다. 그러므로 가사의 장르적 본질과 특성을 이해한 바탕에서 가사 텍스트를 접근해야 그에 대한 온당한 분석과 가치가 드러날 수 있는 것이다. 장르론은 단순히 작품들을 분류화하여 체계화하고 군집群集화하기 위한 수단에 머물러서는 안 되는 이유이기도 하다.

가사는 역사의 어느 한 시기에 생겨난 역사적 장르이다. 그런데 하나의 역사적 장르가 생성되자면 적어도 세 가지 기본 요건을 갖추어야 한다. ① 장르 담당층, ② 형식적 구조, ③ 의식(세계관)의 동질성이 그것이다. 어떤 장르의 생성과 지속을 위해서는 무엇보다 그 장르를 담당할 추진 주체로서의 ① 장르 담당층이 존재해야 함은 당연하기 때문이다. 장르 담당층의 새로운 세계관이 새로운 장르를 낳기 때문이다. 사뇌가를 생성 지속시킨, 화랑과 낭도승려계층, 그리고 경기체가와 신흥사대부층, 시조와 사대부 계층의 관계를 생각해 보면 쉽게 짐작할 수 있을 것이다. 그래서 하나의 장르는 어떤 사회집단이나 계층을 위해서는 발생과 발전을 지속시킬 수 있으되, 다른 집단에게는 퇴보나 소멸의 계기를 맞게 되기도 한다. 즉 하나의 역사적 장르는 담당층과 운명을 같이하는 예가 흔한 것이다. 다만 어떤 장르들은 장르 정신을 같이할 경우 다른 계층이나 이질 집단에게도 새로운 계기를 맞아 반드시 ③ 세계관의 동질성을 같이하지는 않는다 하더라도 다른 계층에게 새롭게 태어나 부흥을 맞기도 하는데 시조가 담당층(사대부층에서 현대의 시민층)이 다름에도 현대시조로 재탄생하여 부흥을 맞게 되는 것에서 확인된다. 꼭 동질적 세계관을 갖지 않더라도 장르 정신을 같이하면 다른 이질 집단에게도 확산되고 계승될 수 있는 것이다.[1]

그리고 무엇보다 역사적 장르들은 각각 그 자신의 독특한 ② 형식적 구조를 갖게 마련이다. 사뇌가와 속요, 경기체가, 악장, 시조와 가사가 각각 독특한 형식적 구조 장치로 향유되고 소통되어 왔음이 그것을 증명해 준다. 이는 모든 역사적 장르는 외적인 '형식적 구조'(특정한 율격과 구조적 장치)에 의해 특성화되는 것이며, 문학작품들은 오로지 장르의 형식을 통해서만 소통이 가능하다는 것을 의미한다. 따라서 가사가 갖는 4음 4보격이라는 특정한 율격과 그것의 연속체로 이어지는 구조적 장치는 가사의 장르적 특성을 가장 잘 드러내는 형식 장치라 할 것이다. 그런 점에서 가사가 이러한 형식의 특징적 장치를 어떤 방식으로 운용하는지를 탐구해 내는 일은 가사의 장르적 본질과 특성을 이해하는 데 아주 중요하다. 문학작품에 있어서 '형식'은 어떤 주어진 구조적 장치의 구속에 지나지 않는 것이 아니라

---

1 가사 장르도 고려말의 선승 나옹화상 혜근에 의해 발생되었지만 곧이어 선승의 불교적 세계관과는 다른 유가적 세계관을 가진 고려말의 신득청이나 조선 초의 정극인 같은 신흥 사대부층에 의해 계승 발전되었다는 점도 이런 관점에서 해명된다.

서술 주체의 감정을 나타내는 기호記號이면서 세계상을 경험하는 방식이 되기 때문이다. 이 글에서 가사의 형식 운용 양상을 특별한 비중을 다루는 이유다. 또한 그러한 형식에 담을 가사의 내용과 그 내용을 관통하는 '장르 정신'을 구체화하는 기본 요건을 고구하여 가사의 독특한 담화 방식의 기본 요건을 탐지해 냄으로써 가사 장르가 갖는 본질과 특성을 명확히 드러내고자 한다.

2. 장르론의 경과와 가사의 특질

국문학의 장르를 논함에 있어서 가사만큼 많은 논쟁을 불러일으킨 문학 양식은 없을 것이다. 이는 가사의 장르적 본질과 속성의 규명이 결코 쉽지 않다는 것을 의미하는데, 그 근본적인 이유는 장르론 자체가 지향하는 이중적 목적 달성의 어려움 때문이라고 생각된다. 장르론은 문학 전체의 유기적 질서를 수립하는 이론적 체계여야 하며, 동시에 개별 장르의 역사적 운동성까지 투시하는 실질적 수단이 될 때 유효한 방법론이 되는 까닭이다. 결국 가사의 장르적 성격에 관한 논의는 가사 자체의 속성 파악에 그치는 문제가 아니며, 전체 국문학의 질서 체계라는 거시적 구도 아래 해명되어야 하기 때문에 거시적 장르론 속에서 가사의 본질이 규명되어야 하는 어려움이 따른다고 하겠다. 그래서 가사 장르론은 합의점을 찾기 어려울 정도로 많은 논란이 오랫동안 계속되어 왔지만 지금 돌이켜 보면 그러한 장르론이 한낱 도로徒勞에 그친 것이 아니라 그러한 논쟁을 하는 가운데 가사의 장르적 본질과 속성이 하나하나 밝혀져 가는 의미 있는 도정道程이었음을 확인할 수 있다. 그런 관점에서 기존의 가사 장르론 가운데 유력한 견해들을 중심으로 새롭게 검토해 본다.

기왕의 연구 성과는 크게 두 방향에서 정리될 수 있다. 그 하나는 질서와 규범의 체계로서의 장르론이며, 다른 하나는 개별 양식들의 속성 파악에 중점을 두는 다원적 질서로서의 양식론이다. 국문학 연구에서 가사 장르론을 처음으로 규정한 이는 도남陶南 조윤제趙潤濟 선생[2]인데, 그는 처음에 가사를 '운율적 생활의 일부'라는 '시가詩歌' 개념으로 다루었다가, 뒤에 수정안으로 '시가는 운문이지만 운문은 시가가 아닐 수도 있다'고 전제하고, '가사는 형식상 시가이지만 내용상 문필'이기 때문에 시가와 문필 중에 어디에도 귀속될 수 없다고 보아 '시가, 가사, 문필'이라는 3분법 체계 속에서 파악하여 가사는 시가이면서 문필이라는 양면적 성격을 가진 것으로 파악한 바 있다. 여기서 문필이라는 용어를 보다 보편적 용어인 '산문'으로 대체하면 가사는 그 형식상 4음 4보격의 운문으로 된 시적 성격과 그 내용상의 전개에서는 특별한 제한이 없는 연속체로서 산문적 성격을 동시에 가진 국문학의 특수성을 가진 장르라는 점을 처음으로 밝힌 것이다.

이러한 장르론은 운문(시가)이냐 산문(문필)이냐의 2분법 체계를 근거로 해서 소박하게 편친 장르론이어서 초보 수준을 벗어나지 못했는데 조동일趙東一 교수[3]에 이르러 이론적으로 명쾌하고 체계화된 장르 이론을 세워 가사를 장르 규정함으로써 획기적인 전환점을 이룬다. 그는 '가사'는 서구의 전통적 장르 구분법인 '서정 서사 희곡'의 3분법으로 정리될 수 없는 복합적이고 특수한 성격을 지닌 것이라고 하면서 '가사'는 '있었던 일을 확장적 문체로, 일회적으로, 평면적으로 서술해 알려주어서 주장한다'는 진술 특성을 가진다고 정의하고, 3분법의 장르에 들지 않는 제4의 장르라 할 '교술' 장르류에 속한다고 했다. 여기서 '교敎'란 알려 주어서 주장한다는

2 조윤제, 「가사문학론」, 『한국시가의 연구』, 을유문화사, 1948, 122면.
3 조동일, 「가사의 장르규정」, 『어문학』 22집, 한국어문학회, 1969.

뜻이요, '술述'은 어떤 사실이나 경험을 서술한다는 뜻이라고 했다. 가사의 이러한 정의는 비록 그 율문적 형식이 갖는 정감적 특성에 대해서는 소홀한 감이 있지만, 가사의 담화 방식을 작품의 길이에서 제한 없는 연속체로 확장하여 서술해 나가는 운용 방식을 수단으로 사실의 경험을 서술하거나 알려 주는 평면적–확장적 진술 방식의 특성을 지녔다는 언어적 국면에서 규명해 내었다는 점은 소중한 성과라 아니할 수 없다.

이렇게 가사를 소위 미문학美文學만이 문학이라는 전제가 깔려 있는 종래의 3분법에 의한 서정, 서사, 희곡으로 질서화해 오던 한계를 벗어나 그 장르의 언어적 담화 국면의 특성에 맞게 제4의 장르인 교술로 범주화 함으로써 문학의 범위를 풍요롭게 확장한 공적이 크다. 이로 인해 그동안 3대 장르에 들어갈 수 없었던 서간문, 기행문, 연설문, 수필, 명상록, 일기, 종교인의 설교, 신문의 사설, 웅변, 속담, 격언 등등 실용성을 띠는 글들은 비록 '문예성' 곧 문학의 '미적 가치'가 투영된 미문학에 들지는 않지만 엄연히 문학의 한 종류, 곧 장르 양식에 들어갈 수 있다고 보고 이들 비문예적 글들을 포용하여 제4의 장르로 묶어 교술문학이라는 새로운 장르 명칭을 붙이게 되었던 것이다. 그래서 그의 장르론에서는 직접 언급은 하지 않았지만 그 덕분에 동양에서 시詩가 아닌 문文의 종류에 들었던 사辭, 부賦, 논論, 책策, 서序, 기記, 발跋, 명銘, 록錄 같은 글들도 문학의 장르에 드는 길을 열어 놓았기 때문이다. 다만 이 제4의 장르 명칭을 서구의 자이들러H. Seidler 같은 문예학자가 붙여 놓은 didaktik(교훈적)을 번안하여 교술 장르로 명명命名한 것은 적절해 보이지 않는다. 이러한 문학의 작품군들이 모두 교훈적 혹은 교시적 성격만을 띠는 것은 아니기 때문이다.

그는 또 여기서 한 걸음 나아가 '소설'을 중심으로 더욱 정교한 장르론을 펼쳤는데, 특별한 점은 장르를 분석하고 이해하는 틀을 서구 이론에 기대지 않고 이기론理氣論의 성리철학을 원용하여 문학 장르를 '자아와 세계의 대립적 관계 양상'에 따라 범주화하고 체계화했다는 점이다.[4] 그리하여 서정, 서사, 교술, 희곡이라는 네 가지 기본 장르 체계를 구축하면서 가사는 "작품 외적 세계의 개입으로 이루어지는 자아의 세계화"에 해당하므로 '교술' 장르에 드는 것으로 그 장르 성격을 이해했다. '교술' 장르에 해당하는 이러한 가사의 장르 성격은 "작품 외적 세계의 개입이 없는 세계의 자아화"를 지향하는 시조와 같은 '서정' 장르와는 정반대 성격을 갖는다는 입론을 편 것이다. 즉 형식상으로는 같은 4음 4보격의 율문으로 표출되지만 가사는 자아의 세계화 방식으로 표출하는 교술 장르이고 시조는 세계의 자아화 방식으로 표출하는 서정 장르라는 판단을 한 것이다. 다만 이런 이론 체계는 문학의 장르적 특성이 언어적 담화체 방식이 어떠하냐의 특성에 달려 있음에도 불구하고 언어 바깥의 삶의 대립상과 깊이 관련되는 자아와 세계의 대결 양상에 초점을 두고 있다는 것이 문제점이라 할 것이다.

조윤제 선생과 조동일 교수의 장르론이 규범성에 중점을 두어 질서로서의 문학의 체계를 세우려는 데 많은 기여와 영향을 주었지만, 이러한 방법론 자체가 지니는 '지나친 규범성'으로 인해 그것의 한계를 극복하기 위한 대안으로 문학의 역동성을 중시하는 '다원적 양식론'으로 장르론이 전환되기에 이른다. 가사문학 논의에서 내적 형식으로서 문학의 본질을 가리킨 '양식' 개념의 도입은 장덕순張德順 선생[5]에 의해 시작된다. 그는 형태라는 용어와 대비하여 '양식'이란 용어를 '인간 정신이 문화적 생활을 형성해 가는 방식'이란 개념으로 사용하면서 이러한 양식 개념에 의해 문학을 '서정적 양식, 서사적 양식, 극적 양식'으로 구분하고, '가사'는 주관적이고 서정적인 가사와 객관적이고 서사적인 가사로 분별된다고 가사 양식의 성격을

4 조동일, 『한국 소설의 이론』, 지식산업사, 1979, 66~104면

5 장덕순, 『국문학통론』, 신구문화사, 1963, 41면.

설명했다. 그 후 주종연朱鍾演 교수[6] 역시 가사를 유개념으로 서정적인 것과 서사적인 것으로 2분하고 종개념에서 수필로 규정했다가 뒤에 이를 다시 '서정적인 것, 서사적인 것, 교시적인 것'으로 3분하고 있다. 그러나 이런 논의들의 한계는 '양식론'의 속성에 주목했음에도 불구하고 그것의 실제 운용에서 유개념과 하위 개념 사이를 분별 적용하지 못함으로써 하나의 역사적 장르인 가사를 2분 또는 3분해 놓는 결과를 가져왔다는 데 있다.

가사에 양식론적 사고를 원용하여 '문학적 진술 방식'을 양식 개념으로 보아 이것을 기술적記述的 차원에서 수단화해야 한다는 보다 정교한 시각은 김병국金炳國 교수[7]에 의해 제시된다. 그는 본격적인 가사 장르론을 펴는 데까지 나가지는 않았지만 송강 가사를 예로 들면서, 「성산별곡」은 주제적 양식의 본질에서, 「속미인곡」은 극적 양식의 본질에서, 「관동별곡」은 서사적 양식의 본질에서, 「사미인곡」은 서정적 양식의 본질에서 그 성격을 가늠에 볼 수 있다고 언급하고 있다. 문제는 송강의 가사가 과연 아무리 기술적 차원으로 바라본다 하더라도 작품에 따라 각기 양식적 본질까지 달리하는 그런 천차만별의 작품들일까 라는 의문이다.

이에 필자는 가사를 역사적인 관습 장르로 보면서 가사의 '진술 양식'의 복합성에 주목하여 양식론을 구체적으로 운용하는 실제를 주목한 바 있다. 즉 필자는 공시적 관점에서 관습적 장르로서의 가사와 통시적 관점에서 역사적 장르로서의 가사라는 두 측면을 중시하고 가사는 서정적 지향(서정성), 서사적 지향(서사성), 교술적 지향(교술성)이라는 문학적 '정신'을 동시에 보이는 장르적 속성의 '혼합성' 내지는 '복합성'을 갖고 있으며, 4음 4보격이

6 주종연, 「가사의 장르고」, 『논문집』 3집, 서울대 교양학부, 1971; 「가사의 장르고 Ⅱ」, 『국어국문학』 62·63집, 1973; 「가사의 장르고Ⅲ」, 『논문집』 12집, 국민대, 1978.

7 김병국, 「장르론적 관심과 가사의 문학성」, 『한국 고전문학의 비평적 이해』, 서울대 출판부, 1995, 167~168면.

라는 율격 장치의 손쉬움과 낯익음으로 계층을 초월하여 모든 계층에 개방되어 있는 '개방성'을 갖고 있다고 설명했다. 역사적 장르로서의 가사는 전·후기 가사의 동태적 변화에 주목하여 전기 가사는 서정·서사·교술성의 장르적 성격 가운데 어느 하나를 중심적 정신으로 삼고, 다른 둘을 보조적 장치로 포용하는 장르적 지향을 보이며, 이러한 장르적 복합성은 임·병 양란 이후 사회의 전면적 개편이 요구되면서 각 지향 간의 불균형으로 인해 그 서정성·서사성·교술성이 각각 극대화되는 방향으로 전개된다는 논의를 폈다.[8]

필자는 다른 논고에서 역사적 장르인 가사를 두고 그 가사를 포괄할 수 있는 원리를 '주제적 양식'이라는 진술 방식에 있다고 보면서, '서정적·서사적·극적 양식'들은 그 주제적 양식이 실현되는 양태들로 파악하기도 했다.[9] 서구 장르론자인 헤르나디가 사용한 'thematic mode'의 개념을 원용한 이 '주제적 양식'이란 용어는 그 후로도 조동일 교수의 '교술' 개념이 주는 부담감을 덜어 준다는 측면에서 여러 학자들에 의해 사용되기도 했다. 그러나 이러한 기술 장르론의 입론들은 문학작품을 폐쇄적으로 보는 순수 장르론이나 규범적으로 추상화하는 규범 장르론을 넘어서 다양하고 역동적인 텍스트로 이해하는 데 기여한 점은 인정된다 할 것이다.

한편 김흥규金興圭 교수[10]는 '가사 작품들의 다양한 성향에 주목하여 그것을 여러 종류의 경험, 사고 및 표현 욕구에 대하여 폭넓게 열려 있는 혼합 갈래의 일종으로 파악하고자 한다'는 의견을 내놓기도 했다. 이 논의는 '서정, 서사, 교술, 희곡'의 여러 성격이 가사에 복합·혼효되어 있다는 주장이

8 김학성, 「가사의 장르성격 재론」, 『백영 정병욱선생 환갑기념논총』, 신구문화사, 1981.
9 김학성, 「가사의 실현화과정과 근대적 지향」, 『근대문학의 형성과정』, 문학과지성사, 1983.
10 김흥규, 『한국문학의 이해』, 민음사, 1986.

라는 측면에서 양식론적 사고에 포함되기는 하지만 제5의 장르류인 그 '중간·혼합 갈래들'의 장르 설정의 기준이 다른 네 가지 장르류와 동질성을 갖지 못한 까닭에 그것이 큰 난점이라 하겠다. 그리고 기술적인 차원으로 볼 때 실제로 구체적 문학작품의 대개가 어느 정도는 혼합성과 복합성을 지닌다는 점에서 그 혼합성의 정도가 주관적인 기준에 의해 판별될 가능성이 높다고 하는 것도 문제점이라 하겠다.

여하튼 서정적, 서사적, 극적, 주제적 같은 관형사적 개념어를 활용하는 기술 장르론이 규범적 추상의 명사 개념어로 장르의 본질을 지정하는 규범적 장르론보다 훨씬 더 설명력이 있어 보이지만, 형용사적 기술 체계는 실제에 있어서는 모호성을 보다 강하게 띠고 있는 것도 사실이다. 이를테면 '서사적'이라는 용어는 장르 개념으로서의 서사epic라기보다는 문체style 개념으로서의 서술narrative적 진술을 의미하는 경향을 띠고 있기 때문이다. 그리고 가사에 관여하는 서정적, 극적, 교술적이라는 장르 성향의 형용사적 개념도 작품의 성격을 본질적으로 드러내는 장르성을 갖는다기보다는 작품의 '구성요소'나 '서술 전략'으로 작용하는 것이어서 단순한 기법 차원의 이런 요소들을 장르 성향을 띠는 장르 양식 개념어로 잘못 설명함으로써 오히려 혼란을 가져오기 십상이었다. 앞서 김병국 교수가 「사미인곡」은 서정적 양식의 본질을 보인다 했는데, 서정적 양식의 본질이 아니라 서정적 기법의 서술 전략으로 쓰인 작품으로 이해해야 옳으며, 「속미인곡」은 극적 양식의 본질이 아니라 극적 기법의 대화체로, 「관동별곡」은 서사 양식의 본질이 아니라 서사적 기법과 서술 전략으로 구성된 작품으로 이해해야 한다는 것이다. 이런 사례에서 확인되듯 기술 장르론의 약점은 장르론을 본질적 속성을 선명하게 드러내는 원리로 나아가기보다 그것을 철저히 수단화하여 현상을 설명하는 데 급급하다는 약점을 보인다는 점이다. 따라서 그 다양한 수단화의 바탕에 깔려 있는 일정한 원리나 규칙을 발견해

내야 하는 것이 중요하다. 그렇지 않으면 장르를 선명하게 드러내기보다 '장르 해체'로 나아갈 위험성마저 있기 때문이다.

이렇게 가사 장르론이 백가쟁명의 혼란 속에 빠져 있을 때 성무경成武慶 교수[11]는 기존 장르론을 재검토하면서 새로운 장르론적 구도를 제시했는데, 그 구도는 문학의 다원적 질서를 중시하는 양식론적 사고에 서되, 네 가지 일원적 추상을 규범적으로 체계화하는 방향으로 정리한 것이다. 그동안 국내 학자들이 내놓은 가사 장르론들이 갖는 문제점을 조목조목 명쾌한 논리로 비판하고, 나아가 슈타이거, 기야르, 헤르나디, 람핑 등 쟁쟁한 서구 이론가들의 장르론이 갖는 문제점이나 한계점도 날카롭게 비판하고 보완하여, 이제 더 이상 국문학의 장르론이 혼란을 겪지 않아도 될 명쾌한 장르 이론의 모형模型을 구축해 내었다. 우선 그의 장르론이 갖는 강점은 장르류(이론 장르, 큰 갈래)와 장르종(역사적 장르, 작은 갈래)을 통합하여 일원화하는 '존재 양식'이라는 개념을 사용하고 있음이 주목된다. 그리하여 기존에 이론 장르로 제출된 규범 장르론의 독단성이나 기술 장르론의 모호성을 모두 극복하고, 역사적 장르로서의 변화성마저 투시하는 새로운 방법적 구도를 제시함으로써 츠베탕 토도로프가 지적한 실제와 이론, 경험과 추상이라는 두 종류(이론적 장르와 역사적 장르)의 요청이 동시에 충족되어야 한다는 미덕도 아울러 갖추게 된 것이다.

그의 장르론은 전체 작품의 유기적 질서 원리를 이루는 '진술 양식'을 기준으로 각 장르의 양식화 원리를 다음과 같이 4분 체계로 설정한다. ① '서정'은 노래하기라는 환기 방식에 이끌려 '서술의 억제'를 이루는 양식으로, ②'전술傳述'(교술, 주제적 양식에 해당함)은 노래하기라는 환기 방식이 서술의 입체화를 방해하여 '서술의 평면적 확장'을 이루는 양식으로, ③'서사'는

11 성무경, 「가사의 존재양식 연구」, 성균관대 박사학위논문, 1997.

행동하기라는 환기 방식이 서술의 평면화를 방해하여 '서술의 입체적 확장'을 이루는 양식으로, ④'희곡'(극)은 행동하기라는 환기 방식에 이끌린 '행동의 재현'을 이루는 양식으로 개념을 지정했다. 이러한 구도를 따라 가사는 '전술' 양식 곧 종래에 교술 혹은 주제적 양식으로 불렀던 제4의 장르에 해당한다고 결론을 내렸다. 여기서 전술 양식이라는 새로운 용어를 쓴 것은 교술이라는 용어는 문학작품의 교훈성이나 이념성이란 색깔을 지나치게 강하게 띠고 있어서, 그리고 '주제'라는 용어는 장르 개념을 지정하는 '특수어'로 받아들이기에는 너무나 일반화된 '보편어'여서[12] 적절치 못하다는 점에서 '전달 서술'을 담화 방식의 특질로 하는 제4의 장르로 '전술'이란 용어를 선택한 것은 그것의 줄임말이란 점에서 적절한 용어라 할 수 있다.

이렇게 해서 가사는 우선 '서술하기'라는 환기 방식을 장르적 본질로 한다는 점에서 '행동하기'(대화 중심의 행동언어)를 적극 활용하여 그것을 본질로 삼는 희곡 양식과는 변별된다. 그리고 '서술하기'를 언어적 진술의 본질로 한다는 면에서 서정과 서사도 전술과 동일하지만, 서정은 '노래하기'라는 환기 방식에 강하게 이끌려 '서술의 억제'를 보인다는 점에서, 전술은 그와 반대로 서술을 억제하지 않고 '서술의 확장'을 지향한다는 점에서 차이를 보이는데 가사는 후자 쪽에 해당하니 **전술** 양식이라는 것이다. 또한 '서술을 확장'한다는 점에서는 전술은 서사 양식과 언어적 진술을 공유하지만, 전술은 서술을 '평면적'으로 확장함에 비해 서사 양식은 '입체적'으로 확장한다는 점에서 차이를 보이며 **가사는 평면적 확장 서술을 보이므로 '전술' 양식에 해당한다**는 결론이다.

이러한 명쾌한 논리로 그동안 혼미를 거듭했던 가사의 장르론은 성무경

12 예컨대 서정이나 서사, 희곡 같은 다른 모든 장르 양식에도 주제(theme)는 있으니까 이런 보편적 용어를 장르 개념어로 쓰는 것은 적절치 않다.

교수에 의해 일단락되었다고 보아도 좋을 것이다. 다만 그의 가사 장르론은 개념의 엄밀성과 논리성을 고도로 추구하다 보니 이해하는 데 상당히 난해함을 보여 주고 있다. 그런 탓으로 그의 이러한 성과를 잘못 이해하거나 피상적으로 받아들이는 경우를 볼 수 있다. 그리하여 애써 구축한 장르론적 성취를 부당한 비판을 통해 마구 훼손하거나 억지 논리를 펴서 오히려 가사의 장르론을 다시 혼란 속으로 몰아넣는 경우도 가끔 보이는데, 이는 가사문학 발전을 위해 극히 불행한 일이 아닐 수 없으니 그것을 대체할 완전히 새로운 합리적인 이론이거나 획기적인 장르론이 아니라면 자제할 필요가 있다고 본다.

그래서 필자는 성무경 교수의 입론을 참고하면서 문학의 장르론은 무엇보다 그 양식화의 원리를 언어적 담화(진술, 담론談論으로도 번역되는 discourse) 양식의 특성에 초점을 맞추어야 한다는 진리를 따라, 보다 쉽게 이해할 수 있는 장르 구도를 다음과 같이 제시하고자 한다.

서정: 어떤 상황(정황)을 '노래하기'로 서술하는 담화 양식

전술: 어떤 사실(화젯거리)을 '전달하기'로 서술하는 담화 양식

서사: 어떤 사건을 '이야기하기(플롯)'로 서술하는 담화 양식

희곡: 어떤 행동을 '재현하기(행동언어)'로 보여 주는 담화 양식

여기서 유념할 것은 서정 양식의 환기 방식에서 '노래하기'를 '노래'와 혼동해서는 안 된다는 것이다. '노래'는 음향적 율동과 가락에 얹어 부르는 것을 의미하지만, '노래하기'는 언어의 의미 생산적 율동화를 비롯해서 고도의 생략이나 비약, 함축적 언어, 비문법적 표현, 설명적이거나 부연敷衍적 서술의 배제 같은 통사 의미 구조를 차단하는 서술 방식을 적극 활용하는 담화 방식이라는 점에서 차이를 갖는다. 그리고 서사 양식의 환기 방식

인 '이야기하기'는 단순히 '서술의 줄거리(story)'만을 이루는 수준의 이야기를 의미하는 것이 아니라, 줄거리에 응집력을 탄탄히 갖춘 플롯(plot) 수준의 서술 구성력을 보이는 담화 양식으로서의 이야기를 의미한다. 최소 스토리의 구성은 전술 장르에서도 즐겨 구사하는 서술 전략이다. 이 네 가지 양식 가운데 가사는 어떤 화젯거리를 전달 서술하는 담화 방식을 취하므로 당연히 전술 장르 양식에 해당함은 물론이다. 그 전달 서술을 효과적으로 하는 방법으로 4음 4보격의 율문 표출에 의한 '다정하게' 말하기 방식과, 그러한 정감적 율문을 길게 연속체로 평면적으로 펼쳐 조목조목 '자상하게' 서술해 나가는 방식을 택함으로써 같은 4음 4보격으로 운용하는 다른 장르와 변별된다.[13]

이렇게 가사 장르를 전술 양식으로 확정하고 보면 이제 그 장르의 특징은 전달 서술을 어떻게 효과적으로 운용하느냐에 관건이 달렸다고 하겠다. 즉 '다정하게' 말하기의 효과를 극대화하기 위해 4음 4보격의 '형식적 운용'의 묘를 보일 것이고, '자상하게' 말하기의 효과를 극대화하기 위해 연속체로서의 담화 방식을 가사의 '장르 정신'이 요구하는 기본 요건에 맞추어 운용하게 될 것이다. 따라서 이 두 가지 측면은 가사의 장르적 특성을 해명하는 데에 필수 요건이라 할 수 있으므로 세밀한 검토가 필요하다.

3. 가사 장르의 형식적 운용

가사라는 문학 장르의 형식은 향가(사뇌가)나 속요, 경기체가, 시조와 같

13 가사의 서술 특성이 '다정하게' 말하기와 '자상하게' 말하기의 교묘한 융합에 있다는 입론은 필자가 규방가사 작품에서 가사의 작시(作詩) 방식에 대한 구절을 찾아내어 이론화한 것이다. 이에 대한 상론은 「가사의 양식 특성과 현대적 가능성」, 『우리 전통시가의 위상과 현대화』, 272~273면 참조.

이 특별히 까다로운 형식적 조건을 갖추어야 하는 제약이 있는 것이 아니라, 그저 '4음 4보격 연속체 율문'으로 '제한 없이(무제한)' 자유롭게 서술해나가기만 하면 되는 시가여서 문학적 실현의 운동 폭이 그만큼 크고 다양하다는 점에 특징이 있다. 4음 4보격(율격의 단위가 4음절량, 곧 4모라 크기의 음량으로 된 '음보가 4개'로 이루진 율격)이라는 율격 양식을 지켜야 한다는 점이 제약인 것처럼 보이나, 4음절(4모라) 크기의 음량은 우리말의 조어造語가 명사나 어간語幹이 2~3음절로 된 단어가 절대 다수이고 여기에 1~2음절로 된 조사助辭나 어미語尾가 붙어 자연스럽게 문장을 이루는 발화發話 구조로 되어 있어 특별히 신경 쓰지 않아도 저절로 지켜지며, 그러한 크기의 음보 단위를 4개, 즉 4음보로 구성하여 하나의 행行을 이루는 것 또한 지키기 어려운 형식 요건으로 작용하지는 않는다. 4음 4보격을 지키는 율격 양식이 우리 시가에서 가장 널리 보편화된 양식이라는 점이 그것을 증명해 준다. 즉 4음 4보격이란 율격 양식은 우리 시가의 모태 장르인 민요를 비롯해서, 무가, 판소리, 단가, 시조, 잡가에 이르기까지 두루 실현되어 왔던 가장 친숙한 율격이기 때문이다.

이렇게 친숙한 4음 4보격으로 된 보편화된 율격 양식을 율격 행行으로 하여 그것을 '제한 없이 무제한 연속체'로 운용하는 가사의 형식 요건은 작품의 '길이'에 있어서도 특별한 제약 없이 가장 자연스러운 길이로 하나의 작품을 이룬다는 것을 의미한다. 여기서 '제한 없는 무제한 연속체'라고 했을 때 '무제한'이란 말에 오해 없기 바란다. '무제한'이란 말의 뜻은 '무한대'란 의미가 아니라 글자 그대로 '제한이 없음'이라는 뜻이다. 즉 4음 4보격의 행이 '무제한'으로 연속된다는 의미는 '무한대'로 늘일 수 있다는 것이 아니라 글자 그대로 특정한 '제한이 없이' 연속할 수 있다는 의미다. 실제로 현존 가사 작품을 살펴보면, 19행이라는 아주 짧은 길이로 된 「매창월가」가 있는가 하면, 무려 4천 행이 넘는 「일동장유가」 같은 초장편으로 된 가사가 존재한다. 그만큼 가사는 길이에 있어서 특정한 '제한 없이' 자유롭다는 의미에서 '무제한 연속체' 시가다.

이와 같이 가사는 형식 요건이 전혀 까다롭지 않고 자연스러웠던 까닭에 이런 4음 4보격 율문체 양식은 "15세기 말엽 이래 조선조 말엽에 이르기까지 대다수의 율문들에서 거의 예외 없이 나타난 '시대적 · 집단적 문체(양식)'였기 때문에 가사만의 변별적 특징이라 할 수 없다."[14]는 지적이 있었다. 그래서 이능우 교수는 가사를 가리켜 "많은 복잡성이 깃든 문학으로서 일률적으로 정의하기는 어려우며, 이 가歌며 사詞는 어쩌면 우리말로 구성지게 씌어진 문학적 작품들이라면 몰아쳐 붙여졌던 당시의 한 관례일지 모른다."[15]라고 했으며, 더 나아가 김병국 교수는 "과연 가사라는 것이 일종의 장르 개념이기는 한 것이었던가부터 다시 물어보아야 할 것이다."[16]라고 했다. 그 정도로 가사라는 장르는 까다로운 혹은 다른 장르와 변별되는 독특한 율격 양식을 갖추고 있지 않아 장르적 정체성을 의심받을 정도로 자연스럽게 표출된 장르였던 것이다. 그렇다면 가사라는 장르의 형식적 독자성은 없는가?

가사가 다른 장르와 '변별되는 형식'이 없어서 독자적인 장르로 인정받기 어렵다는 이들의 주장은 4음 4보격이라는 율격적 장치만을 형식의 전부로 생각한 잘못된 논리에 기반하고 있어 수긍하기 어렵다. 가령 시조를 예로 들면 4음 4보격이라는 율격 장치만 갖춘다고 시조 형식이 되는 것이 아니라 반드시 초–중–종장의 3장 구조로 완결해야 시조의 형식적 구조 장치를 갖춘 것이 된다. 그에 비해 가사는 3장 구조 같은 단형의 압축된 형식으

14 성호경, 『조선전기시가론』, 새문사, 1988, 36면.
15 이능우, 『가사문학론』, 일지사, 1977, 102면.
16 김병국, 「장르론적 관심과 가사의 문학성」, 『현상과 인식』 통권 4호, 한국인문사회과학원, 1977, 18면 참조.

로는 전달하고자 하는 화젯거리를 다 드러낼 수 없으므로 4음 4보격의 무제한 연속체의 장형 구조로 운용하되, 서사와 본사, 결사의 형식적 구조 장치를 갖춤으로써 완결된 하나의 작품을 이룬다. 율격의 자율적 통제성에 의한 서술 분단으로 시작과 마무리의 형식적 구성을 분명히 하는 서로 다른 형식을 갖고 있는 것이다. 또한 같은 4음 4보격으로 율격을 운용하는 판소리 단가나 잡가 장르는 '서정'의 담화 방식으로 실현된다는 점에서, '전술'의 담화 방식을 보이는 가사와 장르상의 차이를 보인다. 담화 방식을 달리함은 그 담화의 장르 정신을 따라 운용되는 것이므로 그 형식의 짜임에서도 차이를 보일 수밖에 없는 것이다.

그러면 가사의 형식은 구체적으로 어떻게 운용되며 어떤 특성을 보이는가. 이는 두 가지 차원에서 살펴볼 수 있다. 하나는 보격步格 차원에서의 시행詩行과 화행話行 짜임을 어떻게 운용하는가를 살피는 일이고, 다른 하나는 음격音格 차원에서 율동을 어떻게 운용하는가를 살펴보는 것이다. 가사의 형식상의 요체要諦는 무엇보다 4음 4보격이라는 율격 장치 곧 4음으로 된 음격과 4보격이라는 보격의 운용을 구체적으로 작품에 어떻게 실현시키느냐에 달려 있기 때문이다.

먼저 가사 작품의 형식 운용에 있어서 보격 차원의 운용을 어떻게 구체화해 나가느냐는 문제는 실제 작품을 시행과 화행의 두 가지 측면에서 분석해보면 명확히 드러난다. 먼저 가사의 시행 운용의 특징을 파악함에 있어 분명히 해 두어야 할 점은 가사 작품을 간행한 고문헌이나 필사본에서는 어떻게 인식하고 있는가를 점검해 볼 필요가 있다. 그런데 가사 작품을 실은 대부분의 문헌에서는 행行이나 구句 단위 같은 서술 분절 단위에 대한 의식에 구애받지 않고 띄어쓰기를 전혀 하지 않은 '내리박이 줄글식'으로 표기된 경우가 대부분을 차지한다. 이는 가사 작품의 제시 형식(연행演行, performance)이 오로지 독서물로만 창작되는 것이 아니라 가창이나 음영吟詠

으로도 널리 향유되었기 때문에 굳이 띄어쓰기를 하지 않아도 '일정한 가락'을 따라 그저 읊조려 나가면[17] 되었기 때문이다. 일찍이 심수경沈守慶이 「면앙정가」 같은 가사 작품들을 평할 때 "가히 볼만하고 가히 들을 만하다(可觀而可聽)."고 한 증언이 그것을 말해 준다.

그러나 가사의 서술이 중형이나 장편화를 이루는 경우가 대부분이어서 작품에 따라 일정한 글귀[文句]로 배열된 작품이라는 인식을 보일 경우도 상당수 있는데, 이런 경우 2음보를 하나의 구句 단위로 분할하여 그것을 행으로 삼아 2행씩 묶어 띄어쓰기를 하는 이른바 '귀글체'로 표기한 경우에 해당한다. 예를 들면 송순의 「면앙정가」나 정학유의 「농가월령가」, 이기원의 「농가월령」 같은 작품의 필사본이 2음보를 1구로 하는 구 단위의 '귀글체'로 표기된 전형적인 사례에 든다. 이러한 필사 방식에 이끌려 어떤 연구자들은 「면앙정가」가 수록된 필사본이 귀글체 형태로 쓰였음을 본보기로 삼아 2음보 1구를 서술의 기초 단위로 하여 구를 단위로 연속되는 작품의 구조로 인용하고 있다. 그런데 실제 작품을 보면 2보격의 구 단위로도 어느 정도 의미 단위를 이루는 경우가 극히 드물게 보이긴 하지만, 그보다 4보격의 행 단위로 분단해야 비로소 전달하고자 하는 의미가 분명히 드러나는 경우가 절대적이다. 가사문학 초기의 명작이라 할 「면앙정가」 앞부분을 인용해 확인해 보기로 하자.

(1) 无等山 ᄒᆞᆫ활기 뫼히　　동東다히로 버더이셔
멀리 쎄쳐와　　霽月峯의 되여거ᄂᆞᆯ
無邊 大野의　　므ᄉᆞᆷ짐쟉 ᄒᆞ노라

---

17 이렇게 일정한 가락을 따라 읊조려 나가는 식으로 연행하는 가사의 노래 방식을 '수성(隨聲) 가락'이라 한다.

일곱구비 ᄒᆞᆫᄃᆡ 움쳐	믄득믄득 버렷ᄂᆞᆫ듯	
가온대 구ᄇᆡᄂᆞᆫ	굼긔든 늘근뇽이	
선ᄌᆞᆷ을 ᄀᆞᆺᄭᆡ야	머리ᄅᆞᆯ 치혀드니	
너ᄅᆞ바회 우ᄒᆡ	松竹을 헤혀고	亭子ᄅᆞᆯ 안쳐시니
구름ᄐᆞᆫ 靑鶴이	千里를 가리라	두 나ᄅᆡ 버렷ᄂᆞᆫ듯

(2) 玉泉山 龍泉山	ᄂᆞ린 믈히	
亭子압 너븐들ᄒᆡ	兀兀히 펴진드시	
넙써든 기노라	프르거든 희지마나	
雙龍이 뒤트ᄂᆞᆫ듯	긴깁을 ᄎᆡ폇ᄂᆞᆫ듯	
어드러로 가노라	므ᄉᆞᆷ일 ᄇᆡ얏바	
닷ᄂᆞᆫ듯 ᄯᆞ로ᄂᆞᆫ듯	밤ᄂᆞᆺ즈로 ᄒᆞ르ᄂᆞᆫ듯	
므조친 沙汀은	눈ᄀᆞᆺ치 펴졋거든	
어즈러온 기럭기ᄂᆞᆫ	므스거슬 어르노라	
안즈락 ᄂᆞ리락	모드락 흣트락	
蘆化을 사이두고	우러곰 좃니ᄂᆞ뇨	
너븐길 밧기오	진하ᄂᆞᆯ 아ᄅᆡ	두르고 ᄭᅩᄌᆞᆫ거슨
모힌가 屛風인가	그림가 아닌가	
노픈듯 ᄂᆞᄌᆞᆫ듯	긋ᄂᆞᆫ듯 닛ᄂᆞᆫ듯	
숨거니 뵈거니	가거니 머물거니	
어즈러온 가온ᄃᆡ	일홈난 양ᄒᆞ야	
하ᄂᆞᆯ도 젓치아녀	웃독이 셧ᄂᆞᆫ거시	秋月山 머리짓고
龍龜山 夢仙山	佛臺山 魚登山	
湧珍山 錦城山이	虛空에 버러거든	
遠近 蒼崖의	머믄짓도 하도할샤	

흰구름 브흰煙霞 프르니ᄂᆞᆫ 山嵐이라
千巖 萬壑을 제집을 삼아두고
나명성 들명셩 일히도 구ᄂᆞᆫ지고
오르거니 ᄂᆞ리거니 長空의 써나거니 廣野로 거너거니
프르락 불그락 여토락 지트락
斜陽과 서거지어 細雨조ᄎᆞ ᄲᅳ리ᄂᆞᆫ다

인용한 (1) 부분의 첫머리만 살펴보아도 4보격이 하나의 행을 이루면서 최소단위의 의미적 완결성이 뚜렷해진다는 사실이 드러난다. 즉 첫째 행의 첫 구인 "무등산无等山 ᄒᆞᆫ활기 뫼히"까지를 하나의 시행 단위로 보면 문장의 주어부만 제시되어 '무등산의 한쪽 활개가'라는 의미만 드러나 그 한쪽 활개가 어떻다는 것인지를 도무지 알 수 없지만, 곧바로 이어지는 둘째 구인 "동東다히로 버더이셔"(통사적으로 술어부에 해당)까지 2음보를 더하여 4음보로 묶어 보면 '무등산의 한쪽 활개가 동쪽으로 뻗어 있어'라는 뜻이 되어 비로소 최소단위로서의 완결된 의미를 갖게 된다. 둘째 행도 "멀리 ᄲᅦ쳐와"까지 2음보의 구 단위로 끊어 읽으면 '멀리 떨쳐 와서'라는 의미만 전달되어 그래서 어찌 되었다는 건지 구체적으로 알 수 없지만 그다음 구인 "제월봉霽月峯의 되어거ᄂᆞᆯ"까지 4음보로 묶어 결합시켜 읽으면 비로소 '멀리 떨쳐 나와서 제월봉이 되었거늘'이라는 최소 단위로서의 행의 완결된 의미를 갖게 된다.

이렇게 가사는 2음보 단위로 된 구가 안짝과 바깥짝이 되어 서로 호응하는 대우의 구로 결합해서 4음보격으로 하나의 율격행을 이루면서 최소의 의미 단위로 완결성을 얻게 되는 구조로 짜여 있다. 이런 현상은 다음 행에도 그다음 행에도 최소의 의미가 생성되면서 '반복'해서 '규칙적'으로 나타나므로 '주기적 반복 구조'로서 하나의 행을 통제하는 율격 장치로 드러나게 된다. 다시 말해 4음보 단위로 율동의 규칙성과 반복성을 이루면서 최소의 의미가 생성되면서 적층을 이루어 간다는 것이다. 이는 가사가 2보격의 연속체가 아니라 4보격의 연속체임을 분명히 하는 것이다. 그런 점에서 우리는 가사 작품을 인용하거나 연구의 대상으로 삼을 때 2보격의 구 단위로 행을 배열하는 일은 없어야 할 것이다. 작품의 주기적 반복 구조로서의 규칙적 율동과 최소 의미를 완결하는 단위와 서로 맞지 않기 때문이다. 가사의 작품 분위기나 서술 미학과 연관시켜 보더라도, 율격 양식적 특징에서 짧고 빠르며 단순하고 경쾌한 2보격 양식과는 어울리지 않고, 그 반대로 생각이나 감정을 길고 깊게 엮어 나감으로써 유장하고 차분하며 사려 깊은 분위기를 조성하는 4보격 양식과 더 잘 어울린다는 점에서도 가사의 시행 구조는 2보격이 아니라 4보격을 시행 단위로 함은 의문의 여지가 없는 것이다.

이렇게 가사의 보격 운용은 귀글체에서 분단을 의식했듯이 2음보를 하나의 구 단위로 하면서도 그것을 하나의 시행詩行으로 삼지 않고 그것을 반행半行으로 하여 안짝[內句]으로 하고 중간 휴지休止를 눈 다음에 이어지는 2음보를 하나의 구로 결합하여 바깥짝[外句]으로 삼아 안짝과 바깥짝으로 균등한 대응 구조가 되게 함으로써 안짝과 바깥짝이 2음보씩 대등한 균형을 이루는 '**안정된 중용의 율격**'으로 4보격을 운용하는 특징을 보인다. 이는 가사의 중심 담당층인 사대부층이 즐겨 추구하는 균均과 화和의 미학과 잘 어울리는 율격미라 할 것이다.

그러나 가사의 보격 운용을 시종일관 4보격으로만 기계적으로 단조롭게 운용한다면 '다정하게' 전달하기의 효과에 역행하는 결과를 가져와 정감적 호소력이 떨어질 수밖에 없게 된다. 그러한 기계적인 율격의 운용으로는 내적 정감의 유동하는 속도에 자연스럽게 맞추지 못하는 강제적인 것이어서 정서를 메마르게 하고 미적 가치를 저하시키게 되는 것이다. 그런 까닭에 인용한 「면앙정가」의 (2) 부분을 보아도 "모힌가 屛風인가", "그림가 아닌가"와 "노픈ᄃᆞᆺ ᄂᆞ즌ᄃᆞᆺ", "긋ᄂᆞᆫᄃᆞᆺ 닛ᄂᆞᆫᄃᆞᆺ"에서 보듯이 2보격으로 운용하는 경우에서부터 "너ᄅᆞ바회 우ᄒᆡ 松竹을 헤혀고 亭子ᄅᆞᆯ 안쳐시니"와 "구름ᄐᆞᆫ 靑鶴이 千里를 가리라 두 나ᄅᆡ 버렷ᄂᆞᆫᄃᆞᆺ"에서 보듯 6보격으로 운용하는 경우, 그리고 밑줄 친 부분에서 보듯이 4보격의 2행에 해당하는 8보격으로 운용하는 경우까지 아주 다양한 보격 운용을 보임으로써 정감이 유동하는 속도에 맞추어 '다정하게' 말하기의 효과를 극대화시키고 있는 것이다.[18]

그러면서도 인용한 「면앙정가」에서 보듯이 가사의 4보격의 운용을 중심 기조로 하는 보격 운용을 하는 것이 원칙이고, "넙써든 기노라 // 프르거든 희지마나"와, "雙龍이 뒤트ᄂᆞᆫᄃᆞᆺ // 긴깁을 ᄎᆡ폇ᄂᆞᆫᄃᆞᆺ"에서 보듯이 2보격의 운용마저도 그것을 반행半行으로 하여 안짝과 바깥짝으로 대응하는 짝으로 결합하면서 4보격의 기조를 유지하는 것처럼 운용함으로써 가사의 정체성을 견고히 유지하고 있는 것이다. 8보격의 경우는 필자가 인용해 놓은 것처럼 4보격을 2행으로 운용함으로써 여전히 정체성을 고수하는 것으로 볼 수 있다.

가사는 이렇게 4음 4보격의 율격적 통제를 받으며 하나의 시행을 이루는 ①'율격적 조건'을 갖고 있지만, 그러한 시행을 기초 층위로 삼아 서술의 길이에 있어서는 특별한 제한을 두지 않고 자율적 통제에 맡겨 '서술을 확장하여 연속'해 간다는 ②'서술적 조건' 또한 갖고 있다. 이는 4음 4보격의 율격적 통제가 시조처럼 의미를 '차단'하는 장치로 기능하지 못하고 다음

18 「면앙정가」에서는 찾아볼 수 없지만, 「신가전」, 「청춘과부곡」, 「화전가」 같은 여항–시정, 규방 같은 창작 환경이 발랄해진 조선 후기 가사에 이르면 안짝 2음보와 바깥짝 2음보의 균형과 안정된 결합에 의한 4음보를 깨고, 2음보의 외짝구[척구(隻句)라고 함]로 시행발화가 실현되는 경우가 자주 나타나고, 때로는 3음보나 5음보로 시행발화를 이루는 동적이고 발랄한 감정 추이를 보이는 보격의 다양상을 보이는 작품도 발견된다.

행으로 '연속—확장'되면서 의미가 더욱 분명히 완결됨을 말해 준다. 가사의 시행 발화는 ①의 조건에서 행의 분단과, 행 내에서의 율격 실현(보격과 음격의 두 차원) 양상으로 나타나고, ②의 조건은 작품을 이루고 있는 문장들이 연계적으로 짜나가는 규칙, 곧 담화 방식의 현상으로 나타나는 것이다. 담화談話(discourse)는 문장들이 결합하여 유기적 질서를 이루면서 성립되므로 문장보다 높은 차원의 언어표현을 가리킨다. 가사의 담화 방식은 우선 문장 종결법이 나타나는 것을 기준으로 텍스트를 구분하는 문장 단위의 통사적 서술 분단이 이루어진다고 볼 수 있다. 그리고 이 문장 단위의 '통사적 서술 분단'들이 적층되면서 스토리(플롯이 아님)를 생성해 나가므로, '스토리를 이루는 행' 단위라는 의미에서 '시행'에 대응하는 '화행話行'이란 용어를 쓸 수 있다.

가사의 서술 층위 가운데 화행 구조는 가장 중요한 위치를 차지한다. 화행 구조가 서술 분단의 중요한 핵으로 작용할 뿐 아니라 그 짜임의 원리가 담화 양식을 결정하여 장르 양식의 특성을 드러나게 하는 중요 인자가 되기 때문이다. 이제 가사에서 작품의 화행 구조가 구체적으로 어떤 양상으로 실현되는지 분석해 보기로 하자.

대부분의 가사가 그러하듯 「면앙정가」도 2개의 시행으로 하나의 통사적 의미 구조를 완결하는 단위, 곧 화행을 이루는 경우가 압도적이다. 먼저 (1)을 살펴보면 문단 전체가 연결어미로 연속되어 있어서 문장의 종결어법이 표면으로 드러나지 않는 화행 짜임의 연속임을 알 수 있는데, "无等山 ᄒᆞᆫ활기 뫼히 동東다히로 버더이셔"라는 첫째 행에다 "멀리 ᄠᅦ쳐와 霽月峯의 되어거ᄂᆞᆯ"이라는 둘째 행이 결합하여 적층을 이룸으로써 하나의 통사적 의미 구조를 완결하는 첫째 화행이 되고, 그 다음 행인 "無邊 大野의 므ᄉᆞᆷ짐쟉 ᄒᆞ노라"는 또 그다음 행인 "일곱구비 ᄒᆞᆫᄃᆡ 움쳐 믄득믄득 버렷ᄂᆞᆫᄃᆺ"과 결합함으로써 통사적 의미 구조를 완결하는 두 번째 화행이 이루어진다고 볼 수 있다. 이런 식으로 (1) 문단 전체가 2행씩 결합하여 하나의 화행을 이루면서, 전달하고자 하는 메시지가 스토리를 형성해 나가는 화행 구조로 이루어져 있는 것이다. 마지막 화행은 하나의 시행이 2보격 단위의 3개, 곧 6보격으로 서술이 더욱 확장되면서 이러한 6보격으로 된 2행이 결합하여 하나의 화행을 이룸으로써 좀 더 긴 템포의 확장을 이루었으나 역시 2행이 하나의 화행을 이루는 짜임은 동일하다.

가사에서 이와 같이 2행으로 하나의 화행을 이루는 경우가 압도적이지만 (3)의 후반부 "즌서리 ᄲᅡ진후의 산山빗치 금슈錦繡로다", "黃雲은 ᄯᅩ엇지 萬頃의 편거지요", "漁笛도 흥을계워 ᄃᆞᆯᄅᆞᆯᄯᆞ라 브니ᄂᆞᆫ다"에서 보듯 감탄형 종결어미나 감탄의문형 종결어미로 시행마다 연속적으로 서술되면서 1행으로 하나의 화행을 이루는 경우도 적지 않다. 이런 경우는 '노래하기'의 간섭이 강하게 작용한 결과 서술의 억제가 자주 일어나 그만큼 정감 충동이 고조되었음을 의미한다. '다정하게 말하기'의 서술이 더욱 강화된 표현인 것이다.

그리고 (2)의 중간부분 "어즈러은 기럭기ᄂᆞᆫ 므스거슬 어르노라 / 안즈락 ᄂᆞ리락 모드락 흣트락 / 蘆化을 사이두고 우러곰 좇니ᄂᆞᆫ뇨"에서 보듯이 행위 서술을 하거나, "모힌가 屛風인가 그림가 아닌가 / 노픈ᄃᆞᆺ ᄂᆞ즌ᄃᆞᆺ 긋ᄂᆞᆫᄃᆞᆺ 닛ᄂᆞᆫᄃᆞᆺ / 숨거니 뵈거니 가거니 머물거니"처럼 장면 묘사를 할 경우는 3행이 결합하여 하나의 화행을 이루기도 한다. 나아가 행위 서술이나 장면 묘사를 보다 '자상하게 말하기'로 강화할 경우는 4행, 5행이 결합하여 화행을 이루는 경우도 찾아볼 수 있다.

또한 행위 서술과 장면 묘사를 함께 아우면서 '자상하게 말하기'를 더욱 강화할 경우는 그 이상의 행이 결합하여 하나의 화행을 이루기도 한다. (2)의 첫부분 "玉泉山 龍泉山 ᄂᆞ린 믈히 / 亭子압 너븐들ᄒᆡ 兀兀히 펴진드시 / 넙써든 기노라 프르거든 희지마나 / 雙龍이 뒤트ᄂᆞᆫᄃᆞᆺ 긴깁을 ᄎᆡ폇ᄂᆞᆫᄃᆞᆺ /

어드러로 가노라 므솜일 비얏바 / 닷는듯 ᄯᅡ로는듯 밤낫즈로 흐르는듯"에서 보듯이 면앙정 바로 앞에 있는 옥천산과 용천산에서 발원하여 합쳐서 흐르는 여계餘溪라는 시냇물을 대상으로, 그 흐름의 행위 서술이나 장면 묘사를 겸하여 세세하게 묘사할 경우는 무려 6행이 하나의 화행을 이루기도 하는 것이다[19] 가사가 문장의 종결을 금방 하지 않고 '**만연체**'로 길게 화행을 이어 가는 '문체적 특성'을 보여 주는 양상이다. 그러나 가사의 만연체는 만연체로 쉽사리 인지되지는 않는데, 이는 가사가 4음 4보격의 율격적 통제를 받아 시행발화로 표출되는 까닭에 각 시행의 안짝과 바깥짝 사이에 중간 휴지가 오고, 시행의 끝에는 행말行末 휴지가 실현되어 각 휴지마다 문장을 끊어 나가는 효과를 가져오므로, 만연체의 긴 문장을 행 단위로 단속斷續해 나가는 양상을 보여 주는 이유가 된다.

이를 종합해 보면 가사의 화행짜임은 2행으로 하나의 화행을 이루는 것이 가장 보편적인 단위가 된다. 이러한 서술 길이는 가사의 ②'서술적 조건'에 해당하는 연속체 서술에서 노래하기에 이끌려 '다정하게' 서술하려는 서술 억제의 간섭과 그 반대로 서술을 얼마는지 확장하여 '자상하게' 전달하려는 지향이 맞물려 절묘하게 조화를 이룬 결과라고 할 수 있다. 이러한 보편적 단위를 주류로 하면서도 노래하기의 간섭을 강화하여 '다정하게 말하기'에 더욱 역점을 둘 경우는 1행으로 축소하여 서술을 촘촘히 하는 화행짜임을 보이고, 전달하고자 하는 메시지에 역점을 두어 보다 '자상하게 말하기'로 서술하고자 할 경우는 3행, 4행, 5행 혹은 그 이상으로 확대하여 서술을 유장하게 끌어가는 화행짜임을 보인다고 정리할 수 있다.

마지막으로 가사의 형식 운용에서 음격音格의 운용 양상을 살펴보자. 가

19 가사의 화행짜임 분석은 성무경, 『가사의 시학과 장르 실현』, 보고사, 2000, 99~100면에서 소략하게 다룬 것을 참조하면서 필자가 대폭 보완한 것임.

사에서 음격상의 율동은 4음 4보격이라는 율격의 운용에서 4음 곧 4모라의 길이에 해당하는 기준 음격의 음량을 구체적으로 어떻게 운용하느냐에 그 특징이 드러난다. 율격은 그것을 구성하는 음운자질을 규칙적으로 반복하는 데서 이루어지고, 그러한 규칙성은 '시간적 통합의 원리'와 '등가적 범주화'의 원리에 의해 구조적 질서를 획득한다. 이러한 원리에 따라 가사의 기준 음격인 4모라의 율격 운용에 있어서 그 구체적인 율동 양상을 살피려면 율독律讀을 해야 한다. 즉 2음절로 된 음보는 2모라 정도, 3음절로 된 음보는 1모라 정도의 장음이나 정음을 보완하여 4모라의 음량에 등장성等長性을 갖도록 '완만'하게 율독함으로써 다른 음보와 균형을 맞추어 등가적이게 하고, 반대로 5음절 이상으로 된 음보는 빠르게 율독함으로써 기준 음절량에 맞추는 '촉급'한 율동 현상을 보인다.

이와 같이 가사의 율동 현상에 관여하는 자질은 '장음'과 '정음'만이 아니라 음절의 발화 크기를 단음短音화시키는 기능을 하는 '촉음促音'이라는 또 하나의 중요한 관여자질이 추가된다. 즉 음격의 운용에서 기준 음절량(4음절량)에 맞는 음보는 '보통' 빠르기로 율독하고, 기준 음절수 미달인 2음절 혹은 3음절로 구성된 음보는 기준 음절량(4모라)에 맞추어 '완만하게' 율독하고, 5음절 이상으로 된 음보는 '촉급하게' 율독함으로써 하나의 텍스트는 보통과, 완만, 촉급한 율동이 교차되는 율동 현상을 보인다 하겠다.

그러므로 가사의 율동 현상은 2음절어나 3음절어를 빈도 높게 구사할수록 길고 느린 '완만'한 율동이 되어 '유장悠長'한 정감 흐름을 표출한 것이 되고, 5음절어 이상을 자주 구사할수록 짧고 빠른 율동이 되어 흥취가 고조되고 급박하면서도 직정적인 정감을 분방하게 표출한 것이 된다. 전자의 유형을 '유장형', 후자를 '분방형'이라 하고 이 둘을 통합하여 '완급형緩急型'라 하겠다. 이렇게 이론상으로는 가사의 율동이 2음보에서부터 5음보 이상까지 다양한 운용을 보여 감정의 기복起伏에 따라 완만함과 촉급함이 교차

하는, 파란과 곡절을 가진 정감 표출이 가능한데, 실제로는 분방형은 찾아보기 어렵고 유장형이 대부분을 차지한다.[20]

이와 같이 음격의 운용에 있어서 4모라의 범위 내에서 2음절과 3음절, 4음절에 걸쳐 다양한 시적 율동을 보여 주고 있지만 감정을 제어하지 못해 기준 음격을 초과하여 5음절 이상의 과도한 율동표출을 빈도 높게 보이는 '직정적'이고 분방한 표출은 찾아보기 어렵다. 이렇게 5음절 이상의 촉급한 율동을 자제하고 2음절과 3음절로 된 음격을 자유롭게 운용하여 여유롭고 완만한 율동을 보임으로써 무게감과 사려 깊은 차분한 정감의 흐름을 보여 준다. 임금을 그리워하는 연모의 감정을 두 여인의 대화체로 완만한 템포로 풀어 간 「속미인곡」은 '유장형悠長型'의 전형이라 할 만하다. 정감형 사대부가사(강호가사, 연군가사, 유배가사 등)의 대부분이 이런 유형에 해당한다. 유유자적悠悠自適하는 그들의 미의식에 맞는 율동이기 때문이다.

그러나 가사 장르 전체로 볼 때는 우리 국어의 자연스러운 발화(어절이 3음절어와 4음절어가 절대다수임)를 살리면서도 앞의 송강가사처럼 정감 표현의 곡절을 감정의 피고에 따라 2음절과 3음설, 4음절을 다양하게 운용하기보다, 음절수를 3음절 혹은 4음절로 자연스런 우리말 발화에 맞추어 '가지런하게 조절하여 통일'함으로써, 이질적인 것을 동질화하고 부차적인 세부를 배제하여 서술하려는 내용, 곧 주제를 더욱 선명히 하는 데 주력하는 유형도 큰 비중을 차지한다. 이렇게 '균등하고 정연한 질서'를 갖춘 율동이 되게 하는 유형을 '균정형均整型'이라 할 수 있다. 대부분의 이념이나 교훈성을 강하게 띠는 가사들이 이에 해당한다.

이와 같이 우리말 조어 구조에 맞는 '자연스런' 발화에 기대어 3음절과

---

20 가사의 율격 양식인 4음 4보격이 사대부들의 차분하고 사려 깊은 생각을 담기에 적합한 양식이므로 유장형이 대부분을 차지할 것임은 당연하다.

4음절을 고루 활용하되 그것이 최대한 균등하고 정연한 질서를 갖도록 조정하여 운용함으로써, 그동안 우리가 가사의 율격을 3·4조, 혹은 4·4조라는 음수율로 착각할 만큼 3·4음 또는 4·4음 일변도로 음절수의 반복 율동을 보여 준다. 그러나 텍스트 전체를 3·4조로 음절수를 규칙화한 것도 아니고, 4·4조로 음절수를 규칙화한 것도 아니어서, 이러한 유형을 그동안 3·4조 혹은 4·4조라 칭하면서 음수율로 이해하여 왔지만 그것은 사리에 맞지 않다. 규정형 가운데는 3음절어의 율동 표출은 거의 배제하고 의도적으로 4음절에 기계적으로 맞추어 전체적으로 통일적인 분위기를 조성하여 기억과 환기를 용이하게 함으로써 주제를 더욱 '직선적'으로 드러내고자 하는 유형도 있다.[21] 종교적 신념이나 교리를 암기하기 쉽고 전파하기 좋도록 하기 위해 제작된 종교가사들이 이에 속한다.

4. 가사의 장르 정신과 기본 요건

가사의 장르적 본질이 어떤 사실이나 사건, 혹은 메시지나 화젯거리, 혹은 이념이나 주제를 '전달하기'로 서술하는 담화 양식으로 하는 **전술** 장르에 해당한다고 확정 지을 때, 전술 장르는 결국 그 '전달 서술'을 얼마나 효율적으로 언술화하고 동시에 미적 완성도를 높이는 텍스트 미학으로 구현해내느냐에 작품의 성취도가 가늠될 수 있는 것이다. 그렇다면 '전달 서술'을 효율적이고도 높은 미학적 수준으로 언술해내려면 어떻게 해야 하는가. 표현 미학의 문제는 주로 문체 형성의 문제와 관계되는 것이므로 은유,

21 규칙적이고 기계적인 리듬이 갖는 기능과 효과는 루카치의 리듬 이론을 원용하여 필자가 일찍이 졸저, 『국문학의 탐구』, 성균관대출판부, 1983, 193면에서 다룬 바 있다.

환유, 상징 같은 화려한 수사법을 동원하여 말의 화려한 성찬을 벌여 놓으면 충족되는 것인가. 아리스토텔레스는 그의 저술 『수사학』[22]에서 말(특히 연설)을 효과 있게 잘하는 수사학의 기술로 로고스Logos와 파토스Pathos, 에토스Ethos라는 세 가지 요소를 든 바 있어 좋은 참고가 된다. 말로써 어떤 사실을 알리고 자기의 논지를 펴고 주장을 관철시키려면 이 '설득의 3요소'를 갖춰야 한다는 것이다. 가사는 연설이나 설교, 웅변과 같은 전술 장르에 해당하므로 작자(또는 서술자)가 어떤 주제 혹은 화젯거리를 전달 서술하는 담화 방식을 택해야 하는데, 그 전달 서술을 가장 효율적으로 성취하려면 아리스토텔레스가 말하는 설득의 3요소를 기본 요건으로 갖춰야 하는 것은 당연하다 하겠다. 그래야 작자가 알리고, 주장하고, 설명하고, 가르침을 주고자 하는 주제 혹은 화젯거리가 독자에게 가장 설득력 있게, 나아가 감동적으로 전달될 수 있기 때문이고 가사의 장르 정신을 효율적으로 구현하는 기본 요건이 되기 때문이다.

세 가지 요소 가운데 '로고스'는 이성을 가리키는 것으로 논리에 기반한 이성적인 설득을 의미한다. 아무리 화려한 수사를 동원하고 말잔치를 베풀어도 논리적으로 앞뒤가 맞지 않거나 사리 분별력이 없는 말을 하면 그러한 화젯거리는 아무리 흥미가 쏠리는 것이라 하더라도 설득력 있는 전달이 되기 어려우므로 가사에서 로고스는 필수적으로 갖춰야 할 요소인 것이다. 우리의 전통가사들은 로고스의 요소는 거의 모든 작품이 잘 갖추고 있다. 화행의 전개가 논리적이고, 이성을 갖춘 발화로 연속되어 있어서 씨알이 먹히지 않는 허튼소리를 늘어놓는 경우는 찾기 어렵다는 점에서 그러하다. 오히려 지나치게 단정하고 이성적이어서 그 숙연한 발화에 경청하지 않을 수 없게 한다. 퇴계 이황이 지었다는 「도덕가」, 남명 조식이 지었다는 「권

22 아리스토텔레스, 박문재 옮김, 『아리스토텔레스 수사학』, 현대지성, 2020. 참조.

선지로가」, 율곡 이이가 지었다는 「자경별곡」 같은 작품에서 탄탄한 유가적 이념과 윤리적 규범에 기초한 로고스의 전형을 볼 수 있다.

다음으로 '파토스'는 감성을 가리키는 것으로 심리에 기초한 감정적 설득을 의미한다. 가사 작품에서 로고스만 갖춘다면 똑똑한 가사는 될 수 있어도 호감이 가는 가사는 될 수 없다. 인간은 입증된 사실보다 믿고 싶어 하는 사실에 더 이끌리므로 로고스만 갖춘 똑똑한 가사보다는 호감을 지속적으로 유지하는 파토스를 갖춘 공감력 있는 가사에 더 매력을 느끼게 되는 것이다. 이를테면 불교가사, 천주교가사, 동학가사 같은 종교가사나 오륜의 규범을 나열한 오륜가사, 농사의 규범적 준칙을 나열한 농가월령가 같은 대부분의 교훈가사는 경전의 교리나 신앙 정신, 전도나 이념을 펼치려는 교화의 목적성으로 인해 이성적 논리에 의한 로고스는 탄탄하게 갖추고 있지만 독자의 감성과 공감력을 획득하기 위한 파토스의 요소는 원천적으로 취약할 수밖에 없는 것이다. 로고스가 탄탄할수록 상대적으로 파토스는 빈약해지는 반비례적 관계에 놓여 있다 하겠다. 그런 만큼 청자 혹은 독자에게 감성적으로 설득하고 공감을 얻어 호감을 유지하려면 파토스의 힘을 빌려야 하는 것이다. 그래서 가사의 첫 출발을 보이는 혜근의 「서왕가」를 보면 생경한 교리를 나열하거나 신앙을 강요하는 고압적인 언술로 청자와 거리감을 두는 방식은 가급적 지양하고 친근한 소통을 위해 메마른 교조적 이념성에 함몰되지 않고 '다정하게' 말하기의 여러 형식적 장치와 청자 중심의 눈높이에 맞추어 소통의 원활을 위한 공감력 획득에 주력하는 모습을 보이고 있다.[23] 최재우의 「용담유사」도 종교적 이념성이 강한 다른 후대의 동학가사에 비하면 파토스를 갖추는 모습이 상당히 보여 독자나 청자들에게 호소력을 높이고 있음을 확인할 수 있다.

23 이에 대한 상론은 김학성, 『가사의 쟁점과 미학』, 월인, 2019, 235~240면 참조.

다음으로 '에토스'는 작자(혹은 화자)의 고유한 성품, 자질, 신뢰도, 카리스마를 가리키는 것으로, 진실성에 기초한 윤리적 설득을 꾀하는 데 기본 요소가 된다. 제아무리 논리적으로 이치에 맞는 말을 로고스에 입각해 조근조근 말하면서 동시에 독자를 울리는 감성적 열정을 바쳐 파토스의 호소력을 갖추어 서술한다 하더라도 작자의 도덕성이나 진실성이 의심받는다면 타인의 마음을 설득할 수 없는 것이다. 신뢰받지 못하는 자의 설득은 힘을 발휘하지 못하며 오히려 역작용을 일으키는 것도 화자의 에토스 때문이다. 인격적 덕성을 기반으로 한 진실성 있는 설득 곧 에토스를 갖춰야 그 서술 효과가 증폭되는 힘을 갖게 되는 것이다. 우리의 고전가사 작품은 거의 모든 텍스트가 심성 수양을 닦아 지행일치를 이루어 고상한 덕성을 갖춘 유가적 인물에 의해 창작되거나, 오랜 세월 불도를 깊이 닦아 높은 불성을 깨달은 고승 대덕에 의해 창작되거나, 혹은 양반 사대부가의 규방에서 규범과 교양을 갖춘 여성들에 의해 창작된 것이어서 에토스를 갖춘 작품들로 즐비하다는 점에서는 부족할 것이 없다 하겠다.

그런데 아리스토텔레스는 로고스와 피토스에다 에도스를 갖추는 3요소가 균형 있게 작용해야 타인의 마음을 깊이 있게 움직일 수 있다고 했으며, 그 가운데 에토스가 가장 중요하고 그다음이 파토스, 또 그다음이 로고스라고 보았다. 덕성과 인간적 됨됨이를 갖춘 화자의 인격적 발화가 가장 신뢰성이 가고 깊은 감화를 받을 수 있기 때문이다.[24] 그래서 그는 널리 알리고 펴는 선전과 설득 효과의 크기를 에토스 〉 파토스 〉 로고스 순으로 보고 있다.

---

24 조선시대 유가적 이념과 윤리를 담은 교훈가사류가 그 작자를 퇴계와 남명, 율곡 같은 유가적 덕망과 명성을 갖춘 인물이 지은 것으로 내세운 까닭도 에토스를 갖춘 화자의 발화로 의방(依倣)하기 위한 서술 전략일 가능성이 크다. 그래야 설득력이 가장 높기 때문이다.

그렇다면 이 세 가지 요소만 균형 있게 갖추면 차원 높은 명품 가사가 산생될 수 있을까. 아리스토텔레스는 그 수사학의 대상을 문학과 비문학의 경계에 있는 '연설'에 초점을 두어 논한 것이므로 가사와 같은 본격 문학에 적용하기에는 한계가 있다. 그 세 가지 요소 외에도 본격 문학으로서 반드시 갖춰야 할 기본 요건으로 '상상력imagination'을 추가해야 하는 것이다.[25] 문학작품에서 작가의 상상력은 아주 중요한 필수 요소이다. 실제로 경험한 사실만 전달하거나 표현하는 것에 머무는 것은 문학이 아니기 때문이다. 사물이나 사건, 메시지를 있는 그대로 보여 주면 '비전환표현'이 되어 문학 텍스트라 하기 어려운 것이다. 사건이나 사물, 메시지를 작자의 '의지'대로 구성해서 보여 주는 작업 곧 상상력을 발휘에 구성해야 온전한 문학이 될 수 있는 것이다. 그리고 그 의지에는 작자의 인격과 덕성이 물씬 배어 있어야 만족도가 높다. 상상력은 실제로 경험하지 않은 현상이나 사물에 대하여 마음속으로 그려 보는 힘을 가리키는데, 칸트의 『순수이성비판』에 의하면 상상력은 "대상을 그 현전이 없어도 직관 속에서 표상하는 능력"이라 하고 혹은 "다양성을 하나의 형상으로 가져오는 능력"이라고 정의하면서, 수동적인 '재생적 상상력'과 능동적이고 적극적인 의미를 지니는 '산출적 상상력'으로 구별한 바 있다.

상상력의 빈곤은 작품을 메마르게 한다. 상상력을 편다 하더라도 수동적인 재생적 상상력에 머물거나 산출적 상상력이 빈약하다면 작품의 미적 역동성을 맛볼 수 없다. 특히 메시지의 전달이 중심이 되는 전술 장르는 사실의 전달이나 보고에만 치중하다 보면 상상력이 아예 고갈되어 작품을 생경하게 만들 우려마저 있는 것이다. 특히 예술적 상상력은 사유를 넓히

---

25 가사 같은 전술 장르의 필수 요소로 아리스토텔레스가 제시한 세 가지 외에 '상상력'을 추가해야 한다는 입론은 김학성, 「현대가사의 전범을 보이다」, 『오늘의 가사문학』, 2020년 가을호, 고요아침, 22~23면 참조.

고 세계를 확장하는 데 기여하며, 실재하는 현실 너머의 현실을 보는 힘, 그래서 삶을 고양하는 능력이라 말할 수 있는데, 그런 것이 없다면 문학작품이라 하기 어렵다. 상상력은 어떻게 더 실감 나는 현실을 만들어 내는지를 보여 주기 때문에 제멋대로 펼치는 자의적인 속성을 가진 공상空想과도 다르고, 현실도피의 속성을 가지는 망상妄想과도 다른, 현실 속에 존재하고 삶과 환경을 표현하고, 새로운 세상으로, 혹은 더 나은 세상, 더 좋은 삶으로 나아가기 위해 끊임없이 사유하고 창조해 나가는 힘을 말한다. 이 네 번째 요소까지 갖출 때 비로소 가사의 미적 성취는 높은 수준으로 달성될 수 있는 것이다.

서구의 중세 시대에는 기독교 교리를 충실한 신앙심으로 옮겨 놓는 것이 예술이라 생각했다. 그런 까닭으로 인간의 감성이 종교적 신앙심의 이성으로 환원되는 경우는 있어도 그 둘의 융합에 의한 예술적 상상력의 승화 과정은 찾아보기 어렵다. 그와 비슷하게 가사 작품도 불교 혹은 성리학적 이념이나 교리 혹은 교양을 펼쳐 내는 것에 주력한 까닭에 그 이념적 통일성은 찾아볼 수 있어도 상상력의 예술적 승화 과정은 찾아보기 어렵다. 다만 송강가사 중에서 「성산별곡」이나 「관동별곡」의 경우, 작자가 '꿈'이라는 서사 장치를 통해 혹은 대화 상대자의 발화를 통해 자신이 진선眞仙임을 확인받고 또다시 거듭 확인받는 대목이 작품의 결말 부분에 중요한 대목으로 구조화되고 있는데, 이는 상상력의 산물이면서 상상이 이념화되어 승화되는 문학성을 획득하는 대목이라 하겠다. 이렇게 가사에 보이는 예술적 상상력은 사유를 넓히고 세계를 확장하는, 그래서 한계를 넘어서서 보이는 것 너머를 보는 힘, 즉 삶을 고양하는 능력이라 할 수 있다. 그런 점에서 송강은 꿈의 서사 장치를 통해 자신이 진선임을 표방하고 인격의 고양과 승화를 꾀하여 차원 높은 신선과 같은 경지의 인물 곧 지상선地上仙으로 자부코자 했던 것이다.

결론적으로 송강가사의 이러한 사례에서 보듯 그만큼 인격, 품성, 덕성 같은 '에토스'를 중시하면서 예술적 상상력을 고도로 갖추어 운용하는 장르가 범박한 가사가 아니라 명품 가사임을 실증해 주는 본보기라 하겠다.

가사의 유형론적 검토
가사의 분류와 범주 설정, 어떻게 할 것인가?

김용찬

1. 머리말

작품을 읽고 연구하는 데 가장 어려움을 느끼는 한국문학의 갈래 가운데 하나가 바로 '가사歌辭'이다. 현재 전해지고 있는 작품들 가운데 상당수는 구전口傳되다가 어느 시점에 기록으로 남겨졌으며, 그 과정에서 일부 구절들이 원작과는 다르게 변형되어 문자로 정착된 경우가 적지 않다. 그렇게 변형된 표현들 가운데 그 정확한 의미를 파악할 수 없는 단어들이 다수 발견되기에, 해당 작품의 내용을 온전하게 이해하면서 읽어 내기가 쉽지 않다. 이와 함께 작품에 따라 고어古語와 한자(어)가 적지 않게 포함되어 있는데, 이에 익숙하지 않은 현대의 독자들에게 작품에 표기된 낯선 표현들은 독해의 어려움을 안겨 주는 요소로 작용하고 있다. 그래서 한자어와 고어가 뒤섞인 작품들을 접하면, 때로는 그 내용을 제대로 파악하지 못할 뿐만 아니라 마치 암호문을 읽는 것과 같은 느낌을 받기도 한다.

가사 작품들에 포함된 일부 구절들에는 그 배경과 의미를 알아야만 내용을 제대로 이해할 수 있는 전고典故가 적지 않게 포함되어 있다. 작품에 활용되는 전고에는 역사적 사실이나 인물 등과 관련된 내용이 포함되어 있으며, 그러한 표현들은 작자가 표출하고자 하는 작품의 주제와 긴밀한 연관이 있는 경우가 일반적이다. 그것들은 주로 유가적 이념을 바탕에 깔고 있기에, 당시의 가사 향유자들에게 전고의 내용이나 관련 표현들은 상식적인 차원에서 이해되었을 것이다. 그러나 현대의 독자들에게 전고가 포함된 단어들은 이해하기가 어려울 뿐만 아니라, 새롭게 탐구해야만 하는 '전문 지식'으로 다가올 수밖에 없다. 따라서 다양한 문헌들을 활용하여 그 의미를 정확히 알지 못한다면, 작품의 내용과 전체적인 흐름을 제대로 파악하기가 쉽지 않다.

무엇보다도 연구자들이 가사 작품을 접하면서 가장 까다롭게 여기는 요인은 일단 그 분량이 만만치 않게 길다는 점이다. 장형의 작품을 읽으면서 그 내용과 의미를 정확히 이해하기가 쉽지 않기 때문이다. 상당수의 가사 작품들이 비교적 장형의 분량을 취하고 있으며, 일부 작품을 제외하면 일관되고 정연한 구성을 취하는 경우가 많지 않다는 점도 독해에 어려움을 초래하는 부뷴이다. 4음보 1행을 기준으로 10여 행에 불과한 짧은 작품도 일부 존재하지만, 대부분의 가사 작품들은 1백 행 전후의 분량으로 구성되어 있다. 또한 수백 행에서 2천 행이 넘는 장편의 작품들도 적지 않기에, 개별 작품들을 이해하고 연구하기 위해서는 적지 않은 공력이 소요될 수밖에 없다.

서정적인 성격을 지닌 작품들의 경우, 작품 중간에 전체적인 내용의 흐름에 전혀 어울리지 않는 구절들이 첨가되기도 한다. 특히 다수의 이본이 존재하는 작품 중에서는 일부 구절의 표기가 다르거나, 시행의 순서가 바뀌어 기록되는 경우도 적지 않다. 12가사 등 가창을 위주로 하는 작품들은 다양한 이본이 전하는 경우가 많은데, 그 전승 과정에서 일부 내용이 첨가되거나 삭제되어 전체 분량이 서로 현격하게 차이가 나는 작품들이 공존하기도 한다. 다양한 이본이 존재하는 경우 어떤 작품을 선택해서 연구하느냐에 따라서, 그 의미나 주제 등이 서로 다르게 파악될 수도 있다. 가사 갈래에 속하는 개별 작품들의 전승과 존재 양상은 이처럼 다양하게 나타난다. 이로 인해 그동안 가사 연구사에서 집중적으로 논의되었던 작품들을 제외하면, 여전히 많은 작품들이 작가는 물론 창작 배경이나 작품론을 통한 검토가 제대로 이뤄지지 못하고 있다. 지금도 작품론의 차원에서 연구자들의 손길을 기다리는 작품들이 적지 않기에, 전체 가사 작품들을 대상으로 일정 기준에 의해 분류하고 유형화하는 작업은 결코 쉬운 일이 아니다.

가사 연구를 어렵게 만드는 가장 중요한 요인으로는 그 정확한 수효를 확인할 수 없을 정도의 방대한 현전 작품의 규모에 있다고 할 수 있다. 더욱이 그 가운데 상당수는 여전히 연구의 사각지대에 놓여 있다. 다행히도 몇몇 연구자들의 노력으로 곳곳에 흩어져 있던 가사 작품들이 수집되면서, 그 개략적인 규모는 물론 개별 작품들의 존재 양상을 어느 정도 확인할 수 있게 되었다.[1] 아울러 그동안 다수의 연구자에 의해 가사 작품들을 현대어로 번역하거나 원문에 주석을 첨가하여 출간된 책들도 그 수효가 적지 않다. 하지만 여전히 새로운 작품들의 발굴과 소개가 진행되고 있기에, 현전하는 가사 작품들의 수효나 규모를 정확하게 파악하기에는 적지 않은 어려움이 따른다. 특히 20세기 이후에 창작된 가사 작품들이 적지 않다고 논의되고 있으며,[2] 21세기에 들어서도 '한국가사문학관'의 현대적인 가사

1 여러 곳에 산재해 있던 가사 작품들을 집적하여 영인한 임기중의 『역대가사문학전집』이 51권 규모로 출간되었고, 이후 해제와 주석은 물론 현대어로 번역을 한 성과들이 이어졌다. 이러한 작업을 통해 수집된 약 2,800여 수의 가사 작품들이 현재 온라인(http://www.krpia.co.kr)을 통해서 연구자들에게 제공되고 있다.

2 최강현은 1849수의 가사 작품을 대상으로 내용별 분류를 시도하였는데, 그 가운데 창작 시기가 1900년대 이후로 밝혀졌거나 추정되는 작품은 726편에 달한다.(최강현, 『한국기행문학연구』, 일지사, 1982; 『가사문학론』, 새문사, 1986 등; 정재호, 『한국가

작품을 공모하는 사업을 통해서도 지속적으로 창작되고 있다.[3]

이 글에서는 선행 연구들을 대상으로 '가사 유형론'의 현황과 문제점을 검토하고, 현 단계에서 가능한 수준으로 가사 분류의 방법을 모색해보고자 한다. 주지하듯이 '가사 유형론'이란 현전하는 가사 작품들을 각각의 특징에 걸맞은 유형으로 분류하는 것이라 할 수 있다. 개별 작품들의 내용과 주제 그리고 성격 등을 헤아려 범주를 설정하여 분류함으로써, 그러한 유형 분류가 최종적으로 가사 갈래의 본질을 규명하고 앞으로의 연구 방향을 정립할 수 있도록 도움이 되어야 할 것이다. 그러나 작품론조차 제출되지 않은 개별 작품들의 수효가 적지 않기에, 현 단계에서는 이러한 논의를 펼치기에 어려움이 따를 수밖에 없다.

그동안 다양한 연구자들이 가사 연구의 기초 작업으로 창작 시기나 작가 혹은 내용에 따른 가사의 유형을 분류했다. 기존의 성과들을 검토한 결과, 가사의 유형 분류는 연구자마다 서로 다른 기준과 명칭이 사용되고 있었다. 아울러 연구자들이 분류한 결과가 합의를 이루지 못한 채, 각각의 이론들이 병존하고 있다는 것도 확인할 수 있었다. 그렇기에 가사 유형론의 측면에서는 기존의 연구사를 검토하여 이를 체계적으로 정리하는 작업조차 쉽지 않다는 것을 절감할 수밖에 없었다. 이것은 어쩌면 가사라는 갈래가 지닌 복합적인 면모에서 비롯되는 결과라 할 수 있으며, 작품의 존재

사문학의 이해』, 고려대학교 출판부, 1998, 219면의 내용 참조) 이밖에도 가장 최근에 출간된 일제 강점기에 만주 지방으로 망명해서 활동한 작가들의 가사 작품들을 소개한 고순희의 『만주망명과 가사문학(연구)』(박문사, 2014)의 수록 작품들, 그리고 백순철의 『규방가사의 전통성과 근대성』(고려대학교 민족문화연구원, 2017)의 2부에 소개된 20세기에 활동했던 가사 작가들(최송설당, 조애영, 이휘 등)의 작품들도 새롭게 발굴된 목록에 첨가할 수 있을 것이다.

3 한국가사문학관에서 주관하는 '한국 가사문학 대상 공모' 사업을 통해서 매년 '문학 지망생들과 기성 문인들'을 대상으로 새롭게 창작한 가사 작품들을 공모하고 있으며, 수상작들과 창작 가사들을 계간지인 「오늘의 가사문학」에 수록하고 있다.

양상을 고려하면 단일한 기준으로 유형을 분류한다는 것이 어려운 과제임을 인정해야만 한다. 따라서 이 글에서 제안하는 유형 분류가 다른 연구자들에게 흔쾌히 받아들여지지 않을 수도 있다는 것을 전제하면서, 가능한 범위에서 가사의 유형을 설정하고 분류하는 방안을 마련해 보도록 하겠다.

2. 가사의 문학적 특징과 유형론의 전개 양상

가사는 부르는 사람의 흥에 맞춰 읊조리면서 향유하던 노래이다. 조선 후기에 유행했던 12가사를 제외하면 정해진 악보가 존재하지 않기에, 같은 작품이라도 창자唱者에 따라서 자유롭게 연창될 수 있다는 점이 특징이다. 대체로 가사 작품들은 1인칭 화자의 시점에서 서술되는 경우가 많은데, 그것을 노래를 연창演唱할 때 반드시 청자를 앞에 두고 불러야만 하는 것도 아니다. 들어 주는 이가 없더라도 얼마든지 혼자서 읊조리듯이 부를 수 있으며, 대개는 뜻이 맞는 사람들이 모여 풍류를 즐기는 현장에서 부르고 즐겼던 것이 보편적인 가사의 향유 방식이다.

대부분의 가사 작품은 이처럼 읊조리듯이 부르기 때문에 '음영가사吟詠歌辭'의 범주로 분류하는 것이 일반적이다. 그러나 조선 후기에 널리 유행했던 '12가사十二歌詞'는 각 작품마다 정해진 악보가 있으며, 대체로 전문적인 소리꾼들에 의해 노래로 불렸다. 판소리를 부르기 전에 판소리 창자들이 풀기 위해 불렀던 '판소리 단가' 혹은 '허두가虛頭歌'는 별개의 갈래로 구분하지만, 가사의 하위 범주로 분류하기도 한다. 이와 함께 잡가雜歌 역시 가사의 하위 범주로 구분하여, 12가사와 허두가를 포함한 이들을 일컬어 가창가사歌唱歌辭라 칭하기도 한다. 그리고 수백 행이 이르는 장편 가사들과 20세기 이후에 창작된 작품들은 처음부터 가창이 아닌, 순전히 독서를 위한 목적으로 지어졌다고 논의되고 있다.[4] 이처럼 가사의 존재 형태가 다양하기에, 그 성격을 어떻게 규정할 것인가에 대해서는 이론의 여지가 생길 수밖에 없다.

가사 갈래를 가리키는 용어로는 장가長歌라는 명칭이 널리 사용되었는데, 이는 3장으로 이뤄진 짧은 형식의 시조를 지칭하는 단가短歌에 대응하는 표현이다. 가사 작품들의 길이가 충분히 확장될 수 있다는 점에서 '긴 노래'라는 의미로 '장가'라 부르는 것이 일반적이었다. 이외에도 가사歌辭라는 표현이 주로 사용되었는데, 노래로 불렸음을 강조하는 의미에서 가사歌詞라는 명칭이 사용되기도 했다. 또한 가사의 기원에 대해서는 다양한 학설들이 제출되었으나, 그 가운데 어느 하나를 정설이라고 단정하기가 힘들다. 가사가 처음 출현한 시기는 대략 고려 말이라는 것이 현재 학계에서 일반적으로 통용되고 있는 견해이다. 우리 문학사에서 최초로 창작된 작품으로 고려 말의 승려인 나옹화상懶翁和尙 혜근惠勤(1320~1376)이 지은 「서왕가」라고 할 수 있으며, 현전하는 조선시대 작품들 가운데 가장 앞선 시기에 창작된 작품은 정극인丁克仁(1401~1481)의 「상춘곡」이다.

가사歌辭는 한 행이 4음보로 구성되는 이른바 '4음보격 연속체 시형'이라는 최소한의 형식적 조건으로 규정되고, 작품의 내용이나 표현 방식 그리고 길이 등에 관한 특별한 제약이 없는 갈래이다. 하지만 한 행이 4음보로 구성된다는 것도 가사 형식의 일반적인 요건일 뿐, 개별 작품들에서는 4음보의 율격에서 벗어난 시행詩行들이 적지 않게 발견되고 있다. 여러 문헌에 수록되어 전해지는 개별 작품들의 규모도 10행 내외의 짧은 단형의 작품으

4 이능우는 가사의 향유 방식에 의해 그 유형을 다음과 같이 분류하였다. 향유 방식에 따라 '가창물로서의 가사'와 '음영물로서의 가사' 그리고 '완독물로서의 가사'로 구분하고, 각각에 해당하는 작품들을 구체적인 예로 들어 적시하고 있다.(이능우, 『가사문학론』, 일지사, 1977.)

로부터 2천 행이 넘는 장편의 작품에 이르기까지 매우 다양한 양상으로 나타나고 있다. 아울러 형식은 물론 내용의 측면에서도 얼마든지 새로운 요소를 담아낼 수 있다는 점이 가사 갈래의 가장 중요한 특징이라 할 수 있다. 즉 다양한 내용을 담아낼 수 있는 개방성과 규모가 길어질 수 있다는 확장성은 다른 시가 갈래들과는 뚜렷이 구분되는 가사만의 특징이라고 할 수 있다.

이와 함께 정확한 의미를 파악하기 힘든 시어들이 작품마다 적지 않게 발견된다는 점을 지적할 수 있다. 예컨대 한자어를 한글로만 표기했을 경우, 그 정확한 의미를 파악하려면 그에 해당하는 한자에 대한 해박한 지식이 요구된다. 또한 개인적인 언어 습관이 짙게 반영된 작품이 문헌에 정착되었을 때, 작품에 사용된 특정 시어들의 정확한 의미를 알 수 없는 경우도 적지 않다. 구전으로 전승되던 작품들에서는 방언이라 할 수 있는, 작가나 향유자들의 지역적 언어 특성이 반영된 시어들도 흔히 볼 수 있다. 바로 이러한 측면에서 독자들이 개별 작품들의 내용을 제대로 파악하면서 읽어내기가 쉽지 않고, 전문적인 연구자들마저도 작품의 전후 맥락을 따져 해당 구절의 정확한 함의를 유추하여야만 한다. 요즘처럼 '표준어'라는 개념이 존재하지 않던 시절에 향유된 갈래였기에, 개별 가사 작품들에 사용된 시어들의 표기에 일관성을 발견하기 힘들다는 점도 독해의 어려움을 초래하는 요인이다.

작품에 사용된 시어들이 독해의 장애 요소로 작용하는 것에 더하여, 개별 작품들의 분량이 길다는 것도 작품의 이해를 어렵게 하는 요인이라 하겠다. 만만치 않은 분량의 작품들을 제대로 읽어 내기 위해서는 사전에 충분한 준비 작업이 필요하다. 사대부 신분의 작가들은 가사를 창작하여 기록으로 남기는 경우가 일반적이었기 때문에, 그들에 의해 창작된 작품을 읽고 이해하는 것은 상대적으로 그리 어렵지 않다. 하지만 현전하는 가사 작품들 가운데 상당수는 구전口傳되다가 누군가에 의해 문헌에 정착된 것들이다. 구전 과정에서 와전되거나 표현상의 오류가 발생할 가능성이 적지 않고, 그렇게 변형된 작품들이 후대에 누군가에 의해 기록으로 남겨졌다. 가사 전승 과정의 이러한 특징으로 인해, 향유자들에게 인기가 있었던 몇몇 작품들의 경우 다양한 이본이 파생되기도 했다. 다수의 이본이 존재하는 작품들은 문헌의 선후를 따지거나 이본 사이의 비교를 통해, 어떤 작품이 선본善本 혹은 최고본最高本인가를 따지는 것이 연구자들에게 중요한 과제로 취급되기도 했다.

가사는 그 형식이 운문으로 분류될 수 있음에도 각각의 작품들에 담아낼 수 있는 내용이 매우 다양하여, 그 성격을 일률적으로 규정하기 힘든 갈래이다. 여전히 가사의 갈래가 무엇인지를 규정하는 것에서부터 연구자들 사이에 이견이 충분히 해소되지 않은 상황이다. 가사의 갈래를 어떻게 규정할까 하는 것에 대해서는 여전히 통일된 학설이 존재하지 않지만, 가사를 단일 갈래로 규정할 수 없다는 것에는 연구자들 사이에 어느 정도 공감을 이루고 있다.[5] 이와 함께 가사의 분류 기준을 설정하고, 그 하위 범주를 설정하는 작업도 쉽지 않은 일이라고 할 수 있다. 일단 현전하는 방대한 가사 작품들 가운데 아직도 연구자들의 손길이 미치지 않은 작품의 수효가 적지 않다는 점이 가장 큰 장애 요인이다.

이러한 가사의 성격으로 인해 개별 작품들의 경우 그 소재나 내용, 그리고 작품의 성향이 매우 다채롭게 발현되고 있다. 즉 화자의 감흥이나 생각을 서정적인 어조로 유창하게 읊조리는 작품이 있는가 하면, 작가가 생각

5 가사의 갈래에 대한 반성적 논의와 기존의 연구사 검토 현황에 대해서는 다음의 문헌들을 참조할 것. 김병국, 「장르론적 관심과 가사의 문학성」, 『고전시가론』, 새문사, 1984; 김흥규, 『한국문학의 이해』, 민음사, 1986; 성무경, 『가사의 시학과 장르 실현』, 보고사, 2000; 박연호, 『가사문학 장르론』, 다운샘, 2003 등.

하는 내용이나 여행의 기록을 장황하게 서술한 작품도 존재하고 있다. 때로는 자신이 믿는 종교의 교리를 담아 다른 이들에게 전파하는 수단으로 삼기도 하며, 이념적인 내용을 서술하여 상대방을 설득하는 도구로 활용하기도 한다. 특정 인물을 중심으로 일정한 사건이 전개되는 허구적인 내용의 작품들도 적지 않다. 일부 작품에서는 등장인물 간의 대화로 구성되어, 희곡적인 특성을 보이는 작품으로 논의되기도 한다.[6] 이처럼 다양한 성격의 작품들이 가사라는 갈래에 폭넓게 펼쳐져 있기에, 그것을 포괄하는 성격을 어느 하나로 특정해서 정의하기란 쉽지 않다.[7]

가사 연구에서 가장 중요한 자세는 역시 개별 작품에 대한 치밀한 독해를 바탕으로 작품론을 펼치는 것이라 하겠다. 이를 통해 작품들의 창작과 향유 시기를 규명함으로써, 가사 갈래의 시대적 흐름을 정리하여 사적인 전개 과정에서 드러난 특징을 포착할 수 있을 것이다. 그러나 현전하는 작품들 가운데 아직도 구체적인 내용 검토는 물론 작품론이 제대로 마련되지 못한 채, 연구자들의 손길을 기다리고 있는 작품들이 적지 않다. 시가 연구자들에게 개별 작품들의 작품론이 긴요한 과제로 다가올 수밖에 없는 이유라 하겠다. 앞으로 연구자들에 의해 작품론이 더욱 활발하게 진행될 수 있다면, 이를 기반으로 가사의 문학적 성격을 확인하고 아울러 서로

---

6 이운영(李運永, 1722~1794)의 「임천별곡(林川別曲)」이 대표적인데, 이 작품의 특징과 의미에 대해서는 박연호, 「옥국재 가사의 장르적 성격과 그 의미」(『가사문학장르론』, 157~189면)를 참조할 것.

7 최태호는 가사의 유형을 개별 작품들의 갈래적 성격에 따라 구분하였다. 구체적으로 '교술가사'와 '서정가사' 그리고 '서사가사' 등으로 구분했으며, 각각의 범주에 다시 내용이나 창작 동기에 따른 하위 항목을 설정하고 있다.(최태호, 『가사의 분류적 고찰』, 『목원대논문집』 4, 목원대학교, 1981.) 윤석창 역시 갈래적 특성에 따른 분류를 실시했는데, 가사의 범주를 '서정성'과 '서사성' 그리고 '교훈성'과 '희곡성' 등으로 구분했다. 이 연구에서도 각각의 범주에 다시 하위 항목을 설정하여 다시 세분화하고 있음을 확인할 수 있다.(윤석창, 『가사문학개론』, 깊은샘, 1991.)

유사한 특성을 보이는 작품들을 하나의 범주로 묶어서 논의할 수 있을 것이다. 즉 개별 작품론을 토대로 가사 갈래의 유형론에 관한 연구가 병행된다면, 이를 통합한 시각에서 가사의 특성을 개관하고 문학사에서의 위상을 점검하는 요소로 활용될 수 있을 것이다.

따라서 가사 연구에서 개별 작품들이 내용과 성격을 따져 그 유형을 분류하는 작업은 매우 중요할 수밖에 없다. 일차적으로 기존의 연구사에서 다뤄진 작품들의 유형 분류를 통해 새로운 연구 방향을 정립할 수 있을 것이다. 이 글에서는 초창기 가사 연구의 성과들을 점검하고, 특히 가사의 유형을 분류한 내용들을 집중적으로 검토해 보기로 하겠다. 문학사에서 가사 갈래에 대한 관심은 조윤제의 연구 성과들[8]을 통해서 그 위상이 논의되기 시작했다. 그는 자신이 파악한 범위 내에 있는 '3백여 종류의 가사'를 대상으로, 그 가운데 일부 작품들을 거론하면서 개략적으로 내용 분류를 시도하고 있다.[9] 하지만 조윤제의 시도는 '가사를 읽어 그 내용적 특성이 밝혀지는 대로 내용을 분류'[10]하고 있어, 일정한 기준이 아닌 연구자의 감가에 따라 자의직인 항복을 설정한 것으로 체계적인 유형론이라고 논하기 어렵다.

---

8 시가사의 흐름을 정리한 조윤제의 『조선시가사강』(박문출판사, 1937)에서는 '가사송영시대(歌辭誦詠時代)'라는 항목으로, 조선 전기 시가문학의 특징을 거론하고 있다. 이후 『조선 시가의 연구』(을유문화사, 1948)에서는 「가사 문학론」이란 항목으로 시가 갈래의 하나로서 가사의 문학적 성격을 정리하고, 내용 분류를 간략하게 언급하고 있다. 이러한 연구 성과들은 『국문학개설』(동국문화사, 1955)의 「가사」 항목에서도 그대로 반복되었다.

9 조윤제, 『조선 시가의 연구』, 125~126면.

10 정재호, 「가사의 내용 분류」, 『한국 가사문학의 이해』, 217면. 이 글에서는 이러한 유형 분류를 일컬어 '망라형'이라고 지칭하고, 그러한 분류의 문제점으로 일정한 기준이 없이 유형을 나누다 보니 같은 작품이라도 연구자에 따라 다른 항목으로 설정될 수 있다는 점을 지적하고 있다.

해방 이후 대학교수로 재직하던 연구자들에 '우리어문학회'라는 조직이 성립되었고, 그들의 연구 성과로 편찬된 『국문학개론』에서도 '가사'를 독립된 갈래로 다루고 있음을 확인할 수 있다.[11] 이들은 가사의 개념과 범주에 관한 '본격적인 연구가 아직 되어 있지 않'[12]다고 전제하면서, 그 범위를 고려가요와 경기체가까지 포괄하여 다루고 있다. 여기에서도 몇몇 작품들을 열거하면서 가사의 내용 분류를 시도했으나, 이 역시 체계적인 유형 분류에는 미치지 못하고 있다고 여겨진다. 가사의 개념과 유형 분류에 대한 논의는 1950년대에 발간된 개론서에서도 나타나는데, 앞선 연구자들과 달리 여기에서는 작자층[13]이나 작품의 내용[14]에 따라 범주를 설정하여 분류하였다. 이상과 같이 초창기 연구 성과들에서는 가사의 개념과 범위에 대한 명확한 구분 없이 유형론이 전개되었음을 확인할 수 있다. 아울러 지금까지 보고된 가사의 작품 수에 비한다면, 초창기 연구에서 거론되었던 작품들의 규모도 제한적이었다는 것도 유념할 필요가 있다.

이후의 연구 성과에서는 가사의 개념과 형식 그리고 그 범주를 학술적으로 명확히 규정하면서, 본격적으로 가사의 내용에 따른 유형 분류가 시도되고 있다.[15] 기존의 연구사에서는 가사의 유형을 분류하면서, 대체로 그

11 우리어문학회의 활동 상황과 이들에 의해 편찬된 『국문학개론』의 성격에 대해서는 김용찬, 「우리어문학회의 국문학 인식—『국문학개론』을 중심으로」(『민족문학사연구』 73, 민족문학사학회, 2020)를 참조할 것.

12 정형용, 「가사」, 『국문학개론』(우리어문학회, 일성당서점, 1949), 162면.

13 이능우의 『입문을 위한 국문학개론』(국어국문학회, 1954)에서는 가사를 '수필적인 것과 기행'으로 구분하고, 수필의 하위 유형을 다시 작자층에 의거하여 '양반가사, 평민가사, 규방가사'로 분류하였다.

14 김기동의 『국문학개설』(대창문화사, 1957, 개정판)에서는 가사 작품을 각각 '애정상사가사', '교훈경계가사', '서경기행가사', '연사영물가사', '강호한정가사' 등 다섯 가지 항목으로 설정하였다. 이전의 연구들에서는 작품명을 제시하면서 개략적으로 구분하고 있음에 반해, 김기동의 경우 대상 작품들을 구체적으로 인용하면서 논의를 진행하고 있다는 점이 주목된다.

내용을 중심으로 논의가 진행되었음을 보고하고 있다. 하지만 연구자들의 가사 분류 기준은 단지 '내용'만이 아닌, 창작 시기와 작자의 계층 그리고 작품의 갈래에 따른 분류 등 다양한 관점에서 유형화가 시도되고 있다는 것을 확인할 수 있다.[16] 1970년대에는 가사 갈래를 체계적이고 깊이 있게 연구하는 학자들이 등장하면서, 비로소 가사의 성격과 문학사적 위상을 고려한 본격적인 고찰이 진행될 수 있게 되었다.[17] 그리고 1980년대 이후에는 가사 갈래의 연구가 더욱 활발해지면서, 그 기초 작업으로 가사 유형론을 펼치는 연구 성과들이 적지 않게 출현하였다.[18]

이상으로 가사의 연구 성과들에 대해 특히 유형론을 중심으로 살펴보았다. 대체로 기존의 연구들을 살펴보면, 초창기에는 주로 이미 학계에 보고된 작품들을 위주로 유형을 분류하는 경향이 도드라지게 나타난다. 여기에 새로 발굴되는 작품들이 대상으로 포함되면서, 개별 작품들의 주제나 내용 혹은 창작 동기 등 다양한 기준에 의해서 항목을 설정해서 분류하였다.[19]

---

15 이태극, 「가사의 내용고」, 『도남 조윤제 박사 회갑기념 논문집』, 신아사, 1964; 박성의, 「가사의 분류고」, 『경기』 2, 경기대학교, 1967; 서원섭, 「가사의 내용과 형식고」, 『경북대학교 논문집』, 1968; 유우선, 「가사문학의 작가별 및 내용별 분류고」, 『어문논집』 11, 안암어문학회, 1968 등 참조.

16 유형론에 관한 기존의 연구사 검토에 대해서는 다음 두 편의 글을 참조했으며, 이들의 논의를 토대로 이 글의 의도에 맞게 재정리했음을 밝혀둔다. 정재호, 「가사의 내용 분류」, 『한국 가사문학의 이해』, 216~231면; 류연석, 『가사문학의 연구』, 국학자료원, 2003, 62~70면 등 참조.

17 대표적인 연구 성과를 들면 다음과 같다. 이상보, 『한국가사문학의 연구』, 형설출판사, 1974; 이재수, 『내방가사연구』, 형설출판사, 1976; 이능우, 『가사문학론』, 일지사, 1977; 서원섭, 『가사문학연구』, 형설출판사, 1978; 박성의, 『한국가요문학론과 사』, 예그린출판사, 1978 등.

18 권영철, 『규방가사 연구』, 이우사, 1980; 최태호, 「가사의 분류적 고찰」, 『목원대 논문집』, 목원대학교, 1981; 최강현, 『한국 기행문학 연구』, 일지사, 1982; 정재호, 『한국가사문학론』, 집문당, 1982; 국어국문학회 편, 『가사문학연구』, 정음문화사, 1983; 최강현, 『가사문학론』, 새문사, 1986; 윤석창, 『가사문학개론』, 깊은샘, 1991; 정재호 편, 『한국가사문학연구』, 태학사, 1996 등.

무엇보다 가사의 유형을 분류한 기존의 연구 성과들에서 발견되는 문제점은 분류의 기준이 일정하지 않다는 점과 함께, 범주 설정의 정합성에 대한 검토가 제대로 이뤄지지 못했다는 것이라 할 수 있다.[20] 이와 함께 연구자들마다 검토 대상으로 삼은 작품들의 규모에서 상당한 차이를 발견할 수 있으며,[21] 새로운 작품이 발굴되면 그에 따라 새로운 유형이 얼마든지 확대될 수 있다는 점도 지적될 수 있다.[22]

가사 유형론을 제시한 성과들이 이미 다양하게 제출되어 있지만, 정작 그러한 논의가 다른 학자들의 연구 성과에 공유되지 못하는 것이 가장 큰

---

19 정재호의 연구에 의하면, 기존의 연구들에 나타난 유형론의 성격을 각각 ① 망라형 ② 작가형 ③ 장르형 ④ 수용형 그리고 ⑤ 복합형 등 모두 다섯 가지의 범주로 정리할 수 있다고 하였다. 그 가운데 '내용상 특성이 밝혀지는 대로 내용을 분류'한 '망라형'이 기존 연구들에서 유형론의 주종을 이루고 있음을 확인할 수 있다. 정재호, 「가사의 내용 분류」, 217~225면 참조.

20 정재호는 가사의 내용 분류의 문제점으로 다음의 다섯 가지를 꼽고 있다. 첫째 분류의 기준이 명확하지 않다는 것, 둘째 분류 항목의 명칭이 모호한 경우가 많다는 것, 셋째 분류 항목이 단순하면서도 명칭이 산만하다는 것, 넷째 분류 형식의 비중이 동등하지 않다는 것, 다섯째 시대적 흐름에 대한 인식이 부족하다는 것 등이다. 이러한 관점에서 대안으로 제시한 정재호의 분류는 크게 사대부가사와 서민가사로 나누고, 그 하위에 각각 9개(사대부가사)와 8개(서민가사)의 항목을 설정하고 있다. 연구자 스스로도 인정하고 있듯이, 대안으로 제시한 분류법에서도 앞서 자신이 지적한 문제점을 그대로 노정하고 있다. 정재호, 「가사의 내용 분류」, 237~245면.

21 류연석의 검토에 따르면, 기존 연구들에서 연구자들이 분류 대상으로 삼은 작품의 수는 적게는 20여 수로부터 1,100여 수에 이르기까지 다양하다고 한다. 이와 함께 분류 항목도 7종에서부터 53종까지로 구분되며, 그 기준도 일정치 않아 공통된 요소를 추출하기가 쉽지 않음을 토로하고 있다. 류연석, 『가사문학의 연구』, 62~70면.

22 대표적인 예로 최강현의 논의를 들 수 있다. 최강현은 두 편의 저서에서 모두 1,849수의 작품을 대상으로, 주제 또는 소재를 키워드로 제시하여 모두 139개 항목으로 유형을 분류하였다고 한다.(최강현, 『한국기행문학연구』, 일지사, 1982; 『가사문학론』, 새문사, 1986.) 이를 다시 표로 정리한 정재호에 의하면, 개별 항목에 포함된 작품 수가 1수밖에 되지 않는 것들이 상당수 발견된다. 따라서 이처럼 분류 항목을 지나치게 세세하게 나누는 것은 가사의 전반적인 특징을 정리하는 것에 오히려 장애 요소로 작용할 수도 있다.(정재호, 「가사의 내용 분류」, 219~223면)

문제라고 생각된다. 그리하여 같은 작품을 비슷한 명칭의 항목에 분류하거나, 새로운 양상을 보이는 작품은 별도의 항목을 설정해 구분하기도 한다.[23] 아울러 그 형식이나 내용의 측면에서 다채로운 양상을 보이는 현전 가사 작품들을 포괄하는 단일한 기준이 마련되기가 어렵다는 현실도 고려해야만 한다. 즉 어떤 기준을 마련하더라도 분류 항목들 사이의 경계에 놓이거나, 그 가운데 어느 것에도 포함되지 않는 예외적인 작품들이 존재하기 마련이다.[24] 따라서 현 단계에서 이러한 현실을 고려하여 가사 유형을 분류하고 범주를 설정하기 위해서는, 기존의 연구들처럼 단일한 기준을 설정하는 것을 재고할 필요가 있다. 오히려 개별 작품들을 포괄할 수 있는 다양한 기준을 제시하여, 연구자가 자신의 의도에 맞는 방식을 취하여 분류할 수 있도록 하는 새로운 방안이 모색될 요구된다고 하겠다.

3. 가사 유형론의 대안 — 범주 설정을 어떻게 할 것인가?

현 단계에서 가사 유형론을 새롭게 전개하기 위해서는, 가사 갈래를 분류하고 범주를 설정하기 위한 일관된 기준을 마련하기가 쉽지 않다는 현실을 인정할 필요가 있다. 무엇보다 현전하는 작품의 수효가 방대하여 전체를 포괄하는 기준을 마련하기가 쉽지 않기 때문이다. 아울러 개별 작품들의 특징도 다양하게 발현되어 있기에, 그것을 분류하기 위해서는 다양한

23 예컨대 「상춘곡」 등의 작품으로 대표되는 '강호가사'를 연구자에 따라 '강호한정', '강호자연', '은일가사', '안빈낙도' 등 다양한 명칭으로 분류하고 있음을 확인할 수 있다. 나아가 연구자에 따라서는 분류 항목을 더욱 세분화하고, 이를 다시 여러 하위 유형으로 설정하기도 하였다.

24 가사 유형을 분류한 기존 연구사를 검토한 결과, 대부분의 연구에서 어느 항목에도 포함되지 않는 작품을 '기타'라는 항목에 분류하고 있음을 확인할 수 있다.

층위의 기준이 전제되어야 한다는 점이 가장 중요하다. 유형론을 검토한 기존의 연구사에서도 이미 이러한 사항이 문제점으로 지적되기도 했다. 가사의 유형을 분류하고 범주를 설정한 다양한 의견들이 제출되어 있지만, 후속 연구에서 상호 건설적 토론과 합의의 과정이 생략된 채 개별적인 주장으로만 존재할 뿐이다. 따라서 설령 유형론에 관한 새로운 방안이 제시되더라도, 그 주장이 다른 연구자들에 의해 바람직한 대안으로 받아들여질 것이라고 기대하기 힘들다는 것이 현실이다.

이제 가사의 범주를 설정하고 유형을 분류하는 방법에 대해서도 발상의 전환이 요구되는 시점이라고 할 수 있다. 즉 단일한 기준에 의해 가사의 유형론을 펼치는 것이 그다지 효율적이 아니라는 것을 인정한다면, 기존의 방식과는 달리 개별 작품들의 특성을 고려하여 다양한 기준을 제시하는 것이 필요하다고 생각된다. 그렇게 마련된 유형론 역시 절대적인 이론으로 받아들여지기보다, 연구자들이 그것을 바탕으로 얼마든지 새로운 기준을 첨가할 수도 있을 것이다. 그리하여 다양한 기준으로 마련된 유형들 가운데 하나를 선택하여, 연구자들의 의도에 맞게 취사선택할 수 있도록 하는 것이 하나의 대안이 될 수 있다고 하겠다.

일단 가사문학사를 개관하다 보면 시대적 흐름에 따라 작가 혹은 향유층의 성격이 달라지고, 작품에서 다루고 있는 주제나 의식 지향이 뚜렷하게 구별되는 것을 쉽게 확인할 수 있다. 가사문학사의 흐름을 개관하여 보더라도, 이미 단일한 기준에 의한 유형을 설정하여 현전하는 작품들을 정합적으로 분류하는 것이 가능하지 않다는 것을 알 수 있다. 여기에서는 먼저 가사문학사의 흐름을 정리함으로써, 새로운 유형론을 마련하는 데 왜 단일한 기준을 설정하는 것이 타당하지 않은가에 대해 검토하기로 한다.

주지하듯이 조선 전기의 문학사에서 가사의 창작과 향유는 주로 사대부 작가들에 의해 주도되었다. 대체로 이들은 당대의 주류적 이념이었던 성리학性理學을 토대로, 자신의 정신적 수양을 완성함으로써 이와 함께 도덕적 심성을 함양할 수 있다고 여겼다. 이들은 인간의 내면적 수양을 중요시하는 '수기修己'와 함께, 관직에 진출해서 올곧은 태도를 견지하는 '치인治人'을 평생토록 견지해야 할 삶의 덕목으로 받아들였다. 따라서 이들은 주로 한시와 시조를 통해 자신들의 생각을 함축적으로 표출하는 수단으로 삼았으며, 가사의 창작 활동도 이념과 사상을 유장하게 읊조리고 복잡한 경험을 담아내는 양식으로 활용하였다. 즉 시조와 가사는 단형과 장형의 시가로 서로 상보적인 관계를 형성하면서, 사대부들의 정서를 대변하는 갈래였다고 정리할 수 있다.

조선 전기 사대부들에 의해 창작된 가사의 경향은 대체로 '강호한정江湖閑情'과 '연군지정戀君之情'을 담아내고 있는 것이 주종을 이루고 있으며, 여기에 정치적 동기로 인한 기행이나 유배의 경험을 가사 형식으로 창작하기도 했다. 이러한 부류의 작품들을 일컬어 '강호가사'와 '연군가사', 그리고 '기행가사'와 '유배가사' 등의 범주로 지칭되었다. 여기에 임진왜란(1592)과 병자호란(1636) 등 두 차례의 전란은 조선의 상황을 미증유의 상황으로 몰아넣었는데, 당시의 체험을 담아낸 작품들을 일컬어 '전란가사'라고 일컫기도 한다. 이처럼 조선 전기의 가사문학사는 사대부 작가들에 의해 주도되었음을 알 수 있다. 현전하는 작품의 수효도 그리 많지 않아, 조선 전기의 작품들은 작가층이나 창작 동기, 혹은 주제나 내용 등에 의해 어렵지 않게 유형을 분류할 수 있었다.[25] 비슷한 시기에 '여성가사' 혹은 '규방가사'로 분류되는 「규원가閨怨歌」의 창작이 예외적인 것으로 받아들여질 정도로, 당시 가사의 창작과 향유는 철저히 남성 사대부 계층에 의해서 주도되었다.

25 이상의 범주 외에도 연구자에 따라 작품의 내용이나 소재를 근거로 '은일가사', '도덕가사', '누정가사' 등의 명칭을 사용하기도 한다.

문학사에서는 두 차례의 전란이 끝난 17세기 중엽을 기준으로, 조선 전기와 후기로 구분하는 것이 통상적으로 받아들여지는 견해이다. 특히 조선 후기 문학사에서는 가사의 작자가 사대부에 치중되었던 것에서 벗어나, 다양한 계층의 인물들이 새로운 작자층에 합류한다는 점이 가장 큰 특징으로 논의되고 있다. 아울러 새롭게 등장한 작품들에서 다루어지는 주제나 구체적인 표현 방식, 그리고 작품의 내용과 형식은 물론 형상화의 측면에서도 이전 시기와는 크게 달라졌다. 예컨대 전란 이후의 피폐해진 농촌을 배경으로 그려낸 박인로의 「누항사陋巷詞」는, 사대부 작가에 의한 창작임에도 불구하고 이전과는 다른 면모를 보여 주고 있다고 평가되고 있다. 그래서 이 작품을 조선 전기와 후기를 잇는 과도기적인 양상을 보여 주는 것으로 평가하기도 한다.

가사문학사에서 조선 후기의 대표적인 작품으로, 가장 먼저 당시 서민들의 삶을 형상화한 이른바 '서민가사' 혹은 '평민가사' 유형을 거론할 수 있다. 이 시기에 남녀 사이의 애정을 형상화한 작품들이 새롭게 출현하였는데, 이를 일컬어 '애정가사'라 일컫는다. 이 유형들은 대체로 작자를 알 수 없는 '무명씨' 작품들이 많아 그 작자층을 정확히 알 수 없지만, 작품에 구현된 주제 의식과 형상화 방식은 분명 조선 전기의 사대부 작가들과는 구별되는 것으로 파악된다. 이른바 '서민가사'로 분류되는 이러한 작품들에는 빠르게 변화하는 당대 사회의 면모가 다양하게 반영되고 있음을 확인할 수 있다. 기존의 사대부 가사들에 나타나는 관념적이고 이념 지향적인 내용 대신에, 사실적이고 구체적인 문체로 형상화된 작품들이 다양한 특징을 지니고 광범위하게 출현하고 있다.

물론 사대부 작가들의 작품도 여전히 적지 않게 창작되지만, 그 내용이나 문체 그리고 의식 지향의 측면에서 조선 전기의 작품들과는 분명히 구별된다고 할 수 있다. 예컨대 중국이나 일본의 사신단의 일행으로 참여하여 그 여정이나 일정을 중심으로 형상화한 '사행가사'는 체험적 구체성을 중시하는 방향으로 변모했다고 파악된다. 아울러 유배지에서 창작된 이른바 '유배가사'들도 조선 전기의 작품 경향과는 분명히 다른 문체와 의식 지향을 표출하고 있다. 사대부 가사에 나타난 이러한 변화를 조선 전기 가사에서 주로 나타난 '고아한 전원적 삶을 노래하는 기풍은 상대적으로 생기를 잃고 퇴조'하였고, '사대부 가사의 바탕을 이루던 관조적 세계관이 서서히 붕괴된 데 따른 결과로 해석'되고 있다.[26] 따라서 사대부 가사의 경우 주제의 측면에서는 조선 전기의 유형론의 기준으로 충분히 구분할 수도 있지만, 작품에 구현된 구체적인 표현 양상이나 형상화의 측면에서는 뚜렷한 차이를 보인다고 여겨진다.

조선 후기에 새롭게 출현한 작품들 가운데 당시 사회의 모순적인 현실에 대해 비판적인 면모를 표출하고 있는 작품들을 '현실비판가사'라는 범주를 설정하여 구분하기도 한다. 아울러 당시의 세태를 형상화한 '세태가사' 유형의 작품들도 이 시기 가사의 새로운 양상으로 논할 수 있다. 이러한 작품들에서는 조선 전기 봉건 체제의 굳건했던 이념의 틀이 거세게 흔들리던 현실이 반영되어 있다고 여겨진다. 앞서 논했듯이 두 차례의 전란 이후에 견고하던 신분제에 균열이 발생하고, 경제력이 중시되던 당대의 사회상이 반영된 다양한 가사 작품들이 폭넓게 향유되었다. 이러한 범주에 속하는 작품들은 조선 후기의 경향을 대표하는 것으로 인정되어, 문학사에서도 그 특징이 상세히 거론되고 있다. 조선 후기의 가사문학사의 흐름은 새로운 작가들의 등장으로 인해 창작과 향유층이 더욱 넓어졌으며, 개별 작품에서 다루는 내용도 더욱 다양한 면모를 보이고 있음을 확인할 수 있다.

여기에 덧붙여 여성들이 가사의 새로운 작자층으로서 등장했다는 사실

26 김흥규, 『한국문학의 이해』, 120면.

도 매우 중요하다. 이른바 '규방가사' 혹은 '여성가사'로 칭해지는 범주의 작품들이 바로 그것인데, 여성들이 새로운 향유층으로 활동하면서 여성들의 삶을 담아내고 그들의 생각과 경험을 드러낸 작품들이 본격적으로 출현하기 시작했다. 이 가운데에는 봄철 여성들만의 나들이인 화전놀이에 참여해서, 자신의 경험과 소회들을 작품으로 펼쳐낸 '화전가花煎歌'류의 작품들이 대량으로 전해지고 있다.[27] 또한 다른 집안으로 시집가는 딸들에게 새로운 환경에 적응할 수 있도록, 필요한 내용들을 담아서 건네주었던 이른바 '계녀가誡女歌'류의 가사도 적지 않게 남아 있다.[28]

이 시기에 새롭게 등장하는 작품의 경향으로, 특정 인물을 중심으로 사건을 허구적으로 서술하는 '서사가사敍事歌辭'의 존재도 주목할 필요가 있다. 그 가운데 『삼설기』라는 소설집에 수록된 「노처녀가」는 당시의 독자들에게 이미 소설로 받아들여졌음을 확인할 수 있다.[29] 이 범주에 포함될 수 있는 작품들이 적지 않은데, 대체로 가사에 구현된 서사성은 본격적인 소설들이 지닌 특성과는 분명하게 구별된다. 소설처럼 본격적인 갈등과 서사구조로 구성되는 것이 아니라, 가사에서는 등장인물의 사연을 이야기의 구조로 전개하면서 마치 일화처럼 서술하고 있다는 것이 특징이다.

또한 19세기 무렵부터 본격적으로 등장한 이른바 '천주가사'와 '동학가사'의 존재도 가사문학사의 흐름에서 주목할 필요가 있다. 주지하듯이 조선후기에는 동학東學과 천주교西學가 당대의 민중들에게 새로운 종교로 광범위하게 전파되었다. 대부분 글을 모르던 기층 민중들이었던 이들 종교의

27 규방가사의 특징에 대해서는 다음 연구 성과들의 도움을 받았음을 밝혀둔다. 나정순 외, 『규방가사의 작품세계와 미학』, 역락, 2002; 백순철, 『규방가사의 전통성과 근대성』, 고려대학교 민족문화연구원, 2017 등.

28 박연호, 『교훈가사 연구』, 다운샘, 2003 참조.

29 김용찬, 「「삼설기」 소재 「노처녀가」의 내용 및 구조에 대한 검토」, 『조선 후기 시가문학의 지형도』, 보고사, 2002 참조.

신자들을 위해서, 의도적으로 익숙한 가사 형식으로 작품을 창작해서 포교의 수단으로 삼았다. '사람이 곧 하늘[人乃天]'이라는 동학의 핵심 교리와 함께, 누구든지 죽은 후에 천국에 갈 수 있다는 천주교의 교리는 신분제에 얽매였던 당시 민중들에게 매력적인 요소로 작용했을 것이다. 종교의 교리를 담아낸 '동학가사'나 '천주가사'로 분류할 수 있는 작품들은 글을 모르는 사람들도 쉽게 암송하고 이해할 수 있도록, 4음보 율격의 가사 형식으로 창작되어 빠르게 전파될 수 있었다. 이러한 종교가사들이 비교적 4음보의 엄격한 형식을 취하고 있는 것은 암송을 쉽게 하기 위한 장치로 이해되고 있다.

대한제국의 성립(1897) 이후에 독립협회가 조직되었고, 그 기관지인 『독립신문』에는 이른바 '애국가愛國歌'류의 가사 작품들이 지속적으로 발표되었다. 당시의 분위기에 걸맞게 '애국가'류의 가사에는 미래의 가능성을 낙관적으로 바라보면서 문명개화를 예찬하는 내용이 주를 이루고 있다. 하지만 일제의 침략이 노골화된 이후 창간된 『대한매일신보』의 지면에는 당시 지배층의 비리에 대한 비판과 풍자가 드러나고, 냉혹한 현실에 대한 각성을 촉구하는 이른바 '우국가憂國歌'류의 가사 작품이 주로 수록되었다. 신문에 게재되었던 이 부류의 작품들은 엄격한 4음보의 율격을 지키면서, 서양의 음악인 창가의 영향을 받아 내용을 일정한 분량으로 구분되는 장절의 형식을 보여 주고 있다. 여기에 일제 강점기와 해방을 거치는 동안, 가사의 창작은 현대에 이르기까지 꾸준히 이뤄지고 있음을 알 수 있다.

지금까지 가사문학사의 흐름을 개략적으로 살펴보았는데, 조선 전기와 후기 그리고 애국계몽기와 일제강점기를 거쳐 현대에 이르기까지 창작·향유되었던 작품들의 경향은 뚜렷한 변화의 흐름을 보여 주고 있다. 현전 가사 작품들은 시대적 흐름에 따라, 작가는 물론 내용과 형식 그리고 창작 동기나 목적 등에서 서로 일치점을 찾기 어려운 면이 있다는 것을 확인할 수 있다. 하물며 20세기 이후에 새롭게 등장하는 작품들을 포함하면, 단일한 기준에 의해 현전 가사의 범주를 설정하고 유형론을 펼친다는 것이 쉽지 않다는 것을 알 수 있다. 따라서 현전하는 작품들을 일률적인 기준에 의해 구분하는 것은 불가능하다는 것을 이제는 인정할 필요가 있다.

이제부터는 가사 갈래에 대한 새로운 유형론의 대안에 대해서 고민해 보도록 하겠다. 이미 가사문학사를 통해서 확인했듯이, 창작 시기나 작자층에 따라 시기적으로 주류의 작품들이 변화하는 양상을 포착할 수 있었다. 따라서 단일한 기준이 아닌, 가능한 범위에서 다양한 작품들을 포괄할 수 있는 여러 기준들을 제시해 보도록 하겠다. 물론 여기에서 마련된 대안이 절대적인 기준으로 작용할 수 없다는 것도 분명하다. 어떤 이론(규칙)도 작품 그 자체보다 선행할 수 없으며, 또한 예외가 없는 분류법도 존재할 수 없다는 것이 너무도 명확하기 때문이다.

따라서 여기에서는 유형론에 관한 분류의 다양한 기준을 제시하고, 그 하위 영역에는 기존의 연구자들이 관행적으로 사용하던 범주나 유형의 명칭을 가급적 모두 포섭할 수 있도록 하였다. 또한 비교적 장형으로 구성된 가사 작품의 특징을 고려하여, 개별 작품이 어느 하나의 범주에만 귀속되지 않을 수도 있다. 하나의 작품이 다양한 기준에 따라 여러 유형으로 분류될 수 있다는 것도 이 방식의 특징이라고 하겠다. 아래에 제시되는 방안들은 대안의 하나일 뿐이며, 만일 연구자들이 새로운 기준을 설정하고자 한다면 얼마든지 첨가될 수 있음을 밝혀 둔다.

첫째, 문학사의 흐름을 고려하여 시대별로 유형을 분류하는 것이다. 일반적으로 가사문학사의 시대구분을 근거로 하여, 작품의 성향이 뚜렷하게 구분되는 것을 포착할 수 있을 것이다. 구체적으로 17세기 중반을 기점으로 ①'조선 전기 가사'와 ②'조선 후기 가사'를 구분하고, 대한제국 성립기 이후의 ③'애국계몽기 가사'와 ④'일제 강점기 가사' 그리고 해방 이후의 ⑤'현대 가사'에 이르기까지 모두 다섯 개의 유형으로 분류할 수 있다.[30]

비단 이 기준에만 해당하는 것은 아니지만, 이러한 분류에서 늘 '경계' 혹은 '예외'로 취급될 수 있는 영역이 있다는 것을 전제할 필요가 있다. 그러나 이러한 기준이 유일한 것은 아니기에, 필요한 경우 해당 작품을 다른 기준에 입각한 분류 유형으로 설정할 수도 있을 것이다.

둘째, 작자의 성별 혹은 신분에 의한 분류 방법이다. 이미 선행 연구자들에 의해 시도된 적이 있지만, 그것을 보다 구체화하면 다음과 같이 구분할 수 있다. '기명 가사'의 경우 작자의 성별에 따라 '남성' 혹은 '여성'으로 구분할 수 있으며, 작자를 알 수 없는 '무명씨'도 이 기준에 해당한다. 또한 신분에 의한 분류도 이미 시도되었기에, 거기에 덧붙여 '사대부 가사'와 '평민가사(서민)'로 분류할 수 있을 것이다. 이를 구체적으로 적용하면 ①'사대부가사(남성)'와 ②'평민가사(서민)', 그리고 ③'규방가사(여성)'와 ④'무명씨가사' 등이 이 범주에 해당한다. 물론 '무명씨 가사'의 상당수는 기존의 연구사에서 이미 '평민가사'로 분류한 바 있다. 따라서 '무명씨가사'를 독립적인 유형으로 설정하는 것이 때로는 만족스러운 방법은 아니겠으나, 이를 명확히 구분하기 위해서는 별도의 항목으로 둘 필요가 있다고 여겨진다.

셋째, 작품의 갈래적 특성에 따라 분류하는 것을 들 수 있다. 이미 가사를 단일한 갈래로 보지 않는 것에는 연구자들 사이에 의견이 어느 정도 일치된 바 있기에, 이를 기준으로 ①'서정가사'와 ②'교술가사',[31] 그리고 ③'서사가사' 등으로 구분할 수 있을 것이다.[32] 이러한 분류 기준은 이미

30 이상보의 『17세기 가사 전집』(교학연구사, 1987)처럼, 이를 보다 세분화해서 세기별로 분류하는 것도 가능하다.

31 논자에 따라 이를 '주제적 양식'이나 '전술(傳述) 형식' 등으로 구분하기도 한다.

32 몇몇 연구자들에 의해 희곡적인 특성을 보이는 작품들이 보고되기는 했지만, 이 부류의 작품들이 극히 예외적인 현상이라고 파악된다. 아울러 그 비중이 다른 갈래들의 특성과는 현저하게 차이가 난다는 점을 고려해서, 여기서는 일단 '희곡가사'라는 범주를 배제하기로 한다.

갈래론을 통해서 확인된 가사의 갈래에 대한 논의에 기대고 있다고 하겠다.

넷째, 가사의 향유 방식에 의해 분류하는 방법이다. 가사의 향유 방식은 읊조리듯이 노래한다는 점에서 분명 ①'음영가사'가 가장 전형적이라고 할 수 있다. 하지만 조선 후기에는 '12가사'를 비롯해, 전문적인 창자唱者에 의해 연행 현장에서 노래로 불렀던 ②'가창가사'가 유행했다. 그리고 일부 서사적인 내용을 지니고 있거나, 장형의 가사 작품들은 노래로 불리기에 적당하지 않아 이미 독서물로서 기능하고 있었다. 따라서 이러한 작품들을 일컬어 ③'완독가사玩讀歌辭'로 일컫기로 하겠다. 물론 경우에 따라서는 '음영가사'와 '완독가사'는 서로 그 향유 방식이 넘나들 수 있다는 것도 지적해 두고자 한다.

다섯째, 작품의 종교적 특성에 따른 분류를 거론할 수 있다. 이를 크게 나누면 '종교가사'와 '비종교가사'로 나눌 수 있지만, '비종교가사'라는 개념은 불필요하기에 개별 종교의 특성이 잘 드러나는 작품들로 한정하기로 한다. 이는 다시 작품에 반영된 종교의 교리에 따라 ①'불교가사'와 ②'천주교가사', 그리고 ③'동학가사'의 범주로 구분할 수 있다. 이 가운데 특히 '천주교가사'와 '동학가사'의 경우, 19세기 이후 새롭게 등장해서 당대 민중들에게 큰 영향을 주었다는 점을 강조할 필요가 있다.

여섯째, 작품에 드러난 시점이나 서술 방식에 따른 분류를 생각해 볼 수 있을 것이다. 우선 작품에 드러난 시점으로 구분하자면, '1인칭 가사'와 '3인칭 가사'로 구분할 수 있을 것이다. 하지만 이러한 분류법은 가사의 유형을 분류하는데, 1인칭으로 서술된 작품들이 다수를 이루고 있기에 실질적으로 유용한 역할을 기대하기 힘들다고 하겠다. 오히려 작품에 구현된 서술 방식에 따라 ①'독백체 가사' 혹은 ②'대화체 가사'로 구분하는 것이 필요하다고 여겨진다. 여기에 두 작품이 서로 주고받는 문답 형식으로 이뤄진 작품을 ③'문답형 가사'로 지칭하고, 때로는 이 유형이 유사한 주제에 의해 여러 개의 연작으로 이뤄진 ④'연작 가사'의 일부로 포함될 수 있을 것이다.

마지막으로 기존의 유형론에서 가장 많은 비중을 차지했던 작품의 소재나 주제, 혹은 내용이나 창작 동기에 의한 분류이다. 실상 이러한 분류법은 단일한 기준에 의해 마련된 것이 아니라, 연구자들에 의해 편의적으로 범주화되어 왔다는 것을 주지할 필요가 있다.[33] 하지만 현재 연구자들에게 가장 널리 사용되고 있는 이러한 범주를 제외하고, 별도의 기준으로 재설정하는 것이 과연 얼마나 효용이 있을까 하는 의문이 들었다. 예컨대 ①'강호가사'와 ②'기행가사', ③ '유배가사'와 ④'전란가사', ⑤'교훈가사'와 ⑥'애정가사' 등 이 유형의 하위 범주들을 다 열거할 수 없을 정도로 많은 것이 현실이다. 그리고 필요에 따라 연구자들은 새로운 명칭을 만들어 사용하기도 한다는 사실을 주지할 필요가 있다. 이러한 현실을 무시하고, 그것이 단일한 기준으로 마련된 유형론이 아니라는 이유로 폐기할 수는 없는 노릇이다. 가사 연구사의 현실을 존중할 필요가 있기에, 마지막 방법으로 소개해 보았다.

여기에서는 편의상 모두 일곱 가지 기준을 제시했지만, 연구자에 따라 그 기준은 얼마든지 새롭게 만들어질 수 있으며 또 첨가되어야만 한다. 어쩌면 그것이 문학사의 흐름에 따라 다양한 특징을 보이는 현전 가사 작품들을 최대한 많이 포함하여 분류할 수 있다고 여겨진다. 아울러 이 기준들 가운데 어느 하나만을 고집한다면, 가사문학사의 실상을 제대로 설명하지 못할 것이라 생각된다. 오히려 가사 갈래의 성격이 시대적으로도 양식

33 정재호의 유형 분류에 의하면, '가사를 읽어 그 내용적 특성이 밝혀지는 대로 분류'한 이른바 '망라형'에 해당한다. 정재호, 「가사의 내용 분류」, 217면.

적으로도 복잡한 양상을 보이고 있기에, 다양한 기준을 제시하고 개별 연구 주제에 맞추어 그 가운데 하나 이상을 선택하여 유형을 분류할 수 있도록 하는 제안이라 하겠다.

4. 맺음말

가사에서의 유형론은 개별 작품의 연구에 도움이 될 수 있는 형식적인 범주 설정과 분류를 전제하고 있다. '유형론'을 통해 획득한 결과가 해당 갈래의 형식적 특징을 포착하여, 개별 작품들이 어떤 성격을 지니고 있는지를 일목요연하게 파악할 수 있도록 하는 것이 바람직하다. 그러나 가사라는 갈래의 전체 작품의 규모나 개별 작품들의 성향이 너무도 다양하여, 그것을 효과적으로 구현하는 과정이 쉽지 않은 것이 현실적인 고민이라 하겠다. 처음 '가사 유형론의 검토'라는 연구 주제로 전해 들었을 때, 어떤 방식으로 풀어 나갈지 막막하기만 했다. 기존의 연구사를 검토하고 앞선 연구들의 성과를 정리하면서, 그 막막함은 더욱 깊어질 수밖에 없었다. 방대한 가사 작품들의 전모를 확인하지 않은 채 유형론을 검토한다는 것이 불가능하다고 여겨졌기 때문이다. 아울러 기존의 연구들에서 이미 제시한 형식적인 유형론을 반복하는 것에 그치고 만다면, 유형론을 검토하는 의미가 없을 것이라는 생각이 앞서기도 했다.

기존의 연구 성과들에 언급된 가사 유형론을 분석하면서, 이미 학계에 통용되고 있는 유형들이 일관된 기준에 의해 정립된 것이 아니라는 사실을 새삼 깨닫게 되었다. 아울러 연구자들마다 사용하고 있는 가사의 하위 유형의 명칭들도 때로는 자의적으로 명명되고, 동일한 작품들을 서로 다른 유형으로 분류하는 것도 확인할 수 있었다. 이것은 어쩌면 가사라는 갈래가 지닌 근본적인 특징에 기인한다고 여겨지기에, 이미 통용되고 있는 가사 유형들을 무시하기 힘들다는 현실적인 고민도 작용했다. 별도의 기준을 제시하여 나름대로 합리적인 유형론이 펼쳐진다고 한들, 그것이 다른 연구자들에게 온전히 받아들여지기를 기대하기도 어렵다는 것도 인정해야만 했다.

이 글에서는 이러한 가사 연구의 현실을 고려하여, 먼저 기존 연구들에서 사용된 유형의 명칭들에 주목할 필요가 있다고 판단했다. 아울러 그것을 바탕으로 새롭게 마련하고자 하는 유형론에서는 단일한 기준을 고집하기보다는, 연구 상황을 고려하여 다양한 기준을 제시하고 연구자들이 그것을 유용한 도구로 활용할 수 있도록 하자는 방침을 세웠다. 비교적 장형으로 이뤄진 개별 가사들은 작품을 통어하는 전체적인 주제와 달리, 부분적으로 개성적인 면모가 드러나는 경우가 적지 않았다. '4음보격 3행시'라는 시조의 엄격한 형식이나 가악을 동반한 향유 방식과는 달리, 가사는 창작과 연창이 비교적 장애 요소가 적다는 점도 고려할 필요가 있었다. 바로 이러한 특징으로 인해 조선 후기에는 향유 작품들이 폭발적으로 늘어나고, 20세기 이후에도 지속적으로 창작될 수 있었다고 하겠다.

나아가 작품의 구성에서도 일관된 흐름을 보이는 작품보다, 간혹 흐름이 단속되거나 서술자 혹은 화자의 즉흥적인 요소가 강하게 드러난다는 점도 주목할 필요가 있다. 특히 조선 후기의 무명씨 작품들에서 이러한 경향은 두드러지게 나타나고 있었다. 가사의 문학적 특성이 단일하지 않다는 것을 고려하여, 여기에서는 우선적으로 문학사의 흐름을 개관하면서 그 변화의 면모를 포착해 보았다. 그 결과 가사 유형론에서 단일한 기준으로 현전하는 작품을 포괄하여 다루지 못할 것이라는 점을 새삼 확인할 수 있었다.

여기에서 제안한 유형론의 기준들은 이미 기존의 연구들에서 활용한 내용을 단순히 정리한 것이라고 평가될 수도 있을 것이다. 그러한 평가도

달게 받을 수밖에 없다. 가사의 범주를 설정하고 유형을 분류하는 작업이 그저 형식적인 것으로 귀결되지 않았으면 좋겠다는 의도가 전제되어 있다. 따지고 보면 가사 연구의 중심이 개별 작품들을 꼼꼼히 분석하여 따지는 작품론에 있다고 한다면, 유형론은 그것을 위해 보탬이 되는 형식적인 도구로 작용해야만 할 것이다. 그래서 모두 일곱 가지의 기준에 의해서 다양한 유형 분류가 가능할 수 있도록 제안을 했고, 필요에 따라 연구자들이 여기에 얼마든지 새로운 기준을 첨가할 수 있도록 했다.

가사의 담당층과 통시적 변화상

이상원

1. 머리말

문학 담당층이란 말은 문학에 관여하는 생산자와 소비자를 아우르는 개념으로 사용되고 있다. 문학의 생산자는 작가, 소비자는 독자로 국한되는 경우가 대부분인 현대문학의 경우와 달리 고전문학에서는 향유와 전승의 특성상 생산자와 소비자가 복수로 존재하는 경우가 많기 때문에 이를 효율적으로 설명하기 위해 탄생한 것이 담당층이라는 말이다. 고전문학의 경우 작품을 처음 창작한 제1 작가만 존재하는 것이 아니라 이것이 노래나 이야기로 향유되고 전승되는 과정에서, 또 필사본으로 유통되는 과정에서 가창자 · 이야기꾼 · 필사자 등이 적극적으로 작품에 개입하여 재해석함으로써 제2, 제3의 작가가 출현하기도 한다. 사정이 이렇기 때문에 소비자 또한 독자 외에 노래나 이야기를 듣는 청자를 함께 고려해야 한다. 이와 같이 고전문학의 창작 · 향유 · 전승 · 유통 · 소비에 관여하는 작가 · 가창자 · 이야기꾼 · 필사자 · 독자 · 청자 등을 두루 아우르는 포괄적 용어가 담당층이라는 말이다.

가사의 담당층과 관련된 논의는 두 가지 축으로 나누어 생각해 볼 수 있을 듯하다. 우선 가사라는 장르를 탄생시킨 담당층이 누구냐 하는 차원에서 접근할 수 있다. 이는 가사의 발생 시기 문제와 맞물려 있는 것으로, 고려말 나옹화상懶翁和尙 혜근惠勤(1320~1376)의 작품을 효시 작으로 인정할 경우 승려 계층에 의해 가사가 시작되었다고 정리할 수 있고, 조선 전기 정극인丁克仁(1401~1481)의 「상춘곡賞春曲」을 효시 작으로 볼 경우 사대부 계층에 의해 가사가 시작되었다고 할 수 있다. 다음으로 가사문학사의 전개 과정에서 나타나는 담당층의 변모라는 관점에서 접근할 수 있다. 가사는 조선 후기와 근대계몽기를 거치면서 담당층에 일정한 변화를 보이는 것으로 확인되고 있기 때문이다. 여기서는 이 두 가지 차원 중 둘째 차원에 초점을 맞추어 논의를 진행하고자 한다. 첫째 차원의 경우 현재의 상황에서는 어느 한쪽으로 결론을 내리기가 쉽지 않아 생산적 논의에 한계를 가질 수밖에 없는 반면에, 둘째 차원의 경우는 상당 정도 실체가 확인되고 있어서 생산적 논의가 가능하다고 보기 때문이다.

2. 조선 전기 가사 담당층

조선 전기 가사의 담당층은 사대부가 중심을 이루고 있다. 15~6세기에 창작된 가사 중 서산대사西山大師 휴정休靜(1520~1604)이 지었다는 「회심곡回心曲」과 허난설헌許蘭雪軒(1563~1589)이 지었다는 「규원가閨怨歌」 정도를 제외하면 모든 가사가 사대부의 생활 문화 속에서 사대부에 의해 창작되었으며, 그 향유 및 전승 또한 사대부 문화와 밀접한 관련을 맺은 상태에서 이루어졌다.

송순宋純(1493~1582)의 「면앙정가俛仰亭歌」와 정철鄭澈(1536~1593)의 「성산별

곡星山別曲」으로 대표되는 강호가사江湖歌辭 또는 누정가사樓亭歌辭의 경우 벼슬에서 물러난 산림처사가 누정을 중심으로 살아가는 삶의 모습을 형상화한 후 이를 주변 일대의 문인들과 소통하는 수단으로 삼은 것이다. 또한 백광홍白光弘(1522~1556)의 「관서별곡關西別曲」과 정철의 「관동별곡關東別曲」으로 대표되는 기행가사紀行歌辭는 작가가 각각 평안도 병마평사와 강원도 관찰사로 부임하여 그 지방의 경치와 풍속을 두루 살펴본 후 이를 관료자의 시선으로 읊은 것이다. 그런가 하면 조위曺偉(1454~1503)의 「만분가萬憤歌」로 대표되는 유배가사流配歌辭는 정치적 사건에 휘말려 유배형을 받은 작가가 유배지에서 자신의 억울함을 임금께 호소하는 내용을 노래한 것이다.

이렇듯 조선 전기 가사는 사대부 작가가 자신이 처한 상황에 따라 거기에 맞는 작품을 창작한 것이 중심을 차지하고 있다. 이런 창작의 측면뿐만 아니라 향유의 측면에서도 조선 전기 가사는 사대부 문화 속에서 이루어진 것을 확인할 수 있다. 사대부에 의해 창작된 가사는 자신이 직접 부르는 형태, 집안의 가비歌婢를 시켜 부르게 하고 이를 듣고 즐기는 형태, 가까운 문인들과 어울려 함께 부르고 즐기는 형태 등으로 향유된 것으로 나타나는데 이는 모두 사대부 문화의 일부로 존재한 것이라 할 수 있다. 조선 전기 사대부가 가사를 즐긴 실상을 엿볼 수 있는 기록을 소개하면 다음과 같다.

> 7월 16일에 태징台徵(이수준李壽俊의 자) 등 여러 사람과 함께 달밤에 한강에서 뱃놀이를 하고 인하여 수월정에 올라가 이틀 밤을 묵고 돌아왔는데, 동양위東陽尉도 따라갔었다. 이 정자는 바로 고故 부마駙馬 여성위礪城尉 송인宋寅의 별장이었다. 여성위는 문장과 인망으로 당시에 우뚝 드러났고, 서법書法에 더욱 뛰어나 왕희지王羲之의 경지를 얻었으므로, 한 시대 금석문金石文의 글씨가 모두 그의 손에 맡기어졌다. 나도 여성위를 직접 보았는데, 아름다운 풍채가 단아하고 묵중하며 미목이 그림같이 생기어 참으로 귀공자의 풍격이었다.

그의 집에는 석개石介라는 가기歌妓가 있었으니, 대체로 옛날 진청秦青 같은 유였다. 여성위는 이미 이 정자의 좋은 경치를 소유한 데다 또 성기聲妓에 대한 오락까지 소유하여, 태평 시대에 청복淸福을 누리고 끝내 부귀로 생을 마쳤던 것이다. 생각하건대, 지난 무자년에 내가 파원형坡原兄 및 사제舍弟 등과 친구 약간 명을 이끌고 이 정자에 모여서 수일 동안 즐겁게 놀았는데, 그 후 수년도 못 가서 난리가 일어나 이 정자 또한 병화兵火를 당해 없어져 버렸다. 지금 와서 옛 자취를 찾아본 결과 호산湖山은 어제 같으나 인사人事의 슬픈 것이 자못 회포를 견딜 수 없게 되었으니, 왕일소王逸少(왕희지의 자)가 이른바, 잠깐 사이의 사물의 변천에 따라 감개感慨가 일어난다고 한 말이 사실이로다. 그런데 여성위의 손자 기畿가 시정寺正으로 있으면서 옛 정자의 터에 초당草堂을 짓고 단청丹青을 하여 새로 건 편액扁額이 환히 빛나니, 선대의 업을 계승했다고 이르기에 충분하다. 그리하여 감회를 서술하여 동행들에게 보이는 바이다.[1]

여성위 송인은 글씨를 잘 쓰고 문장을 잘 지었다. 비록 부귀한 가운데 있으면서도 바른 지조를 잊지 않아 공[朴枝華: 필자 주]을 존경하고 사우師友로 대우하였다. 송 공은 한강 가에 정자를 지어 수월정이라 이름하였다. 여종 석개石介는 가사歌詞에 능하여 한때 이름을 날렸다. 송 공이 죽은 뒤 공이 그의

1 "七月旣望, 與台徵諸人, 泛月於漢水, 仍上水月亭信宿而返, 東陽亦隨之. 亭乃故駙馬礪城尉宋寅別業也. 礪城以文章雅望, 表著於當時, 尤長於書法, 得吳興三昧, 一時金石之刻, 咸倩其手. 余亦及見之, 符彩端凝, 眉目如畫, 眞貴介標致也. 家畜歌妓石介, 蓋古之秦青者流也. 礪城既有此亭之勝, 又有聲妓之娛, 能享淸福於太平之日, 卒以富貴終. 憶在戊子年間, 余携坡原兄洎舍弟輩與若干朋伴, 爲會於亭上, 流連數日, 未數年, 干戈作而亭亦厄于兵火. 今來訪舊, 湖山如昨, 而人事之可悲者殆不能爲懷矣, 王逸少所謂俛仰之間, 感慨係之者信矣. 礪城之孫畿, 時爲寺正, 構草堂於亭之址, 丹碧之, 新扁煥然, 足曰肯構. 仍賦感懷示同行." 신흠, 「游東湖水月亭, 幷小序」, 『상촌집』 권9, 『한국문집총간』 71, 민족문화추진회, 1991, 385면. 번역은 『국역 상촌집』(민족문화추진회, 1994)을 따름.

노래를 듣고 이 시를 지은 것이다.[2]

위의 기록은 모두 중종中宗(1488~1544, 재위 1506~1544)의 부마駙馬였던 송인宋寅(1517~1584)과 관련된 것이다. 송인은 한강 가에 수월정水月亭이라는 정자를 지어 놓고 가까운 문인들과 어울리며 풍류를 즐겼을 뿐만 아니라 스스로 시조와 가사를 창작하기도 한 인물이다. 그가 지은 가사 「수월정가水月亭歌」는 지금 전하지는 않지만 이수광李睟光(1563~1628)의 『지봉유설芝峯類說』에 언급되고 있는 것으로 보아 당대에는 꽤 유명했던 작품으로 보인다. 송인이 가까운 문인들과 어울려 풍류를 즐긴 수월정 풍류 마당에는 송인의 집 여종이면서 노래를 잘 불러 가비歌婢 역할을 한 석개石介가 당연히 참여했던 것으로 보이고, 이 자리에서 석개는 특히 가사를 잘 불러 그곳에 참여한 사대부들로부터 널리 사랑을 받았음을 알 수 있다. 위의 첫 번째 기록은 신흠申欽(1566~1628)이 송인의 옛 별장이었던 수월정에서 이틀을 노닐고 그 느낌을 쓴 「유동호수월정游東湖水月亭」이라는 시[3]에 붙은 서문이다. 송인이 살아 있던 당시에 직접 만났던 기억을 들려주는 내용이 중간에 잠깐 언급되고 있는데, 수월정이라는 정자를 소유하고 석개라는 가비까지 거느려 마음껏 풍류를 즐길 수 있었으니 실로 청복을 누린 삶이었다고 논평하는 것이 핵심 내용이다. 두 번째 기록은 박지화朴枝華(1513~1592)가 송인 사후 석개의 노래를 듣고 쓴 「청가聽歌」라는 7언 절구 2수[4]에 붙은 세주細註다.

---

2 "礪城尉宋寅, 善書能文章. 雖在富貴之中, 不忘雅操, 尊敬公待以師友. 宋公構亭于漢江濱, 號水月亭. 有婢石介, 善歌詞, 名擅一時. 宋公歿後, 公聽其歌, 有此詩." 박지화, 「聽歌」, 『수암유고』 권1, 『한국문집총간』 34, 민족문화추진회, 1996, 118면.

3 "出郭仍遵浦, 移舟晩趁陰, 新涼眞解事, 佳客亦聯襟, 俛仰悲遷逝, 江山閱去今, 黃昏正容與, 月色亂杯心."

4 "主家亭子漢濱秋, 卿月依然逝水流, 唯有鳳凰天外曲, 人間贏得錦纏頭. 搖落非徒宋玉秋, 一時人物盡東流, 何須更聽翻金縷, 絃絶當時已白頭."

송인 사후 석개의 가사를 듣고 시를 지었다는 것이 핵심 내용이지만, 송인과 박지화의 관계를 고려하면 송인 생전에도 두 사람이 함께 어울리며 석개의 가사를 즐겼을 것이라는 점을 충분히 짐작할 수 있다.

3. 조선 후기 가사 담당층의 확대 양상

사대부가 주로 담당하던 가사는 조선 후기로 접어들면서 담당층이 대폭 확대되는 양상을 띠게 된다.

가사 담당층의 확대와 관련하여 가장 주목되는 것은 여성이 가사의 담당층으로 본격 등장함으로써 가사의 장르적 본질이 제대로 발현되기 시작했다는 점이다. 가사는 4음보격 율문이라는 기본 요건만 갖추면 되는, 매우 개방적 장르라 할 수 있다. 이는 여타 장르에 비해 상대적으로 접근이 용이함을 의미하는 것이다. 즉 마음만 먹으면 어렵지 않게 창작할 수 있는 속성을 지닌 것이 가사라 할 수 있다. 사정이 이러함에도 불구하고 사대부가 중심을 차지하고 있었던 조선 전기에는 가사 창작이 그리 활발하게 이루어졌다고 보기 어렵다.

조선 전기 사대부 가사가 매우 제한적으로 창작될 수밖에 없었던 것은 가사가 국문 문학이었기 때문이다. 주지하다시피 세종대왕世宗大王(1397~1450, 재위 1418~1450)의 훈민정음訓民正音 창제에도 불구하고 사대부들의 문자생활은 한문이 중심을 이루고 있었다. 그랬기 때문에 그들이 추구하는 문학 또한 한시를 위주로 한 한문 문학이 중심을 차지하고 있었다. 시조나 가사와 같은 국문 시가는 어떤 특정한 계기가 주어지거나 어떤 특별한 상황이 닥친 경우에만 제한적으로 창작되었다. 즉 벼슬길에서 물러나 낙향한 사대부가 누정을 짓고 산림처사로서의 새 삶을 준비하고 이에 대한 각오를 다질 때 강호가사(또는 누정가사)를 지었고, 어려운 처지에 있다가 임금의 은혜를 입어 지방관으로 부임하게 된 경우 자신이 다스릴 관내를 둘러보고 정치적 포부를 다짐하는 기행가사를 지었으며, 갑작스럽게 죄를 뒤집어쓰고 유배를 당한 유배자가 억울함을 임금께 호소하는 방편으로 유배가사를 지었다. 한편 가사가 노래로 가창되었다는 사실도 조선 전기 사대부 가사가 제한적으로 창작된 또 다른 이유로 작용했다고 볼 수 있다.

사대부 남성과 달리 여성들은 국문 위주의 문자 생활을 영위하고 있었다. 그리고 조선 시대 여성들은 사회적 존재로서의 삶은 차단된 채 가정적 존재로서의 삶만 일방적으로 강요받았다. 엄격한 가부장제하에서 철저히 가정적 여인으로서 시키는 대로 수동적으로 살아가며 침묵을 강요당한 그들에게 가사라는 열린 양식은 한 줄기 빛과 같은 것이었다. 그리하여 그들은 여성으로 태어난 신세를 한탄하기도 하고, 남편과 시댁에 대한 불만을 토로하기도 하였으며, 친정 식구들과 고향의 친구들에 대한 그리움을 표출하기도 했다. 가슴 속에 쌓인 한은 많은데 현실 속에서 이를 그 누구에게도 털어놓을 수 없었던 여성들에게 있어 가사만큼 좋은 장르는 없었다. 가슴 속에 쌓여 있는 무궁무진한 이야기들을 그저 옆에 있는 친구에게 말하듯 4음보 율격에 맞춰 풀어놓기만 하면 되었기 때문이다. 이에 따라 조선 후기에는 여성들이 자신의 한 맺힌 삶을 가사로 풀어내는 것이 유행처럼 번지기 시작했다. 그 결과 오늘날 남아 있는 가사 중 여성들이 창작한 규방가사閨房歌辭가 압도적인 비중을 차지하게 되었다.[5]

조선 후기 확대된 가사 담당층으로 여성에 이어 일찍부터 주목받아 온 것은 서민이다. 규방가사와 마찬가지로 서민가사라는 이름으로 독립되어

5 규방가사의 작품 성격에 대해서는 백순철, 「규방가사의 작품세계와 사회적 성격」, 고려대 박사학위논문, 2000; 신경숙, 「규방가사, 그 탄식 시편을 읽는 방법」, 『국제어문』 25, 국제어문학회, 2002, 1~24면 참조.

연구가 진행되었을 정도로 서민은 여성 다음으로 조선 후기 가사를 이끈 주요 담당층으로 인식되어 왔다. 그러나 규방가사와 달리 서민가사는 많은 논란을 일으켰다. 서민가사라는 이름으로 유형화를 시도하여 본격 연구를 진행한 김문기는 "'서민가사'란 '서민이 짓거나 서민적 사고방식, 즉 서민 의식을 바탕으로 하여 이룩된 가사'를 뜻한다. …(중략)… 여기서 말하는 '서민'은 지배 계층인 양반 귀족에 대하여 피지배 계층인 중인 이하 양민良民(常民)과 천민賤民을 의미한다."[6]라고 서민가사와 서민의 개념을 규정하였다. 그런데 이 규정과 관련하여 서민과 서민가사에 대한 개념이 실상과는 거리가 먼 관념적인 규정이고 의미 범주가 모호하다는 비판이 꾸준히 제기되었다.[7] 그러나 이런 비판에도 불구하고 그 과정에서 조선 후기 가사 담당층으로서의 서민의 존재는 부인할 수 없는 사실로 확인되기도 하였다.

중인을 서민의 범주에 포함시킬 수 있느냐 하는 문제와 별도로 중인층이 조선 후기 확대된 가사 담당층으로 참여한 것은 객관적 사실이다. 「만언사萬言詞」의 작가 안도환安道煥(1748~?)은 차지별감次知別監, 서제書題, 규장각감서奎章閣監書를 지내다가 추자도로 유배되어 작품을 지었다. 또 「채환재적가蔡宦再謫歌」의 작가 채귀연蔡龜淵(1839~1917)은 환관으로 지내다가 신지도로 유배되어 작품을 지었다. 따라서 이 두 작가의 작품은 중인층 가사라는 이름으로 연구가 진행되고 있다.[8] 중인층 가사에 포함되어 연구가 진행된

---

6 김문기, 『庶民歌辭硏究(修正版)』, 형설출판사, 1985, 14면.

7 이에 해당하는 대표적인 것으로 김학성, 「서민가사의 담론기반과 미학적 특성」, 『대동문화연구』 47, 성균관대 대동문화연구원, 2004, 163~192면과 김신중, 「서민가사의 작자층과 수용자층」, 『호남문화연구』 38, 전남대학교 호남학연구원, 2006, 109~126면을 들 수 있다.

8 김지성, 「조선 후기 중인층 유배가사 연구」, 서강대 교육대학원 석사학위논문, 2007; 권현주, 「중인층 유배가사에 나타난 작자 의식과 생활상」, 『어문학』 122, 한국어문학회, 2013, 371~405면.

것은 아니지만 중인층 가사를 대표하는 작가는 신재효申在孝(1812~1884)라 할 수 있다. 그는 전북 고창의 향리 출신으로 판소리 이론가 및 후원자로 널리 알려져 있으나 「어부사漁父詞」, 「호남가湖南歌」, 「광대가廣大歌」, 「도리화가桃李花歌」 등 다수의 가사를 창작한 가사 작가이기도 하다. 한편 가사 담당층으로서의 중인을 상정할 경우 작가적 측면보다 더욱 주목되는 것은 가창자 또는 향유자로서의 측면이라 할 수 있다. 서울의 유흥공간을 중심으로 12가사를 비롯한 다수의 가창가사들이 불렸는데, 이 유흥을 주도한 것은 중인을 중심으로 한 중간계층인 것으로 알려지고 있기 때문이다. 이와 관련해서는 다음 장에서 논의를 좀 더 이어가고자 한다.

한편 조선 후기 가사 담당층의 확대는 평민층으로까지 이어진 것으로 보인다. 기존에 평민층이 지었을 것으로 추정했던 「합강정가合江亭歌」, 「갑민가甲民歌」, 「거창가居昌歌」 등이 향촌의 비판적 지식층이 창작했을 가능성이 높은 것으로 봐야 한다는 견해가 설득력을 얻고 있으나 이들 가사는 작가의 신분과 관계없이 19세기에 광범위하게 일어났던 민란의 과정에서 적극적으로 활용되었다는 점을 주목하지 않을 수 없다.[9] 또한 창작의 측면에서 접근하더라도 평민층 작가의 작품으로 볼 수 있는 것들이 존재하고 있다. 「승가僧歌」 연작 중 「승답사僧答辭」와 「여승재답사女僧再答辭」는 여승이 지은 것이고, 『소수록消愁錄』에 실린 작품 중 「청룡가인한창가靑龍佳人寒窓歌」는 안성 청룡사靑龍寺를 근거지로 활동한 사당이 지은 것이다.[10] 또한 「덴동어미화전가」의 덴동어미는 원래 순흥 아전의 딸로 태어나 예천 장이방의 아들에게 시집을 간 중인 계층의 여인이었으나 사고로 남편을 잃은 후 파

9 이에 대해서는 고순희, 『현실비판가사 연구』, 태학사, 2018. 참조.

10 이에 대해서는 이상원, 「『소수록』 소재 「청룡가인한창가」 연구」, 『한국시가연구』 44, 한국시가학회, 2018, 63~92면 참조.

란만장한 인생 유전을 거듭한 결과 하층 빈민의 처지로 전락한 인물이다.

한편 조선 후기에 이르면 기존의 사대부 작가층이 경화사족京華士族과 향촌사족鄕村士族으로 분화되는 양상을 띠게 된다. 경화사족의 경우 조선 전기 사대부 가사의 전통을 이어 유배가사와 기행가사를 계속해서 창작하는 가운데, 남용익南龍翼(1628~1692)의 「장유가壯遊歌」를 필두로 시작된 사행가사使行歌辭, 사대부의 이상적 삶을 형상화한 「남아가男兒歌」 같은 작품, 19세기 한양의 풍물을 노래한 「한양가漢陽歌」 같은 작품 등으로 영역을 확대한 것으로 보인다. 경향분기京鄕分岐로 인해 정계 진출의 가망이 거의 사라진 향촌사족의 경우 향촌 지역 내에서 사족이 담당해야 할 책무와 역할을 가사로 형상화하고자 했다. 그리하여 삼정三政의 문란과 지방관의 부패로 인한 백성들의 고통을 대변하는 현실비판가사, 사족으로서의 생존을 위해 마땅히 지켜야 할 윤리를 강조하는 교훈가사 등을 중심으로 많은 작품들을 창작하였다. 이 중에는 사족으로서의 책무와 역할을 다하기 위해 애쓰는 과정에서 확인하게 된 가난의 현실과 우활한 자신의 모습을 사실적으로 그려낸 작품도 포함되어 있다. 이렇듯 경화사족과 향촌사족은 각각 서로 다른 영역에서 가사를 창작하고 향유하였는데, 애정가사愛情歌辭의 경우는 양자가 공유하는 측면을 보여 주목된다. 18세기 경화사족인 이운영李運永(1722~1794)은 6편의 가사 작품을 남기고 있는데, 그중 「임천별곡林川別曲」은 칠십 대의 생원이 할멈에게 동침을 요구했다 면박을 당하는 내용을 대화체로 구성한 작품이다.[11] 19세기의 왕족인 이세보李世輔(1832~1895)는 수백 수의 시조와 함께 「상사별곡相思別曲」이라는 한 편의 가사 작품을 남기고 있는

11 이운영 가사의 전반적 성격에 대해서는 박연호, 「옥국재 가사의 장르적 성격과 그 의미」, 『민족문화연구』 33, 고려대학교 민족문화연구원, 2000, 295~325면 참조. 「임천별곡」의 성격에 대해서는 이승복, 「「임천별곡」의 창작 배경과 갈등의 성격」, 『고전문학과 교육』 18, 한국고전문학교육학회, 2009, 261~283면 참조.

데, 이 작품은 이중의 여성 화자를 내세워 떠나간 임을 애타게 그리워하는 심정과 갑자기 재회한 기쁨을 노래한 것이다.[12] 그런가 하면 17세기 후반 전라도 강진의 향촌사족인 이희징李羲徵(1647~?)은 기생과의 짧은 로맨스를 형상화한 「춘면곡春眠曲」을 남겼다.[13]

4. 담당층 간의 상호대화성

앞서 조선 전기에서 조선 후기로 넘어오면서 가사의 담당층이 대폭 확대되었다는 점을 간략히 정리해 보았다. 그런데 이보다 더욱 중요한 것은 확대된 담당층들 상호 간의 대화성이라 할 수 있다. 즉 조선 후기 가사는 단순히 담당층이 확대되는 데 그치지 않고 서로 다른 계층들이 대화를 나누는 것을 자주 연출하고 있다. 이는 창작의 측면과 향유의 측면으로 나누어 볼 수 있는데 실제로는 창작과 향유를 엄격히 구분할 수 없는 경우가 많기 때문에 여기서는 창작과 향유를 구분하지 않고 살펴보고자 한다.

조선 전기에도 가사의 상호대화성이 존재하지 않았던 것은 아니다. 주지하다시피 「고공가雇工歌」와 「고공답주인가雇工答主人歌」는 임진왜란 직후 혼란스러운 국가를 어떻게 수습할 것인지를 두고 상호 대화를 나누고 있다. 하지만 조선 전기 가사에 나타나는 상호대화성은 동일 계층 내부의 대화라는 점에서 일정한 한계를 지닌다. 「고공가」와 「고공답주인가」는 겉으로 보

12 이에 대해서는 손정인, 「이세보 「상사별곡」의 성격과 문학적 형상화 양상」, 『한민족어문학』 65, 한민족어문학회, 2013, 385~419면 참조.

13 「춘면곡」의 작자가 전라도 강진의 진사 이희징이라는 것을 처음으로 밝힌 것은 이상주, 「「춘면곡」과 그 작자—『남유록』의 기록을 통해서」(『우봉 정종봉 박사 회갑기념 논문집』, 세화, 1990)이다.

면 주인이 고공에게 말하는 방식과 고공이 주인에게 말하는 방식을 취하고 있으므로 상층인 양반과 하층인 고공이 상호 대화를 나누는 것처럼 되어 있다. 하지만 이는 어디까지나 임금과 신하의 관계를 주인과 고공의 관계로 치환하여 국가의 문제를 집안의 문제로 우의寓意해서 나타낸 것일 뿐이므로 지배층 내부에서 상호 대화를 주고받는 것이라는 한계를 지닌다. 내용적 측면뿐만 아니라 작가적 측면에서 보더라도 임금을 대리하는 허전許坱(1563~?)이라는 무신武臣과 이원익李元翼(1547~1634)이라는 문신文臣이 서로 문답가를 주고받음으로써 양반층 내부의 문무 상호 간에 대화가 이루어진 것임을 알 수 있다.

그런데 조선 후기에 이르면 가사의 상호대화성에 뚜렷한 변화가 포착된다. 「목동가牧童歌」와 「답가答歌」처럼 같은 작가가 서로 다른 관점에서 문답을 주고받은 작품도 일부 존재하기는 하나 대부분의 경우는 아예 서로 다른 계층이나 집단에 속하는 사람들이 상호 대화를 나누는 형태로 나타나고 있다. 이렇듯 서로 다른 계층이나 집단에 속하는 사람들이 가사를 통해 자유롭게 상호 대화를 나누고 있다는 것은 그만큼 가사가 보편화되었음을 의미하는 것이라는 점에서 주목할 필요가 있다. 따라서 지금부터 이와 관련된 구체적 양상을 계층별 및 성별의 둘로 크게 나누어 검토해 보기로 한다.

먼저 계층별 상호 대화는 양반층과 중간계층, 양반층과 평민층으로 다시 세분할 수 있다. 이 중 양반층과 중간계층의 상호 대화부터 검토해 보기로 하자. 조선 후기에 이르면 가사의 전승이 이원화하는 양상을 띠게 된다. 가창 전승과 음영(또는 율독) 전승이 그것이다. 노래로 불리는 가창가사는 서울의 유흥공간을 중심으로 가곡, 시조 등과 함께 향유되었기 때문에 비교적 짧은 형태를 지향하게 되었다. 반면에 음영이나 율독으로 전승되는 가사의 경우는 갈수록 서사화, 산문화의 경향을 띠게 되면서 긴 형태를 지향하게 되었다. 이 중 양반과 중인의 상호 대화가 적극적으로 진행된 것은 가창가사라 할 수 있다. 12가사를 비롯하여 조선 후기 서울의 유흥공간에서 인기리에 불렸던 가창가사의 대부분은 양반층에 의해 창작된 것이다. 그러나 양반 작가에 의해 창작된 작품을 조선 후기 서울의 유흥공간으로 끌어들여 널리 불리게 만든 것은 당시 유흥문화를 주도했던 서울의 중간계층이라 할 수 있다. 중인을 중심으로 무반과 상인을 포함하는 서울의 중간계층은 조선 전기부터 꾸준히 창작되어 온 양반들의 가사 가운데 일부를 취사선택하여 서울의 유흥공간에서 즐기기에 합당하게 작가의 개성은 줄이고 모두가 공유할 수 있는 보편성은 확대하는 형태로 가공한 것으로 보인다. 이 과정에서 작가성은 상실되고, 길이는 축소되며, 작품 상호 간에 내용이 착종錯綜되는 등의 변화가 일어나게 된다.[14]

조선 후기 서울의 중간계층은 유흥공간에서의 가창문화를 주도하는 과정에서 전래의 가사歌辭를 가사화歌詞化하는 데 그치지 않고 가사를 시조화하기도 하고 시조를 가사화하기도 했다. 가사를 시조화한 대표적 사례로 다음 작품을 들 수 있다.

> 削髮爲僧 앗가온 閣氏 이ᄂᆡ 말을 들어 보소
>
> 어득 寂寞 佛堂 안희 念佛만 외오다가 ᄌᆞ네 人生 죽은 後ㅣ면 홍독ᄀᆡ로 탁을 괴와 柵籠에 入棺ᄒᆞ야 더운 불에 찬 ᄌᆡ 되면 空山 구즌비에 우지지는 鬼ㅅ것시 너 안인가
>
> 眞實로 마음을 돌으혐연 子孫 滿堂ᄒᆞ여 헌 멀이에 니 ᄭᅬ듯시 닷는 놈 긔는 놈에 榮華富貴로 百年同樂 엇더리.[15]

14 이에 대해서는 성무경, 「18 · 19세기 음악환경의 변화와 가사의 가창전승」, 『한국시가연구』 11, 한국시가학회, 2002, 47~74면 참조.

15 『해동가요』(주씨본) 546번 작품.

이 작품은 『해동가요海東歌謠』의 편찬자인 김수장金壽長(1690~?)의 작품으로 기록된 것인데 「승가」 연작 중 「재송여승가」의 일부 구절을 거의 그대로 가져와 작품화한 것이다. 「승가」 연작은 17세기 말 남휘南徽(1671~1732)와 여승이 실제로 주고받은 편지 형식의 화답가[16]이며 이 중 「재송여승가」는 남휘가 자신의 구애를 거절한 여승에게 재차 보낸 편지 형식의 가사다. 따라서 양반 남휘의 가사를 중인 김수장이 시조화한 사례라 할 수 있다. 이렇듯 양반이 창작한 가사를 중인가객이 시조로 바꾸어 불렀다는 것은 그만큼 양반의 가사가 중간계층에게까지 널리 향유되었음을 의미하는 것이다.[17]

양반이 지은 가사를 중간계층이 적극적으로 향유한 또 다른 사례로 「남아가」(또는 「남자가」)를 들 수 있다. 「남아가」는 몇 가지 이본이 전하고 있는데, 이들을 꼼꼼히 검토한 결과에 따르면 경화사족이 창작한 작품으로 그들의 꿈과 욕망이 투영된 것이라 한다. 그런데 「남아가」의 이본 중 장서각본은 다른 이본에 비해 상대적으로 중간계층의 욕망이 투영된 산물로 판단되고 있다. 이를 가장 살 보여 주는 것으로 다음의 밤화류[花柳] 장면을 들 수 있다.

친신하던 보두군관 귀예 ᄃᆡ여 ᄒᆞᄂᆞᆫ 말이
엇그졔 가든 창녀 삼남 듕의 명기라데.
두어 친구 엽질너 밤화류가 엇더ᄒᆞᆫ고.

16 안대회, 「연작가사 『승가』의 작자와 작품성격」, 『한국시가연구』 26, 한국시가학회, 2009.
17 가사를 시조화한 것의 반대 경우인 시조를 가사화한 대표적인 사례로 김수장의 사설시조 「夏四月 첫 여드렛날에 …」가 『청구영언』(육당본)에 부기(附記)된 가사 「관등가(觀燈歌)」의 4월령에 수용된 것을 들 수 있는데, 이 경우는 양반과 중인의 상호대화성을 단정할 수 없어 여기서는 생략한다. 사설시조 「夏四月 첫 여드렛날에 …」와 가사 「관등가」의 관련성에 대해서는 성무경, 앞의 논문을 참조할 것.

션젼 뒤 깁흔 골의 평ᄃᆡ문니 그집일네.
다홍 부ᄎᆡ ᄎᆡ면ᄒᆞ고 곤기침의 드러가니
놋촛ᄃᆡ 이불상의 규벽ᄒᆞ니 네로구나.
옥ᄉᆡᆨ 누비 삼회장의 슈화방쥬 남치마로
손님 보고 긔거ᄒᆞᆯ 졔 위션향취 반갑더고.
부산ᄃᆡ 김ᄒᆡ듁의 홍엽향취 교염ᄒᆞ니
삼동초출 퓌여 주ᄂᆡ 주인 년긔 얼마런고.
단슌호치 절묘ᄒᆞ다.
두어 말 슈ᄌᆞᆨ 후의 삼오이팔 동갑이라.
남 모르게 눈 쥬어 일판단심 ᄆᆡ즌 후
단양 영신 도라오니 후일 긔약 두어구나.[18]

장서각본은 다른 이본에 비해 남아가 혼례를 치른 후 각종 놀이와 유흥을 즐기는 부분이 크게 확대되어 있다. 이렇듯 이 부분이 크게 확대된 가장 큰 이유는 바로 위의 밤화류 장면이 추가된 데 있다. 위의 장면에서는 삼남三南의 명기名妓가 다 모여 있다는 포도군관捕盜軍官의 말을 듣고 두어 친구를 비밀리에 불러내어 선전縇廛/線廛(비단가게) 뒷골목에 있는 기생집으로 가 밤화류를 즐기는 모습을 실감 나게 그려 내고 있다. 기생들과 유흥을 즐기는 모습이 이미 삼월 삼짇날 백화원百花園을 찾은 화류놀음 부분에서 묘사되었음에도 불구하고 또다시 밤화류를 추가로 제시하고 있다는 점에서 장서각본의 경우 도시 유흥문화를 확대 제시하려는 의도가 분명히 엿보인다고 할 수 있다. 이런 점에서 장서각본은 경화사족이 창작한 「남아가」가 중간계층이 주도하는 유흥공간으로 흘러들어 그들의 욕망이 투영되는 형

---

18 「남ᄌᆞ가」, 한국학중앙연구원 장서각 소장, 8~9면.

태로 일정한 손질이 가해진 산물이라 할 수 있다. 장서각본 「남자가」가 서울의 유흥공간에서 유통되었다는 사실은 이것이 시조 작품을 수록한 『청구영언靑丘永言』(장서각본)과 합철되어 있는 데서도 확인할 수 있다.[19]

한때 평민층이 지었을 것으로 추정했던 「합강정가合江亭歌」, 「갑민가甲民歌」, 「향산별곡香山別曲」, 「거창가居昌歌」 등 현실비판가사는 향촌의 비판적 지식층이 창작했을 가능성이 높은 것으로 봐야 한다는 견해가 설득력을 얻고 있으나 향유 과정에서 민란에 적극적으로 활용되었다는 점에서 양반층과 평민층이 상호 대화를 나눈 대표적 사례로 꼽을 수 있다. 이들 가사의 적극적인 향유층은 창작 주체와 동일한 계층인 향촌의 비판적 지식층으로 파악되고 있다. 삼정의 문란 및 수령과 아전층에 대해 비판적 인식을 가지고 있던 향촌의 사족들은 자신들과 비슷한 처지에 있는 작가가 창작한 가사를 적극적으로 수용하고 확산하는 역할을 수행했다. 그런데 이들 가사의 창작과 향유에서 향민鄕民을 빼놓고 생각할 수는 없다. 애초 작가가 이들 가사를 창작한 것은 향민의 입장에 서서 현실의 문제점을 비판하기 위한 측면이 강했다고 볼 수 있다. 그리고 이를 확산하는 데 큰 역할을 한 향촌의 사족들 역시 향민의 삶이 실질적으로 개선되기를 바라는 마음에서 이를 수용하여 자기 고을의 향민들을 민란에 동참시키는 데 활용하였다. 이런 사실은 「거창가」의 이본 중 하나인 「정읍군민란시여항청요井邑郡民亂時閭巷聽謠」를 통해 확인할 수 있다. 이 작품의 제목은 원래 '거창'이라 쓴 부분을 지우고 '정읍'이라 고쳐 쓴 것으로 나타나고 있는데, 이를 통해 거창의 수령 이재가李在稼와 아전들의 탐학을 고발한 「거창가」가 거창 지역의 민란에서 활용되었고 나아가 이것이 정읍에서 일어난 민란에도 활용되었음을 알 수

---

19 이상 「남아가」와 관련된 내용은 이상원, 「「남아가」에 투영된 이상적 삶과 그것의 문화사적 의미」, 『민족문학사연구』 42, 민족문학사연구소, 2010, 218~241면 참조.

있다.[20] 또한 「민탄가」의 마지막 부분에서는 "이런 일을 ᄒᆞᄂᆞᆫ 놈들 / 우리 몬저 (주)겨 보ᄉᆡ / 이 노ᄅᆡ를 돌려 듯고 / 가부간可否間의 말들 하소"라고 하여 죽음을 각오하고 항쟁에 동참해 줄 것을 호소하고 있다. 이뿐만 아니라 현재 작품이 전하고 있지 않으나 「장연가長淵歌」(또는 「안악가」), 「풍덕가豊德歌」, 「진주가晉州歌」 등과 관련된 기록들에서는 이 작품들이 민란의 과정에서 구체적으로 활용되었다는 것을 실증적으로 뒷받침하고 있다.[21]

지식층과 민중 간의 상호 대화를 엿볼 수 있는 또 다른 사례로 종교가사宗教歌辭를 들 수 있다. 조선 후기에 이르면 이전부터 존재하던 불교가사佛教歌辭 외에 천주가사天主歌辭, 동학가사東學歌辭 등이 추가로 나타나 포교의 수단으로 가사를 적극적으로 활용하였다.

18세기 불교계에서는 불교의 대중화를 위해 승려 명연明衍이 『미타참경彌陀懺經』을 간추려서 한글로 번역한 염불의례서인 『미타참절요彌陀懺節要』[22]를 판각하는 일이 전국적인 범위에서 일어나게 되는데 여기에 불교가사를 함께 수록하였다. 이는 당시의 불교계가 가사의 대중성과 효용성을 익히 알고 있었음을 보여 주는 것이다. 또한 불교가사는 탁발승이나 걸립패의 연행에 의해서도 널리 확산되고 유포되었다.[23]

1784년에 최초의 영세 신자를 배출하면서 창립된 한국 천주교회가 숱한 박해에도 불구하고 비약적인 발전을 거듭할 수 있었던 것은 천주교를 먼저 접한 지식층이 천주가사를 통해 효과적으로 천주교 교리를 평민층에게 전파하기 위해 많은 노력을 기울였기 때문이다. 천주가사는 유교 등 기존

---

20 「거창가」에 대해서는 조규익, 『봉건시대 민중의 저항과 고발문학 거창가』, 월인, 2000. 참조.

21 이상 현실비판가사에 대해서는 고순희, 『현실비판가사 연구』, 박문사, 2018. 참조.

22 『보권염불문(普勸念佛文)』 또는 『염불보권문(念佛普勸文)』이라고도 한다.

23 김종진, 「불교가사의 유통사적 고찰」, 『한국문학연구』 23, 동국대학교 한국문학연구소, 2000, 153~168면.

사상과 대비되는 측면을 강조하거나 간단하면서도 알기 쉽게 교리를 전달하는 방식을 통해 대중들이 새로운 천주교에 관심을 갖도록 유도하였다.[24]

봉건적 사회구조가 해체되고 서양 문물이 본격적으로 들어오기 시작한 시기에 사회 전반적으로 형성된 반봉건反封建, 반외세反外勢의 흐름을 타고 새롭게 탄생한 민중적 성격의 종교가 동학東學이다. 이 동학의 창시자인 최제우崔濟愚(1824~1864)가 자신의 사상을 가사로 표출해 놓은 것이 『용담유사龍潭遺詞』로서 이것이 동학가사를 대표하는 것이라 할 수 있다. 동학가사는 유儒·불佛·선仙·무巫 등 종래의 사상을 토대로 새롭게 만든 우리 고유의 사상인 동학의 경전을 대신하는 성격을 가졌다는 점에서 이미 존재하는 경전의 내용을 알기 쉽게 풀어 전달하는 불교가사나 천주가사와 근본적인 차이를 갖는다고 할 수 있다. 또한 동학가사를 열심히 암송하며 동학의 교도가 된 민중들이 본격적인 반봉건 운동의 선봉에 서게 된다는 점에서 동학가사는 단순한 종교가사의 차원을 넘어 현실비판가사의 흐름을 계승하고 있다고 볼 수도 있다.

지금까지 이실석인 계층에 속하는 사람들이 가사를 매개로 상호 대화를 나누는 것에 대해 살펴보았다. 지금부터는 서로 다른 성별을 가진 남성과 여성이 가사를 매개로 상호 대화를 나누는 양상을 검토해 보기로 한다.

흔히 규방가사는 여성들의 가사로 알려져 있으나 규방가사 중 일부의 경우 남성들이 창작에 관여한 것으로 나타나고 있다. 규방가사는 흔히 내용에 따라 계녀가誡女歌, 탄식가歎息歌, 화전가花煎歌로 나누는데, 양적으로 많다고 할 수는 없지만 세 유형 모두에서 두루 남성 작가가 창작한 사례들이 나타난다.[25]

24 천주가사의 설득 전략에 대해서는 조원형, 「천주가사에 대한 텍스트언어학적 연구」, 서울대 박사학위논문, 2009. 참조.

계녀가는 친정어머니가 시집가는 딸에게 시집살이의 규범을 가르치기 위해 지은 가사로 알려져 있는데, 개중에는 친정어머니가 아닌 친정아버지가 지어 준 경우도 있는 것으로 나타나고 있다. 친정아버지가 지은 계녀가는 계녀가의 일반적 구성에서 아버지가 직접적 조언을 하기 힘든 태교 및 육아에 관한 사항들은 생략하는 대신 시부모에 대한 효성을 강조하는 등 일반적인 계녀가와 차별화된 모습을 보인다. 또한 다양한 방식으로 아버지의 육성을 들려줌으로써 계녀가가 여성을 훈계하는 데만 목적이 있는 것이 아니라 아버지와 자식이 상호 소통하는 하나의 수단으로 활용되고 있음을 볼 수 있다.[26]

한편 부녀지간父女之間의 소통을 보여 주는 작품으로 계녀가만 있는 것은 아니다. 시집간 딸을 보러 갔다가 집으로 돌아온 아버지가 딸을 향한 애타는 그리움을 노래한 「사녀가思女歌」라는 작품이 있는데, 이것은 계녀가라기보다는 탄식가로 보는 것이 옳을 것이다. 남성이 지은 것으로 추정되는 남성 화자 탄식가는 「사녀가」와 같이 딸에 대한 그리움을 노래한 것, 죽은 아내에 대한 그리움을 노래한 것, 그 밖의 가족이나 고향에 대한 그리움을 노래한 것, 늙음에 대한 한탄을 노래한 것 등으로 나뉘어 존재한다.[27]

남성이 지은 화전가는 여성이 지은 화전가와 짝을 이루며 화답 형태로 존재하는 것과 여성의 화전가와 무관하게 단독으로 존재하는 것으로 나뉘는데, 이 중 전자가 다수를 차지하고 있다. 화전가는 화전놀이의 현장에서 즉석으로 창작된 것이 아니라 놀이가 끝난 이후에 창작되었으며 창작된

25 이에 대해서는 박경주, 「남성화자 규방가사 연구」, 『한국시가연구』 12, 한국시가학회, 2002, 253~282면 참조.

26 친정아버지가 지은 계녀가의 특성과 의의에 대해서는 최규수, 「아버지 작 계녀가의 변이양상과 시가교육적 함의」, 『어문연구』 36권 4호, 한국어문교육연구회, 2008, 323~347면 참조.

27 이에 대해서는 박경주, 앞의 논문 참조.

후에는 주로 문중을 중심으로 소통되었다. 따라서 이 과정에서 많은 화답가가 산출될 수 있었다. 현재 전하는 것 중 가장 대표적인 것으로 「기수가淇水歌」 연작을 들 수 있는데, 이 연작은 출가한 딸들과 문중의 며느리들이 참여하여 지은 9편으로 구성되어 있다. 이렇듯 문중의 여성들 다수가 참여하여 화전놀이를 즐기고 여기에 참여했던 사람들이—또는 경우에 따라서는 참여하지 않았던 사람들까지 포함하여—화전가를 주고받으며 놀이를 즐겼다. 그런데 이렇게 놀이 형태로 진행된 화전가 창작에는 남성들도 일부 참여한 것으로 알려지고 있다. 즉 여성들의 화전놀이를 조롱하는 형태의 「조화전가嘲花煎歌」를 남성이 짓고 여기에 다시 여성이 「반조화전가反嘲花煎歌」를 지은 것이 있는데, 이를 통해 가사 창작이 하나의 놀이문화로 자리를 잡은 화전가 창작에 남성도 동참하고 있음을 확인할 수 있다. 그리고 이런 놀이는 1년 내내 이어지며 문중 구성원 간의 화합과 결속을 도모하는 장치로 작용했다. 이 과정에서 문중 내의 구성원들은 남성과 여성을 가리지 않고 적극적으로 소통할 수 있었던 것으로 보인다.[28]

이상 규방가사에서 남성과 여성이 상호 대화하는 양상을 세 유형별로 나누어 살펴보았다. 그런데 규방가사 중에는 계녀가, 탄식가, 화전가의 세 유형 중 어느 하나로 명확하게 분류하기가 애매한 작품도 더러 있다. 18세기 후반 경북 영주의 사족인 김약련金若鍊(1730~1802)의 부인인 순천김씨順天金氏(1729~1799)가 회갑을 맞이하여 자신의 60년 인생을 돌아보며 창작한 「노부탄老婦歎」이라는 작품이 이에 해당한다. 「노부탄」이라는 제목을 통해 짐작할 수 있듯이 이 작품은 일단 탄식가 계열에 속하는 것으로 분류할 수 있다. 그런데 대부분의 탄식가들이 시집살이의 고통을 탄식하는 것과 달리

28 권순회, 「화전가류 가사의 창작 및 소통 맥락에 대한 재검토」, 『어문논집』 53, 민족어문학회, 2006, 5~30면.

이 작품은 회갑을 맞은 순천김씨가 남편과 함께한 40년 인생을 추억하는 성격이 더 강하다. 순천김씨도 시집살이의 고통이 없었던 것이 아니다. 한미한 향촌사족의 가문에서 태어난 남편 김약련을 과거에 급제시키기 위해 갖은 노력을 다 기울였고 그 과정에서 가정 경제의 핵심인 치산治產까지 책임져야 했다. 하지만 치산의 문제에 초점을 맞추어 지난 인생을 추억하고 있는 것은 자식이나 후손들에게 치산의 중요성을 강조하기 위한 의도도 존재한다는 점에서, 치산을 새로운 시대 부덕婦德의 핵심으로 부각하고자 한 「복선화음가福善禍淫歌」와 같은 변형 계녀가의 성격도 갖는 것으로 이해할 수도 있다. 아무튼 회갑을 맞아 자신의 소회를 토로한 순천김씨의 「노부탄」에 대하여 남편 김약련은 「답부사答婦詞」라는 작품을 지어 화답한다. 이리하여 최초로 부부 화답가가 탄생하였다.[29] 이렇게 김약련 부부가 가사를 통해 자유롭게 상호 대화를 나눌 수 있었던 것은 앞서 살펴본 화전가의 창작 전통이 이어지면서 가사 창작이 하나의 놀이문화로 완전히 자리를 잡고 있었기 때문일 것이다.

규방가사 다음으로 남성과 여성의 상호 대화가 나타나는 것으로 애정가사를 들 수 있다. 가사로 남녀가 상호 의사를 교환하고 있는 대표적인 것은 역시 「승가」 연작이라고 할 수 있다. 「승가」 연작은 우연히 산길에서 여승을 만나 동행하게 된 양반 남자가, 여승과 헤어지고 난 뒤 여승을 잊지 못하여 여승에게 구애의 편지를 보낸 후, 여승의 답가와 남자의 재구애, 그리고 여승의 재답가로 이어진 일련의 작품들을 가리킨다. 여승에게 구애의 편지를 보낸 양반 남성은 17세기 말 남휘南徽(1671~1732)로 밝혀졌고, 「승가」 연작은 남휘와 여승이 실제로 주고받은 편지 형식의 화답가라는 것이

29 순천김씨와 김약련의 부부 화답가에 대해서는 이상원, 「조선후기 향촌지식인의 삶과 부부의 기억―순천김씨의 「노부탄」과 김약련의 「답부사」」, 『한국시가문화연구』 42, 한국시가문화학회, 2018, 185~211면 참조.

설득력을 얻고 있다.[30] 이렇게 남녀가 편지 형식의 화답가를 주고받은 또 다른 사례로 『소수록』에 실려 있는 「청룡가인한창가」와 「답이라」를 들 수 있다. 『소수록』에는 다양한 형식의 글 14편이 실려 있는데 그중 이 두 작품은 제11번과 제13번에 해당하는 것이다.[31] 「청룡가인한창가」는 청룡가인이 청주의 선달에게 보내는 편지이고, 「답이라」는 이 편지를 받은 청주의 선달이 청룡가인에게 보낸 답장이다. 두 작품의 주인공들인 청룡가인과 선달은 각각 사당과 판소리 명창으로 추정되고 있다. 안성 청룡사를 근거지로 두고 충청도 일대를 떠돌며 공연을 벌이던 사당패의 일원인 사당은 청주 공연에서 양반 출신의 판소리 명창으로 추정되는 선달님을 만나 사랑에 빠졌다. 그러나 2~3일을 함께 보낸 두 사람은 사정상 헤어질 수밖에 없었고 이후 그리워만 하고 한 번도 만날 수 없었다. 「청룡가인한창가」와 「답이라」는 현실적 사정상 만날 수 없는 두 남녀가 이별의 아픔을 공유하며 애틋한 사랑의 감정을 편지 형식의 가사로 주고받은 것이다.[32]

앞서 살펴본 여승이나 사당보다 남성 작가와 화답가를 주고받을 가능성이 훨씬 높은 것은 기생이라 할 수 있다. 그러나 이런 기대와 달리 실제로는 양반 남성과 기생이 가사로 상사相思의 화답을 주고받은 사례는 확인되지 않는다. 다만 양반 남성과 기생이 간접적으로 소통하는 사례들은 나타나고 있다. 이런 대표적 사례로 김진형金鎭衡(1801~1865)의 「북천가北遷歌」와 군산월君山月의 「군산월애원가」를 들 수 있다. 함경도 명천으로 유배된 김

30 이에 대해서는 안대회, 「연작가사 『승가』의 자자와 작품성격」, 『한국시가연구』 26, 한국시가학회, 2009, 307~339면 참조.

31 두 작품의 중간에 끼어 있는 제12번 「단창이라」는 상사시조 3수를 수록한 것인데 내용으로 보아 제11번 작품의 주인공 청룡가인이 제13번 작품의 주인공 청주 선달을 그리워하는 노래로 이해되고 있다.

32 「청룡가인한창가」와 「답이라」에 대해서는 이상원, 「『소수록』 소재 「청룡가인한창가」 연구」, 『한국시가연구』 44, 한국시가학회, 2018, 53~92면 참조.

진형은 유배지에서 돌아온 후 유배가사 「북천가」를 지었는데, 여기에는 기생 군산월과의 사랑과 이별이 비중 있게 다루어지고 있다. 또한 군산월도 김진형과 헤어진 후 「군산월애원가」를 지은 것으로 보이는데,[33] 여기서는 김진형과의 사랑과 이별이 중심을 차지하고 있다. 이 두 작품은 비록 각자 자신의 처지에서 별개로 작품을 창작한 것이지만 동일한 사건을 두고 간접적으로 상호 대화를 나누고 있다는 점에서 의의가 있다고 하겠다.[34] 기생의 사랑을 가사로 지어 적극적으로 사회적 대화를 시도한 또 다른 사례로 『소수록』에 수록된 「찬해영명기명선이라」를 들 수 있다. 이 작품은 경북 안동이라는 규방가사 권역을 중심으로 유통된 「군산월애원가」와 달리 서울의 세책가貰冊家에서 유통된 흔적을 보인다[35]는 점에서 해주 기생 명선의 사랑을 두고 본격적인 사회적 대화를 시도한 것으로 해석할 수 있다.[36]

---

33 「군산월애원가」의 작가와 관련하여 군산월이 지은 것인지, 아니면 다른 사람이 지은 것인지 정확히 알 수 없다. 작가가 자신의 이름을 제목에 노출하는 경우가 거의 없다는 점에서 다른 사람이 지었을 가능성이 높아 보이지만 제목 없이 군산월이 지은 가사가 유통되는 과정에서 제목이 붙었을 가능성이 있다는 점에서 군산월이 지었을 가능성도 배제할 수 없다. 이에 대해서는 고순희, 「「군산월애원가」의 작품세계와 19세기 여성현실」, 『이화어문논집』 14, 이화어문학회, 1996, 87~116면 참조.

34 동일한 사건을 두고 서로 다른 시선을 나타내는 것에 대해서는 김윤희, 「이별에 대한 사대부와 기녀의 상대적 시선─19세기 가사 「북천가」와 「군산월애원가」데 대한 비교론적 고찰」, 『한국학연구』 42, 고려대학교 한국학연구소, 2012, 133~158면 참조.

35 책장을 넘기는 부분의 1~2행이 다른 행에 비해 1~3자 정도 덜 쓰여 있는데, 이는 일반적인 가사집에서는 나타나지 않는 현상이며, 세책본 소설에서 주로 나타나는 현상이다.

36 서울의 세책가를 중심으로 유통된 것으로 보이고, 「찬해영명기명선이라」 외에 기생과 관련된 다양한 형태의 글이 실려 있으며, 그중에는 「장안호걸이 회양한당하여 여수삼명기로 논창가지미라」처럼 논쟁적 성격의 글이 포함되어 있다는 점 등을 고려할 때 『소수록』은 단순 흥미의 차원을 넘어 논쟁적 대화를 시도한 책으로 판단된다. 『소수록』의 전반적 성격에 대해서는 김혜영, 「『소수록』 연구」, 조선대 박사학위논문, 2019. 참조.

5. 맺음말

지금까지 가사의 담당층 문제를 정리해 보았다. 조선 전기에는 가사의 담당층이 양반층으로 국한되어 있었으나 조선 후기부터는 가사의 담당층이 대폭 확대되는 것을 볼 수 있다. 경향분기가 가속화함에 따라 양반층이 경화사족과 향촌사족으로 분화되어 제각각 자신들의 처지에 부합하는 가사를 지었다. 또한 기존의 신분제가 해체되는 흐름을 타고 새롭게 형성된, 중인과 상인 중심의 중간계층과 사회 변동에도 불구하고 큰 변화 없이 답답한 삶을 살아가야 했던 평민층들도 자신들의 이상과 소망이 실현되기를 바라는 마음이나 그것이 좌절되는 데서 오는 아픔을 가사에 담아 표현하고자 했다. 그런가 하면 조선 전기까지만 하더라도 한두 작품의 창작만 확인되어 그 존재가 극히 미미하던 여성층이 조선 후기에 이르면 규방가사를 대거 창작함으로써 사실상 가사문학사를 주도하는 양상을 띠게 된다.

그런데 가사가 후대로 발전하는 과정에서 나타나는 흐름을 주시해 보면 이런 담당층의 확대 현상보다 더욱 주목해야 할 것이 담당층 상호 간의 대화성이라는 것을 알 수 있다. 조선 후기 가사에서는 단순히 담당층의 확대만 나타나는 것이 아니라 이질적인 계층이나 성별 간에 적극적인 소통이 이루어지고 있다. 경화사족과 향촌사족은 사족의 사회적 책무를 두고 상호 소통하고 있고, 양반층과 중간계층은 자신들이 추구하는 꿈과 욕망을 두고 서로 경쟁하고 있다. 지식인과 민중은 현실의 고통에서 벗어나 좀 더 나은 삶을 영위할 수 있는 세상을 만들기 위해 가사를 지어 함께 불렀고, 가부장제 사회가 여전히 유지되는 가운데서도 놀이나 애정 문제와 관련해서는 남성과 여성이 자유롭게 가사를 주고받으며 의사를 교환했다.

신분이 다르고 성별이 다르고 나이가 다름에도 불구하고 그것을 초월하여 가사를 함께 짓고 같이 부르며 상호 소통할 수 있었던 것은 무엇보다도 가사라는 장르가 그만큼 까다로운 제약을 거의 가하지 않은 상태에서 손쉽게 창작할 수 있도록 설계된 열린 장르였기 때문이다. 4음보격만 지킨 상태에서 하고 싶은 말을 다할 때까지 늘어놓기만 하면 되는 것이 가사였기 때문에 누구나 쉽게 가사를 지을 수 있었던 것이다. 이뿐만 아니라 이런 가사의 장르적 성격이 계속 유지될 수 있도록 견인한 조선 후기 사람들의 노력 또한 간과할 수 없다. 흔히 장르가 발전하고 인기를 끌게 되면 지나치게 대중화하는 것을 견제하기 위해 까다로운 형식적 제약을 추가하는 형태로 전환되기도 하는데, 가사는 이런 전환의 과정을 거치지 않고 애초의 장르적 성격이 그대로 유지되었다. 오히려 가창 중심에서 가창과 음영과 율독이 모두 가능한 형태로 확대됨으로써 언제 어디서나 누구든 자유롭게 그때의 조건과 상황에 맞게 즐기는 것이 가능해졌다. 이는 여성들을 중심으로 한 조선 후기 가사 담당층들이 열심히 노력한 결과로 보인다.

이상의 사실을 고려할 때 조선 후기 이후에는 가사의 담당층을 특별히 논할 필요가 있을까 하는 의문이 들기도 한다. 조선 후기부터는 사실상 사회 전 계층에서 가사를 짓고 향유한 것으로 판단되기 때문이다. 이를 가장 단적으로 보여 주는 것이 종교가사의 존재라 할 수 있다. 자신들의 종교가 사회 전 계층으로 전파되기를 바라던 종교인들이 가사를 포교 수단으로 선택했다는 것을 통해 가사가 그만큼 모든 백성에게 쉽고 빨리 다가갈 수 있는 것으로 인식되었다는 것을 확인할 수 있다. 이런 사정은 근대 이후에도 마찬가지다. 국가의 운명이 풍전등화의 위기에 처했으므로 이를 타개하기 위해서는 전 국민을 계몽하는 것이 절대적으로 필요하다고 판단했던 근대계몽기의 지식인들이 전 국민을 계몽할 수단으로 가장 먼저 떠올린 것도 바로 계몽가사였다. 조선 후기와 근대계몽기를 거치며 가사가 사회 전 계층에게 널리 사랑받는 장르로 완전히 자리를 잡았다는 점을 고려한 상태에서 오늘날 많은 이들이 가사를 낯설게 생각하고 중등교육 현장에서 가사가 가장 어려운 것으로 인식되고 있다는 얘기를 들으면 가사만큼 인식론적 단절이 크게 작동하고 있는 것도 없는 게 아닌가 하는 느낌이 든다.

가사의 향유 방식과 향유 문화권

윤덕진

1. 본론을 위한 전제

1) 가사의 본질에 대한 재고

가사는 노래이다. 노래인 징표가 운율이며, "유운산문有韻散文"이니 "운문교술"이니 하는 정의도 구극에는 가사가 노래임을 부정하지는 않고 있다. 문제의 소재는 "무엇이 노래인가?"가 아니라 "왜 노래로 불러야만 하는가?"에 있다. 같은 주제를 나누고 있는 여러 산문 기록과 공존할 수 있는 자질이 무엇인가를 앎으로써 가사의 본질 규명이 이루어질 수 있다.

종교 경전의 말씀은 그 자체로 사람의 마음을 움직인다는 점에서 어느 문학작품보다도 감동적이지만 가사를 보태어 노래하는 까닭은 무엇인가? 팔만대장경으로 부족하여 불교가사가 노래되는 이유는 어디에 있는가? 『동경대전東經大全』과 『용담유사龍潭遺事』가 병존해야 하는 필요성을 어디에서 찾을 수 있는가? 사실 전달이나 전공 찬양만을 목표로 한다면 전란가사가 더 이상 필요치 않았을 터인데 왜 전란가사가 지어져야 했던 것일까? 사행 기록이 그렇게 풍성한 데에도 사행가사가 보태어져야 할 이유는 무엇일까? 당대의 주요한 사회 문제가 담론화될 때마다 가사 창작이 뒤따르는 것은 어떤 연유에서일까? 누정 유상遊賞에 한시 사부로 충족되지 못하는 부분이 남아서 가사가 지어지는 것일까?

위의 물음들이 요청하는 답변에 이르는 길은 한 가지 방향을 공유하고 있는데, "가사가 노래 불리는 필연성이란 어떤 것일까?" 곧, 가사 양식 성립의 계기를 찾는 쪽이다. 그쪽을 좇는 길에서의 이론적 추상화는 우리 학계에서 충분히 시도된 바 있다. 지금 요청되는 바는 그 길을 몸소 따라가면서 가사가 노래 불리는 순간을 포착하여 그 순간에 작용하는 실제의 계기가 과연 무엇인가를 보임으로써 이론적 추상화의 허실을 짚어내는 일이다. 이 실제 계기는 작품마다 다르기 마련이기 때문에 일일이 지적하는 일보다는 대표적인 작가의 대표작을 예거하여 거기서 도출된 내용을 전체에 적용하는 순서를 밟아야 할 것이다.

2) 가사 향유의 실제

가사집이란 가사를 모아 놓은 책이나 또는 가사 향유와는 다른 의도로 묶인 책의 가사만이 모여 있는 부분을 가리킨다. 가사집이 처음 나타나는 것은 17세기의 『동국악보東國樂譜』(홍만종 편찬 추정)나 『송강가사』 성주본(1698), 『사제곡첩莎堤曲帖』(1690년, 이덕형李德馨의 증손 이윤문李允文 편찬) 등으로 볼 수 있다. 이 단계에서는 "후대에 민몰될까 걱정(恐其泯沒於後)"하거나 "원본의 일탈이 많은 것(舛誤之多)"을 바로잡는[校正] 데 편찬의 주목적이 있다. 곧, 기록문학의 속성을 중시하는 전승 방식과 관련된 것이 이 단계의 가사집들이다.

가사집이 집중적으로 나타나는 것은 19세기 이후라 할 수 있는데, 이 단계에서는 기록 보존보다는 향유의 정황을 확인하는 쪽으로 편찬 방향이 기울어 있음을 감지할 수 있다. 어구의 변개가 심하고 문리를 벗어난 시상의 일탈적 전개를 허락하고 있는 것은 이 단계의 가사 향유가 전대의 것과 많이 달라져 있음을 잘 가리키고 있다.

가사집에 대한 관심은 『송강가사』로부터 비롯되었다고 할 수 있다. 송강가사의 훤전도에 따른 가사집의 분포는 조선 전역에 닿아있었고, 17세기 이후 노론 당론 표방의 도구로 채택된 뒤의 노론 당인들에 의한 정본 확정 작업 자체가 이본 대조를 통한 원본 추적의 경로를 밟았기 때문에 『송강가사』 연구는 애당초 가사집에 대한 관심을 수반하는 것이었다. 근대 이후의 가사 연구자들이 『송강가사』에 먼저 눈을 돌리게 된 사정이 그러한 분포도의 유통과 실증적인 이본 대조 작업이 개재한 데에 연유하였다. 『송강가사』는 후손들이 관련된 (부임지나 또는 귀향지 등등) 지역에 따른 여러 가지 이본을 지니게 되었다. 노론 당인들이 당론 정비 과정 중에 성지화된 담양 방문을 통하여 담양 거주 후손들과 모색한 『송강가사』 정본 추적은 여러 지역의 이본들을 통일화하는 방향을 택하였다. 유일한 원본으로서의 정본 확립은 문집에 추록할 만한 실증성을 필요로 하였기 때문에 이 이본 통일화 작업은 엄정한 기준을 전제로 하였다. 이 실증적 엄밀성은 근대 연구자들에게 그대로 전승되어 이본 대조가 오로지 정본의 추적을 목표로 하는 작업이 반복되었다. 전승 사실이 확인되지 않는 어떤 지역본을 존재하지 않은 허본으로 추정한 것도 실증적 엄밀성의 과도한 적용 탓이었다. 경쟁적으로 이본 형성 경로를 확정 지으려는 시도들이 일정한 합의에 도달하고서도 도표화된 고정 체계를 제시하는 데에 그치고 만 것도 그 폐단의 여파였다. 이후의 『송강가사』 연구자들이 아예 한 정본을 전제로 한 연구를 진행한 것은 더 이상 이본 연구의 가능성이 없음을 인정한 까닭인데, 이와 같이 17세기 이후 실증주의 연구의 폐단이 현대에까지 이어진 경우는 비단 『송강가사』 연구뿐만 아니라 가사 연구의 여러 부면에서 확인된다. 시조처럼 시행 낱낱이 이본 성립의 구체적인 경로를 마련하여 무한한 변개의 가능성을 열어 놓을 수 있는 것이 아니라, 정본이 선재하는 가운데에 여타 이본은 오로지 와착 내지 일탈의 결함을 지닌 안본贋本으로만 다루는 가사 이본 연구는 변개의 가능성을 닫아놓고 정착 기록본 위주의 실증주의에 쏠리게 되었다.

이러한 고착적 편향을 벗어나는 길은 당연히 가사 작품의 유동적 변개에 작용하는 원리를 찾아내는 데에서 출발해야 하였다. 유동적 변개의 원인은 기록이 아니라 구전 전승되는 특질에서 비롯되는 것이기에, 새로운 방향의 가사 이본 연구는 가사의 구전적 전승에 유의하는 데에서 시작될 수밖에 없었다. 구전 서사시 이론인 이른바 구전공식구 이론이 판소리, 민요 등등에 적용되면서 가사 연구에서도 그 적용의 필요성이 다가왔지만, 기실은 가사의 세부 단위 파악에 주력했던 연구에서부터 이 필요성은 대두되었던 것이었다.

3) 가사의 구전적 성향

가사歌詞 곧 노래말이라는 본뜻으로 사용된 지는 신라시대 이전부터이지만, 문학의 한 종류로서 자리 잡은 때로부터 따진다면, 고려 말의 불교가사를 가장 앞선 것으로 볼 수 있다. 나옹화상懶翁和尙 혜근慧勤(1320~1376)이 지었다는 「서왕가西往歌」가 조선 숙종 때부터 판각된 『보권염불문普勸念佛文』에 실려 있다. 이 작품의 자료상 실증성이 부족하지만, 같은 시기에 지어졌다는 신득청申得淸(1332~1392)의 「역대전리가歷代轉理歌」(이두 표기로 남아 있음)에 기대어 실재를 확인하게 된다. 또한, 작품 내용상의 염불선念佛禪 강조가 『나옹집懶翁集』의 내용과 합치하기도 한다.

가사 형식의 근간이라고 할 수 있는 4마디 시행의 연원은 무가에서 찾아 볼 수 있다. 현전하는 장형 서사무가들은 모두 4마디 시행으로 이루어져 있다. 무가의 연원을 상고 이전으로 소급할 수 있고, 동북아 샤머니즘과 관련된 여러 나라의 노래들에서 4마디 시행을 찾을 수 있다고 한다면, 가사체의 기원을 보다 넓은 시각에서 추적할 수 있을 것이다. 한편, 민요의 형식을 장단beat을 기준으로 파악할 때에 4마디 시행이 추출될 수 있는 가능성에서 민요기원설을 내세워 볼 수도 있다. 곧, 장형 민요를 가사체의 원형으로 볼 수 있는데, 경북 지역의 여성가사를 조사할 때에, 가사와 장형민요가 혼재되어 있음을 보면서, 두 문학 종류 사이의 친연성을 확인하게 된다.

가사가 본격적인 문학 종류로서 자리 잡게 되는 것은 조선조 양반 사대부의 향유물이 되면서부터인데, 처음 보이는 작품으로 흔히 거론되는 정극인丁克仁(1401~1481)의 「상춘곡賞春曲」은 18세기 말 정조대에 편찬된 『불우헌집不憂軒集』에 처음 나타남으로써, 그 자료적 실상을 의심하게 된다. 「상춘곡賞春曲」 관련 기록이 아무 데도 보이지 않으며, 작품의 수사적 수준이 「송강가사松江歌辭」 이후의 것으로 판단되는 때문에, 현전하는 「상춘곡賞春曲」은 18세기 말에 전승되던 강호가사의 하나로 볼 수 있다.[1] 한편, 연산조 무오사화(1498)에 관련된 조위曺偉의 「만분가萬憤歌」는 유배가사의 효시로 평가되는데, 안정복安鼎福(1712~1791)의 『잡동산이雜同散異』에만 실려 있고, 다른 관련 기록을 가지지 못하는 사정이 「상춘곡賞春曲」과 유사하다.

4마디 시행의 연첩은 이미 선초 악장들에서 보이고, 성종대의 「매창월가梅窓月歌」에 이르면 매화, 창, 달의 세 제제에 해당하는 시연들이 결합한 장가長歌의 모습이 드러난다. 또한, 한시사부漢詩辭賦의 가창 관습이 한문학

1 강전섭, 「「상춘곡」의 작자를 둘러싼 문제」, 『동방학지』 23 · 24권, 연세대 국학연구원, 1980 참조.

향유 바탕 위에서 일찍이 이루어진 사실도 장가長歌의 형성에 관여한 것으로 보인다.[2] 가사는 노래를 본질로 하기 때문에, 노래 불리어진 방식에 대한 고찰이 필요하다. 조선조 가악의 연원이 되는 「정과정곡鄭瓜亭曲」의 악곡 구성 방식인 삼강팔엽三腔八葉이 가사 성행기의 「서호별곡西湖別曲」(16세기 후반)이나 「장진주사將進酒辭」(정철)에 적용됨을 보면, 연장체로서 일곡다사一曲多詞를 실행하는 연형 시조와는 다른 복합적인 악곡 구성 방식이 가사에 적용된 사실을 알게 된다.

2. 가사의 향유 방식과 향유 문화권

1) 16세기 형성기의 가사 향유

(광해군 6년) 탈고한 『지봉유설芝峯類說』에는 당대의 가사에 관한 언급이 들어 있다.

> 우리나라의 가사는 방언을 섞어 써서 중국의 악부와는 견줄 수가 없으니 가까운 때의 송순, 정철이 지은 것이 가장 좋으면서도 입에 오르내리는 데에 그쳤으니 아깝도다! 장가는 곧 「감군은感君恩」, 「한림별곡翰林別曲」, 「어부사漁父詞」가 가장 오래되었고 가까운 때의 「퇴계가退溪歌」, 「남명가南冥歌」, 송순宋純 「면앙정가俛仰亭歌」, 백광홍白光弘 「관서별곡關西別曲」, 정철鄭澈 「관동별곡關東別曲」, 「사미인곡思美人曲」, 「속미인곡續美人曲」, 「장진주사將進酒詞」가 세간에 널리 퍼졌다. 그 밖에 「수월정가水月亭歌」, 「역대가歷代歌」, 「관산별곡關山別曲」, 「고별

2 윤덕진, 『조선조 장가, 가사의 연원과 맥락』, 보고사, 2009. 참조.

리곡古別離曲」, 「남정가南征歌」 같은 따위가 매우 많다. 나도 또한 「조천전후이곡朝天前後二曲」이 있으니 장난일 따름이다.[3]

지봉芝峯 이수광李睟光[1563(명종 18)~1629(인조 7)]은 스스로 가사를 짓기도 했다고 하니 명실상부한 가사의 향유자이다. 그런데, 여기서 지봉이 자신의 작품을 포함한 여타 가사들에 붙인 명목은 "장가長歌"이다. 장가長歌는 물론 단가短歌에 대한 대위 개념이다. 지봉의 국문시가관에는 장단이라는 분류의 기준으로 양별되는 가사歌詞라는 상위 단위가 있음을 알게 된다. 지봉의 국문 시가관 내에서 가사라는 명목은 장단형의 시가를 포괄하는 것인데, 장형의 시가에는 악장 · 경기체가를 비롯하여 「면앙정가」, 「관서별곡」 등등의 오늘날 가사라고 통칭하는 부류가 들어 있다. 악장이나 경기체가는 뚜렷한 연행의 관습을 지니고 있는 개별 장르이다. 마찬가지로 「면앙정가」 등등의 부류도 일정한 시기(주로 16세기)에 등장하여 양반 문인들에 의해 향유되면서 뚜렷한 연행의 관습을 지니게 되었다. 악장 · 경기체가 · 「면앙정가」 부류 등을 포괄하는 명목으로서의 장가가 이미 복합적인 성격이 되었는데 그것마저 단가와 아울러 포괄하는 "가사歌詞"라는 명목에는 훨씬 더 다양한 세부들이 서로 다른 실질로 어울려 있게 된다. 이 다채로운 이질적 세부들을 통합하는 공통점은 "노래말" 곧, "가사歌詞"라는 기능이다. 이 기능은 『지봉유설芝峯類說』의 「문장부文章部」를 구성하는 여러 요소들[4] 가운데

---

3 我國歌詞雜以方言 故不能與中朝樂府比並 如近世宋純鄭澈所作最善 而不過膾炙口頭而止 惜哉 長歌則「感君恩」「翰林別曲」「漁父詞」最久 而近世「退溪歌」「南冥歌」宋純「俛仰亭歌」白光弘「關西別曲」鄭澈「關東別曲」「思美人曲」「續美人曲」「將進酒詞」盛行於世 他如「水月亭歌」「歷代歌」「關山別曲」「古別離曲」「南征歌」之類 甚多 余亦有「朝天前後二曲」亦戲耳 (李睟光, 『芝峯類說』 권14 문장부 7, 歌詞 條.)

4 『지봉유설』 「문장부」 1, 文體 條에 제시한 문장의 종류는 다음과 같다.
文(산문): 箴 · 銘 · 訟 · 贊 · 詔 · 誥 · 制 · 勅 · 册文 · 赦文 · 表 · 箋 · 啓 · 狀 · 書 · 疏 · 箚 · 封事 ·

가사歌詞라는 편목이 존립하게 하는 근거이다.

심수경沈守慶[1516(중종 11)~1599(선조 32)]이 75세(선조 23, 1590)에 벼슬을 내놓은 다음에 지은 것으로 여겨지는 『견한잡록遣閑雜錄』에는 가사 향유에 관한 중요한 구절이 들어 있다.

> 가까운 때에 우리말로 장가를 지은 이가 많았지만 오직 송순宋純 「면앙정가俛仰亭歌」, 진복창陳復昌 「만고가萬古歌」 만이 자못 사람의 마음을 끌었다. 「면앙정가」는 산천과 전야의 깊고 멀고 넓고 탁 트인 모양과 정자 누대와 산길 들길의 높고 낮고 에돌고 구부러진 모습을 늘어놓아 말하여 사철의 아침저녁 경치가 빠짐없이 기록되며 문자를 섞어 써서 그 완곡함을 다하였으니 참으로 볼만하고 들을 만하다. 송공은 평생에 노래를 잘 지었는데 이것이 그중의 가장 잘된 것이다. 「만고가」는 먼저 역대 제왕의 어질고 그렇지 못함, 그 다음에 신하들의 어질고 그렇지 못함을 말했으니 대개 양절陽節 반씨潘氏의 논을 따라 쓴 것인데 우리 말로써 곡에 맞추어 짜 넣어서 또한 들을 만하다.[5]

『견한잡록』이 기술되는 16세기 말에는 이미 「면앙정가」가 지어졌고 「관서별곡」(명종 11, 1556), 「남정가」(명종 10, 1555)뿐만 아니라 「관동별곡」(선조 12,

---

議奏 · 咨 · 揭帖 · 檄 · 露布 · 序 · 記 · 志 · 傳 · 跋 · 引 · 策 · 論 · 義 · 祭文 · 祝詞 · 哀辭 · 誄 · 青詞 · 致語 · 上樑文 · 賦 · 辭

詩(운문): 三言 · 四言 · 五言 · 六言 · 七言 · 聯句 · 絶句 · 律詩 · 排律 · 古詩 · 長短句 · 歌詞 · 樂府

5 近世作俚語長歌者多矣 唯宋純「俛仰亭歌」陳復昌「萬古歌」差强人意「俛仰亭歌」則鋪叙山川田野幽逈曠濶之狀 亭臺蹊徑高低回曲之形 四時朝暮之景 無不備錄 雜以文字極其宛轉 眞可觀而可聽也 宋公平生善作歌 此乃其中之最也「萬古歌」則先叙歷代帝王之賢否 次叙臣下之賢否 大槩祖述陽節潘氏之論 而以俚語塡詞度曲 亦可聽也

1579), 허강許橿[1520(중종 25)~1592(임란시 병몰)]의 「서호별곡」, 홍섬洪暹[1504(연산군 10)~1558(명종 13)]의 「원분가寃憤歌」 등이 지어졌고 『지봉유설』에서 언급된 「퇴계가」, 「남명가」까지 합친다면 가히 "많다[多矣]"라고 할 만하다. 이들 작품들은 작품 세계로 볼 때 양반층의 생활 실상과 긴밀히 관련되어 있으며 그 향유층도 아직 일부 양반층에 한정되어 있었으리라고 짐작된다. 그러면, 양반들이 어떠한 정황에서 어떠한 방식으로 이들 작품들을 향유하였는가를 알아보기로 한다.

위의 『견한잡록』 인용 가운데 면앙정 송순이 평생 노래를 잘 지었다[平生善作歌]는 대목과 진복창이 「만고가」를 우리말[俚語]로써 곡에 맞추어 짜 넣었다[塡詞度曲]는 대목에 주의해 보자. 면앙정의 작가作歌에 대하여는 문집의 국문시가 관련 기록[6]을 통해 확인할 수도 있지만 『지봉유설』의 다음과 같은 대목에서 보다 적실하게 그 면모를 보인다고 할 수 있다.

> 명종 때에 대궐 뜰의 황국을 꺾어 홍문관에 보내고 가사를 지어 올리라 명했다. 홍문관 관원이 갑자기 지어 올리지 못했는데 마침 송순이 대신회의차 숙직을 하고 있다가 대신 지어 올렸다. 임금이 보시고 기뻐하며 놀라서 이 지은이가 누구냐고 물으셨다. 홍문관 관리가 감히 감추지 못하고 사실대로 고하였더니 크게 상을 내렸다. 그 가사는 지금도 악부에 전한다.[7]

---

6 『면앙집』 권3, 25~26장에서 면앙정이 스스로 국문시가에 대하여 언급한 다음과 같은 기사를 들 수 있다.
"……有時詩思 發於感興詠物 無非俚語俗句 正類俳優 如出戶庭 使有目者見之 應未免折腰 故中年所作散逸者 不復收拾 只錄見存若干 藏諸巾篋 以貽子孫云 嘉正 甲寅 七月(명종 9, 1554) 初吉 企村居士 書于一善衙舍."

7 明廟朝 折御苑黃菊賜玉堂官 命撰進歌詞 玉堂官倉卒不能就 時宋純以宰樞直摠府乃借製以進 上覽之驚喜問誰作此者 玉堂官不敢隱以實對 乃大加賞 其詞至今傳于樂府(『지봉유설』 권14 문장부 7, 「가사」조.)

여기서 말하는 "가사歌詞"는 오늘날 시조 가집에 전하여지는 「자상특사황국옥당가自上特賜黃菊玉堂歌」의 면모로 볼진대 단가 계열에 드는 작품이다. 위의 기사는 면앙정이 젊은 시절서부터 왕명에 응하여 즉흥적 창의를 보일 만큼 단형 시가 작시에 능숙했음을 보이고 있거니와, 이런 재능을 바탕으로 하여 장가인 「면앙정가」가 이루어졌으리라고 본다. 시조와 가사는 각기 단형과 장형의 시가형을 대표하는 16세기 국문 시가의 중심 장르로서, 가창된다는 조건을 공유하여 함께 "가사歌詞"에 포괄되었다.

「만고가」 관련 부분의 "塡詞度曲"의 전사塡詞는 선재하는 악곡에 맞추어 시어를 배열하는 방식이다. 그렇다면 「만고가」는 노랫말에 선행하는 어떤 악곡이 미리 있었고 거기 맞추어 시어를 배열하였다는 것인데, 이 악곡의 성격을 정확히 알 수 없지만 당대의 가사 일반에 적용할 수 있는 성격의 악곡인 것만은 짐작할 수 있다. 특히 "우리말[俚語]로써 곡에 맞추어 짜 넣었다[塡詞度曲]"는 구절에서는 한시문의 형태에 토를 달거나 또는 번사飜辭의 방식으로 시어를 바꾸어 악곡적 조건을 충족했다는 기미를 느낄 수 있다. 이런 식의, 작품 종류의 변이에 따른 언어 형태의 변이는 마침 동시대의 「서호별곡西湖別曲」 관련 기록을 통해서 확인할 수 있다. 「서호별곡」의 작자 허강許橿의 손자인 미수眉叟 허목許穆이 찬한 「서호사발西湖詞跋」에 의하면 처음에 「서호사」가 지어졌다가 봉래 양사언에 의하여 삼강팔엽三腔八葉의 악조에 어울리게끔 개찬된 것이 「서호별곡」이다.[8] 「서호사」에서 「서호별곡」으로 작품의 종류가 바뀌는 과정에서 노랫말에 어떠한 변동이 일어났는가를 실제로 살펴보기로 하자.

---

8 又有「西湖詞」六闋 蓬萊楊使君載之樂府 爲三腔八葉 總三十三節 謂之「西湖別曲」 後公多刪改增益 與樂府所載不同 盖其詞寓意千古 間有悲惋獨歎 蓬萊擊節歎之 比之李白長歌云 楊氏所傳舊本 家傳本 爲二本 並有之 (許穆, 「西湖詞跋」)

서호사西湖詞

01 聖代예 逸民이 되여　湖海예 누어시니
02 時序ᄅᆞᆯ 니젓ᄃᆞᆺ다　三月이 저므도다
03 角巾 春服으로　六七人 ᄃᆞ리고
04 檜楫松舟로　蒼梧灘 건너
05 杜若汀洲예　蕭散히 徜徉ᄒᆞ노라
06 秩秩華岳과　幽幽終南은
07 龍蟠虎距ᄒᆞ야　如竹苟矣며
如松茂矣로다
08 瞻彼江漢ᄒᆞ야　聖化ᄅᆞᆯ 알리로다
09 漢之廣矣　不可泳思ㅣ며
10 江之永矣　不可方思ㅣ로다
11 蔚然冠岳과　深邃清溪ᄂᆞᆫ
12 瑯琊臥龍　鹿門鳳雛ㅣ라
13 洞門碧窓의　研朱點易을
뉘 수이 아라보리
14 묻노라　洞赤이 百年丹井 紅顔綠髮이
엇디ᄒᆞ여 이러ᄒᆞ뇨
15 臨氾一縣이　寥氏 舊業이로다
16 一點蒼島ᄂᆞᆫ　눌 위ᄒᆞ야 ᄠᅥ왓노니
17 春日載陽ᄒᆞ야　有鳴鶬鶊이여든
18 女執懿筐ᄒᆞ야　爰求柔桑이로다

서호별곡西湖別曲

01	聖代예 逸民이 되여	湖海예 누어 이셔	(前腔)
02	時序ᄅᆞᆯ 니젓쌋다	三月이 져므도다	(中腔)
03	角巾 春服으로	세네 번 ᄃᆞ리고	(後腔)
04	檜楫松舟로	蒼梧灘 건너	(大葉)
05	軟沙閑汀의	안ᄌᆞ며 닐며	
	오며 가며 ᄒᆞ여 이셔		
06	一點蓬島ᄂᆞᆫ	눌 위ᄒᆞ여 ᄠᅥ오뇨	(附葉)
07	春日이 載陽ᄒᆞ야	有鳴倉庚이어ᄃᆞᆫ	(大葉)
08	女執懿筐ᄒᆞ야	爰求柔桑이로다	
09	瞻彼江漢ᄒᆞ야	聖化乙 알리로다	(二葉)
10	漢之廣矣여	不可泳思며	(三葉)
11	江之永矣여	不可方思로다	
12	묻노라 洞赤이	丹砂 千斛乙	(附葉)
	뉘라셔 머믈우랴		

* 행 번호는 대조를 위해 편의상 붙임.

「서호사」와 「서호별곡」의 같은 도입부이다.[9] 우선 전체 행수가 차이가 나는데, 「서호사」의 5 · 6 · 7행과 11 · 12 · 13행이 탈락하고 14행이 「서호별곡」의 12행으로 정리되며 「서호사」 15행은 「서호별곡」에서는 다음 단락인 13행으로 넘어갔다. 행의 순차도 많이 바뀌었는데, 「서호사」의 16 · 17 · 18

9 악조상으로 볼 때도 前腔 中腔 後腔 大葉 附葉 大葉 二葉 三葉 附葉과 같은 순차의 한 악단이 되어 나머지 前腔으로 시작되는 두 악단과 대비되는 도입부가 된다.

행이 한꺼번에 「서호별곡」의 6 · 7 · 8행으로 이동하면서 시상의 결락을 보완하기 위해 「서호별곡」의 5행을 새로 덧붙였다.

악곡의 조건을 충족시키기 위해서 「서호사」에 가한 변화는 행의 덧붙임, 행의(또는 연의) 탈락, 연의 이동 세 가지였다. 연의 형성 기반이 행이라고 한다면 결국 행이 덧붙고, 탈락하고, 이동하는 현상을 통해 악곡에 맞는 새로운 가사가 형성되었음을 알 수 있다.

가사에 있어서 행이 덧붙는 현상은 크게 두 가지로 나누어 볼 수 있는데, 같은 유형에 속하는 다른 작품들이나 같은 작품의 이본에 있는 같은 주제 부분의 어구를 빌려오는 경우가 가사의 향유나 전승과 관련된 부연의 예라 하겠으며, 다른 작품에는 없는 어구를 덧붙이는 경우는 작품 구조의 변화에 따른 부연이라고 할 수 있다. 「서호별곡」의 경우는 후자 쪽으로 볼 수 있는데 이 경우 작품 구조의 변화를 가져온 요인이 악곡의 개입이라고 할 수 있다.

「서호사」에 있던 행이 「서호별곡」에 와서 탈락한 경우는 대체적으로 양적 과람에 의한 것으로 볼 수 있다. 「서호사」 5 · 6 · 7행과 11 · 12 · 13행은 행 내부에 과음보의 양태를 보일 뿐 아니라 행 자체가 구 단위로 하강할 수 있는 소지를 지니고 있어[10] 악곡의 일정한 단위에 대응하기에는 부적절한 면모를 보인다.

「서호사」가 「서호별곡」으로 개편된 방향은 일단, 악곡의 개입으로 말미암는, 같은 단위 내에서의 양적 과람을 더는 쪽(행의 탈락; 과음보의 배제 등)으

10 이 같은 구의 신축성은 가사의 형식 단위가 隻辭—片句—正句로 상승할 때 대체로 배수적 확산을 한다는 데에 기인할 것이다.(홍재휴, 『한국고시율격연구』, 태학사, 1983, 29면 참조) 단위 간의 이동은 율격의 최하 단위라 할 수 있는 한 음의 발성 지속 기간을 어떤 속도로 택하느냐에 따라 이루어진다. 뒤에 논의되지만 음악적으로는 "刻"이라는 방식이 이런 단위 이동에 관여하는 주요한 기법이다.

로 잡아 볼 수 있다. 이때, 양적 과람을 허용하는 「서호사」 쪽은 규격 있는 악곡이 개입하기 이전의 단순한 연행 방식에 의존한다고 볼 수 있다. 이 연행 방식이 어떠한 것인지에 대해서는 단언하기 어렵지만, 「서호사발」에서 "육결六闋"이라는 음악 용어를 사용한 것으로 보아, 규격 있는 악조는 아니더라도 당대에 노래로 인식하였던 어떤 형태였으리라 여겨진다.

여기서 「서호사」와 「서호별곡」으로 대별되는 두 가지 연행 방식을 전제하고 이들의 성격이 어떻게 구별되는가를 점검해 보기로 한다. 「서호별곡」은 "삼강팔엽三腔八葉"이라는 악조 편차에 의거했다 했으니 진작眞勺 형식과 관련 있는 것으로 파악된다. 진작 형식은 고려 때부터 궁중 음악으로 사용하던 규격 있는 악조이다. 적어도 향악 계열에서는 최고의 품격을 인정받았기 때문에 「용비어천가」 같은 악장도 이 형식에 의거해 연행될 수 있었다. 진작 형식은 음악관의 변천[11]에 따라 궁중을 넘어서 사대부들에게 활발하게 수용되었다. 특히 여러 가지 악조를 조합하여 전편을 구성하는 방식은 비련체 장형시가인 가사의 연행에 적절히 활용될 수 있었다.

한편, 「서호사」는 악곡의 제한을 받는 「서호별곡」 쪽보다는 신축성 있는 구성 단위에 의존한다고 볼 수 있다. 앞서 양 작품의 서두부를 대조한 것처럼 「서호사」의 행 단위는 그 아래 단위인 구로 내려가서 훨씬 더 무거운 음보로 구성된 새로운 행 단위를 만들 수도 있는데, 이 경우 예상되는 완만한 율조는 「서호별곡」 쪽의 악곡 단위를 충족하는 율조와 대조적이게 된다.

---

11 치도론적 예악론에서 위기론적 예악론으로 이행한다고 보는 입장(성기옥, 「악학궤범과 성종 대 속악 논의의 행방」, 『시가사와 예술사의 관련 양상』, 보고사, 2000)은 이 시기의 음악관의 변천을 전체적인 각도에서 조망한 것이거니와, 구체적으로 어떤 세부적 변화가 실현되었는가 하는 문제는 개별 음악 양식을 검토함으로써 해결될 수 있을 것이다. 이런 점에서 진작 형식에서 대엽조가 파생되어 새로운 단가 연행 방식을 성립시켰다던가, 진작 형식을 확대 변형하여 가사라는 새로운 양식을 수립했다고 보는 견해는 일정하게 기여하는 바가 있으리라고 본다.

16세기에 이루어진 가사에는 「서호별곡」과는 대조적인 외형의 정연한 4음 4보격을 준수하는 부류가 있다.

崑崙一脈 쑥 썰러저　　小中華로 드러올 졔
唐堯曾祝 華山으로　　夫子昔登 泰山되야
七百洞庭 나려 오며　　十二巫山 얼픗 짓고
秦始皇帝 萬里城을　　天開地裂 헥터리며
乘彼白雲 구름 속의　　海東朝鮮 도라 보니
天府金城 터이로다　　萬世基業 지여보식

— 이서李緖, 「낙지가」(1520년경) 서두부

위에서 보는 바와 같이 4자의 한자 성어에 대응하는 4자로 조합된 우리말 용언, 또는 부사어구가 짝을 이루어 한 구를 형성하고 있다. 이러한 양태는 이미 나옹화상(1320~1376)의 「승원가」와 같은 불교가사에서 확인 되었던 바이고 또 신득청(1332~1392)의 「역대전리가」에서도 한시문 어구에 현토한 수준의 정연한 율격을 확인할 수 있다. 「승원가」는 불교의 진리를, 「역대전리가」는 역사의 교훈을 전달하고 있다. 마찬가지로 「낙지가」도 본사부에서 유자儒者의 삶의 규범을 유교 경전에 의거하여 강조하였다. 이러한 교훈적 의도에 반복적 성향이 강화된 단순 율격이 유효함은 가사 발전사의 실제 국면—예를 들면 개화계몽기의 가사들—에서 확인되는 바이다.

그런데, 대부분의 현전 여성가사가 이러한 단순 율격을 유지하면서 그 연행 방식을 음영에 의존한다는 사실은 「낙지가」 부류의 연행 방식을 추정할 수 있게 해 준다. 음영은 한시의 예에서 손쉽게 확인할 수 있는 것처럼 시어 자체가 율격적 장치를 구유하고 있을 때 가능한 연행 방식이다. 한시가 성조聲調로써 시어의 배열을 규제하고 대구對句로써 시상의 전개를 조절하는 것처럼 음영가사에서는 4음으로써 시어의 배열을 규제하고 앞뒤 구의 호응으로써 시상의 전개를 조절한다.

16세기에 시가를 연행하는 방식은 기존의 연구에 의하면 다음의 세 가지로 정리된다. 첫째, 『금합자보』(1572)나 『양금신보』(1610)에 실린 「만대엽」이나 「북전」처럼 악기의 연주를 위주로 하면서 노래는 병창의 방식으로 부대적인 경우, 둘째, 가사와 마찬가지로 이 시기에 뚜렷하게 장르적 관습의 확립을 보이는 시조시를 얹어 부르던, 첫째 방식보다 손쉽고 간단한 가창 방식, 셋째, 둘째 방식과의 관련하에 발전한 연시조를 얹어 부르는 방식의 세 가지이다.[12] 「서호별곡」이 삼강팔엽三腔八葉의 악조 표시를 통해 첫째 방식과의 친연성을 보여 준다면 「서호사」는 육결六闋이라는 악곡 단위가 「이별 육가李鼈六歌」나 「도산 육곡陶山六曲」의 여섯 단위에 대응한다는 점에서 둘째, 셋째 곧 시조시 연행의 방식에 의존한다고 볼 수 있다.

여기서 일단 16세기의 가사 향유 방식을 ㉮ 단순 율격에 의존하는 음영 ㉯ 당대의 연시조와 유사한 방식의, 반복되는 동일한 곡단의 나열에 의한 가창 ㉰ 진작 양식의 확대형이라 할만한 복합적인 악조 구성에 의한 비련체의 가창의 세 가지로 정리해 놓고 이것이 그다음 단계에서는 어떤 변환을 보이는가를 모색해 보자.

2) 17세기 흥성기의 가사 향유

17세기 후반(1678년경)에 사성寫成된 것으로 추정되는[13] 현묵자玄默子 홍만

12 이상은 양태순, 『고려가요의 음악적 연구』, 이회문화사, 1997, 350~363면과 성호경, 『한국시가의 유형과 양식 연구』, 영남대출판부, 1995, 296~302면을 참조함.

13 강전섭, 「동국악보에 대하여」, 『한국고전문학연구』, 대왕사, 1982, 263면 참조.

종洪萬宗의 『순오지旬五志』 가사 평어 부분에서는 다음과 같은 작품을 다루고 있다.

① 역대가歷代歌 ② 권선지로가勸善指路歌 ③ 원분가冤憤歌
④ 면앙정가俛仰亭歌 ⑤ 관서별곡關西別曲 ⑥ 관동별곡關東別曲
⑦ 사미인곡思美人曲 ⑧ 속사미인곡續思美人曲 ⑨ 장진주將進酒
⑩ 강촌별곡江村別曲 ⑪ 원부사怨婦辭 ⑫ 유민탄流民歎
⑬ 목동가牧童歌 ⑭ 맹상군가孟嘗君歌

홍만종은 음률에 능했을 뿐만 아니라 국문 시가에 대한 이해가 깊었다. 가사 평어 기술자로서의 자신을 "나[余]"라고 표시한 것은 국문 시가에 대한 자신의 직접적인 관심을 토로한 것이다. 지봉 이수광이 「조천곡」 전후사 2편을 지은 것과 마찬가지로 홍만종도 17세기 국문 시가의 연행 현장에 깊이 관여한 충실한 향유자이다.[14] 여기서 잠시 17세기 가사의 일반적인 사항을 개관하고 난 뒤 위의 열네 작품의 위상을 검토하기로 한다.

임란 직후에 「고공가」, 「고공답주인가」가 지어졌고, 박인로(1561~1642)의 「태평사」(1598), 「선상탄」(1605), 「사제곡」(1611), 「누항사」(1611) 등 대표작이 또한 지어졌으며, 최현崔晛(1563~1640)의 임란 소재 가사 「용사음」(1594~1597), 「명월음」(1594~1597)이 지어지기도 했다. 이현李俔(1540~1618)은 안주 백상루를 제재로 하여 「백상루별곡」(1595)을 지었으며 김득연(1555~1637)이 경북 안동에서 「지수정가」(1615)를 지었다. 조우인(1561~1625)은 송강을 의방하여 「관동속별곡」(1621~1623)을 지은 외에 「출새곡」(1616), 「자도사」(1623), 「매호별곡」

14 『旬五志』에는 작자가 鄭斗卿, 金得臣, 任有後 같은 선배들을 모시고 놀던 때를 회상하는 대목이 있다. 이 장면에서 즉흥적으로 단가를 지어 부른다든지 하는 것이 국문시가에 대한 조예를 시사한다.

(1624) 등을 남겼다. 그 뒤 신계영(1577~1669)의 「월선헌십륙경가」(1655), 이옥(1641~1698)의 「청회별곡」, 김기홍(1635~1701)의 「채미가」와 「농부사」(1680), 노명선(1647~1715)의 「천풍가」(1698경), 윤이후(1636~1699)의 「일민가」(1698) 같은 강호가사 계열의 작품이 계속 지어지고, 임유후(1601~1673)의 「목동문답가」(1662년경)와 같은 새로운 형식이 시험되며, 「남초가」(1666년경)처럼 새로운 문물에 대한 반응을 가사로 노래하며, 기행의 폭을 넓혀 「연행별곡」(1693)이나 「서정별곡」(1694) 등이 나타나며, 한편 불승 침굉에 의한 불교가사들이 지어지기도 했다.[15] 16세기에 비할 때, 작자층이 지방의 한미한 선비들에게까지 확산되며, 한편 여러 가지 유형이 새롭게 시험되는 것을 볼 수 있다. 이러한 배경 가운데 『순오지旬五志』의 열네 작품은 어떤 위상을 지니는가 살펴보자.

④, ⑤, ⑥, ⑦, ⑧, ⑨는 『지봉유설』에도 언급되어 있고 19세기의 대표적 가사집인 『잡가』에도 그대로 실려 있는 것으로 보아 가사 발전사의 기본 줄기를 이루는 중심 작품이었음을 알 수 있다. 이들의 연행과 관련된 대부분의 기록이 악곡을 기반으로 한 것임에도 불구하고 실제로 악보가 전하는 것은 「장진주사」뿐임은 무엇을 말하는 것일까?

악보는 없이 노랫말만 전하는 것이 우리 가집의 일반적인 모습인데 이는 악곡이 보편화된 단계에서 가집이 편성되었다는 데에도 기인하지만, 그보다도 노래를 연행하는 방식이 즉흥적이었다는 데에 더 큰 원인이 놓여 있을 것이다. 16, 17세기의 양반 사대부들이 거문고를 애호하여 그 악기를 늘 휴대하고 좋은 경치나 사람을 만나면 악기를 연주하면서 노래를 맞추어 불렀다는 것은 여러 군데의 기록에서 확인된다.[16] 이 경우에 그들이 부르

15 이상보, 『17세기 가사전집』, 교학연구사, 1987, 17면 및 유연석, 『한국가사문학사』, 국학자료원, 1994, 164면의 가사 작품 목록 참조.

는 노래는 손쉽게 즉흥적 변개를 허락할 수 있는 것이어야만 때때로 변하는 정서의 추이를 따라갈 수 있었을 것이다. 그런 즉흥적 변개를 허락하는 악곡 구조가 어떠한 것인가는 쉽게 추정할 수 없지만 기왕에 전창되고 있는 「장진주사」를 통해 어떤 단서를 찾아보아야 할 것이다.

『삼죽금보三竹琴譜』에 실려 있는 「장진주사」의 악보[17]를 보면 5지형 24행강으로 되어 있고 이 가운데 제3지(제3장)에 해당하는 곳에 15행강이 몰려 있어 많은 분량의 노래말을 수용하고 있다. 이렇게 악곡의 어떤 단위를 확대하여 많은 분량의 노랫말을 촘촘히 배열하는 기법을 "각刻"이라고 부르는데, 그러나 각이 허용되는 범위는 일정한 악곡 단위 내에서이며, 무한정한 사설의 연장을 허락할 수 있는 것은 아니다. 「장진주사」에 있어서도 1, 2지(4행강)와 4, 5지(5행강)가 이루는 양적 균형 사이에서 3배 정도 확대된 분량을 허여받는 데 그쳤다. 이 제한은 「장진주사」가 단가의 범주에서 완전히 일탈하지는 못한 중간 단계의 산물이라는 생각을 갖게 한다.

5지형의 연원은 가곡의 대엽조나 「북전」에서 찾을 수 있다. 이들은 대개 3행의 시조시를 5부분으로 나누어 부르는 악곡 구조를 하고 있으며 이 다

---

16 몇 가지 예를 들면:
"公平生樂山澤之遊 家在駱山下 每携琴登陟自彈自歌 精於音律無所不通"[李元翼(1547~1634), 『梧里先生文集』 附錄 卷之15張: 인용은 김동욱, 『한국 가요의 연구 · 속』, 선명문화사, 1975, 247면]
"仙石公 晩年 歸臥禮山梧里池松楸之鄕 以觴詠琴歌 自爲樂娛"[辛啓榮(1577~1669), 『仙石遺藁』의 跋文] 같은 관련 기록이나; 직접 가사에서 거문고를 즐기는 광경을 묘사한 다음과 같은 대목이 있다. "댱금(長琴)을 빗기 안아 슬샹(膝上)의 노하 두고 / 평우조(平羽調) 한 소릐를 보허ᄉᆞ(步虛詞)의 섯거 ᄐᆞ며 / 긴 가ᄉᆞ(歌詞) 쟈른 노릐 느즉이 불러낼 제 / 유연(悠然)이 흥(興)이 나니 세렴(世念)이 뎐(全)혀 업다"[南道振(1674~1735), 「樂隱別曲」]

17 『삼죽금보』의 편찬 연대가 19세기 초, 또는 고종 대로 추정되며, 현행 가곡에서 불리우는 「장진주사」가 동일한 악조로 구성되어 있음을 확인할 수 있기 때문에, 이 악보가 「장진주사」 성립 연대의 원형에서는 어느 정도 거리를 가졌으리라 생각된다. 그러므로 여기에서 「장진주사」의 악보를 참조하는 범위는 "刻"과 관련된 데에 제한하기로 한다.

섯 부분의 악절은 대체로 양적 균등을 유지한다. 「장진주사」는 이 양적 균등이 깨어지면서 어떤 다른 형태의 악곡을 지향하는 사이에 이루어진 산물로 볼 수 있다. 「장진주사」가 가곡의 권역에서 형성되어 나왔다는 사실을 감안하면 이 방향은 18세기 후반에 농弄, 악樂, 편編으로 정리되는 새로운 기법에 의한 악조 편성과 관련된 것으로 볼 수 있다. 농, 악, 편의 기법 역시 각刻으로 묶어서 처리할 수 있다고 한다면[18] 같은 악절 단위의 중첩에 의하여 확대해 나가는 방식인 이 각의 기법이 단가의 균형을 깨뜨리고 새로운 보다 긴 악곡으로 발전하여 나가는 방향의 주요한 변수임을 알 수 있다.[19]

가사의 전편 구성 방식에 이 각의 기법이 주요하게 작용했다는 견해[20]는 어떤 부분에서는 긍정적으로 받아들일 수 있지만 어떤 부분에서는 수용하기 어려운 면이 있다. 가사는 그 구조적 기반을 행에 두고 이 행이 둘 이상 중첩되는 여러 가지 방식으로 연을 형성하고 이 연들이 다시 행이 중첩되는 것과 유사한 다양한 방식으로 보다 큰 단위(단락)로 상승하면서 전편 구성으로 진전하는 확대 구조를 지니고 있다. 그런데 동일한 방식으로 통사적 완결을 이루고 있는 행이나 연들이 반복적으로 나열되는 순간,[21] 가사의

---

18 이혜구, 「용비어천가의 형식」, 『한국음악서설』(개정판), 서울대출판부, 1989. 참조.

19 그간 논의에서 빠졌지만, 「어부사시사」의 존재는 이 시기 단·장가를 포괄한 연행 방식에 중요한 시사를 던지고 있다. 「어부사시사」의 형태 자체가 단·장가의 요소를 구비하고 있을 뿐만 아니라 全編 말미에 있는 여음의 존재는 장가의 부분으로서 단가의 역할이 무엇인가 하는 문제를 다시 제기하고 있기 때문이다. 기왕에 「어부사시사」 전편을 가사로 보아야한다는 탁견이 제시되어 있지만(김대행, 『시가시학연구』 제2부 3장 「시조와 가사의 거리」) 한 걸음 나아가 40편 각각이 동일한 악조에 의지하리라는 추정 아래 그 내부의 다섯 분절(3행 시조시 + 2 후렴구)을 오지형으로 파악한다고 한다면, 앞에서 살핀 것처럼, 단가의 반복 확장이 장가로 진행한다는 가설을 확인할 수 있으며, 가사의 종결부에 종종 나타나는 삼행 시조 시형은 「어부사시사」 여음과 마찬가지로 전편 연행의 종결 기능을 수행하기 위한 것임을 아울러 확인할 수 있다.

20 조규익, 『가곡창사의 국문학적 본질』, 집문당, 1994, 211~212면.

이 확대 구조가 어떤 반복되는 악절 단위의 견인에 강하게 매어 있는 인상을 받게 되는데, 이 인상의 실체가 아마도 각이라는, 동일한 악곡 단위의 반복태이리라는 점은 크게 의심받지 않아도 좋을 듯하다. 그러나 가사의 단락[22] 형성 방식이 이런 단순한 반복적 나열에만 전편을 맡기는 것은 아니라는 점에서 각의 기법이 가사의 확대 구조를 전적으로 결정짓는다고 볼 수는 없다. 가사의 각 단락들은 겉보기에는 유사한 듯하면서도, 그 내부의 연의 결합 양태는 꼭 같은 경우가 거의 없다. 이런 점에서 가사의 전편 구성에 관여하는 악곡적 조건은 반드시 동일한 악조의 반복에 의지하지만은 않고, 여러 가지 다른 성격의 악조의 결합, 예컨대 「서호별곡」의 "불가해"[23]한 악조의 조합을 보다 더 적극적으로 활용했으리라고 생각한다.

⑩ 이하는 『지봉유설』에서 전혀 언급이 없는 작품들이다. 「강촌별곡」은 현전하는 이본들의 면면을 볼 때, 4음 4보격의 행이 빠르게 전환하는 경쾌한 율조를 기반으로 하고 있다. 이 경쾌한 율조는 비교적 짧은 전편의 길이에도 반영되어 있다. 이 빠른 행 전환의 경쾌한 율조에서 각의 흔적을 읽을 수 있음은 물론 17세기 이후의 가사 연행의 향방을 가늠할 수 있기도 하다. 그런 점에서 ⑪「원부사」는 시사하는 바가 많은 작품인데, 「원부사」 역시 현존 이본으로 볼 때에 4음 4보격에 근접한 단순한 율격에 의존하고 있으면서 짧은 전체 길이에 의한 경쾌한 율조를 지니고 있다. 「원부사」의 원작자(허균의 첩 무옥巫玉이라는 기녀)와 관련된 사항이 그러할 뿐 아니라, 이 작품의 이본이 전승되는 정황은 기방이나 기녀 유연과 관련이 있다.[24] 경

21 예를 들면 「면앙정가」의 서경 부분에서 "—듯"이라는 종지형을 되풀이하여 이곳저곳의 경치를 그려 낸다든가 「미인별곡」에서 역시 "—듯" 종지형을 되풀이하면서 미인의 이런저런 자태를 나열하는 경우.

22 여기서 "단락"이라는 단위는 詩聯(stanza)보다 상위 단위로서 대개 단일한 주제를 포괄하고 있어서 내용 상의 경계가 지어지는 부분을 말한다.

23 이혜구, 『한국음악서설』, 서울대출판부, 1967, 201면.

쾌한 율조의 짧은 길이는 이런 정황에 소용되는 것이었을 터이다. 무거운 주제를 완미하기에 적합한, 전아한 품격의 완만한 곡태를 사용하는 데에서, 보다 경쾌하고 빠른 곡태로 변환해나가는 17세기 이후의 가사 연행은 향유층의 다변화라는 발전사적 요인이 작용하면서 양반 사대부적 품격에서 일탈하여 보다 더 유흥적인 쪽으로 나아가는데 이 작품은 그 방향에 부응한다.

3) 18세기 이후 변화기의 가사 향유

강호한정을 노래한 대표작으로서 여러 가사집에 나오는 「낙빈가樂貧歌」는 「강촌별곡江村別曲」과 어떤 관련하에 생성된 듯하다. 『고금가곡』과 『가사육종』에 실린 이 작품의 제명이 「강촌별곡」으로 되어 있기 때문이다. 「강촌별곡」은 홍만종의 『순오지旬五志』(1678)에서 언급하고 있는 것처럼 차천로車天輅에 의해 지어진 "하늘의 신선보다도 더한 청복淸福(雖上仙淸福亦無以踰矣)"을 누리는 경지의 순연한 강호가사이다.

「강촌별곡」이라는 가명이 「낙빈가」로 옮겨 가는 것은 『잡가』(1821) 이후로 볼 수 있다. 『잡가』의 「낙빈가」 평어[25]는 이 전이 단계를 반영하고 있다. 차천로(홍만종의 『순오지』가 기술되던 17세기 후반)에서 율곡(『잡가』가 성립한 19세기 초반)으로 작자 비정이 바뀌어 있는 것은 17세기 후반과는 다른 향유 정황 속에서 이 작품이 존재하고 있음을 가리키고 있다. 이 달라진 향유 정황을 설명해 주는 단서는 『잡가』 속의 「은사가隱士歌」/「처사가」 합평에서 찾을

---

24 「원부사」(이본에 따라서는 「규원가」로도 불린다)의 상사연정 주제가 「춘면곡」 「음창가」(일명 「추풍감별곡」) 「환별가」 등에서 되풀이될 뿐 아니라 때로는 어구를 공유하기도 한다.

25 此栗谷先生之所製也 安貧樂道之意. 山人風流之勝 寓於詞氣之間 而幽雅極矣

수 있다. 『잡가』에서는 「은사가」를 "누가 지은 것인지 모르겠다(不知何人之所製)."고 하면서 「처사가」와 "같은 사람의 솜씨에 의한 것이리라(疑是一人之手段)."라고 합평하고 있는데 작자 비정을 유예한 것은 전승 방식에서 작자의 존재가 중요한 의미를 갖지 못하는 단계를 반영한 것이고 이 단계가 「처사가」—12가사 가운데 사대부 담론의 속성을 지닌 곡목—가 생성 유통되던 단계임을 가리키고 있다.

「강촌별곡」에 대한 「낙빈가」라는 새로운 가명은 12가사(가창가사)가 성창되기 시작하는 단계에서 이 작품이 사대부 가사의 영역에 속함을 표시했던 것임을 알 수 있었다. 그런데, 『잡가』의 다음 단계인 『청구영언』(육당본)에는 그동안 숨어 있던 「강촌별곡」이라는 가명이 다시 등장하면서 또 다른 단계의 가사 향유 정황을 암시하고 있다. 『청구영언』(육당본)의 「강촌별곡」은 『잡가』의 「은사가」와 동일 작품인데 이 작품의 이명이 이후 「어부사漁夫詞」(『장편가집』) 「낙민가樂民歌」(『교주가곡집』) 등으로 나타나는 것을 보면 이 작품이 존재하는 향유 공간도 유동적인 상태임을 알 수 있다.

『청구영언』(육당본)에는 현행 12가사의 거의 전 곡목이 실려 있어 가창가사를 중심으로 한 가사 장르의 재편성 작업이 마무리되어 가고 있음을 알려 주고 있다. 여기 실린 「강촌별곡」(차오산 천로車五山天輅)과 「낙빈가」(퇴계 혹운 율곡退溪或云栗谷)를 보면 작자 비정은 손쉽게 전대를 따랐으되 실제 작품은 커다란 변개를 보이고 있다. 곧, 두 작품 모두 다른 이본에서는 결사부에 있는 구절을 서사부에 빌려다 쓰는 모습을 보이고 있다. 이렇게 해서 확대된 서사부는 문맥의 불일치를 보이는데, 이를 감수한 변개는 『청구영언』(육당본) 내의 어떤 질서—가창가사를 중심으로 한 가사 장르의 재편성—에 의한 것으로 생각된다. 또한, 「강촌별곡」의 경우에는 두어 군데 「처사가」와 공유하는 시행을 보임으로써 앞서 지적한 『잡가』의 「은사가」/「처사가」 공존 단계를 거쳐 왔음을 가리키고 있다.

이유원李裕元(1814~1888)의 『가오고략嘉梧藁略』(1871)의 속악 16가사 조에는 「초한가楚漢歌」, 「용저가春杵歌」, 「어부사漁父詞」, 「장진주將進酒」, 「처사가處士歌」, 「탄금사彈琴詞」(금보가琴譜歌), 「춘면곡春眠曲」, 「관동별곡關東別曲」, 「매화사梅花詞」, 「백구사白鷗詞」, 「황계사黃鷄詞」, 「도고악道鼓樂」(길군악), 「명산사名山詞」(진국명산鎭國名山), 「상사별곡相思別曲」, 「권주가勸酒歌」, 「십이월가十二月歌」가 차례로 실려 있다. 이 중 「초한가」, 「용저가」, 「장진주」, 「탄금사」, 「관동별곡」, 「명산사」, 「십이월가」의 일곱 곡을 제외한 나머지는 현행 12가사에 들어 있는 곡목이다. 이들 일곱 곡은 서도잡가(「초한가」), 사대부가사(「관동별곡」, 「용저가」, 「탄금사」), 판소리 단가(「명산사」) 민요(「십이월가」) 가곡(「장진주」, 「명산사」) 등과 관련되어 있는 것으로 가사의 중심이 12가사로 옮겨 왔으나 아직 그 곡목은 정리되지 않은 정황을 반영하고 있다고 볼 수 있다. 19세기 중반쯤 성립 추정되는 『청구영언』(육당본)의 12가사 해당 곡목이 나머지 아홉 곡에 「양양가」가 덧붙은 것으로 나타나는 것을 보면 19세기 후반 성립 『가오고략』의 16가사는 『청구영언』(육당본) 단계에서 더 진전하여 여러 종류의 노래를 포섭하는 단계에 해당하는 것으로 볼 수 있다. 한편, 고종대 편찬 「가곡원류」의 후행본으로 보이는 『협률대성』 가사 부분에는 「어부사」, 「처사가」, 「상사별곡」, 「춘면곡」, 「명기가」, 「관동별곡」, 「백구사」, 「권주가」가 실려 있는데 이 중 「명기가」는 기방문화와 관련된 유흥가사 계열의 작품이고 「관동별곡」은 결사가 유흥적인 쪽으로 변개되어 있는 쪽을 택한 것[26]을 보아 가사의 유흥적 면모가 강화되던 단계가 반영되었음을 알 수 있다. 이와 같이 볼 때, 12가사를 중심으로 한 가사 장르의 재편 방향은 대체로 다음과 같은 경로를 밟은 것으로 추측된다.

---

26 "기러니다 기러니다 기러니며 펴니다 펴니다 펴니랴
兒嬉야 盞을 씨셔 이 술 한 盞 얻어다가
九重으로 도라가셔 모다 취케 ᄒᆞ오리라"

사대부가사의 권역에서 생성되기 시작했을 때는 「어부사」, 「처사가」, 「권주가」, 「춘면곡」 같은 사대부적 세계관이 드러나거나 사대부의 유연遊宴 관습에 어울리는 곡목이 나타났다가 차차 유흥적 성격이 강화되는 쪽으로 곡목이 추가되었다. 그리고, 이 방향은 기방 언저리의 유흥적인 가사가 관여하면서 더욱 촉진되어 사대부가사와는 별개의 권역을 성립한 것이 현행의 12가사로 남게 된 것으로 보인다.

12가사의 형성에 기방 중심의 유흥적인 가사가 관여하는 과정을 추론할 수 있는데 이 과정을 가장 잘 드러내는 가사집이 있다. 『기사총록奇詞總錄』(1823)이 바로 그것인데 이 가사집은 거기 실려 있는 12가사들을 『남훈태평가』(1863)의 해당 작품과 대조해 보면 선행본의 인상을 주기 때문에 19세기 전반의 산물로 보게 된다. 19세기 전반에 유흥적인 가사가 이렇게 광범위하게 전승되고 있는가는 다른 자료를 찾지 못하여 확언하지 못하겠으나 『가사육종』에 나오는 「노인가」의 노래 부르는 정황[27]을 묘사한 대목에서 12가사와 여러 종류의 노래가 어우러지는 모습이 그려지고 있음을 보아 12가사가 생성되는 과정에 유흥적인 가사가 관여하고 있음을 간접으로 확인할 수 있다.

유흥적인 가사는 그 생성과 관련된 세 방향의 경로를 가지고 있는데, 첫째는 사대부가사이다. 19세기 가사집에 빈출하는 「강촌별곡」, 「환산별곡」, 「금보가」 등은 차오산, 이퇴계 등의 원서술자와는 무관한 변화된 새로운 음악 환경 속에서 생성된 것으로 보인다.[28] 이들이 공통적으로 지니고 있

27 閑暇한 處士歌는 樂民歌로 和答하고
多情한 相思歌는 春眠曲 和答하고
虛蕩하다 漁父詞는 梅花曲 和答하고
듣기좋은 길고락은 勸酒歌로 和答하고
凄凉하다 老姑歌는 花譜타령 和答하고 (『가사육종』 소재)

28 성무경, 「18~19세기 음악환경의 변화와 가사의 가창 전승」(『시가사와 예술사의 관련

는 율격적 단순함(4음 4보격을 견지한다든가 시행의 전환이 촉급한 것들)은 아마도 이 새로운 음악 환경에 적응하기 위한 것으로 생각된다. 정악의 제한을 받던 데에서 민속악의 자유분방함 속으로 틈입했을 때 새로운 장르 전략이 필요했을 것이고 이렇게 변화된 외형 가운데 원서술자나 원가명은 다름 아닌 그 장르의 생성 기반, 곧 사대부가사와의 관련을 가리키는 것으로 볼 수 있다.

한편, 사설시조 가운데 기녀 유연에 어울릴 법한 것들이 가사로 옮겨 가는 것을 볼 수 있는데 이 지점도 유흥가사가 생성되는 또 하나의 계기로 파악된다. 「악양루가」가 그 한 예인데, 『해동가요』(주씨본) → 『가사』(규방) → 『악부』(1934)(44행본과 53행본 두 종류가 있음)에 실린 순차대로 그 변모 상을 살피면 19세기 중반 성립 추정 『해동가요』 단계의 전아한 표현이 『가사』까지 그대로 유지되다가 『악부』의 53행본에 이르면 부연행이 덧붙고 원의도에서 멀어진 문맥 불일치의 시행이 눈에 띄는 것을 알 수 있다. 이런 일탈적인 시행은 시구의 의미를 음미하는 것보다는 악곡의 조건과 같은 외형을 충족하는 데 그치는 새로운 향유 방식을 채택한 결과일 것이다.

세 번째 부류는 「추풍감별곡」처럼 소설과의 관련을 가진 것들이다. 이들과 소설의 선후 관계는 차치하더라도 소설과 관련이 있다는 사실은 이들의 향유 환경이 세속적인 것임을 말해 준다. 사대부가사가 한시문의 세계에

양상Ⅱ』, 보고사, 2002)에서는 「금보가」를 풍류방 가창문화권에서 형성된 가사로 보아 사대부가사에서 이행한 작품과는 다른 성향을 지닌 것으로 파악했다. 그러나, 이 시기의 사대부가사는 사대부담론의 흔적을 간직하고 있음에도 불구하고 전반적으로 가창가사로 가사의 중심권이 전환되는 분위기 속에서 전승되기 때문에 유흥가사와의 분계가 애매한 것이 사실이다. 「처사가」와 「강촌별곡」(「은사가」), 「낙빈가」의 관련에서 나타났던 것처럼 이들은 각기 자신의 권역을 고집하기보다는 공존하는 장르 종류를 배려하면서 서서히 한 가지 방향을 택하는 쪽의 변화 속에 있었던 것으로 파악된다.

근접되어 있던 것과는 달리 세속적인 상사연정을 주제로 다루는 것은 별개의 장르 종류가 만들어질 소지를 가지고 있다고 할 수 있다. 가사의 작품 세계가 이처럼 세속화되는 데에 관하여는 인접 장르인 민요의 영향을 빼놓고 이야기할 수 없을 것이다. 비교적 형식적 제약이 덜하며 일상적인 소재를 일상적인 시어로 다루는 민요는 전아한 표현에 의지하던 사대부가사가 세속적인 분위기의 유흥적인 가사로 옮겨 가는 데 큰 역할을 한 것으로 보인다. 이 사실은 현행 규방가사가 민요와 빈번한 교섭을 가지며 전승되는 것으로 방증될 수도 있다.

위와 같이 유흥적인 가사의 생성 경로를 점검하면서 다음과 같은 점을 포착할 수 있었다. 유흥적인 가사는 사대부가사(넓게는 사대부시가)의 권역에서 생성되면서 사설시조에게서 전아한 표현을 이어받았다가 새로운 음악 환경에 적응하기 위하여 보다 손쉬운 장르 전략을 세우면서 세속적인 양태를 띄우게 된다. 이때 인접 장르인 민요가 큰 영향을 미친다. 이처럼 정리하면서 유흥적인 가사가 가사발전 단계의 일정한 국면을 충실히 반영한 새로운 종류이며 이 국면의 발전이 뒤의 잡가로 이어질 것을 충분히 예상할 수 있다, 또한, 같은 시기에 활발하게 자기 권역을 구축해 나가는 규방가사에게도 큰 영향을 미쳤을 것도 예상할 수 있다.

19세기 말로 성립 추정되는 『가사』(규방)나 『규중보감』을 보면 여성을 위한 가사집의 주종을 유흥적인 가사가 차지하고 있음을 알 수 있다. 이 사실은 명백히 유흥적인 가사의 향유 권역이 규방에까지 침투한 것으로 볼 수 있다. 그 침투 경로를 소상히 알려 주는 근거는 찾기 힘들지만 유흥적인 가사의 주 담당층인 기녀들이 여성이기 때문에 유흥적인 가사의 주종이 여성 취향으로 되고, 또 여성이 가사 향유에 적극 가담하는 달라진 향유 분위기 속에서 유흥적인 가사가 가사의 주류를 이루며 규방으로까지 침투하는 경로는 대강 그려 볼 수 있다. 오늘날 조사되는 규방가사에도 「춘유가」,

「농춘가」, 「백발가」, 「산수가」, 「화시풍경가」, 「우미인가」, 「산유가」, 「화조가」, 「취몽가」, 「선유가」, 「화류가」 따위의 작품이 다수 발견되는 것을 보면 유흥적인 가사가 규방가사의 권역에 침투한 흔적이 역력함을 알 수 있다.

아버지가 딸에게 주는 발문이 부기된 『가사』(규방)(일본 도쿄대 문과대학 오쿠라문고小倉文庫 소장)의 경우를 볼 것 같으면 전체적으로 전아한 표현을 유지하고 있는데 이것은 사대부가사에서 물려받은 품격으로 생각된다. 예를 들면, 「화전별곡」 같은 경우에는 후대의 「화전가」류와는 다르게 놀이의 구체적인 과정을 재현하기보다는 그 과정을 관념화해서 제시하는 데 치중하고 있다. 자연히 한문 전고를 바탕한 표현 양태를 지니는데 이런 방식은 사대부 강호가사에서 사용하던 것으로 규방가사 생성에 사대부가사가 관여한 경로를 간접으로 확인케 한다. 한편, 같은 가사집에 실린 「화죠연가」나 「악양누가」는 유흥적인 가사이면서도 한문 전고에 바탕한 전아한 표현 양태를 지니는 점에서는 「화젼별곡」과 같은데 여기에서도 역시 사대부가사(넓게는 사대부 시가)의 관여도를 짐작할 수 있다.

「합강정가合江亭歌」는 1792년 9월 23일 안평대군 치묘제致墓祭의 향사享祀를 소홀히 한 죄로 전라감사 정민시鄭民始가 삭직된 사실을 소재로 했지만 합강정의 위치에 대한 다른 해석을 보이는 여러 이본이 있는 것으로 보아 지역적으로 편차를 가지고 전승된 흔적을 지닌 널리 유통된 현실비판가사로 볼 수 있다. 소재 사건의 성립 시기보다 훨씬 뒤인 1930년대의 『악부』나 『가집』에도 잔존하는 것을 보면 생성 당시 구체적인 현실 부조리 고발의 분위기를 지나 현실 비판에 대한 보편성을 획득하는 단계까지 상승되어 왔음을 알 수 있다. 『존재가첩存齋歌帖』(가칭)은 위백규魏伯珪(1727~1798)의 창작가사와 함께 이 작품을 싣고 있는데 위백규 자작으로 추정하기도 하지만 그것보다는 『존재가첩』에 실려 있는 세 가지 성향의 가사 향유—㉠ 사대부가사 가운데 지역적 연고를 가진 작품들을 중심으로 한 향유(이상계李商啓의

「초당곡草堂曲」「인일가人日歌」, 박이화朴履華의 「만고가萬古歌」, 노명선盧明善의 「천풍가天風歌」 등등), ㉡ 서민가사 가운데 사대부적 취향에 맞는 작품의 취택 향유(「합강정선유가合江亭船遊歌」), ㉢ 창작가사의 향유(위세보魏世寶의 「금당별곡金堂別曲」, 위백규魏伯珪의 「자회가自悔歌」)—가운데 한 가지로 봄이 합당하겠다. 사대부들이 서민가사를 취택하여 향유하는 또 하나의 사례를 든다면 「갑민가甲民歌」[29]가 그에 해당할 것인데, 서민가사가 이처럼 사대부가사의 권역에 침투할 수 있는 요인은 주제적 성향(현실 비판)에 있을 뿐만 아니라 가사 향유의 중심 계층이 사대부에서 서민이나 여성으로 옮겨 가는 변화에도 있다고 볼 수 있다.

『속기아』는 「권선지로가」 같은 대표적인 사대부 도덕가사와 함께 당대 유행하던 사대부 가사들과 「합강정가」를 함께 싣고 있음으로써 변화하는 가사 향유를 반영하고 있는 가사집이다. 「노처녀가」는 대표적인 "가사계 소설"로 다루어지지만 비록 『삼설기』라는 소설집에 수록되어 있더라도 가사체의 율조를 견지하고 있고 또, 현행 경서도 소리에서도 이 작품을 노래의 한 종류(송서誦書)로서 다루고 있는 것을 보면 그 생성의 기반이 가사임을 알 수 있다. 『기사총록』에서는 12가사의 초기 단계 작품들과 아울러 유흥적인 가사를 주종으로 삼는 가운데 「노처녀가」를 함께 실음으로써 이 시기 가사의 다기한 갈래 분화를 여실히 보여 주고 있다.

『기사총록』과 『장편가집』에 실려 있는 「계유사」는 실전 판소리의 하나인 「왈자타령(무숙이타령)」의 사설 정착본으로 판단되는 국문소설 『게우사』와 관련 있는 작품이다. 판소리와 가사의 선후 관계는 차치하더라도 가사가 판소리와 관련을 가지면서 장르 권역을 넓혔다는 사실을 중시해야 한다. 송만재宋晩載 「관우희오십수觀優戲五十首」(1843)의 제6수가 판소리 시작하

---

29 『해동유요』의 「갑민가」 제하 부기에 成大中이 언급된 사실을 말함.

기 전 선성先聲으로서의 「관동별곡」에 대한 것임을 보면 가사와 판소리의 연관이 밀접함을 알 수 있다. 「계유사」가 가사체를 견지하고 있음을 보면 같은 주제라도 소설이나 판소리로 향유하는 것과는 구별되는 방식을 지키고 있음을 알 수 있다. 그러나, 『남훈태평가』(1863)에 실린 「쇼춘향가」는 가사체를 벗어나 있어 판소리에서 넘어온 것임을 알 수 있다. 또, 『잡가』의 「호남곡」은 가사체를 견지하고는 있지만 판소리에 삽입될 수 있는 자질을 지님을 현전 판소리 단가인 「호남가」의 존재를 통해 확인할 수 있다. 이처럼 가사와 판소리의 관련은 몇 단계의 구별이 있다. 정리해 보자면, 「계유사」처럼 당대의 보편적인 주제를 가사 양식을 통해 확인하는 방식, 「호남곡」처럼 판소리의 부분으로서 역할을 하는 방식 등이 가사 장르 내에서 이루어지고 이 단계를 넘어서면 가사의 권역을 벗어나 다른 장르(잡가)로 진전하게 된다.

3. 결론 — 가사체의 본령과 전망

4마디 시행의 연속상을 가사체라고 부른다. 가사체의 운율은 앞뒤로 2마디씩 호응하는 우수 구조에서 생성된다. 이 우수 구조는 2행씩 결합하는 가장 일반적인 연형성 방식으로 확장된다. 그러나, 3행 이상으로 종지형이 유보되는 기다란 연형성도 있는 것처럼 가사체의 연속상은 우수 구조에만 의지하지는 않는다.

33 져근닷 ᄉᆡᆼ각ᄒᆞ야 ᄆᆞᄋᆞᆷ을 ᄊᆡ쳐 먹고
태호太昊를 ᄉᆡᆼ각ᄒᆞ니
34 산쳡쳡山疊疊 슈잔잔水潺潺 풍술술風瑟瑟 화명명花明明ᄒᆞ고

숑쥭松竹은 낙낙落落ᄒᆞᆫ듸

35 화장華藏바다 건네 저어 　　극낙셰계極樂世界 드러가니

36 칠보 금디七寶錦地예 　　칠보망七寶網을 둘러시니

구경ᄒᆞ기 더옥 죠ᄒᆡ

37 구품 년ᄃᆡ九品蓮臺예 　　념불 소ᄅᆡ 자자 잇고

38 청학 ᄇᆡᆨ학靑鶴白鶴과 　　잉무 공쟉鸚鵡孔雀과

39 금봉 청봉金鳳靑鳳은 　　ᄒᆞᄂᆞ니 념불일쇠

40 청풍淸風이 건듯 부니 　　념불소ᄅᆡ 요요ᄒᆞ외

41 어와 슬프다 　　우리도 인간애 나왓다가

념불 말고 어이ᄒᆞᆯ고

나무아미타불南無阿彌陀佛

* 앞의 숫자는 행의 순차임.

여기 제시한 「서왕가西往歌」 결사부의 원문 아홉 줄 낱낱은 또렷한 의미를 담고 있는 독립 단위이지만, 이들을 연계하는 연결어미 내지는 종지형 어미가 없이는 생각의 파편에 지나지 않는다. 또한, 이들 어미에 의해 33 · 34 · 35 · 36/ 37 · 38 · 39/ 40/ 41//의 연 단위로 모여 읽히는 이 전체는 네 부분으로 구분되면서 연마다 서로 다른 운율들이 어울리며 오랜 적공수행積功修行 뒤에 마침내 극락세계에 당도한 정서 상태를 반영해 보인다. 결국 낱낱의 행은 40, 41행의 경우처럼 특별한 목적(여기서는 시상의 종결)을 위하여 독립되어 있는 경우를 제외하고는 연이라는 큰 흐름에 섞이어 들어가며, 6마디 시행 결합의 앞 연과 4마디 시행 결합의 뒤 연이 어울리어 보다 더 큰 흐름을 이루는 하나의 단락이 된다.

18 아ᄎᆞᆷ의 ᄏᆡ온 취를 　　點心의 다 먹으니

19	일업시 놀일면서	夕釣를 말티ᄒᆞ랴
20	葛巾을 기우 쓰고	麻衣를 님의 ᄎᆞ고
21	낙대을 두러메고	釣臺로 ᄂᆞ려가니
22	흐르ᄂᆞᆫ이 물결이오	쒸노ᄂᆞᆫ이 고기로다
23	銀鱗玉尺을	버들움에 쎄예들고
24	落照江路로	寂寞히 도라오며
25	山歌村笛을	漁夫辭로 和答ᄒᆞ니
26	西湖梅鶴은	겨르지 못ᄒᆞ여도
27	曾點詠歸야	이예셔 더ᄒᆞᆯ소냐
28	箕山潁川에	巢許의 몸이되야
29	千駟를 冷笑ᄒᆞ니	萬鍾이 草芥로다

— 「낙빈가樂貧歌」, 1821년 필사 추정 『잡가雜歌』 소재

대표적인 강호가사인 「낙빈가樂貧歌」에서는 속진俗塵을 벗어난 이상理想의 산수山水에서 나물 캐고 고기 낚으며(採山釣水) 흐르는 물결에 배를 맡기고 흥취 나는 대로 시를 짓는(臨流賦詩) 한가로운 자적自適의 목소리가 들린다. 22, 27, 29행의 끝에서 각각 종지형 어미를 보이고 있지만 그 멈춤은 멈춘 듯 가고 있는, 숨결 같은 지식止息일 뿐이다. 이 간단없는 흐름을 이끌어 나가는 생각은 강호공간江湖空間에서 유유자적悠悠自適하게 지내는 한가로운 심경이다. 마디 지어 이어지는 사이사이의 쉼과 멈춤 속에 이 생각들은 계속 흐르고 있다. 이 지향 없는 생각의 흐름을 12줄 24구 48마디에 추스르는 일이 가사라는 형식에 강호한정江湖閑情이라는 내용이 스미어 들어가는 과정이다.

다음의 「갑민가甲民歌」(1792년경)는 조선의 극변 갑산甲山에 사는 한 백성이 신역身役을 대신하려 산삼을 캐러 갔다가 허탕을 치고, 산돼지 가죽을

언으려 사냥을 나서서 갖은 고초를 당하는 정경이다.

37 ᄒᆞᆯ 일 업시 공반空返ᄒᆞ여　　팔구월八九月 고추苦椒바람
안고 돌아 입ᄉᆞᆫ入山ᄒᆞ여

38 돈피ᄉᆞᆫ힝㹠皮山行 ᄒᆞ랴ᄒᆞ고　　ᄇᆡᆨ두ᄉᆞᆫ白頭山 등의 ᄃᆡ고
분계강ᄒᆞ分界江下 나려가셔

39 살이 썻거 누ᄃᆡ 치고　　익갈나무 우등 놉고

40 ᄒᆞᄂᆞ님게 축수ᄒᆞ며　　ᄉᆞᆫ신山神임게 발원ᄒᆞ여

41 물ᄎᆡ츔을 ᄀᆞᆺ초 곳고　　ᄉᆞ망일기 원망ᄒᆞ되

42 ᄂᆡ 뎡셩精誠이 불급不及ᄒᆞᆫᄃᆡ　　ᄉᆞ망살이 아니 붓ᄂᆡ

43 뷘 손으로 도라서니　　ᄉᆞᆷ디연三池淵이 잘 참이라

44 닙동立冬 지ᄂᆞᆫ ᄉᆞᆷ일후三日後의　　일야셜一夜雪이 ᄉᆞ못 오니

45 대ᄌᆞ 깁희 ᄒᆞ마 너머　　ᄉᆞ오보四五步을 못 옴길ᄂᆡ

46 양딘糧盡ᄒᆞ고 의박衣薄ᄒᆞ니　　압희 근심 다 쎨티고

47 목슘 ᄉᆞᆯ려 욕심ᄒᆞ여　　디ᄉᆞ위ᄒᆞᆫ至死爲限 길을 허여

48 인가처人家處를 ᄎᆞᄌᆞ오니　　검천거이鈐川巨里 첫목이라

49 계초명鷄初鳴이 이윽ᄒᆞ고　　인ᄀᆞ젹젹人家寂寂 ᄒᆞᆫᄌᆞᆷ일네

50 집을 ᄎᆞᄌᆞ 드러가니　　혼비ᄇᆡᆨᄉᆞᆫ魂飛魄散 반半주검이
언불출구言不出口 너머지니

51 더온 구돌 ᄋᆞ른목의　　송장 갓치 누엇ᄃᆞᄀᆞ

52 인ᄉᆞ수습人事收拾 ᄒᆞ온 후의　　두 발ᄭᅳᆺ흘 구버보니
열ᄀᆞ락이 간ᄃᆡ 업ᄂᆡ

53 간신됴리艱辛調理 ᄉᆡᆼ명生命ᄒᆞ여　　쇠게 실려 도라오니

54 팔십당연八十當年 우리 노모老母　　마됴 나와 일던 ᄆᆞᆯᄉᆞᆷ
ᄉᆞ르왓ᄃᆞ ᄂᆡ ᄌᆞ식아

55　ᄉᆞ망 업시 도라온들　　　　　　　모든 신녁身役 걱뎡ᄒᆞ랴

—『해동가곡海東歌曲』 소재

37행의 도입부터 53행의 결말까지 극적인 사건이 숨가쁘게 진행되고 있다. 가사의 유장한 흐름이, 그 면면하던 단속斷續이 여기서는 탄식과 분노의 격정 때문에 거칠어진 호흡으로 비죽비죽하게 매무새 지어져 있다. 그 가운데 어머니의 단발마 "ᄉᆞᄅᆞ왓ᄃᆞ ᄂᆡ ᄌᆞ식아"는 이런 정상情狀에서 어떤 어미든 발할 수밖에 없는 흔한 것임에도 불구하고 거친 숨결을 묘하게 돌려 놓는 역할을 잘 하고 있다. 가사 향유의 관습인 율독 낭송을 위한 형식적 요건을 제외하면 여기 있는 말들은 일상어에 거의 가깝다. 저 「낙빈가樂貧歌」의 유장한 흐름 뒤에 숨은 지리한 생각들을 배제한 대신에 누구나 공감하는 생활 실상이 가감 없이 제시되어 있다. 다른 관념의 매개 없이 삶 자체를 형식으로 끌어 올렸다는 점에서 이 작품의 문학성은 훨씬 고양되었다고 할 수 있다.

이처럼, 다양한 시행과 시연 형성 방식이 가사체의 본모습이기는 하지만, 때때로 4음 4마디의 정연한 배열을 대하게도 되는데, 주로 교훈·종교 등의 이념 전달형 가사에서 자주 나타난다.

貴ᄒᆞ도다 貴ᄒᆞ도다 오직사ᄅᆞᆷ 貴ᄒᆞ도다

元亨利貞 順理ᄒᆞ고 仁義禮智 稟性ᄒᆞ야

三綱五倫 우리人間 萬善百行 이世上의

貴ᄒᆞᆫᄉᆞᄅᆞᆷ 되야나셔 飽食暖衣 擧動보소

ᄒᆞᄂᆞᆫ거시 自行自止 아닌거시 如醉如狂

良知良能 本然心乙 自暴自棄 ᄒᆞ여갈제

近於禽獸 姑舍ᄒᆞ고 牛馬襟裾 네아닌가

ᄉᆞᄅᆞᆷ되야 胎生ᄒᆞ니 못날듸도 ᄒᆞ고만타
北胡地의 生長ᄒᆞ면 匈奴를 못면ᄒᆞ며
西藩의 生長ᄒᆞ면 犬戎이 아조쉽고
南蠻國의 生長ᄒᆞ면 鴃舌荒眼 될번ᄒᆞ다
됴ᄒᆞᆯ시고 우리東國 文明ᄒᆞ다 우리東國
堯之日月 舜之乾坤의 檀君故國 箕子州라
文冠制度 彬彬ᄒᆞ고 禮樂文物 郁郁ᄒᆞ다
飛禽走獸 아니되고 天賦之靈 사ᄅᆞᆷ되야
南蠻北狄 아니되고 朝鮮聖世 生長ᄒᆞ니
四都八路 널운들의 山明水麗 萬世基라
家給人足 太平界의 國泰民安 됴ᄒᆞᆯ시고 (필사본)

율곡栗谷 이이李珥(1536~1584) 작으로 전하여지는 「자경별곡自警別曲」의 서곡序曲 부분이다. 편재한 사자성어四字成語 탓에 4음 4마디가 성립한 것으로 보인다. 일찍이 신득청申得淸(1332~1392)의 「역대전리가歷代轉理歌」에서부터 사자성어四字成語를 앞마디에 놓고, 2자 한자어에 현토한 뒷마디를 붙여서 1구를 이루는 방식이 있었다.

貪虐無道탐학무도 夏桀伊難하걸이ᄂᆞᆫ 丹朱商均단주상균 不肖爲也불초ᄒᆞ야
堯舜禹矣요순우의 禪位相傳선위상전 於以他可어이타ᄀᆞ 不知爲古부지ᄒᆞ고
妹喜女色매희여색 大惑爲也대혹ᄒᆞ야 可憐割史가련ᄒᆞᆯ사 龍逢忠臣용방충신
一朝殺之일조살지 無三日高무삼일고 淫虐尤甚음학우심 宰辛伊難재신이ᄂᆞᆫ
所見無識소견무식 自疾爲多ᄌᆞ질ᄒᆞᄃᆞ 夏桀爲鑑하걸위감 全昧爲高전매ᄒᆞ고
妲己冶容달기야용 狂惑下也광혹ᄒᆞ야 又亡國우망국 自甘爲尼자감ᄒᆞ니
六七聖人육칠성인 先王廟乙선왕묘를 保存何里보존ᄒᆞ리 亡國人達망국인ᄃᆞᆯ 業矢孫

可업실손ᄀᆞ

— 『화해사전華海師全』 소재

이런 방식은 한문 독서 관습에서 비롯된 것으로 보인다. 낭송을 위주로 하기 때문에 정연한 가락을 지닌 필요가 있었으며, 이 정연함을 통하여 수양하는 자세를 가다듬을 수 있었다. 조선 후기에 빈출하는 여성 교훈가사들에서도 정연한 4음 4마디를 볼 수 있다.

들어보쇼 들어보쇼 이ᄂᆡ말ᄉᆞᆷ 들어보쇼
집집마다 부인네들 이ᄂᆡ말ᄉᆞᆷ 들어보쇼
천지됴판 ᄒᆞ온후에 음약디니 난함이니
남ᄌᆞ가 ᄉᆡᆼ길ᄯᆡ의 녀진들 아니ᄂᆞ냐
이ᄂᆡ몸이 여ᄌᆞ되야 녀ᄌᆞᄒᆡᆼ신 더이렷다
ᄐᆡ임ᄐᆡᄉᆞ 착하신덕 만고셩녀 되오시고
반비ᄆᆞ후 현텰ᄒᆞ믄 듕흥지듀 ᄇᆡ필이라
포ᄉᆞ달긔 요괴롬은 봉종절ᄉᆞ ᄒᆞ엿스며
녀후측텬 한학ᄒᆞ믄 텬가종ᄎᆞ 여지업ᄂᆡ
이셰상의 나신부인 어진ᄒᆡᆼ실 힘을쓰쇼

— 「女子訓戒(녀ᄌᆞ훈게라)」, 『망로각수방忘老却愁方』 소재

교훈이나 역사의 감계鑑戒 의도로 택하였던 정연한 가락은 악조에 맞추어 비교적 자유롭게 음수를 배열하는 방식과 대별되는 것으로서, 악조의 제한을 벗어나 음영낭송吟詠朗誦할 경우에 주로 적용되는 방식이다. 이 방식이 20세기 초의 애국계몽가사에까지 이어지는 것을 보면, 그 운율 기반이 뿌리 깊은 것임을 알 수 있다. 망국의 위기감을 고양하고 그 대처 방안

을 제안하는 애국계몽의 주지는 가사 양식이 시가 발전사의 마지막 단계를 장식하도록 마련하였다. 가사 본질의 교훈성이 집단적 동의에 의한 표출과 수용으로 반향한 범위는 역대 어느 시기보다도 넓었다. 계층이나 향유 관습, 또는 양식의 제한과 같은 조건이 벗겨진 상태에서 새로운 방향을 모색해야만 하는 가사 발전사의 당면한 문제 해결 과정이 되기도 하였다. 이 과정에서 남겨진 여러 가지 결과는 소멸로 판정될 수만은 없는 가사체의 존속 표지가 되면서, 처음 가지고 나온 것이 끝까지 유지된, 가사체가 산생되었던 원형질에 해당한다고 볼 수 있다.

가사체 존속의 두드러진 표지는 현저한 4음 4보격의 사용이다. 양식의 후퇴로 보기보다는 발전사의 최종 단계에서 새로운 양식 모색의 전제로서 시험된, 회귀를 통한 재발진으로 봄이 타당하다. 균질화된 작품의 양산은 애국계몽 주지에 대한 집단적 동의의 표상이기도 하지만, 양식사적 모색에 대한 참여의 표명이기도 하다. 작자성의 사적 소유를 포기한 일명逸名 저작은 새로운 양식의 소유자인 근대 시인의 출현을 예비한 것이었으며, 민요, 타령, 시조, 판소리 등등 전통 양식의 가능한 유형을 시험하는 자세도 어느 한 가지의 계승만은 아닌 근대 시형의 형성을 기초한 것이었다.

가사체가 서사 양식에까지 참섭하는 모습은 근대소설 형성기 내내 이어진다고 할 수 있다. 신소설의 문체는 가사체를 기반으로 하며, 심지어 1930년대의 김유정은 물론이고, 이효석에게까지 이어지는 문체 리듬의 기반은 가사체가 근간이 된다고 할 수 있다. 오늘날에도 가사체의 사용이 유용한 국면이 남아 있으며, 일부에서는 가사체의 적극적인 사용을 환기하는 움직임도 활발하다. 연극계에서는 대사가 극적 고조에 이르러서 서정화될 때 가사체가 필요하다는 발언이 진작부터 있었다. 한편, 외국 희곡을 우리말로 번역할 때도 가사체가 적절하게 사용된 사례를 볼 수 있다. 시조나 한시, 특히 가사를 영역할 때 4음보를 적용하여 커다란 반향을 불러일으킨 경우도 볼 수 있다.

우리 현대시는 리듬을 잃어버렸다는 시인들의 탄식에 휩싸여 있다. 어떤 식으로 낭송하는 방법이 가장 효율적인 리듬을 산출하는 것인가를 아무 시인도 말해 주지 않기 때문에, 독자들은 자발적으로 시의 리듬을 찾아야만 하며, 종종 원작과는 상관없는 낭송 분위기를 연출하여 원시와는 전혀 딴 세계로 옮겨가 버리기도 한다. 강약이나 고저와 같은 음성 자질이 무효한 우리 언어에 있어서, 리듬을 산출하는 유일한 방식이 끊어 읽기라고 할 때, 끊어 읽기의 원형질이라고 할 수 있는 가사체의 본질 탐구에 우리 시 리듬 회복의 단서가 숨어 있다고 본다.

2부

가사문학 작품의 구조와 미학

강호가사의 시적 지향과 생태미학

박영주

1. 접근의 시각

고려 말 승려 계층에 의해 형성된 가사 양식은 15세기 중엽 훈민정음 창제와 더불어 사대부 계층에 의해 적극 수용되면서 확고한 문학 양식으로 자리 잡는다. 15세기 중후반 정극인丁克仁(1401~1481)의 「상춘곡」은 사대부 가사의 선구적 작품이면서 양식적으로 정제된 모습을 보여 주는 대표적인 예라 할 수 있다. 이후 '4음보격 연속체 율문'의 친숙하고 개방적인 가사 양식을 활용해 우리말 작품을 짓는 것은 비단 사대부 계층에 국한하지 않고 양반가 부녀자를 비롯하여 중서인 계층에까지 확대되며 다양한 성향의 작품들이 산출된다. 그러나 19세기에 이르기까지 지속적으로 작품을 창작한 가사 장르 중심 담당층은 사대부라고 할 수 있다.

15세기로부터 19세기에 이르는 기간의 사대부 가사에는 다양한 세계관적 성향만큼이나 다채로운 가치 의식과 정서적 형상 및 삶의 모습들이 투영되어 있다. 강호·전원의 정취를 노래한 작품으로부터, 연군·유배의 정서, 유람·기행의 감회, 이념·교훈의 표방, 전란·현실상의 토로, 풍속·세태를 술회한 작품에 이르기까지 그 층위가 매우 다양하다. 아울러 이와 같은 작품론적 성향은 시대가 전개되면서 삶의 여건이 변화함에 따라 시기별로 적잖은 편차가 존재한다. 특히 임진왜란(1592~1598)을 겪고 난 17세기 초를 경계로 삼을 때, 그 이전의 사대부 가사가 주로 자연을 제재로 작자가 추구하는 가치 의식을 노래하면서 관조적 심미성을 중시하는 경향을 보였다면, 그 이후의 사대부 가사는 주로 현실적인 문제에 관심을 두면서 체험의 구체성을 중시하는 쪽으로 변모되어 갔다고 할 수 있다.

그런 가운데서도 강호·전원의 정취를 노래한 가사 작품의 경우는 17세기 이전에 보다 활발한 창작이 이루어졌지만, 17세기 이후에도 지속적으로 창작되어 조선 시기 일대를 관류하는 유형적 성향을 보인다. 이 글에서는 강호가사[1]로 통칭되는 자연을 작품 배경이나 제재로 한 조선 시기 가사를 대상으로, 작품에 투영된 사대부의 자연 인식과 시적 지향 의식을 살펴본 다음, 이를 토대로 작품에 형상화된 정서의 양상과 특징을 특히 생태적 상상력과 미학의 관점에서 논의하고자 한다.

문학 연구의 궁극적 목표는 문학작품의 가치를 발굴하여 그 효용성을 확산하는 일로 귀결된다. 또 문학작품의 가치는 당대적 의미와 현재적 의의 양면에서 탐구될 때 보다 온전해진다. 작품에 형상화된 사유와 정서가 어떤 삶이나 상황의 언어적 표출인가를 논의하는 것이 그 대표적인 예다. 그렇기에 작품의 미학적 특성 및 작품 산출 당대적 가치체계 해명을 선행

1 '강호가사'라는 용어는 '강호' 즉 '자연'을 시적 대상으로 한 가사 작품 일반을 지칭하는 포괄적 용어로 사용한다. 이 경우 시적 대상으로서의 '강호-자연'은 단순히 소재적 차원의 의미만이 아니라, 시인의 자연 인식 태도와 가치 의식이 투영·형상화된 대상을 의미한다. 아울러 가사 장르에 국한하지 않고 이 같은 성격의 시가 일반을 총칭하는 경우에는 '강호시가'라는 용어를 사용하기로 한다. '강호시가'·'강호가사'의 개념과 관련된 구체적 논의는 박영주, 「강호가사에 형상화된 산수풍경과 생활풍정」, 『한국시가연구』 제10집, 한국시가학회, 2001, 304면 참조.

하면서, 그것이 사람살이의 개연성 속에서, 그리고 특히 오늘의 삶 속에서 어떤 공유 분모를 가질 수 있는가 하는 담론의 현재성에 대한 진지한 모색과 추동력 확충이 필요하다. 아무리 대단한 성가를 지닌 문학작품이라 할지라도 그것이 지난날의 시공 속에 갇혀 있거나 다수의 사람들에게 수용·향유되지 못할 때, 그 작품은 불원간 화석화의 길을 걷게 마련일 것이기 때문이다.

강호가사를 포함한 강호시가는 '홍진-강호-처사'의 관계가 빚어내는 문학이다. 홍진(사회)으로부터 벗어나 강호(자연)에 깃들어 사는 처사(인간)가 표방하는 삶을 노래한 문학이다. 그동안의 연구는 이러한 처사가 왜 홍진으로부터 벗어나고자 하는가, 그 이면에 관여하는 역사적 배경은 무엇인가, 강호에 깃들어 사는 처사가 발견한 자연의 속성과 미는 무엇인가, 자연의 속성과 미에 내재된 자연관과 가치지향 의식의 실체는 무엇인가, 이러한 자연관과 가치지향 의식의 저변에 깔려 있는 철학적 사유는 무엇인가, 이와 같은 자연관과 가치지향 의식이 형상화된 작품의 문학성을 어떻게 규명할 수 있는가, 이러한 문학성을 지닌 작품들의 문학사적 위상을 어떻게 규정할 수 있는가 등의 문제에 논의를 집중시켜 왔다고 할 수 있다.

'작품 산출 당대의 자연 인식과 문학적 형상화 양상'으로 집약할 수 있는 이와 같은 논의들은 오랜 기간 다양한 관점에서 이루어져 온 만큼 그 연구 성과가 괄목할 만한 수준에 이르렀다. 그런 만큼 이제는 이러한 성과를 활용하거나 현재적 관점에서 재조명하는 작업이 필요하다. 달리 말하면 지난날의 작품 속에 용해되어 있는 주제·정서·미학이 오늘의 우리에게 어떤 의미를 갖는가를 보다 적극적으로 탐구할 필요성이 있다. "고전문학과 오늘의 삶을 관통하는 관심사와 주제를 적극적으로 개척해 나가야 한다. 과거성을 넘어서 고전문학과 오늘이 만나고, 오늘의 사람들에게 의미 깊은 체험이 되도록 하는 데 고전문학 연구의 과제가 있다."[2]라는 말도 이와 상통하는 관점에 입각해 있다.

강호가사에 투영된 자연 인식과 시적 지향 의식을 토대로, 작품에 형상화된 정서의 양상과 특징을 오늘날 우리 시대가 당면해 있는 생태 문제, 우리 시대 문학이 추구해야 할 생태적 상상력과 미학의 관점에서 논의하고자 하는 이유가 여기에 있다. 작품 당대적 의미 규명도 중요하지만, 고전의 진정한 가치와 생명력은 역사의 매 시기마다 새롭게 읽히는 가운데 오늘의 현실에서 제기되는 삶의 문제와 연관시켜 새롭게 해석될 때 제빛을 발할 수 있기 때문이다.

2. 사대부의 자연 인식과 시적 지향

자연의 질서와 아름다움을 노래하는 일은 동서고금을 통해 추구되어 온 문학의 주요 제재다. 특히 동양적 인식에 있어서 자연은 현실과 대립되거나 소외된 공간이라는 이분법적 구도를 지닌 존재가 아니다. 자연은 그 자체로 질서를 머금고 있으며 만물이 유기적 연관하에 존재하고 상호 작용하는 삶의 터전이자 활동 공간으로 인식되어 왔다. 시조와 가사로 대표되는 조선 시기 사대부 시가에는 이 같은 자연에 대한 심원한 사유 및 정서를 기반으로, 사대부 특유의 미의식과 가치 의식이 다채롭게 형상화되어 있다. 조선 시기 사대부들의 삶은 자연과의 관련을 통해 모색되면서 더욱 풍성해졌다. 그래서 자연을 작품 배경이나 제재로 한 작품들이 하나의 문학사조를 이룰 만큼 시대를 풍미했던 것으로 보인다.

조선 시기 시가의 자연을 논함에 있어서 새삼 분명하게 정리해 둘 필요

2 김흥규, 「고전문학 연구사 총론」, 『국어국문학회 50년』, 태학사, 2002, 496면.

가 있는 것은, 이때의 '자연'이 구체적으로 무엇을 의미하는가 하는 것이다. 자연의 본디 의미는 '저절로 그러함—자연스러움'이라고 할 수 있다. 그러나 통상적 의미나 시적 대상의 차원에서는 일상 주변에 실재하는 '자연의 사물과 현상'을 뜻하며, 아울러 이러한 '사물·현상을 배경으로 벌어져 있는 공간'을 뜻하는 것이 상례다. 가령 '자연으로 돌아가자'라고 할 때의 '자연'이 내포하고 있는 의미가 바로 그것이다.

자연의 고전적 용어로는 '강호江湖'라는 말이 널리 쓰였다. 그래서 조선 시기 시가에 두드러진 자연 예찬의 시풍을 '강호가도江湖歌道—자연미의 발견'으로 일컬은 개척적 논의[3]로부터 '강호시조'·'강호가사'와 같은 용어가 널리 사용되고 있다. 또한 이러한 강호가도의 문학성과 관련하여 산수시山水詩로서의 성격과 전원시田園詩로서의 성격에 대한 논의[4]가 이루어졌다. 그런가 하면 같은 조선 시기라 하더라도 16세기 시가의 자연을 강호라고 통칭하는 것과 차별되는 국면에서 17세기의 경우는 전원田園 또는 전가田家라는 용어를 사용할 필요성이 있다는 논의[5]가 제기되기도 했다.

이와 같은 자연의 개념적 성격을 바탕으로 할 때, 조선 시기 시가에 등장하는 시적 대상으로서의 자연은 요컨대 '산수'와 '전원'으로 대별할 수 있으리라 본다. 개념 자체만을 따진다면 '전원'이 '산수'를 포괄한다고도 할 수 있겠으나, 대체로 '산수'는 자연의 사물을 지칭하는 측면이 강하며, '전원'은 이를 배경으로 벌어져 있는 생활공간을 지칭하는 측면이 강하여, 나름의

---

3 조윤제, 『朝鮮詩歌史綱』, 동광당서점, 1937; 조윤제, 『國文學史』, 동국문화사, 1949.

4 대표적인 논의로 조동일, 「산수시의 경치, 흥취, 이치」, 『한국시가의 역사의식』, 문예출판사, 1993; 김병국, 「강호가도와 전원문학」, 『한국 고전문학의 비평적 이해』, 서울대출판부, 1995; 최진원, 「문학과 자연」, 『한국 고전시가의 형상성』(증보판), 성균관대 대동문화연구원, 1996을 들 수 있다.

5 구체적인 논의는 김흥규, 「16·17세기 강호시조의 변모와 전가시조의 형성」, 『어문논집』 제35집, 민족어문학회, 1996을 참조.

차별성을 지닌다고 할 수 있기 때문이다.

자연을 작품 배경이나 제재로 한 조선 시기 사대부 시가는 한편으로 자연의 사물이나 현상으로부터 촉발된 정서를 노래하는 경향이 두드러지며, 다른 한편으로 그 속에서 영위하는 생활의 정서를 노래하는 경향이 두드러진다. 물론 이 두 경향이 한 작품에 복합적으로 나타나는 예도 빈번하다. 이렇듯 산수 완상의 흥취나 전원생활의 정취를 노래한 시가 일반을 포괄적으로 강호시가라고 할 때, 조선 시기 강호시가는 시대를 관통하여 존재한다.

자연과 더불어 생활하는 즐거움을 노래한 강호가사 대표 작품만을 들어 보더라도, 15세기 정극인의 「상춘곡賞春曲」을 필두로, 16세기 송순의 「면앙정가俛仰亭歌」와 정철의 「성산별곡星山別曲」, 17세기 차천로의 「강촌별곡江村別曲」과 조우인의 「매호별곡梅湖別曲」, 18세기 권섭의 「영삼별곡寧三別曲」과 남도진의 「낙은별곡樂隱別曲」, 19세기 이상계의 「초당곡草堂曲」과 정해정의 「석촌별곡石村別曲」 등을 통해 작품의 기풍이 지속적으로 계승되었음을 확인할 수 있다.

이와 같은 자연을 작품 배경이나 제재로 한 강호가사 작품 대부분에는 인간과 자연이 조화로운 관계를 이루어 나가는 삶의 태도와 가치 의식이 투영되어 있다. 이러한 삶의 태도와 가치 의식은 근원적으로 우주 만물을 '서로 화합하는 유기적 총체'로 인식한 데서 비롯된 것으로서, 그 바탕에는 우주 만물은 순환하고 변화하면서도 일정한 질서나 이치가 있어서 서로가 서로를 있게 하고 도우면서 스스로 조화와 균형을 유지한다는 대대공존對待共存의 관계[6]에 대한 사유, 나아가 자연의 지배자가 아닌 대표자로서의

6 對待共存은 천지만물의 상호의존성을 의미하는 동양철학의 용어다. 따라서 대대공존의 관계란 '서로가 서로를 있게 하고 도우면서 조화와 균형을 유지하는 관계'를 뜻한다. 다른 존재는 어떤 존재를 위한 필수적 조건이면서 보편적 특성이 되는 상호 의존적 관계로 파악하는 것이다.

인간이 자연의 생명성과 리듬에 합일함으로써 물아일체物我一體라는 이상적 경지에 이르고자 하는 시적 지향 의식이 짙게 깔려 있다. 강호가사에 내재된 이와 같은 자연 인식과 시적 지향 의식의 두드러진 양상을 살펴보면 다음과 같다.

1) 성찰과 가치 의식 투영

산수 완상의 흥취나 전원생활의 정취를 노래한 강호가사 가운데에는 자연의 사물이나 현상에 내재된 이치나 속성을 성찰하여 그로부터 환기되는 정서를 인간사와 결부시켜 노래하는 데 관심의 초점이 놓여 있는 작품들이 적지 않다. 자연을 성찰의 대상으로 인식하여 그 이치나 속성을 작자가 추구하는 가치 의식과 결부시켜 노래하는 지향 의식을 보이는 작품들이 그것이다.[7]

공산空山의 셜젹雪積ᄒᆞ고 만목萬木이 됴잔凋殘ᄒᆞᆫ대
특닙特立ᄒᆞᆫ 져 숑ᄇᆡᆨ松柏은 네 홀노 쳥쳥靑靑ᄒᆞ니
졀ᄉᆞ節士의 놉흔 ᄠᅳᆺ지 너 보고 흥긔興起ᄒᆞᆫ다
샹풍霜風이 늠뉼凜慄ᄒᆞ고 빙벽氷壁이 형쳘瑩徹ᄒᆞᆫ대
한 조각 ᄆᆞᆰ은 ᄃᆞᆯ이 쳥텬靑天의 됴요照耀ᄒᆞ니
군ᄌᆞ君子의 ᄆᆞᆯ근 ᄆᆞ음 너 보고 감발感發ᄒᆞᆫ다 「낙지가」

7 이하 이 글에서 인용하는 가사 작품은 원전에 충실하되, 내용 이해를 돕기 위해 국문으로 쓰여진 경우 괄호 속에 한자를 병기하며, 국한문 혼용의 경우는 괄호 속에 한자음을 병기하기로 한다. 또 가사는 작품마다 서술 분량이 적잖은 까닭에 논의와 직결되는 대목만을 인용하기로 하며, 작품의 출처는 생략하기로 한다.

開心臺ᄀᆡ심대 고텨 올나 衆香城듕향셩 ᄇᆞ라보며

萬二千峯만이쳔봉을 歷歷녁녁히 혜여ᄒᆞ니

봉마다 ᄆᆡᆺ쳐 잇고 긋마다 서린 긔운

ᄆᆞᆰ거든 조티 마나 조커든 ᄆᆞᆰ디 마나

뎌 긔운 흐텨 내야 人傑인걸을 ᄆᆞᆫᄃᆞᆯ고쟈

形容형용도 그지 업고 體勢톄셰도 하도ᄒᆞᆯ샤

天地텬디 삼기실 제 自然ᄌᆞ연이 되연마ᄂᆞᆫ

이제 와 보게 되니 有情유졍도 有情유졍ᄒᆞᆯ샤 「관동별곡」

이이李珥(1536~1584)가 지은 것으로 전하는 「낙지가樂志歌」를 보면, 눈 쌓인 계절이라 산천초목 모두가 이울어 쇠잔하건만, 소나무·잣나무만이 우뚝이 청청하게 서 있는 풍경에서 절개 있는 선비의 높은 뜻을 기리는 흥취가 일어난다고 했다. 또 서릿바람이 차갑게 불고 얼어붙은 바위벽마저 투명하게 비치는 밤, 한 조각 맑은 달이 하늘 위에서 고요히 만물을 비추는 정경으로부터 군자의 맑은 마음이 무엇인지를 가슴으로 느껴 펴낸다고 했다.

정철鄭澈(1536~1593)의 「관동별곡關東別曲」 경우는, 갖은 자태로 우뚝우뚝 서 있는 금강산 만이천 봉우리들을 역력히 헤아리면서 그 기이한 형상들에 가슴 벅찬 산수유상의 흥취를 느끼더니, 이로부터 사람의 형상을 떠올려 그 낱낱의 봉우리들에 서린 해맑은 정기로 세상을 이롭게 할 인걸을 만들어 내고 싶다는 생각을 펴냈다. 무어라 형언하기 어려운 그 형상들은 본디 저절로 그러한 자연의 심성이련만, 너무도 오묘하여 마치 정이라도 담고 있는 듯이 느껴지기 때문이다. 그래서 새삼 생각해 보니, 무정한 듯 보이는 자연의 형상들에도 조물주의 깊은 정이 깃들어 있다고 했다.

위 작품들에 등장하는 자연의 물상과 풍광들은 일차적으로는 그 자체의 아름다움이나 시적 정서를 고양시켜 주는 대상물이기도 하겠지만, 작자가 추구하는 이념이나 정신세계를 표상하는 매개체로서 형상화되고 있다는 데 보다 큰 의미를 부여할 수 있다. 객관적 대상 그 자체일 따름인 자연의 사물이나 현상이 자아내는 흥취를 인간사와 결부시켜 의미화하고 있는 것이다. 말하자면 '무정한' 자연의 경물을 '유정한' 인간적 계기 속에서 감지한 흥취와 의미를 노래하고 있다고 하겠는데, 자연을 성찰의 대상으로 인식하여 그 이치나 속성에 작자가 추구하는 가치 의식을 투영 형상화하는 시적 지향 의식을 보인다고 할 것이다.

이러한 자연 인식과 시적 지향 의식은 본래 그러한 자연의 이치나 속성과는 다른 인간의 덕목이나 가치 의식, 즉 인격과 윤리적 의미를 부여하고 있다는 점에서, 자연의 물상이나 풍광에 인간의 질서를 투영한 것이라고 할 수 있다. 이와 같은 자연 인식 및 시적 지향 의식과 관련하여, 이황李滉(1501~1570)은 "(자연을 매개하여) 도의를 기뻐하고 심성을 길러서 즐기는 것"[8]을 가장 바람직하게 여겼고, 이이李珥(1536~1584) 또한 "다만 산수의 흥취를 알 뿐 도체를 알지 못한다면 또한 그 산수에 대한 앎이 귀하다고 할 수 없는 것"[9]이라고 강조한 바 있다. 성리학性理學을 철학적 사유의 근간이자 생활 이념으로 삼은 조선 시기 사대부에게 있어서, 자연은 그 자체에 어떤 이법이나 도체를 내재하고 있는 존재로 인식되었던 단면의 반영이라 할 것이다.

8 悅道義頤心性而樂: 李滉, 「陶山雜詠記」, 『退溪全書』 卷3 · 詩: 『陶山全書 · 一』(영인본), 퇴계학연구원, 1988, 41면.

9 但知山水之趣 而不知道體 則亦無貴乎知山水矣: 李珥, 「洪恥齋仁祐遊楓嶽錄跋」, 『栗谷全書』 卷13 · 跋: 『栗谷全書 · 一』(영인본), 성균관대 대동문화연구원, 1971, 271면.

2) 교감과 심미 의식 체현

강호가사 가운데에는 자연의 사물이나 현상이 환기하는 아름다움을 노래하면서 대상과의 교감을 통해 심미 의식을 체현하는 데 관심의 초점에 놓여 있는 작품들이 많다. 사실 자연은 유락의 대상이거나 심미의 대상이기 쉽지, 이념이나 정신세계를 표상하는 대상이기 쉽지 않다. 자연의 물상 또는 풍광을 완상하거나 그러한 정경과 더불어 생활하는 즐거움을 노래하면서 정서적 충일감을 형상화하고 있는 작품들이 여기에 해당한다.

南風남풍이 건듯 부러 綠陰녹음을 혜텨 내니
節절 아ᄂᆞᆫ ᄭᅬᄭᅩ리ᄂᆞᆫ 어드러셔 오돗던고
羲皇희황 벼개 우희 픗ᄌᆞᆷ을 얼픗 ᄭᆡ니
空中공중 저즌 欄干난간 믈 우희 ᄯᅥ 잇고야
麻衣마의ᄅᆞᆯ 니믜ᄎᆞ고 葛巾갈건을 기우 쓰고
구브락 비기락 보ᄂᆞᆫ 거시 고기로다
ᄒᆞᄅᆞ밤 빗기운의 紅白蓮홍백련 섯거 픠니
ᄇᆞ람ᄭᅴ 업서셔 萬山만산이 향긔로다　　「성산별곡」

澄潭징담 깁흔 곳의 노프니ᄂᆞᆫ 絶壁절벽이오
옥 ᄀᆞᄐᆞᆫ 여흘은 깁 편 ᄃᆞᆺ 흘러 잇다
외로운 天柱쳔쥬ᄂᆞᆫ 무ᄉᆞᆷ 긔운 타나이셔
九萬里구만니 長天쟝쳔을 구죽히 밧쳐시며
완젼ᄒᆞᆫ 水山수샨은 무ᄉᆞᆷ 마ᄋᆞᆷ 먹어이셔
풀쳐 간ᄂᆞᆫ ᄃᆞᆺ 돌치며 소ᄉᆞᆺᄂᆞᆫ ᄃᆞᆺ
그 남은 衆峰중봉이 수업시 버러시니

멀리 뵈나니ᄂᆞᆫ 綽約작약 佳人가인이
嬌態교틔를 못 감초아 翠眉취미를 찡기ᄂᆞᆫ ᄃᆞᆺ
갓가이 뵈나니ᄂᆞᆫ 龍眠농면 畵工화공이
水墨슈묵 新粧신장을 彩筆치필노 둘넌ᄂᆞᆫ ᄃᆞᆺ 「매호별곡」

위쪽 정철鄭澈(1536~1593)의 「성산별곡星山別曲」을 풀이하면, 남풍이 건듯 불어 녹음을 헤쳐 내니, 시절을 아는 꾀꼬리 어디에서 날아오는가. 근심 없는 세월 속에 풋잠에서 얼핏 깨니, 가랑비에 젖은 난간 물 위에 떠 있구나. 삼베옷을 띠 둘러 입고 칡두건을 기울여 쓰고, 허리 구부려 바라보니 노니는 것이 고기로구나. 하룻밤 빗기운에 붉고 흰 연꽃 섞여 피니, 바람기운 없어서 온 산이 연꽃 향기로구나. 인용한 부분은 '성산'의 여름 정경을 노래한 대목으로서, 저절로 그러한 자연의 생명력과 조화감을 배경으로, 풍광 속 경물들과 교감하는 모습이 한적의 정서와 함께 물씬 배어난다.

아래쪽 조우인曺友仁(1561~1625)의 「매호별곡梅湖別曲」을 풀이하면, 맑은 연못 위로 솟아오른 절벽과 비단을 펼쳐 놓은 듯 영롱한 시냇물이 흐른다. 드넓은 하늘을 받치고 있는 듯 우뚝이 솟은 나무, 굽이굽이 비단을 펼쳐 놓은 듯 흐르는 물줄기, 무슨 마음을 먹어서인지 에둘러 감싸며 솟아오른 크고 작은 봉우리들이 장관을 연출하고 있다. 그리하여 멀리 보이는 산수의 곡선들은 마치 가냘프고 맵시 있는 미인이 교태롭게 눈썹을 찡그리는 듯하고, 가까이 보이는 산수의 경물들은 뛰어난 화공의 채색 붓놀림인 양 화려하기 그지없다. 인용한 부분에서는 '매호' 주변을 둘러싼 수려한 물상과 풍광들을 노래하면서, 자연의 현란하면서도 조화로운 형상들과 교감하는 즐거움을 다채롭게 형용하고 있다.

순연한 질서와 함께 아름다운 정경을 선사하는 자연의 물상과 풍광들을 노래한 대목들이다. 시절을 알아 때맞춰 찾아드는 '꾀꼬리', 맑은 여울 속을 한가롭게 오가는 '물고기', 하룻밤 빗기운에 온 산을 향기로 뒤덮는 '홍백련', 무슨 마음을 먹어선지 갖은 형상으로 솟아오른 '산봉우리', 가냘프고 맵시 있는 미인이 교태롭게 눈썹을 찡그리는 듯한 '산수의 곡선', 뛰어난 화공의 채색 붓놀림인 양 화려하기 그지없는 '산수의 경물' 등은 저절로 그러한 자연의 물상과 풍광들이면서도, 작자의 감성이 결합 형상화된 모습들이다. 작자의 시선에 포착되어 정취화됨으로써 의미로운 존재로 부각된 자연의 형상들인 것이다. 기대승高峯 奇大升(1527~1572)이 주자朱子의 「무이도가武夷櫂歌」를 풀이하면서, "사물로 인해 감흥이 일어나 가슴 속의 정취를 그려 내었다."[10]라고 한 자연의 정취화와 상통하는 단면들이다. 그런 면에서 이와 같은 작품들에서는 자연과의 정서적 교감을 통해 심미 의식을 체현 형상화하는 시적 지향 의식이 두드러진다고 할 것이다.

자연의 물상이며 풍광을 완상하거나 그러한 정경과 더불어 생활하는 즐거움을 노래한 강호가사 작품들에는 이른바 물외物外의 정취, 즉 세상 물정의 바깥에서 누리는 탈속의 정취가 흥건히 배어 있다. 사대부의 이상은 벼슬길에 나아가 경세제민經世濟民의 뜻을 실천하는 데 있는 것이지만, 그 계기가 여하하든 산수·전원에 깃들어 살게 된 경우 사회 현실과 차단된 공간에서 자신만의 또 다른 삶의 의미를 구현하는 것이다. 이와 같은 성향의 작품들에는 명리名利를 다투고 영욕榮辱이 교차하는 사회 현실의 자장권 밖에서 누리는 심신의 여유와 생활의 만족감, 그리고 이로부터 비롯되는 정서적 충일감이 배어 있다. 이러한 면모는 특히 네 계절이 베푸는 산수 경물의 흥취와 그 속에서 생활하는 정취를 노래한 강호가사 작품들에서 두루 확인할 수 있다.

10 因物起興 以寫胸中之趣: 奇大升, 「別紙武夷櫂歌和韻」, 『高峯全集』·高峯退溪往復書 卷1: 『高峯全集』(영인본), 성균관대 대동문화연구원, 1979, 167면.

3) 몰입과 합일 의식 표백

자연과 더불어 생활하는 사대부가 산수 완상이 흥취나 전원생활의 정취로부터 환기되는 정서를 통해 도달하고자 하는 궁극의 이상적 경지는 물아일체物我一體다. 이는 대상과의 교감을 넘어서서 대상과 혼연일체가 됨으로써, 자연의 생명성과 리듬에 합일하고자 하는 시적 지향 의식의 발로라고 할 수 있다. 그 자체로 자족적인 자연의 품성을 닮아 스스로 자연의 일부가 되고자 하는 의지가 긴밀히 관여하고 있는 강호가사 작품들이 여기에 해당한다.

엇그제 겨을 지나 새봄이 도라오니
桃花杏花도화행화는 夕陽裏석양리예 퓌여 잇고
綠楊芳草녹양방초는 細雨中세우중에 프르도다
칼로 ᄆᆞᆯ아낸가 붓으로 그려낸가
造化神功조화신공이 物物물물마다 헌ᄉᆞᄅᆞᆸ다
수풀에 우ᄂᆞᆫ 새ᄂᆞᆫ 春氣춘기를 못내 계워
소ᄅᆡ마다 嬌態교태로다
物我一體물아일체어니 興흥이ᄋᆡ 다ᄅᆞᆯ쏘냐 「상춘곡」

솔 아릐 구븐 길로 오며 가며 ᄒᆞᄂᆞᆫ 적의
綠陽녹양의 우ᄂᆞᆫ 黃鶯황앵 嬌態교태겨워 ᄒᆞᄂᆞᆫ괴야
나모 새 ᄌᆞᄌᆞ지여 樹陰수음이 얼릔 적의
百尺백척 欄干난간의 긴 조으름 내여 펴니
水面수면 涼風양풍이야 긋칠 줄 모로ᄂᆞᆫ가
즌 서리 ᄈᆞ진 후의 山산 빗치 錦繡금슈로다

黃雲황운은 ᄯᅩ 엇지 萬頃만경에 편거긔요
漁笛어적도 흥을 계워 ᄃᆞᆯ를 ᄯᆞ라 브니ᄂᆞᆫ다 「면앙정가」

정극인丁克仁(1401~1481)의 「상춘곡賞春曲」에서는, 새봄의 도래와 함께 활짝 피어난 복사꽃 살구꽃이 석양 속에 붉게 빛나는 정경에서, 초록빛이 완연한 버드나무 사이로 갓 돋아난 새싹이며 풀꽃들이 봄비에 젖고 있는 정경에서, 칼로 재단한 듯 붓으로 그려낸 듯한 조물주의 경이로운 조화를 실감한다. 때맞춰 수풀 속에서 춘흥을 못 이기어 교태를 부리는 새소리가 들리자, 그러한 산수풍경을 완상하던 화자는 마침내 자연의 경물과 혼연일체가 된 상태에 이르면서 '물아일체의 흥'을 체험한다.

송순宋純(1493~1583)의 「면앙정가俛仰亭歌」 경우는, 솔숲 아래로 난 구불구불한 길을 오가며 푸른 버드나무 사이에서 교태롭게 우는 꾀꼬리 소리를 듣는다. 또 나무와 억새풀이 우거져 녹음이 짙게 드리워진 난간에 기대어 수면을 스쳐 불어오는 서늘한 바람을 느끼며 긴 졸음을 내어 편다. 그리고 된서리 걷힌 산에 수놓은 비단처럼 아름답게 물든 단풍, 넓은 들에 누렇게 익어 펼쳐진 곡식, 고기잡이하며 흥을 이기지 못하여 달을 따라 불어 예는 피리소리에 흠뻑 젖는다. 계절마다 물색과 풍광을 달리하는 정경들과 함께 자연의 경물과 혼연일체가 된 생활에서 느끼고 누리는 '흥취'가 행간에 가득 배어 있다.

위 작품들에서 볼 수 있는 '춘흥을 못 이기어 교태 부리듯 우는 새소리', '푸른 버드나무 사이에서 교태 겨워 우는 꾀꼬리', '흥에 겨워 달을 따라 불어 예는 고기잡이의 피리소리'와 같은 표현들은, 그 자체가 이미 자연의 경물과 혼연일체가 된 화자의 정서 상태를 대변해 준다. 대상에 몰입하여 그 생명성과 리듬에 합일함으로써 화자 자신 또한 자연의 일부가 된 모습, 그 시적 지향 의식을 형상적으로 드러내고 있다고 할 것이다.

물아일체의 흥취를 노래하는 이와 같은 강호가사 작품들에 있어서 눈여겨볼 필요가 있는 것은, 작품에 등장하는 자연의 물상이나 풍광들이 마음속에서 꾸며진 추상적 관념 공간의 형상들인지, 실재하는 생활공간의 형상들인지의 여부다. 이 점에 있어서 강호가사에 등장하는 공간의 형상은 현실에 실재하는 형상들보다는, 관념 속에서 꾸며진 형상들인 경우가 많다. 인용한 두 작품의 경우는 생활 주변의 형상들로서 작자의 직접적 체험에 기반하고 있지만, 강호가사에서 어렵지 않게 확인할 수 있는, 예컨대 중국의 고사나 전고를 원용해 공간을 꾸미고 있는 작품들의 경우는 관념 속에서 구축된 추상적 공간의 형상들이다. 이는 작품의 제재로 삼은 자연의 사물 · 현상 · 속성들을 통해 작자가 추구하는 바를 형상화하는 과정에서, 저마다의 이상적 정경을 설정하고 노래하는 데 관심의 초점이 놓여 있기 때문이다. 그런 면에서 강호가사에 등장하는 공간의 형상들은 작자가 추구하는 삶의 태도나 가치지향 의식과 긴밀히 맞닿아 있다고 하겠다.

이상에서 살핀 강호가사에 내재된 자연 인식과 시적 지향 의식의 두드러진 양상들로부터, 조선 시기 사대부들에게 있어서 자연은 특히 그들의 정신세계와 밀접한 연관하에 인식, 형상화되어 왔음을 확인할 수 있다. 자연은 본디 질서화된 것도 조화로운 것도 아니다. '저절로 그러한' 속성을 지닌 대상 자체일 뿐이다. 우순풍조雨順風調하다가도 언제 어떤 재난을 몰고 올지 모른다. 그런데 조선 시기 사대부들은 그것을 질서화되고 조화로운 것으로 인식하였다. 이러한 인식 태도와 결부된 자연 예찬의 시풍은 그들의 철학적 사유의 뿌리인 성리학의 외물外物 인식과 무관하지 않다.

성리학은 사악한 기운이 없는 인간의 순수한 심성과 이의 발로인 올바른 도리를 탐구하고 그것을 일상의 행동 규범을 통해 실천하고자 하는 철학이다. 그런데 인간의 심성에 대응되는 순수한 품성을 지닌 존재는 오직 자연

뿐이라고 생각했기에, 조선 시기 사대부들의 외물 인식을 통한 성찰이나 정서 형상화 역시 어떤 식으로든 자연을 매개하여 이루어진 것으로 보인다. 그렇기에 강호가사에 등장하는 자연은 현실 공간에 실재하는 형상들만이 아니라, 관념 공간에서 꾸며진 형상들 또한 적지 않다. 작품의 제재로 삼은 자연의 사물·현상·속성을 통해 저마다의 삶의 태도와 가치 의식을 형상화하기 때문이다. 자연의 물상이나 풍광을 매개해 자신이 추구하는 정신세계를 미적으로 재구성하는 것이다.

그런 면에서 조선 시기 사대부들은 자연을 객관적·실재적 현상세계로서 보다는, 주관적·이상적 이념 세계로 인식한 경향이 짙다. 이러한 경향은 산수유상의 흥취를 노래한 경우에서 보다 두드러지며, 전원의 생활 풍정을 노래한 경우에서는 상대적으로 두드러지지 않은 것을 확인할 수 있다. 조선시기 사대부들에게 있어서 자연은 '인간과 더불어' 존재하는 경우가 대부분인 것이다. 바로 여기에 사대부의 자연 인식과 시적 지향 의식의 특징이 내재해 있다고 할 수 있다. 나아가 이러한 자연 인식과 시적 지향 의식을 근거로 할 때, 자연을 작품 배경이나 제재로 한 강호가사는 자연의 물상이나 풍광이 환기하는 정서를 '자기발견'의 차원에서 형상화했다고 할 것이다.

3. 강호가사에 투영된 생태적 상상력과 미학

자연을 작품 배경이나 제재로 한 조선 시기 사대부 시가에는 인간과 자연이 조화로운 관계를 이루어 나가는 삶의 태도와 가치 의식이 투영되어 있다고 했다. 아울러 이러한 삶의 태도와 가치 의식의 밑바탕에는 자연과 인간이 서로를 있게 하고 도우면서 조화와 균형을 유지해 나가는 대대공존對待共存의 사유가 짙게 깔려 있다고 했다. 강호가사를 위시한 조선 시기 강호시가는 이러한 자연 인식을 기반으로 자연의 물상과 풍광이 환기하는 산수유상의 흥취나 전원생활의 정취를 형상화함으로써 보다 풍요로운 삶과 정서의 세계를 구축하고 있음을 확인할 수 있었다.

자연 내 존재로서의 인간이 자연과의 조화를 통해 공생하면서 삶의 풍요로움을 추구하는 경향은 오늘날 녹색담론이나 생태시로 대표되는 친자연적 가치지향 의식과 상통하는 바 크다. 물론 오늘날의 녹색담론이나 생태시는 근대화의 부작용으로 자연 훼손과 환경오염이 심각해짐에 따라, 현재와 미래의 삶이 위기에 처해 있다는 각성에서 비롯된 것이다. 반면 강호가사를 위시한 근대 이전 시가에 두드러진 친자연적 가치 의식은 자족적 성격의 것으로서, 이러한 위기의식이나 자각과는 별도의 국면에서 자연과의 조화와 공생을 추구한 것이다. 그래서 생태계가 위험 수위에 오르지 않은 시대를 대상으로 생태에 관한 논의를 적용하는 것 자체가 무리라고 생각하는 이도 있다. 생태 위기에 대한 분명한 의식과 목적을 가진 경우라야 생태 또는 생태시라는 용어 적용이 합당하다는 생각을 가진 경우인 셈이다.

그러나 이러한 인식은 타당하지 않다고 본다. 이른바 자연 훼손이나 환경파괴가 이루어지지 않은 근대 이전 사람들은 오히려 생태를 보다 잘 의식하고 생태계와의 공생을 철저하게 추구했던 이들이었기 때문이다. 적어도 우리나라를 포함한 동양에서는 그랬다. 자연의 섭리를 존중하고 자연과 더불어 생활을 영위하는 태도야말로 풍요롭고 의미 있는 삶을 누릴 수 있음을 표방한 사상과 문학들이 이를 잘 말해 준다. 근대 이전의 친자연적 가치 의식은 오늘날 자연 생태계에 대한 위기의식이나 자각과 발생적 토대는 다르지만, 생태에 대한 근본적인 인식 즉 자연친화적 삶의 중요성에 대한 인식에 있어서는 근대 이전과 오늘이 다르지 않다. 다만 오늘날 우리의 경우 생태에 충실한 삶이 보다 절실할 따름이다. 그렇기에 생태 문제는 특정 시기에 국한되지 않는 우리 삶의 보편적 사안임을 유념할 필요가 있다.

이와 같은 맥락에서 자연 내 존재로서의 인간과 오늘의 삶에 결부된 고전의 가치를 문제 삼을 때 가장 먼저 거론할 수 있는 것 가운데 하나가 생태生態[11]다. 인간을 포함한 모든 생명체들은 서로 의지하며 살고 있는바, 이러한 생명공동체의 상호 연관에 토대를 둔 개념이 곧 생태다. 생태적 관점은 자연을 대하는 시각과 태도에 초점을 맞춘다. 따라서 "자연 내 존재로서 인간의 올바른 삶에 대한 모색"[12]이 생태적 관점이라면, 이러한 사유에 기반하여 세계를 재구성하는 감성적 표현 능력을 생태적 상상력이라고 할 수 있다. 강호가사를 위시한 조선 시기 강호시가에 내재된 자연 인식과 문학적 형상화 양상은 자연 내 존재로서의 인간에 대한 깊은 성찰과 상상력의 세계를 보여 준다. 생태적 사유에 기반한 감성과 상상력이 풍부하게 녹아 있는 것이다.

강호가사에 투영된 생태적 상상력과 그 정서적 형상은 자연의 물상이나 풍광을 형상화하는 감성적 인식과 표현 양상에 따라, 관념적 형상을 통해 이상적 현실의 삶을 현시하는 '관조적 재현', 실천적 공존의식을 통해 일상적 현실의 삶을 미화하는 '의존적 예찬', 낙천적 합일 의식을 통해 초월적 현실의 삶을 구현하는 '상생적 동화'로 대별할 수 있다. 이러한 생태적 상상력과 미학적 국면들은 앞에서 살핀 자연을 성찰 대상으로 인식하여 가치

---

11 生態 또는 生態學의 개념과 관련하여 대부분의 사람들은 이를 '에콜로지(ecology)'의 번역어로 간주한다. 19세기 말 에른스트 헤켈(Ernst Haeckel)이 제시한 개념인 '에콜로지'는 특정한 유기체와 주변 환경 간의 연관을 연구하는 생물학의 한 분야다. 반면 동양에서는 8세기 杜甫의 시 「曉發公安」에 등장하는 '物色生態能幾時'의 '生態'가 그 하나의 예로서, 이때의 生態는 '생동적인 모습[生動的意態]'을 의미한다. 요컨대 '에콜로지'가 생태계 안에 사는 생물보다 그것을 에워싸고 있는 바깥 환경에 주목한 개념이라면, '生態·生態學'은 사람을 위시한 생물을 에워싸고 있는 바깥 환경과 연관된 삶 자체에 주목한다는 점에서 차이가 있다. 본고에서 사용하는 生態·生態學은 에콜로지의 번역어가 아닌 이와 같은 개념을 의미한다.

12 박희병, 「한국의 사상적 전통과 생태적 관점」, 『한국의 생태사상』, 돌베개, 1999, 3면.

의식을 투영 형상화하는 시적 지향 의식, 자연과의 정서적 교감을 통해 심미 의식을 체현 형상화하는 시적 지향 의식, 대상에 몰입하여 자연의 생명성과 리듬에 합일하고자 하는 시적 지향 의식과 각각 맞닿아 있기도 하다. 강호가사에 투영된 생태적 상상력과 그 정서적 형상의 두드러진 양상 및 특징을 살펴보면 다음과 같다.

1) 관조적 재현의 생태미학

자연은 말이 없다. 말 없는 자연의 말을 들으면서 자연이 현시하는 생명 현상을 관조 성찰하고 이를 감각적 묘사를 통해 언어화하는 과정은 인간과 자연 곧 자아와 대상 사이의 대대적對待的 관계 맺기의 한 양상이자 생태적 상상력의 표현이다. 강호가사는 관념 속 이상의 현실을 일상 속 생활의 현실로 바꾸어 놓는 방식을 통해 작자가 추구하는 삶을 형상화하는 예가 빈번하다.

松風蘿月송풍나월은 불거니 ᄇᆞᆯ거니 자지도 금치도 안니ᄒᆞ여
一般雙淸일반쌍청이 다 내게 모다 오고
朝雲暮霞조운모하은 부ᄂᆞᆫ 듯 희ᄂᆞᆫ ᄃᆞᆺ 모ᄃᆞ락 흐터지락
千態萬象천태만상이 저근덛에 달나간다
소리소리 듯ᄂᆞᆫ 거ᄉᆞᆫ 處處처처의 우ᄂᆞᆫ 새오
빗비치 보ᄂᆞᆫ 거ᄉᆞᆫ 節節절절이 픠ᄂᆞᆫ 고치
아마도 이 몸이 늘거사 閑暇한가ᄒᆞ여
世事세사을 다 더지고 林下임하애 도라와셔
琴書금서로 버들 삼고 猿鶴원학으로 무ᄅᆞᆯ 삼아
노라도 여긔 놀고 안자도 여긔 안자

泉石膏肓천석고황이 나죵내 병이 되어
死生貧賤사생빈천을 ᄒᆞᄂᆞᆯ끠 부쳐 두니
走兎功名주토공명을 내 엇지 잘 ᄯᆞ로며
浮雲富貴부운부귀을 내 무ᄉᆞ 일 부러 보리
주으리어ᄃᆞᆫ 버구리렛밥 먹고 목ᄆᆞᄅᆞ거ᄃᆞᆫ 박개물 마시니
이리ᄒᆞᄂᆞᆫ 가온대 즐거오미 쏘 인ᄂᆞ다　　　　　　　「지수정가」

김득연金得硏(1555~1637)의 「지수정가止水亭歌」 가운데 한 대목이다. 「지수정가」는 작자가 향리 안동에 누정을 짓고 깃들어 살면서, 주변 경물과 더불어 풍류를 즐기면서 안분지족安分知足하는 생활, 심성수양心性修養에 힘쓰는 도학자의 구도적 자세를 노래하고 있는 작품이다. 인용한 대목에서는 '지수정' 주변의 물상과 풍광들을 다양하게 형용하면서 은거 생활의 소회를 진술하고 있다.

솔바람과 담쟁이 속 달은 붉고 밝아 잦아들지도 멈추지도 아니하여, 매화와 수선화가 다 내게 모여 오고, 아침 구름과 저녁 안개는 뿌연 듯 하얀 듯 모이는 듯 흩어지는 듯, 자연의 온갖 물상들이 잠깐 사이에 달라진다. 소리소리 듣는 것은 곳곳에서 우는 새요, 빛빛마다 보는 것은 계절마다 피는 꽃이로다. 아마도 이 몸이 늙어지니 한가하여, 세상사 다 던지고 전원으로 돌아와서, 거문고와 책으로 벗을 삼고 원숭이와 학을 친구 삼아, 놀아도 여기서 놀고 앉아도 여기에 앉아, 자연을 사랑함에 고치지 못할 병이 되어, 생사와 빈천을 하늘에 맡겨 두고, 토끼처럼 달아다는 공명을 내 어찌 잘 따르겠으며, 뜬구름 같은 부귀를 내 무슨 일로 부러워하리. 굶주리거든 대소쿠리 밥을 먹고 목마르거든 바가지 물을 마시니, 이렇게 생활하는 가운데 즐거움이 또 있구나.

계절에 따라 물색과 풍광을 달리하는 자연의 생태를 묘사하면서, 다채롭

고도 풍부한 정감을 선사하는 정경들에 깃든 자연의 운행 이치와 생명력을 노래하고 있다. 생태적 사유와 상상력은 자신의 생활 주변에서 자연을 가까이하는 것으로부터 비롯된다. 지속 속에서의 변화를 원리로 펼쳐지는 자연의 무한한 생명력과 다양성에 시선을 머물러 두고, 이를 완상하는 즐거움을 노래하는 것이 그 한 양상이다. 자연은 다만 스스로 존재하는 것이지만, 그 스스로 존재하는 자연의 경물들을 자신이 포착한 시선과 언어를 통해 노래하는 것 자체가 이미 자연과의 사이에 특별한 '관계'를 형성하는 것이기 때문이다. 위 대목에서 작자는 자연의 생태를 관조 성찰하고 상상력을 동원해 자신이 깃들어 사는 주변 공간을 천지자연의 섭리가 구현된 순정하고도 조화로운 공간으로 장식하고 있다.

그런데 '지수정' 주변 공간을 구성하는 이와 같은 물상과 풍광들 대부분은 일상에 실재하는 형상들이라기보다는, 작자가 추구하는 삶의 태도와 가치 의식에 말미암은 관념적 형상들로서, 생태적 상상력에 의해 미적으로 재구성된 것이라고 할 수 있다. 그리하여 이러한 공간에서 '거문고와 책으로 벗을 삼고 원숭이와 학을 친구 삼아' 생활하는 유유자적한 일상을 통해, '굶주리거든 대소쿠리 밥을 먹고 목마르거든 바가지 물을 마시는' 안빈낙도의 삶을 실천하고자 한다. 이러한 일상의 삶이야말로 작자에게는 더없는 '즐거움'이기 때문이다. '지수정'이 자신이 추구하는 뜻을 실천하기에 최적의 은거처임을 진술하면서, 일종의 낙원을 형상화하고 있다고 할 것이다.

강호가사에 투영된 이와 같은 생태적 상상력과 그 정서적 형상은 시대를 관류해 기풍이 이어지면서, 조선 시기 말엽의 작품에서도 그 단면을 확인할 수 있다.

昇平聖世승평성세 더뎌 두고 靑雲청운를 下直하직ᄒᆞ야
樂夫天命낙부천명 ᄒᆞ올 뎌긔 彷徨방황코 棲遲서지ᄒᆞ여

날곳 ᄉᆡ면 ᄒᆞᄂᆞᆫ 닐리 采藥채약ᄒᆞ여 療饑요기ᄒᆞ고
飮水음수ᄒᆞ고 著書저서ᄒᆞ며 ᄌᆞᆼ긔 바돌 무ᄉᆞᆫ 일고
雲山운산의 主人주인 도여 管領관령ᄒᆞ니 헌ᄉᆞ롭다
董生동생의 桐栢동백이며 李愿이원의 盤谷반곡인가
考槃歌고반가을 닐을 ᄉᆞ마 叢桂曲총계곡 읠픠오니
徐孺子서유자 지조런가 韓伯休한백휴의 淸標청표로다
蜀道詩촉도시 외오면셔 獨樂園독락원 됴히 네겨
綠竹녹죽으로 울를 ᄉᆞᆷ고 黃花황화로 버슬ᄒᆞᆫ가 「석촌별곡」

정해정鄭海鼎(1850~1923)의 「석촌별곡石村別曲」 가운데 한 대목이다. 「석촌별곡」은 무등산 및 적벽 일대의 풍광과 정취를 노래한 작품이다. 인용한 대목에서는 세간의 명리로부터 벗어나 전원에 깃들어 사는 일상의 즐거움을 노래하고 있다.

태평성세 버려두고 벼슬과도 하직하여, 천명만을 즐길 적에 이리저리 노닐면서, 날이 새면 하는 일이 약을 캐어 요기하고, 물 마시고 책 쓰면서 장기 바둑 무슨 일인가, 산수 간에 주인 되어 도맡은 일 분주하다. 동중서의 동백이며 이원의 반곡인가. 은사의 노래 고반가로 일을 삼아 총계곡을 읊으오니, 서유자의 지조런가 한강의 기품이로다. 촉도시 외우면서 독락원을 좋게 여겨, 대숲으로 울을 삼고 황국으로 벗을 했는가.

전원의 물상과 풍광들을 배경으로, 풍월주인이 되어 그 안에 깃들어 사는 생활의 만족감을 노래하고 있다. 주변 물상이나 풍광 묘사보다는, 사대부로서 익힌 지식과 교양을 동원해 자신이 깃들어 사는 공간을 다채로운 형상들로 장식하고 있다. 그 형상들 대부분이 특히 '은일'과 결부된 중국의 고사나 전고에 기반하고 있다는 점에서, 실제와는 적이 거리가 있는 관념적 이상의 형상이자 공간이라고 할 수 있다. 이 경우 역시 작자가 추구하는

삶의 태도와 가치 의식에 말미암은 관념적 이상의 현실로서, 생태적 상상력을 동원하여 감성적으로 재구성한 형상들을 통해, 자신이 실현하고자 하는 일상의 삶을 재현하고 있다고 할 것이다.

이와 같은 사실들로 미루어 볼 때, 관념적 형상들로 장식한 공간을 통해 이상적 현실의 삶을 재현하고자 하는 성향을 보이는 강호가사 작품들에는, 자신이 깃들어 사는 공간이 은거의 최적처이자 낙원이라는 의식이 배어 있다. 이러한 낙원 의식은 생태적 상상력의 소산이라고 할 수 있다. 관념적 이상의 현실과 실제적 생활 현실 사이의 간극을 메우는 데 거의 예외 없이 생태적 상상력이 동원되고 있기 때문이다. 그래서 작품에 따라서는 예컨대 무릉도원에 놓여 있는 신선의 삶을 표방하면서도, 그 신선은 조촐한 거처를 마련해 살면서, 호구糊口를 위해 손수 농사도 지으면서 생활한다. 관념적 이상의 현실과 실제적 생활 현실 사이의 간극을 메우려는 의지이자 생태적 상상력이 관여한 결과라고 할 수 있는 것이다.

자연의 사물·현상·속성을 관조 성찰하여 의미를 부여하는 일은 대상에 질서를 부여하는 행위다. 이러한 질서 부여 행위는 관념적 소유 의식으로부터 비롯되며, 은일 처사를 표방하는 작자에 의해 객관적 실체가 아닌 인간화된 자연으로 형상화된다. 작자는 이렇듯 인간화된 자연의 물상과 풍광들을 생태적 상상력을 동원해 관념 속 이상이 아닌 일상 속 현실로 바꿔 놓는다. 그리하여 이러한 과정을 통해 감성적으로 재구성한 세계 속에서 작자가 추구하는 삶의 태도와 가치 의식을 현시한다. 관념과 실제 사이의 간극을 생태적 상상력을 동원해 메우면서 이상적 현실의 삶을 재현하고 있다고 하겠다.

2) 의존적 예찬의 생태미학

인간은 자연에 의존해 삶을 영위할 수밖에 없다. 중요한 것은 자연에 의존하는 삶이 일방적 착취가 아닌 공존의식에 입각해야 한다는 사실이다. 동양에서는 일찍부터 대대공존對待共存 의식을 통해 서로가 서로를 존재하게 하고 도우면서 조화와 균형을 유지하는 관계에 주목해 왔다. 강호가사 작자 역시 대대공존 의식에 기반하여 자연과의 조화와 균형을 추구하는 삶의 태도 및 가치 의식을 노래하는 경향이 두드러진다. 이러한 경향의 강호가사 작품들에는 계절마다 다채로운 물색과 풍광을 선사하는 자연에 대한 예찬을 필두로, 관념적 이상의 공간에서의 삶보다는 실제적 현실 공간에서의 삶을 형상화하는 데 충실한 태도 및 가치 의식이 드러나 있다.

山林산님이 寂寞적막ᄒᆞᆫᄃᆡ 혜여든 다ᄉᆞᄒᆞᆫ ᄃᆞᆺ
孤雲고운을 보거니 獨鳥독조ᄂᆞᆫ 무ᄉᆞᆷ 일고
明月淸風명월청풍은 함ᄭᅴ 조챠 드노ᄆᆡ라
烹茶ᄑᆡᆼ다를 ᄒᆞ오리라 松子송ᄌᆞᄅᆞᆯ 주어 노코
朮酒출쥬를 거른 후의 葛巾갈건을 아니 널냐
溪邊계변 든 잠을 水聲슈셩이 ᄭᆡ오ᄂᆞᆫ ᄃᆞᆺ
竹林죽님 깁흔 곳ᄋᆡ 손니 조차 오노ᄆᆡ라
柴門싀문을 열치고 落葉낙엽을 밧비 쓸며
익기 ᄭᅵ힌 바회예 지혀도 안ᄌᆞ 보며
그늘진 松根송근을 베고도 누어 보며
閑談한담을 못 다 그쳐 山日산일이 빗겨시니
尋僧심승을 언제 ᄒᆞᆯ고 採藥ᄎᆡ약이 저물거다 「매호별곡」

조우인曺友仁(1561~1625)의 「매호별곡梅湖別曲」 가운데 한 대목이다. 「매호별곡」은 세속의 명리名利로부터 벗어나 상주 '매호'에 깃들어 살면서, 일상 주변의 자연이 베푸는 정취와 풍류 생활로 안빈낙도하는 삶의 즐거움을 노래한 작품이다. 인용한 대목에서는 전원의 일상을 에워싸고 있는 물상과 풍광들을 들어가면서, 그 속에서 소요하며 누리는 흥취를 유장한 리듬에 실어 노래하고 있다.

전원생활이 적막한 듯싶어도 헤아려 보니 일이 많다. 외로이 떠가는 구름을 보노라니 새 한 마리 하늘을 가르며 난다. 밝은 달 맑은 바람과 함께하는 저녁, 차를 다리기 위해 솔방울을 주워 놓고, 막걸리 거른 후에 갈건을 널어 두며, 냇가에서 얼핏 든 잠을 물소리가 깨우기도 한다. 대숲 깊은 곳에 마련한 조촐한 거처에 손이 따라 들어온다. 사립문을 열어 두고 낙엽을 바삐 쓸며, 이끼 낀 바위에 기대어 앉아보고, 그늘진 솔뿌리를 베고 누워도 보며, 한가로이 정담 다 나누지도 못했건만 산속의 하루가 지나가니, 스님은 언제 찾아갈 것인가, 약초 캐는 사이 날이 저물었도다.

사회 현실로부터 벗어나 전원에 깃을 드리우고 사는 일상의 단면을, 주변을 에워싸고 있는 물상과 풍광들을 조목조목 들어가면서 노래하고 있다. 그러면서 이러한 경물들이 환기하는 다채로운 흥취와 함께 전원생활의 만족감을 노래하고 있다. 여기에 등장하는 일상 주변의 물상과 풍광들은 관념 공간에서 꾸며진 추상의 형상들이기보다는, 생활공간을 구성하고 있는 실제의 형상에 가깝다. 작자는 자연의 사물·현상·속성에 깃든 아름다움을 예찬하면서, 자연이 베푸는 혜택과 섭리에 충실한 일상, 자연과 벗하며 수평적으로 교감하는 소박하고도 자족적인 삶의 즐거움을 노래하고 있다. '솔방울을 주워 차 끓이고', '솔뿌리를 베고 누워 한담을 나누는' 일상의 단면들에서 볼 수 있듯, 작품 구절구절에 배어 있는 자연친화적 생활 자체가 생태에 충실한 삶이며, 자연과의 조화와 균형을 추구하는 실천적 공존의식의 발로이기도 하다.

전원에 깃들어 일상 주변의 풍광과 정취를 누리는 삶의 만족감을 노래한 강호가사 작품들에는 이처럼 단순히 자연완상에 머물지 않는 태도와 가치 의식이 배어 있다. 이러한 태도와 가치 의식은 경물의 생태에 깃든 자연의 질서와 속성을 감성적으로 형상화하면서, 자신의 삶을 자연의 운행 질서와 호응하는 대대공존의 국면으로 이끌어 나가고자 하는 의지의 발로다. 자연이 베푸는 혜택에 감사하며 자연과의 조화를 추구하는 이와 같은 생태적 상상력은 자연을 예찬하는 관점의 소산일 뿐 아니라, 작자 자신이 놓인 일상적 삶의 현실을 미화하는 관점의 소산이기도 하다. 여기에는 자연의 대표자로서의 인간이 자연과의 조화와 균형을 추구하는 실천적 공존의식이 깊숙이 자리 잡고 있다고 할 것이다.

이렇듯 자신의 일상 공간을 구성하는 물상이나 풍광을 '벗'으로 삼아, 자연과 수평적으로 교감하며 자연이 베푸는 혜택과 섭리에 기반한 자족적 삶의 즐거움을 노래하는 예들을 강호가사에서 어렵지 않게 찾을 수 있다.

數間茅屋수간모옥을 雲水間운수간의 얼거ᄆᆡ고
西窓서창을 비겨 안자 兩眼양안을 흣보내니
遠近蒼巒원근창만은 翠屛취병이 되엿거ᄂᆞᆯ
高低石壁고저석벽은 그림엣 거시로다
아ᄎᆞᆷ 비 ᄀᆞᆺ 개여 青嵐청람이 빗기 ᄂᆞᆯ고
斜陽사양이 山산의 거러 ᄇᆞᆯ근 비치 비췰 저긔
온 가지 濃態농태ᄅᆞᆯ 거두어 어듸 두리
ᄆᆞᄋᆞᆷ도 번의할샤 어ᄂᆡ 景경을 ᄇᆞ려 두리
四時佳景사시가경이 다 제곰 뵈와ᄂᆞ다
(중략)

山鳥山花산조산화ᄅᆞᆯ 내 버즐 삼아 두고
一區風烟일구풍연에 삼긴 대로 노ᄂᆞᆫ 몸이
功名공명을 思念사념ᄒᆞ며 貧賤빈천을 셜워ᄒᆞᆯ가
單食瓢飮단사표음으로 내 分분만 안과ᄒᆞ니 日月일월도 閑暇한가ᄒᆞᆯ샤
이 溪山景物계산경물을 슬토록 거ᄂᆞ리고
百年光陰백년광음을 노리다가 마로리라 「용추유영가」

정훈鄭勳(1563~1640)의 「용추유영가龍湫遊詠歌」 가운데 일부다. 「용추유영가」는 지리산 용추동 일대 네 계절의 풍광을 묘사하면서, 아름다운 경물 속에서 누리는 삶의 충만감을 노래한 작품이다. 인용한 대목에서는 거처 주변의 물상과 풍광을 예찬하고 있으며, 세속의 명리로부터 벗어나 자연의 경물들을 벗삼아 안분지족安分知足하며 한평생을 마치겠다는 다짐을 하고 있다.

조촐한 띳집을 산수 간에 지어 두고, 서창에 비껴 앉아 두 눈을 흘어 보내니, 멀리 또 가까이 솟은 산봉우리는 병풍처럼 둘러 있고, 높고 낮은 석벽은 그림처럼 들어서 있도다. 아침 비 갓 개어 푸른 아지랑이 비껴 날고, 저녁노을 산에 걸려 밝은 빛이 비칠 적에, 온갖 수려한 풍광들 거두어 어디에 두리. 마음도 자주 바뀌니 어느 경치를 버려 두랴, 네 계절 빼어난 경관다 제각각 볼만 하거늘. (중략) 산새와 산꽃을 내 벗으로 삼아 두고, 여기 이곳 풍광들과 생긴 대로 노는 몸이, 공명을 생각하며 빈천을 서러워하랴. 대소쿠리 밥과 표주박 물을 내 분수로 여기거니 세월도 한가하구나. 이 계곡 경물들을 싫도록 거느리고, 이내 생애 한평생을 노닐다가 마치리라.

계절에 따라 다채로운 풍광과 정취를 선사하는 자연의 경물들은 어느 것 하나 버려둘 수 없을 만큼 저마다 아름다운 양태로 일상을 풍요롭게 한다. 작자는 그러한 물상과 풍광들에 에워싸여 생활하기에 공명도 빈천도 전혀 개의할 바 아니라고 했다. 분수를 지키는 편안한 생활(安分)과 그러한

생활에 만족할 줄 아는 태도[知足]가 자신을 여유롭게 하기 때문이다. 그리하여 '산새와 산꽃을 벗으로 삼는' 생활 속에서, 자연이 선사하는 조화로운 경물들을 싫도록 거느리는 자연의 대표자로서, 주어진 삶을 한껏 누리다가 가는 생애야말로 자신이 희구하는 삶이라고 했다.

자연과 '벗'으로 교감하며 자연이 선사하는 물상과 풍광들로부터 삶의 즐거움을 얻는 생활은, 자연의 품성이 그러하듯 자족적이기에 소박하면서도 풍요롭다. 물론 이러한 지향 의식의 이면에 개재하는 진정성의 여부가 변수로 관여할 수는 있다. 그러나 이렇듯 소박하고 절제된 삶 속에서 필요 이상의 것을 욕심내지 않으며 간소한 생활을 추구하는 것 자체가 생태적이다. 필요 이상으로 갖추려 하고 부족하지 않은데도 더 채우려고 할 때 오히려 삶의 결핍에 시달리게 되기 때문이다. 자연과 '벗'으로 교감하며 욕망을 절제하는 가운데 삶의 즐거움과 위안을 얻는 태도는 때로 소박하고 단순하게 보일지라도 진정 가치 있는 삶임에 분명하다. 그렇기에 강호가사 작품들에 빈번히 등장하는 '안빈낙도'나 '안분지족'의 가치 의식에 대하여, 그 이면에 경세제민의 사회 현실에 대한 자의식이 개재해 있다고만 해석할 필요는 없을 것이다.

자신 주변의 물상이나 풍광을 생태적 상상력을 발휘해 친근한 존재로 형상화하는 행위가 바로 자연 예찬이다. 자연이 베푸는 혜택에 감사하며 자연과 조화를 추구하는 삶의 즐거움을 노래한 강호가사 작품들에는, 자연에 대한 관념적 소유 의식보다는, 자연과의 실천적 공존을 지향하는 자연의 대표자 의식이 투영되어 있다. 인간은 자연의 일부면서도 자연의 대표자라는 이와 같은 인식의 저변에는, 자연적 존재로서의 인간과 문화적 존재로서의 인간에 결부된 사유의 맥락이 개재한다. 자연은 스스로 존재하는 것이지만, 풍경은 이를 바라보는 사람의 눈에 투영된 주관적 형상이기 때문이다.

인간은 경험을 통해 체득한 자연의 질서와 속성을 예찬함으로써 자연을 삶의 중요로운 요소로 편입한다. 그리하여 자연과 조화와 균형을 추구하는 삶의 의미를 환기하고 그 삶에 가치를 부여한다. 미美란 아름다움 자체가 아니라 아름답게 하는 것[美化]이므로, 자연을 포함한 세계는 우리 자신이 생태적 상상력을 발휘해 아름답게 할 때 의미와 가치를 지니기 때문이다. 그런 면에서 의존적 예찬이 두드러진 강호가사 작품들에 형상화된 자연은 심미의 대상이자 낭만화된 자연이라고 할 것이다.

3) 상생적 동화의 생태미학

강호가사가 추구하는 삶의 이상적인 모습으로 빼놓을 수 없는 것은 자연의 품성을 닮아 살아가는 것이다. 스스로 그러한 자연의 질서를 본받고 섭리에 순응하는 생활 속에서 자연과 혼연일체가 된 모습을 노래한 강호가사 작품들이 여기에 해당한다. 현실 공간에 존재하는 자연의 사물·현상·속성과 감성적 연계를 통해 교감하면서, 작자가 추구하는 삶의 태도와 가치 의식을 형상화하는 경향이 두드러진 작품들이다. 여기에 속하는 작품들은 일상적 현실의 삶을 노래하는 데 초점이 놓여 있으면서도, 생태적 상상력을 발휘해 자신의 정서와 정신세계를 비단 현실 국면만이 아닌 현실 초월의 국면으로까지 확장하는 지향 의식을 보인다.

松間송간 細路세로에 杜鵑花두견화 부치 들고
峰頭봉두에 급피 올나 구름 소긔 안자 보니
千村萬落천촌만락이 곳곳이 버러 잇닉
煙霞日輝연하일휘는 錦繡금수를 재폇는 듯
엇그제 검은 들이 봄빗도 有餘유여홀샤

功名공명도 날 씌우고 富貴부귀도 날 씌우니
清風明月청풍명월 외에 엇던 벗이 잇ᄉᆞ올고
簞瓢陋巷단표누항에 흣튼 혜음 아니ᄒᆞᄂᆡ
아모타 百年行樂백년행락이 이만ᄒᆞᆫ들 엇지ᄒᆞ리 「상춘곡」

정극인丁克仁(1401~1481)의 「상춘곡賞春曲」 가운데 한 대목이다. 「상춘곡」은 봄날 아름다운 풍광을 완상하면서 전원생활의 안락함과 삶의 만족감을 노래한 작품이다. 인용한 대목은 작품의 마지막 부분으로서, 태탕한 봄기운을 온몸 가득히 머금은 채 자연의 경물과 하나가 된 화자가 세속을 응시하며 평생의 즐거움을 노래하고 있다.

솔숲 사이 오솔길에 진달래꽃을 붙들고, 산봉우리에 급히 올라 구름 속에 앉아보니, 수많은 마을들이 곳곳에 벌어져 있네. 저녁노을빛은 비단을 펼쳐 놓은 듯, 엊그제 검은 들판이 봄빛이 넘치는구나. 공명도 날 꺼리고 부귀도 날 꺼리니, 맑은 바람 밝은 달 외에 어떤 벗이 있으리오. 대소쿠리 밥 표주박 물에 허튼 생각 아니 하니, 아무렴 평생의 즐거움이 이만하면 어떠하리.

진달래꽃이 만개한 솔숲 오솔길을 따라 올라 산봉우리 구름 속에 앉은 화자는 눈앞에 펼쳐진 '천촌만락'을 내려다보며 자신이 세속의 현실을 초월한 상태에 놓여 있음을 노래한다. 그러한 그의 눈에 비친 자연의 물상이며 풍광들은 아름답고 조화로운 데다 여유로움이 넘친다. 그 자신 이미 그와 같은 자연의 경물들과 하나가 된 상태에 이르러 있기도 하다. 그렇기에 세속의 덕목이자 가치의 대명사인 '공명'이나 '부귀'가 그에게 어떤 의미를 지닌 것일 수 없다. 그에게는 '청풍명월'과 함께하는 '단표누항'의 삶 외에 어떤 것도 의미나 가치를 지닐 수 없기 때문이다. 그리하여 그는 이러한 삶이야말로 그가 도달하고자 하는 '백년행락'임을 힘주어 말하며 생각을 마무리한다.

「상춘곡」의 작자가 노래하는 삶의 만족감은 무엇보다도 자연과 '벗'으로 교감하며 자신 또한 자연의 생명력과 조화감에 동화된 존재로서 살아가고자 하는 삶의 태도와 가치 의식으로부터 비롯된다. 그리고 이러한 자연과의 교감을 통해 도달한 생태적 상상력의 궁극적 지점에 자연의 경물과 하나가 된 물아일체의 흥취가 있다. 이는 유한한 인간 존재가 자연의 무한한 생명성과 조화로운 질서에 동화하고자 하는 지향의지의 소산이다. 이러한 지향의지는 예컨대 "마음이 사물과 교유한다",[13] "천지와 뒤섞여 그 품속에서 살아가기에 만물은 나의 벗이다"[14]라고 한 관점들과 상통하는 것이기도 하다. 자연의 물상이나 풍광들이 환기하는 섭리와 질서를 체현하여 정서의 풍요로움을 확충하고 삶의 의미와 가치를 실현하는 일이야말로 작자가 추구하는 '물아일체의 흥취'와 '백년행락'의 요체인 셈이다.

자연의 섭리와 질서에 동화된 삶을 노래한 강호가사 작품들에는 자연의 품성을 닮아 자연과 혼연일체가 되어 상생하는 관계를 형성함으로써, 삶의 도저到底한 국면에 이르고자 하는 태도와 가치 의식이 투영되어 있다. 이러한 삶의 태도와 가치 의식은 자연의 자연성과 인간에게 내재된 자연성—자연스러움을 조화롭게 합치시키고자 하는 낙천적 의지와 열망의 소산이라고 할 수 있다.

殘花잔화ᄂᆞᆫ ᄇᆞᆯ셔 디고 白日백일이 漸漸점점 기니
長堤嫩葉장제눈엽이 새 그ᄂᆞᆯ 어릴 저긔
荊扉형비ᄅᆞᆯ 기픠 닷고 낫ᄌᆞᆷ을 잠ᄭᅡᆫ 드니

13 故思理爲妙 神與物遊: 劉勰, 「神思」, 『文心雕龍』

14 乾稱父 坤稱母 予兹藐焉 乃混然中處 故天地之塞 吾其體 天地之帥 吾其性 民吾同胞 物吾與也: 張載, 「西銘」, 『張子全集』 卷一.

驕慢교만ᄒᆞᆫ 곳고리 ᄭᆡ올 줄이 무ᄉᆞ 일고
긔파 ᄀᆞᄂᆞᆫ 길히 초연이 기픈 고ᄃᆡ
牧笛목적 三弄聲삼롱성이 閑興한흥을 도와 낸다
烏棲山오서산 두렷ᄒᆞᆫ 峯봉 半空반공의 다하시니
乾坤元氣건곤원기ᄂᆞᆯ 네 혼자 타 잇고야
朝暮조모애 즘긴 안개 바라보니 奇異기이ᄒᆞ다
몃 번 時雨시우 되야 歲功세공을 일웟ᄂᆞ다 「월선헌십육경가」

신계영辛啓榮(1577~1669)의 「월선헌십육경가月先軒十六景歌」 가운데 한 대목이다. 「월선헌십육경가」는 예산으로 낙향한 작자가 '월선헌'을 짓고 거기에 깃들어 생활하면서 누리는 네 계절의 풍광과 정취, 안빈낙도의 삶을 노래하고 있는 작품이다. 인용한 대목에서는 월선헌에서 조망하는 여름날의 물상과 풍광을 묘사하면서, 그러한 정경에 스스로가 동화된 경지를 노래하고 있다.

남아 있던 꽃 벌써 지고 대낮이 점점 길어지니, 긴 둑에 여린 잎이 새 그늘을 어릴 적에, 가시 문을 깊이 닫고 낮잠을 잠깐 드니, 교만한 꾀꼬리가 깨우는 건 무슨 일인가. 기이한 꽃 피어난 오솔길에 풀잎 안개 깊은 곳에, 목동의 피리소리 한가한 흥 도와 낸다. 오서산 뚜렷한 봉우리 반공에 닿아 있으니, 하늘에 땅에 어린 원기 네 혼자 타 있구나. 아침저녁으로 잠기는 안개, 바라보니 기이하다. 때맞춰 내리는 비로 한 해 농사 이루었구나.

봄꽃이 시들면서 한낮이 점점 길어지는 여름이 시작되니, 나뭇잎이 무성해지며 녹음을 드리운다. 찾아올 이 없어 사립문을 깊이 닫고 낮잠에 들며 한가로움을 누리려다가 꾀꼬리 울음소리에 깨어난다. 오수에서 깨어나 바라보는 구불구불 좁은 길에 뿌옇게 연무가 드리워져 있고, 어디선가 목동의 피리 소리가 흥취를 돋운다. 우뚝이 솟은 '오서산' 봉우리가 구름을 뚫고 하늘에 닿아 있으니, 마치 천지의 기운을 혼자서 담고 있는 듯하다. 아침저녁으로 안개에 잠기는 주변 정경들은 언제 보아도 기이하다. 몇 번이나 때맞춰 비가 내렸으니 한 해 농사가 잘 이루어질 것임을 또한 기약한다.

자연의 질서와 인간사가 조화를 이루어 만사가 순조로운 정경이다. 그 평화롭기 그지없는 정경이 '한흥閑興'이라는 표현에 압축되어 있다. 더욱이 시절에 맞춰 내리는 비로 인해 풍년 또한 기약되어 있다. 한마디로 태평성대를 노래하고 있다고 할 것이다. 실상과 부합하는지의 여부와 상관없이, 적어도 작자의 만년 전원생활만큼은 이렇듯 한가로운 흥취와 풍요로움이 함께했을 법하다. 자연의 섭리에 말미암은 계절의 정취와 일상의 삶이 한데 어우러진 생활의 단면이 낙관적 심사와 함께 행간에 가득 배어 있다. 진술 내용들이 작자의 전원생활에 바탕을 두고는 있으나, 직접적 체험보다는 낙관적 관망의 시각이 우세하다고 할 수 있다. 당대 전원에서 영위하는 작자의 생활이 실제로 그러할 수도 있겠지만, 그러하기를 바라는 염원을 사대부 지배자적 시각에서 노래한 것일 수도 있을 것이다. 사대부가 기대하는 전원생활의 이상적 풍정風情을 생태적 상상력을 동원해 형상화한 것으로 볼 수 있기 때문이다.

자연과의 동화를 통해 자연의 질서와 섭리에 합일하고자 하는 지향의지는 자연과 인간이 혼연일체가 되고자 하는 경지며, 서로가 서로를 구별하지 않는 경지다. 인간은 스스로를 자연의 일부로 인식할 뿐 아니라, 이른바 '자연 자체가 바로 확장된 자신'[15]임을 깨닫게 되는 상태다. 흔히 물아일체의 경지로 일컬어지는 이러한 상태는 생태적 상상력을 발휘해 자연의 질서와 섭리에 스스로 동화함으로써, 자신의 정서와 정신세계를 현실 초월의 국면으로까지 고양시키고자 하는 의지와 열망의 소산이다.

15 박혜숙, 「시조의 생태미학」, 『녹색평론』 제42호, 녹색평론사, 1998, 34면 참조.

이러한 의지와 열망에 기반하여 자연과 감성적 관계를 형상화하고 있는 강호가사 작품들에는 자연의 소유자도 대표자도 아닌 자연의 동반자라는 인식이 담겨 있다. 자연의 생명성과 리듬에 스스로 동화함으로써, 자연과 하나가 되고자 하는 상생적 동화의 태도와 가치 의식의 발로인 셈이다. 자연의 동반자라는 인식과 낙천적 합일 의식이 투영된 이와 같은 국면은 강호가사를 위시한 조선시기 자연 예찬의 시풍이 표방한 이상적 경지이자, 사대부들의 생태적 사유와 상상력이 도달한 궁극의 지점이라 할 것이다.

자연은 인간의 삶을 규정하는 가장 종요로운 요소라는 인식 위에서 의미화된다. 생태적 관점은 자연을 대하는 시각과 태도에 초점을 맞춘다. 그런 면에서 자연을 바라보는 태도는 삶을 바라보는 태도이자, 인간이 자연에서 차지하는 위상에 대한 인식 태도를 의미하는 것이기도 하다. 생태적 사유와 상상력은 자연이 인간의 삶과 어떠한 연관 하에 놓이는가를 성찰하는 데서 비롯되기 때문이다.

강호가사에 투영된 생태적 사유와 상상력은 자연의 질서와 섭리에 바탕을 둔 삶의 태도 및 현실성을 담보한 실천에 특징이 있다. 그렇기에 자연의 질서와 섭리로부터 아름다움을 발견하고 즐기는 정신은, 조선 시기 사대부적 풍류나 산수 미학에 깃든 정신을 넘어서서, 그 자체가 생태적 사유와 상상력에 충실한 삶이라고 할 수 있다. 강호가사 작품들에는 자연과의 관계 맺기를 통해 대대공존의 삶을 실천하는 태도와 가치 의식이 투영되어 있으며, 그 정서적 형상에는 생태적 사유와 상상력이 집약되어 있다. 따라서 이러한 작품론적 특징들로부터 우리는 자연과의 바람직한 관계를 통한 삶의 통찰력과 감성의 새로운 지평을 확장할 수 있다.

이와 같은 통찰력과 감성은 오늘날 우리의 삶과 문학이 추구해야 할 주요한 가치의 단면이라는 데 의의가 있다. 강호가사에 투영된 자연 인식의 시각과 태도로부터 자연과 생태에 대한 감각과 인식을 새롭게 다질 수 있으며, 생태학적 관점이나 생태시가 확충해야 할 전망적 시각 또한 마련할 수 있기 때문이다. 그리하여 오늘날 우리 삶의 화두 가운데 하나인 녹색지향의 문화, 그리고 그 문학적 실천의지의 소산인 생태문학에 새로운 지평을 열어 줄 수 있을 것이기 때문이다.

4. 맺음말

가사의 본질과 특성을 규명함에 있어서 가장 핵심이 되어야 할 사안은 작품의 구조와 미학을 해명하는 일이다. 이는 가사의 문학성을 구명하는 관건이기도 하다. 이를 위해서는 텍스트의 깊이 있는 탐구가 다른 무엇에 우선해서 이루어져야 한다. 그래야 장르적 성격이나 역사적 전개 양상과 같은 다음 단계의 논의가 제대로 이루어질 수 있다. 그런 면에서 강호가사를 위시한 강호시가의 자연에 대해 오늘날 우리가 가져야 할 물음은 자연의 '무엇'을 노래했는가를 넘어서서, '왜' 그리고 '어떻게' 노래했는가가 되어야 할 것이다. 자연을 작품 배경이나 제재로 한 작품에 형상화된 삶의 태도와 가치 의식을 문제 삼은 본고의 작업은 이러한 관점의 소산이다.

본고는 강호가사에 투영된 자연 인식과 시적 지향 의식을 토대로, 작품에 형상화된 정서의 양상과 특징을 오늘날 우리 시대가 당면해 있는 생태 문제, 우리 시대 문학이 추구해야 할 생태적 상상력과 미학의 관점에서 논의했다. 강호가사 작품들에는 인간이 자연과 어떤 관계를 맺고 살아가는 것이 바람직한가에 결부된 인식론적 태도와 가치 의식이 담겨 있다. 이러한 인식론적 태도와 가치 의식은 생태적 사유의 근간이자 생태적 상상력의 출발점이라는 데 의의가 있다.

강호가사에 투영된 생태적 상상력과 그 정서적 형상은 자연의 물상이나 풍광을 형상화하는 감성적 인식과 표현 양상에 따라 세 부류로 대별할 수 있다. 하나는, 관념적 형상을 통해 이상적 현실의 삶을 현시하는 '관조적 재현'으로서, 자연을 성찰 대상으로 인식하여 가치 의식을 투영 형상화하는 시적 지향 의식과 맞닿아 있는 부류다. 둘은, 실천적 공존의식을 통해 일상적 현실의 삶을 미화하는 '의존적 예찬'으로서, 자연과의 정서적 교감을 통해 심미 의식을 체현 형상화하는 시적 지향 의식과 맞닿아 있는 부류다. 셋은, 낙천적 합일 의식을 통해 초월적 현실의 삶을 구현하는 '상생적 동화'로서, 대상에 몰입하여 자연의 생명성과 리듬에 합일하고자 하는 시적 지향 의식과 맞닿아 있는 부류다. 이러한 세 부류의 강호가사 작품들에는 작자가 추구하는 삶의 태도와 가치 의식에 따라, 각기 자연의 소유자·대표자·동반자라는 인식이 내재해 있으며, 자연이 베푸는 혜택을 누리며 생활하는 향유자적 시각이 공통적으로 배어 있다.

강호가사에 투영된 이와 같은 생태적 상상력과 그 정서적 형상 가운데서도 '의존적 예찬'이 주된 흐름을 이룬다고 할 수 있다. 인간은 태고로부터 자연에 의존해 삶을 영위해 왔거니와, 자연과의 조화와 균형을 집중적으로 탐구하고 노래한 강호가사의 경우 자연 예찬의 풍조가 조선 시기 일대를 통해 지속된 가운데, 자연의 소유자나 동반자보다는 자연의 대표자로서의 인간을 상정하여 일상적 현실의 삶을 미화하는 예가 가장 빈번하다는 점에서다. 이러한 사실에 유념할 때, '의존적 예찬'의 생태적 상상력과 그 정서적 형상은 나름의 보편성을 지닌다고 볼 수 있다.

강호가사에 형상화된 자연은 중층의 공간이다. 사회적 국면에서 보면 경세제민의 사회 현실로부터 벗어나 있는 귀거래의 공간이자, 사회 현실로 나아가기 위해 준비하는 공간이기도 하다. 또 문화적 국면에서 보면 일상의 생활이 전개되는 물리적 현실 공간이자, 미적으로 재구성된 관념 공간이기도 하다. 따라서 강호가사가 노래하는 자연 논의에 있어서 우리는 '겹눈ommateum'[16]의 시각을 갖출 필요가 있다. 단층의 단편적인 시각은 대상의 실체를 규명하는 바람직한 논리의 틀을 갖추기 어렵기 때문이다. 본고에서는 이를 유념하여 자연의 개념적 성격, 자연 인식과 시적 지향, 삶에 대한 태도와 가치 의식이 투영된 생태적 상상력과 정서적 형상이라는 '겹눈'의 시각을 통해 그 실상을 규명하고자 하였다.

강호가사 작품에 형상화된 자연은 어느 경우든 생태적 상상력이 투영되어 미적으로 재구성된 존재다. 따라서 자연 그 자체가 아니라 인간에 의해 해석된 자연이다. 이러한 관점은 오늘날 심층생태주의[17]가 주장하는 '자연은 인간의 삶과 무관한 내재적 가치를 지닌 개별적 존재'라는 관점과 상치된다. 자연을 작품 배경이나 제재로 한 문학작품의 경우, 자연이라는 존재가 인간의 삶에 어떻게 관여하는가, 그리하여 어떤 관계를 통해 삶을 영위하는 것이 바람직한가에 결부된 사유와 상상력의 소산이라는 점에서, 자연에 대한 인간의 통찰은 '인간적'일 수밖에 없다. 인간은 요컨대 자연과 더불어 존재하면서 자연을 성찰의 대상으로 삼는 문화적 존재이지, 자연적 존재 그 자체이기는 어렵기 때문이다.

이 문제는 우리로 하여금 자연을 존재론적 자연과 의미론적 자연이라는 복합적 관점에서 파악할 필요성을 제기한다. 자연은 그 자체가 내재적 가

16 '겹눈(ommateum)'은 곤충의 몇 겹으로 된 중층적인 눈을 의미한다. 강연훤, 「A. R. Ammons의 장소의 시학: 자연과 문화 속에 내재한 생태학적 상상력 재현하기」, 성균관대 석사학위논문, 2009, 2면 참조.

17 심층생태주의의 특징을 정리한 논의로는 임도한, 「생태문학론의 전개와 한국 현대 생태시」, 『한국시학연구』, 한국시학회, 1998, 274면; 정선영, 「셸리, 제퍼스, 그리고 스나이더의 생태적 인식과 실천」, 전남대 박사학위논문, 2016. 2, 13면; 이미정, 「한국 고전시가에 형상된 생태적 사유와 상상력」, 강릉원주대 박사학위논문, 2017. 5, 81면 참조.

치를 지닌 개별적 존재라는 관점이 존재론적 자연에 해당한다면, 인간과의 상호 관계를 통해 유의미한 존재 가치를 지닌다는 관점은 의미론적 자연에 해당한다고 할 수 있다. 본고는 후자의 관점에 입각해 있다. 앞의 논의 과정에서 이미 언급했듯, 자연은 인간의 삶을 규정하는 가장 종요로운 요소라는 인식 위에서 의미화된다고 보기 때문이다. 따라서 본고는 "인간은 문화적 존재로서 인간의 생존 방식이 곧 문화며, 인간과 자연은 상호 관계를 통해서만 자신의 고유한 의미를 획득한다."[18]라는 관점에 새삼 동조한다.

이러한 사실들에 유념할 때, 인간은 자연에 대해 윤리적 책임을 져야 한다. 이는 문명화된 세계에 살 수밖에 없는 우리의 숙명이다. 강호가사를 거울로 삼는다면, '관조적 재현'보다는 '의존적 예찬'과 '상생적 동화'의 생태적 상상력을 본받아, 오늘의 감성에 부합하는 일상 속 실천윤리로서 거듭 새롭게 확장·심화시켜 나갈 필요가 있다. 그런 면에서 "생태적 사유와 상상력은 자연의 자기목적과 인간의 자기목적이 교차하는 지점에서 가장 눈부시게 빛을 발할 것"[19]이라는 논의는 우리에게 시사하는 바 크다. 강호가사에 투영된 생태적 상상력과 그 정서적 형상에서 확인할 수 있듯, 자연과 인간의 생태학적 관계 설정은 시대를 초월해 제기되는 긴요한 사안이기 때문이다.

생태적 사유와 상상력의 주체는 인간 자신이다. 자연 앞에 선 인간이 자연 속 어느 위치에 자신이 놓여 있는가를 스스로에게 묻거나, 자연 속 어느 위치에 놓이기를 바라는가를 노래하는 것이다. 어느 경우든 자연은 말을 해주지 않기 때문에 인간 스스로 묻고 노래할 수밖에 없다. 인간이

---

18 이진우, 『녹색사유와 에코토피아』, 문예출판사, 1998, 56, 188면 참조.
19 이미정, 앞의 논문, 83면.

자연 속 어느 위치에 놓여 있는가를 스스로에게 묻는 행위가 생태적 사유라면, 어느 위치에 놓이기를 바라는가를 노래하는 행위가 생태적 상상력이라고 할 수 있다. 생태적 삶은 "인류가 지구상에 출현한 후 지난 200년을 뺀 나머지 기간 동안 의존하고 살아왔던"[20] 삶이기도 하다.

자연에 대한 인식은 역사의 각 시기마다 적잖은 편차를 지닌다. 자연이 인간의 삶에 미치는 영향이 시대에 따라 적이 다르기 때문이다. 따라서 조선시기 강호가사가 노래하는 자연이 지금의 자연과 같지 않을 것은 당연하다. 지난날에 비해 자연과학이 괄목할 만큼 발전했고, 인간을 포함한 자연과 세계를 인식하는 논리의 틀 역시 판이하게 달라졌기 때문이다. 중요한 것은 조선시기 사람들이 인간의 삶과 결부된 자연에 대해 성찰한 것만큼, 오늘날 우리 시대의 사람들이 우리 삶과 결부된 자연에 대해 진지한 성찰을 하느냐는 사실이다. 아는 것도 새롭게 받아들이는 방법을 모색하는 것이 고전의 현재적 의미 구명일 것이다.

참고문헌

자료

奇大升, 「別紙武夷櫂歌和韻」, 『高峯全集』·高峯退溪往復書 卷1.
劉　勰, 「神思」, 『文心雕龍』
李　珥, 「洪恥齋仁祐遊楓嶽錄跋」, 『栗谷全書』 卷13·跋
李　滉, 「陶山雜詠記」, 『退溪全書』 卷3·詩
張　載, 「西銘」, 『張子全集』 卷1.

20 윤구병, 「한국인의 본성」, 『한국학의 즐거움』, 휴머니스트, 2011, 409면.

논저

강연휜, 「A. R. Ammons의 장소의 시학: 자연과 문화 속에 내재한 생태학적 상상력 재현하기」, 성균관대 석사학위논문, 2009.

김병국, 「강호가도와 전원문학」, 『한국 고전문학의 비평적 이해』, 서울대출판부, 1995.

김흥규, 「16·17세기 강호시조의 변모와 전가시조의 형성」, 『어문논집』 제35집, 민족어문학회, 1996.

김흥규, 「고전문학 연구사 총론」, 『국어국문학회 50년』, 태학사, 2002.

박영주, 「강호가사에 형상화된 산수풍경과 생활풍정」, 『한국시가연구』 제10집, 한국시가학회, 2001.

박혜숙, 「시조의 생태미학」, 『녹색평론』 제42호, 녹색평론사, 1998.

박희병, 『한국의 생태사상』, 돌베개, 1999.

윤구병, 「한국인의 본성」, 『한국학의 즐거움』, 휴머니스트, 2011.

이미정, 「한국 고전시가에 형상된 생태적 사유와 상상력」, 강릉원주대 박사학위논문, 2017.

이진우, 『녹색사유와 에코토피아』, 문예출판사, 1998.

임도한, 「생태문학론의 전개와 한국 현대 생태시」, 『한국시학연구』, 한국시학회, 1998.

정선영, 「셸리, 제퍼스, 그리고 스나이더의 생태적 인식과 실천」, 전남대 박사학위논문, 2016.

조동일, 「산수시의 경치, 흥취, 이치」, 『한국시가의 역사의식』, 문예출판사, 1993.

조윤제, 『國文學史』, 동국문화사, 1949.

조윤제, 『朝鮮詩歌史綱』, 동광당서점, 1937.

최진원, 「문학과 자연」, 『한국 고전시가의 형상성』(증보판), 성균관대 대동문화연구원, 1996.

유배가사의 전통과 작품 세계의 변모

최상은

1. 머리말

문학은 어떤 경우든 작가의 경험을 형상화한다. 이념이나 사실을 전달하는 데 치중한다 하더라도 작품은 작가의 경험적 인식에 의해서 창조될 수 밖에 없다. 바꾸어 말하면, 문학은 경험의 형상화를 통해서 인생의 진실을 탐색해 나가는 과정이다. 반면, 경험을 바탕으로 하지 않을 때 그 작품은 공허한 관념이나 수사의 유희에 지나지 않을 것이다.

> 요즈음 관각館閣에서는 이산해李山海를 으뜸으로 친다. 그는 어려서부터 당시를 배웠는데, 만년에 평해에 귀양 가 비로소 극치에 이르렀다. 고제봉의 시도 또한 벼슬을 떠나 한가하게 있는 동안에 바야흐로 크게 발전되었음을 깨달았다. 따라서 문장은 부귀영화에 달려 있지 않고, 험난함을 겪고 강산의 도움을 얻은 뒤에야 묘경妙境에 들 수 있을 것이니, 어찌 유독 두 사람만 그러하겠는가? 옛 사람들은 대개 그러하였으니, 자후子厚는 유주柳州에서 그러했고, 동파東坡는 영외嶺外에서 그러했던 예를 볼 수 있다.[1]

허균許筠의 『성수시화惺叟詩話』의 한 대목이다. 유배와 같은 험난한 경험을 하고 난 뒤에 문학이 오묘한 경지에 들 수 있음을 말했다. 절실한 경험을 바탕으로 한 작품이라야 감동을 줄 수 있음을 천명한 말이다. 조선조 사대부층은 성리학의 경국제민經國濟民을 이념으로 삼았던 계층이다. 학문을 닦아 벼슬자리에 나아가 나라를 잘 다스려 백성들이 윤택하게 살아갈 수 있는 정치를 하고 입신양명하는 것이 그들의 목표였다. 따라서 그들은 출사出仕하지 못했을 때, 본의 아니게 벼슬자리를 내놓거나 유배를 당하여 이념 실현이 좌절될 때 가장 큰 갈등을 겪었다. 그중에서도 유배는 그들이 정치 현실에서 겪을 수 있는 가장 험난한 경험이라는 측면에서 볼 때, 유배가사는 사대부층의 문학 세계나 미의식을 가늠해 볼 수 있는 좋은 잣대가 될 수 있을 것이다.

유배가사는 사화기士禍期인 연산군 시절 조위曺偉(1453~1503)의 「만분가萬憤歌」에서 시작되어 당쟁기黨爭期인 선조 시절 정철鄭澈(1536~1593)의 「사미인곡思美人曲」, 「속미인곡續美人曲」에 이르러 꽃을 피웠다. 이들 작품에서 마련된 유배가사의 전통은 문학사의 전개에 따라 지속과 변화를 거듭하면서 작품 세계가 다양화되어 갔다. 서정적 연군戀君 정서를 지속적으로 이어가는 작품, 유배 경험과 유배 의식 전달 중심의 작품, 유배 현실을 희화화하는 작품 등 다양한 경향의 작품이 창작되었다.

여기서는 이러한 유배가사의 전통과 작품 세계의 변모 양상을 살펴 작품의 당대적 의미를 구명해 보고자 한다.

---

1 허권수·윤호진 역, 허균, 『惺叟詩話』, 홍만종, 『譯註 詩話叢林 下』(까치, 1993), 146면. 원문은 같은 역저자의 『原文 詩話叢林』(까치, 1993), 193면에 수록되어 있다. "近代館閣 李鵝溪爲最 其詩 初年法唐 晩謫平海 始造其極 而高霽峯詩 亦於閑廢中 方覺大進 乃知文章不在於富貴耀榮 而經歷險難 得江山之助 然後可以入妙 豈獨二公 古人皆然 如子厚柳州 坡公嶺外可見也.

2. 허구적 설정의 전통과 관습

유배가사의 최초작인 「만분가」는 연군가사戀君歌辭의 전통을 수립한 작품이다. 이 전통은 정철의 두 작품에서 문학적 아름다움의 절정을 이루었고, 이후 이 전통은 면면히 이어져 유배가사의 주류를 이루었다. 연군가사의 가장 큰 특징은 허구적 인물과 공간의 설정에 있다. 즉 이들 작품은 작품 내 화자를 지상계의 여성으로, 하소연이나 그리움의 대상을 천상계의 신적 존재로 설정했다. 천상계와 지상계는 단절된 공간으로서 화자와 대상의 만남이 현세에서는 절망적인 상황이다. 이런 상황은 여성 화자로 하여금 죽어서 윤회를 거듭해서라도 천상계로 가겠노라고 하는 비장한 결심에 이르게 하는 시공간 구조로 이루어져 있다.

> 天上白玉京 十二樓 어듸매오
> 五色雲 깊은 곳의 紫淸殿이 ᄀᆞ려시니
> 天門 九萬里를 ᄭᅮᆷ이라도 갈동말동
> ᄎᆞ라리 ᄉᆡ여지여 億萬번 變化ᄒᆞ여
> 南山 늣즌 봄의 杜鵑의 넉시 되어
> 梨花 가디 우희 밤낫즐 못 울거든
> 三淸洞裡의 졈은 한널 구름 되어
> ᄇᆞ람의 흘리 ᄂᆞ라 紫微宮의 ᄂᆞ라 올라
> 玉皇 香案前의 咫尺의 나아 안자
> 胸中의 싸힌 말솜 쓸커시 ᄉᆞ로리라[2]

2 조위, 「만분가」, 임기중, 『한국역대가사문학집성』, 한국의 지식콘텐츠(KRPIA, http://www.krpia.co.kr/). 이 책에서 작품을 인용할 경우 저자의 번역문을 참고로 하되 가능한 한 원문의 표기를 따름.

「만분가」의 서두이다. 화자가 천상계의 옥황에게 소망을 하소연하고 싶지만 갖은 장애물로 인하여 갈 수 없으므로 죽어 억만 번 윤회를 해서라도 자미궁에 오르겠다고 했다. 그러면서 화자가 있는 지상계를 지옥과 같은 곳으로 비유하여 암담한 현실 상황을 절망적으로 형상화했다. 지상계는 "약수弱水 ᄀ리진 듸 구름 길이" 험하여 천상계와는 단절되어 있고, 지상계의 형국은 "천층랑千層浪 ᄒᆞᆫ가온대 백척간白尺竿의 올나더니 / 무단端ᄒᆞᆫ 양각풍羊角風이 환해중宦海中의 니러나니 / 억만장億萬丈 소희 ᄲᅡ져 하ᄂᆞᆯ ᄯᅡ흘" 모르는 지경이고, "밀거니 혀거니 염여퇴灩澦堆ᄅᆞᆯ 겨요 디나 / 만리붕정萬里鵬程을 멀니곰 견주더니 / ᄇᆞ람의 다브치여 흑룡가黑龍江의 ᄲᅥ러진 ᄃᆞᆺ"하여 님의 얼굴을 그리워하다가 마는 것이 아닌가 여길 정도로 극한 상황이다. 너무 극단적인 표현이라는 인상을 주기도 하지만, 관가官家에 불어닥친 회오리바람으로 인해 절망에 빠져 헤어날 수 없을 것 같은 심정을 이렇게 나타냈다.[3]

그런데 「만분가」의 화자는 여성으로 형상화되어 있지만 여러 대목에서 정치적 문맥과 함께 '초수남관楚囚南冠', '백발황상白髮黃裳' 등 남성 사대부로 나타나 있어서 작품의 통일성 면에서는 문제가 되기도 한다. 그러다가 연군가사는 정철의 「사미인곡」과 「속미인곡」에 이르러 여성 화자가 헤어진 남성을 그리워하는 연정시의 짜임새로 완성되었다.

> 이몸 삼기실 제 님을 조차 삼기시니
> ᄒᆞᆫ싱 緣연分분이며 하ᄂᆞᆯ 모ᄅᆞᆯ 일이런가
> 나 ᄒᆞ나 졈어 잇고 님 ᄒᆞ나 날 괴시니
> 이 ᄆᆞ음 이 ᄉᆞ랑 견졸 ᄃᆡ 노여 업다

3 최상은, 「연군가사의 짜임새와 미의식」, 『조선 사대부가사의 미의식과 문학성』, 보고사, 2004, 280~281면.

平평生ᄉᆡᆼ애 願원ᄒᆞ요ᄃᆡ ᄒᆞᆫᄃᆡ 녜쟈 ᄒᆞ얏더니
늙거아 므ᄉᆞ 일로 외오 두고 그리ᄂᆞᆫ고
엇그제 님을 뫼셔 廣광寒한殿뎐의 올낫더니
그 더ᄃᆡ 엇디ᄒᆞ야 下하界계예 ᄂᆞ려오니
올 저긔 비슨 머리 헛틀언디 삼년일쇠

어와 내 병이야 이 님의 타시로다
출하리 ᄉᆡ어디여 범나븨 되오리라
고나모 가지마다 간ᄃᆡ족족 안니다가
향 므틴 ᄂᆞᆯ애로 님의 오ᄉᆡ 올므리라
님이야 날인 줄 모ᄅᆞ셔도 내 님 조ᄎᆞ려 ᄒᆞ노라[4]

「사미인곡」의 서두와 결말이다. 서두에서 여성 화자인 '나'가 평생을 함께 지내자고 한 천상계의 님을 이별하고 지상계인 하계下界로 내려와 그리워한 지 3년이 되었음을 한탄하고, 하계에서 님을 만날 기약이 없자 죽어 범나비가 되어서라도 님에게 날아가야겠다는 비장한 다짐으로 결말지었다.

그러면 사대부 작가들이 허구적 여성 화자와 남성청자 님을 설정한 것의 문학적 의미는 무엇인가? 「사미인곡」은 과거에는 있었지만 현재에는 없고, 미래에도 기대할 수 없는 님을 그리워하는 절망적인 정서를 노래한 작품이다. 죽음의 설정은 강인한 의지의 표현이기도 하지만 절망적인 현재의 역설이기도 하다. 정철의 창평 시절은 그만큼 괴롭고 절망적인 나날이었던 것이다. 「사미인곡」은 송강 자신이 설정한 당위의 세계—경국제민의 이념이 실현된 세계—가 좌절되자 어쩔 줄 모르고 허둥대며 그 당위의 세계를

4 정철, 「사미인곡」, 임기중, 앞의 책.

회복시켜 줄 수 있는 존재인 님을 찾아 헤매는 모습을 형상화한 작품이다.

그런데 「사미인곡」이 후대인들의 관심을 모은 것은 그 작품 문맥이 여성 화자가 님을 여의고 그리워하는 연정시라는 점이다. "고신孤臣과 원녀寃女는 마음이 똑같다. 여자는 지아비에게 버림을 받더라도 자신이 지아비를 버리지는 않으며, 신하는 임금에게 배척을 당하더라도 자신이 임금을 배척하지는 않는다. 그것은 의리가 중요함을 알아서가 아니라 그 한결같은 마음이 곧고 굳기 때문이다. 그 누가 이와 같을 수 있겠는가?"[5]라는 송강가사에 대한 김상숙金相肅(1717~1792)의 비평은 군신간의 정의情誼를 남녀 간의 연정에 비유할 수 있는 가능성을 말해 준다. 암울한 시대에 현실의 횡포에 수동적으로 당할 수밖에 없는 연약한 존재의 비유로서는 남성 화자보다는 여성 화자가 훨씬 적합하기 때문이다.

작품의 창작 배경이 정치적 유배이기 때문에 님은 바로 왕을 의미한다고 볼 수 있다. 그러나 님의 의미를 창작 배경에 따라 미리 하나로 단정할 필요는 없다. 창작 배경과는 관계없이 독자는 자기 나름대로 작품을 해석할 여지가 있기 때문이다. 조선 후기에 「사미인곡」이 충신연주지사가 아니라 연정가로 애창되었던 것[6]은 잘 알려진 사실이다. 왕과 연인을 포함해서 화자가 회복하고자 하는 당위의 세계를 가능케 해 주는 추상적이고 절대적인 존재가 바로 님이라고 규정할 수 있다. 위의 두 작품은 님이 없는 시대를 살아가는 불행한 사람들의 비애를 그린 작품이라 하겠다. 따라서 님이 가리키는 구체적인 대상이 누구인가보다 시적 화자의 님에 대한 인식이나

---

5 정철, 『松江歌辭』, 성균관대 대동문화연구원, 1964, 408면. "嗚呼 孤臣寃女其志同也 女雖見絶於夫 而不宜自絶焉 臣雖見疎於君 而不二自疎焉 非知其義之重 而一心貞固者 其孰能如是也哉."

6 「사미인곡」과 「속미인곡」은 조선 후기에 와서 기녀들에 의해 연정가로 널리 불렸다. 최상은, 「유배가사의 작품구조와 현실인식」, 정문연 부설 한국학대학원 석사학위논문, 1983, 27~28면 참조.

작품 구조상 님이 지니는 의미가 무엇인가를 밝혀야 정서의 형상화인 작품을 온전하게 이해할 수 있을 것이다.

이들 작품에서 마련된 연군가사의 전통은 조선 후기 유배가사에도 면면히 이어졌다. 조우인曺友仁(1561~1625)의 「자도사自悼詞」, 김춘택金春澤(1670~1717)의 「별사미인곡別思美人曲」 등은 작품 구조, 인물 설정, 어조가 정철의 작품과 매우 흡사하다.

(가) 임향한 一片丹心일편단심 하ᄂᆞᆯ씌 ᄐᆡ 나시니
三生結緣삼ᄉᆡᆼ결연이오 지은 마음 안녀이다

ᄎᆞᆯ하로 싀여뎌 子規ᄌᆞ규의 넉시 되여
夜夜야야 梨花니화의 피눈물 우러내야
五更오경에 殘月잔월을 섯거 님의 ᄌᆞᆷ을 ᄭᆡ오리라[7]

(나) 이보소 져 각시님 셜운 말솜 그만 ᄒᆞ오
말솜을 드러ᄒᆞ니 셜운 줄 다 모를쇠
인년인들 ᄒᆞᆫ가지며 니별인들 갓탈손가
광한뎐 ᄇᆡᆨ옥경의 님을 뫼셔 즐기더니
니ᄅᆡᄅᆞᆯ ᄒᆞ엿거니 겨앙[8]인들 업슬손가
ᄒᆡ 다 져문 날의 가ᄂᆞᆫ 줄 셜워 마소

더 ᄒᆞ거니 덜 ᄒᆞ거니 분별ᄒᆞ여 무어ᄉᆞᄒᆞ며

7 조우인, 「자도사」, 임기중, 앞의 책.
8 '겨앙'은 'ᄌᆡ앙'의 잘못된 표기인 듯.

구람이ᄂᆞ ᄇᆞ람이ᄂᆞ 되어ᄂᆞᆫ들 무엇ᄒᆞᆯ고
각시님 잔 가득 부으시고 ᄒᆞᆫ시름 이ᄌᆞ소셔[9]

(가)는 「자도사」, (나)는 「별사미인곡」의 서두와 결말이다. 「자도사」는 「사미인곡」을, 「별사미인곡」은 「속미인곡」을 꼭 닮아 있음을 확인할 수 있다. 조우인은 정철의 「관동별곡」을 보고 감동하여 「관동속별곡關東續別曲」을 지었다[10]고 밝혔고, 김춘택은 제주도 유배시절 「별사미인곡」을 지었는데 이는 정철의 「사미인곡」과 「속미인곡」에 화답한 것이다[11]라고 스스로 밝혔으니 두 작가는 정철의 작품에 심취하여 이와 같이 닮은꼴의 작품을 내놓았던 것이다.

영조조 노소론 당쟁의 핵심적인 역할을 하다가 중국에 사신으로 간 사이 정국政局이 역전되어 노론의 공격을 받고 유배형을 받은 소론 이진유李眞儒(1669~1730)의 일족이 지은 유배가사도 있다. 이진유의 「속사미인곡續思美人曲」, 이광명李匡明(1701~1778)의 「북찬가北竄歌」, 이광사李匡師(1705~1777)의 「무인입춘축성가戊寅立春祝聖歌」, 이긍익李肯翊(1736~1806)의 「죽창곡竹窓曲」 등이

---

9 김춘택, 「별사미인곡」, 임기중, 앞의 책.

10 김영만, 「曺友仁의 歌辭集 '頤齋永言'」, 『語文學』 10집, 한국어문학회, 1963, 96면. "우연히 정송강의 관동별곡이라는 작품을 봤는데 노랫말이 준일할 뿐만 아니라 선율이 원량했다. 긴 작품 시어 하나하나에 감분격앙의 회포를 남김없이 그려 냈는데 정말 걸작이다. 반복해서 읊으면 읊을수록 사람으로 하여금 그 아름다움에 감동하게 할 따름이다. ……이에 옛날에 여행했던 곳에 대한 기억을 떠올려 장가 한 편을 지어서 이름하기를 「속관동곡」이라 한다.(偶得鄭松江關東別曲者而觀之 非但詞致俊逸 節奏圓亮而已 縷縷數千百言 寫盡感憤激昂之懷 眞傑作也 反覆吟詠益令人歆艷之無已也……仍記往日足目之所經過者 作長歌一篇而名之曰 續關東曲.)"

11 김춘택, 「별사미인곡」, 임기중, 앞의 책. "우리 집안 서포 어른이 일찍이 두 작품을 한 책에 필사하고 제목을 '언경'이라 했다. 제주에 와서 나도 우리말로 「별사미인곡」을 지었는데 송강의 두 작품을 뒤좇아 화답한 것이다.(吾家 西浦翁 嘗手寫兩詞於一冊 書其目曰 諺經 余來濟州 又以諺 作別思美人曲 追和松江兩詞.)"

그것이다. 이진유를 제외한 세 사람은 단지 이진유의 친척이라는 이유만으로 벼슬과는 무관하게 유배를 당했다. 이진유가 소론의 강경파로서 영조와 노론의 반감을 많이 삼으로 인해 조카 이광명과 이광사에게도 화가 미쳤고, 그가 죽은 후에 태어난 종손자이고 이광사의 장남인 이긍익까지 연좌되는 수난을 겪었다. 그런데 이광사·이긍익 부자는 본 적도 없는 님을 그리워하는 연정가풍의 연군가사를 지었다. 「무인입춘축성가」는 이광사가 유배지인 함경도 부령에서 지은 것이고, 「죽창곡」은 이긍익이 아버지 이광사의 이배지移配地인 전라도 신지도에 아버지를 배행했을 때 지은 작품이다.

「무인입춘축성가」와 「죽창곡」을 살펴보자.

(가) 텬디天地라 삼기시고 부모父母라 나흐시나
주근것 사로심은 님밧긔 뉘ᄒᆞ실고
후목朽木의 곳히퓌고 고골枯骨의 살이난디
삼년三年이 다니ᄋᆞᆸ고 ᄉᆞ년四年에 미처셰라

오경五更의 목마牧馬소ᄅᆡ ᄌᆞᆷ든말을 ᄭᆡ오거이
ᄭᆡ틴후 의슈간衣袖間의 어로향御爐香이 그ᄌᆞ잇ᄂᆡ
벼개우 ᄆᆞᆯ근눈물 쳔항千行이 만항萬行일ᄉᆡ
ᄉᆡᆼᄂᆡ生來예 ᄆᆡ틴 원願을 몽듕夢中의 일온거시
이몸이 일식미민젼一息未泯前은 일야숑츅日夜頌祝 ᄒᆞ오리라.[12]

(나) 듁챵竹窓의 병病이 깁고 포금布衾이 냉낙冷落ᄒᆞᆫ대
돌미나리 ᄒᆞᆫ줌으로 셕찬夕饌을 ᄒᆞ쟈터니

12 이광사, 「무인입춘축성가」, 임기중, 앞의 책.

샹 우희 그저 노코 님 ᄉᆡᆼ각 ᄒᆞᄂᆞᆫ ᄯᅳᆺ은
아리ᄯᅡ온 님의 거동擧動 친親ᄒᆞᆫ 적 업건마ᄂᆞᆫ
불관不關ᄒᆞᆫ 이 내 몸이 님을 조차 삼기오니
월노月老의 노繩ᄒᆞᆯ ᄆᆡᆫ가 연분緣分도 하 듕重ᄒᆞ고
조믈造物이 새오던가 박명薄命ᄒᆞᆷ도 그지업다

허튼 머리 감아 빗고 박산노博山爐의 향香을 퓌여
낭븍셩狼北星 ᄇᆞ라면셔 님의 슈壽를 다시 비니
오ᄆᆡ寤寐의 님을 ᄇᆞ라 고ᄌᆞᆨ한 이 졍셩精誠이
연파烟波의 ᄯᅥ나다고 감減ᄒᆞᆯ 줄이 업스려든
ᄒᆞ믈며 님의 은혜恩惠 븍당北堂의 깁허시니
어즈버 이 몸 죽기 젼은 님을 밋어 늘그리라.[13]

(가)는 「무인입춘축성가」의 서두와 결말인데 제목 그대로 님에 대한 송축이다. 이 작품은 서두에서 님의 덕을 기리고 결말에서는 꿈속에서나 님을 만나야 하는 그리움의 정서와 송축으로 마무리했다. 이광사는 실제 삶에서 정치권에서 소외되어 있는 상태에서 유배를 당했고 자신의 충이 왕에게 닿을 수 있는 통로가 막혀 있었음에도 성대聖代를 송축한 것은 임금의 인정仁政이 자신에게도 미치길 강력하게 소망하고 있었음을 의미한다.[14] 그리고 본사에서는 실제의 정치 현실과는 상반되게 태평성대를 구가하고 있는데 이는 본인이 간절히 소망하는 경국제민의 이념이 실현된 세계를

13 이긍익, 「죽창곡」, 임기중, 앞의 책.
14 남정희, 「「무인입춘축성가」에 나타난 유배체험 형상화의 이면과 그 의미」, 『한국고전연구』 32집, 한국고전연구학회, 2015, 213면.

제시하면서[15] 한편으로는 객관적인 현실과 상반된 상황 설정으로 사대부의 보편적 이념과 당면한 현실의 괴리에서 오는 깊은 갈등의 골을 암시해 주고 있다고 하겠다.

(나)는 「죽창곡」의 서두와 결말인데 「사미인곡」류의 연군에다 자신의 가문을 이 정도로 보존해 준 은혜에 대한 축원을 담은 작품이다. 관직에 나가 본 적이 없으면서도 연군의 노래를 지었다. 서두에서는 친히 본 적도 없는 님을 운명적으로 사랑하는 여성 화자의 애절한 목소리로 시작해서 결말에서는 정성을 다해 님의 만수무강을 빌고 집안에 베풀어준 은혜가 깊으니 죽기까지 님을 믿고 늙겠다는 송축의 목소리로 마무리했다. 그렇지만, 작품 내용 중에는 부자관계나 효양과 관련된 대목,[16] 정치 현실과 결부된 대목[17]도 있어서 정철의 「사미인곡」, 「속미인곡」처럼 온전하게 님과 여성 화자의 애틋한 그리움의 정서로 읽히지는 않는다. 그렇지만 집안에 몰아닥친 정치 풍파에도 불구하고 이긍익이 자존감을 잃지 않고 담담한 어조를 유지할 수 있었던 것은 님에 대한 송축의 마음과 부친에 대한 효양의 이념 덕분

15 이광사, 「무인입춘축성가」, 임기중, 앞의 책. "집집이 도쥬의돈(陶朱猗頓) 사ᄅᆞᆷ마다 팽조약전(彭祖偓佺) / 강구연월(康衢煙月)의 격양가(擊壤歌)도 하도 할샤 / 성ᄌᆞ신손(聖子神孫)이 만억셰지(萬億世之) 무궁(無窮)일ᄉᆡ / 북원(北苑)의 닌(麟)이 놀고 아각(阿閣)의 봉(鳳) 깃들고 / 팔도(八道)의 올닌 글월 녕어(囹圄)가 다 뷔거고"

16 이긍익, 「죽창곡」, 임기중, 앞의 책. "가긔(家飢)ᄂᆞᆫ 더뎌 두고 일신(一身)조차 둘듸 업서 / 녕셜(嶺雪)은 ᄉᆡᆨ노(塞路)ᄒᆞ고 ᄒᆡ무(海霧)ᄂᆞᆫ 취인(醉人)ᄒᆞᆫᄃᆡ / 쇠병(衰病)ᄒᆞᆫ 편친(偏親)으로 남북(南北)의 뉴낙(流落)ᄒᆞ니 / 감지(甘旨)ᄂᆞᆫ 못ᄇᆞ라고 염졔(恬齊)라도 니을손가 / 인셰(人世)의 삼죵(三從)을 ᄒᆞᆫ 가지는 못일워도 / 원부모(遠父母) 아니ᄒᆞ니 효양(孝養)이ᄂᆞ 젼일(專一)ᄒᆞᆯ가"

17 이긍익, 「죽창곡」, 임기중, 앞의 책. "은탕(殷湯)의 비던 그물 일면(一面)을 마자 푼 듯 / 셔강(西江)의 터딘 물결 확텰(涸轍)노 뽀다딘 듯 / 학발(鶴髮)이 시름업시 ᄎᆞᆷ뵈오ᄉᆞᆯ 걸메고셔 / 화봉삼축(華三封祝) 을푸면서 온젼(穩全)도 뵈ᄂᆞᆫ고야 / ᄌᆞᆰ업기 그지업고 감누(感漏)가 졀노 날ᄉᆡ / 일하(日下)의 ᄇᆞ라보니 님 계신대 거위로다 / 어화 더 ᄒᆡᆺ빗출 님이 뵈여 보내도다"

이었을 것이다.[18]

이와 같이, 「무인입춘축성가」와 「죽창곡」에서는 이제 천상 세계의 설정도 보이지 않고 정치 현실을 드러내 주는 대목들이 섞여 있어서 님의 함축성과 문맥의 일관성이 약화되어 있다. 즉 연군가사에서의 님은 이제 왕을 의미하는 단어로 관습화되어 작품에 형상화된 정서가 연정가적 애틋함에서 많이 멀어졌다. 그야말로 가문의 다급한 현실을 연군가사의 어조로써 왕에게 읍소하는 형국이 된 것이다. 이들 작품에 앞서 「속사미인곡」이 연군가사의 변모를 미리 보여 주었는데 이 작품에 대해서는 「북찬가」와 함께 다음 장에서 다루기로 한다.

이러한 관습화로 인해 유배와는 전혀 상관없는 상황에서도 연군가사가 창작되기도 했다. 장현경張顯慶(1730~1805)의 「사미인가」와 류도관柳道貫(1741~1813)의 「사미인곡」, 구강具康(1757~1832)의 「ᄉᆞ미인곡思美人曲」이 그것이다. 제목에서도 느낄 수 있는 바와 같이 정철의 「사미인곡」을 본뜬 작품들이다. 정철의 인척 후손인 류도관은 벼슬길에 나간 적이 없음에도 "天地 삼긴 후의 (人)倫이 삼겨시니 / 君臣大義도 夫婦와 일체一體로다"[19]라고 하면서 부부의 정서로써 정철의 「사미인곡」을 닮은 연군가사를 지었다. 그에 비해 장현경의 「사미인가」는 님 대신에 '님금'이란 용어를 직접 사용하여 중앙 관직에 있다가 외직으로 나가는 고신孤臣의 비애와 연군의 정서를 서술한 작품이다.[20] 이 두 작품의 작가는 실제 유배 상황에 처해 있었던 것은 아니

---

18 남정희, 「이긍익 소작 「죽창곡」의 특징과 연군의 문맥 고찰」, 『동양고전연구』 제79집, 동양고전학회, 2020. 참조.

19 류도관, 「사미인곡」, 임기중, 앞의 책.

20 장현경, 「사미인가」, 임기중, 앞의 책. "그리울셔 우리님금 뵈옵고져 우리님금 / 우리님금 셩명(聖明)ᄒᆞ셔 천지(天地)오 부모(父母)이시니 / 날ᄀᆞᆺ튼 미천신(微賤臣)을 무엇시 가취(可取)라고 / 이은(異恩)을 ᄌᆞ로닙고 연포(筵褒)가 정즁(鄭重)ᄒᆞ니 / 고신(孤臣) 일촌침(一寸枕)이 눈물이 바다히다"

더라도 벼슬길에 나아가 임금 곁에서 경국제민의 이념을 실현하지 못한 처사로서, 한미한 외직 관인으로서 소외감과 자괴감으로 생활하면서 유배자들이 겪었던 것과 같은 유배 의식을 가지고 있었던 것으로 보인다. 구강의 「ᄉᆞ미인가」는 여성 화자의 님을 그리워하는 정서를 노래한 작품으로서 연군가사의 정서를 잇고 있는 작품이지만 연모의 대상을 향한 헌신적인 태도의 부재, 규방가사 관습의 수용 및 변용, 애정시가와의 친연성 등 여러 가지 측면에서 많은 변모를 보이고 있다.[21]

이와 같이 연군가사는 경국제민의 이념 실현이 좌절된 보수 사대부층의 고민을 폭넓게 형상화하는 작품군인데, 조선 후기에 연정가로 수용되기도 하고, 실제 경험이 없이 이념적으로 관습화되거나 이질적인 요소들이 개입됨으로써 연정으로 연군을 우의하는 함축성이 약화되는 현상을 보여 주기도 했다.

3. 사실적 진술과 경험적 현실

이진유의 「속사미인곡」은 연군가 계열의 작품이기는 하지만 작품 구성에 있어서 이질성이 많기 때문에 여기서 논의하기로 한다. 먼저 서두 대목을 살펴보자.

> 삼년三年을 님을 떠나 해도海島의 뉴락流落ᄒᆞ니
> 내 언제 무심無心ᄒᆞ여 님의게 득죄得罪ᄒᆞᆫ가
> 님이 언제 박정薄情ᄒᆞ여 날 대졉待接 소疎히 ᄒᆞᆫ가

---

21 박이정, 「구강 「사미인곡」에 나타난 연모의 성격과 의미」, 『국문학연구』 33집, 국문학회, 2016. 참조.

내 얼골 곱돗던지 질투嫉妬홀산 중녀衆女로다
유한有限훈 이내 몸을 션음善淫훈다 니라노쇠
셔하西河에 식옥拭玉후고 샤쟈거使者車로 도라오니
봉황셩鳳凰城 다ᄃ르며 고국쇼식故國消息 경심驚心후다
황혼黃昏의 녯 긔약期約을 다시 거의 ᄎ즐너니
참언讒言이 망극罔極후니 님이신들 어이홀고[22]

정철의 「사미인곡」과 같이 연정가풍으로 시작했으나, "셔하西河에 식옥拭玉후고" 이하에서는 작가가 사신 갔다 오는 길에 유배 소식을 듣고 서둘러 귀국하는 여정을 서술했다. 작품 전편의 전개에 있어서도 연정가풍의 연군의식을 표출하기도 했지만 전체적으로 유배 노정과 정서, 그리고 유배지의 생활을 사실적으로 보여 주는 데 주력했다. 그러다 보니 문맥이나 정서의 연결이 부자연스러운 대목이 많다.[23] 그리고 님을 임금의 의미로 관습적으로 사용했을 뿐만 아니라 천상의 신적 존재로 형상화하지도 않았다. 거기다 서술의 사실성이 매우 두드러지기 때문에 연군가의 서정성보다는 조선 후기 가사의 교술적·서사적 경향에 더욱 가까워졌다고 할 수 있다.

이광명의 「북찬가」는 연군가풍을 거의 벗어나 있다. 「북찬가」는 벼슬살이를 하지 않고 홀어머니와 함께 강화도에 은거하면서 학문에 정진하다가 큰아버지 이진유에 연루되어 함경도 갑산에 유배당한 경험을 서술한 작품이다. 홀어머니를 두고 유배길에 올라야 하는 참담한 심정과 유배길에 올라 집에서 점점 멀어짐에 따라 절박해지는 어머니에 대한 걱정을 실감 나게 표현했다. 작품 전편에 걸쳐 흐르는 정서는 어머니에 대한 그리움과

---

22 임기중, 앞의 책.
23 최상은, 앞의 글(2004), 292면.

걱정인데 결말에서는 "아마도 우리 셩군聖君 효니하孝理下의 명춘明春 은경恩慶 미츠쇼셔"[24]라고 간절한 소망으로 마무리했다.

이방익李邦翊의 「홍리가鴻罹歌」도 이와 유사한 작품이다. 이방익은 18세기 말 정조조正祖朝에 중추부사中樞都事를 지낼 때 고향 사람인 공조참의 이택징李澤徵을 은닉시킨 죄로 전라도 구자도龜玆島로 유배를 당했고, 그 때 이 작품을 지었다. 유배지까지의 노정과 유배지에서 '化外(화외)에 蒼生(蒼生)'[25] 이라 할' 정도로 미개한 섬사람들과 비참한 생활을 한 경험 등을 생생하게 그려 놓았다. 이 작품의 결말에서도 역시 성상聖上이 옥석을 가려 특명방송特命放送해 주시면 춤추고 돌아가서 천은을 감축하고 어머니 슬하에서 여생을 번화롭게 살겠다는 소망으로 마무리했다.[26] 「북찬가」와 매우 유사한 작품 구조를 보여 준다.

또한 「북찬가」와 「홍리가」는 화자의 관심사에 있어서도 공통점이 있다. 연군가사의 경우, 화자의 관심은 님에게 집중되어 있어 님에 대한 그리움과 축원의 내용이 주를 이루는 데 비해 두 작품의 경우는 억울한 자신의 처지, 유배길과 유배지에서의 참담한 심정, 그리고 부모님이나 가족에 대한 그리움·걱정 등 화자 자신의 험난한 경험이나 개인적인 주변사로 바뀌었다.

---

24 이광명, 「북찬가」, 『贈參議公謫所詩歌』, 국사편찬위원회 소장 필사본.
이상보, 『18세기 가사전집』, 민속원, 1991, 151면. 이 책에서는 한자어의 경우, 한자로 쓰고 ( )에 한글로 음을 달아 놓았는데 필사본에는 한글 옆에 한자를 병기해 놓았다. 이 글에서는 필사본의 표기를 따른다.

25 李邦翊, 「鴻罹歌」, 한국학중앙연구원 도서관 소장 필사본. "風俗을 볼작시면 化外에 蒼生이라 / 錢穀으로 트집ᄒᆞ고 所任으로 自尊自大 / 얼픗ᄒᆞ면 詬辱이요 죠곰ᄒᆞ면 ᄡᅡ홈ᄒᆞ니 / 어룬의게 ᄇᆡ혼 行實 아희 辱說 더 잘 ᄒᆞᆫ다." 이상보, 앞의 책(1991)에도 수록해 놓았다. 한국학중앙연구원 소장 필사본에는 한자어는 한자로만 표기했는데 이 책에서는 ( )에 한글로 음을 달아 놓았다. 이 글에서는 필사본의 표기를 따른다.

26 위의 작품. "玉石을 ᄀᆞᆯ희시고 特命放送ᄒᆞ시거든 / 日月ᄀᆞᆺᄐᆞᆫ 우리 聖上 堯舜禹湯文武시라 / 춤추고 도라가셔 天恩을 感祝ᄒᆞ고 / 萱堂膝下 餘年을 繁華로이 지내리라"

(가)

가련可憐타 묘여일신貓如一身 텬지간天地間의 뉘 비홀고

십세十歲에 조고早孤ᄒᆞ니 엄안嚴顏을 안다 ᄒᆞᆯ가

일ᄉᆡᆼ一生을 영폐永廢ᄒᆞ니 군문君門조차 ᄇᆞ라볼가

천쳑親戚이 다 볼이니 붕우朋友야 니롤소냐

셰군細君조차 포병抱病ᄒᆞ니 ᄉᆡᆼ산生産도 머흘시고

형뎨兄弟는 본ᄃᆡ 업고 계자繼子를 ᄆᆞ자 일헤

오륜五倫의 버셔나니 팔ᄌᆞ八字도 궁독窮獨ᄒᆞᆯ샤

편친偏親만 의지依支ᄒᆞ여 지낙至樂이 이ᄲᅮᆫ이라

(중략)

천만千萬 근심 다 ᄇᆞ리고 여ᄉᆡᆼ餘生을 즐기려니

경심驚心타 지어앙池魚殃에 묵은 불 닐어나니

삼십여 년三十餘年 눅힌 은전恩典 오늘날에 ᄯᅩ 면免ᄒᆞᆯ가[27]

(나)

어져 내 일이야 이러ᄒᆞᆯ 줄 어이 알니

班超의 븟을 더져 立身揚名ᄒᆞ랴 ᄒᆞᆯ 제

出將入相은 ᄇᆞ라지 못ᄒᆞ여도

南統北闕은 掌中物로 알앗더니

氣質이 魯鈍ᄒᆞ여 怜悧치 못ᄒᆞᆫ 말이

(중략)

偶然이 得罪ᄒᆞ야 配所를 마련ᄒᆞ니

고기금을 베퍼다가 기러기 걸닌 貌樣

27 이상보, 앞의 책(1991), 147~148면.

쑬먹은 벙어린 ᄃᆞᆺ 發明ᄒᆞᆯ 터이 업다
王命이 至重ᄒᆞ니 죽기라도 甘受로다
老母씌 샹셔ᄒᆞ랴 부즐 들고 안즌 말이
涙下 筆前ᄒᆞ니 成子를 엇지ᄒᆞ리[28]

(가)는 「북찬가」, (나)는 「홍리가」의 서두이다. 앞서 논의한 연군가사와는 사뭇 다르다는 것을 알 수 있다. 「북찬가」는 벼슬살이를 포기하고 홀어머니를 모시고 궁곤하고 외로운 생활을 하면서도 모자간 의지하며 살아가는 것을 낙으로 삼았는데 지어지앙池魚之殃을 입고 유배길을 떠나야 하는 심정을 서술했고, 「홍리가」는 벼슬살이에 대한 강한 집착을 보여 주면서 참언을 입어 죄를 입은 자신의 상황을 고기 그물에 걸린 기러기 모양에 비유했다. 이런 상황을 노모에게 알리려 붓을 드니 눈물이 앞을 가려 글을 쓸 수 없고 했다. 두 작품 공히 지중한 왕명을 거역할 수는 없지만 억울한 유배에 대한 불만을 토로하고 화자 자신을 포함한 가족 문제에 관심이 한정된 작품 세계를 서두에서 보여 준다. 이들 작품에서의 왕은 화자에게 지엄한 존재이기는 하지만 님은 아니다.

이들 작품보다 앞서 지어진 송주석宋疇錫(1650~1692)의 「북관곡北關曲」 역시 연군가풍에서는 거의 벗어나 있는 데 비해 유배 사실에 대한 불만은 매우 강하게 표출하고 있다.[29] 송주석은 예론禮論 문제로 정치적 유배를 당한 조부 송시열宋時烈(1607~1689)을 따라 유배지 덕원으로 동행하면서 이 작품을

28 李邦翊, 「鴻罹歌」, 한국학중앙연구원 도서관 소장 필사본.

29 임기중, 앞의 책. 원문(연세대 도서관 소장 필사본)은 한글로만 쓰고 하단에 한자를 따로 표시했는데 여기서는 병기했다. 작품 중 "님향ᄒᆞᆫ 단심(丹心)이 죽기를 ᄉᆡᆼ각거든 / 상제(喪制) 듕(重)ᄒᆞᆫ 일을 구챠히 ᄒᆞ올손가"에서 사용된 "님"은 연정가에서의 님의 의미는 사라지고 임금을 의미하는 말로 사용되었다.

지었다. 작품 서두와 결말을 보자.

어와 셜운지고 이 힝ᄎᆞ行次 무스 일고
쟝ᄉᆞ長沙 쳔일ᄋᆡ天一涯예 가태부賈太傅 힝ᄉᆡᆨ行色인가
됴쥬潮州 팔쳔니八千里예 한니부韓吏部길히런가
北關쳔리 밧긔 어ᄃᆡ라고 가시ᄂᆞᆫ고
평ᄉᆡᆼ平生을 도라보니 지은 죄 업건마ᄂᆞᆫ
늣게야 엇진 일노 이런 화 만나신고

동한東漢 썩 당고화黨錮禍와 송됴宋朝의 위ᄒᆞᆨ금爲學禁을
젼ᄉᆞ前史에 지내보고 분ᄀᆡ憤慨히 너이던 일
내 집의 친히 볼 줄 내 엇디 알아실고
아마도 셜운 ᄯᅳ디 가지록 ᄀᆞ이 업다
어나 졔 됴흔 ᄇᆞᄅᆞᆷ 이운 플 어내내여
초ᄐᆡᆨ楚澤을 이별離別ᄒᆞ고 고국故國의 도라가서
겨레 것 모다 안자 이 ᄉᆞ셜 니ᄅᆞ려니[30]

서두와 결말에서 억울한 유배와 관련된 중국의 고사를 인용하면서 조부의 유배가 부당함을 토로했다. 본사는 서사에 이어서 참소로써 금상今上을 현혹하는 무리들에 대한 불만과 조부에 대한 합리화 내용이 길게 이어지고, 유배 노정과 유배지에서의 생활이 직설적인 어법으로 전개된다. 이 작품은 위의 두 작품에 비해서도 관심의 범위가 좁혀져 오직 유배 사실 자체에 대한 분개의 정서로 일관했다.

30 임기중, 앞의 책.

한편, 김이익金履翼(1743~1830)의 「금강중용도가金剛中庸圖歌」와 이기경李基慶(1756~1819)의 「심진곡尋眞曲」, 「낭유사浪遊詞」와 같은 작품은 유배가사이면서도 유배사실에 대한 서술보다는 이념적 소신을 통해서 유배의 부당성을 피력하는 데 무게중심을 두었다. 「금강중용도가」는 김이익이 순조 때 당쟁의 소용돌이에 휘말려 진도 금갑도에 유배되었을 때 쓴 작품인데 유배지에서 주역과 중용을 읽으며 선왕과 요순堯舜의 도를 계승하여 실행하고자 하는 의지를 드러낸 작품이고,[31] 「심진곡尋眞曲」과 「낭유사浪遊詞」는 이기경이 천주교를 배척하다가 함경도 경원에 유배되었을 때 쓴 작품으로 천주교를 비롯하여 도교와 불교를 배척하고 성리학자로서 자신의 사상적 입장을 확실히 밝힘으로써 자신의 죄와 유배의 부당성을 주장한 작품이다.[32]

여성 화자의 연정으로써 연군을 우의한 연군가사는 조위의 「만분가」에서 불완전하게 시작되어 정철의 「사미인곡」, 「속미인곡」에서 꽃을 피웠다. 이후 연군가사는 조선 후기 들어 관습화되거나 여성 화자의 연정과 남성 화자의 유배 의식이 섞이는가 하면, 유배 사실과 유배 의식만으로 전개되는 유배가사 작품들이 창작되는 변화를 보였다. 거기다 유배 사실보다는 타 종교에 대한 비판과 성리학의 이념 수호를 통하여 유배 의식을 드러낸 작품들도 나왔다. 이들 작품은 전체적으로 매우 보수적인 성격을 지니지만 문학사의 흐름에 따라 다양한 형태로 변화되어 온 모습도 보여 주고 있다고 하겠다.

---

31 주혜린, 「조선후기 유배가사의 서술방식과 내면의식」, 고려대 석사학위논문, 2014, 91~98면 참조.

32 권현주, 「척암 이기경의 가사 연구」, 『어문학』, 한국어문학회, 2017, 137면 참조.

4. 희화화戱畵化와 유배 의식의 변질

안조원安肇源(1765~?)의 「만언사」는 여러 가지 면에서 특이한 작품이다. 우선 작가의 신분이 중인으로서 유배가사 담당층의 확대를 보여 준다는 면에서 관심을 가져 볼 만하다. 위에서 논의한 작가들은 모두 사대부로서 정치적 역학관계에 의해 유배를 당했지만, 안조원은 대전별감으로서 범법행위를 하여 유배를 당했다는 점에서 특이하다. 사대부의 정치유배와 중인의 범법유배는 유배라는 점에서는 동질적이지만 그 유배를 받아들이는 작가의 의식이나 정서는 매우 다를 것으로 보인다.

「만언사」를 작품전개에 따라 단락으로 나누어 살펴본다.

① 굴곡 많은 인생의 무상함과 탄식
② 출생에서 입궐까지의 호사豪奢
③ 소심봉공小心奉公 잘못하여 투옥, 후회막급임을 한탄함
④ 추자도 유배의 노정과 탄식
⑤ 추자도에서의 비참하고 치욕스런 생활
⑥ 천사만사千事萬事 다 탕척蕩滌하고 서용敍用하기를 기원함

단락 ②로 보아 안조원은 중인 신분이면서도 매우 부유한 집안에서 태어나 성장했고 호사를 누리며 생활했던 것 같다. 그리고 당시의 별감들은 축적된 부를 바탕으로 기부妓夫 노릇을 하며 18, 19세기 조선의 유흥적 기풍을 주도해 나갔던 사람들이었다.[33] 과거의 호사스러운 생활과 현재의 참

---

33 강명관, 「조선후기 서울의 중간계층과 유흥의 발달」, 『조선시대 문학예술의 생성공간』, 소명출판, 1999, 172·183면.

담한 추자도 유배 생활의 대비는 화자의 정서적 진폭이 매우 컸음을 말하고자 함이다. 단락 ①도 유배가사의 서두라기보다는 무상한 인생에 대하여 탄식하며 여행길을 떠나는 기행가사의 서두를 많이 닮아 있다. 단락 ③은 투옥된 뒤 지난날의 경박하고 호사스런 행위를 등잔불에 날아든 나비에 비유하면서 절절히 후회하지만 어쩔 수 없는 상황에 빠져 버린 자신의 처지를 애절한 목소리로 전개해 나갔다. 그런 목소리는 추자도에 이르기까지의 노정을 서술하는 과정에서 바뀌어 가는 경치를 바라보면서 터져 나오는 자탄의 목소리로 이루어진 단락 ④에까지 줄곧 이어진다.

작품의 중심은 단락 ⑤에 있다. 추자도의 열악한 환경과 주민들의 냉대를 중심으로 길게 이어지는 유배 생활에 대한 서술은 자책과 자탄의 연속이지만, 자신에 대한 자조와 주민들의 비아냥, 왕화가 못 미치는 섬 주민들의 무지한 행실을 희화적인 수법으로 나타낸 대목이 많아 웃음을 자아낸다.

> 방언方言이 괴히怪異ᄒᆞ니 존ᄀᆡᆨ尊客인들 아올소냐
> 다만지 아ᄂᆞᆫ 거시 손고바 쥬먹혐의
> 두다셧 ᄒᆞᆺ다셧 뭇다셧 곱기로다
> 포학暴虐과 탐욕貪慾이 례의염치 되여시매
> 푼젼승홉分錢升合으로 효졔츙신孝悌忠信 삼아잇고
> ᄒᆞᆫ둘 공득功德으로 지효至孝로 아라시니
> 혼정신셩昏定晨省은 보리담은 ᄃᆡ독이요
> 츌필고반필면出必告反必面은 돈 모ᄒᆞᄂᆞᆫ 벙어리라
> 왕화王化가 불급不及ᄒᆞ니 견융犬戎의 ᄒᆡᆼᄉᆞ行事로다
> 인심人心이 아니여든 인ᄉᆞ人事를 ᄎᆡᆨ망責望ᄒᆞ랴[34]

34 안조원, 「만언사」(국립도서관본 필사본). 임기중, 앞의 책에서는 수록 「만언사」를 가

섬 주민들의 무지한 행실을 유가의 덕목으로 치환하여 희화화하고 있다. 섬사람들의 무지를 희화화함으로써 존객으로서 고난을 치르고 있는 자신에 대한 청자의 이해와 동정을 구하고자 했다. 이렇게 볼 때 단락 ②, ③, ④에서 계속된 후회와 탄식의 목소리는 뉘우침의 목소리라기보다는 존객으로서의 우월감을 과시하면서 그에 합당한 대접과 과거의 호사를 그리워하고 아쉬워하는 목소리이다. 그러나 그런 섬사람들에게 동냥을 해야 하고 비아냥을 받으며 그들과 똑같은 생활을 해야 했으니 섬사람들을 희화화했지만 결국 자기 자신이 희화화되는 결과를 낳았다.

화자 자신에 대한 희화화는, 화자가 양식 동냥을 나섰을 때 섬사람들이 "손가락질 가라치며 귀항다리 온다"고 놀려대자, "구름다리 징검다리 돌다리 토다리라 / …… / 두 손길 느려치면 다리의 갓가오니 / 손과 다리 머다 ᄒᆞᆫ들 그 ᄉᆞ이 얼마치리 / 한 층을 죠곰 노혀 손이라나 ᄒᆞ여쥬렴"이라고 다리사설을 늘어놓는 대목에서 절정을 이룬다. 동음이의어를 활용하여 다리타령을 구성지게 엮어냈다. 귀양 온 자신을 손(손님)으로 대하지 않고 속되게 '―다리' 칭호를 붙여 놀릴 뿐만 아니라 그러는 그들에게 동냥까지 해야 했기에 그런 자신의 처지가 너무 부끄러워서 자신을 희화화하여 이런 자조적인 노래를 불렀던 것이다. 이 대목의 표현법은 민요인 「장타령」에서 장이름을 계속 열거한다든가, 판소리계 소설인 「춘향전」의 사랑가 대목에서 부르는 '정자情字 노래'나 '궁자宮字 노래'에서 '정情' 자, '궁宮' 자로 끝나는 단어를 열거해 나가는 방식과 유사하다. 「장타령」이나 「춘향전」에서의 이런 노래는 율동감을 느끼게 하여 흥을 돋우는 구실을 하지만, 「만언사」에서의 다리사설은 청자에게는 웃음을 자아내게 하고 자아의 처지는 더욱

람본이라고 했는데 국립도서관본으로 바로잡는다. 필사본은 순한글체인데 이 책에서는 한자어는 한자로 쓰고 ( )에 한글로 음을 밝혔고, 한글은 현대어로 옮겨 실었다. 여기서는 필사본 표기를 따르되 가독성을 위해 한자어는 옆에 한자를 병기한다.

비극적이게 드러내는 효과가 있다.[35]

이외에도 「만언사」는 여러 번 반복구를 활용하여 자신을 희화화했다.

동정호洞庭湖 발근 달의 악양누岳陽樓 오르랴나
소상간瀟湘江 구진 비예 죠상군弔湘君 ᄒᆞ랴ᄂᆞᆫ가
젼원田園이 쟝무將蕪ᄒᆞ니 귀거래歸去來 ᄒᆞᄋᆞᆸᄂᆞᆫ가
노어회鱸魚膾 살쪄스니 강동거江東去 ᄒᆞᄋᆞᆸᄂᆞᆫ가
오호쥬五胡舟 흘니져어 명철보신明哲保身 ᄒᆞ랴ᄂᆞᆫ가
긴 고ᄅᆡ 잠간 만나 ᄇᆡᆨ일승텬白日昇天 ᄒᆞ랴ᄂᆞᆫ가

범 물닐 쥴 아라시면 깁흔 뫼의 드러가며
ᄯᅥ러질 쥴 아라시면 노흔 남긔 올나시랴
텬동天動ᄒᆞᆯ 쥴 아라시면 잠ᄌᆞᆫ 누樓에 올여시랴
파션破船ᄒᆞᆯ 쥴 아라시면 젼셰대동 시러시랴
실슈失手ᄒᆞᆯ 쥴 아라시면 ᄂᆡ기 장긔 버려시랴
죄罪 지을 쥴 아라시면 공명功名 탐貪ᄎᆞ ᄒᆞ엿시라

이런 반복은 민요 등에서 많이 보이는 넉두리와 같은 느낌을 주어 양반의 풍도風度를 연상시키는 기품이 감소되는 대신 무거운 현실을 가볍게 스쳐가서 해학적인 문장을 만들었다고 볼 수 있다.[36] 이러한 해학은 다만 웃음을 유발하는 데 그치지 않는다. 자신의 초라한 유배길과는 대조되는 화려하고 귀족적인 선인先人들의 행차나 여러 가지 사례를 들어, 분수 모르고

35 최상은, 「유배가사의 보수성과 개방성」, 『가사문학의 이념과 정서』, 보고사, 2006, 93면.
36 윤귀섭, 「유배가사의 양극」, 『동대논총』 제2집, 동덕여대, 1971, 55면.

날뛰다가 낭패 본 사실을 동일 어형으로 열거함으로써 웃음을 자아내게도 하지만, 유배당한 화자의 비감에 찬 정서를 더욱 절실하게 표현하여 청자의 동정심을 유발하는 효과를 거둘 수도 있는 것이다.

김진형(1801~1865)의 「북천가」는 전혀 다른 의미에서의 희화화를 보여 주는 작품이다. 작품 전체에 나타나 있는 정서가 유배가사라고 하기는 어려울 정도로 호탕하고 경쾌하다. 당시에 활발하게 창작되었던 기행가사의 구성과 흥취를 보여 주고 있다. 함경도 명천까지의 머나먼 유배길은 기대에 찬 기행가사의 여정이고, 본관本官의 적극적인 비호 아래 이루어진 명천에서의 유배 생활은 기행가사의 명승지 탐승을 넘어설 정도로 호탕하고 화려하다.

> 두루막에 희 띄 띄고 북천을 향해서니
> 사고무친 고독단신 죽는 줄 그 뉘 알리
> 사람마다 당케 되면 울음이 나련마는
> 군을 갚으리라 쾌함도 쾌할시고
> 인신이 되었다가 소인의 참소 입어
> 엄지를 봉승하여 절역으로 가는 사람
> 쳔고에 몇몇이며 아조에 그 뉘런고
> 칼집고 일어서서 술 먹고 노래하니
> 이천리 적객이라 장부도 다울시고[37]

「북천가」 서두의 한 대목이다. 작품 첫머리에서 유배 사실에 대하여 놀라고 당황해하는 모습을 잠깐 보여 주기는 하지만, 이 대목에 오면 정서

37 임기중, 앞의 책.

표현이 반전된다. 참소를 당하고 유배 가는 처지임에도 불구하고 오히려 유배당한 것이 다행이라고 생각하는 듯이 호쾌하게 장도에 오르는 모습을 보여 준다. 결말에서는 "어와 김학사야 그릇타 한을 마라 / 男子의 쳔고사업 다하고 왔난니라"라고 방탕한 유배 생활을 남자의 천고사업이라고 과시하기까지 했다. 자신을 참소한 소인들이 무색해질 정도로 유배 의식을 드러내지 않았다. 이는 자신을 참소한 소인들뿐만 아니라 유배라는 형벌 자체에 대한 희화화이다.

김진형의 이러한 유배 생활은 유배 노정에서 만난 각 고을 본관들과 북관수령北關守令들의 비호 때문에 가능했다. 명천 본관이 김진형을 맞이하면서 "김교리의 이번 정배 죄없이 오난 줄을 / 북관수령 아는 바요 만인이 울었으니 / 조금도 슬퍼 말고 나와 함께 노사이다"라고 한 말은 앞으로 전개될 유배 생활을 짐작하게 해 준다. 수령들의 이러한 환대는 그의 명천 유배 한문기행록인 「북천록北遷錄」에서 "남주문관南州文官은 북인北人의 사표師表"[38]라고 할 정도로 중앙의 문관에 대한 특별 대우에서 비롯된 것으로 볼 수 있겠다. 이어서 명천 대갓집에 거처를 정한 후 기생을 대동하고 명천 주변의 명승지를 찾아다니면서 벌이는 흥청대는 풍류나 기생 군산월君山月과의 사랑 이야기, 귀환 길에 천 리를 동행하던 군산월을 사대부의 체면을 내세우며 돌려보내는 장면 등이 흥미진진하게 전개된다. 이러한 장면을 좀 더 실감 나게 보여 주기 위하여 고소설에서 많이 쓰이는 "본관이 하난 말이"와 같은 대화 표식어나 "본관의 거동 보소"와 같은 행동 표식어를 사용하기도 했다. 작품 전개 과정에서 간헐적으로 유배당한 죄인으로서 양심의 가책을 느끼기는 하지만 그때마다 본관의 부추김에 못 이기는 척 풍류 분위기로 휩쓸려 들어가곤 했다.[39] 본관의 부추김이나 비호 때문이었다고 명분을 내

38 김시업, 「북천가 연구」, 성균관대 석사학위논문, 1975, 18면.

세웠지만 김진형 자신도 유배자로서의 도리를 지킨다거나 형벌을 받고 있는 죄인으로서의 회한이나 비극적 정서에 젖어 들지는 않았다. 본관의 말을 빌려 자신의 유배 생활을 합리화하고 부당한 유배에 대하여 불만을 토로하면서 희화화한 것이다.

「북천가」의 희화적 성격은 창작 배경에서도 그 연유를 찾을 수 있다. 대부분의 유배가사는 유배 상황에서 지은 것이지만, 「북천가」는 유배 상황이 끝난 후 고향인 안동으로 돌아가서 부녀자들의 요청으로 지은 것으로 보인다. 우선 작품의 구성이 당시 안동지방에서 성행하던 규방가사 유형 중 화전가花煎歌를 닮아 있다. 「북천가」와 「화전가」의 서두와 결말을 보자.

북천가	화전가
세상 사람들아 이내 말슴 들어보소	어와우리 동유들아 화전놀이 하여보세
과거를 하거들랑 청춘에 아니하고	이해가 어느해냐 **년 길년이오
오십의 등과하여 백수홍진 무삼일고	이때가 어느때냐 춘삼월 호시절에
	규중심처 우리동류 아니놀고 무엇하리
어와 김학사야 그릇타 한을 마라	
남자에 쳔고사업 다하고 왔느니라	오늘 감회 풀길없어 규중에 깊이 앉자
강호에 편케 누어 태평에 놀게 되면	화전가를 지어놓고 문장명필 자처하네
무슨 한이 또 있으며 구할 일이 멊으리라	청춘홍안 동류들네 이글보고 웃지말게

39 임기중, 앞의 책. "본관이 하는 마리 / 이곳의 칠보산은 북관중 명승지라 / 금강산 다툴지니 칠보산 한 번 가서 / 방피심산 어떠하뇨 / 나도 역시 좋거니와 도리에 난처하다 / 원지에 쫓인 몸이 형승에 노는 일이 / 분의에 미안하여 마음에 좋건마는 / 못 가기로 작정하니 / 주인의 하는 말이 / 그렇지 아니하다 / 악양루 황강경은 왕등의 사적이오 / 적벽강 제석놀음 구소의 풍경이니 / 금학사 칠보 노름 무슨 험 있으리오 / 그말을 반겨 듯고 황망히 일어나서 / 나귀에 술을 신고 칠보산 들어가니"

글지어 기록하니 불러들 보신 후에 칩칩이 쌓인 말씀 이만하고 끝이노라
후세에 남자되야 남자들 부려말고 문장이 졸하고 오자낙서 많으니
이 내 노릇 하게 되면 그 아니 상쾌할가 보나니 눌러보고 답가도 지어주소[40]

두 작품 공히 서두에서 청자를 명시하여 주의를 환기시키는 문장으로 시작했고, 결말에서는 미진한 흥취를 작품으로 남기니 돌려보라는 자기과시로써 마무리했다. 화전가는 봄을 맞아 부녀자들이 오랜만에 나들이 갔다가 그 흥취를 상기하면서 파적거리로 지은 규방가사이다. 「북천가」에 전개된 유배 생활은 호탕한 여행의 흥취와 아기자기한 화전놀이의 재미를 합쳐놓은 듯하다. 그뿐만 아니라 이 작품이 안동지방에 널리 유포되어 그 지방에서는 작자의 유배사실과 함께 작중인물 군산월의 이름까지 널리 알려져 왔다. 특히 한적漢籍 몇 권이나마 가진 집—특히 안방—에서는 대개 「북천가」와 작가를 알고 있고,[41] 근대 이후 최근에 이르기까지 부녀자들 사이에서 필사가 이루어지고 있다는 것[42]은 이 작품이 규방가사의 구실을 크게 했다는 징표이다. 「북천가」의 이러한 성격들은 보수적인 안동 사대부들에게는 비난의 대상이 될 수밖에 없었다. 부녀자들의 파적을 위한 흥밋거리로 지어진 「북천가」를 보수 사대부들이 받아들이기는 힘들었을 것이다. 「북천가」는 규방으로 광범위하게 전파되어 부녀자들로부터 인기를 얻었지만, 작가 김진형은 이 작품으로 인해 지역사회의 유림들로부터 백안시되었고 심지어는 후손에게도 부끄러운 조상으로 여겨졌다고 한다.[43] 유가 사대

---

40 권영철, 『규방가사 I』, 한국정신문화연구원, 1979, 259~271면.
41 김시업, 앞의 글, 3면.
42 최상은, 「유배가사의 작품구조와 현실인식」, 한국정신문화연구원 석사학위논문, 1983, 31면.
43 위의 글, 69면.

부로서, 특히 유배당한 죄인으로서 지켜야 할 최소한의 규범을 저버린 행위에 대한 비난이었을 것이다.

채귀연蔡龜淵(1839~1917)[44]의 「채환재적가蔡宦再謫歌」[45]는 유배 생활이나 비애에 찬 정서의 측면에서 「만언사」를 많이 닮아 있다. 죄목은 확실히 밝혀져 있지 않지만 궁중의 비리를 고발하는 상소를 올렸다가 유배를 간 것으로 보인다.[46] 채귀연은 전라도 강진 신지도薪智島에 두 번이나 유배를 갔는데 그 유배 생활에서 겪은 경험은 안조원의 경우와 유사하게 치욕적이고 비참한 것이었다. 다리사설을 늘어놓는다거나 섬사람들의 푸대접을 받으며 초라한 생활을 하면서도 선비로서의 체면을 생각하는 모습을 사실적으로 묘사해 보여 줌으로써 자신을 희화화했다. 안조원과 채귀연은 둘 다 중인 신분으로 궁중의 관직에 있었다는 점에서 문학적 유사성이나 영향 관계를 생각해 볼 수 있을 것 같다. 또한 서두와 결말 등 구성의 측면에서는 「북천가」와 같이 규방가사의 서두와 결말 방식을 취했다. 즉 서두에서 청자를 설정하여 주의를 환기시키고 결말에서는 그간의 사정을 이 한 편의 글로 쓰니 모두 읽어서 성상聖上에게까지 미쳐 은택 받기를 원하는 내용으로 마무리했다. 중인이지만 보수적 사고를 지고 있었던 채귀연도 당시 문학의 흐름을 받아들여 작품의 공감대를 높이려 했던 정황을 엿볼 수 있다.

---

44 김영수, 「새 자료 해제: 채환재적가」, 『한국학보』 13집, 일지사, 1987, 212~216면.
이재식, 「유배가사 연구상의 문제점 고찰」, 건국대 석사학위논문, 1987, 14~15면.
유정선, 「예의와 현실 사이의 거리: 유배가사 「채환재적가」에 나타난 유배 체험과 글쓰기」, 『한국문화연구』, 이화여대 한국문화연구원, 2005, 101~102면.
김영수는 채귀연이 인천 채씨라고 했는데 이재식이 평강 채씨로 바로잡고 생몰연대도 확실히 밝혔다. 이후 유정선은 고종대의 책인 『용호한록(龍湖閒錄)』의 기록에 근거를 두고 채귀연이 중인 신분인 환관이었음을 밝혔다.

45 김영수, 앞의 글, 195~211면.

46 유정선, 앞의 글, 102면 참조.

5. 마무리

유배는 경국제민을 이념으로 삼았던 조선의 사대부층, 신분적으로는 중인이지만 유가의 이념을 가지고 있었던 중인층의 이념실현을 좌절시키는 큰 형벌이었다. 경중의 차이는 있다 하더라도 유배 의식은 유사했을 것이다. 유배가사는 유배 의식을 형상화한 작품군을 일컫는데, 그 형상화 양상에 따라 세 부류로 나누어 살펴보았다.

조선 전기의 유배가사는 화자에게 절대적인 존재인 님과 여성 화자, 상상의 시공간 천상계와 지상계를 설정하여 님을 그리워하는 연정가풍의 연군가사이다. 다른 부류에 비해 서정성이 짙은 이 작품군은 조위의 「만분가」에서 시작되어 정철의 「사미인곡」, 「속미인곡」에서 꽃을 피웠다. 조선 후기에도 연군가사는 지속적으로 창작되었는데 정철 이후 조선 후기에 들어서서는 관습화되어 가는 경향을 띠었다. 정철의 두 작품은 연정가로도 널리 불렸지만 조선 후기의 연군가사 작품들에서는 상상의 시공간 설정이 점차 사라지면서 정치 현실이 표면화되고 님의 함축성은 떨어졌다. 즉 연군가사는 관습화가 진행되면서 님은 바로 왕을 의미하게 되어 연정가적 애틋함에서 멀어졌다. 이러한 관습화는 유배와는 전혀 상관없었다 하더라도 벼슬길에 나가지 못한 처사나 한미한 외직 관원에 머물러 경국제민의 이념 실현이 어렵게 된 사람들의 소외감이나 자괴감을 표현하는 수단이 되기도 했다. 연군가사는 조선 후기에 연정가로 수용되는 한편, 경국제민의 이념 실현이 좌절된 보수 사대부층의 고민을 폭넓게 표현하는 작품군이 되었다.

또 다른 부류의 작품은 서정적 연군가사의 허구적 구성이나 인물 설정을 피하고 유배사실이나 이념 서술로 기울어 교술적·서사적 성향으로 나아갔다. 특히 유배 노정과 유배지의 생활을 중심으로 한 작품 구성은 조선 후기에 성행한 기행가사와 많이 닮아 있다. 이와 아울러 연군가사의 허구적 구성에서는 여성 화자나 님의 설정과 함께 천상계의 설정이라든가 윤회적 발상 등 도가적·불가적 상상이 작품 세계 형성의 주요한 모티프가 되는 데 비해 이들 유배가사에서는 그런 요소들이 사라지고 성리학으로 무장한 정치 현실이나 경험적 사실만을 소재로 했다. 즉 도가·불가의 비현실적인 상상의 세계를 버리고 철저하게 유가의 현실적 세계를 선택한 것이다. 도가적·불가적 상상은 현실과 현세에 제한되어 있는 유가 사대부의 상상력을 비현실적이고 초월적인 존재와 시공간으로 확산시켜 주고 내세에까지 연장시켜 주어 그들의 문학 세계를 더욱 풍요롭게 해 주었다고 할 수 있는데, 이들 작품에서는 상상력의 범위가 협소해진 보수 사대부층의 경직된 사고를 확인해 볼 수 있다. 이러한 경직된 사고는 타 종교를 비판하면서 성리학의 이념을 굳건하게 지키고자 한 「금강중용도가」와 「심진곡」, 「낭유사」에서 더욱 심화된 모습을 보여 준다.

연정戀情으로써 연군戀君을 우의하는 것이 연군가사의 전형성이라 한다면, 「만분가」에서 불완전하게 시작된 연군가사가 징칠의 「사미인곡」과 「속미인곡」에서 전형성이 완성되었다. 이후 연군가사는 관습화되는 현상을 보여 주는가 하면 「속사미인곡」과 같이 연정과 정치 현실이 혼재하거나 이념성이 강화되는 작품이 등장하여 전형 연군가사의 허구성과 서정성은 퇴조하고 조선 후기 가사의 사실적이면서도 이념적으로 편향되는 현상, 서정적이기보다는 서사적·교술적으로 극단화되는 경향과 궤를 같이하는 변화된 모습을 보여 주기도 한다. 유배가사의 작가는 대체로 보수적 사대부층이지만 문학사의 흐름을 외면할 수 없었음을 연군가사의 변화를 통해서도 짐작할 수 있다.

다음으로, 사실적 서술과 교술적·서사적 성격을 지닌다는 면에서는 앞서 논의한 작품들과 맥을 같이하지만, 희화적 성격이 강하여 주목할 만한 작품군이 있다. 작가가 중인인 「만언사」, 「채환재적가」는 민요와 판소리의 어법을 사용, 유배당한 자신의 모습을 사실적으로 보여 주면서도 희화화함으로써 청자의 공감대와 동정심을 유발하는 효과를 거두었고,[47] 「북천가」는 방탕한 풍류로 지낸 유배 생활을 실감 나게 서술함으로써 유배 사실 자체를 희화화하여 정치 현실에 대한 불만을 토로하고 부녀자들에게 흥밋거리를 제공했다. 이들 작품은 18, 19세기의 다양한 문학사적 변화를 수용함으로써 새로운 작품 세계를 형성할 수 있었다. 내용 면에서도 죄인으로서의 속죄 의식보다는 개인적 고통의 하소연이나 자기 합리화로 경도된 유배 의식의 변질된 모습을 보여 준다. 이러한 변모는 유배가사 본연의 작품 세계를 이탈하여 기행가사나 규방가사 등 타 유형의 작품 세계와 혼융되는 양상을 보여 문학사적 이행기의 현상을 보여 주기도 한다. 단, 이들 작품은 많은 변모에도 불구하고 전통적인 유가의 세계관이나 정치 현실과 관련된 보수적 현실 인식에는 변화가 없었음을 간과해서는 안 된다.[48]

이상에서 살펴본 바와 같이, 유배가사 중 연군가사는 가장 서정적인 연정가풍의 노래로서 널리 애창되었지만 후대로 가면서 관습화되고 관념화되어 보수적 성향이 매우 강한 작품군이 되었다. 한편, 조선 후기 들어 연군가사와는 대조적으로 유배사실이나 이념에 편중된 교술적·서사적 성격의 유배가사 작품들이 많이 창작되었다. 이들 작품 역시 보수적이고 폐쇄적인 성향을 띠기도 하지만 어떤 형태로든 당시의 변화된 문학을 수용함으로써 유배가사의 작품 세계가 다양화되었음을 입증해 주고 있다. 한 걸음

47 안조원과 채귀연은 궁중 소속 중인이지만 시정문화에 익숙했던 인물들이어서 민요나 판소리 등 서민문학을 자연스럽게 수용할 수 있었을 것으로 보인다. 특히 안조원의 「만언사」는 궁중에서는 물론 궁궐 밖 서민들에게까지도 많이 읽혔던 것으로 보인다. 「만언사」의 독자에 대해서는 최상은, 앞의 논문(1983), 29~31면 참조.

48 「만언사」의 보수적 성격에 대해서는 한창훈, 「「만언사」: 후기 유배 가사에 나타난 자기 연민의 시선」, 『오늘의 가사문학』 제12호, 한국가사문학관, 2017.3. 참조.

더 나아가 화자 자신이나 대상을 적나라하게 희화화한 작품들까지 등장, 보수계층의 문학에서도 문학사의 변화가 거세게 밀어닥치고 있었던 당시 상황을 잘 보여 주고 있다고 하겠다.

규방가사의 서술 구조와 미학
계녀가류를 중심으로

김은희

1. 서론

자신의 의지와 상관없이, 조선에서, 여자로 태어난 원죄 때문에 규방에 갇혀 살아야 했던 조선 후기 여성들의 애환을 담아낸 규방가사[1]는 그동안 명칭, 개념 정의, 분포 지방, 하위 유형 연구, 양식적 특징, 개별 작품론, 전반적인 존재 양상과 문학사적 의미 등 다양한 논의가 진행되었고, 그 결과 보다 진전된 연구 성과를 축적해 왔다. 이 글에서는 이러한 기존의 연구 성과를 바탕으로 규방가사의 서술 구조와 미학에 대해 정리해 보고자 한다.

규방가사의 서술 구조와 미학을 고찰하기 위해 선행되어야 할 작업은 연구 범위를 설정하는 일이다. 일반적으로 규방가사는 부녀자들에 의해 향유된, 남성 작이든 여성 작이든, 여성의 도리나 생활감정들을 주제로 한

1 권영철, 『규방가사연구』, 이우출판사, 1980, 9면. 규방가사란 '영남지방 양반 부녀자들에 의해 「가ᄉᆞ」 또는 「두루마리」라는 이름 아래, 향유되고 있던 문학작품'을 지칭한다.

가사체 작품들을 의미하며, 거의 무명씨無名氏 작作이나 마찬가지인 작품들과, 본래 무명씨 작으로 전해 오는 작품들이 주 고찰 대상이 된다.[2]

또한 규방가사는 사대부가사에 여러 하위 유형이 있는 것처럼, 논자에 따라 진폭이 있으나 크게 '교훈가사'와 '생활체험가사'로 나눌 수 있고, 전자는 다시 '계녀가류' 와 '도덕가류'로, 후자는 '탄식류'와 '송축류' 그리고 '풍류류'로 나누어진다. 그러나 교훈가사의 '계녀가류'와 '도덕가류'는 한 권의 책에 같이 필사되거나 여러 장의 '두루마리'에서 같이 발견되므로 내용을 분석하여 세분할 때 구분되는 유형이지 엄밀한 유형 구분은 힘들다는 점, 생활체험가사는 '화전가류'의 분량이 많고, 시집살이의 괴로움과 신세 한탄이 주류를 이룬다는 점[3]에서 '계녀가류' 및 '탄식류', 풍류류의 대표격인 '화전가류'가 중심대상이 된다.[4]

뿐만 아니라 전체 규방가사에서 차지하는 분량의 방대함과 조선 후기 여성의 처지에서 포착한 현실 체험으로부터 촉발된 자의식의 형상화—현실과 밀착된 여성의 삶과 인식[5]의 표출—라는 규방가사의 전형성 등에 비추어 볼 때, 그리고 규방가사 작품 전반에 걸쳐 확인되는 교훈적 어조와 중심 정조인 탄식, 그리고 유일한 여성 풍류로서 화전가를 중심 유형[6]으로

---

2 이동연, 「가사」, 이혜숙 외, 『한국고전 여성작가 연구』, 태학사, 2000, 312~313면. 이 글에서 정리한 명칭 및 연구 범위를 그대로 수용한다. 특히 규방가사의 기원을 둘러싼 논의의 초점이 되는 조선 중기의 「규원가」와 「봉선화가」(서영숙, 「한국 여성가사의 형성과 변이 연구」, 『한국 여성가사 연구』, 국학자료원, 1996; 여성가사의 원류를 계녀가가 아닌 자탄가류라는 입장), 그리고 조선 후기 기명記名 작가의 작품이 규방가사의 전형과는 다소 거리가 있음을 논증하고 있음에 이들을 제외한 무명씨 작들을 주요 연구 대상으로 하는 내용을 수용하고자 한다.

3 김학성, 『가사의 쟁점과 미학』, 월인, 25~26면.

4 '송축류'와 '풍류류 중 기행류'는 조선 후기 여성의 처지에서 포착한 현실 체험과 그로부터 촉발된 자의식의 형상화라는 규방가사의 전형으로부터 다소 벗어나 있다고 본다.

5 백순철, 『규방가사의 전통성과 근대성』, 고대 민족문화연구원, 2017, 16면.

6 이재수, 『내방가사 연구』, 형설출판사, 1976에서는 '교훈류', '송축류', '탄식류', '풍류류'

본다면, 교훈가사로서 '계녀가류'와 생활체험가사 중 '탄식류', '화전가류'를 규방가사의 전형으로 볼 수 있으며, 따라서 이 세 유형을 중심으로 규방가사의 서술 구조와 미학을 정리하는 작업이 필요하며 또 중요하다 할 것이다.

그러나 다양한 이본의 존재, 방대한 분량, 시대적 변화 양상, 이에 따른 세부적 서술 구조 분석의 어려움 등 광범위한 연구 분량과 지면의 한계 때문에 세 가지 유형의 서술 구조와 미학 모두를 분석하는 일은 다음으로 미루고, 그 첫 단계로서 규방가사의 시발이자 중심적 유형이라 할 수 있는 '계녀가류' 유형으로 한정하여 논의를 시작해 보고자 한다. 따라서 이 글에서는 먼저 규방가사의 담론기반과 양식적 특징을 정리한 후, '계녀가류'의 하위 유형인 '전형계녀가'와 '변형계녀가'를 중심으로 그 서술 구조와 미학을 살펴보기로 한다. 좀 더 섬세하고 실질적이며 구체적인 분석을 위해 '전형계녀가' 중에서는 대표적 작품이라 할 수 있는 권본 「전형계녀가」를, '변형계녀가' 중에서는 '복선화음가류' 중 한 작품인 「김씨계녀ᄉᆞ」를 대상으로 한다.

문학 텍스트는 의미와 구조, 가치라는 세 가지 차원이 얽힌 형상물이라 할 때, 그중에서도 거기에 잠재된 '가치'를 발굴해 내는 작업이 문학 연구자의 가장 큰 보람일 것[7]이다. 이 글에서는 기왕의 연구를 바탕으로 삼아 규방가사 중에서도 특히 '계녀가류' 가사의 가치, 특히 그 긍정적 가치를 발견

로 분류하고, 각론에서 주로 '계녀가'와 '여자자탄가', '화전가' 연구를 하고 있다; 권영철, 『규방가사 연구』, 앞의 책, 100면에서는 12개의 모티브 중에서 교훈적, 자탄적, 풍류적 모티브를 선두에 배치. 교훈적인 것이 규방가사의 原流라면, 자탄적인 것은 그 主流라 볼 수 있고, 기타 유형은 支流나 亞流가 된다고 하였다; 이동연, 위 논문, 313면에서도 '계녀가류', '자탄가류', '화전가류' 3유형을 대상으로 논의를 전개한다; 김학성, 위의 책, 149면에서 서술의 모티프와 **화제**topics의 내용에 따라 계녀가류, 탄식가류, 화전가류로 유형화, 이 셋을 규방가사의 중심 유형으로 본다.

7 김학성, 『가사의 쟁점과 미학』, 앞의 책, 262면 참조.

해 보고자 한다. 서술 구조의 특징적 양상을 살펴봄으로써 규방가사의 미학을 확인하고자 하는바, '계녀가류' 가사의 서술 구조 분석은 곧 그 문학성을 드러낸다고 할 수 있으며, 이는 규방가사 미의 본질을 해명하는 밑바탕이 될 것이기 때문이다.

2. 규방가사의 담론 기반과 양식적 특징[8]

'계녀가류' 가사의 서술 구조와 미학을 살펴보기 위해서는 먼저 규방가사의 담론 기반과 양식적 특징을 정리해 볼 필요가 있다. 규방가사를 제대로 이해하려면 무엇보다 사회 · 문화적 실천 층위의 '담론' 차원에서 이해해야 한다는 것이다. 담론은 어떤 사물이나 사상을 지시하는 '언어'와 대비되는 '행위' 개념이며, 담론에 참여하는 개인들이 특정한 방식으로 삶과 의식에서 의미를 만들고 재생산하는 사회적 · 문화적 · 제도적 과정을 포괄하는 개념[9]으로 텍스트가 생성되고 향유된 맥락 위에서 그 의미의 다양화와 역동적인 기능을 파악하는 시각을 마련해 줄 수 있기 때문이다.

가사는 4음 4보격 연속체로서 체험을 극대화할 수 있는 '낯익고 손쉬운 형식 장치'이자 '민족의 보편적인 율격 양식으로 우리 미의식의 심층에 잠재되어 있음'은 주지의 사실이다. 그러니까 특별한 훈련을 받지 않더라도 쉽게 쓸 수 있고, 기억될 수 있는 양식으로서 가치를 지닌 것[10]이다. 가사라

---

8 이 부분은 김학성 교수의 논의에 동의하므로 김학성, 『가사의 쟁점과 미학』, 앞의 책을 기반으로 정리한다. 따라서 이 책과 관련된 별도의 각주는 생략한다.

9 김학성, 「가사의 정체성과 담론 특성」, 『한국 고전시가의 정체성』, 성균관대 대동문화연구원, 2002, 239면.

10 김학성, 「가사의 양식 특성과 현대적 가능성」, 『우리 전통시가의 위상과 현대화』, 보고사, 2015, 266~303면.

는 장르가 어떠한 양식적 특징을 가진 시가인지 경험론적으로 체득한, 그리고 그 내용과 형식을 일체화하여 인지했던, 여성들의 목소리를 담아내고 있는 가사의 노랫말은 이를 잘 보여 준다.

지여보자 가사ᄒᆞᆫ장 지여보자 읍퍼보자
가사도 출쳐잇고 노릭도 곡조잇셔
싸린노래 길기불러 다정ᄒᆞ기 지여볼가
실픈노래 곱게불러 자상ᄒᆞ기 지여볼가…… 「오여상ᄉᆞ가라」[11]

'다정하게 짓기'와 '자상하게 짓기'라는 두 가지 대립지향을 중화시켜 미감을 창출하는 담론 특성을 갖는 장르 양식임을 보여 주는 기록이다. 그러므로 가사는 전달하고자 하는 메시지를 세세하게 조목조목 말하고자 하는 서술확장 지향과 메시지 전달 효과를 다정다감하게 하여 감화력과 설득력을 높이기 위한 노래하기 지향이 함께 추구되기에 두 지향의 중간 영역에 있으면서 그 대립을 중화시킴으로써 미감을 창출하는 장르로 굳어지게 된 것이다.

따라서 가사는 4음 4보격이라는 율격 양식, 즉 노래하기와 친연성을 갖는 장르 관습을 갖고 있으면서 그 반대 지향인 서술 확장의 지향과 교묘한 융합을 이루어낸 독특한 문학 양식으로 그 정체성을 지적할 수 있는 것이다. 이런 특징을 우리 선인들이 '다정하게 짓기'와 '자상하게 짓기'라고 노래한 것이며, 이 두 가지 지향을 포용·융합시킨 문학 양식이 가사인 것이다.[12]

---

11 권영철, 『규방가사 연구』, 앞의 책, 96면.
12 김학성, 「가사의 장르적 특성과 현대사회의 존재의의」, 『고시가연구』, 한국고시가문학회, 1992, 154~160면.

세세하게 펼쳐 서술하고 조목조목 다 갖추어 말하는 '자상하게 말하기'는 다양하고 구체적이며 실질적인 삶에 대한 이야기를 섬세하게 접근할 수 있게 하고, 4음 4보격의 율격 장치를 통해 뚜렷하고 깊이 있게 기억하게 하며 공감력을 높이는 '다정하게 말하기'를 통해서는 정감적으로 접근해서 결국은 사람들을 설득하고 감화시켜서 공감을 얻어 냄으로써 소통 능력을 강화시킨다. 또한 '자상하게 말하기'와 '다정하게 말하기'가 융합된 가사 작품에서 발생하는 카타르시스를 통해서 현실적 삶에서 느끼는 슬픔, 아픔에 대한 통찰에 도달하게 하는바, 가사의 문학적 가치를 확인[13]할 수 있다.

뿐만 아니라 문학 양식으로서의 미적 완성도를 높이기 위해서 가사는 여러 가지 문학적 기법을 활용하게 된다. 대화체 같은 극적 서술 장치나 스토리나 우화, 에피소드, 액자 형식 같은 서사적 기법도 얼마든지 활용하며, 정서적 감동을 유발하는 정감적 목소리로 내밀한 감정을 표출하는 기법을 활용하기도 하고, 때로는 작자를 숨기고 다른 사람의 목소리를 빌려 고도의 서술 전략으로 표현하기도 한다. 그리고 2음보의 안짝과 바깥짝을 대구로 하여 구조의 균형을 꾀하고 여러 수사를 동원하여 문채文彩를 다채롭게 하는 문체文體적 기법을 활용하기도 한다. 이 모든 서술 기법이나 서술 장치, 그리고 서술 전략이나 수사들이 텍스트의 미적 완성도를 높이고 정제된 문학작품이 되게 하는 자질들임은 물론이다.

결론적으로 가사의 정체성은 작자가 의도하는 메시지(화젯거리)를 4음 4보격의 연속체로 다정하게, 그리고 자상하게 알리고 전달하는 양식으로, 다양한 서술 기법과 전략에 의해 미적 완성도를 높여 문학성을 획득함으로써 독자에게 감화력과 설득력을 주는 데 독특성이 있다.

---

13 김은희, 「가사문학의 창의적 가치」, 『한국시가문화연구』 37집, 한국시가문화학회, 2016, 8면.

그렇다면 규방가사의 서술 세계 또한 '다정하게'와 '자상하게'라는 두 가지 진술 방식을 동시에 충족함으로써 정감적 형식과 주제적 내용을 유기적으로 통합하고 일체화하는 서술을 필수 요건으로 삼는다는 사실을 기반으로 읽을 때, 규방가사의 장르적 본질과 미학의 체감에 온전히 이르게 될 것이다.

이러한 규방가사는 조선 후기 규방문화권의 부녀층에 의해 적극 수용되어 생겨났으며, 사대부 가사의 영향을 받아 규방에서의 가사 창작과 유통이 활발해졌고, '계녀가류'를 시발점으로 사회·문화적 변화, 여성의 사회적 위상의 변화를 수용하면서 '탄식가류'와 '화전가류'로 변이·확장되었다. 시집가는 딸에게 시집살이의 실천 규범을 제시했던 '계녀가류'는 가정이나 가문, 향촌 구성원이 지켜야 할 도리나 윤리 덕목을 제시했던 '교훈가사류'의 하위 유형으로 창작·향유되었으며, 탄식가류나 화전가류는 탄식을 통해 여성으로서의 삶 자체를 부정적으로 인식하는 자의식 혹은 비판적 성찰을 보이거나 남성들의 무능함에 대한 여성들의 풍자를 담거나 남성 우월에 대한 문제 제기를 보이는 작품들로 변화되었으며, 여성적 풍류와 놀이 문화를 통해 변화해 가는 시대상을 담아내기도 하였다.

그러나 이들 모두는 남성 중심의 조선 사회가 요구하는 혹은 강요하는 유가적 이념 및 여성으로서의 정해진 역할과 그에 합당한 규율에서 자유로울 수 없었기에 규방가사의 표면적·관습적 지향은 유가적 도덕률에 있는 듯 서술하면서도, 이면적·실절적 지향은 여성으로 태어나 사대부인 남성들에게 대등한 인간으로 인정받지 못한 사회적·문화적 고통과 울분, 서러움에 대한 공감의 확장, 조선 사회와 남성 사대부들을 향한 각성과 관심의 촉구임을 이해해야 할 것이다. 따라서 조선 후기 여성들에 의해 표현된 현실이나 세계는 18~19세기 현실이나 세계 그 자체라기보다는 조선 후기를 살아 내야 했던 여성으로서의 그의 이념이 포착한 현실이고 세계라는 점을 염두에 두고 접근해야 할 것이다. 궁극적으로 '계녀가류'조차도 유가적 규범에의 순종으로 보기보다는 그 시대를 살아 내야 했던 여성들의 지혜로 분석, 접근할 필요가 있다.

3. 유형별 서술 구조와 미학

계녀가류는 규방가사의 시발이자 중심적 자리를 차지하고 있다고 볼 수 있는바, "전 규방가사의 총원류적인 가치와 그 존재를 과시하는 것으로 부녀자들에게 윤리와 도덕의 실천을 교훈하기 위하여 쓰여진 것이며, 그 양에 있어서도 규방가사 전체의 3분의 1이나 되는"[14] 영역이기 때문이다. 계녀가류는 상층 사대부 집안에서 시집가는 딸에게 시가살이의 방법을 훈계하여 써 준 규방가사이며, 보다 구체적으로는 '어머니'가 '신행길을 떠나는 딸'에게 시가살이, 나아가 여자로서 살아가야 할 앞길에 있어서, 실천해야 할 부녀자의 행실을 가르치는 가사라고 말하는 것에 대다수 연구자들이 동의하고 있다.[15] 어린 나이에 낯선 곳으로 시집살이를 하러 떠나는 딸에게, 시집살이 제반사를 감당할 수 있도록 가르치는 내용인 것이다. 이는 조선조 양반 사대부 가정에서 중시했던, 자기 가문의 긍지와 딸의 잘못으

---

14 권영철, 『규방가사 연구』, 앞의 책, 167면.

15 이재수, 『내방가사 연구』, 형설출판사, 1976, 53~54면 참고. 계녀가의 작자는 '어머니'이나, 어머니가 없을 때에는 '祖母'나 '아버지'가 대신 창작한 경우도 있었다. 영주지방에서 전해오는 「교녀가」의 경우, "슬프다 여아들아 닉훈계 드러바라, 임자년 하사월에 너의모친 친영하여, 계축년 이월초에 신힝우로 다녀다가…원으로 못풀리고 즁도에 **사별하니**…"에서처럼 어머니가 죽은 관계로 아버지가, 봉화지방에서 수집된 「여아경기가라」의 경우, "이닉늘근 정신으로 선후도착 만타마는, 망년으로 보지말고 진심으로 생각하라…**손여에게** 전해지니 너난부듸 녀식으로 공부해서 이걸보고…"라고 祖母의 목소리로 훈계하고 있음을 볼 수 있다.

로 인한 가문의 욕됨을 염려했던 가문 중심적 의식[16]과도 관련을 맺고 있다.

그러니까 계녀가는 조선 후기 성인 사회의 구성원인 부모가 혼인을 계기로 미성년에서 성년으로 이행해 가는 딸에게 조선의 성인사회에서 선善 또는 미덕으로 인정되고 있는 사고방식과 행동양식을 가사의 형식으로 훈계한 교훈문학의 일종[17]으로, 그 내용에 따라 다시 전형계녀가(규범적 계녀가)와 변형계녀가(체험적 계녀가)[18]로 그 하위 유형을 나누어 볼 수 있으며,[19] 이후 계녀가류 연구에서는 이러한 유형 접근이 보편화되어 있다. 즉 전형계녀가는 조선조 여성들의 가정 내 행동지침을 교술적으로 조목조목 늘어놓은 자료군이고, 변형계녀가는 전형계녀가의 교술적 어조를 탈피해 자전적 술회 등 다른 방식의 언술로 교훈을 하는 작품군[20]이라고 보는 것이다.

---

16 박연호, 『조선 후기 교훈가사 연구』, 고려대 박사학위논문, 1996.에서는 「김씨계녀ᄉᆞ」나 「복선화음가」를 가문지향형 교훈가사로 분류하고 있다.

17 이재수, 앞의 책, 88면,

18 권영철, 『규방가사 연구』, 앞의 책, 172면; 이재수, 앞의 책, 59면에는 규범적 계녀가와 체험적 계녀가로 명명하고 있다.

19 서영숙, 「복선화음가류 가사의 서술구조와 의미—「김씨계녀ᄉᆞ」를 중심으로」, 『한국여성가사 연구』, 국학자료원, 1996, 254면에서는 계녀가사의 변형적 작품군인 '복선화음가류 가사'를 서술 구조의 차이를 가지고 다시 세분하고 있는 바, 계녀 부분이 큰 비중을 차지하는 계녀형 작품군과 주인물의 일생에 중점을 두고 있는 전기형 작품군으로 구분하고 있다; 김석회, 「복선화음가 이본의 계열성과 그 여성사적 의미」, 『한국시가연구』 18집, 한국시가학회, 2005, 302~336면에 의하면 계녀가 유형 중, 「복선화음가」류 이본들은 계녀형과 전기형으로 나뉘고 계녀형은 다시 복선형과 복선화음형 및 그 확대형으로, 전기형은 괴똥어미 유지형과 탈락형으로 나뉘되 후자는 다시 여주인공 일대기형과 가문서사 확대형으로 나뉘게 된다고 정리되어 있다; 또한 백순철, 앞의 책, 32면에서는 전형과 변형의 구분이 과연 가능한 것인가 하는 의견도 있다. 이러한 구분은 작품의 본질적 성격과 이질적 성격을 중심으로 한 것인데, 기실 작품에 나타나는 내용의 차이는 창작과 소통의 상황, 담당층의 성격 등 작품 생성의 기반이 다른 것일 뿐 모두가 규방가사의 다양한 형태의 하나로 볼 수 있기 때문이라는 것이다.

20 이동연, 앞의 책, 314면.

이러한 계녀가는 가사이니까 '4음 4보격(노래하기 지향) 연속체(서술확장 지향)' 양식으로서, 앞에서 말한 바, 전달하고자 하는 메시지를 세세하게 조목조목 말하고자 하는 서술 확장 지향과 메시지 전달 효과를 다정다감하게 하여 감화력과 설득력을 높이기 위한 노래하기 지향이 함께 추구되기에 두 지향의 중간 영역에 있으면서 그 대립을 중화시킴으로써 미감을 창출하는[21] 특성이 있다고 할 수 있다.

이제 (1) 전형계녀가와 (2) 변형계녀가의 서술 구조의 특징적 양상을 살펴봄으로써 계녀가류 규방가사의 미적 특징을 해명해 보기로 한다.

1) 전형계녀가

'규범적인 계녀가'라 부르며, 이재수는 작자의 개별적 체험에서 얻은 교훈이 아니라 사회제도에서 얻은 교훈으로, 몰개성적이고 작자와 독자의 인간관계가 명시되어 있지 않다[22]고 말한다. 이후 권영철이 정리한 서사 → 사구고事舅姑 → 사군자事君子 → 목친척睦親戚 → 봉제사奉祭祀 → 접빈객接賓客 → 태교胎教 → 육아育兒 → 어노비御奴婢 → 치산治產 → 출입出入(행신行身) → 항심恒心 → 결사의 13항목으로 서술된 구조 유형은 전형 계녀가의 전형적 서술 구조로 활용되고 있다.[23]

전형계녀가에 대한 기존의 평가는 주로 이러한 전형적 유형 구조를 중심으로 앞에서 언급한 바, 몰개성적이라거나, 사회제도에서 얻은 교훈, 그러

---

21 김학성, 『가사의 쟁점과 미학』, 앞의 책, 147면.

22 이재수, 앞의 책, 60면.

23 권영철, 앞의 책, 182~183면 참고. 동일 구조 및 내용을 갖게 된 典據는 「朱子家訓」을 비롯하여 「소학」, 「내훈」, 「여훈」 등의 문헌이며, 특히 「주자가훈」의 교훈 순서와 내용은 전형계녀가 구조와 거의 일치하고 있어, 계녀가의 지향하는 바가 조선조의 주자주의적 교훈임이 드러난다고 분석한다.

니까 유가적 이념 전달이라는 교훈성에 매몰된 작품으로 바라보는 편향성을 특징으로 한다. 이러한 기존의 평가는 최상은의 지적대로 대체로 사회·문화사적 맥락에서 바라보거나 내용의 교훈성에 초점을 맞추어 논의를 진행했기 때문에 혈육 간에 주고받은 계녀가의 특수한 문학 세계를 구명하는 데는 미흡했다고 볼 수 있으며, 다양한 교훈서가 널리 보급되어 있음에도 불구하고 계녀가 창작이 성행했다는 사실은 교훈서와 다른 전형계녀가만의 문학적 효용성[24]에 주목하게 한다.

이에 권본 계녀가의 서술 구조 분석을 통해 전형계녀가의 미학을 정리해 본다.

> 서사(5) →[① 사구고(34): 사관(18)[25]+병구환(7)+봉양(9) →② 사군자(18) →③ 목친척(15) →④ 봉제사와 접빈객(26): 들어가는 말(2)+봉제사(14)+접빈객(10) →⑤ 태교와 육아(21): 태교(10)+육아(11) →⑥ 어노비(12) →⑦ 치산(6) →⑧ 출입(9) →⑨ 항심(4)] → 결사(4)[26]

크게 '서사(5): 창작의 계기(출가/신행)—본사(145): 계녀(구체적 교훈)—결사(4):

---

24 최상은, 「계녀가의 교훈과 정서—도학가사와의 비교를 중심으로—」, 『한국시가연구』 8집, 한국시가학회, 2000, 342면.

25 이재수, 앞의 책, 63면. 시집간 지 3일 만에 부엌에 들어 음식을 장만하고 3개월 동안 남편과 딴 방에서 거처하면서 시부모 시중드는 것.

26 4음보 1행 기준, 총 154행. 김학성, 『가사의 쟁점과 미학』, 앞의 책, 168~169면에 의하면 계녀가는 150행 내외의 중형 길이 가사로서 4음보격이라는 노래하기 지향(다정하게)과 연속체(자상하게)로서 메시지 전달을 위한 확장의 지향이라는 상충된 지향 모두를 충족하는 미감을 창출한다. 가사는 노래하기 지향에 이끌리는 작품일수록 단편화되고, 설명력을 확보하려 할수록 장편화 경향을 보이며, 이 두 상반 지향을 동시에 충족하여 '다정하게'와 '자상하게'를 아울러 확보할 경우 중편화되는 바, 중형의 길이 가사는 그 대립지향을 중화시켜 미감을 창출하는 장르라 할 수 있다는 것이다.

당부'의 세 단락이 단계적으로 서술되어 있으며, 이중 본사는 다시 "아ᄋᆡ야 드러바라 ᄯᅩᄒᆞᆫ말을 이르리라"라는 화제 전환의 말투에 따라 9개(내용적으로는 11개)의 소단락으로 나누어 조목조목 서술하고 있다. 그런데 본사의 확장은 병렬적 나열 혹은 단순 반복 서술이라기보다는 그 중요도에 따른 분량의 차이, 명심해야 할 규범의 순서 등 섬세하게 구조화되어 있어 좀 더 자세히 들여다볼 필요가 있다. 또한 특징적인 것은 '사구고事舅姑'처럼 18행에 걸쳐 서술되는 사관, 7행의 병구환, 그리고 9행의 효양孝養으로 다시 세분하여 서술되는 단락이 있는가 하면, 봉제사와 접빈객, 태교와 육아처럼 통합 서술되는 단락도 있어 확장과 통합이 화자의 경험과 감정의 결에 따라 자연스럽고 유연하게 이루어지고 있어 계녀라는 교훈 전달이 효과적으로 작동하고 있음도 확인할 수 있다.

> 아희야 드러바라 **ᄂᆡ일은 신힝**이라 / 친정을 하직ᄒᆞ고 싀가로 드러가니 / **네ᄆᆞ음 엇더ᄒᆞ랴 ᄂᆡ심ᄉᆞ 갈발업다** / ᄇᆡᆨ마의 짐을실고 금안을 구지ᄆᆡ고 / 문밧긔 보ᄂᆡᆯ적의 경계ᄒᆞᆯ말 하고만타 (7)[27]

서사 5행이다. 가사를 쓰게 된 모티프(딸의 결혼, 신행)를 밝히고 떠나보내는 어미로서의 심란한 심정과 떠나야 하는 딸의 마음에 대한 공감 등이 다정하게 표출되고 있다. 딸 가진 부모의 마음이 애틋하게 드러나고 있는 것이다. 특히 "네ᄆᆞ음 엇더ᄒᆞ랴 ᄂᆡ심ᄉᆞ 갈발업다"의 바탕에는 자신의 경험에서 우러나온 걱정과 탄식[28]이 내재하고 있다. 친정을 떠나 낯선 시댁으

27 권영철, 『규방가사 I』, 한국정신문화연구원, 1979, 7~13면. 이후 ( )안에 면수만 표기하는 것으로 각주를 대신함. 밑줄이나 굵은 글씨는 필자

28 양태순, 「규방가사에 나타난 '한탄'의 양상」, 『한국시가연구』 18집, 한국시가학회, 2005, 241면에서는 규방가사와 관련한 한탄의 보편성을 말하면서 「계녀가」는 13개 단락 가

로 가야만 하는 딸이 지켜 내야 할 온갖 규범들을 떠올리면서 조급해지는 부모의 자애로운 마음이 절실하게 다가온다. 짧은 분량(5행)으로 서술된 서사는 조선 후기 사대부가 여성의 삶의 체험에서 우러나온 자연스러운 발화에 맞춘 율동으로 정감적으로 전달되는 데 기여한다.

사구고事舅姑 부분은 이후 화제 전환 때마다 반복적으로 나오는 "아ᄒᆡ야 드러바라 ᄯᅩᄒᆞᆫ말 이르리라"가 없이 서사에서 바로 이어진다.

> 싀부모씌 **사관**ᄒᆞᆯ제 쇼셰를 일즉ᄒᆞ고 / 문밧긔 절을ᄒᆞ고 갓가이 나아안자 / 방이나 덥ᄉᆞ온가 침셕이나 편ᄒᆞ신가 / **살드리** ᄉᆞ른후에 져근듯 안자싸가 / 단정히 도라나와 진지를 ᄎᆞ릴적에 / … / 일손을 ᄲᆞᆯ리드러 네방에 도라가셔 / 홍등홍등 ᄒᆞ지말고 ᄌᆞ득ᄌᆞ득 **ᄒᆞ엿스라** / … / 절하고 돌아나와 등촉을 도도오고 / ᄒᆞᆯ일을 ᄉᆡᆼ각ᄒᆞ여 / ᄎᆡᆨ을보나 일을ᄒᆞ나 이윽히 안자싸가 / 밤들거든 **ᄌᆞ거시라** / 부모님 **병들거든** 단좀을 못ᄌᆞ나마 쳥령을 더옥ᄒᆞ여 **성심껏** 받ᄌᆞ옵고 / 권쇽이 만흐나마 권쇽맛겨 두지말고 / 식음을 친히ᄒᆞ고 탕약을 숀쇼싸려 / … / 대소변 밧칠져긔 **정셩**을 **다ᄒᆞ여라** / 부모님 **봉양**할제 화경키가 제일이라 / 구체를 전슈ᄒᆞ여 주리실ᄯᆡ 업게ᄒᆞ고 / 치운ᄯᆡ 업게ᄒᆞ되 ᄯᆡ맛추어 ᄒᆞ게ᄒᆞ라 / 부모님 ᄉᆞ중커든 업드려 감슈ᄒᆞ고 / 아모리 올흐나마 발명을 밧비마라 / … / 부모님네 우스시고 용서를 ᄒᆞ시리라 (8)

18행에 걸쳐 서술되는 '사관' 부분은 새벽 인사와 아침 식사 챙기기를 '살뜰이', '극진히' 하기를 당부하고, 시부모 허락받아 잠깐 방에서 일하다가, 저녁이 되면 해야 하는 식사 및 잠자리 봐 드리는 일에 대한 섬세한 당부의 서술이 이어진다. 7행으로 서술되는 '병구환' 부분 또한 '성심껏',

---

운데 12개 단락에 한탄이 표출되고 있다고 말한다.

'정성을 다ᄒᆞ여' 보살피기를 당약, 대소변 수발까지 구체적 · 사실적으로 당부한다. 사구고事舅姑의 마지막 부분인 '봉양奉養'(9행)에서도 배고프지 않게, 춥지 않게, 시부모님을 돌봐야 하고, 시부모님 꾸중에 지혜롭게 대처하는 방법 등을 체험적으로 전달하고 있다. 이러한 서술 구조는 시집살이의 시작이라 할 수 있는 '사관'의 중요성을 드러내고 있으며, '사관'을 잘해 내야만 시집살이의 첫 단추라 할 수 있는 시부모와의 관계가 편해지고, 여자—며느리로서의 삶이 긍정적으로 지속될 수 있음을 염두에 둔 친정 부모의 사랑과 지혜가 담겨 있는 것이다. 반면에 이면에는 시집살이하면서 고생할 딸에 대한 절실한 걱정과 자기 잘못도 아닌, 조선에서 여성으로 태어난 자로서의 자의식에서 촉발된 탄식이 깔려 있기도 하다.

따라서 작자의 개별적 체험에서 얻은 교훈이 아니라거나, 다양한 교훈서에 기반한 사회적 · 이념적 · 보편적 교훈의 전달이라고만 단정하기 어려우며, 여기서 계녀가만의 문학적 효용성을 확인할 수 있는 것이다. 즉 전형계녀가 작품 전체의 서술 구조에서는 기존 교훈서의 이념적 반영을 확인할 수 있지만, 세부적 서술 구조에서 드러나는 실제적 조언은 힘든 시집살이를 직접 체험한 자가 아니면 알 수 없는 가르침인 것이며, 4음보의 율격에 실려 다정하게, 유려하고 자연스럽게, 전달 · 교화하는 힘을 발휘하는 것이다.

특히 사구고事舅姑(34행) 부분이 다른 부분들에 비해 종결어미 출현이 현저하게 적은 점[29]도 서술 구조의 특징이라 할 수 있다, 즉 10행 만에 종결사 "홍등홍등 ᄒᆞ지말고 ᄌᆞ득ᄌᆞ득 **ᄒᆞ엿스라**"가, 다시 8행 만에 "이윽히 안자ᄡᅡ

29 다만 봉양(9행) 부분은 "치운ᄯᅵ 업게ᄒᆞ되 ᄯᅵ맛추어 ᄒᆞ게하라" "아모리 올흐나마 발명을 밧비마라" "발명을 밧비ᄒᆞ면 도분만 나ᄂᆞ니라" "부모님네 우스시고 용서를 ᄒᆞ시리라" 9행 중 4회에 걸쳐 나타나며, 사군자(事君子, 18행) 부분은 10회, 목친척(睦親戚, 15행) 부분은 7회, 봉제사(奉祭祀, 14행) 부분은 7회, 접빈객(接賓客, 10행) 부분은 5회, 특히 어노비(御奴婢, 12행) 부분은 7회나 보인다.

가 밤들거든 **ᄌᆞ거시라**"가, 다시 7행 만에 "대소변 밧칠져긔 정셩을 **다ᄒᆞ여라**"로 종결하는바, 긴 호흡을 통해 전달하고자 하는 메시지를 세세하게 조목조목 말함으로써 효과적으로 주제적 내용을 전달하고 있는 것이며 이를 통해 '사구고事舅姑' 부분의 중요성을 다시 확인할 수 있다.

"아ᄒᆡ야 드러바라 ᄯᅩᄒᆞᆫ말을 이르리라"[30]를 시작으로 서술되는 사군자~항심까지의 서술 구조는 봉제사와 접빈객, 태교와 육아처럼 통합 서술되는 단락를 포함하여 [② 사군자(18) →③ 목친척(15) →④ 봉제사와 접빈객(26): 들어가는 말(2)+봉제사(14)+접빈객(10) →⑤ 태교와 육아(21): 태교(10)+육아(11) →⑥ 어노비(12) →⑦ 치산(6) →⑧ 출입(9) →⑨ 항심(4)] 8항목으로 서술되어 있다. 여기서 우리는 '치산'과 '출입', '항심'이 마지막 부분에 구색 맞추기처럼 서술되어 있을 뿐 아니라, 상대적으로 분량이 축소되어 있음을 확인할 수 있는바, 성인으로서 이후 나머지 삶의 시작이자, 행·불행을 결정하는 시집살이의 본질은 궁극적으로 시부모(34), 남편(18), 친척(15) 등 시댁 쪽 사람들과의 긍정적 인간관계에 중요성이 있음을 체험으로 딸에게 알려 주고 있음이다. 그리고 봉제사, 접빈객 등 가정사를 관장하여야 하고, 장차 태어날 아기의 태교와 육아, 수족으로서 노비의 소중함과 자기편 만들기를 유연하고 정순하게, 차곡차곡 세세하게 알려 주고 있다.

아ᄒᆡ야 드러바라 ᄯᅩᄒᆞᆫ말 이르리라 / <u>가ᄌᆞᆼ은 하ᄂᆞᆯ이라</u> 하ᄂᆞᆯ갓치 즁ᄒᆞ여라 / 언어를 조심ᄒᆞ고 ᄉᆞᄉᆞ이 <u>공경ᄒᆞ고</u> / 미덥다고 방심ᄆᆞᆯ고 친타고 아당말라 / 음식을 먹더라도 ᄒᆞᆫ반에 먹지말라 / 의복을 둘지라도 ᄒᆞᆫ홰에 걸지말라 / … / 학업을 권면ᄒᆞ여 현저키 ᄒᆞ야시라 / ᄂᆡ외란 구별ᄒᆞ여 음난캐 마라스라 / 투

30 양태순, 앞의 책, 247면. 규칙적으로 반복되는 이 투어 속에는 모든 여자는 적령기에 이르면 정든 부모 형제와 고향을 떠나가야만 한다는, 그리고 모든 어머니는 그런 딸을 보내야만 한다는 그런 숙명적인 생이별의 당사자로서의 '한탄'이 담겨있다고 말한다.

그를 과이ᄒᆞ면 난가가 되ᄂᆞ이라 / 밧그로 맛튼일을 안에서 간여말고 / 구고님 ᄉᆞ죵커던 황숑히 감슈ᄒᆞ고 / 가장이 ᄉᆞ짓커던 우스며 ᄃᆡ답ᄒᆞ라 / 부부간 인졍이야 화순밧긔 업ᄂᆞᆫ이라 (9)

사군자事君子(18행)에서 드러나는 유가적 고정 관념은 사구고事舅姑와는 또 다른 양상으로 가정 내 여성의 처지를 드러내고 있다. 하늘로 표상되는 남편과의 관계는 언어를 조심하고 매사 공경해야 하는 대상이며, 음식이나 의복도 함께할 수 없는 존재, 투기를 하면 안 되는 등 남편의 일은 관여해서는 안 될 뿐 아니라, 가장이 '꾸짖으면' 웃으며 대답하면서 화순和順을 지켜야 함을 간곡하게 가르치고 있다. 힘겨운 시집살이에서 의지처가 되어주고, 유일한 내 편일 수 있는 존재와의 관계에서조차 감당해야 하는 차별적 처지를 인정해야 했던 화자의 체험이 깔려 있음에도 불구하고 목소리는 유순하며 그 어떤 갈등의 어조도 없다. 이는 강요된 규범을 실천하는 과정에서, 부정적 현실에 적응하는 과정에서 체득한 자의식의 발현이라 볼 수 있으나, 그 이면에서 우리는 오랜 성찰 끝에 도달한 지점, 어쩔 수 없이 현실을 인정하는 지점에서 조선의 여성들이 도달한 체념 그리고 탄식의 승화, 지혜의 아름다움을 본다. 조선 사대부가 여성의 내적 · 외적 품위가 문학적 언어를 통해 빛을 발하고 있다.

아ᄒᆡ야 드러바라 ᄯᅩᄒᆞᆫ말 이르리라 / 싀가의 드러갈제 조심이 만컨마ᄂᆞᆫ / 세월이 오ᄅᆡ되면 ᄐᆡ만키 쉬우니라 / 처음에 가진ᄆᆞ음 늘도록 변치마라 /

옛글에 이른말과 **셰ᄉᆞ의 당ᄒᆞᆫ일**을 / ᄃᆡ강을 기록하여 **가ᄉᆞ지여 경계ᄒᆞ니** / 이거설 잇지말고 시시로 ᄂᆡ여보면 / 힝신과 쳐ᄉᆞ홀ᄃᆡ **유익ᄒᆞ미 잇스리라** (13)

항심(4행)에 이어지는 결사(4행)는 항상 조심해야 함을 강조하면서, 전형계녀가의 내용을 이루는 두 요소가 제시된다. 즉 "옛글에 이른말"로 표현된 교훈서의 내용과 "세스의 당흔일"로 제시된 직접 체험이 어우러진 창작, 즉 배움(지식)과 체험의 융합·조화로 이루어진 문학임을 드러내고 있는 것이다. 그러니까 전형계녀가는 사대부가 여성의 구체적이고 실질적인 삶에 대한 섬세한 이야기를 세부적인 서술 구조로 바탕삼고, 교훈서의 내용을 전체적인 서술 구조로 뼈대 삼아 창작된 작품인 것이다.

여기서 우리는 위의 구체적 노랫말에서 확인한 바와 같이 전형계녀가가 3음절과 4음절을 고루 활용하되 균등하고 정연한 질서를 갖도록 조정하여 운용할 뿐 아니라, 3음절과 4음절을 우리말 조어 구조에 맞는 '자연스런' 발화에 맞추어 '조화롭게 혼용함'으로써 어느 한쪽으로 획일화하지 않고 지나치게 기계적이거나 무미건조하지 않으면서도 전달하고자 하는 의미 내용을 보다 선명히 하는 미적 효과[31]를 보인다는 점도 확인할 수 있다. 즉 전형계녀가의 서술 구조는 조선 후기 사대부가 여성들의 삶의 양상을 조화롭고 자연스럽게 표출하는 아름다움을 보여 주는 데 최적화된 양식이라는 점을 인식하게 되는 것이다.

전형계녀가에는 가사의 진술 특성이라고 할 수 있는 안정된 유장한 율동감은 '역거의 원리'를 통해 잘 드러나고, 흐트러짐 없는 분별력이나 교시적 토운은 '계도의 원리'를 통해 잘 드러나는바,[32] '다정하게 말하기'와 '자상하게 말하기'의 조화를 통해 그 아름다움을 표출한다는 원리, '다정하게'와 '자상하게'라는 두 가지 진술 방식을 동시에 충족함으로써 정감적 형식과

---

31 김학성, 『가사의 쟁점과 미학』, 앞의 책, 225~226면. 이런 맥락에서 계녀가를 균정형 율동 중에서도, 심리적으로 '조화로운' 통일된 율동—해조형 율동이라 칭한다.

32 김학성, 『가사의 쟁점과 미학』, 앞의 책, 267면 참고.

주제적 내용을 유기적으로 통합하고 일체화하는 서술을 필수 요건으로 삼는다는 사실[33]을 기반으로 읽을 때, 그 아름다움을 온전히 보게 될 것이다.

궁극적으로 가사라고 하는 문학 형식에 내재되어 있는 정감 있게, 자상하게 말하기와 세세하게 펼쳐 서술하고 조목조목 다 갖추어 말하기에 의해 구현된 정교한 내면의 표현은 향유자의 체험을 확대하는 현재적 실체로 작동함으로써 공감적 위로와 소통을 통해 정서를 순화하고 사람됨을 성장시킨다고 할 수 있다. 화자인 어머니의 인격으로 표현된 선한 정감의 진실한 표현, 당위적 교훈과 섬세하고 정성스런 여성적 감성의 조화는 사대부 교훈가사와는 결이 다른 전달력[34]을 보여 준다. 내용과 형식의 유기적 일체성[35]은 계녀가류 규방가사에도 드러나 있음을 주목할 필요가 있다.

전형계녀가의 창작 의도가 주자주의적 교훈의 주입이라는 의견이 우세하지만, 서술 구조 분석을 통해 본 전형계녀가는 여성으로 태어난 태생적 한계에서 생겨나는 힘겨운 삶의 조건들을 지혜롭게 견디면서 도달한 이념과 체험의 조화, 이상과 현실의 융합, 정감적 형식과 주제적 내용의 유기적 통합으로 발현되는 여성적 삶에 대한 도덕적 · 긍정적 인식, 탄식의 승화를 통한 유순하고 자연스러운 지혜와 분별력을 확인할 수 있다.

---

33 김학성, 『가사의 쟁점과 미학』, 앞의 책, 7면.

34 최상은, 앞의 책, 358~359면에서는 계녀가와 도학가사가 창작목적이나 시대적 배경의 공통점이 있음에도 불구하고, 교훈 대상에 대한 태도와 목소리가 다른 점을 비교하고 있다. 도학가사가 대상에 대한 긍정적 인식이나 애정보다는 질타의 목소리가 큰 반면, 계녀가는 애틋한 정을 바탕으로 부드럽고 완곡하며 절제된 어조를 유지했다고 정리한다.

35 김학성, 『가사의 쟁점과 미학』, 앞의 책, 262면에서는 사대부의 중용적 인성과 맑음의 미학을 내용과 형식의 유기적 일체성으로 표현해낸 문학 텍스트가 사대부 강호가사의 미학적 가치라고 평가한다.

2) 변형계녀가

변형계녀가는 시집가는 딸에게 어머니가 전해 주는 교훈적 내용이라는 주제에서 벗어나지는 않으나, 규범적 · 관념적인 면이 줄고, 체험적 요소가 강화되며, 자전적 술회의 첨가 등 구조적인 면에서나 형상화의 면에 있어서 변화된 양상을 보여 주는바, 교훈 전달에 있어 간접적인 부분이 많아, 보다 문학성이 돋보이는 작품들로 평가되는 계녀가의 하위 유형을 말한다.

변형계녀가의 대표적 작품에 「복선화음가」가 있다. 그러나 「복선화음가」도 '계녀가'처럼 동일하거나 비슷한 제목의 다양한 작품들이 전해 오고 있으며,[36] 그 주제나 내용 그리고 구조적 양상이 다소의 차이가 있을 뿐 대동소이하므로 '복선화음가'류 가사로 묶어 정리되고 있다.

'복선화음가'류 가사는 앞에서 정리되었던 변형계녀가[37]로서, 시집가는 딸에게 어머니가 자신과 괴똥어미의 일생을 비교하여 교훈을 드러내는 방식으로 구조화되어 있으며, 개별적 체험을 객관화시켜 보다 현실적인 면모를 보이고, 작가의식이 희박한 전형계녀가에 비해, 사실적이고 개성적이라고 평가되는 작품들이다. 이 글에서는 「복선화음가」 이본 중 하나인 「김씨계녀ᄉᆞ」를 대상으로 그 서술 구조와 미학을 정리해 보기로 한다.

작자 미상에다가, 다만 18·9세기경이라고 추정할 뿐, 정확한 창작 연대를 알 수 없는 「김씨계녀ᄉᆞ」는 임기중 교수의 자료집-『역대가사문학전집

36 이선애, 「복선화음가연구」, 『여성문제연구』 11, 효성여대 여성문제연구소, 1982, 184면에 의하면 약 43편이 있는 바, 「福善禍淫歌」가 5편, 「복션화음가」 2편, 「福善禍淫錄」 2편, 「복션화음녹」 1편, 「귀똥가사」 2편, 「계녀가」 2편, 「여ᄌᆞ행실가라」 3편 등 43편 모두를 한자 명칭, 국문 명칭의 차이도 고려하여 정리해 놓고 있다.

37 각주 19 참고.

8』에 실려 있으되 출전을 밝히고 있지 않다—에 실려 있고, 국립도서관 소장본을 찾아내었으나, 대조해 본 결과, 토씨 하나 틀리지 않는 것으로 보아, 동일본임을 알 수 있다.

「김씨계녀사」는 총 244행의 가사로 크게 4개의 단락으로 나누어진다. 먼저 이 가사의 화자인 (가) 김씨부인이 자신의 목소리로 자신의 일대기를 말하고 있으며(92행), 다음으로는 (나) 시집가는 딸에게 직접적 목소리로 건네는 교훈적인 가르침(계녀)(62행)이 이어진 후, (다) 자신의 긍정적인 삶과 대조되는 괴똥어미의 일생을 통해 복선화음의 진리를 강조(82행)하며, 마지막으로 (라) 총괄적 당부의 말(8행)을 함으로써 마무리되는 구조이다. 이는 다시 (가)는 5개, (나)는 2개, (다)는 5개의 소단락으로 나누어 서술하고 있다.

(가) 나(김씨부인)의 일생(92행)

(1) 귀하게 자란 내력: 좋은 가문에서 금지옥엽으로 자라남(16행)

(2) 문벌은 좋으나 가난한 집에 출가하여 신행까지의 과정(17행)

(3) 시댁의 지독한 가난과 시집살이(36행)

(4) 가난을 이기기 위해 치산治產에 힘씀(13행)

(5) 치산에 성공하여 부귀공명을 누리게 됨(10행)

(나) 출가하는 딸에게 하는 당부(경계)(62행)

(1) 남편 섬기기 — 사군자事君子(35행)

(2) 행동거지 — 행신行身, 부분적으로는 봉제사奉祭祀, 어노비御奴婢, 사구고事舅姑(27행)

(다) 자신과 대조적인 괴똥어미의 일생(82행)

(1) 부유한 집에 시집오는 괴똥어미(5행)

(2) 괴똥어미의 악행들(25행)

(3) 괴똥어미의 가산탕진(42행)

(4) 패가망신한 괴똥어미(9행)

(5) 복선화음이라는 직설적 교훈 제시(1행)

(라) 자신을 본받고 괴똥어미를 경계할 것을 다시 한번 당부함(8행)

「김씨계녀ᄉᆞ」의 전체 서술 구조는 자신의 생애를 긍정적 본보기로, 괴똥어미의 생애를 부정적 예로 제시하면서도, 이 두 가지 삶의 양상을 나란히 이어서 제시하기보다는 나의 일생을 긍정적으로 과시한 후에는 이와 관련된 계녀의 말을, 다시 부정적 여자의 삶으로 괴똥 어미의 일생을 제시·서술한 후에는 총체적인 비교를 통한 궁극적 가르침을 다시 한번 직설적으로 제시하는 서술 구조를 보여 준다. 따라서 긍정적인 나의 일생이 가장 길게(92행) 서술되고, 그제서야 이와 관련된 직접적 당부의 말이 서술(62행)된다. 이어서 김씨 부인의 긍정적 삶과는 정반대 삶을 살았던 부정적 괴똥어미의 일생을 복선화음으로 정리(82행)한 후, 앞의 모든 것을 종합하는 역시 직접적인 계녀의 말(8행)로 마무리하는 서술 구조인바, 계녀라는 메시지, 교훈 전달에 효과적인 구조라 할 수 있다.

한 사람의 목소리로 일관되게 서술하는 전형 계녀가와 달리, 「김씨계녀ᄉᆞ」는 김씨부인의 일생 → 직접적 경계 → 괴똥어미의 일생 → 직접적 경계가 교차 서술되는 구조인 것이며, 여기서 '괴똥어미 일생'은 계녀라는 메시지를 효과적으로 전달하기 위한 예화의 활용, 서사적 기법의 활용이라는 서술 전략으로 볼 수 있다.

이제 단락별로 그 서술 구조를 구체적으로 살펴봄으로써 이를 통해 드러나는 미학을 분석해 보기로 한다. 다만 이 작품이 매우 긴 작품이라서 특징적 부분을 중심으로 분석해 보려 한다.

어와셰상 ᄉᆞ람더라 이ᄂᆡ말ᄉᆞᆷ 들어보소 / 불힝ᄒᆞ고 ᄋᆡ달을ᄉᆞ 이ᄂᆡ몸이 **녀ᄌᆞ되여** / 김익쥬의 손녀로셔 반별도 죠컨이와 / 금옥가치 귀히길너 오륙셰 되은후의 / … / 열녀 효경전을 십셰의 외와ᄂᆡ니 / 힝동거지 쳐신범졀 뉘안이 층츤ᄒᆞ리 / 금의옥식 싸혀시니 ᄀᆡ한을 어이알며 / … / 청풍명월 옥규중의 월ᄉᆡᆨ도 귀경ᄒᆞ며 / 만반진슈 별미ᄎᆞ담 입맛슬혀 못다먹고 / 원앙금침 홍촉하의 ᄎᆡᆨᄌᆞ도 펼쳐보며 / 셰시복납 죠흔ᄊᆡᆨ의 상육도 더져보고 / 질거이 지ᄂᆡ던이 년광거연 **십오셰**라 (1—3)[38]

(가) 김씨 부인의 일생 중, '(1) 귀하게 자란 내력: 좋은 가문에서 금지옥엽으로 지리남(16행)' 부분이다. 신행 가는 딸을 향해 애틋하고 부드럽게 직접적으로 말 건네며 시작했던("아ᄒᆡ야 드러바라 ᄂᆡ일은 신힝이라") 전형계녀가와는 달리 "어와세상 ᄉᆞ람더라 이ᄂᆡ말ᄉᆞᆷ 들어보소"로 시작하되 가사를 쓰게 된 모티프가 딸의 신행[(나)에 가서야 나온다]이 아니라 "불힝ᄒᆞ고 ᄋᆡ달을ᄉᆞ 이ᄂᆡ몸이 **녀ᄌᆞ되여**"라고 말한다. 세상 사람들을 대상으로, 여자로 태어난 원죄로 인한 불행과 애달픈 마음을 풀어낼 것임을 밝히고 있는 것이다. 여성이라는 운명으로 인한 고난과 불행이 이면에 내재된 채 부드럽게 서술되는 전형계녀가와 달리 시작부터 여자로 태어난 불행과 애달픔에 대한 탄식을 노골적으로 서술하고 있는 점에서 개성적이고 직접적이다.

어미와 딸의 애틋한 마음의 소통이 자연스럽게 표현된 전형계녀가가 개인적이고 정감적인 느낌이라면, 변형계녀가의 자기 말을 들어 보라는 권유

38 임기중 편, 『역대 가사문학전집』 8, 아세아문화사, 1999. 이후 ( )안에 면수 표기하는 것으로 각주를 대신함. 밑줄이나 굵은 글씨는 필자.

에서는 개인적 차원을 넘어서는 사회적 차원의 각성에 대한 요구가 느껴진다. 규방가사 창작의 표면적 · 관습적 지향점이 딸을 향한 가르침이었음에도 불구하고 세상 사람들을 향한 내용으로 변화된 것은 여성으로 태어난 고통과 울분, 서러움에 대한 공감의 확장, 조선 사회와 남성 사대부들을 향한 각성과 관심의 촉구가 이면적 · 궁극적 지향점임을 보여 주는 언술이라 할 것이다.

즉 여기서 보이는 천부적 성性에 대한 회의는, 시가媤家 중심적 윤리의 실천 과정에서 조선조 여성들이 감내해야 했던 심정적 갈등의 무게를 헤아려 보게 한다. 윤리에 대한 내심의 회의 및 그럼에도 유가적 윤리에 따른 삶을 계속하는 것 외에 대안이 없는 당대의 여성적 현실에 대한 통찰이 압축된 구절로 기록할 만하다.[39]

이어지는 구체적 자기소개('김익쥬의 손녀')와 15세까지의 삶은 '여자됨' 때문에 불행하고 애달프다는 모두冒頭 발언이 어색할 만큼 밝고 즐거우며, 친정 가문의 존재감까지 과시하고 있는바, 위에서 언급한 개별적 체험을 객관화시켜 보다 현실적인 면모를 보이고, 작가의식이 희박한 전형계녀가에 비해, 사실적이고 개성적이라는 평가에 준하는 특징이라 하겠다. 훌륭한 집안에서 부족한 것 없이 곱게 자란 출가 이전의 삶을 조목조목 서술하는 내용은 출가 후의 가난과 고생의 극복이 더욱 어려울 수 있음을 암시하고 있으며, 태어남과 무관하게 결혼으로 운명이 바뀌는 여성의 처지를 드러내는 것이기도 하다.

'(2) 문벌은 좋으나 가난한 집에 출가하여 신행까지의 과정(17행)' 부분이다.

고르고 다시골나 강호의 **츌ᄀᆞ하니** / 한절강의 손부되ᄆᆡ **문벌은 됴컨만은**

39 이동연, 앞의 책, 330면.

/ **가산이 여픽하여** 슈간쵸옥 쳥강상의 / ㅅ면이 공허ᄒᆞ니 담인덜 잇실손야 / **소슬한풍 츤부억의 탕관ᄒᆞ나 쌘이로다** / … / 배힝왓던 오라바님 울고보며 ᄒᆞᄂᆞᆫ말이 / 여긔두고 웃지가랴 할일업시 도라가ᄌᆞ / 오라바님 실언이요 가즌 말이 어인말가 / 녀ᄌᆞ의 몸이되여 부부를 정한후의 / 삼죵지도 잇셧시니 남편을 좃ᄂᆞᆫ거시 / 녀ᄌᆞ의 근본이라 / 남편을 좃난날의 빈부을 가릴손가 / … / 소슬ᄒᆞᆫ 슈간초옥 구고게신 ᄂᆡ집이라 / 연분을 엇지ᄒᆞ며 팔ᄌᆞ을 소길손가 / 츌가외인 ᄉᆡᆼ각말고 평안이 도라가오 (3—4)

자신의 출가와 신행을 서술하고 있는 이 부분은 대화체의 활용이 새롭다. 가난한 시댁의 외양 묘사 외에도 오라버니와 화자의 대화체를 통해 가난까지 더해진 시집살이가 얼마나 힘겨울 것인지가 실감 나게 서술되어 있다. 여자로서 친정과의 이별의 설움과 결혼 후의 삶의 고달픔이 구체적·현실적으로 드러나고 있는 반면에 내용적으로는 삼종지도, 결혼에 있어 빈부를 따지지 않는다는 유교적 인식, 출가외인 등 관념적 서술[40]로 채워져 있어 유가적 질서 속에서 여성들이 감당해야 했던 삶이 훨씬 직접적으로 전달된다.

'(3) 시댁의 지독한 가난과 시집살이(36행)' 부분은 김씨 부인의 일생에서 가장 길고 자세하게, 조목조목 서술하고 있는 부분으로써 며느리로서 감내해야 하는 가난의 고통과 설움이 의식주 전반, 서방님(쳔황씨 셔방님은 글밧긔 무엇알며), 시댁 식구들과의 관계(년만ᄒᆞ신 시부모님 다만 망영쌘이로다 / 야심구진 싀누의님 업ᄂᆞᆫ모히 무삼일고 / 듯고도 못듯ᄂᆞᆫ체 보고도 못보ᄂᆞᆫ체 / **말못ᄒᆞ난 벙어린체 노염읍ᄂᆞᆫ 병신인** 듯) 등에 이르기까지 부정적·구체적·사실적으로 서술되어

40 이동연, 앞의 책, 327면에서는 이를 작가가 유교적 여성 윤리를 스스로 내면화하고 있던 인물임을 단적으로 알 수 있게 하는 대목이라 분석한다.

있다. 특히

……ᄌᆞ식된 ᄂᆡ마음의 부모ᄇᆡᆨ 쥬리ᄂᆞᆫ게 / 뉘죄라 ᄒᆞᄌᆞᆫ말고 셜ᄆᆡ야 급히불너 / 동편집의 보ᄂᆡᆺ더니 도라와셔 ᄒᆞ난말이 / 전의순쌀 안이갑고 염치읍시 쏘왓ᄂᆞᆫ야 / 두말말고 밧비가라 한심ᄒᆞ다 이ᄂᆡ몸이 / 금의옥식 ᄊᆞ혀길녀 전곡을 모르더니 / 일죠의 빈한ᄒᆞ여 이ᄃᆡ도록 도엿ᄂᆞᆫ가 (9)

에서도 대화체를 활용하여, 가난을, 구체적이고 실감 나는 일화를 통해 서술하고 있어 변형계녀가의 사실적 특징을 확인할 수 있다. 또한 직접 체험으로 표현되는 시댁에 관한 서술은 교훈보다는 노골적인 탄식과 부정적 표현의 교차를 통해 자신의 고통을 드러내는 양상이라서, 표현 언어는 다소 거칠어지고 감정은 요동치는바, 성찰과 체념을 통해 도달한 지혜를 바탕으로 유순하고 긍정적으로 표현되는 전형계녀가의 시댁 서술과는 다른 결을 보여 준다.[41]

(4)에 치산하는 과정(13행)에서의 가난 극복의 구체적 행위 부분,

이목구비 가치잇고 슈독도 셩셩ᄒᆞ니 / 졔가심써 젹이ᄒᆞ면 거뉘라셔 시비ᄒᆞ랴 / ᄉᆞ람되고 궁곤ᄒᆞ면 쳔ᄒᆞ기도 막심ᄒᆞ다 / … / **치ᄉᆞᆫ범졀 힘쓰리라** ᄂᆡᆫ들 안이 유족ᄒᆞ랴 / 만고ᄃᆡ승 슌임금도 하비ᄶᅡ의 그릇굽고 / 쥬문왕의 어진안ᄒᆡ 방적으로 일ᄉᆞ머셔 / 갈담장의 유젼ᄒᆞ고 지조ᄶᅡ지 유명커던 / 하물며 우리인ᄉᆡᆼ 무어슬 ᄉᆡᆼᄋᆡ할고 / 오ᄉᆡᆨ장ᄉᆞ 가는실을 올올리 ᄌᆞ아ᄂᆡ여 / 칠힝긔 큰뵈틀의 필필이 ᄶᆞ아ᄂᆡ니 / 할님쥬셔 죠복ᄎᆞ와 병슈ᄉᆞ의 융복ᄎᆞ라 / 녹의홍샹 쳐녀치장 요용스치 유족ᄒᆞ다 (9—11)

41 김대행, 『시가 시학 연구』, 이화여대출판부, 1991, 204면에서는 이 부분의 표현을 '형상화의 어법'이라고 부른다.

에서는 몰락한 양반 사대부 집안 여성의 절실한 치산 행위가 서술되어 있다. 순임금과 주문왕의 아내를 앞세워 치산하는 명분과 당위성을 서술하고 있다. 가족 구성원을 보살피고 집안 살림을 맡아 하는 전통적 여성의 역할 뿐 아니라, 가족들의 생계까지 책임져야 했던 조선 후기 여성의 경제활동이 반영되었다고 보기도 한다. 체면이나 이념보다는, 방적 등 적극적 생산활동을 통한 치산治産으로 가족의 생계를 해결하고 나아가 부의 확대를 통해 집안을 다시 일으키고자 했던 여성의 적극적인 모습을 보게 되는 것이다.

전형계녀가에는 6행에 불과한 치산 부분이 이 작품에서는 23행으로 확대되어 나타나며, 전형계녀가에서는 절약하고 조심하여 이루는 소극적 치산임에 비해, 「김씨계녀ᄉᆞ」에서는 길쌈하기와 같은 현실적 행동으로 표현되고 있어 전형계녀가보다는 적극적인 양상으로 서술되어 있는바, '가난'이라는 삶의 조건이 덧씌워진 시대의 반영인 것이다.

드디어 "시집온지 십년" 만에 (5) 치산에 성공하여 부귀영화를 누리게 되는바(10행) "가산이 수만ᄌᆡ"에 "날마다 소를즙혀 부모을 공경하며" 비단옷을 입는 부를 이루되, 가난한 이들을 구제하기도 하는 등 남을 돕기도 한다. 뿐만 아니라 "아들형제 급제ᄒᆞ여 벼살도 혁혁하다 / ᄂᆡ재죠로 부저ᄒᆞ니 팔ᄌᆞ도 거록ᄒᆞ다"로 마무리하면서 자신의 힘으로 이룬 가문의 부와 재건에 대한 만족감과 자긍심이 편안하고 넉넉하게 서술되어 있다.

이 또한 김씨부인의 개별적 체험의 진술을 통해 개성적이고 현실적인 감각으로 제시되는 교훈을 담아내고 있다는 점에서 능동적이고 적극적인 여성을 볼 수 있다. 오랜 시집살이와 가난 체험, 그 고난과 상처를 이겨내고 성장한 여성의 지혜가 보인다. 이는 조선 후기 사회에서 사대부가 여성으로서의 신분, 위치에서 지켜야 할 도덕적·긍정적 역할과 고난 극복을 통한 자긍심으로 이어져 딸 혹은 세상 사람들을 향한 계녀로 이어지는 것이다.

(나) 출가하는 딸에게 하는 당부(경계)(62행) 부분을 살펴본다. (1) 사군자(35행) 부분과 (2) 행동거지(27행) 부분이다.

ᄯᅡᆯ을길너 츌가할졔 손을잡고 하ᄂᆞᆫ말이 / 부부유별 잇셔씨니 **남편ᄃᆡ졉 극진ᄒᆞ라** / 하날이 졍한인연 ᄇᆡ필이 도엿시니 / ᄂᆡ몸의 ᄇᆡᆨ년고락 져ᄉᆞ람만 밋엇다가 / 만일의 잘못뵈여 한번눈의 ᄂᆞ긔드면 / 독슈공방 ᄎᆞᆫᄌᆞ리의 누을의지 ᄒᆞ존말고 / … / <u>ᄋᆡ달을ᄉᆞ</u> 그리말걸 아모리 <u>후회</u>한들 / 업친물을 담어보며 옛인졍 다시날가 / **ᄯᅡ라ᄯᅡ라 아기ᄯᅡ라 부ᄃᆡᄃᆡ 죠심ᄒᆞ라** / … / 제아비ᄂᆞᆫ ᄒᆞ날이요 졔어미난 ᄯᅡ히로다 / 말리창쳔 노픈하날 ᄯᆞᆨ히웃지 당할손가 / … / 투긔지심 먹지마라 그안이 드러우냐 / 쥭기ᄭᆞ지 공경ᄒᆞ며 노인가치 ᄃᆡ졉ᄒᆞ라 (12—17)

(나)에 와서야 비로소 시집가는 딸이 등장한다. 고생 극복의 일대기를 말했던 이유를 알게 하는 부분이다. (1) 하늘로 표상되는 남편과의 관계는 공경의 대상으로 극진히 대접해야 하며 눈 밖에 나서도 안 되고 투기해서도 안 되는 존재로 대상화되어 있어 전형계녀가와 큰 차이는 없으나, 잘못된 행동으로 어긋난 관계가 되어, 애달픈 후회하지 않도록 간곡히 조심하라고 좀 더 현실적으로 절실하게 타이른다. 전형계녀가에서 보이는 담담함과는 거리가 있다. 힘겨운 시집살이에서 유일한 의지처일 수 있는 존재와의 관계에서조차 차별적 처지를 인정해야 하는 조선조 여성의 탄식이 좀 더 사실적 · 직접적 · 노골적으로 표현되어 있다.

압헐보아 거름것고 ᄉᆡᆼ각ᄒᆞ여 말을ᄒᆞ며 / **졔ᄉᆞ음식** 찰일져긔 부졍할가 죠심ᄒᆞ고 / 진치한인 헛우슘을 어른압희 웃지말고 / 신을써러 지침ᄒᆞ고 지졍ᄒᆞ여 문을열ᄂᆞ / <u>**ᄒᆡᆼ동거지 쳐신범졀 진즁ᄒᆞ고 ᄉᆞᆷ가ᄒᆞ라**</u> / … / 쇠픠한집 **ᄒᆡᆼ실**이라 남의집 남졍말라 / **비복들의 그른일은 못듯ᄂᆞᆫ체 말을말고** / … / **졔물을 졔가츄어 남이웃게 ᄒᆞ지마라** / … / 부모의게 씻친몸을 상치말고 보젼ᄒᆞ면 / **효도**의ᄂᆞᆫ 졔일이요 졔몸을 쳔이도라 / 셩효를 ᄐᆡ상ᄒᆞ면 **불효의 졔일**리라 / 효졔츙신 본을바다 아모죠록 ᄇᆡ와ᄒᆞ라 / … / **ᄂᆡ나히 오십이나** 남편의게 죠심ᄒᆞ기 / … / ᄒᆞ날아ᄅᆡ 그른부모 잇단말을 못드럿다 (17—20)

(2) 행동거지(27행)에는 걸음걸이, 말조심을 말하다가 갑자기 봉제사를 말하더니 어른 앞에 웃음 조심, 방문 앞 인기척 내기를 조심시킨 후, "**힝동거지 쳐신범졀 진즁ᄒᆞ고 ᄉᆞᆷ가ᄒᆞ라**"는 직접적 교훈이 서술되고 다시 이웃집과 잘 지내기, 어노비 등 온갖 행동 처신이 두서없이 조목조목 서술되더니 효의 근본인 신체 보존을 언급하다가 나이 50인데도 남편에게 조심하는 자신의 자세를 말하면서 마무리한다. "**힝동거지 쳐신범졀 진즁ᄒᆞ고 ᄉᆞᆷ가ᄒᆞ라**"는 규방가사의 일반적 서술 방식에 의하면 (2)의 맨 앞에 와야 하는데 중간에 끼어 있는 등 전반적으로 부자연스럽고 두서없이 서술된다는 점은 계녀라는 목적 달성의 면에서 불안정성이 보이는 부분이다.

그러니까 (나) 부분은 유가적 이념에 기초한 계녀의 내용이 직설적으로 서술되고 있으며, '극진ᄒᆞ라', '죠심ᄒᆞ라', 'ᄃᆡ졉ᄒᆞ라', 'ᄉᆞᆷ가ᄒᆞ라', 'ᄇᆡ와ᄒᆞ라'와 같은 긍정적 조언과 'ᄒᆞ지마라'와 같은 부정적 말투의 명령형 진술을 빈번하게 사용하여 직접적 훈계를 하고 있다는 점에서 가사의 전형적 진술 방식인 주제적 진술의 특징이 뚜렷하게 드러난다. "ᄯᅡ라ᄯᅡ라 아기ᄯᅡ라 부ᄃᆡᄃᆡ 죠심ᄒᆞ라"와 같은 표현도 그 직접적 예라 할 수 있다.

(나)에서 일관되게 표현되는 명령·요청·경계의 발화를 통해서는 시집살이의 어려움을 이미 경험하였고, 딸에게 권위를 갖고 충고하고 요청하며 명령할 수 있는 위치에 있는 어머니로서, 당대의 보편 윤리인 유교적인 인생관을 체득하고 살아 낸 집안의 여자로서, 여자로 태어나 조선이라는

국가에서 유교적 덕목과 관습을 경험했던 선배로서, 그리고 딸을 염려하는 어머니로서 발화하고 있는 것이다.

앞에서도 말한바, 가사의 정체성은 작자가 의도하는 메시지(화젯거리)를 4음 4보격의 연속체로 다정하게, 그리고 자상하게 알리고 전달하는 양식으로, 다양한 서술 기법과 전략에 의해 미적 완성도를 높여 문학성을 획득함으로써 독자에게 감화력과 설득력을 주는 데 독특성이 있다[42]는 점에서 변형계녀가에 보이는 대화체의 활용, 세상 사람, 딸로 바뀌는 청자의 변화, 그리고 이어지는 '괴똥어미' 일생이라는 예화는 이러한 메시지의 효과적 전달을 위한 다양한 서술 전략이라 할 수 있으며, 결국 문학적 공감을 강화하는 데 기여한다.

또한 전형계녀가에서 이미 확인했던 율동의 효과는 변형계녀가에서도 나타나고 있다. 즉 3음절과 4음절을 고루 활용하되 균등하고 정연한 질서를 갖도록 조정하여 운용할 뿐 아니라, 3음절과 4음절을 우리말 조어 구조에 맞는 '자연스런' 발화에 맞추어 '조화롭게 혼용함'으로써 어느 한쪽으로 획일화하지 않고 지나치게 기계적이거나 무미건조하지 않으면서도 전달하고자 하는 의미 내용을 보다 선명히 하는 미적 효과를 보인다는 점도 확인할 수 있다.

이제 부도덕한 여성의 모습을 보여 주는 (다) 괴똥 어미의 일생(82행) 부분을 살펴본다.

(1) 부유한 집에 시집오는 괴똥어미(5행)와 그녀의 악행들(25행)

져건너 괴똥어미 시집ᄉᆞ리 ᄒᆞ던말은 / 너도익히 알년이와 다시일너 경계

42 김학성, 『가사의 쟁점과 미학』, 앞의 책, 19면.

ᄒᆞ마 / 졔가당초 시집올ᄃᆡ 가산이 수만ᄌᆡ라 / 안팟즁문 쥴힝낭의 ᄉᆞ환노비 버려잇고 / 쌀노젹 콩노젹을 뉘안이 부러ᄒᆞ리 (20—21)

시집으로 오난날의 덕문밧긔 ᄂᆞ셔면셔 / 눈을ᄡᅥ 휘두르며 힝ᄉᆞ더욱 망칙ᄒᆞ다 / … / ᄉᆞᆷ일을 갓지ᄂᆡ고 힝ᄉᆞ더욱 망측ᄒᆞ다 / 담의올ᄂᆞ ᄉᆞ람귀경 문틈으로 여어보기 / 마루젼의 침밧기와 바람벽의 코풀기와 / 등잔압희 불ᄭᅳ기와 화로압희 불쬐기며 / 어른말ᄉᆞᆷ 깃달기와 어룬압희 슈슈젹기 / 일가친쳑 말젼쥬며 이웃부인 흉보기와 / … / 졔힝실 그러ᄒᆞ니 침션인들 잇실손가 / 인ᄉᆞ쳬모 몰ᄂᆞ씨니 셔방인덜 괴일손야 / 되ᄂᆞᆫᄉᆞ람 시긔ᄒᆞ기 불붓ᄂᆞᆫᄃᆡ 키질ᄒᆞ기 (21—24)

(1)의 서두에서 나타난 바와 같이 화자인 내(김씨부인)가 딸인 너에게 발화하는 것으로 시작되는 괴똥어미 일생은 따라서 시종일관 화자인 어머니가 자신의 도덕적 기준인 유교적이고 봉건적인 시각을 가지고 평가하고 있으며, 어조 또한 '망칙ᄒᆞ다', '고이ᄒᆞ다', '뉘안이 외면ᄒᆞ리', '요란ᄒᆞ다', '분명ᄒᆞ다'와 같은 가치평가가 내재 된 논평적 발화로 일관하고 있다. 괴똥어미의 부정적 행위와 관련된 도덕적 · 권위적인 목소리로 평가하는 방식으로 서술하고 있는 것이다.

(3) 괴똥어미의 가산탕진(42행)

…… / 양반의 법으로셔 ᄎᆞ마웃지 ᄂᆡ칠손가 / 그러ᄂᆞ 안희라고 가ᄉᆞ를 막겻더니 / **져보소 이엽편ᄂᆡ 셰간ᄉᆞ리 범졀보소** / … / ᄡᅥᆨ을치고 밥을지여 오난 ᄉᆞ람 펴쥬어셔 / … / 쌀을쥬고 돈을밧고 돈을쥬고 고기ᄉᆞ셔 / 슬인밥은 ᄀᆡ를 쥬고 상ᄒᆞᆫ고기 괴를쥬며 / … / 우환이 연쳡ᄒᆞ니 초상인덜 읍실손가 / ᄂᆡᆼᄃᆡᄒᆞ

던 노시부야 상스난덜 관게ᄒᆞ리 / 졔심스 그러ᄒᆞ니 남편인덜 진일손가 / 아들쥬거 우난날의 아기짤이 마즈죽네 / … / 졔스음식 작만할졔 정셩읍시 ᄎᆞ렷시니 / 앙화읏지 읍시리요 셋지짤이 반신불수 / … / ᄐᆡ산가치 싸인곡식 뉘 지물이 도엿ᄂᆞᆫ고 (24—29)

42행에 걸쳐 상세하게 표현되는 가산탕진 부분은 "져보소 이엽편ᄂᆡ 셰간 ᄉᆞ리 범졀보소"란 관찰자로서의 목소리를 통해 괴똥어미를 제삼자로서 보다 객관화된 대상으로 바라보고 있음을 드러내는 것이며, 이러한 객관화를 통해 경멸과 조소의 태도를 취함으로써 교훈성을 확보[43]하고 있다. 결국 괴똥어미의 부도덕은 자식들(아들, 아기딸)의 죽음과 셋째 딸의 반신불수로 그 인과응보를 입증하는바, 교훈성을 강화하고 있다.

(4) 패가망신한 괴똥어미(8행)와 (5) 복선화음이라는 직설적 교훈 제시(1행)

참옥할ᄉᆞ 괴똥어미 단독일신 뿐이로다 / 다써러진 흔베치마 이웃집의 어더입고 / 뒤축읍ᄂᆞᆫ 흔집신을 쑥을치어 어더신고 / 압집의가 밥을빌고 뒤집의가 장얼어더 / … / 헌거젹 뒤엿시고 밤을겨우 ᄉᆡ워ᄂᆞᆫ니 / … / 다리절둑 병신되여 ᄒᆡ소소ᄅᆡ 요란ᄒᆞ다 / 불효모함 ᄒᆞ던앙화 역역히도 바덧시니 (29—30)

복션화음 발근이치 일노보ᄆᆡ 분명ᄒᆞ다 (30)

아내로서, 며느리로서, 어머니로서 규범에서 벗어난 행위를 하고, 본분을 지키지 않음으로 인해 우환이 연접하는 가운데, 결국은 가족 모두를

43 김대행, 『시가 시학 연구』, 이대출판부, 1991, 224면.

죽음으로 몰아넣고, 혼자 병신 되어 거지처럼 떠돌아야 하는 처지로 전락하는 '괴똥어미'의 일생은 어찌 보면 조선의 사대부가 여성으로서는 불가능한 삶의 방식이라 할 수 있으며, 따라서 현실적이거나 구체적이라 보기 어려운 점이 있다. 이를 '부정적 형상화'[44]를 통한 흥미 유발, 이를 통한 효과적 교훈의 전달로도 볼 수 있는바, 예화를 통해 청자 스스로 판단하게 하는 이러한 서술 방식은 앞에서 언급했던 서술 전략의 활용이라 할 수 있으며, 진술의 다양화를 통한 서술 효과를 염두에 둔 것으로, 보다 설득적 목소리로 작용하는 것이다.

괴똥어미의 부정적 행동의 나열, 비슷한 문장구조의 반복을 통한, 그릇된 행실과 가산 탕진 과정 등은 (가)의 경우보다 강화[45]되어 있으며, 그 분량 또한 만만치 않다. 이러한 서술 방식을 통해 작가는 이 작품의 궁극적 주제인 "복션화음 발근이치 일노보미 분명ᄒᆞ다"를 직접적·주제적으로 표현하여 교화하고 있는 것이다.

이제 결사 부분인 (라) 자신을 본받고 괴똥어미를 경계할 것을 다시 한번 당부(8행) 부분을 살펴본다.

---

44 김대행, 『시가 시학 연구』, 이화여대출판부, 1991, 205면, 222면에서는 '형상화' 방식이 문학적 수준에 있어 한 단계 위에 있음을 드러낸다고 보지만, 이동연, 앞의 책, 324면에 의하면 괴똥어미는 독자적 희극미를 구현하는 데까지 나아가지는 못하고 어디까지나 현실적 반면교사 역할을 수행하는 데 그친다는 시각도 있다.

45 김학성, 『가시의 쟁점과 미학』, 앞의 책, 227면 참고. 괴똥어미의 악행 부분과 가산 탕진 부분에서는 특별히 4음절의 규칙성이 도드라진다. 이는 "3음절어의 율동 표출은 거의 배제하고 의도적으로 4음절에 기계적으로 맞추어 전체적으로 통일적 분위기를 조성하여 기억과 환기를 용이하게 함으로써 주제를 더욱 **'직선적'**으로 드러내고자 하는 유형"으로서, "4음절어로 획일화하는 기계적 율동" "'단조로운' 율동의 극치"인 바, "'해조형'과 대비하여 '단조형(單調型)'"이며, "단순하고 변화가 없어 주제를 직선적으로 드러내는 미적 효과를 획득한다."는 설명을 참고할 필요가 있다.

아기아기 아기ᄯᅡ라 시집ᄉᆞ리 극난ᄒᆞ다 / 어미힝셰 본을바다 괴ᄯᅩᆼ어미 경계ᄒᆞ라 / ᄯᆞ라ᄯᆞ라 우지말아 어미마음 살ᄂᆞᆫᄒᆞ다 / ᄌᆞ고로 녀ᄌᆞ유힝 부모형졔 머러씨니 / 어엿ᄲᅮ다 아기ᄯᅡ라 동동축축 잇지말아 / **명년ᄉᆞᆷ월 봄이되면 너를 다시 보리로다 / 가도의 홍망셩쇠 녀ᄌᆞ의게 잇ᄂᆞᆫ이라** / 증ᄌᆞ의 효칙ᄒᆞ여 효도가 졔일리라 (30—31)

결사 부분 (라)에서는 역시 매우 직접적으로 훈계와 당부의 말을 함으로써 마무리하고 있는바, 전형적인 주제적 진술을 통한 메시지 전달이라는 계녀가 특유의 서술 특성이 드러나고 있다. 하지만 '극난한 시집살이'를 이겨내기 위해 '어미를 본받고 괴똥어미는 경계해야' 한다는 표현의 이면에는 딸이 겪어 내야 할 시집살이의 고통에 대한 걱정과 탄식, 시집살이를 해야만 하는 현실에 대한 비판적 인식이 내재되어 있다. 이는 앞에서 시집살이의 지독함을 서술했던 부분과 상통하는 지점으로서 "'집안을 일으킨 며느리'로서의 자의식은 작가가 기왕에 갖고 있던 유교적 여성관을 바탕으로 하나, 체험을 서술하는 과정에서 이념에 대한 회의가 은근히 표출되고 있기 때문이다."[46]

남편이나 시부모, 시댁 식구들의 구체적 행태가 서술되어 있지 않은 전형계녀가와 달리 시댁 식구들이 무능하고 나약하며, 가학적 인물로, 구체적 · 직접적으로 서술되어 있는 양상 또한 조선 사대부가 여성으로서 가질 수밖에 없는 억울함과 비판의 마음을 읽어 낼 수 있다. 이는 모두 조선 후기 여성의 처지에서 포착한 현실 체험으로부터 촉발된 자의식의 형상화라 할 수 있으며, 이는 규방가사의 전형적 현상이라 볼 수 있다. 그러나 이러한 탄식과 비판의 잠깐 노출은 '가도의 홍망성쇠'가 여자에게 있음을

---

46 이동연, 앞의 책, 323면.

강조하면서 효도로 마무리하는 마지막 서술에서 원래의 유가적 여성 윤리로 회귀하는바, 계녀가로서의 전형성에서 벗어나지 않는다.

서술 구조 분석을 통해 살펴 본 변형계녀가는 한 사람의 목소리로 일관되게 서술하는 전형계녀가와 달리, 예화와 주제적 진술이 교차 서술되는 구조이다. 이는 앞에서도 말한 가사의 정체성과 관련되는바, 작자가 의도하는 메시지(화젯거리)를 4음 4보격의 연속체로 다정하게, 그리고 자상하게 알리고 전달하는 양식으로, 다양한 서술 기법과 전략에 의해 미적 완성도를 높여 문학성을 획득함으로써 독자에게 감화력과 설득력을 주는 데 독특성이 있다는 점에서 변형계녀가에 보이는 대화체의 활용, 세상 사람, 딸로 변화되는 청자의 변화, 그리고 이어지는 '괴똥 어미' 일생이라는 예화는 이러한 메시지의 효과적 전달을 위한 다양한 서술 전략이라 할 수 있으며, 결국 문학적 공감을 강화하고 있다.

또한 개인적 차원을 넘어서는 사회적 차원의 각성에 대한 욕구(서두)가 감지되는바, 표면적 · 관습적 지향점과 다르게 여성으로 태어난 고통과 울분, 서러움에 대한 공감의 확장, 조선 사회와 남성 사대부들을 향한 각성과 관심의 촉구가 이면적 · 궁극적 지향점임을 보여 주는 변화가 담지되어 있다. 따라서 직접 체험으로 표현되는 서술은 교훈보다는 노골적인 탄식과 부정적 표현의 교차를 통해 자신의 고통을 드러내는 양상이라서, 표현 언어는 다소 거칠어지고 감정은 요동치는바, 보다 더 현실적이고 개성적이다.

특히 23행으로 확대된 치산 부분에서는 체면이나 이념보다는, 적극적 생산 활동으로 가족의 생계를 해결하고 나아가 부의 확대를 통해 집안을 다시 일으키고자 했던 여성의 적극적인 모습을 보게 되는바, '가난'이라는 삶의 조건이 덧씌워진 시대의 반영인 것이다.

개별적 체험의 진술을 통해 개성적이고 현실적인 감각으로 제시되는 교훈을 담아내고 있다는 점에서 능동적이고 적극적인 여성을 볼 수 있으며, 여성으로서의 고난과 상처를 이겨내고 성장한 여성의 지혜가 보인다. 이는 조선 후기 사회, 사대부가 여성으로서의 신분·위치에서 지켜야 할 도덕적·긍정적 역할과 고난 극복을 통한 자긍심으로 이어져 딸 혹은 세상 사람들을 향한 계녀로 나아가게 하는 것이다.

4. 결론

'계녀가류'가사의 서술 구조와 미학을 구체적 작품 분석을 통하여 정리해 보았다. 그 결과 다음과 같은 사실을 확인할 수 있었다.

가사의 양식적 특성으로 인한 근본적 아름다움이 내재하고 있는바, 대립의 중화와 융합, 확장과 통합의 공존이 그것이다. 즉 정감적 형식과 주제적 내용의 유기적 통합으로 드러나는 아름다움이 있으며, 전체 서술 구조(이념적, 도덕적 규범의 서술)와 세부적 서술 구조(경험적, 실질적 교화)의 조화, 교훈(지식/배움)과 체험의 융합을 볼 수 있었다. 또한 '교훈과 규범', '걱정과 탄식'의 교차를 통해 도달한 공감과 사랑의 아름다움이 있으며, 강요된 규범의 실천, 부정적 현실의 적응 과정에서 체득한 자의식의 발현, 그리고 그 이면에서 드러나는, 성찰 끝에 도달한 체념과 탄식의 승화를 볼 수 있었다.

궁극적으로 가사라고 하는 문학 형식에 내재되어 있는 정감 있게, 자상하게 말하기와 세세하게 펼쳐 서술하고 조목조목 다 갖추어 말하기에 의해 구현된 정교한 내면의 표현은 향유자의 체험을 확대하는 현재적 실체로 작동함으로써 공감적 위로와 소통을 통해 정서를 순화하고 사람됨을 성장시킨다는 점도 알 수 있었다. 화자인 어머니의 인격으로 표현된 선한 정감의 진실한 표현, 당위적 교훈과 섬세하고 정성스런 여성적 감성의 조화를 통해 품위 있는 언어와 삶의 격조를 확인할 수 있었다.

전형계녀가의 창작 의도가 주자주의적 교훈의 주입이라는 의견이 우세하지만, 서술 구조 분석을 통해 본 전형계녀가는 여성으로 태어난 태생적 한계에서 생겨나는 힘겨운 삶의 조건들을 지혜롭게 견디면서 도달한 이념과 체험의 조화, 이상과 현실의 융합에서 발현되는 여성의 도덕적·긍정적 역할에 대한 인식, 탄식의 승화를 통한 유순하고 자연스러운 지혜와 분별력을 확인할 수 있었다. 즉 전형계녀가의 서술 구조는 조선 후기 사대부가 여성들의 삶의 양상을 조화롭고 자연스럽게 표출하는 아름다움을 보여 주는 데 적당한 양식이라는 점을 인식하게 되는 것이다.

서술 구조 분석을 통해 살펴본 변형계녀가는 예화와 주제적 진술이 교차 서술되는 구조로서 그 문학성을 보여 준다. 또한 작가의식이 희박한 전형계녀가에 비해, 여자 된 불행과 애달픔에 대한 탄식을 노골적으로 서술하고 있는 점에서 개성적이고 직접적이다. 뿐만 아니라 개인적 차원을 넘어서 사회적 차원의 각성에 대한 욕구가 느껴지는바, 여성으로 태어난 고통과 울분, 서러움에 대한 공감의 확장, 조선 사회와 남성 사대부들을 향한 각성과 관심의 촉구가 이면적으로 내재되어 있다는 점에서 그러하다.

또한 대화체의 활용, 세상 사람, 딸로 바뀌는 청자의 변화, 그리고 이어지는 '괴똥어미' 일생이라는 예화는 계녀라는 메시지의 효과적 전달을 위한 다양한 서술 전략이라 할 수 있으며, 결국 문학적 공감을 강화하고 있음을 확인할 수 있었다.

노골적인 탄식과 부정적 표현의 교차를 통해 자신의 고통을 드러내는 양상이 많아서, 표현 언어는 다소 거칠어지고 감정은 요동치는바, 좀 더 사실적·직접적·노골적이라 할 수 있지만, 능동적이고 적극적인 여성으로서 오랜 시집살이와 가난 체험, 그 고난과 상처를 이겨 내고 성장한 여성의 지혜가 보이는 점은 여전하다. 이는 조선 후기 사회에서 사대부가 여성으로서의 신분 · 위치에서 지켜야 할 도덕적 · 긍정적 역할 인식과 고난 극복을 통한 자긍심의 표현으로 이해해도 될 것이다.

상처와 고난의 경험을 형상화한 계녀가류 가사는 여성이라는 동질성에 기반한 동병상련同病相憐의 미학을 보여 주는바, 규방가사의 창작과 향유 · 공유를 통해 서로 소통하고 공감하면서, 이해하고 격려하면서, 긍정적으로 성찰하면서, 여자라서 주어진 숙명적 삶의 조건들을 지혜롭게 견디어 내게 하였으며, 품위 있게 살아 내게 했던 원동력이었다. 여기서 여성들의 목소리가 '인고忍苦'를 지향하고 있었다는 점은 억압적 제도에 대한 여성들의 문화적 대응이 '대립'과 '투쟁'이 아닌 한 차원 더 높은 '상생'의 추구[47]라고 한 의견에 동의하게 된다.

마지막으로 계녀가류 가사의 미적 범주를 우아미로 분석한 논의는 참고할 만하다. 탄歎으로서 나타나는 '현실적인 것, 생활 · 형편 · 실제적인 것'(존재) 이면에 감추어진 '자유에의 갈망, 구원, 이상理想'(사유)을 중심으로 정리한 규방가사의 미의식이 그것이다. '이상 · 구원'과 '현실 · 생활적인 것'이 '현실 · 생활적인 것'에 의해 융합될 때를 우아미優雅美라고 보는바, 우아미는 '현실 · 생활적인 것'이 '구원, 이상理想'보다 우세한 상황에서 '현실 · 생활적인 것'을 추구할 때 나타나는 것으로, 「존재」의 상황에서 그것을 추구하기는 쉬우며 그러므로 '사유'와의 대립 · 긴장 관계가 있을 수 없다는 것이다. 우아미는 인간의 도덕성을 포함한 인간적 태도에서 유래한 것으로 이성과 감성의 완전한 조화를 바탕으로 한 '아름다운 혼魂'의 표출이므로 격렬하거나 자극적인 것이 아니라 유연하고 자유로우며, 강경함이나 날카로움이나 조잡함

47 김학성, 「시집살이 노래의 서술구조와 장르적 본질—동아시아 미학에 기초하여—」, 『한국시가연구』 14집, 한국시가학회, 2003, 291면 참고. 시집살이 민요에 대한 분석이지만, 규방가사 또한 여성들의 삶 특히 시집살이의 고통이 큰 비중을 차지하고 있다는 점에서 이러한 사실을 확인할 수 있다.

이 없고 투쟁적이지도 않다고 한다. 내방가사에서의 우아미는 유교적 이상이나 이념을 현실의 생활 자체에서 추구하고 실천함으로써 이상과 현실의 조화, 일치 상태를 드러낼 때 보이는바, 계녀가류가 이에 속한다고 정리한다. 계녀가류 규방가사는 부녀자들에게 유교적 윤리 규범을 가르치고자 하는 것을 주된 내용으로 하고 있으며 비록 그 규범이 그들의 '이상·구원'과 일치되지는 않으나 현실에 적응하기를 원하는 것이라고 본다. 그들에게 부과된 부녀 행실을 유순하고 정순하게 하는 것이 덕행德行이요, 여자에게 맡겨진 시집살이의 범백사를 모두 알아 잘 행하는 것이 곧 부녀의 으뜸이라고 하였으니, '현실·생활적인 것'과 조금도 부조화不調和나 갈등이 일어날 수가 없다는 것이다. 여기에서 부녀자들은 오히려 그들에게 강요된 계율을 실천하고 이행하는 과정에서 체득하는 정신적 자세마저 가지고 있다[48]고 설명한다.

이상 '계녀가류' 규방가사를 중심으로 그 서술 구조와 미학을 정리해 보았다. 다양하고 광범위한 규방가사 작품들 중, '계녀가류'에 한정하여 고찰한 점은 이 연구의 한계라 할 수 있다. '자탄가류'와 '화전가류'까지 아우르는 종합적 고찰을 위한 시작이라는 점에 의미를 두면서 다음을 기약해 본다.

48 이정옥, 「내방가사에 나타난 미의식」, 『문학과 언어』 2, 문학과 언어연구회, 1981, 156~157면.

참고문헌

자료

『규방가사 I』, 가사문학대계, 한국정신문화연구원, 1979.

임기중 편, 『역대가사문학전집』 8, 아세아문화사, 1999.

논문 및 저서

권영철, 『규방가사 각론』, 형설출판사, 1986.

______, 『규방가사 연구』, 이우출판사, 1980.

김대행, 『시가 시학 연구』, 이화여대출판부, 1991.

김석회, 「복선화음가 이본의 계열성과 그 여성사적 의미」, 『한국시가연구』 18집, 한국시가학회, 2005.

김은희, 「가사문학의 창의적 가치」, 『한국시가문화연구』 37집, 한국시가문화학회, 2016.

김학성, 『가사의 쟁점과 미학』, 월인, 2019.

______, 「시집살이 노래의 서술구조와 장르적 본질―동아시아 미학에 기초하여―」, 『한국시가연구』 14집, 한국시가학회, 2003.

______, 「가사의 양식 특성과 현대적 가능성」, 『우리 전통시가의 위상과 현대화』, 보고사, 2015.

______, 「가사의 정체성과 담론 특성」, 『한국 고전시가의 정체성』, 성균관대 대동문화연구원, 2002.

박연호, 「조선 후기 교훈가사 연구」, 고려대 박사학위논문, 1996.

백순철, 『규방가사의 전통성과 근대성』, 고려대 민족문화연구원, 2017.

서영숙, 「복선화음가류 가사의 서술구조와 의미―「김씨계녀ᄉᆞ」를 중심으로」, 『한국여성가사연구』, 국학자료원, 1996.

양태순, 「규방가사에 나타난 '한탄'의 양상」, 『한국시가연구』 18집, 한국시가학회, 2005.

이동연, 「고전 여성 시가작가의 문학세계」, 『한국고전여성작가 연구』, 태학사, 1999.

이정옥, 「내방가사에 나타난 미의식」, 『문학과 언어』 2, 문학과 언어연구회, 1981.
이재수, 『내방가사 연구』, 형설출판사, 1976.
최상은, 「계녀가의 교훈과 정서—도학가사와의 비교를 중심으로—」, 『한국시가연구』 8집, 한국시가학회, 2000.

교훈가사의 서술 구조와 미학

박연호

1. 서론

교훈가사는 18세기 이후부터 창작되기 시작했으며, 오륜五倫, 효孝, 권농勸農, 권학勸學, 치산治産, 계녀戒女 등 매우 다양한 주제를 담고 있다. 필자는 이전 논의에서 51편의 교훈가사를 다음과 같이 분류한 바 있다.[1]

1. 오륜五倫: 곽시징 「오륜가五倫歌」, 정치업 「경몽가警蒙歌」, 배이도 「훈가이담訓家俚談」, 이상계 「인일가人日歌」, 『초당문답가』 계열 16편, 고대도서관 소장본 「오륜가」, 황립 「오륜가」, 최내현 「농부가農夫歌」, 김경흠 「삼재도가三才道歌」·「경심가警心歌」·「불효탄不孝嘆」, 장편가집 소재 「오륜가」, 『복선화음福旋花淫』 소재 「오륜가라」
2. 효孝: 곽시징 「권선징악가勸善懲惡歌」, 위백규 「자회가自悔歌」, 규장각 소장본 「훈계가訓戒歌」, 『가곡歌曲』(연세대 도서관 소장) 「효양가」

1 박연호, 『교훈가사 연구』, 다운샘, 2003, 23~25면 참조.

3. 권농勸農: 정학유 「농가월령가」, 이기원 「농가월령農家月令」, 김익 「권농가勸農歌」, 남극엽 「향음주례가鄕飮酒禮歌」
4. 권학勸學: 김상직 「계자사戒子詞」, 『삼족당가첩三足堂歌帖』 소재 「권학가勸學歌」, 『효우가孝友歌』 소재(최강현 소장) 「권학가」, 이종출 소개 「권학가」, 최명길 「권학가」(『청구문수靑丘文粹』 소재), 『가사선歌辭選』 소재(고려대도서관 소장) 「권학가」, 『장안고의長安古意』 소재(고려대도서관 소장) 「권학가」
5. 계녀戒女: 「계여가」·「복선화음가福善禍淫歌」·「김씨계녀ᄉᆞ」
6. 기타: 이용목李容穆 『백석만성가白石謾成歌』 소재 「선악가라」·「탄쇽가라」·「탄인가」, 안창후 「명분설名分說」, 정신문화연구원 소장 「훈남녀가訓男女歌」

위 분류에서 오륜이 중심인 작품은 오륜 항목만으로 이루어진 작품[2]과 오륜 항목에 권학勸學, 경신敬身, 치산治産 등이 다른 항목이 첨가된 작품이 있다. 또한 계녀戒女는 오륜 중심 교훈가사의 '부부유별' 항목이나 『초당문답가』 계열 이본인 「부인잠」, 「용부가」 등과 내용적 관련성이 깊다. 따라서 본고에서는 교훈가사의 중심이라 할 수 있는 오륜가사(1)를 중심으로 교훈가사의 서술 구조와 미학을 살펴보기로 하겠다.

2. 16세기 오륜 윤리의 전파와 오륜시조 창작

유학을 이념으로 표방했던 조선은 건국 초기부터 유가 윤리를 제도뿐만

2 1.五倫 중 오륜 항목만으로 이루어진 작품은 곽시징 「五倫歌」, 이상계 「人日歌」, 고대본 「五倫歌」, 황립 「五倫歌」, 최내현 「農夫歌」, 장편가집 소재 「五倫歌」 등이다.

아니라 생활윤리의 차원에서 확산시키기 위해 노력하였다. 그중에서도 '오륜五倫'은 유가적 질서와 생활윤리의 기본이라는 점에서 특히 강조되었다. 왕실 차원에서는 예조禮曹에서 경기체가 형식의 악장樂章인 「오륜가五倫歌」와 「연형제곡宴兄弟曲」 등을 지어 오륜을 기반으로 현실에 구현된 태평성대와 오륜의 영원성을 노래하였다.[3] 세종 16년(1434)에 『삼강행실도三綱行實圖』와 중종 13년(1518)에 『이륜행실도二倫行實圖』를 편찬하였으며, 이후에 『삼강행실도』는 언해본(1481)과 속편[4]이 편찬되었다. 또한 정조 21년(1797)에는 두 책을 합하여 『오륜행실도五倫行實圖』를 간행·반포하여 민간 교화에 힘썼다.

사회적 차원에서는 조선 초기부터 오륜의 윤리를 담고 있는 『소학小學』을 한양의 사학四學과 각 지역의 향교·서원·서당 등 모든 유학 교육기관에서 필수적인 초학자初學者의 수신서로 다루었을 정도로 중시되었다. 16세기에는 동몽교재童蒙教材인 『동몽선습童蒙先習』(박세무, 16세기)과 『격몽요결擊蒙要訣』(이이, 1577) 등이 민간에서 편찬되었다.[5]

16세기 오륜시조는 지방관이 관할 지역 백성들을 교화시킬 목적으로 창작하였다. 하윤섭은 주세붕이 황해도 관찰사 재임 시절(1549)에 「오륜가」와 정철이 강원도 관찰사 재임 시절(1581)에 지은 「훈민가」는 관할 지역의 모든 백성을 교화할 목적으로 창작된 것으로 보았다. 반면에 송순이 선산부

---

3 하윤섭은 『악장가사』에 실린 「오륜가」는 "고대 중국의 성인들과 그들이 이룩한 태평성대가 조선의 건국과 함께 비로소 구현되었음을 천명·송축"한 악장문학이며, 경기체가 형식의 "완성형 혹은 현재진행형 어법은" 작품에 구현된 "인륜적 질서가 앞으로도 영원히 계속될 것임을 암시하고 있는 것"이라고 하였다. 하윤섭, 「조선조 '五倫' 담론의 계보학적 탐색과 오륜시가의 역사적 전개 양상」, 고려대 박사학위논문, 2012, 51~52면.

4 『續三綱行實圖』(1514), 『東國新續三綱行實圖』(1617).

5 『동몽선습』은 『소학』의 내용 중 五倫의 요체를 간추리고 중국과 우리나라의 역사를 부기한 책이며, 『격몽요결』은 오륜보다는 立志에서 處世에 이르기까지 배움에 임하는 마음가짐과 가정과 지역 공동체 내에서 실천해야할 禮教의 덕목들을 수록한 책이다.

사 재임 시절(1549년경)에 지은 것으로 보이는 「오륜가」는 교훈 대상이 사대부 남성이라는 점에서 관할 지역의 무단 행위로 하층민의 저항을 야기했던 재지 사족의 각성을 촉구한 작품으로 보았다.[6] 교훈 대상의 차이는 있지만, 이 시기에 창작된 교훈시조들은 국가적 차원에서 백성들에게 유가적 질서의 핵심인 오륜의 당위성을 내면화시켜 유가적 질서를 공고히 할 목적으로 창작되었다는 공통점이 있다. 이 작품들이 노래로 향유되었다는 것도 작품 창작의 목적이 이념의 전파와 오륜 윤리의 내면화에 있었음을 의미한다.[7]

3. 『동몽선습』의 체제와 서술 구조 효방效倣

1) 체제의 전범典範 —『동몽선습』

조선 후기 교훈가사 중 오륜가사는 주로 동몽교재인 『동몽선습』의 체제를 따르고 있고, 계녀가류는 『우암선생계녀서』의 체제를 따르고 있다. 계녀가류 가사가 『우암선생계녀서』의 체제와 구성을 따르고 있다는 것은 이미 널리 알려졌기에 본고에서는 오륜가사의 체제를 대상으로 논의를 진행하도록 하겠다.

『소학』과 『동몽선습』은 동몽교육기관, 즉 서당 교과과정의 필수 교과서였다. 서당에서의 동몽교육과정은 『소학』으로 완성되며, 『소학』을 배우기

6 하윤섭, 앞의 논문, 129~138면.

7 노래의 기능에 대해서는 박연호, 「'노래'로서의 「陶山十二曲」 연구」, 『한국시가연구』 42, 한국시가학회, 2017, 123~124면 참조.

위한 선수서先修書는 『천자문千字文』, 『추구推句』, 『유합類合』, 『훈몽자회訓蒙字會』 등의 문자학습서, 『동몽선습童蒙先習』, 『동몽수지童蒙須知』, 『명심보감明心寶鑑』, 『계몽편啟蒙篇』 등의 유학입문서, 『통감通鑑』, 『사략史略』 등의 역사서로 구분된다.

한편 흥미로운 것은 임진왜란 이전까지는 『천자문』 → 『동몽수지』 → 『소학』의 순서로 가르쳤는데, 『동몽선습』이 널리 보급된 임진왜란 이후에는 『천자문』 → 『동몽선습』 → 『소학』의 순서로 가르쳤다는 것이다.[8]

『동몽수지』는 주희(1130~1200)가 편찬한 책으로, 옷차림, 걸음걸이, 청소하기 등 아동의 일상적인 생활 예절을 담고 있는 책이다.[9] 때문에 오륜이 중심인 『소학』과의 내용적 연계성은 약하다.[10] 이에 비해 1541년경 박세무가 편찬한 『동몽선습』은 『소학』의 내용 중 오륜에 관련된 것을 간추렸을 뿐만 아니라 중국과 우리나라의 역사를 요약하여 「총론總論」에 부기함으로써, 『소학』뿐만 아니라 역사서와의 내용적 연계성이 강하여 16세기 말부터 『동몽수지』를 대신하여 동몽교재로 널리 퍼지게 된 것으로 보인다. 특히 영조 18년(1742)에 영조가 서문을 직접 써서 『동몽선습』의 간행, 배포를 권장하자 더욱더 중요한 동몽교재로 자리를 잡은 것으로 보인다.[11]

『동몽선습』은 『소학』[12]의 내용을 간략하게 정리하여 「오륜五倫」과 「총론

8 이상 동몽교육과정에 대해서는 강명숙, 「조선중기 초등교육에 관한 시론적 연구: 교재분석을 중심으로」, 『교육사학연구』 8, 서울대학교 教育史學會, 1998, 121~123면 참조.

9 『동몽수지』는 1.衣服冠屨, 2.言語步趨, 3.灑掃涓潔, 4.讀書寫文字, 5.雜細事宜와 讀書之要로 구성되어 있다.

10 동몽교재로 이이의 『擊蒙要訣』이 있지만 오륜을 중심으로 한 『소학』의 체제와는 다르다. 『격몽요결』은 立志·革舊習·持身·讀書·事親·喪制·祭禮·居家·接人·處世 등 10장의 본문과 책 말미에 부기된 祠堂圖·時祭圖·設饌圖, 祭儀의 出入儀·參禮儀·薦獻儀·古事儀·時祭儀·忌祭儀·墓祭儀·喪服中行祭儀 등으로 구성되어 있다.

11 강명숙, 앞의 논문, 126~128면.

12 『소학』은 「內篇」과 「外篇」으로 구성되어 있다. 「內篇」은 立教·明倫·敬身·稽古로 이루

總論」으로 재구성한 것이다. 오륜은 『소학』의 '명륜明倫'에 해당하는 부분으로, 『소학』에서는 『내측內則』·『예기禮記』·『곡례曲禮』 등의 내용이나 공자, 맹자 등의 어록에 의거하여 구체적인 행동 강령을 제시하는 반면, 『동몽선습』에서는 오륜의 각 항목을 '윤리적 당위성→구체적인 행동 강령→고사故事+어록語錄'의 순서로 서술하였다. 『동몽선습』의 체제는 『소학』「내편內篇」 '명륜'에 「외편外篇」의 가언嘉言과 선행善行을 결합하고, 서두에 윤리적 당위성을 첨가한 것이다. 이와 같은 형식은 『소학』의 내용이 지나치게 세세하고 장황할 뿐만 아니라 조선의 현실에 그대로 적용하기 어려웠기 때문에 핵심적인 내용만을 간추려 담아낸 것이다. 때문에 『동몽선습』 오륜 부분에 제시된 내용은 대부분 『소학』의 내용과 중복된다.

『동몽선습』의 구성은 아래와 같다.

序文			
천지만물 중에 인간이 가장 귀한 이유는 오륜이 있기 때문이다. 맹자가 말한 바, 오상을 모르면 금수이며 오륜을 실천해야 사람이다.			
五倫			
항목	항목의 당위성	행동 강령	증거(故事+語錄)
父子有親	혈연(天性之親)	부모: 生育과 教育 자식: 順從, 孝養, 柔諫	大舜, 孔子曰
君臣有義	尊卑(天地之分)	임금: 施令, 신하: 調元 공동의 목표: 至治	商紂와 比干, 孔子曰

어져 있는데, 立教는 『列女傳』, 『周禮』, 『樂記』 등의 유가의 서적과 孔子나 孟子의 어록을 통해 태교로부터 생애 전반에 걸쳐 교육해야 할 덕목들을 총괄한 부분이다. 明倫은 五倫을 담고 있으며, 敬身은 마음가짐(心術之要)과 몸가짐(威儀之則), 의복(衣服之制)과 음식(飮食之節) 등 일상생활에 관한 내용을 담고 있다. 그리고 稽古는 옛일을 상고한 것으로, 立教·明倫·敬身과 관련된 虞·夏·商·周 시대의 성현들의 행적을 예시한 부분이다. 「外篇」은 嘉言과 善行으로 구성되어 있으며, 立教·明倫·敬身의 구체적인 예로 漢代 이래로 어진 사람들의 어록(嘉言)과 행실(善行)을 정리한 것이다.

<table>
<tr><td>夫婦有別</td><td colspan="2">結合(二姓之合, 生民之始, 萬福之原)</td><td>不取同姓, 辨內外
남편: 莊重, 御以道, 帥婦敬身
부인: 柔順, 事以義, 承夫敬身</td><td>郤缺, 子思曰</td></tr>
<tr><td>長幼有序</td><td colspan="2">上下(宗族, 鄕黨)</td><td>長慈 幼敬, 侮少陵長之弊, 兄弟友愛</td><td>司馬光 伯康 형제 孟子曰</td></tr>
<tr><td>朋友有信</td><td colspan="2">損益友, 友德</td><td>友端人 友勝己, 責善, 善道</td><td>晏子, 孔子曰</td></tr>
<tr><td colspan="5">總論</td></tr>
<tr><td>序文</td><td colspan="4">오륜의 중요성과 孝行 → 不孝行(敬身) → 勸學</td></tr>
<tr><td rowspan="2">代要義</td><td>中國</td><td colspan="3">天地開闢 → 太古 → 三皇 → 五帝 → 夏商周 → 春秋時代 → 戰國時代 → 漢 → 三國時代 → 唐 → 宋 → 元 → 明 → 평가</td></tr>
<tr><td>東方</td><td colspan="3">(古)朝鮮 → 三韓 → 三國時代 → 高麗 → 朝鮮</td></tr>
</table>

이상 『동몽선습』의 체제 및 구성과 관련하여 첫 번째 주목되는 부분은 '총론'의 서문 부분이다.

이 다섯 가지는 천서天敍의 전범이며 인리人理에 본래부터 있던 것이다. 사람의 행실은 이 다섯 가지에서 벗어나지 않지만 오직 효는 모든 행실의 근원이 된다. 이런 까닭에 효자의 어버이 섬김은 닭이 처음 울면 양치질과 세수를 하고 …(중략)… 함께 기거할 때는 공경을 극진하게 하고, 봉양할 때는 즐거움을 극진하게 하며, 병환이 계시면 걱정을 극진히 하고, 돌아가시면 슬픔을 극진히 하며, 제사는 엄숙함을 극진히 한다.(오륜과 효의 중요성과 행동강령)[13]

사람의 자식으로 불효는 다음과 같다. 그 부모를 사랑하지 않고 남을 사랑하며, 부모를 공경하지 않으면서 남을 공경하고, 사지를 게으르게 하여 부모 봉양을 돌보지 않으며, 바둑 · 장기 · 술마시기를 좋아하여 부모 봉양을 돌보

13 此五品者 天敍之典而人理之所固有者 人之行 不外乎五者而唯孝爲百行之源 是以 孝子之事親也 鷄初鳴 咸盥手 …(중략)… 居則致其敬 養則致其樂 病則致其憂 喪則致其哀 祭則致其嚴.

지 않고, 재물을 좋아하고 처자만을 편애하여 부모봉양을 돌보지 않고, 귀와 눈에 좋은 것만을 추구하여 부모를 욕되게 하며, 용맹함을 좋아하고 사납게 싸워 부모를 위태롭게 한다.(불효=敬身)[14]

나면서부터 아는 자가 아니면 반드시 배움과 물음에 의거하여 그것을 아니, 배우고 묻는 도는 다른 것이 아니라 고금과 사리를 통달하고자 하고 그것을 마음에 보존하며 몸에 체화시키는 것이니, 가히 배우고 묻는 노력에 힘쓰지 않겠는가? 이에 그 역대의 긴요한 의를 간추려 다음에 적는다.(권학)[15]

위에 제시된바, '총론'의 서문 부분은 오륜의 중요성과 효행孝行 + 불효행不孝行(敬身) + 권학勸學으로 구성되어 있다. 주목되는 것은 16세기까지의 오륜시조는 오륜 항목만으로 구성되어 있는데, 17세기 교훈시조는 오륜 항목에 『동몽선습』 서문의 항목이 추가된다는 점이다. 대표적인 예가 박선장의 「오륜가」와 김상용의 「훈계자손가」이다.

(1) 『동몽선습』 체제의 효방效倣 — 17세기 교훈시조

16세기까지는 주로 이념의 전파를 위해 창작되었던 교훈시조는 17세기로 넘어오면 작품 창작의 목적이 국가적인 차원의 '민民'에 대한 포괄적 교화에서 향촌사회나 가문 구성원에 대한 교화로 교화의 대상이 구체화된다. 가문 구성원에 대한 훈도는 가문 의식 강화의 일환으로 이루어졌는데, 가

14 若夫人子之不孝也 不愛其親而愛他人 不敬其親而敬他人 惰其四肢不顧父母之養 博奕好飮酒 不顧父母之養 好貨財 私妻子 不顧父母之養 從耳目之好 以爲父母戮 好勇鬪狠 以危父母.

15 自非生知者 必資學問而知之 學問之道無他 將欲通古今達事理 存之於心 體之於身 可不勉其學問之力哉 玆用摭其歷代要義 書之于左.

문 의식은 이 시기부터 시작된 부계혈족을 중심으로 한 종법제의 정착과 관련이 있다.[16] 즉 종법적 질서의 확립은 17세기 교훈시조 창작의 중요한 목적 중 하나였다고 할 수 있다. 또한 오륜 항목을 넘어 권학勸學과 향촌 내에서의 처신을 다룬 경신敬身이 거의 모든 작품에서 새로운 교훈 항목으로 등장한다. 이는 향촌 사회 내에서의 가문의 안녕과 번영의 기반이 된다는 점에서 강조된 것이라 할 수 있다. 따라서 이 시기 교훈시조는 종법질서의 당위성 내면화 및 가문의 안녕과 번영이라는 복합적인 의도를 담고 있다고 할 수 있다.

박선장朴善長(1555~1616)의 「오륜가」는 서당의 몽사蒙士들뿐만 아니라 향촌 사회의 구성원들을 교화할 목적으로 창작되었다. 이 작품은 오륜 항목 5편과 '난亂' 3편(三章之亂)으로 구성되어 있는데, '난亂'은 오륜의 중요성[17]과 더불어 경신敬身[18]과 권학勸學[19]에 관련된 내용을 담고 있어, 『동몽선습』 「총론總論」 서문의 내용과 동일함을 알 수 있다.

한편 선원仙源 김상용金尙容(1561~1637)은 만년에 오륜 항목을 노래한 「오륜가五倫歌」 5수와 더불어 자손들을 훈계하기 위해 「훈계자손가訓戒子孫歌」 9수를 지었다. 주목되는 작품은 총 9편으로 이루어진 「훈계자손가」이다. 첫 번째 작품[20]은 효를 다하라는 내용으로, 「훈계자손가」의 서문에 해당한다. (2)~(8)은 모두 경신敬身에 관련된 내용으로, (3)에서는 이를 "언충신言忠信

16 하윤섭, 앞의 논문, 163~176면 참조.

17 唐虞 머러디고 漢唐宋이 니어시니 / 天地 오라거니 世道 아니 變ᄒᆞᆯ너냐 / 그려도 닐곱 구모 가자시니 五倫이야 모ᄅᆞ랴(亂1, 수서.0006).

18 이우즐 미이디 마라 이웃 미오면 갈 듸 업서 / 一鄕이 ᄇᆞ리고 一國이 다 ᄇᆞ리리 / 百年도 못 살 人生이 그러그러 엇데리(亂3. 수서.0008).

19 옷밥이 不足ᄒᆞ니 禮義 ᄎᆞ리 겨를 업셔 / 家塾 黨序올 不關이 너기ᄂᆞ냐 / 그려도 보고 들으면 ᄇᆡ호 리 이시리.(亂2. 수서.0007).

20 이바 아희들아 내 말 드러 ᄇᆡ화ᄉᆞ라 / 어버이 孝道ᄒᆞ고 어룬을 恭敬ᄒᆞ야 / 一生의 孝悌를 닷가 어딘 일홈 어더라(1).

행독경行篤敬"이라는 말로 요약하였다.[21] 특히 (4)와 (5)는 『동몽선습』 '총론' 서문에 제시된 '용맹함을 좋아하여 사납게 싸움(好勇鬪狠)'과 관련된 내용이다. 그리고 (9)에서는 『동몽선습』 '총론' 서문에 제시된 효자의 행위와 권학勸學에 관한 내용을 담고 있다.[22] 따라서 이 작품도 경신敬身에 많은 비중이 두어져 있지만, '서문 + 효행 + 경신 + 권학'으로 이루어진 『동몽선습』 총론 서문의 구성을 따르고 있음을 알 수 있다. 이와 같은 체제는 교훈가사의 기본 체제이기도 하다.

---

21 ᄂᆞᆷ의 말 니ᄅᆞ디 말고 내 몸을 ᄉᆞᆯ펴보아 / 허믈을 고티고 어딘 ᄃᆡ 올마ᄉᆞ라 / 내 몸의 온갓 흉 이시면 ᄂᆞᆷ의 말을 니ᄅᆞ랴(2).

사ᄅᆞᆷ이 되여 이셔 용ᄒᆞᆫ 길로 ᄃᆞᆫ녀ᄉᆞ라 / 言忠信 行篤敬을 念慮의 닛디 마라 / 내 몸이 용티곳 아니면 洞內옌들 ᄃᆞᆫ니랴(3)
말을 삼가ᄒᆞ여 怒호온 제 더 ᄎᆞᆷ아라 / ᄒᆞᆫ 번을 失言ᄒᆞ면 一生의 뉘웃브뇨 / 이 中의 조심ᄒᆞᆯ 거시 말ᄉᆞᆷ인가 ᄒᆞ노라(4) — 싸움(경신)

ᄂᆞᆷ과 ᄲᆞ홈 마라 ᄲᆞ홈이 害 만흐뇨 / 크면 官訟이오 젹으면 羞辱이라 / 무ᄉᆞ 일 내 몸을 그ᄅᆞᆺ ᄃᆞᆫ녀 父母羞辱 먹이리(5) — 싸움(경신)

그른 일 몰나 ᄒᆞ고 뉘우처 다시 마라 / 알고도 ᄯᅩ ᄒᆞ면 내죵내 그ᄅᆞ리라 / 眞實로 허믈곳 곳티면 어딘 사ᄅᆞᆷ 되리라(6) — 경신

貧賤을 슬허 말고 富貴를 블워 마라 / 人爵곳 닷그면 天爵이 오ᄂᆞ니라 / 萬事를 하ᄂᆞᆯ만 밋고 어딘 일만 ᄒᆞ여라(7) — 守分

慾心 난다 ᄒᆞ고 못ᄡᅳᆯ 일 ᄒᆞ디 마라 / 나ᄂᆞᆫ 니저셔도 ᄂᆞᆷ이 樣子 보ᄂᆞ니라 / ᄒᆞᆫ 번을 惡名을 어드면 어ᄂᆞ 믈노 시ᄉᆞ리(8) — 경신(욕심)

22 일 니러 洗手ᄒᆞ고 父母긔 問安ᄒᆞ고 / 左右의 뫼와 이셔 恭敬ᄒᆞ야 셤기오ᄃᆡ / 餘暇의 글 ᄇᆡ화 닑어 못 밋출ᄃᆞᆺ ᄒᆞ여라(9).

(2) 『동몽선습』 체제의 확대 — 조선 후기 교훈가사

18세기에 창작된 교훈가사는 곽시징郭始徵(1644~1713)의 「오륜가五倫歌」(18세기 초반), 「권선징악가勸善懲惡歌」(1708), 정치업丁致業(1692~1768)은 「경몽가警蒙歌」 등이 있다. 이 중 곽시징의 「오륜가」는 오륜 항목만으로 이루어져 있으며, 「권선징악가」는 '효'에만 초점이 맞추어져 있다. 반면에 정치업의 「경몽가」는 『동몽선습』의 체제를 충실하게 본받고 있다.

분류	제목
서사	論天地理氣及三才分位, 論人倫
五倫	言父子有親, 言君臣有義, 言夫婦有別—附兄友弟恭, 言長幼有序—附師弟之分, 言朋友有信
道統	道統張本, 道統傳授—附東國淵源
勸學	論文學之本, 言不學之弊
敬身	論行身處事, 論酒色之害

위 구성은 서사 + 오륜 항목 + 총론(도통 + 권학 + 경신)으로 다시 정리할 수 있으며, 이는 내용과 체제 면에서 『동몽선습』과 동일함을 알 수 있다. 다른 점이 있다면 '권학勸學'과 '경신敬身'을 독립시켰으며, 권학에 '언불학지폐言不學之弊'가 추가되었다는 점이다. 또한 『동몽선습』 총론의 내용 중 '호음주好飮酒'가 「논주색지해論酒色之害」로 특별히 강조되었다는 점이다.

「경몽가」의 오륜 항목은 『동몽선습』을 본받으면서도 내용은 개인적 처지나 시대에 따라 변이, 확대되었음을 확인할 수 있다.

첫 번째 예가 「부부유별夫婦有別」에 형우제공兄友弟恭이 부기되어 있는 것이다. 「부부유별」은 '생민지시生民之始 만복원萬福源'이라는 전통적 인식과 더불어 후사를 잇지 못하는 것과 '가인지리기부인家人之離起婦人', 즉 가문 구성원의 사이가 멀어지는 것은 부인 때문이라는 내용이 새롭게 강조되었다.[23]

계후繼後와 가문 구성원의 결속은 18세기부터 종법제적宗法制的 질서의 확립을 위해 강조된 내용으로, 가문의 결속이 부인에 의해 결정된다는 인식이 반영된 것이다. 「형우제공兄友弟恭」은 『맹자孟子』의 구절[24]을 인용하여 형제간에 화목하려면 '형우과처刑于寡妻'로부터 시작해야 한다는 말로 시작하였다. '형우과처'라는 말은 아내에게 본보기가 된다는 의미이지만, 「경몽가警蒙歌」[25]에서는 '가인지리기부인家人之離起婦人'이라는 언급으로 볼 때, 부인을 올바른 길로 인도해야 한다는 의미로 사용된 것으로 보인다.

「장유유서長幼有序」에는 「사제지분의師弟之分義」가 부기되어 있는데, 여기에서는 이학선생理學先生과 구두선생句讀先生을 차별하는 세태를 비판하였다. 스승을 그 자체로 존경하지 않고 개인적 영달[科業]과 관련시켜 차별하는 상황을 비판한 것이다. 즉 체제는 『동몽선습』을 계승하면서도 내용은 당대의 상황과 작가의 의도에 따라 다양화된 것이다. 이런 특성은 도통道統을 다룬 제3절에서도 나타난다.

제3절은 『동몽선습』 「총론」 '역대요의歷代要義'에 해당하는 부분이다. 제3절 「도통전수道統傳授」는 「도통장본道統張本」이 서문 격으로 배치되어 있으며, 성인의 덕과 교화를 알릴 목적으로 제3절을 쓴다고 하였다.[26]

『동몽선습』 「총론」 '역대요의'에서는 중국과 우리나라의 역사를 서술하였는데, 「경몽가」의 「도통전수」는 복희씨伏羲氏의 팔괘八卦로부터 주희朱熹에 이르는 중국의 성리학의 도학道學이 전수되는 과정[27]을 서술하였고, 「부동국연원附東國淵源」에서는 정몽주鄭夢周부터 이황李滉과 이이李珥, 김장생金

23 不孝의 第一条件 無後爲大 닐너ᄂᆞ니 / 家人之離起婦人은 녯사ᄅᆞᆷ 날 소길가. 「警蒙歌」
24 詩云 刑于寡妻 至于兄弟 以御于家邦. 『孟子』 「梁惠王上」
25 刑于寡妻 ᄒᆞᆯ쟉시면 弟兄間의 和睦ᄒᆞᆯ이. 「警蒙歌」
26 슬프다 世上 ᄉᆞᄅᆞᆷ 過化存神 알니 업ᄂᆡ. 「警蒙歌」
27 上古聖賢 혜여보소 道學傳授 ᄎᆞ례인ᄂᆡ. 「警蒙歌」

長生 등에 이르는 우리나라의 성리학의 도통을 서술하였다.

배이도裵爾度(1706~1786)의 「훈가이담訓家俚談」(1871년경)의 체제는 아래와 같다.

분류	제목
서사	祖孫
五倫	父子+君臣+夫婦+兄弟+朋友
總論	順天性務和睦
敬身	正其心潔具行, 守天命隨其分, 忍人過愼吾身, 勿害人救患亂
勸學	勤詩書潤其身
治産	操其心兌飢寒, 務農桑潤其屋

「훈가이담」은 『동몽선습』의 체제인 '서문 + 오륜 항목 + 총론 + 경신 + 권학'에 '치산治産'이 첨가된 것이라 할 수 있다. 총론에 해당하는 항목인 '순천성무화목順天性務和睦'은 총론의 서문에 해당하는 것으로, 오륜의 중요성과 친족 간의 화목을 강조하였다. 경신敬身에 해당하는 항목에서는 마음가짐과 행동거지를 바르게 할 것(正其心潔具行)과 물욕物慾에 대한 경계(守天命隨其分), 기주嗜酒, 호색好色, 경거망동輕擧妄動, 망언妄言과 실언失言 등에 대한 경계(忍人過愼吾身), 음해陰害에 대한 경계와 환란상구患亂相求(勿害人救患亂) 등을 서술하였다. 이상 경신에 해당하는 항목들은 가정의 안정과 지역공동체 구성원들과의 갈등을 방지하기 위한 행동거지라 할 수 있다.

18세기 교훈가사에서 주목되는 것은 '치산治産'에 대한 강조이며, 치산의 중요성이 권학과 연계되어 있다는 점이다. 『동몽선습』 총론[28]과 17세기 교훈시조[29]에서는 학문의 필요성을 오륜의 중요성을 마음에 새기고 체화시

28 存之於心 體之於身.

29 옷밥이 不足ᄒᆞ니 禮義 ᄎᆞ리 겨를 업셔 / 家塾 黨序올 不關이 너기ᄂᆞ냐 / 그려도 보고 들으면 비호 리 이시리. (박선장 「오륜가」, 亂2. 수서.0007)

키는 데 두고 있다. 그런데 18세기 교훈가사에서는 권학의 목적을 입신양명立身揚名이나 가문의 위상 회복에 두고 있다.[30] 특히 「경몽가」에서는 사족으로서의 위상 상실의 원인을 불학과 가난에 두고 있다.[31] 「경몽가」 전체에서 오직 이 부분만이 구체적인 상황 묘사로 서술되어 있어, 이 작품이 사족의 위상을 지키기 위해 학문적 소양과 치산을 중시했음을 알 수 있다. 「훈가이담」 '조기심태기한操其心兌飢寒',[32] '무농상윤기옥務農桑潤其屋'[33]에는 이 부

일 니러 洗手ᄒᆞ고 父母긔 問安ᄒᆞ고 / 左右의 뫼와 이셔 恭敬ᄒᆞ야 셤기오ᄃᆡ / 餘暇의 글 ᄇᆡ화 닑어 못 밋출ᄃᆞᆺ ᄒᆞ여라. (김상용, 「훈계자손가」 9)

30 輕裝貴寶 求ᄒᆞᆯ진ᄃᆡ 文學밧긔 또 잇ᄂᆞᆫ가 / 手不釋卷 勤讀ᄒᆞ야 文章을 일워내면 / 一村肝腸에 萬古를 담아두고 / 丹桂樹 ᄒᆞᆫ 가지를 少年에 것거 꼿고 / 天門 九重에 文翰으로 울리면서. 「警蒙歌」(論文學之本)

通史 諸家集을 仔細이 외와내여 / 九曲 寸腸의 萬古를 여허 두고 / 經傳律詩 誦讀ᄒᆞ여 聖賢君子 法 바다셔 / …(중략)… / 天佑神助 僥倖으로 龍門榜의 參與ᄒᆞ면 / 榮光祖宗 긔 아닌가 業垂後裔 뉘 마그리 / 門中一人 貴히 되면 內外三族 싈히ᄂᆞ니 / ᄇᆞ라노니 後生들아 글工夫 힘써스라. 「訓家俚談」(勤詩書潤其身)

31 暖衣飽食 글 못ᄒᆞᆫ 놈 擧動을 살펴보소 / 人物이 不足ᄒᆞ며 衣冠이 藍縷턴가 / 乘肥馬 衣輕裘에 ᄂᆞᆷᄒᆞᆫᄃᆡ ᄂᆡ다라니 / 쳐엄에 逢迎ᄒᆞᆯ 제 禮貌 차려 待接다가 / 二三言 지낸 後의 無識이 졀로 나니 / ᄊᆞ던 ᄆᆞᆷ 편히 ᄋᆞᆫ자 睨視ᄒᆞ고 酬應ᄒᆞᄂᆡ / 常常의 아ᄂᆞᆫ 親舊 外面人事 ᄲᆞᆫ이로다 / 彬彬ᄒᆞᆫ 文士드리 濟濟히 모다 안자 / 詩書 百家語ᄅᆞᆯ 問答ᄒᆞ야 討論ᄒᆞᆯ 제 / 眞實로 可憐ᄒᆞ다 ᄒᆞᆫ 구셕의 혼자 안자 / ᄂᆞᆷᄒᆞᄂᆞᆫ 말 모라거든 무ᄉᆞᆫ 말 역글쏘냐 / 그중의 간ᄋᆞᆫᄒᆞᆫ 놈 더욱 ᄒᆞᄂᆞ 쁠 ᄃᆡ 업다 / 집신감발 헌 道服의 근 ᄃᆡ마다 取笑로다 / 優遊度日 그렁저렁 少年須臾 지ᄂᆡ치면 / 늙게야 셜워ᄒᆞᆫ들 悔噬臍而 莫及이다 / 너희도 이ᄅᆞᆯ 보아 어려서 힘써스라. 「警蒙歌」(言不學之弊)

32 글 못ᄒᆞ고 게을러셔 放蕩客이 된 然後의 / 治産의ᄂᆞᆫ 쓰지 업고 農事 붓치 내 몰내라 / 花柳俠客 손거러셔 美酒佳肴 외자내어 / 秋月春風 景 죠흔ᄃᆡ 살아가며 노니다가 / 날 점그러 花房이오 ᄒᆡ 도드면 酒肆로다 / 如流歲月 수이 가니 제 持物리 긔 언매리 / 若干祖業 다 판 後의 寒暑衣食 간 ᄃᆡ 업다 / 飢寒을 못이긔여 廉恥를 모를 제면 / 族黨이 疾視ᄒᆞ고 隣人이 賤待ᄒᆞᆫ다 / 朋友도 絶交ᄒᆞ고 奴屬도 叛黨ᄒᆞ니 / 衣裳이 濫縷ᄒᆞ고 形容이 枯槁ᄒᆞ면 / 올흔 말도 외다 ᄒᆞ고 바른 일도 굽다ᄒᆞᄂᆡ / 兒童들은 慢戲ᄒᆞ고 街上人은 빙쇼ᄒᆞᆫ다. 「訓家俚談」(操其心兌飢寒)

33 衣食이 有餘ᄒᆞ니 禮節이 절노 나셔 / 奉祭養親 극진ᄒᆞ고 有無相資 ᄒᆞ노매라 / 吉凶事를 厚히 뭇고 貧窮人을 周給ᄒᆞ니 / 無情터니 有情ᄒᆞ고 不親터니 强親ᄒᆞ여 / 잇ᄂᆞᆫ 험을 무대가며 업ᄂᆞᆫ 人事 도로 낸다 / 사ᄅᆞᆷ마다 붓자바셔 간 ᄃᆡ마다 위앗ᄂᆞ니 / 世情從富 不從貧은

분이 더 강조되어 있다. 당대의 세태가 "세정종부世情從富 부종빈不從貧", "염량炎凉보는 말속末俗"이기 때문에 불학과 경제적 몰락은 사족으로서의 계급적 위상까지 상실하게 만드는 상황을 경계하였다. 이런 측면에서 권학과 치산을 강조하는 양상은 19세기로 갈수록 강화된다.

19세기를 대표하는 교훈가사는 『초당문답가草堂問答歌』이다. 이본에 따라 차이가 있지만, 『초당문답가』는 「백발편」, 「개몽편」, 「역대편」, 「지기편」, 「오륜편」, 「사군편」, 「부부편(부인잠)」, 「장유편」, 「붕우편」, 「총론편」, 「우부편」, 「용부편」, 「경신편」, 「치산편」, 「낙지편」 등으로 구성되어 있다. 그런데 '초당문답' 계열 중 초기 이본인 이기원李基遠(1809~1890)의 『오륜행록五倫行錄』(1860년경)은 「부자편」, 「사군편」, 「부부편」, 「부인잠」, 「장유편」, 「총론」, 「우부편」, 「용부편」, 「치산편」으로 이루어져 있다. 또한 비슷한 시기에 필사된 것으로 보이는 『낙지편樂志篇』(1900년 이전)은 「오륜편」, 「경신편」, 「치산편」, 「사군편」, 「부부편」, 「부인잠」, 「장유편」, 「총론장」, 「백발편」, 「개몽편」, 「우부편」, 「용부편」, 「낙지편」으로 구성되어 있다.

「부자편」이나 「오륜편」은 오륜의 중요성 및 부자유친 항목을 담고 있다는 점에서[34] 『동몽선습』 '서문+부자유친'에 해당한다. 「총론(장)」은 미물의 예를 들어 오륜 항목의 당위성을 다시 한번 강조한 것이라는 점에서 오륜 항목에 포함된다.

한편 「백발편」은 학문을 멀리하고 주색에 빠져 인생을 망친 노인의 회한

녜로부터 닐러거든 / 炎凉보는 末俗이야 더욱 일너 무슴ᄒᆞ리 / 너희ᄂᆞᆫ 이를 ᄉᆞᆯ펴 懶農廢業 마라스라 / 家産 ᄒᆞᆫ 번 기운 後면 다시 닐기 어려오니 / 春夏秋冬 放心 말고 晝耕夜讀 힘ᄡᅥᄒᆞ여 / 일흔 天性 ᄎᆞ자오고 잇던 飢寒 물니쳐라. 「訓家俚談」(務農桑潤其屋)

34 어와 세상 ᄉᆞ름들아 이 ᄂᆡ 말솜 들어 보소 / 天地之間 萬物 中에 人生世間 더욱 貴타 / 仁義禮智 性品 타셔 ᄉᆞ름마다 가져것만 / 物慾이 交弊ᄒᆞ여 제 性品이 몃몃치며 / 三綱五倫 八條目을 ᄃᆡ강 푸러 말ᄒᆞ리라 / 이 ᄂᆡ 몸이 어ᄃᆡ셔 ᄂᆞᆫ노 父子有親 웃듬이라.

을 통해 권학과 경신의 중요성을 일깨우는 작품이며, 「개몽편」은 노인의 가르침에 대한 젊은이의 반발이다. 그리고 「우부편」과 「용부편」은 구체적인 인물 형상을 통해 오륜과 경신, 치산 등의 가르침을 따르지 않았다가 비참한 말로를 그린 작품이다. 이상의 인물들은 18세기 정치업의 「경몽가」나 배이도의 「훈가이담」에 제시된 인물들에서 부정적인 행태가 좀 더 확장된 형태라 할 수 있다.

이기원의 『오륜행록』과 『낙지편』은 부정적인 인물을 예시한 작품을 제외하면 '서문 + 오륜 항목 + 치산'으로 구성되었음을 알 수 있다. 이후의 이본들은 여기에 「역대편」, 「지기편」, 「경신편」을 추가한 것이라 할 수 있다.[35] 특히 「역대편」은 『동몽선습』 「총론」 '역대요의'를 그대로 수용한 작품으로, 전반부에서는 "천지조판天地肇判" 이후 삼황오제三皇五帝를 거쳐 명나라의 멸망에 이르기까지의 역사를 서술하였고 후반부에서는 난군檀君부터 조선 건국까지의 우리나라 역사를 간략하게 서술하고 있다. 다른 점은 역대 사적 부분이 좀 더 자세하게 설명된 것, 「역대편」은 19세기에 창작된 작품이기 때문에 명나라의 멸망과 조선에는 여전히 중화의 유풍이 남아있음을 서술한 것,[36] 조선 건국 바로 뒤에 중원中原 회복의 염원으로 마무리하고 있는 것[37] 등이다.

따라서 「역대편」과 「경신편」을 추가한 이본은 『동몽선습』의 체제에 더욱 가까워졌다고 할 수 있다.

35 이상 '초당문답' 계열의 이본 형성과정에 대해서는 박연호, 앞의 책, 109~119면 참조.

36 大明이 中興ᄒᆞᄉᆞ 聖子神孫 나 계시니 禮樂이 다시 발고 文物이 彬彬터니 슬푸다 天時런가 夷賊이 ᄯᅩ 盛ᄒᆞ여 靈告塔 ᄒᆞᆫ 壯士가 削髮을 시계스나 海東有名 朝鮮國은 衣冠이 依舊ᄒᆞ다. 「歷代篇」

37 우리도 언제나 聖主를 뫼시고 中原을 回復ᄒᆞ고 立身揚名 ᄒᆞ여볼가. 「歷代篇」

2) 각 편 서술 구조의 효방

『동몽선습』을 모범으로 만들어진 교훈가사의 전형성은 체제뿐만 아니라 각편의 서술 구조에서도 나타난다. 앞 표에 제시된 바, 『동몽선습』의 서술 구조는 '항목의 당위성 + 행동강령 + 증거'의 순서로 서술되어 있다. 이는 교훈가사의 서술 구조에 그대로 반영되어 있다.

① 부자는 쳔륜이라 지셩으로 이육알 제 / 부ᄉᆡᆼ모육ᄒᆞ여 자녀을 길러ᄂᆡ니 / 귀흠도 긔지읍고 사랑도 ᄉᆞ양 읍셔 / 항여 어디 닷칠셔라 치울넌가 곱풀넌가 / 수고너 고사ᄒᆞ고 염여가 긔지업셔 …(중략)… ② 계쵸명의 이러나셔 의관을 증졔ᄒᆞ고 / 고당의 드러가셔 밤ᄉᆡ이 문안ᄒᆞ고 / 황혼이 되엿거든 침식을 살펴보고 / 나지도 멀이 말고 실ᄒᆞ의 뫼서 잇셔 …(중략)… 부모만셰 당ᄒᆞ오면 망극ᄋᆡ통 쳘쳔ᄒᆞ여 / 례절 장ᄉᆞᄒᆞ고 지셩으로 봉사ᄒᆞ고 / 효양이 극진ᄒᆞ며 뉘우쳠이 업ᄂᆞ니라 …(중략)… ③ **근셰의 몹쓸 인물** 부자천륜 모로고셔 / 졔 스사로 난 체ᄒᆞ고 졔 절노 큰 체ᄒᆞ여 / 부모은덕 모로고셔 졔 몸만 즁이 알며 / 졔 몸의 의식지절 먹고 입기 풍비ᄒᆞ되 / 부모의계 하올 거슨 등한이 이져시니 / 부모의 훈계 ᄎᆡᆨ망 ᄃᆡ답의 블슌ᄒᆞ여 / ᄒᆡᆼᄀᆡᆨ갓치 ᄃᆡ졉ᄒᆞ니 륜긔가 물너진다 …(중략)… ④ 말 못한ᄂᆞᆫ 가마귀도 반포할 쥴 아라거든 / 사람이라 위명ᄒᆞ고 미물만도 못하여라 / ⑤ 부모의계 득죄ᄒᆞ고 세상의 엇지 용납ᄒᆞ리 / 명쳔이 미워ᄒᆞᄉᆞ 앙화가 일노 나니 / 그 아니 두려우며 젼들 어이 죠흘숀가

— 곽시징, 「오륜가」, 부자유친

① 부ᄌᆞ 말삼 드러보소 / 부ᄌᆞ의 친ᄒᆞᆫ 의ᄂᆞᆫ 쳔셩으로 말무야마 / 쳔륜에 지즁인정 오륜의 웃듬되니 그 안니 즁ᄒᆞ던가 …(중략)… ᄒᆞ날 갓ᄐᆞᆫ 우리 모친 / 이 ᄂᆡ 몸을 복즁 안의 삼ᄇᆡᆨ일 길너 ᄂᆡ여 / 츌입귀거 ᄒᆞ실 적의 그 근심

얻더시며 …(중략)… ② **얻더흔 집 불효즈식** 부모불효거동 보소 / 부모 분부 흐신 말삼 제 마음의 불흡흐면 / 광담픽셜 험흔 말리 부모 마음 촉노흐여 …(중략)… ③ 엇던 집은 풍속 조와 저 효즈의 거동 보소 / 부모시측 공경흐여 써날 날리 전혀 업시 / 부모양친 침실소의 황혼이면 온돌흐고 …(중략)… ④ 츌천지 듸효 증즈님은 만고에 졔일일네 셰 발 가진 가마귀가 갓 우의 모엿스니 효즈 샹셔 긔이흐고 / 삼동풍셜 찬 싸 우의 셜이 우는 저 효즈는 / 지셩감천 천지 죠화 일척 잉어 술진 고기 어름 박긔 쒸여는니 / 왕샹갓튼 쳔고 효즈 그도 쏘흔 장컨니와 …(중략)… ④' 황운셩샹 기픈 밤의 슬피우는 저 가마귀 / 반포 정셩 간절흐다 / ⑤ 우리는 스름으로서 / 저 즘싕만 못 흘손야 죠심흐소 죠심흐소

— 고대본「오륜가」, 부즈 말삼

① 하날갓튼 우리 父母 生育之恩 生覺흐니 / 十朔胎育 操心흐며 三年養育 苦生흘 제 …(중략)… ② 父母奉養흐는 法은 承順흐기 爲主흐고 / 供饋도 흐란이와 마음 뜻을 편케 흐며 …(중략)… ⑤ 슬푸다 아희들아 本心을 일치 마쇼

—『초당문답』「부자편父子篇」

④ 슬푸다 져 즘싕은 오히려 긔특흐다 / 욕심 만흔 가마귀는 저 먹을 쥴 모르고 / 父母功을 報恩흐니 그 아니 긔특흐며 / 虎狼갓튼 모진 즘싱 식기 둔 골 두남두고 / 졔 子息을 스랑흐니 父慈子孝 갸록흐다

—『초당문답』「총론장摠論章」

가장 이른 시기에 창작된 교훈가사인 곽시징郭始徵(1644~1713)의「오륜가」(18세기 초반)는 ① 항목의 당위성과 중요성(父生母育之恩) + ② 행동강령 + ③ 부정적 인물 형상(장면화) + ④ 미물과의 비교(미물고사) + ⑤ 수용자의 각성 촉구

등의 순서로 전개된다.

19세기에 창작된 고대본 「오륜가」도 ① 항목의 당위성과 중요성(父生母育之恩) + ② 부정적 인물 형상(장면화) + ③ 긍정적 인물 형상(장면화) + 고사故事(④ 인물고사, ④' 미물고사)와 일화逸話(장면화) + ⑤ 수용자의 윤리수행 촉구의 순서로 되어 있다. 19세기 중 후반에 창작된 『초당문답가』의 오륜 항목은 '① 부자유친의 당위성과 중요성(父生母育之恩) + ② 행동강령 + ③ 수용자의 각성 촉구'로 구성되어 있으며, ④ 각 항목의 미물고사는 「총론장摠論章」에 모아 놓았다.

이와 같은 서술 구조는 『동몽선습』 오륜 항목의 서술 구조(항목의 당위성 + 행동강령 + 증거)를 바탕으로 하고 있다. 작품에 따라 행동강령이 효자의 인물형상으로 대치되거나, 불효자의 형상이 첨가되기도 하고, 증거로 제시되는 고사(인물, 미물)의 차이 등이 나타날 뿐, 전체적인 서술 구조는 대동소이하다.[38]

4. 인물군상人物群像 — 전형典型의 창출과 추醜의 미학

앞서 살핀바, 교훈가사는 『소학』, 『동몽선습』, 『우암선생계녀서尤庵先生戒女書』 등의 교훈서를 바탕으로 창작되었다. 주희에 의해 편찬된 『소학』뿐만 아니라, 『소학』의 오륜과 관련된 내용을 간추리고 '역대요의'를 첨가한 『동몽선습』은 필수적인 동몽교재로 채택되고, 1742년에 영조가 직접 서문을 써서 간행, 반포하면서 18세기 중반 이후에는 『소학』에 버금가는 권위를

38 정치업의 「경몽가」는 항목의 당위성은 제시되어 있지 않고, '윤리수행의 촉구 + 행동강령(생전) + 미물고사 + 행동강령(사후)'의 순서로 서술되어 있는데, 이는 예외적인 경우라 할 수 있다.

획득하였다. 『우암선생계녀서』도 주희의 『소학小學』과 『주자가훈朱子家訓』, 명대明代의 『내훈內訓』, 『여훈女訓』[39] 등을 바탕으로 만들어진 교훈서라는 점에서 권위가 보장되었다. 교훈서에 부여된 권위는 진리성과 완전성에 대한 믿음에 기반을 둔다. 교훈가사의 작가가 추구하는 핵심적 가치 또한 진리성과 완전성이며, 그것을 보장받기 위해 교훈서를 전범으로 삼은 것이다.

교훈가사가 진리성과 완전성만을 추구했다면 교훈서와 다를 것이 없다. 교훈서는 이념에 기반을 둔 바람직한 행동양식이나 가치관을 인식론의 차원에서 내면화시키는 것을 지향한다. 반면에 교훈가사는 그것들이 왜 필요한지를 현실적이고 정서적인 차원에서 독자 스스로 깨닫게 하려 했다. 이 과정에서 만들어진 것이 전형적 인물이며, 교훈가사의 문학성은 전형적 인물의 창출에 있다고 해도 과언이 아니다.

교훈가사에는 많은 인물군상들이 제시되어 있다. 이 인물들의 행위는 대부분 교훈서에 제시된 행동강령을 바탕으로 만들어졌으며,[40] 후기로 가면서 하나의 전형典型으로 자리를 잡는다. 『동몽선습』 「총론」에는 부모를 모시는 자식의 도리를 다음과 같이 서술되어 있다.

효자의 어버이 섬김은 ① 닭이 울면 양치질하고 세수하고서, ② 부모의 처소에 나아가 기운을 나직이 하고 ③ 부드러운 목소리로 입으신 옷이 추운지 더운지를 묻고, ④ 무슨 음식을 잡숫고자 하는가를 여쭈어보며, ⑤ 겨울에는 따뜻하게 해드리고 여름에는 시원하게 해드린다. ⑥ 밤에는 잠자리를 정해드리고 아침에는 문안드리며, ⑦ 밖에 나갈 때는 반드시 알리고, 밖에서 돌아

39 권영철은 典型誡女歌는 이 책들 중 『朱子家訓』 「婦女爲則」의 영향을 가장 많이 받은 것으로 보았다. 권영철, 「閨房歌辭硏究(三): 誡女教訓類를 中心으로」, 『연구논문집』 16, 대구효성가톨릭대학교, 1975, 22~26면.

40 이에 대한 자세한 논의는 박연호, 앞의 책, 212~232면 참조.

오면 반드시 뵙는다. ⑧ 멀리 나다니지 않고, 나다니면 반드시 방향을 알리며, ⑨ 감히 그 몸을 마음대로 가지지 못하고, 감히 그 재물을 사사로이 차지하지 못한다. ⑩ 부모가 사랑하시면 기뻐하여 잊지 못하고, 미워하시면 두려워할 뿐 원망하지 않는다. ⑪ 부모가 허물이 있으면 간하되 뜻을 거스르지 않고, 세 번 간하여도 듣지 않으시면 울부짖으면서 따르되, 부모가 노하여 때려서 피가 흘러도 감히 원망하지 않는다. ⑫ 부모가 계시면 그 공경함을 극진히 하고, 봉양할 때는 그 즐거움을 극진히 하며, ⑬ 병 드시면 근심을 다하고, ⑭ 돌아가시면 슬픔을 다하며, ⑮ 제사에는 엄숙함을 다한다.[41]

곽시징 「오륜가」에는 효자의 행위를 다음과 같이 서술하고 있다.

① 계초명의 이러나셔 의관을 정졔ᄒᆞ고 / ② 고당의 드러가셔 야간 긔쳬 문안ᄒᆞ고 / ⑥ 황혼이 되어서는 침석한열 살펴 보고 / 나제도 일 업거던 슬하의 뫼셔 잇고 / 밤의도 잠든 전은 조심을 잇지 말라 / ③④ 의복과 음식범절 ᄯᆡ를 싸라 밧들 젹의 / ⑤ 온ᄂᆡᆼ 한셔를 주야로 살펴 ᄒᆞ며 / 부모의 조흔 바를 슬희여도 사ᄉᆡᆨ 말고 / 부모의 슬흔 바를 조화도 ᄒᆞ지 말라 …(중략)… ⑬ 병환이 계시거든 의ᄃᆡ를 푸치 말며 / 의약을 힘써ᄒᆞ야 지성으로 시탕ᄒᆞ면 / 명천이 감동ᄒᆞᄉᆞ 회츈을 보느니라 / ⑪ 부모 혹 노심ᄒᆞᄉᆞ 걱정을 과이 ᄒᆞ면 / 하긔이셩ᄒᆞ야 조용히 간ᄒᆞ다가 / ᄭᅮ짓거ᄂᆞ 치시거든 두려ᄒᆞ고 원망말며 / 지셩으로 싸라가며 다시곰 읍간ᄒᆞ면 / 그른일 후회ᄒᆞ고 올흔일 ᄭᆡ닷ᄂᆞ니 …(중략)… ⑭ 부모 만셰 당ᄒᆞ오면 망극ᄋᆡ통 쳘쳔ᄒᆞ여 / ⑮ 예졀로 상장ᄒᆞ고 정성으로 봉

41 孝子之事親也 鷄初鳴 咸盥漱 適父母之所 下氣怡聲 問衣燠寒 問何食飮 冬溫而夏凊 昏定而晨省 出必告 反必面 不遠遊 遊必有方 不敢有其身 不敢私其財 父母愛之 喜而不忘 惡之 懼而無怨 有過 諫而不逆 三諫而不聽 則號泣而隨之 怒而撻之流血 不敢疾怨 居則致其敬 養則致其樂 病則致其憂 喪則致其哀 祭則致其嚴. 『童蒙先習』「總論」

ᄉᆞᄒᆞ여 / 효셩이 극진ᄒᆞ면 뉘우침이 업ᄂᆞ니라

— 곽시징, 「오륜가」, 부자父子

두 인용문에 부여한 번호는 동일한 내용에 동일한 번호를 붙여 놓은 것이다. 『동몽선습』 「총론」에 제시된 행위 규범은 행동 방식을 매우 구체적으로 규정하고 있으며, 시간적 순서[하루(①~⑨), 생전과 사후(⑫ 이전과 이후)]에 따라 유기적으로 나열되어 있다. 이는 『동몽선습』 「총론」의 내용을 가사화한 교훈가사도 마찬가지이다. 행위 규범들이 구체적이며 유기적이기 때문에 위 인용문이 인물 형상으로 전환시키기가 쉽다. 곽시징 「오륜가」의 "말라"나 "말고" 등을 "않네"나 "않고"로만 바꾸면 허구적인 인물의 행위(인물 형상)로 쉽게 전환되기 때문이다. 효자가 구체적인 인물 형상을 통해 제시된 예는 고대본 「ᄋᆞ륜가五倫歌」, 규장각본 「훈계가訓戒歌」 등에서 확인된다.

져 효ᄌᆞ의 거동 보소 / 부모시측父母侍側 공경ᄒᆞ여 ᄡᅥ날 날리 젼혀 업시 / ⑥ 부모양친 침실소의 황혼이면 온돌ᄒᆞ고 / 금침을 정제ᄒᆞ고 국궁鞠躬ᄒᆞ여 둘너가셔 / ① ᄉᆡ벽달기 홰치거던 창황蒼皇이 이러나셔 / 의관슈습衣冠收拾 잠깐 ᄒᆞ고 침실노 드러갈 제 / ② ᄒᆞ긔이셩下氣而聲 기침 쇼ᄅᆡ 문밧긔셔 긔츰ᄒᆞ고 / ③ 문안을 들린 후의 ᄎᆞ고 덥기 물어보며 / ④ 죠셕진지 의복 등절 친이 보와 보살피고 / ⑦ 긴관緊關이셔 츌타ᄒᆞ면 "가난이다" 먼져 고코 / 볼 일 보고 도라오면 "완나이다" ᄯᅩ 고ᄒᆞ네 / ⑪ 근심ᄒᆞᆯ 제 그 낫빗흔 죠흔 화ᄉᆡᆨ和色 도로 혀져 / 부모 보기 조케토록 슬ᄒᆞ에 넘누러져 / 기절분부 ᄒᆞ신ᄃᆡ로 부모 마음 슌케 ᄒᆞ면 / 부모 허물 험ᄒᆞᆫ 말은 타인 알가 둘려 ᄒᆞ여 / 삼시죠셕三時朝夕 간諫ᄒᆞᆫ 말은 유슌키도 유슌ᄒᆞ다 / 부모 곳 안 드르면 ᄒᆞᄂᆞᆯ 불너 호읍呼泣ᄒᆞ며 / 부모 마음 분로憤怒ᄒᆞ셔 무한달초無限撻楚 형벌ᄒᆞ여 / 살리 터져 피 흘너도 원망마음 죠금 업네 / ⑨ 쳔륜지친 바든 몸을 이목구비 슈족젼체 / ᄒᆞᆫ 곳도 상쳐 업시

일평싱을 고이 거둬 / 죵신토록 보젼ᄒᆞ니 젼싱젼귀全生全歸 그 안니며

— 고대본 「오륜가」, 부ᄌᆞ

고대본 「오륜가」에서는 '져 효ᄌᆞ'라는 허구적인 인물을 설정하여 그의 행위를 제시하였다. 어법은 명령형이 아닌 'ᄒᆞ고', 'ᄒᆞ네' 등을 사용하여, 인물의 행위를 객관적으로 제시하는 방식을 사용하였다. 또한 부분적이나마 인물의 언어("가난이다" "완나이다")를 제시함으로써 객관성을 부여하였다. 규장각본 「훈계가」도 이와 크게 다르지 않다.[42] 주목되는 점은 긍정적 인물의 경우 행위 규범의 순서와 어법(평서형 → 명령형 → 장면화)의 차이가 있을 뿐 내용적으로는 거의 차이가 없는 것이다.

한편 교훈가사에는 많은 부정적 인물들이 등장하며, 이들의 행위의 원천도 긍정적 인물과 마찬가지로 『동몽선습』 「총론」이다. 『동몽선습』 「총론」에는 부정적인 행위가 다음과 같이 서술되어 있다.

사람의 자식으로 불효는 다음과 같다. Ⓐ 그 부모를 사랑하지 않고 남을 사랑하며, 부모를 공경하지 않으면서 남을 공경하고, Ⓑ 사지를 게으르게 하

42 ᄌᆞ고로 효ᄌᆞ들리 양친지졀 엇지한나 / ① 첫닥 울면 이러나서 의관소셰 속히 하고 / ② 부모 침소 드러가셔 화긔이셩 뭇ᄌᆞ오되 / ③ "긔력은 강근하며 음식은 무얼 할고" / ④ ᄂᆡ당에 도라와셔 ᄌᆞ셔히 분별한 후 / 음식 먼져 맛을 보고 공손히 진지ᄂᆡᆫ다 …(중략)… ② 동ᄌᆞ촉촉 물너 나와 효심으로 생각하되 / 황금 ᄇᆡᆨ옥 즁타한들 부모박계 또 즁할가 / 지셩은 골륙이요 은덕은 호천이라 …(중략)… "밤이던지 낫이든디 ᄶᅥᆨᄶᅥᆨ로 ᄉᆡᆼ각하소 / 혼졍신성 잇지 말고 슈족갓치 시종하소 / 어느 날 올 거시니 그 사이 조심하소" / 문을 나셔 향할 젹에 념여가 무궁하다 / 볼일을 다 못보고 요요죵죵 도라올 제 / 한서를 상관하며 풍우를 헤아리야 / ⑦ 밧비밧비 도라올 제 념려도 무궁하다 / 식음이나 젼한가 병환이나 안계신가 / 기다려셔 ᄋᆡ쓰시나 숨자리도 괴이하다 / 급히급히 도라화서 부모 압헤 절을 하고 / 그 사이 긔력져절 그 사이 음식지절 / 간간이 뭇자온 후 셔셔이 엿자오되 / "누구누구 보앗스며 뉘집뉘집 안부로다" (규장각본 「訓戒歌」)

여 부모 봉양을 돌보지 않으며, Ⓒ 바둑 · 장기 · 술마시기를 좋아하여 부모 봉양을 돌보지 않고, Ⓓ 재물을 좋아하고 처자만을 편애하여 부모봉양을 돌보지 않고, Ⓔ 귀와 눈에 좋은 것만을 추구하여 부모를 욕되게 하며, Ⓕ 용맹함을 좋아하고 사납게 싸워 부모를 위태롭게 한다.[43]

인용문에 제시된 불효는 부모를 공경하지 않는 행위, 게으름, 바둑, 장기, 호음주好飮酒, 물욕物慾, 처자 편애 등으로 부모를 봉양하지 않는 행위, 감각적인 즐거움(유흥과 주색잡기)만을 추구하여 부모를 욕되게 하는 행위, 남과 싸워 부모를 위태롭게 하는 행위 등이다.

져 사람 엇지ᄒᆞ여 불초ᄌᆡ 되엿ᄂᆞᆫ고 / 부모의 중ᄒᆞᆫ 은혜 가풀 쥴 젼혀 몰나 / 제 몸은 후이 ᄒᆞ고 양친은 박히 ᄒᆞ며 / 쳐ᄌᆞ만 ᄉᆞ랑ᄒᆞ고 형뎨ᄂᆞᆫ 괄시ᄒᆞᆫ다 / 념치를 불고ᄒᆞ고 ᄌᆡ리만 탐도ᄒᆞ네 / 농ᄉᆞ를 불근ᄒᆞ고 놀기만 조하ᄒᆞ네 / 기주탐ᄉᆡᆨ을 승ᄉᆞ로 알고 ᄒᆞᄂᆡ / 싸홈을 즐겨ᄒᆞ여 부모유체 상히ᄒᆞᆫ다 / 힘ᄉᆞ가 무뢰ᄒᆞ여 불의에 ᄲᅡ지리라 / ᄌᆡᆼ송을 셩습ᄒᆞ여 형벌을 ᄌᆞ구ᄒᆞ니 / 친쳑을 불휼ᄒᆞ고 쟝노를 불경ᄒᆞ여 / 풍화이 소관이오 이상의 중ᄒᆞᆫ ᄇᆡ라 / 향당이 기지ᄒᆞ여 인뉴에 못 셧기니 / 오교 륙형에 불효가 위ᄃᆡ로다

— 곽시징, 「권선징악가勸善懲惡歌」

暖衣飽食 **글 못ᄒᆞᆫ 놈** 擧動을 살펴보소 / ① 人物이 不足ᄒᆞ며 衣冠이 藍縷턴가 / 乘肥馬 衣輕裘에 ᄂᆞᆷ ᄒᆞᆫᄃᆡ ᄂᆡ다라니 / 쳐엄에 逢迎ᄒᆞᆯ 제 禮貌 차려 待接다가 / 二三言 지낸 後의 無識이 졀로 나니 / ᄉᆞ던 ᄆᆞᆰ 편히 ᄋᆞᆫ자 睨視ᄒᆞ고 酬應ᄒᆞᄂᆡ

43 若夫人子之不孝也 不愛其親而愛他人 不敬其親而敬他人 惰其四肢不顧父母之養 博奕好飮酒 不顧父母之養 好貨財 私妻子 不顧父母之養 從耳目之好 以爲父母戮 好勇鬪狠 以危父母.

/ 常常의 아는 親舊 外面人事 쁜이로다 / 彬彬흔 文士드리 濟濟히 모다 안자 / 詩書 百家語를 問答ᄒᆞ야 討論홀 제 / 眞實로 可憐ᄒᆞ다 흔 구셕의 혼자 안자 / 남ᄒᆞᄂᆞᆫ 말 모라거든 무슨 말 역글쏘냐 / ② 그중의 **간은흔 놈** 더욱 ᄒᆞᄂᆞ 쁠 ᄃᆡ 업다 / 집신감발 헌 道服의 근 ᄃᆡ마다 取笑로다

— 정치업, 「경몽가警蒙歌」 언불학지폐言不學之弊

18세기 초(1708)에 창작된 곽시징의 「권선징악가勸善懲惡歌」에 제시된 '져 사람'은 구체적인 상황이 소거된 체 부도덕한 행위만이 나열되어 있어 『동몽선습』과 비교할 때, 어법만 다를 뿐 내용적으로는 대동소이하다. 이에 반해 18세기 중반에 창작된 정치업丁致業(1692~1768)의 「경몽가」에는 권학勸學과 관련된 부분에만 '글 못흔 놈'과 '간은흔 놈'이 제시되어 있는데, 구체적인 상황이 설정되어 있다는 점에서 조금 더 발전한 인물형상이라 할 수 있다. 그러나 인물형상보다는 불학不學과 가난의 결과에 초점이 맞추어져 있기 때문에 주인물의 행위나 모습보다는 주인물을 대하는 주변인들의 태도가 부각되어 있다.

이와는 달리 19세기에 창작된 고대본 「오륜가」에는 인물의 행위가 구체적인 상황 속에서 유기적으로 연결되어 있다. 고대본 「오륜가」 '부ᄌᆞ'에는 네 명의 부도덕한 인물이 제시되어 있다. 첫 번째는 불효의 행위를 포괄적으로 보여 주고 있고, 두 번째는 주색잡기酒色雜技에 빠진 인물을, 세 번째는 상하질서를 무시하는 인물을, 네 번째는 싸움질을 좋아하는 인물을 형상화하고 있다. 즉 고대본 「오륜가」는 『동몽선습』 「총론」의 부도덕한 행위의 각 항목을 인물 형상으로 제시한 것이다. 그중 특히 주목되는 부분은 두 번째와 네 번째 '엇던 놈'이다.

엇던 놈의 거동 보소 부모봉양 몰ᄂᆡ라고 / 가ᄉᆞ도 본체 아니ᄒᆞ고 츌립흔다

ᄌᆞ칭ᄒᆞ고 / 쓕지 우근 졔통가슬 이마 슷테 슈겨 쓰고 / 모시당목 곰방창옷 휘두루쳐 썰쳐 입고 / 굽지메틀 지총신의 웝씨 갓튼 삼승보션 / 질ᄭᅳᆫ 들ᄆᆡ 신고 나셔 ᄉᆡᆨ기 돈ᄭᅳᆫ ᄒᆞᆫ두냥을 / 탁쥬 셩업 낙을 삼아 남도 권코 져도 먹고 / 낭ᄌᆞ이 먹은 후의 취흥이 도도ᄒᆞ여 / 동갑이며 동유들노 손길 ᄌᆞ바 억ᄀᆡ 결어 / 흣튼 거름 된평ᄀᆡ로 호즁 쳔지 취한 광담 / 자른 말들 길게 ᄌᆞ아 졔ᄌᆞ 상담 육두문ᄌᆡ / 무소부지 광ᄑᆡᆨᄒᆞ니 발린 ᄌᆞ식 되엿고야 / 오히려 부족ᄒᆞ여 모리ᄇᆡ 모모인을 / 몃몃 명이 눈질ᄒᆞ여 유벽쳐의 ᄎᆞᄌᆞ가니 / 져 무삼 의논이고 져의 소위 아라본니 / 그 불과 노름일셰 누긔누긔 모엿던고 / 질군이며 읍인이며 장돌임과 시졍ᄇᆡ며 / 아희놈도 썩겻더라 / 갓버셔 후리 치고 도리좌를 버렷슨니 그 노름 무어신뇨 / '갑작ㅅ물퇴 ᄉᆞ스랑이 육목이며 팔목일ᄂᆡ' / 솜씨 잇게 셋쳐 들고 불님소ᄅᆡ 길게 느려 / ᄒᆞᆫ 판 두 판 치고 난니 쥬젼한니 여긔로다 / 션셰유업 야간 ᄌᆡ물 순숫호로 탕ᄑᆡᆨᄒᆞᆫ다 / 너의 소위 볼작시면 희츰코도 희츰ᄒᆞ다 / ᄒᆞᆫ두 돈의 팔이여셔 긔구망측 여편잡기 / <u>ᄉᆞ름 긔위 모엿스니 도적놈의 적당인가</u> / <u>상투쏠로 안ᄌᆞ쓰니 월옥ᄒᆞᆫ놈 방불ᄒᆞ다</u> / <u>즘 못ᄌᆞ고 ᄋᆡ쓴 거동 열병ᄒᆞᆫ 놈 그 안닌가</u> / 파방ᄭᅡ리 풍파일러 죠흔 안면 낫 불키고 / 일장시비 광ᄑᆡᆨᄒᆞᆫ 말 샹ᄒᆞ노소 분별업셔 / 부모혈육 바든 몸이 아조 그리 버렷스니 / 풍화밧긔 너의 ᄒᆡᆼ실 션ᄉᆡᆼ 교훈이며 / 너의 부모 훈계런가 볼소록 츰혹ᄒᆞ다

— 고대본 「오륜가」, 부ᄌᆞ

위 인용문은 『동몽선습』 「총론」의 '바둑, 장기, 술 먹기 좋아하기'에 대한 경계를 구체적인 장면으로 묘사한 것이다. 두 번째 '엇던 놈'은 찌그러진 갓을 숙여 쓰고, 옷과 신을 대충 입고신고 새끼에 꿴 돈 한 두 냥을 가지고 나가 동유들과 함께 막걸리를 먹다가 취흥이 오르자 동유들과 어깨동무를 하고 비틀거리며 허풍과 욕지거리를 서슴지 않는다. 그것으로도 부족하여

몇몇 모리배들과 으슥한 곳을 찾아 노름판을 벌인다. 노름판에 모인 인물들은 질꾼, 읍인, 장돌뱅이, 시정잡배, 아이 등이다. 갓을 벗고 빙 둘러앉아 '갑잡물퇴, 사스랑이, 육목, 팔목' 등의 불림소리를 외치며 노름을 하다가 얼마 남지 않은 가산을 탕진하자 돈 대신 부인까지 걸고 노름을 벌인다.

엇던 놈은 무삼 천셩 남치기를 됴히 녀겨 / 왈시왈비 언전 간의 두발부림 닙써셔셔 / 엄ᄂᆞᆫ 용ᄆᆡᆼ 인ᄂᆞᆫ 쳐름 남의 시비 쒸여들고 / 쇼마지ᄉᆞ 웃슬 일을 큰 소ᄅᆡ로 자아ᄂᆡ여 / 온목고ᄀᆡ 푸른 심쥴 쥬쥴리 이러나며 / 헷ᄆᆡᆼ셔 탕탕 불너 갓 버셔 ᄑᆡᆼᄀᆡ치고 / ᄌᆞ른 목을 길게 ᄊᆡ여 남의 압헤 썩 ᄂᆞ셔니 / 남 칠장본 시쵀로다 못 볼네라 너의 거동 / 불근 핏ᄊᆡ 썽ᄂᆡᆫ 눈은 광구목이 비등ᄒᆞ고 / 웃통 벗고 벌건 놈은 뫼ᄉᆞ리가 그 안닌가 / 두 손 폐여 춤 ᄇᆡ앗고 용약 잇게 드난 거동 / 관우 장비 안쪽 칠 듯 ᄆᆡᆼ분 오확 등ᄊᆡ 펠 듯 / 별악갓치 달여드니 남의 몸은 고ᄉᆞᄒᆞ고 / 네 몸 먼져 상ᄏᆡ엿다 / 위ᄐᆡᄒᆞᆫ 져 힝습이 강약을 몰ᄂᆡ본니 거쳘당낭 네 아닌야 / 져런 힝실 장ᄒᆞ기로 남의 눈의 밉게 뵈여 / 모리지ᄇᆡ 싸ᄀᆡ통과 여력 인ᄂᆞᆫ 쟝부 압헤 / 난장 맛 듯 낙부되여 유혈낭ᄌᆞ 경신위골 / 상ᄒᆞ의복 열파ᄒᆞ고 ᄀᆡ똥밧 진흘쌍의 / 휫두루 발피인니 츌호이ᄌᆡ반호이라 그 뉘기 원망ᄒᆞ리 / 일얼 ᄊᆡ예 너의 부모 / 고당의 의지ᄒᆞ여 ᄌᆞ식ᄉᆡᆼ각 인ᄌᆞ상정 / 눈 우의 손 드러 언ᄭᅩ 고ᄃᆡᄒᆞ여 ᄒᆞ난 말리 / "아즘 먹고 나간 아ᄒᆡ 져무러도 안니 오네" / "다정한 언의 친고 말유ᄒᆞ여 더듸ᄂᆞᆫ가" / "쥬졈의 누엇다가 뉘기게 봉ᄑᆡᄒᆞᆫ가" / 그 마음 죠련ᄒᆞ여 당샹 ᄇᆡ회할 제 / 이웃 ᄉᆞ름 지침 소ᄅᆡ 너의 음셩 의심ᄒᆞ고 / 원촌의 ᄀᆡ 지즌니 창문 열고 바ᄅᆡ본니 / 이럿타시 고ᄃᆡ ᄒᆞᆯ 제 츰혹ᄒᆞᆫ 너의 거동 / 반ᄉᆡᆼ반ᄉᆞ 드러간니 부모 목전 져 광경이 / 너의 불초 말ᄒᆞᆯ손야 괘씸코도 망측ᄒᆞ다

— 고대본 「오륜가」, 부ᄌᆞ

위 인용문은 네 번째 '엇던 놈'으로, 『동몽선습』 「총론」에 제시된 '싸움질'을 허구적인 인물의 행위를 구체적인 상황과 결부시켜 묘사하였다. 네 번째 '엇던 놈'은 '남 치기'를 좋아하여, 남의 시비에 뛰어든다. 별것도 아닌 일을 큰일인 양 떠들며 흥분하여 허세를 부리며 갓을 벗어 던지고 남 앞에 나선다. 핏대를 세우고 눈을 부릅뜨며 웃통을 벗고, 두 손에 침을 뱉고 세차게 달려들었다가 낭패를 만난다. 모리배들에게 둘러싸이고 자신보다 힘이 센 상대방에게 흠씬 두들겨 맞아 유혈이 낭자하고 옷이 찢긴 채 개똥밭 진흙탕에서 집단적으로 폭행을 당한다. 집에서는 아침 먹고 나가서 해가 저물도록 오지 않는 자식을 기다리는 부모의 모습이 묘사되어 있다. 다정한 친구가 만류해서 못 오는 것인지, 술집에서 누구에게 행패를 당한 것은 아닌지 걱정한다. 그러다가 초죽음(半生半死)이 되어 돌아온 자식을 발견하는 것으로 마무리되어 있다.

두 인용문에서 인물의 행위는 관찰자적 시점으로 특정한 상황(배경)하에 시간적인 순서에 따라 유기적으로 연결되어 있다. 또한 서술자의 목소리(시점)뿐만 아니라 제한적이나마 등장인물의 목소리가 제시된다. 즉 서술자와 작중인물의 목소리가 분리된 이중적 시점으로 설명이 아닌 묘사로 서술됨으로써 객관성과 생동감이 높아진 것이다. 이런 점에서 고대본 「오륜가」는 18세기 중반의 작품인 「경몽가」에 비해 인물 형상이 훨씬 입체적이라고 할 수 있다.

고대본 「오륜가」에 등장하는 '엇던 놈'들은 조선 후기 문학에서 부도덕한 인물의 전형이 된다. 전형典型은 보편성과 개별성의 변증법적 지양을 통해 만들어진다.[44] 고대본 「오륜가」의 부정적 인물들은 이념적 보편성에 기반

44 '전형성의 범주 내에서는 보편적인 진리가 개별성을 파괴하지 않으면서 개별자 속으로 용해되는데 예술을 이러한 이중적 목표를 전형성의 창조를 통하여 달성한다. 즉 예술작품 속에서 전형성은 개별성에 매개된 보편성으로, 동시에 보편성에 매개된 개

을 두고 개별적이고 구체적인 상황 속에서 살아 움직임으로써 보편성의 자장 안에서 개별성을 획득한 부정적 인물의 전형이 된 것이다.[45]

이렇게 만들어진 부정적 인물의 전형은 「백발편」, 「우부편」, 「용부편」, 「복선화음가」 등에서 확인할 수 있는바, 오륜五倫뿐만 아니라 경신敬身과 권학勸學, 치산治產, 부덕婦德을 아우르는 부정적 인물로 확장되기도 하며, 판소리 「흥보가」의 '놀부'나 「심청가」의 '뺑덕어미', 「게우사」의 주인공, 고전소설의 악인형 인물과 같은 부정적 인물 형상의 원천이 되기도 하였다.

교훈가사에서 또 하나 주목되는 것은 '추醜'의 미학이다. 교훈가사에는 긍정적 인물보다 부정적 인물이 상대적으로 많이 등장하며, 서술의 비중도 훨씬 높다. 교훈시가사의 전개로 볼 때, 긍정적 인물 형상은 『동몽선습』 「총론」에 의거하여 생성된 이후 거의 변화가 없이 단순 반복된다. 반면에 부정적 인물은 다양하게 설정된 상황을 배경으로 확대되고 확산되는 양상을 보인다. 이처럼 후기로 갈수록 부정적 인물이 확대되는 이유는 이념의 전파 초기에는 바람직한 행위 규범을 알리고 공유하는 데 초점을 맞추는 반면, 이념이 당위적 진리로 자리를 잡은 이후에는 부조리한 현상들을 제거하는 데 초점을 맞추기 때문이다. 이념이 당위적 진리로 자리를 잡은 이후에 예술에서 확대되는 것 중 하나는 '추醜'의 미학이다. 로렌크란츠는

별성으로(보편성과 개별성의 변증법적인 지양) 나타난다. 작품 속에서 보편적 진리의 옹호는 인물의 성격이 개별성에 매몰되지 않고, 당대의 특정한 계급과 경향, 특정한 사상을 대표하는 '경향문학'의 옹호로 나타나는데 이러한 보편성은 개별성에 올바로 매개된 보편성, 즉 구체적 보편성이다.'(김현돈, 「미학적 범주로서의 전형성과 총체성: 게오르그 루카치를 중심으로」, 『인문학연구』 1, 제주대학교 인문과학연구소, 1995, 252면 인용.)

45 '보편성이 개별성에 올바로 매개되지 못하고 추상적인 보편성을 드러낼 때, 그것은 "현실의 본질과 발전법칙에 대한 작가의 주관적인 경향이나 바람만을 앙상하게 드러내는 도식주의"로 빠진다. 개별성은 전형성에 다가서기 위해 꼭 거쳐야 할 중요한 조건이다.'(김현돈, 앞의 논문, 253면 인용.)

'추醜'는 '미美'를 드러내기 위해 필수불가결한 것이라고 하였다.[46] 교훈가사에 제시된 부정적 인물들은 유가 이념의 가치를 부각시킴으로써 부정적 행위를 극복하고 긍정적 행위로 나아가게 할 목적으로 제시된 것이다. 이념의 가치를 부각시킬 필요성이 강해질수록 부도덕한 행위의 범위도 넓어지며 구체성도 강화된다. 이는 교훈시가가 시조에서 가사로 장르 변화를 시도한 가장 중요한 요인이기도 하다.

한편 고대본 「오륜가」의 밑줄 친 부분에서 확인되는바, 두 번째 '엇던 놈'은 노름에 몰두한 인물들을 모습을, '도젹놈의 젹당', '월옥흔 놈', '열병흔 놈' 등으로 희화하였고, 네 번째 '엇던 놈'도 핏대를 세운 눈을 '광구목'이라고 하거나, 웃통을 벗은 벌건 몸을 '뫼사리'로 표현하고, 사납게 덤벼드는 모습을 "관우 쟝비 안쪽 칠 듯 밍분 오확 등씩 펠 듯"이라고 하여, 인물의 모습이나 행위를 희화하였다.

인물의 희화화는 19세기 교훈가사의 특징이라는 점에서 주목할 만한 현상이라 할 수 있다. 판소리 연구에서 '놀부'나 '뺑덕어미' 등의 희화화는 흔히 저열한 인간을 제시함으로써 교훈 대상으로 하여금 상대적인 우월감을 느끼게 하고 흥미를 유발시키기 위한 장치나 "봉건적 규범의 경직성과 이

46 "예술의 목적은 미만일 터인데 왜 추를 출생시키는 것일까"[36~37] 로젠크란츠는 그 이유가 이념의 본질에 근거하고 있다고 말한다. "예술은 필연적으로 구상적 요소를 지니는데, 전체성에 따라 이념의 드러남을 표현하려 하고 또한 표현해야 한다. 현상의 실존을 방임하고, 부정의 가능성을 설정하는 것은 이념의 본질에 속한다. […] 예술이 이념을 일면적이 아니라 직시(直視)케 하고 싶다면 추는 불가결하다. …(중략)… 희극에서는 모든 종류의 부덕과 부끄럼을 모르는 행위를 보여 준다. 추는 그리스도교 즉 악을 그 근원에 있어서 인식하고 근저로부터 극복함을 가르치는 종교와 함께 완전히 예술의 세계에 도입된다. 이념의 드러남을 전적으로 표현한다고 하는 이 이유에서 예술을 추의 조형을 피해갈 수 없다. 단순한 미에 한정하려고 하면 이념의 표면적 해석이 되어버린다."[38](김산춘, 「추의 미학,예술학적 의의: 로젠크란츠의 추의 미학」, 『미학 예술학 연구』 27, 한국미학예술학회, 2008, 46면.)

타성에 대한 조롱"이며, 탈규범적 행위를 통한 해방감의 표출 등으로 설명되었다.[47] 그러나 교훈가사에서 부정적 인물의 희화화는 성리학적 이념이 아닌 부정적 인물들에 대한 조롱과 윤리적 비난만이 존재한다. 또한 놀부의 심술은 몰락의 직접적인 원인이 되지 않지만, 교훈가사 인물들의 부도덕한 행위는 비참한 몰락을 설명하기 위한 근거로 제시되어 있다는 점에서 유가 이념에 대한 조롱이나 탈규범적 해방감과는 거리가 있다. 교훈가사 인물의 희화화는 인물의 저열함[醜]을 부각시켜 유가윤리의 가치[美]를 드러내는 데 초점이 맞추어져 있다고 할 수 있다.

5. 결론

이상에서 살펴본바, 조선 후기 교훈가사는 체제와 서술 구조의 측면에서 많은 교훈서 중 주로 『동몽선습』을 전범으로 삼아 창작되었음을 확인하였다. 『동몽선습』이 교훈가사의 전범으로 자리를 잡게 된 것은 임진왜란 이후 동몽교육기관인 서당에서 『소학』의 전수서前修書로서 필수적인 동몽교재로 사용되었기 때문이다. 동몽교육은 『소학』으로 완성되는데, 임진왜란 전까지는 유학 입문서인 주자의 『동몽수지』가 『소학』의 전수서 역할을 하였고, 그 외 『통감』이나 『사략』 등의 역사서를 배웠다. 그런데 임진왜란 이후에는 『소학』의 핵심적인 내용을 담고 있을 뿐만 아니라 중국과 우리나라의 역사를 정리한 '역대요의歷代要義'를 함께 갖춘 『동몽선습』이 『동몽수지』를 대신하여 『소학』의 전수서로 사용되었던 것이다. 특히 18세기 중반

47 이정원, 「해학적 악인 캐릭터 디장인을 위한 서사적 접근」, 『고소설연구』 23, 한국고소설학회, 2007, 166~168면.

이후에는 영조에 의해 『동몽선습』의 간행, 배포되면서 동몽교재로서의 위상이 더욱 강화되었다. 정치업의 「경몽가」 '도통장본道統張本, 도통전수道統傳授'와 『초당문답가』 「역대편」은 유학 입문 교재일 뿐만 아니라 역사교재로서의 『동몽선습』의 기능을 가사에서도 그대로 수용한 것이라 할 수 있다.

교훈가사가 추구하는 핵심적 가치는 내용의 진리성과 체제의 완전성이라 할 수 있는데, 『동몽선습』은 필수적인 동몽교재로서 진리성과 완전성을 공인을 받았기에 교훈가사의 전범으로 사용된 것이다.

교훈가사의 미학적 가치는 '전형典型의 창출과 추醜의 미학'이라 할 수 있으며, '추'는 '미'의 가치를 드러내기 위한 것으로, 교훈가사는 부정적인 인물 형상을 통해 그것을 성취하려 했다. 조선의 지배층들은 임·병 양란이라는 국가적 환란과 봉건질서 붕괴 원인이 이념의 붕괴 때문이며, 이념의 회복만이 국가 재건의 핵심이라고 생각했다. 교훈가사는 이념을 회복시키기 위해 이념의 가치를 부각시킬 필요가 있었고, 그 과정에서 부정적인 인물형상이 '추'의 전형으로 창출되었으며, 인물의 희화화도 '추'를 부각시키기 위한 장치였던 것이다.

한편 교훈가사는 『동몽선습』을 전범으로 하면서도 시대의 요구에 맞춰 다양하게 변화하였다. 18세기에는 권학이 강조되었으며, 19세기에는 여성에 대한 규제와 더불어 치산이 강조되었다. 교훈가사의 인물 형상도 이와 같은 시대의 변화를 수용하며 '우부愚夫'나 '용부傭婦' 등의 다양한 전형을 창출해 나갔다.

참고문헌

『擊蒙要訣』

『童蒙先習』

『童蒙須知』

『孟子』

『小學』

강명숙, 「조선중기 초등교육에 관한 시론적 연구: 교재분석을 중심으로」, 『교육사학연구』 8, 서울대학교 教育史學會, 1998.

권영철, 「閨房歌辭研究(三): 誡女教訓類를 中心으로」, 『연구논문집』 16, 대구효성가톨릭대학교, 1975.

김산춘, 「추의 미학,예술학적 의의: 로젠크란츠의 추의 미학」, 『미학 예술학 연구』 27, 한국미학예술학회, 2008.

김현돈, 「미학적 범주로서의 전형성과 총체성: 게오르그 루카치를 중심으로」, 『인문학연구』 1, 제주대학교 인문과학연구소, 1995.

박연호, 『교훈가사 연구』, 다운샘, 2003.

박연호, 「'노래'로서의 「陶山十二曲」 연구」, 『한국시가연구』 42, 한국시가학회, 2017.

이정원, 「해학적 악인 캐릭터 디장인을 위한 서사적 접근」, 『고소설연구』 23, 한국고소설학회, 2007.

하윤섭, 「조선조 '五倫' 담론의 계보학적 탐색과 오륜시가의 역사적 전개 양상」, 고려대 박사학위논문, 2012.

현실비판가사 「심심가」의 담론 특성과 미학

고순희

1. 머리말

「심심가尋心歌」는 한국가사문학관 홈페이지에 원텍스트의 JPG 파일과 해제까지 올라와 있다.[1] 의미 맥락에 맞게 4음보 전후를 1구로 하여 행을 나눌 때 총 495구나 되는 장편가사이다. 「심심가」는 갑오개혁 이후 진주목 관할 목장, 특히 창선목장의 도세 저항과 관련하여 1898년에 창작된 현실비판가사가사로서 근대 전환기 갑오개혁이라는 변혁적인 역사사회의 현실에 대응하여 창작된 매우 의미 있는 가사 작품이다.

「심심가」는 이미 해제까지 이루어진 데다가 근대 전환기의 역사사회에 대응한 범상치 않은 내용을 지니고 있음에도 불구하고 최근에 이르러서야 연구되었다.[2] 그동안 이 필사본이 연구되지 못한 근본적이 이유는 작품 내

1 한국가사문학관 홈페이지(http://www.gasa.go.kr/).

2 고순희, 「근대전환기 도세저항운동과 가사문학 「심심가」」, 『국어국문학』 제182호, 국어국문학회, 2018, 79~110면. 이 글은 이 논문을 바탕으로 작성한 것임을 밝혀둔다. 논문의 2~3장을 거의 그대로 수용하면서 4~5장을 '담론 특성과 미학'이라는 주제로

용이 난삽하여 서술한 내용의 정확한 사실 관계를 파악하는 것이 쉽지 않았기 때문이다. 그리고 작가가 내용 가운데 자신의 이름을 "뎡익환"이라고 밝히고 있었기 때문에 그가 누구인지를 구체적으로 규명해야 한다는 부담감이 작용한 탓도 있었다.

그런데 놀랍게도 작가 정익환은 남해 지역의 민중운동가로 알려진 인물이었다. 정익환은 남해 지역에서 발행한 『경남인물지』, 『창선면사』, 『남해군지』 등[3]에 '민중운동가 정익환'으로 그 활약상과 함께 기록이 되어 있는 인물이었다. 그런데 불행하게도 정익환에 관한 이들 기록을 아는 사람은 몇몇 전문가 외에는 거의 없었다. 실제로 필자가 정익환의 후손을 인터뷰하고자 그의 고향인 남해군 창선면을 방문할 당시[4]에 그곳 주민들조차도 그에 대해서 아는 이가 거의 없었다. 이렇게 정익환은 남해를 중심으로 한 지역사 문헌에는 기록되어 있었지만 그 지역에서조차 잊혀져 가는 인물이었기 때문에 다른 지역인은 거의 그를 알지 못했던 것이다. 더군다나 위에서 언급한 남해 지역에서 발행한 그 어느 기록에서도 정익환이 가사문학 「심심가」를 창작했다는 사실을 적고 있지 않았다.

이와 같이 남해 지역에서 정익환이 「심심가」를 창작한 사실이 전혀 알려

다시 작성하였다.

3 이 책들은 거듭 증보출간되었다. 필자가 참고로 한 책의 서지사항은 다음과 같다. 경남인물지 편찬위원회, 『경남인물지』, 전국문화원연합회 경상남도지회, 2003, 653~664면; 창선면사 집필위원회, 『창선면사』, 창선면, 2007, 169~183면, 1250~1265면; 남해군지 편찬위원회, 『남해군시 상권』, 남해군, 2010, 338~343면.

4 후손의 인터뷰는 2017년 1월 31일에 창선면에서 이루어졌다. 정익환의 직계 후손은 모두 외지로 나가 살고 있다고 한다. 필자가 만난 정익환의 후손은 정규재(丁奎才, 당시 79세) 씨로 정익환의 큰형인 정대준(丁大俊)의 손자이다. 경상남도 남해군 창선면 상죽리에 거주한다. 그 외 정규재 씨의 소개로 정익환의 고향마을인 식포마을에 살고 있는 정상범 어르신(당시 90세)도 만나 관련 이야기를 들을 수 있었다. 현재 식포마을에는 정익환의 생가터만 남아 있다.

지지 않은 채 민중운동가로 활약했던 스토리만 문헌에 기록되어 있었고, 한국가사문학관에서는 구체적으로 누구인지를 전혀 알 수 없는 "뎡익환"이 지은 「심심가」의 필사본만 소장하고 있었던 탓에 이 둘을 연결하여 「심심가」의 작가가 남해 창선면의 정익환이라는 사실을 밝히는 것이 더디게 이루어졌다고 할 수 있다.

필자는 아직까지도 「심심가」에서 서술한 내용의 사실 관계를 정확하게 파악하지 못한 부분이 있다. 갑오개혁 이후 도세 저항을 다룬 각론적 차원의 사학계 논문은 많이 나와 있는 편이지만 진주목 산하 목장이나 창선목장의 도세 저항을 자세하게 다룬 논문은 과문한 탓인지는 몰라도 아직 읽어보지를 못했다. 그렇기 때문에 당시 도세 문제와 관련하여 복잡하게 얽혀 있는 여러 사안에 대한 구체적인 사실 관계를 완전하게 파악하지는 못했다. 그럼에도 불구하고 「심심가」를 연구의 대상으로 삼은 것은 이 가사가 19세기 말 도세저항운동이라는 역사·사회 현실에 대응하여 창작된 매우 의미 있는 현실비판가사이기 때문이다. 미흡한 채로나마 연구를 시작하여 추후 이를 바탕으로 보다 진전된 연구 성과가 나오기를 기대하는 것도 좋겠다는 판단이었다.

창선면에서는 정익환을 창선목장의 도세 저항을 주도한 민중운동가로만 알고 있다. 하지만 「심심가」의 내용을 살펴보면 정익환은 창선목장을 포함해 진주목 산하 전체 목장토의 도세저항운동을 주도한 민중운동가로 드러난다. 그런데 「심심가」는 내용의 서술이 매우 산만하여 당시 전개된 수취제도나 저항운동의 구체적인 실상을 온전하게 파악하는 것이 쉽지 않다. 그러므로 복잡한 작품 세계를 이해하려면 갑오개혁 이후 목장토에 대한 도세 부과와 저항운동의 현실을 먼저 살펴볼 필요가 있다.

이 연구의 목적은 「심심가」의 작가, 창작 배경, 작품 세계 등을 살핀 후, 담론 특성과 미학을 분석하고 그 위상과 의미를 규명하는 데 있다. 먼저

2장에서는 작가 정익환의 생애와 작품의 창작 배경인 '갑오개혁과 도세 부과'를 살펴본다. 3장에서는 「심심가」의 작품 세계를 '감관 및 관속의 비리 고발', '백성들을 향한 동참 호소와 그간의 노력', 그리고 '신관찰사를 향한 호소' 등 세 가지 측면에서 살펴본다. 장편인 데다 작가의 중언부언이 심해 가능하면 요약적으로 정리하여 살펴보고자 한다. 4장에서는 앞서의 논의를 바탕으로 「심심가」의 담론 특성과 미학을 분석한다. 그리고 5장에서는 맺음말을 대신하여 「심심가」의 담론 특성과 미학이 지니는 위상과 의미를 규명하고자 한다.

2. 작가와 작품의 창작 배경

1) 작가 녹계麓溪 정익환丁益煥(1848~1919)

작가는 「심심가」의 내용 중에 자신을 "뎡익환"이라고 밝히고 있다. 특히 작가는 신관찰사를 향해 호소하는 부분인 후반부에서 자신을 창선도에 사는 "뎡익환"이라고 거듭해서 말했다. 그러면 정익환은 어떤 사람일까. 정익환에 관한 사실은 『경남인물지』, 『창선면사』, 『남해군지』, 「창선목도세견면정공익환사적비」 등에 기록되어 있다. 이 기록들과 「가선대부김이후추사비」,[5] 족보, 진주목 공문서, 후손의 인터뷰 등을 종합적으로 참조하여 그

5 「창선목도세견면정공익환사적비(昌善牧賭稅蠲免丁公益煥事蹟碑)」는 남해군 창선면 상신리 노변에 소재한다. 정익환의 도세저항운동을 기리기 위해 1940년에 나주정씨문중에서 건립했다.; 「가선대부김이후추사비(嘉善大夫金而厚追思碑)」는 남해군 창선면 오룡리 노변에 소재한다. 당시 정익환과 더불어 도세저항운동에 가담한 김이후의 행적을 기리기 위해 지역의 선비와 주민이 건립했다.

의 생애를 정리하여 소개하고자 한다.[6]

정익환은 1848년 5월 11일[7]에 남해군 창선면 가인리 식포마을에서 부친 정진교의 3남으로 태어났다. 본관은 나주로 익환은 휘명이고, 본명은 대열大烈이며, 호는 녹계이다. 나주정씨 30세손인 초암공 윤우가 경북 예천으로 옮겨가 살았으며, 윤우의 7세손인 지비·지강(36세손)공 형제가 창선군에 들어와 입창선 시조가 되었다. 정익환은 나주정씨 40세손이다.

정익환은 일찍이 무과에 합격하여 젊은 한때 사천군 선진진에 파견대장격으로 대리근무를 한 적이 있었다. 대장의 업무를 대신[代] 수행하였으므로 그를 '정대장丁代將'이라고 불렀다. 그리고 그는 천성이 강직하고 남달리 담이 크고 통솔력이 뛰어나 앞으로 큰일을 할 사람이라는 칭송을 받았다. 그에 관한 한 일화가 전한다. 정익환과 함께 길을 가던 어느 목관이 흙탕물

---

6 위에서 열거한 정익환에 대한 기록은 도세저항운동에서의 활약상에 중점을 두고 기록하여 그의 전생애가 구체적으로 드러나지는 않는다. 그리고 기록마다 중복 진술이 많고, 경우에 따라서는 사실이 서로 다른 것도 있었다. 여기서는 모든 자료를 참조한 후 종합적으로 기술하고, 논의에 필요한 경우만 각주를 달고자 한다.

7 정익환의 출생연도는 기록마다 차이가 있으며, 사망연도는 모두 1919년으로 동일하다. 창선면에 거주하고 있는 후손이 소유하고 있는 두 권의 족보에는 그의 출생 연월일이 1835년 3월 15일로 되어 있다. 『나주정씨금성군파세보』(1988)에는 '生一八三五年三月十五日'으로, 『압해정씨대동보 17권지15 임오보』(2002)에는 '乙未三月十五日生'로 기록되어 있다. 두 족보 모두 최근에 만들어진 것인데, 후자의 것은 후손 정규재씨가 만든 전자의 것을 그대로 참고하여 만든 것으로 보인다. 그리고 이 족보를 참고하였을 것으로 보이는 『창선면사』에도 그의 출생년도가 1835년으로 기록되어 있다. 그런데 『경남인물지』와 『남해군지』에는 그의 출생 연월일을 1848년 5월 11일로 기록하고 있다. 보통은 후손이 지니고 있는 족보가 더 신빙성이 크다고 할 수 있지만, 이 경우는 다른 것같다. 우선 후손이 지닌 족보에는 정익환의 부친과 아들들의 생년월일이 기재되어 있지 않은 가운데 정익환만 기재되어 있어 기록의 신빙성이 떨어진다. 그리고 무엇보다도 그의 출생연도가 1835년이라면 그가 도세항쟁을 본격적으로 전개하고 일경에게 체포되어 감옥 생활을 한 당시의 나이가 70세가 넘는다. 게다가 1898년에 「심심가」를 지을 당시 그의 나이가 64세나 되지만 작품의 내용에 노년의 나이를 의식한 진술이 전혀 보이지 않는다. 따라서 그의 출생연도는 1848년으로 봄이 타당하다고 판단된다.

로 범벅이 된 농부를 보고 “저런 것도 계집이 있느냐”며 막말을 내뱉었다. 그러자 정익환은 그 목관을 논으로 밀어 넣어 흙탕물을 뒤집어쓰게 했다. 정익환이 논에서 나오는 목관에게 “지금의 당신 꼴이나 저 사람들 꼴이나 다를 게 무엇이냐”라고 말하자 그제에서야 목관은 사과를 했다고 한다.

후손의 증언에 의하면 그는 농사를 지었는데, 아들 셋에게 나누어줄 정도의 땅이 있었던 중농으로 식포마을에서는 부자에 해당했다. 집에는 딸린 식구도 많았지만 늘 손님이 많이 찾아와 며느리 셋이 고생을 했다고 한다.

1894년 개화파에 의해 갑오개혁이 단행되었다. 갑오개혁으로 창선목장의 농민들은 그 동안 내지 않았던 ‘도세賭稅’를 더 내게 되었다. 정익환은 도세의 부당함을 관아에 호소하며 도세저항운동에 나서기 시작했다. 도세저항운동을 함께 주도했던 오룡마을의 김이후가 쓴 「창선가昌善歌」에는 “병신년 이래 임인년까지 한 섬의 주민들은 도세 문제에 시달리며 떠들썩하게 되었더라. 다음 해 계묘년 여름이 되어 어떤 일이 있었던가? 갑진년에 전답을 다 팔아 을사절사 놀아보자”라는 구절[8]이 나온다. 창선도민의 조세저항운동이 병신년(1896) 이래 지속되어 오다가 갑진년(1905)에 본격적으로 확산된 것으로 읊고 있는데, 하지만 「심심가」에 의하면 작가의 도세 저항은 1894년 갑오개혁 직후부터 시작된 것으로 나온다. 「심심가」는 갑오개혁 직후부터 있어 온 자신의 도세저항운동을 바탕으로 하여 1898년 초에 창작

8 “丙申來壬寅後 一島民老於賭 於講壬寅더라 癸卯夏何以生고 甲申田畓다파라 乙巳絶事노라보자 重하도다 重하도다 一土兩稅 重하도다 結稅는 올타만은 賭稅一款무삼일고 等狀가세 等狀가세 나라님젼 等狀가세 五十名손을잡고 不遠千里놀나셔셔 아모쪼록免稅後에 擊壤歌을和答하세”[『매헌추도시고(梅軒追悼詩稿)』, 배주연 등편, 간행지 미상, 1941. 여기서는 『창선면사』, 177면에 영인으로 실린 것을 재인용]. 『창선면사』 부록에 실린 「창선가(昌善歌)」 전 9장은 대부분 한문으로 되어 있다. 위에 인용한 것은 제8장의 일부분이다. 전 9장이 모두 한문 기록이나, 이 부분만 한글 기록이 섞여 있다. 도세저항운동 당시 정익환이 지어 노래로 부르게 한 「척진도세초환가」가 이것인지는 분명하지 않다.

된 것이다.

그의 도세저항운동은 1905년 말경부터 대규모의 민중운동으로 전개되었다. 정익환은 이해 12월 23일에 민중회의를 개최하여 도민의 모임을 결성하고 종제 정무근을 대표자로 선정했다. 제단을 쌓아 도세 면세를 하늘에 기원했으며, 「척진도세초환가」[9]를 지어 도민에게 부르게 했다. 정익환은 전답을 팔아 거사 자금을 만드는 한편 산중에 초막을 짓고 그곳에 기거하면서 총지휘를 담당했다. 장정들은 새끼줄을 옆구리에 차고 다니면서 정익환이 체포되는 위기에 처하면 새끼줄을 서로 연결하여 인의 장막을 침으로써 체포를 막았다. 이러한 투쟁은 6년간 지속되었는데, 당시 신문에 정익환이 이끄는 창선도민의 투쟁을 부정적으로 적은 기사가 실리기도 했다.[10]

정익환은 1909년 음력 8월 1일에 체포되었다. 일본 헌병대 하동분견대가 야음을 틈타 섬에 들어와 정익환을 체포한 것이다. 이때 정익환의 체포 사실을 안 도민이 배로 가는 헌병들을 추격하자 헌병대는 총격을 발포하여 도민 2인이 사망하고 2인이 중상을 입었다. 1909년 9월 16일에 작성된 공문서 「폭도수괴 혐의자 인치에 관한 건」은 '정익환이 폭도일 것이라고 생각하여 체포하자 창선도민 수백 명이 정익환은 폭도가 아니니 석방하라고 소동을 부려 총을 쏘았으며, 정익환을 하동분견소에 구금 중임'을 보고하고 있다.[11] 무차별 총격에 의한 도민 사망을 '폭도[의병]' 소탕으로 인해 벌어

9 김이후가 쓴 「창선가」 제8장에는 「척진도세초환가」의 내용을 짐작하게 하는 구절이 있다. "국왕에게 바라기를 천리에 풀띠를 엮어 환(環, 풀로 엮은 고리)을 만들고 주민 만명이 섬을 에워 싸 풀 고리마다 마디마디 해마다 누적된 원망의 마음을 실었고, 중첩된 도세를 굽이굽이 죽음으로 맹세하여 내지 않겠다는 뜻을 담았다" '척진도세'는 '도세를 모두 배척한다'는 뜻이고, '초환'은 '풀 고리'라는 뜻이므로 이 노래는 당시 주민들의 풀 고리 의식에서 지어진 것으로 짐작된다.

10 당시 『황성신문』, 1906년 12월 17일, 1907년 2월 15일, 1907년 4월 19일 자 신문, 그리고 『대한매일신보』, 1907년 5월 23일 자 신문에 정익환을 '괴비(怪匪), 난민(亂民)'이라고 호칭하며 창선도민의 투쟁사를 다룬 기사가 실려 있다.

진 일이라고 변명하고 있음을 알 수 있다.[12]

정익환은 진주 감옥에서 3년간 수감 생활을 했다. 그가 옥고를 치를 때 창선면의 50대 이상 부녀자들이 매일 10여 명씩 순번을 정하여 창선에서 진주까지 100리 길을 가서 감영의 뜰에 연좌하여 정익환의 방면을 호소했다. 얼마 후 일본 관원은 민심을 감안하여 창선면민의 도세를 면제해 주고 경지도 민유화해 주었다. 그러나 정익환만은 '관명을 불수했다'는 죄명으로 3년 옥고를 다 치르게 하고 석방했다.

창선면민은 석방되어 돌아온 그의 공로를 기리기 위해 매 호마다 놋숟가락 한 개씩을 걷어 송덕비를 건립하고자 했다. 그러나 이 일은 정익환의 반대로 무산되었다. 정익환은 고향에서 여생을 보내다가 1919년 2월 11일 향년 72세를 일기로 세상을 떠났다. 후손의 증언에 의하면 그는 유언으로 '비를 세우지 말고 이름도 밝히지 말라'는 말을 남겼다고 한다. 그리하여 그의 묘 앞에는 비석이 없다. 창선면에서는 그가 사망한 지 한참이 지난 후인 1940년에 그의 송덕비로 「창선목도세견면정공익환사적비」를 상신리 노변에 건립했다.

---

11 「폭도수괴 혐의자 인치에 관한 건」: 작성자는 경상남도 경찰부장 일기관이고 수신자는 경무국장 송정무이다. "本月 十六日 河東憲兵分遣所 憲兵伍長은 同補助員 三名과 共히 暴徒偵察로 道內 南海郡 昌善島에 赴하여 島民의 首領으로 指目되는 丁益煥(先軍李學黨一部의 首魁로 現下 昌善島中 金比의 勢力을 갖고 神과 如히 畏敬된다)이란 者 暴徒 二名을 自宅에 隱匿하고 있다는 說이 있으므로 同人도 暴徒의 一人일 것이리라고 逮捕引致하고자 하자 島民 數百名은 丁益煥은 暴徒가 아니다. 解放하라고 强迫 多數를 믿고 穩靜치 아니하여 憲兵의 一行은 二名을 銃殺하고 二名에게 重傷을 입히고 若干 退却하는 機에 乘하여 益煥을 引致 目下 河東 憲兵分遣所에 拘禁 中. 右 報告함"

12 정익환은 이 공문서로 인하여 의병으로 오인되기도 했다. 『한국독립운동사자료 15 의병편』(국사편찬위원회 편, 탐구당, 1970, 467면)의 「근대사연표」에서는 이 공문서를 기반으로 하여 다음과 같이 적고 있다. "경남 남해군 창선도 거주 정익환이 의병가담 및 의병은닉 혐의로 하동헌병분견소에 피체됨(도민 수백명이 석방을 요구, 2명 순국)"

2) 갑오개혁과 목장토의 도세 부과

정부는 말을 사육하고 관리하는 곳으로 대개 공한지를 선택했는데, 말을 안전하게 방목할 수 있으면서 공한지인 곳은 대개 섬이었다. 그리하여 진주감목관 관할하의 목장 13개 가운데 11개 목장이 남해·고성·거제 등의 섬에 있었다. 말을 사육하고 관리하는 목자牧子는 말의 상납과 함께 주변의 땅을 개간하여 그 소출의 일정량을 사복시에 세금으로 바쳤다. 그런데 차츰 목장 주변에 원래 목장을 관리하는 원목자 외에 가목자가 많아지게 되었다. 가목자는 목마 부담은 지지 않으면서 목장 주변의 땅을 개간하여 일정량의 포나 포가를 사복시에 상납하는 사람들을 말한다. 이들은 목장 내에 거주하며 땅을 개간하는 경우도 있었지만, 목장 밖 인근에 산재하며 땅을 개간하는 경우도 있었다.[13]

그런데 갑오개혁으로 목장토를 포함한 둔토의 조세에 커다란 변화가 있게 되었다. 원래 결세는 전답의 결에 따라 내는 세금이고, '도조都租(도세)'는 남의 땅을 사용한 소작료에 해당한다. 갑오개혁을 단행한 세력은 그동안 왕실의 관할하에 있던 둔토의 세금을 국가 재정으로 돌리고 싶어 했다. 그리하여 우선 감관을 파견하여 전국에 분포하고 있는 둔토를 조사하고 지세대장에 등재하는 작업[갑오승총甲午升摠]을 수행했다. 그리고 이들 땅의 면세지 특권을 폐지하고 '도세'를 부과하기 시작했다.

대부분의 목장토 농민들은 그동안 자신들의 땅이 면세지이자 사유지로 생각하고 있었다. 그런데 갑자기 갑오승총으로 그 동안 내던 결세에다가 도세가 더 부과되자 목장토의 농민들은 이것을 '일토양세一土兩稅'라고 생각

13 오인택, 「18·19세기 진주부 창선목장 목족의 직역 변동과 그 성격」, 『부산사학』 제35집, 부산경남사학회, 1998, 71~76면.

했다. 그리하여 목장토 농민의 도세저항운동이 전국적으로 일어나게 되었다. 특히 이 '일토양세' 논란은 이후 길고도 치열한 국가와 백성 간의 소유권 분쟁으로 이어지게 되었다. 이렇게 1894년을 기점으로 이전의 농민운동은 감사, 수령, 아전으로 이어지는 지방 지배층의 수탈 현실을 문제 삼은 항세운동의 성격을 지닌 반면, 이후의 농민운동은 1차 갑오개혁으로 인해 부가된 '도세'를 거부하고 토지의 민유화를 주장하는 '도세저항운동'의 성격을 지니는 것이었다.[14]

진주목 관할 목장토의 농민들도 목장토가 왕실의 국유지여서 세금을 궁내부 사복시에 납부해 왔지만, 세월이 흐르면서 자신의 땅을 상속과 매매가 자유로운 민유화한 면세지로 생각하고 있었다. 그런데 갑오개혁으로 두 명의 조사위원이 파견되어 진주목 관할의 목장토를 지세대장에 등재하고 목장토의 농민에게 도세를 부과했다. 그리하여 당시 조선의 여다 역·둔토 및 목장토 경작 농민과 마찬가지로 진주목 관할 목장토의 농민들은 도세를 부과한 두 위원에게 강한 반감을 지니며 도세저항운동을 시작했다.

「심심가」는 1차 갑오개혁으로 당대 들불처럼 번지고 있었던 '도세저항운동'을 배경으로 창작되었다. 그리하여 「심심가」에서 작가는 기본적으로 진주목 관할 목장토의 농민, 즉 "겨졔와 남희와 젹양창션"의 네 섬 및 "통령"에 사는 '4도5경四島五境의 백성'을 대변한다.[15] 4도5경의 목장은 진주목 관

14 갑오개혁 이후 도세 문제는 다음의 논문을 참조하였다. 김성기, 「갑오개혁 이후 탁지부 파견 둔토감관 연구」, 『대동문화연구』 제89집, 성균관대학교 대동문화연구원, 2015, 429~472면; 최희정, 「갑오·광무시기 징세체계의 변화와 경남 고성지역의 항세운동」, 『석당논총』 제66집, 동아대학교 석당학술원, 2016, 355~386면; 정희찬, 「갑오개혁기(1894~96년) 상납 건체 문제와 공전의 환송」, 『한국사론』 제57집, 서울대학교 국사학과, 2011, 255~316면; 신용하, 「1894년 갑오개혁의 사회사」, 『사회와 역사』 제50권, 한국사회사학회, 1996, 11~67면; 박찬승, 「한말 역토·둔토에서의 지주 경영의 강화와 항조」, 『한국사론』 제9집, 서울대학교 국사학과, 1983, 255~338면.

15 "가련ᄒᆞ고 가련ᄒᆞ다 창션목장 되엿던 / 겨졔와 남희와 젹양과 창션새경 사ᄂᆞᆫ빅셩 /

할 목장 중에서 남해안 섬(거제, 남해, 창선, 적양)과 반도(통영) 지역에 분포하는 곳으로 작가가 속한 창선목장과 같은 조건에 있는 곳들이다. 그래서 작가는 작품의 후반부에서 백성들을 살려달라는 호소를 4도5경의 목장토를 관할하는 진주관찰사에게 하고 있는 것이다.

그런데 「심심가」는 1차적으로 갑오개혁 이후의 도세저항운동을 배경으로 창작되었지만, 작가가 문제 삼고 있는 것은 도세에만 한정하지 않았다. 작가는 도세를 거두는 두 조사위원과 관속들에 대해 강한 반감을 지니고 있었으므로 「심심가」에서 도세 문제 외에도 그들의 탐학과 비리를 총체적으로 고발했다. 한편 작가가 살고 있던 창선목장은 그 지역만의 또 다른 문제가 있어 지역민의 부담이 훨씬 무거웠다. 창선목장의 정익환이 도세저항운동에 적극적으로 나선 것은 두 위원과 관속들의 탐학과 비리에다가 창선목장만의 문제가 중첩되었기 때문이라고 할 수 있다.

3. 「심심가」의 작품 세계

작가 정익환은 가사의 구성을 탄탄하게 짜 놓고 내용을 서술하지는 못했다. 내용 전개의 큰 틀은 대략 세 부분의 서술 단락으로 구분할 수 있다.

(1) 1~157구: 감관 및 관속의 비리 고발

무신죄로 일반국토 일반국민예 / 창션목장짜예 믹어던고 불상ᄒᆞ고 불상ᄒᆞ다" 이 구절에서 설명을 요하는 부분이 있다. 이 구절을 글자 그대로 해석하면 '거제, 남해, 적양, 창선 등 사경에 사는 백성'이 창선목장 땅에 매인 것이 된다. 그런데 사실 네 곳에는 각각 목장이 있었기 때문에 이 구절에 나오는 두 번의 '창선목장'은 '목장'으로 하는 것이 맞다. 그리고 이 구절은 「심심가」에 거듭해서 나오는데 통영 한 군데가 추가되어 '오경'으로 된 곳도 많다.

(2) 158~274구: 백성들을 향한 동참 호소와 그간의 노력

(3) 275~495구: 신관찰사를 향한 호소

「심심가」는 위와 같은 큰 틀에서 세 서술 단락으로 구성되어 있지만, (1)의 내용이 (2)와 (3)에서 다시 거론되곤 하여 내용이 산만한 편이다. 「심심가」의 작품 세계를 서술 단락의 순서대로 살펴보도록 하겠다.

1) 감관 및 관속의 비리 고발

당시 진주목 관할 목장토의 조사위원으로 문씨위원과 조씨위원이 내려왔다. 작가는 이 두 위원과 이들을 도와 일을 처리하던 관속의 비리를 고발했다. 매우 흥분한 어조로 그간 이들이 자행한 일들을 하나하나 거론해가며 고발했는데, 지면의 한계 상 그 내용을 일일이 살펴보는 것은 무리가 있으므로 다음과 같이 정리하여 살펴보고자 한다.

해당 인물	내용
문씨위원	① 한없는 도세로 백성을 괴롭힌다.
	② 오륙십명 육방관속을 두니 인심이 소동한다.
	③ 도서기를 시켜 육방을 배치하니 백성의 고통을 모른다.
조씨위원	④ 한정 없는 도세로 4도5경 백성을 다 죽인다.
	⑤ 육방나졸을 배설하고 삼십명의 서기를 두었다.
	⑥ 계사·갑오년 창선목장 미태米太 상납을 투절했다.
	⑦ 칭선면의 목관관행 세금을 주민에게 독촉해 받아냈다.
	⑧ 죽은 말까지 팔아 마피를 챙겼다.
배득중	⑨ 가마와 작도 예납을 당납으로 백성에게 받아냈다.
	⑩ 백성 취회하는 사람을 요놈조놈한다.
병방 관속	⑪ 청장년 남자에게 연간 한 량 닷돈씩을 받아 챙겼다.
기타	⑫ 관사·아사·고사가 사사집이 되었다.

먼저 문씨위원에 관한 ①·②를 살펴본다.

무지할샤 져위원나 니다민곤 왼일인야 / 말랴말랴 졔발말랴 준민고택 졔발말랴 / 준민고ᄐᆡᆨ 몰리겨든 위원안자 ᄉᆡᆼ각ᄒᆞ오 / 좃고만현 위원으로 (가) 근 삼심멩 관쇽이 왼일이며 / 육방관쇽 빅셜이 왼일이요 / (나) 셩덕할샤 탁지아문 봉셰훌령 / ᄆᆡ겔에 젼ᄃᆡ동을 삼심양식 바든휴의 / ᄇᆡᆨ셩을 돌보앗고 렬닷양은 상납되고 / 렬닷냥은 관원관리 임니되여 민간침칙 업셔난듸 / 무상할사 궁ᄂᆡ부난 어니ᄒᆞ야 도셰봉상 / 한정업시 위원ᄂᆡ여 니다민곤 하단말고

작가는 조사위원들의 리다민곤과 준민고택을 통렬하게 비판했는데, 작가가 문제 삼고 있는 것의 핵심은 밑줄 친 (나)에 나타난다. 이전 탁지아문에서는 봉세를 결당 대동전[16] 30냥을 받아 15냥은 상납하고 15냥은 관원관리에게 상납하여 그 외 민간에게 강요하는 것이 없었는데, 궁내부에서는 도세를 '한정 없이' 부과했다고 했다. 결당 내는 결세는 마땅하지만, 그 동안 내지 않았던 도세는 부당하다고 강한 거부감을 나타낸 것이다.

그런데 도세가 한정 없이 부과된 것은 (가) 때문이기도 했다. 원래 감관은 산하에 6방 관속을 두었다. 그런데 두 위원은 근 삽십명 관속을 두었을 뿐만 아니라 많은 육방관속을 배설했기 때문에 이들의 운영에 필요한 충당금도 내야 했던 것이다. 그리하여 작가는 위에 나타나 있지는 않지만 가사의 뒤에서 '창선적양에서 한 명, 남해양장에서 한 명, 거제칠장에서 이삼 명, 도합 오륙 명만 두고 나머지를 다 없애면 그 돈으로 백성을 구제할

16 젼ᄃᆡ동은 대동전(大東錢)으로 생각된다. 대동전은 은으로 제작된 우리나라 최초의 근대식 화폐로 1882년 7월에 발행했다가 1883년에 사라진 동전이다. 그리고 1891년에 신식화폐조례제정에서 1냥과 5냥이 은화로 제작되었다. 여기서 전대동은 은화 동전을 말하는 것으로 보인다.

수 있을 것이라'고 주장한 것이다.

그런데 (나)에서 작가는 이전 탁지아문의 처사와 지금 궁내부의 처사를 비교하며 궁내부의 처사가 옳지 않음을 강조했다. 갑오개혁 이후 둔토나 목장토의 관리는 탁지아문[17]으로 이속되었다가, 1895년부터는 궁내부와 탁지부가 나누어 관리했다. 당시 탁지아문이나 궁내부는 목장토의 면세지를 승총하여 도세를 거두는 일을 했으므로 작가가 탁지아문은 옳고 궁내부는 그르다고 한 것은 정확한 판단은 아니라고 할 수 있다.

문씨위원에 관한 ③의 내용은 위원이 제리분방, 특히 근로분방을 직접 하지 않고 도서기를 시켜서 하니 백성의 곤란한 지경을 전혀 알지 못한다는 것이다.

다음으로 조씨위원의 ④·⑤는 문씨위원의 ①·②와 동일한 내용[18]이다. 그리고 조씨위원 ⑥과 ⑦의 내용은 특별히 창신목장의 문세와 관련한 것이다.

(가) 계샤갑오 양련 미틱상납 이무 / 죠위원과 김호방 화션의 입으로 / 튜

17 탁지아문은 1894년 6월 28일에 설치되어 이후 탁지부로 개편되었다.

18 조씨위원의 서술에서 동일한 부분은 다음과 같다. "원통할샤 궁닉부는 좃고만코 좃고만현 / 죠위원의 말만듯고 일반국토 일반국민예 / 조션이십샤목 업셰시면 민곌차로 승총예로 / 믹결예 젼딕동을 삼십양슥 봉셰는 올컨이와 / 좃고만현 죠위원과 관쇽의 말만 듯죠시고 / 도셰봉상 훌령닐썩 흔정업고 분간업시 / 우리빅셩 다죽인다 어니흐야 흔정이 업단말고 / 흔정이 잇고보면 육방나졸 빅셜흐며 / 삼십멩 셔긔 잇단말가 / 마효마효 위원마효 리다민곤 글리마효 / 원통할샤 궁닉부는 흔정업시 도셰봉상 훌링닉여 / 리다빈곤 시길술만 알랴 계시겻졔 / 우리빅셩 기지새겡 도탄중예 드난줄을 아단말가" 밑줄 친 "조션이십샤목 업셰시면"은 갑오1차개혁으로 지방제도가 재편된 것을, "민곌차로 승총예로"는 목장토지를 조사하여 세금대장에 올린 것[升摠]을 말한다. 작가는 궁내부가 조씨위원의 조사만 믿고 승총을 하여 세금을 부과했다고 했다. 결세는 국민으로서 마땅히 내야 하는 것이므로 결당 30량씩 내는 것은 옳지만, 그동안 민유화한 토지로 면세되었던 목장토에 갑자기 한정 없는 도세를 내라고 하는 것은 부당하다고 한 것이다.

졀이 낫겨곤나 어니ᄒᆞ야 튜졀니 낫단말가 / 차쇼위 쳔위신조 그안니며 / 쳔작얼은 유가위언이와 자작디얼은 / 불가활리랴 말삼 일리두고 일옴이졔 /
(나) 죠위원의 욕심보쇼 갑오 칠월일의 / 목관폐지 되여잇고 십월일의 가충목관 되어와 / 미ᄐᆡ간의 관힝이랴 자충ᄒᆞ고 / 삼ᄇᆡᆨ어셕과 진임자와 목화근슈 / 상동갓치 묵어시면 족차족이 될터인ᄃᆡ / 민간초조 ᄌᆡᆨ판되여 근본업ᄂᆞᆫ 팔십셕을 / 차지랏고 들려기로 우리ᄇᆡᆨ셩 / 그련유을 장정ᄒᆞ니 졔음ᄂᆡ예 ᄒᆞ야시되 / 계샤상납 청졍휴의 분간ᄒᆞ자 낫겨곤나

위에서 (가)는 ⑥의 내용을 서술한 것이다. 1893(계사)년과 1894년(갑오) 두 해의 미태米太 상납[19]이 모두 조위원과 김호방의 입으로 투절이 났다고 했다. 그리하여 '하늘이 내린 재앙은 피할 수 있으나 스스로 만든 재앙에서는 살아날 수 없다는 말은 이를 두고 한 말이다(천작얼유가위 자작얼불가활 차지위야天作孼猶可違 自作孼不可活 此之謂也)'라고 하며 개탄한 것이다.

그런데 창선면 기록에는 이 사건의 내막이 다르게 적혀 있다. 창선면에서는 매년 조세를 거두어 조운선에 싣고 서해안을 거슬러 마포에 있는 제조부에 상납해 왔다. 갑오년에도 호방 김화선이 두 해의 세금을 싣고 상경했다. 그런데 갑오개혁으로 그 동안 세금을 상납해온 제조부가 폐지되어 상납할 곳이 애매했다. 그러자 김호방은 이 세금을 들고 잠적해 버림으로써 진주목 관할 목장토의 세금이 미상납된 사태가 벌어졌다는 것이다.[20]

---

19 이 당시 싣고 간 세금의 구체적인 내용은 다음의 밑줄 친 부분에서 서술하고 있다. "계샤갑오 양련 미ᄐᆡ상납 쳔유여셕 / 목화상납 구ᄇᆡᆨ여근 진임자 상납 육칠섬과 / 겨닷미 ᄇᆡᆨ유여셕 모화미 이ᄇᆡᆨ샤십여셕 / 겍여미ᄐᆡ 삼ᄇᆡᆨ유여셕과 대상납ᄃᆡ젼 ᄇᆡᆨ유여금 / 양련 미상납이 낫낫치 죠위원의 입예 / 튜졀ᄂᆞᆫ네 어이ᄒᆞ야 튜졀이 낫단말고"

20 『창선면사』, 앞의 책, 169면. 창선면에 살았던 고 박장린옹이 창선면지 창간 소식을 듣고 창선목장에 대한 사실을 기억을 더듬어 친필로 적은 글이 있다. 이 친필 기록에서 이 사건에 대해 다음과 같이 기술하고 있다. "그런데 昌善牧場에서 每年 白米 一

이렇게 지금까지도 창선면에서는 당시 진주목 관할 목장토의 계사갑오년 미태상납을 김호방이 혼자 착복한 것으로 알고 있다. 그런데 「심심가」의 작가는 김호방과 조씨위원이 공모하여 착복한 것으로 보고 있다. 갑오개혁으로 관제가 개편되고 재정 관할이 이곳저곳으로 이관하는 와중에 세금의 증발 사건이 발생했으나 증발한 세금을 누가 착복했는지조차 몰랐던 당시의 혼란상을 잘 보여 준다.

위에서 (나)는 ⑦의 내용을 서술한 것이다. "갑오 칠월일의 / 목관펴지되여잇고 십월일의 가층목관 되어와"는 갑오개혁으로 7월에 지방제도가 개편되고 10월에 조씨위원이 목장토 조사위원으로 내려온 것을 말한다. 이어서 갑오년 10월에 미태상납을 받았는데, 그 가운데 '목관관행牧官官行'[21] 명목으로 쌀, 콩, 목화, 진임자 등을 창선목장민에게 독촉하여 받아낸 사실을 서술했다. "상동깃치"에서 '상동上同'이라고 한 것은 앞에서 이 사실을 서술한 적이 있기 때문이다.[22] 그런데 조씨위원은 이것을 받아 먹었으면 만족할 만도 한데, 팔십 석을 더 먹으려고 했다. 그리하여 억울한 백성들이 소장을 올리자 "계샤상납 청정휴의 분간ᄒᆞ자"는 제음이 내려왔다고 했다. 위원이 증발해 버린 '계사년 상납 건'을 먼저 해결한 후에 팔십 석 문제를

千石을 서울 濟漕部에 上納하였음으로 當時 牧場戶房 金化善은 甲午年度 上納 白米 壹千石을 실고 乙未年에 上京하여 漢江 埠頭에 漕運船을 碇泊하고 濟漕部를 尋訪하니 上年東學黨革命 高喊 소래에 痕迹을 감춘 濟漕部를 차질 수 있이야. 三虞祭 後의 處方文이다. 舊式 韓國政府 末葉의 處乃란 當罰相半도 못되는 그 不忘腐敗 形言있으랴. 金戶房은 上納 白米 壹千石에 一升一合노 上陸할 必要없이 漢江을 떠나 回還하기 되었다.一地方 某某處에 連絡을 取하여 白米 一千石 去處는 雲霧中에 사라지고 마랏다."(앞의 책, 1258~1259면)

21 정확하게는 모르겠으나 목관의 관업무에 소요되었던 비용의 찬조금인 듯하다.

22 "갑오십월일의 자층목관 일너놋코 / 미틱상납 바다곤나 미틱상납 바든중예 / 목관관힝 미이빅여셕 틱일빅육십여셕 / 목화 육빅구십여근 진임자 넉섬여슈 / 낫낫치 우리 민중 불일독봉 무겨곤나"

다루자고 답변한 것이다. 그리고 ⑧은 조씨위원이 말을 팔러 목장에 왔는데, 산 말만 팔아야 하는데 죽은 말까지 팔아 마피를 챙겼다[23]고 했다.

⑨~⑫는 두 위원을 도와 일을 처리하던 관속들의 비리와 기타 비리를 고발한 것이다. 도서기 배득중은 자신이 예납할 '가ᄆᆡᄒᆞᆫ치 작도ᄒᆞᆫ낫'을 백성에게 당장 물렸으며(⑨), '우리ᄇᆡᆨ셩 돌볼나 ᄒᆞᆫ난샤람'의 출입을 막으라는 문위원의 글을 핑계로 백성을 모아 취회하는 작가를 요놈 조놈 하며 하대하며 나댔다(⑩)[24]고 했다. 병방관속은 또다른 민간결렴으로 청장년 남자에게 연간 한 냥 닷 돈씩을 받아 챙기기도 했다(⑪). 그리고 관사, 아사, 각고사를 4도5경 백성의 결렴과 호렴으로 지으니 감당할 수가 없다(⑫)고 했다.

23 "ᄆᆡ마차로 들려곤나 ᄆᆡ마차로 들려시면 / ᄉᆡᆼ마팔기ᄂᆞᆫ 올컨이와 샤마팔기 왼일인야 / 무지ᄒᆞ고 야속ᄒᆞ다 져관리야 / 우리 불상ᄒᆞ고 불상ᄒᆞᆫ ᄇᆡᆨ셩의게 / 글리글리 야슉ᄒᆞ나 양련 미ᄐᆡ상납 / 분슥ᄒᆞ면 그만인듸 샤마ᄉᆡᆼ중 왼일인야 / 샤마ᄉᆡᆼ중 ᄒᆞ난줄을 관쇽안자 ᄉᆡᆼ각할랴 / 금련이 무술졍월일랴 지금가지 / 쌸고중예든 마피가 왼일인야 / 셰상이 일려ᄒᆞ니 불상ᄒᆞ고 불상ᄒᆞᆫ 우리ᄇᆡᆨ셩 / 그여니 샬기을 발ᄅᆡ이요" 목장은 파는 말에 따라 세금이 부과되기도 한 것같다. 생마뿐만 아니라 사마까지 팔면 판 말에 대해 세금이 부과되었다. 그렇게 될 때 그 차액은 목장토 민중이 부담해야 했으므로 이러한 비리에 대해 고발한 것으로 보인다. 그리고 관속들이 사마의 고기를 팔고 그 남은 마피를 챙겼던 것을 말하는 것같다.

24 "문씨위원 글조와랴 샤문의 글을뼈셔 / 우리ᄇᆡᆨ셩 돌볼나 ᄒᆞᆫ난샤람 / 출입말나 ᄒᆞ난위원 알랴시며 / 위원의 샤문밧계 ᄇᆡᆨ셩취회 ᄒᆞᆫ다ᄒᆞ고 / 요놈조놈ᄒᆞᄂᆞᆫ 도셔기놈을 ᄂᆡ어니 아단말가 / 좃고만현 ᄇᆡ득중아 네듯겨랴 단문인중 승천샤요 / 리다민곤 우리ᄇᆡᆨ셩 도탄중을 네알랴나 / 네ᄂᆞᆫ일시 도셔기되고 나ᄂᆞᆫ일시 ᄇᆡᆨ셩되여곤나 / 네ᄂᆞᆫ일시 도셔기로 민곤차로 리다ᄒᆞ니 / 네ᄂᆞᆫ등등 위풍남자되고 나ᄂᆞᆫ일시 ᄇᆡᆨ셩으로 / 너의관쇽 계샤갑오 미ᄐᆡ상납 귀졍시계 / 우리ᄇᆡᆨ셩 돌볼얏고 일리졀리 납데신니 / 녹녹광인 ᄂᆡ로곤나" 작가가 백성을 모아 향회를 가지자 문씨위원은 문서를 통해 작가의 관아 출입을 막았다. 그러자 도서기는 향회를 주도하고 관아에 출입하고자 한 작가에게 '요놈조놈'하며 막말을 한 것이다. 이에 대해 작가는 '네ᄂᆞᆫ등등 위풍남자되고 나ᄂᆞᆫ일시 ᄇᆡᆨ셩으로'라고 빈정됨으로써 양반으로서의 자의식을 드러내고 있다.

2) 백성들을 향한 동참 호소와 그간의 노력

작가는 조사위원과 관속의 비리를 고발한 후 백성을 향해 투쟁에 동참해 줄 것을 간곡히 호소했다. 자신이 4도5경의 문제에 대해 아무리 자세히 알려주어도 백성 가운데 같이 투쟁할 남자가 나서주지를 않아 마치 '독장난명獨掌難鳴'의 형국이라고 하면서, 이 「심심가」를 읽고 옳다고 생각한다면 일처로 모여 공론을 한 후에 관찰사도에게 상소를 하자[25]고 했다. 그리고 작가는 백성들의 동참을 호소하기 위해 그간 관아와 싸웠던 자신의 노력과 그 과정에서 밝혀진 사실들을 서술했다.

> (가) 찬조곌렴 독봉차로 창션리회 붓체곤나 / 관힝찬조 창션만 되단말가 / 우리겨졔와 남히와 젹양창션 사곙이 / 하몬ᄒᆞ아겻제 창션만 되단말가 / 샤셰 글려할가 졀려할가 집피집피 ᄉᆡᆼ각ᄒᆞ오 / 읙환의 숫놈보쇼 왈칵쑤여 나안지며 / 일온말리 요보효 요보효 니집강 요보호 / 윈말이요 윈말이요 이겨시 윈말이요 / 위원의 졔음 졀려ᄒᆞᆫᄃᆡ / 계샤상납 청정ᄒᆞᆫ 말도 못ᄒᆞ고셔 / 곌렴효렴쇼리 되단말가 ᄒᆞ고난니 / 그졔야 ᄇᆡᆨ셩마음 일편이 되어곤나 / (나) 일펜이 되여기로 통일차로 남양문션을 갓겨곤나 / 남양무션 가셔본니 창션관쇽 쇠을보호 / 문씨위원 보나야셔 죠씨위원 창션으로 / 모셰 왓겨곤나 읙환의 겨동보쇼 / 계샤갑오 미틔상납 귀정차로 / 각동ᄇᆡᆨ셩 달리고셔 죠씨위원전 갓겨곤나 / 계샤갑오상납 말물은니 죠씨위원 얼ᄂᆡ보쇼 / 계샤갑오양련 미틔상납 일션ᄎᆡᆨ예 실어놋코 / 량이방과 량가샤람 ᄒᆞᆫ낫 김가샤람 ᄒᆞᆫ낫 삼아시계 / 철리 경셩보ᄂᆡᆫ 휴의 나도올나 / 샤복시 졔죠ᄃᆡ감씨 젼예 상납ᄒᆞᆫ말 분멩ᄒᆞ고

25 "풍파우파회파 올커덜낭 그만두고 / 글려텰 안니커든 우리 오곙빅셩 / 상통문자 ᄒᆞ야감셔 일쳐로 모와안자 / 공론휴의 우리 관찰샤도 젼예 / 니련유을 상쇼ᄒᆞ와 득제을 ᄒᆞ온휴의"

/ 김효방 화션불너 상납분멩 말물은니 / 화션의 얼ᄂᆡ보쇼 어물어물 ᄒᆞᄂᆞᆫ말리 / 갑오승총 상납ᄌᆡ촉니 분멩키로 / 상납을 ᄒᆞ여닷고 말을ᄒᆞ니 / 죠위원과 두리 말리 부동ᄒᆞ니 그안니 튜셜이며 / 곽호방 ᄀᆡ상납일을 두고보쇼 / 계샤상납 ᄎᆡᆨ문이 분멩ᄒᆞ고 보겨더면 / 그어니 ᄒᆞ야 창션민간 임션자 / 전환 츄심차로 리중민장 이셔시며 / 진주관찰 샷도젼예 민장이 이셔시며 / 본주군슈 샷도젼예 득제ᄒᆞᆫ 민장이 이단 말리요 / 글려커렴 일너와도 못듯고 / 몰나 계시거든 가만안자 / 리중제음 관찰샷도제음 군슈샷도제음 / 삼제음을 낫낫치 들려보와 / 샤세 글려할가 안니할가 / 파혹덜 ᄒᆞ옵시고 니제음 들려보오

위에서 (가)는 '목관관행' 세금 문제를 두고 관아와 실랑이를 벌였던 사건을 서술한 것이다. 4도5경 가운데 창선목장에만 '목관관행' 세금이 매겨졌다. 그리고 이수집강李首執綱이 이 세금을 독촉하기 위해 창선리회를 소집했다. 작가는 이 이회가 열린 것을 참을 수가 없었다. 그래서 작가("익환의 수놈보쇼")는 왈칵 뛰어나와 '이 보오, 이집강. 이 문제는 이미 계사 상납 문제를 해결한 후 논의하자는 제음을 받아낸 것이다. 계사상납 문제가 해결되지도 않았는데, 결렴이니 호렴이니 하는 것이 말이 되느냐'며 이치를 따졌다. 앞서 ⑦에서 살펴본 바와 같이 창선면민이 '목관관행'으로 걷는 세금이 부당하다 하여 소장을 올리자 위원이 '계사 상납 문제를 해결한 후 논의하자'는 제음을 내린 바 있었다. 그래서 작가는 그 사실을 말하고 있는 것이다. 그러자 백성들이 작가의 말이 옳다고 여겨 그제에서야 백성들의 마음이 한 편이 되었다고 했다.

(나)는 한마음이 된 백성들이 계사년 미상납 세금 문제를 따지기 위해 모두 남양문선에 갔을 때 벌어진 사건을 서술한 것이다. 백성들이 몰려오자 관속들은 꾀를 내어 조씨위원을 모셔왔다. 계사갑오 상납 문제를 물으니 조씨위원은 '곡식을 배 한척에 신고 양이방과 양가샤람 하나 김가샤람

하나를 시켜 경성으로 보낸 후 자신도 서울로 올라가 사복시 제조대감에게 상납했다'고 말했다. 이때 "양이방"은 곽호방과 김호방을 말한다. 이어 김호방에게 물으니 어물어물하면서 '갑오년에 승총된 세금을 상납하라고 독촉을 하도 해서 상납했다'고 말했다. 조씨위원은 계사갑오 세금을 상납했다고 한 것이고 김호방은 갑오년 목장토 조사 후 승총된 세금을 상납했다고 한 것이다. 작가는 이렇게 두 사람의 말이 서로 다르니 투설이 분명하다고 하는 것이다. 이어 작가는 곽호방의 기상납일을 보더라도, 창선리장·남해군수·진주관찰사 등에 소장을 올려 받은 제음을 보더라도 중간에서 착복이 있었던 것이 분명하다고 했다. 그리하여 작가는 다시 한번 문제 해결을 위해 백성들이 투쟁의 대열에 동참해줄 것을 다음과 같이 호소했다.

> 니샤도 오경샤ᄂᆞᆫ ᄇᆡᆨ셩동무 / 일시예 동심육역 발기ᄒᆞ야 / 니일져일 낫낫치 발키ᄂᆡ여 / 우리ᄇᆡᆨ셩 살리ᄂᆡ셰 우리 ᄇᆡᆨ셩동무 살리자몬 / 그중예 의기남자 잇고 이셔야만 할텨인니 / 그중예 아모랴도 니글을 보고보와 / 샤셰 글려할넛 ᄒᆞ옵겨는 / 동멩과 셩씨와 명자을 / 차차제멩 책포ᄒᆞ야 주옵시면 / 일휴의 종차 만닐날리 잇쇼온니 / 글리알랴 제멩ᄎᆡᆨ포 ᄒᆞ옵쇼셔 / 제멩ᄎᆡᆨ표 ᄒᆞ옵시되 니일을 ᄒᆞ야보고 / 안되겨든 죽기로 씸을뼈셔 / 우리 셩상젼예 올나가셔 니원졍을 올리ᄂᆡ여 / 우리 오겡샤ᄂᆞᆫ ᄇᆡᆨ셩동무 아무쏘록 살려ᄂᆡ여 / 죽벡제멩 ᄒᆞ야소코 만셰무량 살랴보고 / 글리도 졀리도 못ᄒᆞ겨든 죽기로 씸을뼈셔

위의 인용구를 차례대로 요약하면 '4도5경에 사는 백성들이 일시에 같은 마음으로 일어나 그간 벌어진 일들을 낱낱이 밝혀내 백성들을 살려내야 한다', '그러기 위해서는 의기 있는 남자들이 나서주어야 한다', '아무라도 이 글을 보고 옳다고 생각한다면 동명洞名과 성명을 연명해 달라', '그러면 장차 같이 만나 논의할 날이 있을 것이다', '우리 백성들이 성상께 올라가

원정을 알리고, 그도 저도 안되면 죽음을 각오하고 힘을 쓰자'는 것이다. 작가가 절박한 심정으로 백성들을 향해 구구절절이 투쟁에의 동참을 호소한 것이다.

3) 신관찰사를 향한 호소

「심심가」는 장장 200여 구에 달하는 가사의 후반부를 신관찰사(조시영, 1843~1912)를 향한 작가의 호소로 채웠다. 작가가 서술한 순서대로 요약하면 '4도5경의 백성도 경상도 백성이니 골고루 살펴달라', '자신이 아무리 백성을 위하려고 설쳐도 백성이 따르지를 않는다', '상소를 하려 해도 관속이 모두 한통속이라 탐문을 할 수 없다', '경성은 천 리라 너무 멀고 자신만 혈혈단신으로 투쟁한다', '백성들은 입은 있지만 구천객이 될까 하여 말도 못 한다', '조상·부모·형제·처자도 돌보지 않고 기어이 글을 지어 올려 설치는 자신을 살려달라', '이전의 관찰사 이항의가 했던 것처럼 위원에게만 일을 맡기지 말고 백성들을 직접 관찰해라', '조위원과 각 제리를 붙잡아 공정하게 조사해라' 등등이다. 이렇게 작가는 장황한 호소를 마친 후 다음과 같이 서술했다.

> 우리 ᄇᆡᆨ셩덜과 혈혈단신 뎡의환을 / 살예줄나 ᄒᆞ옵시겨든 불상ᄒᆞ고 불상ᄒᆞᆫ / 잔명 의환을낭 옥중으로 ᄂᆡ리와 가두쇼셔 / 어니ᄒᆞ야 옥중에 갓치기을 / 자원자청 ᄒᆞ올잇가만은 달옴이 안이오라 / 져위원과 져관리덜리 일시예 달려들려 / 타살ᄒᆞ면 그만이요 글려텰 안니ᄒᆞ야도 / 우리 ᄇᆡᆨ셩의 원졍을 말을ᄒᆞ면 / 타살을 ᄒᆞ랴고 달려드ᄂᆞᆫ 관리 이셔겨든 / ᄒᆞ물며 ᄂᆡ칙과 ᄂᆡ원졍을 우리 몡볍ᄒᆞ시ᄂᆞᆫ / 관찰샷도 임젼과 주샤임젼예 올리고보면 / 그어니 타살리 업시이요 / 글로알라 올리온니 집피집피 ᄉᆡᆼ각ᄒᆞ옵시셔

위에서 작가는 신관찰사에게 백성과 자신을 살리려거든 자신을 잡아 옥에 가두어 달라고 했다. 이렇게 말하는 이유는 위원과 관리들이 일시에 달려들어 자신을 죽일 수 있기 때문이라는 것이다. 그러지 않아도 자신이 백성의 원정을 말했을 때 죽이려고 달려드는 관리가 있었는데, 하물며 관찰사또 앞에 이 글을 올리기까지 했으니 반드시 자신을 죽이려 드는 관리가 있지 않겠느냐는 것이다. 위에서 알 수 있듯이 작가는 "혈혈단신 뎡의환"이나 "불상ᄒᆞ고 불상ᄒᆞᆫ 잔명 의환"과 같이 자신은 낮추고, "우리 명볍ᄒᆞ시ᄂᆞᆫ 관찰샷도"와 같이 관찰사는 높이는 태도로 서술을 이어 나갔다.

이어서 작가는 자신은 죽으면 그만이지만 권속들이 걱정이다, 이 일을 하자 하니 권속들이 고생할 것이고 안 하자니 장부 마음이 허사되고 백성들이 죽을 지경이다, 5경에서 몇 명씩만 백성들을 모아도 '난민亂民'이라 할 터인데 걱정이다, 성상께 도세가 부당하다고 상소를 올려달라, 궁내부 대신께 갑오년 이전의 세금을 거두지 말아달라고 상소를 올려달라, 조위원의 첩보만 듣지 말고 백성의 하소연을 들어라, 백성을 살려 낼 사람은 당신뿐이다 등등을 계속해서 호소했다. 그리고 가사의 마지막에서 이 말이 새나가면 사세가 위태하여 글을 지어 올리는데, 나머지 일은 후록기를 지어 올리겠다고 하며 끝을 맺었다.

4. 「심심가」의 담론 특성과 미학

「심심가」는 19세기 최말인 1898년에 남해 지역의 도세저항운동을 배경으로 창작된 현실비판가사로 19세기 삼정문란기에 창작된 현실비판가사를 계승하여 창작된 것이다. 19세기 삼정문란기에 창작된 현실비판가사는 여러 작품이 있다. 그 가운데 「심심가」와 창작 시기가 가깝고 창작 지역

면에서도 경남 인근 지역에서 창작된 가사로 「거창가」와 「민탄가」가 있다. 「거창가」는 1841년에 거창지방의 향촌반란운동을 배경으로 창작되었으며, 「민탄가」는 임술농민항쟁이 일어나기 3년 전인 1859년에 진주 지역 농민항쟁을 배경으로 창작되었고, 「심심가」는 1898년에 도세저항운동을 배경으로 남해에서 창작되었다.

이렇게 「거창가」, 「민탄가」, 「심심가」는 19세기 농민저항운동을 배경으로 창작된 현실비판가사라는 공통점을 지닌다. 그리하여 「심심가」의 담론 특성과 미학이 어떤 위상과 의미를 지니는지를 알아보기 위해서는 앞서 창작된 두 현실비판가사[26]와의 비교가 필요하다. 먼저 「심심가」의 담론 특성과 미학을 살펴본 후, 「심심가」와 비교하여 두 현실비판가사의 담론 특성과 미학이 어떤지 간단하게 살펴보도록 하겠다.

1) 「심심가」의 담론 특성과 미학

갑오개혁 이후 그동안 면세지였던 목장토에 도세를 부과하기 위해 남해 지역에도 조사위원이 파견되었다. 그런데 조사위원의 관속과 결탁한 비리가 이만저만이 아니었다. 진주목 백성은 이전에는 내지 않았던 도세를 내야 했을 뿐만 아니라 이러저러한 세금을 더 내야 하는 현실에 직면하게 된 것이다. 특히 창선목장의 주민은 계사년 미상납과 목관관행의 세금 문제도 있었기 때문에 더 심각한 현실에 처하게 되었다. 이때 창선면에 살던 정익환이 진주목 관할 목장, 특히 창선목장의 백성을 위해 도세저항운동에 나서고 그 운동의 일환으로 「심심가」를 창작했다. 그리하여 「심심가」는 도

26 「거창가」와 「민탄가」의 작품론은 『현실비판가사 연구』(고순희, 박문각, 2018)에 실려 있다. 이 연구에서 「거창가」와 「민탄가」에 대한 논의는 「거창가」(앞의 책, 123~184면)와 「민탄가」(앞의 책, 185~216면)를 참고했다.

세의 부당함을 주장하고 감관 및 관속의 비리를 하나하나 '고발하고 비판' 했다.

한편 작가 정익환은 그 동안 관아에 가서 부당함을 따지기도 하고 억울함을 호소하는 소장을 올리기도 했다. 그래서 관아에서는 그의 관아 출입을 금하기도 하고 하대와 욕설을 퍼붓기도 했으며 심지어 죽이려고까지 했다. 이러한 정익환의 행동을 본 백성들은 한때 그와 동조해 그와 함께 관아에 몰려가 문제를 따지기도 했었다. 그러나 백성들은 관아의 보복이 두려워 도세저항운동에 적극적으로 가담하기를 꺼려했다. 작가는 혼자 힘으로는 남해 백성이 당면하고 있던 문제를 해결하지 못한다고 생각했다. 백성들의 동참이 절실하다고 여긴 작가는 「심심가」를 통해 백성들의 동참을 '호소'하고 새로 부임한 관찰사에게 비리의 시정을 '호소'해야 했다.

이와 같이 「심심가」의 담론 특성은 '고발 및 비판'과 '호소'로 요약할 수 있다. 그런데 「심심가」의 담론 특징에서 주목할 만한 점은 '고발 및 비판' 담론보다 '호소' 담론의 서술이 더 길고 핍진하다는 것이다. 비록 완벽하게 짜진 서술 단락 안에서 서술이 이루어지지는 못하고 중언부언이 있기는 하지만 크게 보아 '감관 및 관속의 비리 고발(1~157구)'에 비해 '백성들을 향한 동참 호소와 그간의 노력(158~274구)'과 '신관찰사를 향한 호소(275~495구)' 부분의 서술이 더 길게 나타난다. 이렇게 「심심가」는 '고발 및 비판' 담론을 지니는 현실비판가사인데, 여타 현실비판가사와는 달리 호소의 담론을 많이 지닌다는 특징이 있다.

「심심가」의 '고발 및 비판' 담론과 비중 높은 '호소' 담론은 두 가지가 어우러져 「심심가」만의 독특한 문체 미학을 형성했다. 먼저 '고발 및 비판' 담론은 필수적으로 '개탄'을 동반해 매우 격앙되고 흥분된 어조를 띄게 만든다. 「심심가」에서 어조의 격앙과 흥분은 매우 심하게 나타난다. "무지할샤 져위원나 니다민곤 왼일인야 / 말랴말랴 졔발말랴 준민고택 졔발말랴"

에서 위원에 대해 다짜고짜 "무지할샤"로 수식하고, 이다민곤理多民困이 "원일인야"라고 개탄했으며, 이어서 "말랴말랴 졔발말랴 준민고택 졔발말랴"라고 비리에 대한 항의를 명령형으로 서술했다. 이렇게 「심심가」는 "원일이며", "어니ᄒᆞ야", "하단말고", "낫단말가", "원통할사" 등의 개탄구로 점철이 되다시피 한 문체를 보인다.

「심심가」는 서술 구조가 매우 산만한데, 음보 역시 4음보 연속의 정격에서 벗어나는 경우가 많아 산만하다고 할 수 있다. 「심심가」의 필사본을 DB화할 때 의미의 맥락을 따라 행을 나누다 보면 4음보에 들어맞지 않는 구가 많으며, 한 음보의 음수도 일반적인 3·4자를 벗어난 경우가 많다. 그리하여 부분적으로 산문이 아닐까 하는 의혹마저 들 정도이다. 하지만 「심심가」는 음보와 음수가 부분적으로 정격에서 벗어나다가도 4음보 정격의 형식으로 되돌아오곤 한다. 예를 들어 "겨졔와 남희와 적양과 창션새경사는빅셩 / 무신죄로 일반국토 일반국민예 / 창션목장싸예 ᄆᆡ어던고 불상ᄒᆞ고 불상ᄒᆞ다"에서와 같이 5음보, 3음보, 4음보로 진행되는 데다가 한 음보의 글자수도 들쭉날쭉인 경우가 있지만, 이 구절에 이어 "기지샤겡 되난자는 우리빅셩 졔로곤나 / 무지할샤 져위원나 니다민곤 원일인야"에서와 같이 4자를 기본으로 하는 4음보 연속의 형식으로 되돌아오곤 한다. 작가가 4음보 연속의 가사 글쓰기를 한다는 의식을 가지고 「심심가」를 창작했음은 분명하다고 할 수 있다.

「심심가」는 동일한 구절이나 내용을 반복적으로 서술하기도 했다. 예를 들어 "겨졔와 남희와 통령과 창션과 적양 오겡샤는 빅셩"은 8번, "ᄒᆞ자ᄒᆞ니 샤람ᄒᆞᆫ낫 업셔잇고 안이ᄒᆞ자 ᄒᆞ니 기지샤겡 되난자는 우리빅셩 졔로곤나"는 4번, "샤셰 글려할가 안이할가 집피집피 싱각ᄒᆞ와"는 13번, "또ᄒᆞᆫ말삼알로이다"는 4번, "지극황송하오나"는 5번, "그리알랴 처분하옵고"는 7번이나 나온다. 이러한 동일 구절의 반복은 가사 전체의 내용을 매우 산만하게 만드는 데 기여했다고 할 수 있다.

「심심가」는 "살려주오 살려주오 뎡의환을 살려주오", "비나이다 비나이다 진주창션 도중샤는 …… 비나이다", "말랴말랴 졔발말랴 준민고택 졔발말랴", "마효마효 글리마효 문씨위원 죠위원과갓치 글리마효"와 같은 AABA형의 민요 문체를 17번이나 서술했다. 그리고 어려운 한자어를 심심치 않게 쓰고 있는 가운데서도 "납데잇가", "집피집피", "글으덜" 등과 같이 남해 지방의 방언을 소리 나는 대로 적기도 했으며, '수놈'과 같은 비속어를 과감하게 사용하기도 했다.

한편 「심심가」는 매우 높은 비중으로 '호소'의 담론을 펼쳤는데, 호소하는 대상은 백성과 관찰사였다. 그런데 작가가 이 둘의 신분적인 차이에도 불구하고 이 둘 모두를 향해 극도로 자신을 낮춘 태도로 대하고 있는 점이 특징적으로 드러난다. 먼저 작가 정익환은 관찰사를 향해 비리의 시정을 매우 간절하게 호소하는데, 지나치다 싶을 정도로 지극히 자신을 낮추고 있음이 드러난다.

① 비나이다 비나이다 진주창션 도중샤는 / 좃고만코 좃고만현 의환이가 죽기로뼈 비나이다 / 셩문고족 혈혈단신 의환이가 / 망샤ᄒᆞ고 비나이다 달옴이 안니오라

② 살려주오 살려주오 뎡의환을 살려주오 / 니셰상에 슛놈 안니고야 / 불고져의 조상임과 부무임과 형졔쳐자 ᄒᆞ고 / 니원정을 기어이 지여올예 글리글리 납데잇가 / 집피집피 통촉ᄒᆞ옵시셔 / 살려주오 살려주오 의환의 마음 글으겨든 / 경각타살 가컨이와 글으덜 안니커든 / 뎡의환을 살려 주옵시고 / 만빅셩을 일시예 살려 주옵쇼셔

③ 죳고만코 죳고만현 히구창싱 뎡익환니 / 자토중에 들려안자 졔어니 / 어단셩장 고져을 알라씨며 / 상ᄒᆞ군평 글자을 모로온니

위의 ①, ②, ③은 신관찰사를 향해 호소하는 부분이다. ①에서 작가는 자신이 "셩문고족" 출신이라고 하면서도 창선도에 사는 "죳고만코 죳고만현 읙환"이라고 표현했다. ②에서 작가는 관찰사또를 향해 이 가사를 낱낱이 읽으신 후 깊이 통촉하여 "읙환"이 잘못했으면 즉시 죽이고, 그렇지 않다면 자신과 만백성을 살려달라고 호소했다. ③에서도 작가는 다시 한번 자신을 "죳고만코 죳고만현"이라고 수식한 후 '바닷가에 사는 일개 백성 정익환'이라고 말했다. 이어 자신은 말과 소리의 장단이나 고저를(어단성장語短聲長과 고저高低)를 모르고 상하군평上下君平 글자도 모른다'고 겸손하게 표현했다. 이와 같이 작가는 자기비하적이라고 할 만큼 자신을 3인칭으로 낮추어 서술함으로써 관찰사 앞에서 일개 백성과 동일하게 처신하고 있음이 드러난다.

이렇게 작가는 관찰사를 향해 자신을 지극히 낮추어 백성으로 자처한 태도에서 더 나아가 백성을 향해서도 자신을 극도로 낮추는 태도를 보였다.

"우리오겡 샤ᄂᆞᆫ빅셩 로쇼 쳠원간의 / 니글을 보고보와 상ᄒᆞ샤셰 집피집피 / 글려할가 안니할가 ᄉᆡᆼ각ᄒᆞ와 / 말삼덜ᄒᆞ야 보옵시고 ᄒᆡ자파담 ᄒᆞ야감셔 / 이셜음과 니고상을 집피집피 ᄉᆡᆼ각ᄒᆞ와 / 샤셰 글려할덧 ᄒᆞ옵겨든 / 우리오계빅셩 일쳐로 회좌ᄒᆞ야 / 난상공의 ᄒᆞ야감셔 우리셜음 풀려보쇼 / 아모리야 쟈셰 알이고 셰알이도 / 독장난멩 되여기로 우리창션 / 남자샤람 잇고보면 니일져일 발키ᄂᆡ여 / 겨제와 통령과 남히와 젹양샤겡 샤난빅셩 / 동무좌슈 어인지공이 나시길가 발ᄅᆡ던니 / 우리도중 샤ᄂᆞᆫ 남자샤람 업샤와랴 / 니일을 셩샤할슈 젼이업셔 / 니글을 ᄃᆡ강셜파 지여 면면장ᄂᆡ 올니온니 / 글리

알랴 쳐분덜 ᄒᆞ옵쇼셔"

위는 작가가 "우리오경 샤ᄂᆞᆫ빅셩" 즉 "겨졔와 남ᄒᆡ와 젹양창션"의 네 섬 및 "통령"에 사는 '4도5경의 백성'을 향해 도세저항운동에 동참해 줄 것을 호소한 부분이다. 작가는 이 가사의 구절구절을 자세히 알아 가면서[해자파담解字把談] 읽어보고, 그런지 그렇지 않은지를 각자 깊이 생각하고 또 서로 말들을 나누어 보라고 했다. 그리하여 이 가사에서 쓴 것이 맞다면 모두 모여 앉아[회좌會坐] 자유롭게 논의[난상공의亂相公議]를 하여 그 서러움을 풀어 보자고 했다. 이어 자신이 그동안에 백성의 사정을 아무리 알리고 시정을 하려 해도 혼자 힘으로는 이루어 낼 수 없었다[독장난명獨掌難鳴]고 했다. 그리고 남자라면 당연히 이런 일을 밝혀내야 할 것이기 때문에 백성 가운데 의인[어인지공義人之公]이 나서 줄 줄 알았으니 나서는 의인이 없었다고 했다. 그래서 작가는 가사를 지어 뜻을 설파하니 다시 생각하고 제발 이 일에 나서 달라고 간곡하게 호소한 것이다.

여기서 작가가 백성을 향해 호소할 때 "ᄉᆡᆼ각ᄒᆞ와 말삼덜ᄒᆞ야 보옵시고"와 같이 극존칭을 사용하여 말을 하고 있는 점이 특징적으로 드러난다. 이렇게 자신을 낮추어 백성을 대하다 보니 저항운동에의 참여를 호소한 작가의 서술이 백성에게 궁상맞게 구걸하는 것처럼 보일 정도이다. 작가는 양반이라는 신분에 전혀 걸맞지 않게 지나칠 정도로 백성을 향해 자신을 낮추고 있는 것이다.

이상에서 살펴본 바와 같이 「심심가」는 산만한 서술단락, 4음보 율격에서의 이탈, 개탄구로의 점철, 동일 구절과 내용의 반복, AABA형의 민요 문체 남발, 남해 방언의 노출, 비속어의 사용 등과 함께 호소 대상인 관찰사와 백성을 향한 극존칭 경어를 사용하는 문체를 드러낸다.

이러한 「심심가」의 문체는 일정 부분 가사 글쓰기의 미숙함에서 비롯된 것으로 결과적으로 정제되지 못한 산만함의 미학을 형성한다고 할 수 있다. 이러한 「심심가」의 미학은 작가의 현실에 대한 분노에서 비롯된 것이기 때문에 불안정성과 격앙의 미학을 형성하기도 한다. 그런데 「심심가」의 문체가 이루고 있는 미학에서 주목할 만한 점은 작가가 잘 숙성된 지식인의 언어가 아니라 날 것 그대로의 백성의 언어를 사용했다는 것이다. 물론 작가는 가사의 도처에서 한자어도 자주 사용했지만, 동시에 백성과 눈높이를 맞추어 백성의 언어를 쓰는 것에 전혀 주저하지 않았다. 그리하여 「심심가」의 문체를 통해 드러나는 미학에서 가장 두드러진 점은 백성의 언어를 그대로 드러내는 민중적 미학이라고 할 수 있다.

2) 현실비판가사 「거창가」 및 「민탄가」의 담론 특성과 미학

「거창가」는 수령 이재가가 부임한 이후 거창 지역에서 자행된 관속의 각종 폐단과 비리를 고발하고 비판했다. 「민탄가」도 서술 내용의 대부분을 진주읍에서 벌어진 삼정의 문란상을 차례로 고발하고 이방과 서원을 포함한 지배층을 비판하는 데 할애했다. 그리하여 「거창가」와 「민탄가」는 '고발 및 비판'의 담론 특징을 중점적으로 지닌다.

그런데 「거창가」 및 「민탄가」가 「심심가」와 다른 지점은 '호소'의 담론 특성에서 드러난다. 먼저 1941년에 창작된 현실비판가사 「거창가」는 담론의 중심이 '고발과 비판'의 담론에 놓여 있어 '호소'의 담론은 그리 많이 서술하지 않았다. 「거창가」에서 '호소' 담론은 마지막 구절에 나타난다.[27]

---

27 「거창가」는 이본이 많으면서 특히 마지막 구절의 변이가 심한 편인데, 여기서는 『역대가사문학전집』 6권(임기중 편, 『역대가사문학전집』 6권, 동서문화원, 71~98면)에 실려 있는 이본의 마지막 구절을 인용하여 살펴본다.

議送쓰 鄭子育을 굿ᄐᆡ히 잡단말가 / 잡기도 심ᄒᆞ거든 八痛狀草 아샤드려 / 범갓치 썽ᄂᆡᆫ官員 그暴怒 오죽할가 / 아모리 惡刑ᄒᆞ며 千百番 窮問ᄒᆞᆫ들 / 鐵石갓치 구든마암 秋毫나 난草할가 / 居昌一境 모든百姓 上下男女 老少업시 / 비난이다 비난이다 하날님씌 비ᄂᆞᆫ이다 / 議送쓰 져샤람을 自獄放送 뇌여쥬소 / 살피소셔 살피소셔 日月星辰 살피소셔 / 万百姓 爲ᄒᆞᆫ샤람 무삼罪 잇단말가 / 丈夫의 初年苦傷 엣로부터 이셔나니 / 불상ᄒᆞ다 鄭致光아 굿세도다 鄭致光아 / 一邑弊端 곳치쟈고 年年定配 무삼일고 / 青天의 외길억아 어ᄃᆡ로 向ᄒᆞ난냐 / 瀟湘江을 바라난냐 洞庭湖를 向ᄒᆞ난냐 / 北海上 노피올나 上林苑을 向ᄒᆞ거든 / 青天 一張紙에 細細民情 ᄀᆡ려다가 / 仁政殿 龍床압희 나난다시 올여다가 / 우리聖上 보신後의 別般處分 나리소셔 / 더듸도다 더듸도다 暗行御史 더듸도다 / 바ᄅᆡ고 바ᄅᆡ난니 禁府都使 나리난니 / ○ᄃᆡ쌈의 자바다가 노돌의 바리소셔 / 어와 百姓들아 然後○ 太平世界 / 萬歲萬歲 億萬歲로 與民同樂 ᄒᆞ오리라

위에서 작가는 '하나님'께 의송을 쓴 죄로 감옥에 갇힌 정자육을 풀려나게 해달라고 호소하고, '북향하는 기러기'에게 왕이 사는 곳에 이르거든 거창의 사정을 알려달라고 호소했다. 그리고 작가는 성상이 그 사정을 알게 되어 암행어사와 금부도사가 내려오기를 간절하게 바라고 있는데, 이 또한 성상을 향한 '호소'의 한 형태라고 볼 수 있다. 그리고 가사의 마지막에서는 백성을 향해 금부도사가 내려와 탐관오리를 처단한 후에 길이길이 태평세계를 즐기자고 하면서 끝을 맺었다.

이렇게 「거창가」의 '호소' 담론은 가사의 마지막에 짧게 드러나고 있을 뿐이었다. 그것도 호소의 대상으로 작가가 택한 것이 하나님, 기러기, 왕, 선치자 등에 그쳐 거창민은 빠져 있음이 드러난다.[28] 다만 백성에게는 탐관오리를 처단한 후에 함께 즐기자고만 했을 뿐이었다. 이와 같이 「거창가」

의 작가는 거창의 문제를 해결해 주기를 기대하며 누군가에게 호소를 하긴 했으나 호소의 대상에서 백성이 제외되어 있는 특징을 보인다.

다음으로 1859년에 창작된 「민탄가」도 담론의 중심이 '고발과 비판'에 놓여 있어 '호소'의 담론은 그리 많이 서술하지 않았다. 「민탄가」에서도 '호소' 담론은 마지막 구절에 드러난다.

> 議訟참에 안이갈가 등장가ᄉᆡ 등장가ᄉᆡ / 儒會所의 등장가ᄉᆡ 儒會所의 안니되니 / 營門으로 議訟가ᄉᆡ 近來營門 쓸ᄃᆡ업다 / 議訟가기 무엇할고 裨將먹일돈이업다 / 比局인들 못할손가 比局의도 안이되면 / 上言이나 하여보ᄉᆡ 그도저도 안이되면 / 죽을박가 할일업네 죽음터니 되거더면 / 아물하면 오직할가 이런일을 ᄒᆞᄂᆞᆫ놈들 / 우리몬저 겨보ᄉᆡ 이노ᄅᆡ를 돌려듯고 / 可否間의 말들하소

위에서 작가는 등장을 가자고 하면서 유회소→영문→비국→왕으로 이어진 합법적인 소청체계를 단계적으로 나열함으로써 이곳들에 하는 의송이나 상언이 아무 소용이 없을 것임을 서술했다. 이어 작가는 그도 저도 안 된다면 죽을 수밖에 없을 터인데, 그렇다고 할 때 무슨 일인들 못 하겠냐고 하면서 정작 하고 싶은 말을 내뱉었다. 그래서 나온 작가의 말은 매우 과격한데, "이런일을 ᄒᆞᄂᆞᆫ놈들 / 우리몬저 [주'로 추정]겨보ᄉᆡ"라고 한 것이다. 마지막으로 작가는 '이 노래를 돌려들 듣고 가부간의 말을 해달라'고 호소하는 것으로 끝을 맺었다.

---

28 그렇다고 해서 「거창가」의 작가의식이 봉건사회로의 회귀를 희구한 것은 아니었다. 「거창가」에서 작가가 생각한 백성은 수령과 아전층에 정면으로 도전하는 적극적이고 능동적인 움직임을 벌인 집단이었으며, 따라서 작가가 기대하는 왕과 선치자는 이러한 성장된 민중 의식을 수용하여 새로운 사회를 만들어줄 수 있는 지배층이었기 때문이다.

작가는 읍민과 사족층이 합심하여 이전과는 다른 식으로 읍폐를 시정해야 한다고 생각했는데, 다른 식의 투쟁이란 '그런 일을 하는 놈들을 모두 죽여 보자'는 극단적인 발언으로 나타났다. 그리고 '이 가사를 돌려들 읽고 가부간 결정해 달라'는 결연한 발언을 통해 죽음을 불사한 작가의 민중항쟁에 읍민과 사족층이 동참해 주기를 호소했다. 이렇게 「민탄가」는 백성을 향해 극단적인 내용으로 민중항쟁에 참여해 줄 것을 '호소'하긴 했으나, 「심심가」에서 많은 구절을 할애하여 서술한 것과는 달리 아주 짧게 서술했을 뿐이었다.

'고발과 비판'의 담론 특성을 중점적으로 지닌 「거창가」는 "잡단말가", "오죽할가", "잇단말가" 등과 같은 개탄구의 사용이 많이 드러난다. 그리고 4음보가 정확하게 지켜지고 있으며, 동일구의 반복도 거의 없으며, 한자어도 석설하게 쓰였으며, 적절한 존대어를 사용하고, 지나친 방언도 사용하지 않았다. 그리고 위의 인용구에서 AABA형의 민요 문체가 나오기는 하지만 작품의 전체에서는 그리 사용되지 않았다. 그리고 「민탄가」도 역시 「거창가」와 동일한 문체를 보인다.

이렇게 「거창가」와 「민탄가」는 '고발과 비판'의 담론에 따른 개탄구가 많이 드러나는 가운데 정격의 가사 문체를 유지하고 있는 것으로 드러난다. 그리하여 「거창가」와 「민탄가」의 문체가 지닌 미학은 「심심가」와 비교하여 볼 때 작가가 현실에 대한 분노로 인해 격앙의 미학을 형성한 것은 동일하지만 잘 숙성된 지식인의 언어를 사용함으로써 정제된 지신인의 미학을 형성한다고 하겠다.

5. 맺음말: 「심심가」의 '담론 특성과 미학'이 지닌 위상과 의미

앞 장에서 「거창가」, 「민탄가」, 「심심가」 등 세 현실비판가사의 '호소' 담론에 대해 살펴보았다. 세 가사 작품은 호소 담론을 서술한 비중, 호소 대상, 호소의 내용 면에서 차이를 보였다. 먼저 이 차이를 통해 「심심가」의 호소 담론이 위치하고 있는 위상을 짚어 보고자 한다.

「거창가」의 작가는 내용 중에 백성의 저항적 움직임이 활발하게 전개되고 있는 현실을 객관적으로 서술했음에도 불구하고 호소 담론 안에서 백성의 참여를 대놓고 서술하지는 못했다. 「민탄가」의 작가는 가사의 마지막에서 백성을 향해 봉기에 참여해 줄 것을 짧게나마 호소하여 「거창가」보다는 한 걸음 나아간 호소 담론의 내용성을 보였다. 반면 「심심가」의 작가는 애초부터 가사의 창작 동기를 도세저항운동에 백성의 참여를 호소하기 위한 것으로 잡았기 때문에 백성을 향한 호소의 담론을 매우 핍진하게 서술했다. 작가가 가사의 제목을 '심심가尋心歌'로 지은 것도 '투쟁의 대열에 함께 할 마음을 찾는다'는 의미에서 붙여진 것으로 백성의 참여를 호소하기 위한 가사의 창작 동기와 일치한다.

세 가사 작품에 나타나는 이러한 호소 담론의 차이는 작가가 백성을 어떻게 생각하는가의 차이에서 비롯된 것은 아니라고 할 수 있다. 왜냐하면 세 가사의 작가는 '고발 및 비판' 담론을 서술한 내용 자체에서 알 수 있듯이 공통적으로 애민 의식을 투철하게 지니고 있었으며, 각 지역에서 전개되고 있던 저항운동에 백성의 동참이 절실하게 필요하다고 생각했을 것이 분명하기 때문이다. 각 작가는 자신이 지은 가사가 향촌민들 사이에서 향유될 것을 알았을 것이다. 그렇기 때문에 이러한 차이는 가사를 통해 작가 자신이 백성에게 어떻게 보일지에 대한 고려 여부에서 비롯된 것이라고 할 수 있다.

「거창가」에서 작가가 백성에 대한 호소를 아예 드러내지 않은 것은 작가가 백성에 대한 사회적·지식인적 우월의식을 포기하지 않았기 때문이라고 할 수 있다. 지식인 지도자로서 작가는 자신의 생각을 펼쳐 보이며 백성이 따라올 것을 의도했을 뿐 백성에게 참여를 호소하는 것은 생각하지 않았다. 「민탄가」에서 작가는 진주 지역 농민운동에 백성의 참여가 절실하게 필요했기에 백성에 대한 참여 호소 담론을 마지막의 짧은 구절에서 드러내기는 했지만 핍진하게 호소하지는 않았다. 이렇게 「거창가」에서 「민탄가」로 오면서 작가가 백성에 대한 호소 담론을 보다 노출한 것은 사실이지만, 두 가사 작품의 작가가 위엄 있는 지식인 지도자로서의 정체성을 놓아 버리지 못한 점은 동일하게 나타난다.

반면 「심심가」에서 작가는 관찰시를 향할 때와 미친기지로 백성을 향해서도 자신을 낮추고 비굴해 보일 정도로 모시는 듯한 태도로 호소 담론을 펼쳤다. 이러한 태도는 작가가 백성들에 대한 자신의 위엄을 전혀 고려하지 않을 때 나올 수 있는 것이다. 작가가 향촌사회 내 지도자로서의 정체성을 놓아버리고 백성을 자신과 대등하게 놓음으로써 백성을 극진하게 존중하는 태도를 드러낸 것이라고 할 수 있다. 이렇게 백성을 향한 호소 담론의 측면에서 볼 때 「심심가」는 보다 진전된 위상을 지닌다. 「심심가」는 「거창가」나 「민탄가」의 작가가 지식인 지도자로서의 정체성을 놓지 못한 것과는 달리 작가가 지식인 지도자로서의 정체성을 놓아버리고 자신을 백성과 동등하게 놓고 있는 위상을 지닌다고 하겠다.

「심심가」의 전편을 통해 드러나는 정제되지 못한 문체적 특성도 백성에게 자신이 어떻게 보일지에 대한 작가의 자세와 관련한다고 할 수 있다. 「심심가」의 정제되지 못한 문체적 특징은 일차적으로는 작가가 가사 글쓰기에 미숙했기 때문이라고도 볼 수 있다. 그런데 글쓰기의 일반적인 절차

상 그렇게만 볼 수 없는 측면이 있다. 가사의 글쓰기를 하고 나면 작가는 퇴고를 하게 되는데, 특히 향촌의 저항운동에서 향촌민을 대상으로 한 가사 글쓰기의 경우 저항운동의 주동자 사이에서 돌려 보며 퇴고를 거치는 것이 보통이다. 그런데 「심심가」의 작가는 전혀 이 퇴고를 하지 않고 처음 썼을 것으로 보이는 초고본을 그대로 남해 지역민에게 보여 주었다. 작가는 저항운동의 지도자로서 글쓰기에 능한 지식인의 정체성이 드러나도록 정제된 가사를 백성에게 보여 주어야 했지만, 작가는 그것을 그리 신경 쓰지 않은 것이다. 이렇게 된 근본적인 이유는 작가가 스스로를 그저 일개한 백성으로 자처했기 때문이다. 작가는 두서없고 세련되지 못한 언어로 구성된 가사를 그대로 백성에게 노출하는 것을 주저하지 않음으로써 자신의 정체성을 백성과 동일하게 놓은 것이다.

사실 정익환은 창선목장토의 경작자이자 소유주였던 것으로 추정되며 어느 정도의 땅을 소유하여 경제적으로 그리 궁핍하지 않았다. 그리고 한미한 양반이었지만 "셩문고족"인 나주정씨 가문의 일원이었다. 그는 양반이라는 신분에 걸맞게 어느 정도의 학식을 갖추고 있었으며, 부임해오는 목관과 교유할 정도로 향촌사회 내에서 지도적인 위치를 지니고 있었던 향촌지식인이었다.

그런 그가 도세저항운동에 나선 것은 도세가 백성의 문제이기도 하지만, 목장토의 소유주로서 자신의 문제이기도 했기 때문이다. 그리고 1894년 당시는 갑오개혁으로 인해 법적으로 신분제가 철폐된 때이기도 했으므로 엄연히 말해 작가는 백성과 사회적으로 같은 신분이었다. 그러나 신분제의 철폐를 일상생활에서 체감하기에는 시간이 걸리는 일이므로 작가가 법적인 신분제의 철폐에 의해 자신의 위치를 백성과 동등하게 놓은 것은 아니라고 할 수 있다. 작가는 지식인의 사명감으로 그동안 진주와 창선면의 문제를 해결하기 위해 다각도의 노력을 기울여 왔다. 그럼에도 불구하고 문제가 해결되지 않자 결국은 백성이 단결하여 문제의 시정을 요구할 때 문제가 해결된다는 점을 인식하기에 이른 것이라고 할 수 있다. 그리하여 정익환은 「심심가」를 통해 백성과 동등한 입장에서 극진하게 모시는 태도로 도세저항운동에 참여해 줄 것을 호소한 것이다.

한편 작가는 신임관찰사에게 호소하는 것에도 중점을 두어 서술했다. 작가는 「심심가」에서 백성들이 모이면 '난亂'을 일으키는 것으로 오해할까 봐 걱정했다. 그래서 작가는 백성들의 모임이 난이 아니고 백성의 권리를 정당하게 요구하는 모임임을 분명히 한 후 신임 관찰사에게 시정을 건의하는 호소 담론을 핍진하게 펼쳤다. 이렇게 「심심가」에서 신임 관찰사를 향한 호소 담론을 핍진하게 펼친 것은 이것이 당시 지방자치의 통치체제 안에서 가장 현실적인 해결 방안이었기 때문이다. 당시 도세 문제가 전국적인 문제이긴 했으나 당시로서는 지방 간 네트워크가 지금처럼 쉽게 이루어지지 않은 때였기 때문에 지방의 문제를 해결하는 최선의 방식은 중앙과 지방의 소통 라인이었던 관찰사를 통하거나 아니면 왕께 직접 소장을 올리는 것뿐이었다.

이와 같이 「심심가」의 작가는 지역의 문제를 지역민과 지역의 총책임자가 합심할 때 해결될 수 있다는 현실 인식을 지니고 있었다. 이러한 정익환의 현실 인식에서 백성의 봉기는 '체제 전복을 위한 것'이라는 개념을 지닌다기보다는 '백성의 문제는 백성이 해결한다'는 개념을 지닌다. 지역의 문제를 그 지역 백성과 책임자가 나서서 해결한다는 인식은 매우 현실적인 것이다. 「심심가」에서 작가가 서술한 현실은 마치 현대사회에서 지역의 현안이 발생했을 때 지역민이 나서서 시위하고 지자체의 책임자가 해결을 위해 힘을 쓰는 것과 유사한 측면이 있다. 그런 의미에서 「심심가」의 작가가 지닌 현실 인식은 매우 현대적인 의미를 지닌다고 하겠다.

참고문헌

자료

「尋心歌」, 한국가사문학관(http://www.gasa.go.kr/).

『나주정씨금성군파세보』, 1988.

『압해정씨대동보 17권지15 임오보』, 2002.

『대한매일신보』, 1907년 5월 23일자 신문.

「민탄가」, 한국가사문학관(http://www.gasa.go.kr/).

「폭도수괴 협의자 인치에 관한 건」, 1909년 9월 16일 작성 공문서.

『황성신문』, 1906년 12월 17일, 1907년 2월 15일, 1907년 4월 19일 자 신문.

『한국독립운동사자료 15 의병편』, 국사편찬위원회 편, 탐구당, 1970.

『역대가사문학전집』 6권, 임기중 편, 동서문화원.

논저

경남인물지 편찬위원회, 『경남인물지』, 전국문화원연합회 경상남도지회, 2003.

고순희, 「동학농민군 지도자의 가사문학 「경난가」 연구」, 『한국시가연구』 제41집, 한국시가학회, 2016.

고순희, 「진주농민항쟁과 현실비판가사 「민탄가」」, 『우리어문연구』 제60집, 우리어문학회, 2018.

고순희, 『만주망명과 가사문학 연구』, 박문사, 2014.

고순희, 『만주망명과 가사문학 자료』, 박문사, 2014.

고순희, 『현실비판가사 연구』, 박문각, 2018.

김성기, 「갑오개혁 이후 탁지부 파견 둔토감관 연구」, 『대동문화연구』 제89집, 성균관대학교 대동문화연구원, 2015.

남해군지 편찬위원회, 『남해군지 상권』, 남해군, 2010.

박찬승, 「한말 역토·둔토에서의 지주 경영의 강화와 항조」, 『한국사론』 제9집, 서울대학교 국사학과, 1983.

신용하, 「1894년 갑오개혁의 사회사」, 『사회와 역사』 제50권, 한국사회사학회,

1996.
오인택, 「18·19세기 진주부 창선목장 목족의 직역 변동과 그 성격」, 『부산사학』 제35집, 부산경남사학회, 1998.
정희찬, 「갑오개혁기(1894~96년) 상납 건체 문제와 공전의 환송」, 『한국사론』 제57집, 서울대학교 국사학과, 2011.
창선면사 집필위원회, 『창선면사』, 창선면, 2007.
최희정, 「갑오·광무시기 징세체계의 변화와 경남 고성지역의 항세운동」, 『석당논총』 제66집, 동아대학교 석당학술원, 2016.

가사시의 작품론적 특징과 미학

이지엽

이 글은 현대에 창작되고 있는 가사시의 특징과 미학을 살피고자 하는 데 목적이 있다. 여기에 대상으로 삼은 작품들은 '한국가사시100인선 편집위원회'가 선정하여 간행하고 있는 『한국가사시 100인선』과 한국가사문학 대상 수상작, 그리고 『오늘의 가사문학』에 발표된 가사시들을 중심으로 하였다. 현대에 이르러서는 과거와는 다르게 변모되고 있어 이에 대한 연구가 보다 면밀히 전개될 필요가 있다. 그렇지만 가시시는 고대나 근대의 가사에서 그 형식이 온 것으로, 과거의 가사와 결코 무관한 것이 아니라는 점에서 그 특징과 미학의 근본은 전통의 범주에서 크게 벗어난 것은 아니라고 볼 수 있다. 과거의 가사 작품의 특징과 미학을 살핀 것은 이러한 이유에서이다. 오늘날 우리 사회는 4차 산업혁명The Fourth Industrial Revolution이 한창 진행되고 있다. 인공 지능, 사물 인터넷, 빅데이터, 모바일 등 첨단 정보통신기술이 경제·사회 전반에 융합되어 혁신적인 변화가 나타나는 차세대 산업혁명은 초연결hyperconnectivity과 초지능superintelligence을 특징으로 하기 때문에 기존 산업혁명에 비해 더 넓은 범위와 더 빠른 속도로 크게 영향을 미칠 것이다. 머지않아 가사시에도 이러한 변화를 내포하는 작품들이 나타나게 될 것이다.

1. 서사구조의 형식 미학과 구체성

가사시의 작품론적 특징과 미학 중 가장 중요한 요소는 현대시와 현대시조 등 다른 운문 장르와는 달리 서사구조의 형식 미학과 구체성을 지니고 있다는 점이다.

씨방이 말라버린 할머니의 자궁은
새빨간 동백꽃이 하르르 다달이 졌다
손 귀한 집 시집가 대를 잇지 못해서
한겨울 정화수 위로, 금이 가던 시린 가슴
한평생 데인 가슴 붕대 칭칭 감았건만
밖에서 낳아 들인 애증愛憎의 삼대녹자
온갖 구박 받아내며 십년을 견뎠으나
함박눈 나릴 때 오소소 소박맞았네
할머니의 친정은 입하나 덜기위해
시집보낸 딸을 반길 여력이 없었기에
할머닌 몇 년간 허드렛일 해가며
눈칫밥만 먹다가 재가를 하였다네
올망졸망 자식만 한 부자인 그 집에서
나이 든 남편 외에 그 누가 반길까
봄이면 사금파리 반짝이던 강가에서
서러운 일 있으면 구름처럼 울음 털며

무명옷 걸쳐 입고 세월을 갈다보니
궂은비가 지나간 후 하늘 더욱 청정하듯
피 섞이지 않았으나 손자손녀 재롱보며
상처 많은 삶속에도 벙글벙글 꽃이 폈지
할미꽃 뿌리로 감주해서 마시면
그보다 좋은 약이 또다시 없다시며
봄이 되면 할머니는 망태를 등에 메고
손녀 손을 잡고서 뒷산을 오르셨지
산비탈에 피고지는 할미꽃 뿌리를 캐
망태에 넣고서 집으로 오는 길에
손녀에게 조곤조곤 옛이야기 해주시던
할머니의 얼굴에는 미소가 물들었지
손주손녀 입학 즈음 도회지로 떠난 자식
늘그막에 잠시 맛본 다디단 사람내음
아련한 추억되어 발등 위에 꽂혀들어
또렷한 그 순간이 치통처럼 시려왔네
외로움이 곰삭아서 미련이 말라가는
실밥 많은 이력서를 지워내던 빈 자궁
슬며시 볼륨 낮추며 한생을 조율했나
친어머니 아니라서 꽃상여도 타지 못하고
전처 옆에 눈치 보며 자리 하나 얻었다네
인두지진 아린 삶은 세월이 지워가겠지
봉분 위에 조판된 흘림체의 활자들
이제 막 발행된 자서전 한 자락을 펼칩니다

— 이점순, 「동백꽃」, 제4회 한국가사문학대상 대상 수상작

(『오늘의 가사문학』 제15호, 2017년, 84~85면.)

이점순의 「동백꽃」에는 할머니의 자전적 서사가 있다. 손 귀한 집에 시집을 가서 결국 대를 잇지 못하고 밖에서 낳아 삼대독자의 맥을 잇긴 했으나 온갖 구박 끝에 10년 만에 소박맞을 수밖에 없는 사연이 세세히 소개되고 있다. 먹을 입 구멍 하나 줄이기 위해 재가한 자리가 좋을 턱은 없는 법. “봄이면 사금파리 반짝이던 강가에서 / 서러운 일 있으면 구름처럼 울음 털며 / 무명옷 걸쳐 입고 세월을 갈다보니” “상처 많은 삶 속에도 벙글벙글 꽃이” 피게 된 내력을 적었는데 이 작품은 가사대상으로 선정되면서 호평을 받았다.

가사가 서사구조를 지닌다는 것 또한 가사미학의 하나이다. 소설처럼 완정完整한 서사구조를 가지지는 않지만, 처음—중간—끝의 이야기 구조를 지님은 가사가 가지는 형식미학이다. 따라서 등장인물에 대한 형상이나 서술 역시 구체적이지는 않아도 어느 정도 드러나야 함 또한 무시할 수 없다.

이점숙의 「동백꽃」은 4음 4보격의 율문 형식을 취하면서, 할머니에 대한 형상 기법, 주인공 할머니의 일생을 통한 이야기 구성 방식, 곧 서사구조의 자연스러운 연결성, 시적 완성도 등에서 대상감으로 인정되어 수상작으로 선정했다. 길지 않지만 짧지 않고, 서사구조를 지니되, 구성이 자연스럽고 완결성을 지향하며, 수사적 기법이나 표현의 참신성 등에서 현대가사의 한 전범으로 많이 읽혀지길 바란다.

— 최한선, 한국가사문학대상 심사평

(『오늘의 가사문학』 제15호, 2017년, 82면.)

서사구조를 지니되 자연스러움을 지니고 시적 완성도까지를 갖추는 것이 가사시의 전범이라고 얘기하고 있으니, 자연스러운 서사구조는 가사시의 중요한 척도가 된다고 볼 수 있다.

> 지금껏 그 누구도 엿볼 수 없었던 저
> 축대 위 청기와의 새하얀 이층집이
> 갑자기 본의 아니게 그 베일을 벗은 건
> 고령의 허리 굽은 초가가 빌라로 변신하다
> 엉겁결에 더 높이 태어난 이 옥상 때문이다.
> 중년의 잔디 깔린 푹신한 사각마당
> 양 옆은, 향나무와 주목이 듬직하고
> 만삭의 대추나무 다섯은 한 켜같이
> 지친 듯 무거운 배를 남쪽 담애 걸쳤다.
> 주목과 향나무와 대추나무, 볼수록
> 열 살적 아랫집 언니가 생각나는 집이다.
> 아롱다롱 대추알이 더더욱 그렇다.
> 흉터가 오른뺨부터 어깨까지 덮었고
> 팔 굽과 손목도 굽은 데다 다리까지 절었던
> 언니는, 밤늦게 돌아오는 어머니를 대신해
> 열한 살 유나를 돌보며 왼손으로 일했다.
> 유나가 유복자로 태어 날 즈음에서
> 쌍둥이 남동생과 성냥불 놀이하다
> 옷깃에 불이 붙은 와중에 살아남아
> 먼저 간 동생생각에 그 모습이 되고도
> 열심히 어머닐 도우며 살아가던 그 언니.
> "쑤나야! 이 옷 깨끗이 빨고 유나 잘 봐 알았니?"

새벽녘 어김없이 들리는 어머니의 소리는
수나를 쑤나라고 늘 뾰족하게 불렀다.

— 정혜선, 「꿈꾸는 대추」, 제4회 한국가사문학대상 우수상

(『오늘의 가사문학』 제15호, 2017년, 89면.)

정혜선의 「꿈꾸는 대추」도 수나 언니의 자전적 이야기를 담고 있는 작품이다. 시의 도입 부분에서 볼 수 있듯 수나는 "쌍둥이 남동생과 성냥불 놀이하다 / 옷깃에 불이 붙은 와중에" 동생은 죽고 혼자만 살아남게 된 기구한 운명의 주인공이다. 그 불로 "흉터가 오른뺨부터 어깨까지 덮었고 / 팔굽과 손목도 굽은 데다 다리까지 절었던" 수나였지만 그 모습이 되고도 "먼저 간 동생 생각에" 다른 겨를 없이 열심히 어머니를 도우며 살아가던 언니였다. 그런데 그런 수나가 사생아를 임신하게 되고 그런 가운데도 아이를 잘 키워 나중에 시적 화자와 만나게 되는 장면은 눈물겹기까지 하다.

가사시가 서사구조를 갖는 것은 상당히 보편화된 특성이라고 볼 수 있다. 서정 장르라기보다는 서사 장르에 속하기 때문이다. 서사가 있다는 것은 발단—전개—위기—절정—결말의 소설의 구성 단계를 생각할 수 있다.

발단은 작품의 도입 단계로 인물과 배경이 제시되고, 사건과 주제가 암시되면 좋을 것이다. 전개는 갈등이 야기되는 단계로, 적극적인 행동이 일어나고 사건이 구체적으로 전개된다. 위기는 절정에 이르는 전환의 계기를 마련하는 단계로 새로운 사태가 발생하고 갈등을 보다 발전시킨다. 절정은 사건의 갈등이 최고조에 이르러 극적인 변화를 일으키며, 주제가 선명하게 부각되는 부분으로, 어떤 결말을 낼 것인가를 결정하는 계기가 만들어진다. 결말은 모든 사건이 끝나고 갈등이 해소되며, 사건이 끝나는 단계라고 볼 수 있다. 소설의 일반적인 구성을 살핀 것으로 가사시에서 반드시 이

원칙을 지켜야 하는 것은 아니다. 발단—전개—위기—절정—결말의 구성 단계 중 초반부의 발단과 전개, 중반부의 위기와 절정은 어느 하나가 생략되어도 크게 작품의 맥락을 해치지 않는다면 시상의 스피드한 전개를 위해서는 건너뛰어도 괜찮을 것이다.

2. 순간성과 섬세함의 시학

가사시는 서정시의 장르적 특성인 순간성이 잘 발현된 작품론적 특성을 지닌다. 시는 산문과 달라 압축성을 지니면서도 순간적인 장르다. 그러기에 현재적 시간으로 표현한다.

이 순간성과 압축성의 기법은 현대 서정시에서뿐만 아니라 가사의 작품에서도 확인된다.

金금剛강臺ᄃᆡ ᄆᆡᆫ 우層층의 仙션鶴학이 삿기 치니
春츈風풍 玉옥笛뎍聲셩의 첫ᄌᆞᆷ을 ᄭᆡ돗던디,
縞호衣의玄현裳샹이 半반空공의 소소 ᄠᅳ니,
西셔湖호 녯 主쥬人인을 반겨셔 넘노ᄂᆞᆫ ᄃᆞᆺ.
小쇼香향爐노 大대香향爐노 눈 아래 구버보고,
正졍陽양寺ᄉᆞ 眞진歇헐臺ᄃᆡ 고텨 올나 안ᄌᆞᆫ마리,
廬녀山산 眞진面면目목이 여긔야 다 뵈ᄂᆞ다.
어와, 造조化화翁옹이 헌ᄉᆞ토 헌ᄉᆞ홀샤.
ᄂᆞᆯ거든 ᄯᅱ디 마나, 셧거든 솟디 마나.
芙부蓉용을 고잣ᄂᆞᆫ ᄃᆞᆺ, 白ᄇᆡᆨ玉옥을 믓것ᄂᆞᆫ ᄃᆞᆺ,
東동溟명을 박ᄎᆞᄂᆞᆫ ᄃᆞᆺ, 北북極극을 괴왓ᄂᆞᆫ ᄃᆞᆺ.

놉흘시고 望망高고臺ᄃᆡ, 외로올샤 穴혈望망峰봉이
하ᄂᆞᆯ의 추미러 무ᄉᆞ 일을 ᄉᆞ로리라
千쳔萬만劫겁 디나ᄃᆞ록 구필 줄 모ᄅᆞᄂᆞᆫ다.
어와 너여이고, 너 ᄀᆞ트니 ᄯᅩ 잇ᄂᆞᆫ가.

송강의 「관동별곡」에서 가장 현장감이 뛰어난 부분이라 할 수 있다. 마치 현장에 있는 느낌을 자아낸다. 금강대 맨 꼭대기에 선학이 새끼를 치니, 옥피리 소리 같은 봄바람에 선잠을 깨었던지, 흰 저고리, 검은 치마를 입은 듯한 학이 공중에 높이 솟아오르니, 서호의 옛 주인인 임포를 반기듯, 나를 반겨 넘나들며 노는 듯하구나. 선학이 새끼 치는 모습을 단순하게 그려 내지 않고 "春츈風풍 玉옥笛뎍聲셩의 첫ᄌᆞᆷ"을 깨는 것에 비유하여 우아함을 유지하면서도 시적 아취를 한껏 높이고 있다.

뒤의 부분은 앞과는 다르게 스피드하게 전개되면서 더욱 현장감을 높이고 있다. 소향로, 대향로봉을 눈 아래 굽어보고, 정양사, 진헐대에 다시 올라앉으니 금강산의 참모습이 여기에서 다 보이는구나. 아, 조물주가 야단스럽기도 야단스럽구나. 날거든 뛰지 말거나, 섰거든 솟지 말거나 할 것이지. (그러나 날고 뛰고 섰고 솟은 아 그야말로 변화무쌍한 산봉우리가 아닌가.) 부용(연꽃)을 꽂아 놓은 듯, 백옥을 묶어 놓은 듯, 그렇게도 아름다운 산봉우리여. 동해바다를 박차는 듯, 북극을 괴어 놓은 듯하구나. 높구나 망고대, 외롭구나 혈망봉이 하늘에 치밀어 무슨 말씀을 사뢰려고 오랜 세월이 지나도록 굽힐 줄 모르는가? 아, 너로구나. 너같이 장한 기상을 지닌 것이 어디에 또 있는가? 그 기기묘묘한 대자연의 변화무쌍하고 높고 외롭고 장한 모습이 마치 꿈틀거리면서 다가오는 듯한 착각을 불러일으킨다. 이러한 순간성과 압축성과 현장성이 뛰어난 작품론적 특성은 시적 대상에 대한 섬세한 묘사에서 비롯되고 있다. 그러나 무작정 세미하게 그려 낸다고 그것이 현장감을 주는 것은 아니다.

—仙션鶴학이 삿기 치니 春츈風풍 玉옥笛뎍聲셩의 첫즘을 씨돗던디

—늘거든 뛰디 마나, 셧거든 솟디 마나. 芙부蓉용을 고잣는 둧, 白빅玉옥을 믓것는 둧, 東동溟명을 박추는 둧, 北북極극을 괴왓는 둧.

전자의 표현에서는 선학이 새끼 치는 것과 다소 생소한 옥피리 소리 같은 봄바람에 선잠을 깬 것을 가져옴으로써 시적 변화를 생동감 있게 유도하고 있다. 후자의 표현에서는 정태의 자연을 날거나 뛰거나, 섰거나, 솟거나 하는 동태적인 모습으로 그리고 있다. 이미지는 당연히 정태적인 이미지일 때 보다는 동태적인 이미지일 때 훨씬 시가 생동감이 넘치기 마련이다.[1] 이 점은 시를 창작할 때도 중요한 면을 상기시켜 준다. 동태적 이미지를 보여 줌으로써 순간성과 압축성, 섬세한 이미지와 함께 생생하게 살아있는 현장성을 담지하고 있다고 볼 수 있겠다.

오늘날 가사시의 미학은 이러한 서정이 잘 드러나는 작품이 적지 않게 발표되고 있다는 점이다. 가사시가 서정시와 다른 점은 형식 이외에 일반적으로 서사성을 가지고 있다는 점인데, 서사성이 상당히 약화되고 서정성이 강화되고 있는 작품들이 창작됨으로써 서정시의 영역으로 확장되고 있는 미학적 특징을 보여 주고 있는 것이다.

나 언젠가 그대와 이 길에 오리라

1 이에 관해서는 이지엽, 『현대시 창작강의』(고요아침, 2005), 180~190면 '이미지의 어울림과 시의 역동성'을 참조할 것.

亂紛紛 흩날리는 꽃잎의 임종이
찰나와 뒤엉켜 풍경이 되는 곳
산책하는 이들의 가벼운 발걸음과
시들 새도 없이 떨어지는 웃음이
외로운 지상에서 처연히 빛날 때
그대에게 봄날의 단꿈을 말하리라
끝 모를 바다로 흘러가는 그대여
만 권의 책 속에서 적막을 듣는 이여

꽃등 한 점 또 한 점 켜고 누운 나의 밤과
글자 한 자 또 한 자 켜고 누운 그대 밤이
언젠가 기어이 만날 것을 알지만
거둘 수 없는 그리움은 나의 天刑이니
광활한 그대 빈자리로 고이는 내 사랑
일찍이 티끌처럼 허물어진 인연도
돌아와 내 안에서 金剛처럼 현현하니
또 한 계절 또 한 세월 가고 또 가고
이 길 끝에 또 다른 길 잇고 이어져
나 다시 꽃나무 아래 울고 서 있으려니
그대는 언제쯤 내게 올 수 있을까
꽃가지를 건너온 햇살의 눈빛과
꽃가지를 흐르는 바람의 숨결과
그 사이 굽이치는 꽃으로 춤으로
이 생 끝에 또 다음 생 계속되겠지
아는가 세상은 왜 이토록 황폐한지

아는가 세상은 왜 이토록 황홀한지
건널 수 없는 저편으로 꽃은 지고 또 져도
그 길 위에 집을 짓고 문을 내고 사는 나는
남루한 그리움과 뒹굴면서 웃으며
허공에 켠 그 빛들을 헛짚으며 찾겠지
어느덧 이 꽃 저 꽃 그물 치던 시간이
굵고 강한 벼리로 흐린 눈에 금 그을 때
제 앞에 쉴 새 없이 떨어지던 봄들이
꿈인 줄 모르고 억겁인 줄 모르고
그립디 그리웠던 그대인 줄 모르니
꽃으로 춤으로 돌아가자 하겠지
누군가 꽃나무 아래 울고 서 있으려니…

— 정영주, 「花舞Flower dance」

(『오늘의 가사문학』 제12호, 2017년 3월, 100~101면.)

정영주의 「花舞Flower dance」에는 서정성이 잘 무르녹아 있다. 그대와 나의 사랑이라는 이야기의 줄기는 있으되 그 윤곽은 다 흐려져 있고 전제로써 존재할 뿐이다. 중심은 서사가 아니라 사랑이라는 서정의 기류다. 사랑은 현실적으로는 맺어지지 않은 사랑이지만 "언젠가 기어이 만날 것을"아는 절대적 신뢰의 사랑이다. 사랑이 이루어지지 않는 현실의 "거둘 수 없는 그리움은 나의 天刑"이지만 "내 안에서"는 "金剛처럼 현현하"는 존재다. 그것을 희원하는 간절한 바람으로 시적 화자는 "다시 꽃나무 아래 울고 서 있"게 된다. "꽃가지를 건너온 햇살의 눈빛과 / 꽃가지를 흐르는 바람의 숨결과 / 그 사이 굽이치는 꽃으로 춤으로 / 이생 끝에 또 다음 생 계속되겠지"라는 열원에는 이생에서 못 한 사랑을 다음 생에서는 이룰 수 있으리란 간절함을 담고 있다. 현대의 가사시는 서정시로서의 영역으로까지 넓어지고 있다는 판단이다.

육중한 눈보라에 언 채로 압사한 말
지키지 못했다고, 이제는 끝이라고
슬프게 우는 것은 고드름 처마일까
철 지나도 녹지 않고 방울져 추락한다
네 손짓 한 번 만에 줄기가 꺾였으니
가냘픈 잎사귀가 하얗게 물들 적에
추위에 언 손가락만 원망하는 가련함아
까맣게 부서졌어, 되살아난 네 그림자
어릴 적 다가와서 내게 준 눈물 방울
가슴에 박혀들어 울음이 되었을까
네 손짓 한번에도 꽃가루는 날리겠지
기만당한 뿌리에도 그마저 씨앗 삼아
화려하게 피어났던 사람들은 여기 있어
분명히 우리의 봄은 한겨울에 올 테니까

— 이중원, 「우리의 봄은」, 제3회 한국가사문학대상

(『오늘의 가사문학』 제11호, 2016년 12월, 127면.)

이중원의 작품에는 쉽게 오지 않는 봄에 대한 기다림이 서정적으로 형상화되고 있는 작품이다. 봄을 지키는 사람들이 씨앗처럼 살아남아 있어 봄을 지킬 수 있는 희망이 있음을 강조한다. 시를 가로지르는 서사적인 내용은 없다. 서사적인 내용이 없이 서정적인 힘만으로 시를 이끌 경우 훨씬 더 강렬하고 새로운 서정성이 요구된다고 볼 수 있다.

나비야 무등 가자 범나비 너도 가자
가다가 지치면 소쇄원서 쉬어 가자
꿈을 깬 장자가 여전히 나붓거리며
나비인지 아닌지를 헷갈렸다는 호접지몽胡蝶之夢
송강정松江亭의 정철이 나비로 환생하여
한양 천리 궁궐까지 날아갔다는 사미인곡思美人曲
인동초忍冬草 어르신이 무릎이 꺾여서야
허위허위 남북을 오갔다는 호접보법胡蝶步法
빙판 위에 한 소녀가 날이 박힌 신을 신고
나비춤을 하늘거리다 여왕이 된 호접빙무胡蝶氷舞
오래 전 택견이 그 비행법을 읽었는데
무릎 꺾이는 힘으로 튕기듯이 발을 뻗는
뻗는가 싶으면 후다닥 거둬들이는
나비가 공중을 접었다 펼치듯
상대를 두고도 나붓거리는 허허실실虛虛實實
겨루기가 아니라 너울너울 춤추는 것
때리기가 아니라 펼친 것을 접는 것
옥천산玉泉山 용천산龍泉山 나린 물이 흐르듯
그것은 곧은가 싶으면 에두르고
끝이 잉잉 감치는 호남의 말씨마냥
왁자하게 쏟다가도 느긋하게 휘도는
그리하여 사는 게 이로코롬 춤사위라는

— 김시후, 「호접사胡蝶辭」, 제4회 한국가사문학대상

(『오늘의 가사문학』 제15호, 2017년, 95~96면.)

김시후의 작품에도 서정성이 잘 나타나고 있다. 서정성은 나비와 관련된 묘사에서 두드러지게 나타나는데, 호접지몽胡蝶之夢과 호접보법胡蝶步法, 호접빙무胡蝶氷舞를 포착하여 세밀하게 이를 묘사하고 있음이 주목된다. 나비가 궁중을 접었다 펼치는 것을 아주 세밀하게 그려 냈는데

무용(춤) — 무릎 꺾이는 힘으로 튕기듯 발을 뻗는, 뻗었다 후다닥 거둬들이는
인간관계 — 상대를 두고도 나붓거리는, 겨루거나 때리는 것이 아닌 달래기
냇물의 흐름 — 옥천산玉泉山 용천산龍泉山 물 흐르듯 곧다가 에두르는
호남의 말씨 — 끝이 잉잉 감치는, 왁자하게 쏟다가도 느긋하게 휘도는

각각 춤 동작의 무용이나, 인간관계, 냇물의 흐름, 호남의 말씨 등으로 다양하게 비유하는 것이 율동감 있게 묘사되고 있음이 주목된다.

이른 새벽 도착한 구름 속 껄로에서
힌칸곤 따웅라 거쳐 빠뚜뻑 마을까지
삼박사일 트래킹 쉽지 않은 산지여정.
누르는 무거운 짐 걷고 걷고 또 걸어서
이국의 붉은 노을 산 넘어 보내고
어둠이 짙게 내린 첫 도착지 힌칸곤.
원두막 마루 같은 숙소에 들어서니
발소리 들었는지 소문이 나서인지
체크무늬 붉은 두건 롱지 입은 산지족들
어른아이 남녀 차이 따로 없는 전통의상
우리 일행 구경하러 에워싸는 진풍경에
가방을 내리고 즐겁게 노래하였네.

그들은 우리를 신기한 듯 들여다보고
우리는 그들의 선한 얼굴 신기하네.
하늘과 가까워 하늘의 표정인가
바람과 친하여 하늘의 웃음인가
하늘을 노래하는 우리들 노래보다
바람을 담은 웃음 그들이 하늘 닮았네.

— 정봉선, 「新만마長遊歌」

(『오늘의 가사문학』 제12호, 2017년 3월, 106면.)

가사시의 특징 중 하나는 기행시로서의 성격을 지니고 있다는 점이다. 여행하는 동안에 보고, 듣고, 느끼고, 겪은 것을 표현하면서 현장감을 살릴 수 있는 장점이 있다. 순간성과 섬세함이 그 요체일 수 있다는 점에서 여기에 포함시켜 살피기로 한다. 기행시의 현장성은 일정에 의해 기술되는 특성 때문에 현장에서 갑자기 일어나는 일들로 인해 생기를 불러일으키는 특성이 있다.

인용 작품에도 "어둠이 짙게 내린 첫 도착지 힌칸곤"의 원두막 마루 같은 숙소에서 벌어지는 광경은 이색적이다. "체크무늬 붉은 두건 롱지 입은 산지족들"이 일행을 "에워싸는 진풍경"이 벙어지니 "그들은 우리를 신기한 듯 들여다보 / 우리는 그들의 선한 얼굴 신기"한 듯 바라보는 것이다. 그러나 이럴 경우 사고가 단편적으로 흐를 위험이 있기 때문에 곰삭히면서 바깥의 풍경을 내면화하는 노력까지 이어질 필요가 있다. "하늘과 가까워 하늘의 표정인가 / 바람과 친하여 하늘의 웃음인가"라는 진술적 표현이 이를 보완하고 있음을 알 수 있다.

틈과 틈을 입 벌려

하늘땅이 앉았다

도랑물 질금거리는
풀벌레 울음 곁에서

행성을 노둣돌 삼아
하늘땅을 건너느니

휘영청 야심한
너와 나를 묶어두고

바위를 불침번 세워
저무는 대자연.

— 김종, 「건너다」 전문

(『오늘의 가사문학』 제11호, 2016년 12월, 132면.)

김종의 「건너다」는 하늘과 땅 사이의 광대무변한 틈 사이를 살아가는 유정한 세월 사이의 너와 나를 대자연이 바위를 불침번 세워서 지켜 주는 모습을 서정적으로 잘 형상화시키고 있는 작품이다. 이 작품은 행갈이를 하고 있는데 가사시에서 이렇게 행갈이를 하는 것이 온당하느냐가 문제가 된다. 2음보로 행갈이하는 것도 생각해 보아야 할 문제인데 더구나 연 갈이를 하는 것은 대개 6행 정도의 화행話行을 1마디로 쓰는 것을 권장하는 가사시의 일반적인 형태에서는 일탈된 형태라고 볼 수 있다.

望月동 넘어간다, 진혼가를 부르며 전재수 님에게로 굽이굽이 넘어간다

미끄럼 타고서 친구들과 노는데
어디선가 벼락 치듯 총소리가 들려왔어요
무작정 도망치는데 고무신이 벗겨졌어요
아끼던 고무신을 주으러 돌아섰어요
내 몸에 여섯 발 총알이 박혔어요
군인 아저씨 '만세' 하고 불렀던 꼬마였죠
나라를 지키는 고마운 군인 아저씨
그런데 왜 나를 무작정 쏘았을까요
미끄럼 함께 탔던 친구들도 보였어요
손에 든 고무신이 힘없이 떨어졌어요

— 강대선, 「그 해, 오월별곡」, 제5회 한국가사문학대상

(『오늘의 가사문학』 제19호, 2018년, 152~153면.)

望月동 넘어간다, 진혼가를 부르며 김영선 님에게로 굽이굽이 넘어간다

약 사러 갔는데 약을 사러 갔는데
이렇게 죽으면 죽으면 안 되는데
엄마가 아파요 죽으면 안 돼요
내 몸을 꿰뚫은 총 한 발이 서러워요
엄마의 버선도 아빠의 양말도
꿈꾸었던 내일도 모두 다 사라졌어요
목에서 울컥거리는 핏덩이가 울어요
공업사에서 배웠던 기술도 울어요
죽음은 순간에 모든 것을 지우지만
남은 것은 영원히 지속되는 핏빛 슬픔

미안해, 미안해 그냥 가서 미안해요

— 강대선, 「그 해, 오월별곡」, 제5회 한국가사문학대상

(『오늘의 가사문학』 제19호, 2018년, 162~163면.)

강대선의 「그 해, 오월별곡」에서는 현장의 생생함이 그대로 전해져 온다. 서정시가 가지는 특성을 그대로 가지고 있다는 증좌이기도 하다. 가사시의 이러한 특성을 잘 활용하면 서사성을 지니면서도 스피드한 전개를 이끌 수 있으므로 서사 장르가 지니는 지리함도 해소하면서 동시에 시적 긴장감을 높이는 데 효과적임을 알 수 있다.

3. 죽은 영혼을 위한 사령제死靈祭로서의 가사

望月동 넘어간다, 진혼가를 부르며 김경환 님에게로 굽이굽이 넘어간다

거짓을 말하는 문화방송이 불타고
거짓을 말하는 진실을 죽이는 일
거짓을 말하는 신문과 방송들
누명을 씌우는 늑대의 발톱들
사촌형제들과 어깨 걸고 시내로 나갔죠
대검이 내 몸을 세 번이나 찔렀죠
콸콸대는 붉은 피를 광주가 보았어요
터진 머리는 희미해진 거리를 붙들었죠
두려워요, 어쩌다가 이렇게 되었는지
핏빛으로 물드는 별들이 보였어요

望月동 넘어간다, 진혼가를 부르며 김인태 님에게로 굽이굽이 넘어간다

똑딱선 올라타고 해남에서 올라오니
아들은 집에 없고 광주는 난리였어요
바리케이드 너머에서 연기가 피어오르고
내 자식이 생때같은 자식들이 끌려가서
대검이 찔리는 광경을 보고서도
발길이 어떻게 떨어질 수 있나요
맞았어요, 부모는 자식들 대신이요
아내가 관에 누운 내 얼굴을 알아봤지요
시뻘건 몸뚱이 떠다니면 어떤가요
사랑하는 자식들이 피눈물 흘리는데
맞아서 하나 같이 병신이 되는데
맞아서 여기저기 부서지고 있는데

望月동 넘어간다, 진혼가를 부르며 김재형 님에게로 굽이굽이 넘어간다

껌팔이 소년으로 구두닦이 용돈 벌고
사람답게 사는 법도 원장님께 배웠지요
최루탄이 터지자 혼비백산 도망갔어요
구두통 목에 걸고 일당도 쑤셔 넣고
고아로 태어나 사람대접 못 받았지만
형들과 누이들이 매 맞고 끌려갔지만
충장로, 금남로, 지하도는 공포로 가득했지만
이곳은 나의 집 광주가 집이어서

온몸이 찔리고 트럭에 태워져도

망월동에 버려져도 떠날 수는 없었어요

— 강대선, 「그 해, 오월별곡」, 제5회 한국가사문학대상

(『오늘의 가사문학』 제19호, 2018년, 148~149면.)

강대선의 「그 해, 오월별곡」은 "1980.5. 계엄군의 총과 몽둥이에 쓰러진 오월 꽃들의 노래"라는 부재가 붙어있는 가사시로 광주 5월 항쟁에 희생된 사람들을 위한 헌사라고 볼 수 있다. 말하자면 가사시가 가질 수 있는 하나의 미학적인 범주가 죽은 영혼을 위한 진혼곡으로서의 역할을 할 수 있다는 점이다.

죽은 영혼을 위한 것으로 씻김굿이 있다. 씻김굿은 죽은 이의 부정을 깨끗이 씻어 주어 극락으로 보내는 전라남도 지방의 굿으로 경상도 지방의 오구굿, 경기 지방의 지노귀굿, 함경도 지방의 망묵이굿 등과 같은 성격의 굿이다. 학술적으로는 이를 통틀어 사령제死靈祭라고 부르는데, 같은 사령제라 하여도 실제로 하는 방법은 다르다. 씻김은 사령의 신체神體의 모형을 만들어 무녀가 씻기는 것이다. 즉 죽은 사람의 옷을 돗자리 등으로 말아서 동체胴體를 만들어 세우고, 그 위에 넋魂을 넣은 식기食器를 얹음으로써 죽은 사람의 머리를 상징한다. 다시 그 식기 위에 솥뚜껑을 얹어 모자로 하고 무녀는 무가를 부르며 빗자루로 신체를 씻긴다.

서구에서 이 형식은 레퀴엠requiem으로 알려져 있다. 레퀴엠은 죽은 자의 평안을 기리는 노래로서, 진혼곡이라고도 하고 죽은 자를 위한 미사 및 미사곡을 가리킨다. 초기 그리스도교에는 장례미사나 그리스도교적 예식이 완성되지 않아 각 지역별로 여러 수도원에서 전승된 각기 다른 방식으로 예식을 진행하였다. 17세기 이후 트렌토공의회의 결정에 따라 장례 예식이 확정되면서, 전례문에 따라 레퀴엠이 작곡되기 시작하였으며, 기악으

로 발전하였고, 푸가 형식도 나타나기 시작하였다. 근대에는 모차르트(미완성), 케르비니, 베를리오즈, 베르디, 포레 등의 작품이 유명하다.

사령제에 대한 역사적 기록은『삼국유사』「월명사도솔가조月明師兜率歌條」에 월명사가 죽은 누이의 넋을 달래기 위해 재齋를 베풀고 노래를 지어 불렀다는 데서 단편적인 면모를 확인하게 된다.

한국인의 장례문화에서 의례 행위를 마치고 일정한 기간(대개 3년)이 지난 사령은 자손을 돌보는 수호신으로 전환하게 된다. 물론 수호신이 되지 못하고 기피되는 사령도 있다. 이러한 사령은 정상적인 죽음을 맞이하지 못했거나, 생전에 한이 많아서 저승길을 가지 못하고 이승을 맴돌거나, 살아 있는 사람들에게 원귀가 되어 나타난다고 한다. 또한, 죽은 후에 대접을 받지 못해 남의 집을 기웃거리는 잡귀가 되는 경우도 있다. 다소의 차이는 있으나 원칙적으로 사령은 산자와 일정한 관계를 가진다. 산자는 사령에게 제의를 행하고, 사령은 산자에게 수호신적 기능을 행한다. 이러한 상호 관계는 긍정적인 관계뿐만 아니라 부정적인 관계에서도 행해진다.

평안도 다리굿이나 함경도 망묵굿, 황해도의 진오귀굿, 서울의 새남굿은 강신무에 의해서 행해지며, 의례 과정에서 가족들은 망자와 재회하여 못다 한 말을 하고 가족들은 베가름을 통해서 저승길을 천도해 준다.

동해안의 오구굿이나 경상도 남해안의 오귀새남굿, 전라도 남해안의 씻김굿은 세습무에 의해서 행해지며, 망자의 육신을 상징하는 물질을 닦아주는 것으로 천도를 시킨다.

10.26사건으로부터 시작되는 그 해, 오월별곡은 12.12. 쿠데타를 일으킨 신군부에 의해 "강요된 침묵 속에 / 탱크들이 짓누르는 광주의 핏빛 외침"으로 터져 나오는 과정을 간략하게 기술한 다음 "백성이 주인이라 외쳤던" "불타는 혼"들을 하나씩 찾아간다. "望月洞 넘어간다, 진혼가를 부르며 ○○○님에게로 굽이굽이 넘어간다"는 한 인물로의 전환을 알리는 역할을 하고

있는데 음보를 4음보—4음보로 배치하면서 운율감을 최대한 살리고 있다. 기술되는 인물은 무려 67인의 5·18 희생자들의 생생한 기록이라 할 수 있는데, 시적 화자는 제3자의 입장에서 사건마다 각기 다른 상황을 추적하여 죽게 되는 상황을 재현하는 방법으로 죽은 이들의 입장을 객관적으로 증언하는 시각을 유지하고 있다. "진혼가를 부르며" 하나씩 기술하는 입장을 취하고 있어 가사시가 진혼곡의 역할을 하고 있음을 알 수 있다. 그러나 여기서 중요한 점은 기술되는 인물들은 투사나 열사들이 아니라는 점이다. 영암에서 형을 도와 페인트 가게에서 일을 하던 도중 접착제를 구하러 나갔다가 죽은 노경운 씨, 손주들을 돌보다 날아든 총탄에 그만 유명을 달리한 이매실 씨, 11명이 소형버스를 타고 가다 매복한 계엄군이 쏜 총탄에 죽은 김윤수 씨, 일신방직에 취업해 "집밥이 그립다며 한번씩 내려와 / 새우등 붙이듯 잠만 자다 올라"가던 스물다섯 어여쁜 처녀인 고영자 씨 "할아버지 제사를 모시기 위해서 / 큰오빠 화순네 집으로 갔"다가 다리가 아파서 지치고 힘들어 시민군 버스를 타고 오다 변을 당한 김춘례 씨, 아픈 어머니를 위해 약을 사러 나갔다가 약도 못 사 오고 "몸을 꿰뚫은 총 한 발"로 죽은 김영선 씨에 이르기까지 죄 없는 수많은 사람들이 무참히 죽어간 현장을 생생하게 증언하면서 이들의 영혼을 위로하고 있다. 이들 영혼에 대해 시인은 현장감 있는 생생한 증언을 통해 구체적인 상황을 보여 줌으로써 독자들의 공감을 얻어내는 데 상당한 노력을 기울인다. 가사시에서 시적 감동은 큰 것의 묘사나 기술에 의해서 이루어지는 것이 아니라 보다는 미세한 것에 집중함으로써 얻어지고 있는 점에 유의할 필요가 있다. 예를 들어 첫 번째 등장하는 공수부대가 몰려오는 소리를 듣지 못해 죽은 김경철 아들에 대한 얘기는 아들이 남긴 적은 돈에 초점을 맞춘다. "2,100원 불쌍한 엄마에게로 남겨진 2,100원"이란 표현이 바로 그것이다. 일신방직 여직공이던 고영자 씨를 묘사하는 부분에서는 "집밥이 그립다며 한번씩 내려와 / 새우등 붙이듯 잠만 자다 올라"가던 상황을 부각시켜 애절함을 더한다. (이 점은 가사시에서만의 특징이라기보다 시가詩歌, 더 나아가 문학이나 모든 예술의 일반적인 감동과 무관하지 않다.)

전숙의 「꽃잎의 흉터」는 "일본군 종군위안부 피해자님을 위한 씻김굿"이라는 부제가 붙어 있다. 작품의 구성은 5부로 나누어져 있는데, 제1부는 「꽃. 흉터」, 제2부는 「잎. 북소리」, 제3부는 「의. 고풀이」, 제4부는 「흉. 씻김」, 제5부는 「터. 길 닦음」으로 되어 있다.

꽃잎은 한 장 한 장 꽃으로 피어나지
꽃잎 한 장이 멍들고 아프면
꽃송이 전체도 멍들고 아프지
저 혼자만 살겠다고 아픈 꽃잎 떼어내면
다리 떼면 못 걷고 손을 떼면 일 못하고
눈을 떼면 못 보고 입을 떼면 못 먹지
꽃잎 한 장 아프면 같이 앓고 울어야지
보듬어 같이 낫고 얼러서 달래야지
평생을 안고 갈 흉터 진 꽃잎들
흉터는 아픔의 사무친 기억이지
상처에서 고통의 육즙이 흘러넘쳐
뼈대에 각인된 갑골문자의 골처럼
움푹 파인 생살의 눈물로 씌어진
진실의 눈에 눈부처로 비치는 성형문자
꿈을 날다 덫에 걸린 아기새 한 마리
꿈을 꾸고 꿈을 찾아 길을 나선 선재동자

향기를 짓고자 길을 나선 꽃잎들
꽃길에 매복한 흉악한 도적떼들
어여쁘고 부드럽고 순결하고 연약한
꽃잎은 찢기고 멍들고 스러지고
너덜너덜 해진 꽃잎 흉터로 뒤덮였지
죽어도 꽃의 시간은 돌이키지 못하지
죽어도 꽃의 시간은 돌이키지 못하지.

— 전숙, 「꽃잎의 흉터」, 제3회 한국가사문학대상 우수상

(『오늘의 가사문학』 제11호, 2016년 12월, 107면.)

제1부는 「꽃. 흉터」의 전문이다. "꽃잎"은 위안부를 형상화한 표현이다. 이를 통해서 시인은 공동체의 삶이 얼마나 중요한 것임을 얘기한다. "꽃잎 한 장이 멍들고 아프면 / 꽃송이 전체도 멍들고 아프"다는 인식에는 "꽃잎 한 장 아프면 같이 앓고" 같이 앓아야 한다는 한 민족으로서의 소중함이 가로놓여 있다. 그 꽃잎 하나하나를 "꿈을 날다 덫에 걸린 아기새 한 마리"로 비유하면서 좌절된 꿈의 아픔을 "상처에서 고통의 육즙이 흘러넘쳐 / 뼈대에 각인된 갑골문자의 골처럼 / 움푹 파인 생살의 눈물로 씌어진 / 진실의 눈에 눈부처로 비치는 성형문자"라 비유하고 있다. 시적 비유나 묘사가 가사시에서도 가장 중요한 미적 요소라고 볼 수 있다.

이 작품이 씻김굿으로서의 기능을 하고 있는 것은 제5부의 「터. 길 닦음」의 다음 부분에서 찾아볼 수 있다.

쓰나미처럼 덮쳐오는 독사들의 송곳니
반딧불처럼 반짝반짝 돋아나는 호기심
여드름 올록볼록 사춘기 꽃망울에

주먹 쥔 꽃잎마다 검붉은 피멍이네

꽃이 할 수 있는 일은

소리 없는 비명이네

하늘은 눈을 가리고 땅은 입을 다물었네

어머니, 어머니,

아픔을 견디려

어머니, 어머니,

수치를 버리려

어머니, 어머니,

오욕을 씻으려

울어라 소녀야

울어라 소녀야

세상에서 가장 깨끗한 소녀야

세상에서 가장 어여쁜 소녀야

세상에서 가장 고귀한 소녀야

봉선화는 저고리에 고개를 묻고

무궁화는 바닥에 정신줄을 놓은 채

세상에서 가장 큰 울음을 울어라

— 전숙, 「꽃잎의 흉터」, 제3회 한국가사문학대상 우수상

(『오늘의 가사문학』 제11호, 2016년 12월, 118면.)

"씻김굿"은 앞서 살폈듯이 죽은 이의 영혼을 저승으로 인도하기 위해서 전라도 지역에서 행하는 천도굿을 말한다. 씻김굿의 순서와 내용은 지역에 따라 또는 연행자에 따라 차이가 있는데, 전라남도 지방은 안당, 부정멕이, 지앙굿, 초가망석, 시설, 제석굿, 버리데기 타령, 씻김, 넋 올림, 고풀이, 길

닦음, 종천의 순서로 행해지는 반면에, 전라북도 지방은 당산철융, 성주굿, 지왕(先王), 칠성, 지신, 장자풀이, 오구물림, 제석, 고풀이, 씻김, 길닦음, 종천멕이로 이어지는데, 핵심적인 내용은 망인천도亡人薦度를 비는 오구물림, 무명필로 매듭을 만들어 춤을 추면서 풀어 가는 고풀이, 죽은 이를 상징하는 신체와 넋을 만들어 물·쑥물·향물 순으로 씻기는 씻김, 깨끗이 씻긴 영혼을 저승길을 상징하는 긴 무명필 위에 올려놓고 밀어 가는 의식의 길닦음으로 구성된다. 제3부의 「의. 고풀이」 제4부는 「흉. 씻김」 제5부는 「터. 길 닦음」이 이러한 씻김굿의 구성을 따르고 있음도 알 수 있다. "세상에서 가장 깨끗한 소녀" 이면서 "세상에서 가장 가장 고귀한 소녀"인 시적주인공을 향하여 "세상에서 가장 큰 울음을 울어라"며 희원하는 것은 이들의 가슴에 맺힌 한풀이의 의미를 담고 있다.

자는 대수大樹 호는 석천石川
본관은 선산善山 해남海南 출생
스무 살에 진사 되고 스물아홉에 문과 급제
동부승지 병조참지 강원도관찰사 담양부사
을사사화 때 소윤인 동생 대윤 선배들 몰아내자
자책하여 벼슬 사직 해남에서 은거 생활
어려서 부친 여의니 모친 훈육 엄하였고
동생 백령 손 붙잡고 박눌재를 찾아갔다
스승이 추천해준 장자 《莊子》의 외영오적畏影惡跡
석천 사상 파고드니 학문이 날로 성장하고
학문 심취 얼마지 않아 문장 또한 일취월장
진갑進甲 해에 담양부사 부임하여 내려와서
담양 고을 식영정 선비 되어 생활하며

계산풍류 모두 담아 시선詩選을 완성했지
소인배의 요행은 바라지도 않았고
현실 인식 애민 정신 귀거래에 심취하여
자신의 독자적인 시 세계를 완성하고
이천 여수 시편들로 문재文才임을 증명했네

— 백숙아, 「시인 임억령을 기리다」

(『오늘의 가사문학』 제19호, 2018년, 116면.)

망자의 영혼을 달래는 성격보다는 그 덕과 풍모를 예찬하는 경우도 영혼의 위무 성격을 지닌다는 점에서 진혼곡의 일부로 생각해 볼 수 있다. 그러나 인용 작품의 경우는 대개 생애의 어떤 특정 부위를 강조하기보다는 생애 전모가 대상이 되기 때문에 전자와는 달리 출생과 성장 과정, 교우 관계, 삶의 편력 등 거의 모든 부분이 시적 대상으로 자연스럽게 포함될 수 있다. 물론 전제를 무작위적으로 옮겨 적는 것은 창작의 기본 원리에 벗어난다. 하나에서 열까지라면 그중 서너 개를 선택적으로 가져와야 한다. 백숙아의 「시인 임억령을 기리다」의 1행부터 18행까지의 초반부에서는 시적 대상에 대한 가장 긴요한 부분을 사실적으로 묘사하면서 가장 중심이 되는 "현실 인식 애민 정신"과 "독자적인 시 세계"의 "문재文才"의 핵심어들이 시상의 중심으로 포진되고 있다.

4. 사물의 특성과 재미성의 시학

가사시는 사물의 특성을 파악하는 데 아주 유용한 장르론적 특성을 지닌다. 사물의 특성을 파악하는 것은 세부적인 묘사를 해야 하므로 언어의 경제성을 제일의 미덕으로 삼아야 하는 현대의 서정시로 감당하기에는 역부족인 면이 없지 않다.

아침엔 서쪽으로
성큼성큼 걸어가다가
한낮엔 몸을 사려
동그랗게 오므리고
저녁땐 되돌아서서
동쪽으로 가는 너
어디서 왔다가
어디로 가는 건지
밤에도 불빛만 보면
무언극을 펼치는 너
무채색 그림자 정체
그 배후를 묻는다.
함께 가던 그림자
내가 하는 짓 보고
그대로 따라한다
내가 기울이면
그도 기울어지고,
내가 멈추면
그도 멈춰서고
밝은 데서 하는 짓은
언제나 따라하지만
어두운 곳에서는,

절대로 따르지 않는
나의 분신 그림자.
몸에서 비어져 나온
그림자가 발치아래
철퍼덕 엎질러져
내 발목에 휘감긴다.
눌러 붙은 그림자를
우두커니 바라본다.
눈 귀 코 입도 없고
두 손 두 발도 없이
보고 듣고 냄새 맡기
맛보고 만져보기
발치에 오감五感을 묻고
묵언하는 그림자.

— 최오균, 「그림자, 오감을 묻다」, 제4회 한국가사문학대상 장려상
(『오늘의 가사문학』 제15호, 2017년, 100~101면.)

최오균은 「그림자, 오감을 묻다」라는 작품을 통해 "그림자"라는 존재를 통해 "눈 귀 코 입도 없고 / 두 손 두 발도 없이 / 보고 듣고 냄새 맡기 / 맛보고 만져보기"를 하고 있다. 그림자의 속성 곧 "아침엔 서쪽으로 / 성큼 성큼 걸어가다가 / 한낮엔 몸을 사려 / 동그랗게 오므리"는 속성과 밝은 곳에서는 드러나지만 어둠 속에서는 따라 하지 않는 고집불통을 세세히 그려 낸다.

자고로 새라 함은 날짐승을 이름인데

사람과 사람 사이 거리감도 새라 하고
아침에서 저녁까지 시간도 새라 하고
잠시잠깐 겨를마저 다 새라 하는 것을
세상에 무슨 새가 이다지도 많은 걸까
산에 살면 산새 되고 들에 들면 들새란다
물가에는 물새 날고 바다에는 바닷새라
그 중에 참새 뱁새 콩새 벌새 박새 황새
솥 적다는 소쩍새와 머리 젓는 저어새
조로증 할미새와 노고지리 종다리새,
원앙새나 뻐꾹새나 물총새나 딱새 같은
날개 달린 숨탄것들 훠이훠이 날려놓고
이제는 화석이 된 쥐라기 시조새부터
무명화가 생명 구한 마지막 잎새까지
듣도 보도 못한 새들 무덕무덕 불러내어
깐냥껏 살아가는 그 이유나 들어보자
어느새 커져버린 세상 모든 틈새마다
눈 어두운 동굴에선 해골물도 감로수듯
인간사 모든 것이 마음먹기 달렸다고
틀어진 이음새를 아귀 슬쩍 맞춰보고
시나브로 커져버린 구멍새도 메워보면
비바람에 닳고 닳은 마음새가 잡혀오고
꾸밈새 없는 얼굴 화장기를 다 지우면
돋을볕 아침녘의 웃음새도 꽃이 된다
삶의 여울 굽이굽이 흐름새는 또 어떤가
꽃보다 향기로운 살냄새에 달뜬 마음

고단한 해가 지면 술냄새에 취하는 법
빌딩 숲 그늘에서 돈냄새만 쫓다보면
안태본 바다냄새 하늬 따라 사라지고
곰팡냄새 피어나는 반지하 쪽방에서
다시없을 배냇냄새 되뇌본들 무엇하리
닷새 엿새 놀다보면 열대엿새 훌쩍 가고
야단법석 북새 떨면 북새통이 되는 세상
차림새도 변변찮은 본새 없는 형색이라
매무새 가다듬듯 정화수에 손을 씻고
고개 마냥 들지 못할 앉은뱅이 걸음새로
어리석은 도도새의 울음소리 뱉어가며
새로 쓰는 일기장에 밤새 안녕 노래한다
지음새 좋다 하는 그 말도 들어보자
머리 하얀 억새들이 빈 하늘 비질하고
동해바다 높새바람 산을 넘는 가을이면
푸새도 하지 않은 여덟새나 보름새로
철 지난 양반 품새 지어입고 나서 봐도
그 무슨 사극인 양 팔자걸음 걸음새론
보임새도 빵점이라 지는 놀 낯 뜨거워
이 마트 저 마트의 명품입성 입어본다
쓰임새만 생각하면 모양새가 떨어지고
짜임새만 갖춘 것은 생김새가 투박하니
맞춤새 돋보이는 갖춤새는 언제 얻나
솜씨 위에 맵시 얹은 만듦새가 좋은 옷은
눈썰미 하나로도 태와 깔이 난다는데

가리새 없는 몸엔 가림새가 맞춤이다
먹새가 좋은 아이 자람새도 좋다는데
걸쌍스런 먹음새는 너나없이 반겨 맞고
허우대에 얼굴까지 됨새가 대길이라
세 살 적 사람됨새 여든까지 간다더라
인사가 만사라고 놓임새가 한 몫 하듯
맺고 끊고 마무르는 다룸새를 가늠자로
갈피 있고 조리 있는 가리새를 드밀어야
걸림새 하나 없이 안다미로 차는 것을
노새가 버새 낳고 봉새가 붕새 낳듯
물색없는 잡새들이 들무새를 알겠는가
울다가도 웃는 세상 흥이 또 없을소냐
흥부네 박을 타듯 주고받는 메김새에
재담 섞인 뿌림새로 난장꾼들 모아놓고
늘임새 본디 좋은 허풍생이 대뜸 나서
배꼽 잡는 긴 사설로 너름새를 부릴 때
북 장고 시금새로 시김새를 잡아 주며
잉아걸이 완자걸이 붙임새로 박拍을 넣고
고수鼓手 장단 사이사이 얼씨구 추임새에
동편 서편 소리꾼들 꺾음새도 좋거니와
비스듬한 몸맨두리 비낌새로 바투 서서
발끝에 힘을 실은 까치발 돋음새 후
사뿐히 발을 들어 날아가는 디딤새로
구경꾼 얼러대는 어름새에 저무는 해
텃새든 머물새든 나그네새 아니건만

떠돌이새 무리 같은 노을 속 큰 불새가
수막새에 용을 새긴 팔작지붕 박차 올라
하늘 무게 누름새로 용마루 볼라치면
춘양목 서까래로 드르새를 맞춰 박고
그 양쪽 끝머리에 망새를 달아맨 채
어새와 적새 서넛 암막새를 시봉하며
처마의 내림새와 날개 단 감새까지
드팀새 하나 없는 천의무봉 마무새를
썩은새 초집으론 비교조차 무색하다
벋음새 좋다 한들 벌임새만 키울 텐가
암팡지게 매조지는 마무새 소홀하면
가새에 이끼 앉듯 굽새에 돌이 끼듯
장마철 마름새로 눅눅함이 차오르고
으악새 흔들리는 단풍마당 그 품새로
닦음새 곱게 하여 전원 요새 둥지 틀면
조새 같은 갈퀴바람 무릎께를 휘감친다
국적불명 언어들이 귓전에 파도치며
바벨탑 쌓아가는 세밑의 서울 거리
천수만 가창오리 움직임새 따르고픈
사전 속 똬리를 튼 수천수만 낱말 새들
국새 어새御璽 품어 안고 국경선을 넘고 있다
눈치도 낌새도 없는 인터넷 선을 타고

— 임효재, 「새야, 새야」 전문, 제5회 한국가사문학대상 대상

(『오늘의 가사문학』 제19호, 2018년, 137~140면.)

임효재의 「새야, 새야」는 "새"라는 단어에 포함된 모든 의미를 포함하고 있다. 말하자면 표준국어대사전에 예시된 아홉 가지 명사나 접사의 예를 거의 망라하고 있는데,

> 새1 「명사」 '사이'의 준말.
> 새2 「명사」 『광업』 금 성분이 들어 있는, 광석 속의 알갱이.
> 새3 「명사」 몸에 깃털이 있고 다리가 둘이며, 하늘을 자유로이 날 수 있는 짐승을 통틀어 이르는 말.
> 새4 「명사」 『식물』 볏과 식물을 통틀어 이르는 말. 띠, 억새 따위가 있다.
> 새5 「의존 명사」 피륙의 날을 세는 단위. 한 새는 날실 여든 올이다.
> 새6 「관형사」 이미 있던 것이 아니라 처음 마련하거나 다시 생겨난.
> 새7(璽) 「명사」 『역사』 국권의 상징으로 국가적 문서에 사용하던 임금의 도장.
> 새—8 「접사」 '매우 짙고 선명하게'의 뜻을 더하는 접두사.
> —새9 「접사」 '모양', '상태', '정도'의 뜻을 더하는 접미사.

"새"라는 어휘로 거의 쓰이지 않는 새2와 새5 '의존 명사'를 제외하곤 거의 활용을 하고 있음을 볼 수 있다.

새에 대한 모든 것이라 할 만큼 광범위한 것을 형상화하고 있어 이에 대한 작품을 쓰기 위해서는 해당 자료를 수집하고 적잖이 학습을 해야만 가능하다고 볼 수 있다. 해당 자료를 찾아 나열해 보고 유사한 것끼리 분류 작업을 해 보면서 이음새를 연결해야 하므로 많은 노력이 필요할 것이다.

> 쉬어가는 산마루엔 그루터기 구름인가
> 이 한 몸 낙엽처럼 해먹 위에 올려놓고

범람한 어둠의 구석에 신들은 숨어든다
그물이나 신세지는 나는 천하태평한 숙주宿主
외줄타기 순간은 건너다니기 묘기인 걸
길손 같은 햇빛 받아 이슬방울을 굴린다

응시하리라 나의 이 능란한 기다림은

태양도 일종의 이슬이라 아침에만 반짝! 한다.

— 김종, 「거미」

(『오늘의 가사문학』 12호, 2013년, 95면.)

분연체의 문제에도 불구하고 김종의 「거미」는 사물의 특성을 묘파하고 있는 특성이 있다. 사물과 동물 등 특정 물상을 소재로 한 시 작품에서 요체가 되는 것은 무엇일까. 이것은 시 창작에 대한 기본기를 어떻게 익히는 것이 바람직할까 하는 문제와 상통한다. 그림이 소묘나 데생 연습을 충분히 하여 그 기본기를 익혀야 한다면 시 역시 사물들이나 동물 등 여러 물상 중에서 하나를 택하여 그 생김새나 특성을 형상화시켜 보는 노력이 필요할 것이다. 시에 많이 등장하는 물상들이 특별하게 있는 것은 아니다.

대흥사 입구의 마늘밭
마늘잎들이 누렇게 때깔을 쓰고 있다
마늘이야 마른 생각들 버석거려도 머리통 가득
매운맛을 가두겠지만
수확이 가까울수록 잎들의 혈행血行을 끊어
머리/뿌리 온통 깨달음으로 채워넣으려는

저 독한 마음을 읽고 있는 한
나는, 아직도 한참이나 갈증을 견뎌야 하는
메마른 5월이다, 누가 내 몸을 캐서
불알 두 쪽 갈라본들
거기 통속의 향기 드러나겠는가

— 김명인, 「마늘」 부분

김명인의 「마늘」은 특정 물상을 소재로 한 작품이다. 마늘의 가장 중요한 특성은 매운맛이다. 매운맛을 빼 버린다면 그 요체가 사라지는 것이니 제대로 그 사물을 그렸다고 보기 어려운 것이다. 그 매운맛이 드는 과정을 시인은 자신의 독특한 사물 보기의 수법인 내면 읽기를 통해 "수확이 가까울수록 잎들의 혈행血行을 끊어 머리 / 뿌리 온통 깨달음으로 채워넣으려는 저 독한 마음"이라고 얘기한다.

김종은 어둠이 들어도 두려워하거나 숨지 않는 거미를 "그물이나 신세지는 나는 천하태평한 숙주宿主"로 얘기하면서 오히려 "외줄타"는 순간이 "건너다니기 묘기"에 불과하다고 말한다. "길손 같은 햇빛 받아 이슬방울을 굴"리는 거미는 "기다림"을 무기로 살아가는 존재임을 강조한다. 살아 있는 존재이거나 실제 존재하는 사물이 아닌 추상적인 존재를 형상화하는 데도 그 특성을 그려 내는 것이 요체가 된다.

잠에 취한 틈이 하나 아직 곤하거늘
눕힌 수평선을 고무줄처럼 걸어놓고
윗몸 일으키기에 한시가 급한 파도들
웅크린 둥근 자리는 달걀처럼 도열하고
계곡물 소리 사슬 같다 너와 나의 노둣돌이다

콩알만 한 고독들을 잉걸불에 굽는 사이
바람이 흔들던 태양 무처럼 뽑아낸다
싸고돌던 산들이 구름빵처럼 부풀 테고
풍경은 날개를 달아 잔별처럼 반짝여라
늘어진 넝쿨처럼 낮은 포복으로 가라
강물도 굽이를 돌아 잠이 드는 시간이다.

— 김종, 「틈이 흘러서」

(『오늘의 가사문학』 제12호, 2013년, 95~96면.)

"틈"이라는 것의 특성은 단순하게 보면 "벌어져 사이가 난 자리" 이지만 "모여 있는 사람의 속"일 수도 있고, 어떤 일을 하다가 생각 따위를 다른 데로 돌릴 수 있는 "시간적인 여유"이기도 하다. 시적 화자는 "틈"을 미세하게 잡아 낸다. "웅크린 둥근 자리"로 비유하는데, 그것이 "달걀처럼 도열하고" 있고 "계곡물 소리 사슬" 같다는 것이니 틈이 지닌 모양새나 은근함이 오묘하다고 할 수밖에 없다. 그 은근함은 "너와 나의 노둣돌"로 견고하게 자리 잡더니 "강물도 굽이를 돌아 잠이 드는 시간"의 편안함으로 다가온다.

나는 쓰던 것을 그냥 버리지 못한다
그녀는 버리고 태워서 없어져야 한다
나는 혹시라도 훗날을 위해 모아둔다
그녀는 뒷일은 생각하지 않는다
나는 수중에 돈이 없으면 허전하다
그녀는 오늘 쓸 돈만 있으면 된다
내일은 애써서 걱정하지 않는다

돈에 구애없이 풍족히 살았으니
경제에 개념이 지금도 희박하다
있으면 쓰고 없으면 안 쓴다

— 류연석, 「부부유별夫婦有別 타령」

(『낙안읍성 뒤편에 서서』, 고요아침, 2017, 162면.)

부부간의 유별함을 대조법에 의하여 재미있게 그려 내고 있다. 가사시의 4음보 형식은 서로 간을 간명하게 비교하면서 그 차이를 명료하게 드러나게 하는 데 상당히 효율적인 미학적 구조를 가지고 있음을 알 수 있다.

어젯밤에 어디 가서 누구 만나 늦게 왔소
웃뜸에 혼자 사는 순실 어미 만난 거 아녀
소리 소문 자자하니 솔직하게 말해보소
아버지와 어머니가 아침부터 다투었다
속이 상한 아버지는 아침밥상 둘러업고
안방 문을 발로 차며 흰 고무신 꺾어 신고
한숨 지며 다급하게 벼락같이 나가더니
뒷문 열고 밖에 나가 돼지우리 추녀 아래
짚단 위에 쭈그리고 걸터앉아 하늘만 보네
어머니는 눈물지며 광주리에 빨래이고
우물가에 주저앉아 화가 나서 방망이로
아버지의 속옷들을 북어 패듯 두들긴다
속이 상한 아버지는 말도 없이 지게 지고
십 리 밖 장터 나가 이곳저곳 돌아보며
쌈짓돈을 탈탈 털어 어머니의 선물 사고

장에 가신 아버지를 기다리던 어머니는
동백기름 곱게 발라 참빗으로 머리 빗고
광목 치마 곱게 다려 차려입고 기다렸다
된장찌개 숯불 위에 올려놓고 내려놓으며
언제 오실까 애태우며 사립 문밖 내다 볼 때
미루나무 그림자가 목덜미에 내려앉고
화선지의 먹물처럼 어두움이 번져올 때
기침하며 내려놓는 아버지의 지게 소리
태연한 척 아버지를 바라보던 어머니는
저녁 밥상 챙겨 들고 안방으로 들어가네
얼마 지나 은가락지 밥상 위에 올려놓고
엉덩이를 흔들면서 싱글벙글 웃는구나
부부싸움 언제인 듯 아무 일 없이 다정하다
아침에는 다투더니 저녁에는 서로 사랑
우리 형제 알 수 없는 부부 사랑 또 배웠네
밤바람에 보리밭이 사정없이 흔들리고
미루나무 가지에서 부엉이가 울어댈 때
아버지는 후후 불며 손부채로 불을 껐다
이부자리 들썩들썩 장지문이 흔들흔들
아버지도 숨이 차서 가쁜 숨을 몰아쉰다
얼마 지나 아버지가 어머니께 물어봤다
여보, 뭐었디어!
대답하기 기가 막힌 어머니가 한 참 만에
언제 헌 겨!
쥐 죽은 듯 주변이 싸하니 조용했다

며칠 전에 뽑아놓은 힘이 빠진 무청처럼
오늘 밤도 아버지는 불발탄을 쐈나보다
아랫목에 부모님이 한 이불 속 주무시고
윗목에는 오 형제가 옹기종기 잠을 자다
소리 날까 참다못해 입을 막고 웃어댈 때
어머니는 우물가에 쭈그리고 걸터앉아
아버지의 속옷들을 조물조물 빨래했다
다음날 아버지 밥상에
굴비가 떡, 올랐다

— 김용복, 「굴비」 전문, 제7회 한국가사문학대상 수상

(『오늘의 가사문학』 27호, 2020년 12월, 89~91면.)

아버지와 어머니의 사랑싸움을 굴비로 형상화한 이 작품은 저절로 웃음을 머금게 하는 재미성이 있다. 가사시는 이 재미성을 감칠맛 나게 엮어낼 수 있는 형식 장치를 가지고 있다.

5. 세태에 대한 비판과 시대정신

가사시의 특징 중 중요한 하나는 사람이 가져야 할 도리와 가르침에 대한 교훈적 의지가 있고 더 나아가 세태에 대한 비판과 시대정신이 강하게 드러나고 있다는 점이다.

아바님 날 나흐시고 어마닌 날 기ᄅᆞ시니
두 분곳 아니시면 이 몸이 살았을까

하ᄂᆞᆯ ᄀᆞᄐᆞᆫ ᄀᆞ업ᄉᆞᆫ 恩은德덕을 어ᄃᆡ 다혀 갑ᄉᆞ오리

형아 아ᄋᆞ야 네 ᄉᆞᆯᄒᆞᆯ 만져보아
뉘손ᄃᆡ 타나관ᄃᆡ 양ᄌᆞ조차 ᄀᆞᄐᆞᆫ다
ᄒᆞᆫ젓 먹고 길러 나이셔 닷ᄆᆞᄋᆞᆷ을 먹디 마라

어버이 사라신 제 셤길일란 다ᄒᆞ여라
디나간 후면 애ᄃᆞᆲ다 엇디ᄒᆞ리
平평生ᄉᆡᆼ애 곳텨 못ᄒᆞᆯ 일이 잇ᄲᅮᆫ인가 ᄒᆞ노라

ᄒᆞᆫ몸 둘헤 ᄂᆞᆫ화 부부ᄅᆞᆯ 삼기실샤
이신제 ᄒᆞᆷᄭᅴ 늙고 주그면 ᄒᆞᆫᄃᆡ 간다
어ᄃᆡ셔 망년의 써시 눈 흘긔려 ᄒᆞᄂᆞ뇨

한 몸 둘에 나눠 부부를 삼기실사
있은 제 함께 늙고 죽으면 한 데 산다.
어디서 망녕의 것이 눈 흘기려 하느뇨.

강원도 관찰사 시절에 지은 송강의 작품들이다. 네 수는 「훈민가訓民歌」 16수 중 첫째, 둘째, 넷째, 다섯째 수로, 각각 부의모자父義母慈, 형우제공兄友弟恭, 자효子孝, 부부유은夫婦有恩을 제목으로 하고 있다. 첫 수는 부생모육지은父生母育之恩 즉 아버지가 낳고 어머니가 기른 가없는 은혜를 알고 그것을 갚고자 노력하라는 가르침이다. 둘째 수는 형제가 같은 부모에게서 피와 살을 물려받아 모습마저 비슷할 뿐 아니라 같은 어머니의 젖을 먹고 자랐으므로 형은 우애롭고 동생은 형을 공경하라는 훈계이다. 넷째 수는 어버

이가 살아 있을 때 효도를 다 해야지 죽고 나면 후회해도 소용없다고 하여 부모에 대한 효도를 첫째 수에 이어 다시 한번 강조하였다. 다섯째 수에서는 부부란 일심동체一心同體이며 살아서는 함께 살고 죽어서는 같이 묻히는 관계이므로 부부를 흘겨보는 것은 망령妄靈든 짓이라고 하였다.

조규익 교수는 송강 문학의 이러한 작품 경향을,

> 이념적(사회적·공공적) 페르조나—虛張聲勢—常套的 表現—조임—正格의 唱調—慣習的·日常的 主題: 忠君·孝親 등 유교이념의 구현[2]

으로 구분하여 단순한 개성적 표현의 작품들과 구분하였다. 그러나 이념적(사회적·공공적) 페르조나이면서, 허장성세虛張聲勢이거나 상투적常套的 표현이 아닌 비판적이면서도 강한 시대정신을 보여 주는 작품 또한 주목된다.

> 나모도 병이 드니 亭子라도 쉬리 업다
> 豪華히 셔신제는 오리 가리 다 쉬더니
> 닙 디고 가지 것근후는 새도 아니 안는다

> 어와 棟樑材를 뎌리 ᄒᆞ야 ᄇᆞ려이다.
> 헐쓰더 기운 집의 議論도 하도할샤.
> 뭇지위 고ᄌᆞ 자 들고 헤쓰다가 말려니.

---

2 조규익, 「송강 정철의 단가」, 『고시가연구』 2, 3집, 1995, 46면. 다른 하나는 개성적(개인적·내면적) 페르조나—內的 省察—個性的 表現—풀어줌—變格의 唱調—脫慣習·非日常的 主題: 風流·享樂 등 욕망의 구현으로 구분하였다.

두 작품 다 변하거나 떠난 것에 대한 아쉬운 감회를 읊은 작품이다. 그러나 그냥의 아쉬움이 아니라 약삭빠르고 잘난 체하기를 좋아하는 당대의 시대를 날카롭게 비판하고 있다.

전자의 작품은 길가의 정자나무를 보고 시류에 휩쓸리는 세상 인심을 탄하면서 서글픈 심정을 토로하고 있다. 한창 가지가 뻗고 울창하게 그늘을 지울 때는 오가는 사람들이 다 정자나무 아래에서 쉬더니 어느덧 병들어 잎 지고 가지 꺾인 후에는 새마저 앉지 않는다고 하였다. 이러한 형편이 어찌 나무에만 국한되는 것이랴. 여기에는 벼슬을 내놓고 낙향하자 아무도 거들떠보지 않는다는 세태에 대한 탄식과 울분이 숨겨져 있지 않은가.

후자의 작품은 전자의 작품보다는 큰 범주에서 얘기하고 있다. 헐뜯어 무너져 가는 집에 여러 목수들이 의논만 분분하여 먹통과 자를 들고 허둥거리다가 기둥과 들보가 될 재목을 다 버리게 되는 상황을 제시하여 국가적 위기를 상징하고 있기 때문이다. 정변政變이나 당쟁으로 인재들이 버림받는 현실을 비판하고 있는 것이다.

창작 기법적인 측면에서 이 작품들을 유념해 보면 시적 대상을 삼고 있는 사물이나 인물들이 본래의 기능을 하지 못하게 될 경우 여기에서 오는 결핍이나 왜곡이 현실을 비판하는 역할을 하고 있음을 볼 수 있다.

> 우리의 교육 현실은 어떤가
> 사회가 학교를 불신하여 멀리하고
> 학생은 사교육을 전전하는 현실이다
> 18세에도 진로가 확실치 못하고
> 대학 4년은 진로 찾기에 분주하다
> 교육 강국이란 대한민국 앞날에
> 밝은 서광이 비치기를 기대하려면

미국교육에 물든 지도자들의
반성이 선행되지 않으면 안된다
대한의 지도자들은 어디가서 노는가

— 류연석, 「손녀들 교육문제」

(『낙안읍성 뒤편에 서서』, 고요아침, 2017, 152면.)

국보위를 설치하여 국정을 좌지우지
몸과 마음과 정신을 순화하려
삼청三淸 교육대 설치하여 정화한다
영장도 없이 시민을 체포하고
유격훈련 목봉체조
군부대 경계속에 자행한 순화교육
무자비한 인권탄압 구타와 욕설
상상할 수 없는 가혹한 행위로
억울한 사상자들 헤아릴 수 없으니
정부가 인권유린한 대표적인 사례다

— 류연석, 「5 · 18 광주민주화 운동」

(『낙안읍성 뒤편에 서서』, 고요아침, 2017, 97~98면.)

「손녀들 교육문제」에서는 미래의 대안 없이 표류하는 우리나라의 교육 현실을 질타하고 있다. 「5 · 18 광주민주화 운동」에서는 인권유린을 자행했던 군부 세력을 강하게 질타하고 있다. 가사시의 작품론적 특성 중에 현실에 대한 비판과 시대정신은 문학의 사회적 역할 측면에서 보자면 중요한 순기능이라 볼 수 있다.

그래도 정부는 정신 차리지 못하고
태풍 피해 극심한 곳에
특별재난지역 선포를 미적거리다
마지못해 하는 듯 마는 듯하고
국회의원이라는 작자들은
지역구민의 아픔은 아랑곳하지 않고
자기네들 세비는 어쩜 그리
신속 과감하게 이십 퍼센트나 올리는지
저들은 도대체 어느 나라의 국회의원입니까?
무슨 일이 터지면 정부와 국회는
무엇이 급하고 중요한 일인 지를 모르고요
권력에 눈이 먼 일부 세력은
진보니 보수니 말장난 하면서
걸핏하면 용공으로 몰아붙여선
잡아 가둬 고문하여 목숨 빼앗고
부정과 부패의 진보를 선도하고
뭐 새롭게 신당을 창당한다 하고
또 일부는 자기가 아니면 안 된다면서
대통령 출마를 선언하고
자칭 수권 야당이란 쪽은
대통령 후보 선출을 위한 경선에 열을 올려
자기 살 물고 뜯고
옛날 일에 매달려 야단이더니
재난 지역 돌보기는 별 안중에도 없으면서
가장 피해가 많은 광주 전남 지역민이

대권의 향방을 손에 쥐고 있다나 뭐 어쩐다나
나 참 어이가 없어서 말문이 막힙니다
하고 많은 날 중에서 단 이틀만이라도
경선 일정 연기하고 당원들이 똘똘 합심 진력하여
태풍으로 망연자실 이러지도 저러지도 못하는
재난 지역 사람들을 위로해 주고 어루만져서
삶의 의욕 세워 주면 안 되었는지…
(조물주가 유구무언이라며 고개를 절래절래 젓는다)

— 최한선, 「비상대책위원회」

(『죽녹원 연가』, 고요아침, 2017, 54~55면.)

대한민국의 정치를 책임지고 정도를 걸어야 하는 국회의원들이 국민들의 생활고는 뒷전인 채 자신의 사리사욕에만 눈이 어두운 현실을 강도 높게 비판하고 있다. 시인은 대한민국을 지켜봐 온 조물주, 석가모니, 공자, 예수, 소크라테스 등 성인과 맹사, 안자 등 아성亞聖들을 등장시켜 홍익인간弘益人間의 이념을 실천할 십만여 년의 세계 역사상 가장 우수한 문화민족인류의 마지막 보루인 대한민국이 잘못되면 인류 전체가 잘못된다는 염려 아래 비상대책을 마련하고 있는, 말하자면 문화의 모든 총체적 장르들이 집합한 구국책이라고 볼 수 있을 것이다.

시인이 쓴 자전적 평설에서는 이러한 의도를 잘 설명하고 있다.

내가 쓴 가사는 남도의 물컹한 서정의 물결이 출렁거리고 질펀한 낭만의 감성이 홍건하여 우리네 순성純性을 적셔 주는 단비 같은 것이 많지만, 때론 불같이 타오르는 현실에 대한 불만과 볼멘소리가 도도하게 돌출되어 분노를 자아내게 하거나, 뒤틀린 세상살이에서 배알이 꼴리는 등 정의심 때문에 꼬고 비트는 등 신랄한 풍자의 비수가 번득이기도 한다. 문학이 감당하는 몫이 무엇이든 간에 나는 가사시를 통하여 내사 하고픈 말을 맘껏 쏟아 놓았다. 내 가사시 속에는 한시, 부賦, 사辭, 시조, 가사, 민요, 설화, 고사, 현대시, 희곡 등 각종 역사적 갈래들이 뒤섞여 등장한다.

— 최한선, 「죽녹원 연가를 말한다」

(『죽녹원 연가』, 고요아침, 2017, 158~159면.)

잔솔밭에 잔솔 나고 금송은 금송끼리
제 속에 별자리 있어 잎들이 사근대고
어디서 무엇을 하느냐고 묻지 않아도
우리는 함께 있어 든든하고 아름차다
서로가 품은 나이테 알려고 하지 않고
꽃으로 말을 걸고 열매로 대답하는
결 곧아 직립을 사는 숲 이룬 나무의 삶
아낌없이 주고도 또 주는 나눔을 보라
네모 반 듯 교자상 둥글 납작 두레밥상
책상 탁자 의자 걸상 모두가 나무 덕
활활 탄 모닥불에 우리들 비춰보니
더 가지고 더 오르려는 천정부지 욕심들
목 빼는 집값 상승 눈가림 학력위장
하늘 찌른 속임수 만무방 가짜뉴스
태우고 내려놓아 동방예의 국민답게
태연자약 의연하게 하늘향한 나무처럼
위상 높인 방탄소년단 절제된 춤과 가락
숨은 땀 방울방울 진정어린 인기몰이

눈물이고 사랑이고 자랑이고 격려이듯
심지 박힌 관솔 하나 누군들 없으라

— 이형남, 「나비 날다」, 2020 한국가사문학대상 수상작

나무들의 삶은 "결 곧아 직립을 사는" 삶이다. "아낌없이 주고도 또 주는 나눔"의 삶이다. 사람들이 가진 것 모두가 나무로부터 나왔다. "교자상"도 "두레밥상"도 "책상 탁자 의자 걸상 모두가 나무 덕"이다. 그러나 그것을 이용하는 사람들은 어떠한가. "더 가지고 더 오르려는 천정부지 욕심들"을 가진 존재들이 아닌가. "목 빼는 집값 상승"에 서민들은 암담해하고 "눈가림 학력위장"에 정직한 청년들은 분노한다. 그러나 아파트 값은 하늘 높은지 모르고 솟아오르고, 스펙에 눈이 멀어 부조리한 일들은 판을 친다. 이러한 비판을 하면서도 시적 화자는 "위상 높인 방탄소년단 절제된 춤과 가락"을 "숨은 땀 방울방울 진정 어린 인기몰이"로 추켜세운다. 말하자면 오늘의 현실을 작품의 주제와 연결시키고 있는 것이다.

누구의 과거사지요?
누가 잊었나요?
꽃잎이 임신했다고 미친 군의관은 배를 갈랐지요
파닥거리는 씨방을 태아째 들어냈지요
누구의 과거사지요?
누가 잊었나요?
조센삐 조센삐 공중변소라 놀리면서
하루에 100명의 미친 군인들이
하루에 100번 죽는 꽃문을 들락거렸지요
누구의 과거사지요?

누가 잊었나요?
못 견뎌서 못 견뎌서 지옥을 도망쳤지요
길 잃은 어린 새처럼 파닥거리는 꽃잎에게
도망친 죄라고 철봉으로 후려쳤지요
폭탄 맞은 바위처럼 산산이 부서졌지요
꽃잎의 뇌수가 피눈물처럼 흘러내렸지요
70년이 지나도 그 상처 선연하지요
도망쳤다고 악랄한 물고문을 당했지요
고무호스를 입에 넣고 물줄기를 틀어댔지요
부풀어 오르는 복부 위에 널빤지를 올려놓고
미친 군인들이 올라서서 널뛰기하듯 뛰었지요
입에서는 물줄기가 분수처럼 솟았지요
기절할 때까지 악마들은 지치지도 않았지요
여름날 장맛비처럼 고문은 쏟아졌지요
누구의 과거사지요?
누가 잊었나요?
발목을 끈으로 친친친 묶어서
기둥에 거꾸로 대롱대롱 매달고
셀 수 없는 바늘이 꽂아진 몽둥이에
화장을 시키듯 먹물을 바르고
꽃잎들의 입속에 강제로 쑤셔박았지요
앞니가 부러지고 입속은 만신창이
바늘에 찔린 혓바닥은 화롯불에 타는 듯
붉디붉은 선혈이 뿜어져 나왔지요
누구의 과거지요?

누가 잊었나요?
악마는 마디마디에 문신을 새겼지요
투명하고 뽀얗던 꽃잎의 길 위에
캄캄한 먹물이 매듭매듭 뿌려졌지요
기절한 꽃잎들을 마차에 실어서
짐승들이 우글거리는 들판에 버렸지요
중국인 남자가 광풍 몰래 엿보다가
숨결이 남아있는 꽃잎을 옮겨서
지극한 정성으로 두 달간 돌보았지요
꽃잎은 남의 나라 이름도 모르는 오라비에게
모질고 모진 목숨 눈물로 빚졌지요
누구의 과거사지요?
누가 잊었나요?
혓바닥에 아직도 꿈틀거리는 먹빛은,
입술에 돋아나는 바늘의 아픔은,
미친바람이 무릎 꿇고 용서를 빌 때까지
혓바닥을 울리고 입술을 뒤틀겠지요
꽃잎의 등 아래는 파랗고 둥근 반점
염주처럼 줄줄이 새겨져 있지요
복부에는 낙서 같은 무늬가 있지요
광풍들은 재미있는 놀이처럼 즐기며
울부짖는 꽃잎을 웃으며 학대했지요
버려진 버러지처럼 손가락으로 짓뭉갰지요
찢어진 낙엽처럼 발바닥으로 짓밟았지요
시모노세키에서 대만으로 광동으로 방콕으로

사이공으로 싱가폴로 자카르타로 뉴기니아로
수마트라로 마랑으로 랑군으로 끌고 다니며
마약주사를 맞히고 하루에 50명씩
토요일 일요일 주말에는 100명씩
마약주사도 네다섯 대씩 한꺼번에 맞혔지요
미친 장교들이 제 말을 따르지 않는다고
내키는 대로 꽃잎에 칼질을 해댔지요
칼자국은 칠십년을 굼벵이처럼 건너도
방금 맞은 칼날처럼 핏발이 성성한데
죄도 없이 비는 꽃잎 담뱃불로 지지고
길가에 뒹구는 돌멩이처럼 걷어찼지요
누구의 과거사지요?
누가 잊었나요?

— 전숙, 「꽃잎의 흉터」, 제3회 한국가사문학대상

(『오늘의 가사문학』 제11호, 2016년 12월, 111~113면.)

전숙의 일본 종군위안부 피해자 할머니의 증언을 토대로 창작된 「꽃잎의 흉터」는 이들이 겪은 육체적 고통과 정신적 고뇌를 통해 아직까지도 해결되지 않고 있는 잘못에 대해 가차 없는 비판을 보여 주고 있다. "누구의 과거사지요? / 누가 잊었나요?"의 반복적 질문을 통해 우리 민족 모두의 과거이며, 우리 모두가 잊지 않고 기억해야 할 숙제임을 상기시켜 주고 있다.

6. 사설의 리듬과 반복·열거·절정의 시적 구조

한 잔盞 먹새그려 / 또 한잔 먹새그려. //

곳 것거 산算 노코 / 무진무진無盡無盡 먹새그려. ///

이 몸 주근 후면 지게 우희 거적 더퍼 주리혀 매여 가나 / 유소보장流蘇寶帳의 만인萬人이 우러네나, //

어욱새 속새 덥가나무 백양白楊 수페 가기곳 가면, /

누른 해, 흰 달, 굴근 눈, 쇼쇼리 바람 불 제, 뉘 한잔 먹쟈할고. ///

하믈며 / 무덤 우희 잔나비 휘파람 불제, / 뉘우친달 / 엇더리. ///

('/' 구분 표시는 필자)

형식은 초·중·종장이 모두 평시조의 틀에서 일탈하였으되, 중장이 특히 길어진 것이 특징이다. 이를 감안하여 마디를 분절해 보면 위와 같다. 각 장은 4마디이고 그래서 모두 12마디로 나누어짐을 확인할 수 있다. 마다인에 음보가 들어가는데, 초장은 전부 2음보이고 중장은 6음보, 3음보, 4음보, 7음보로 전개되고 있으며 종장은 둘째 마디만 2음보 늘어나 있다. 사설시조가 평시조의 연장 위에 있음을 고려하면 이 작품은 사설시조의 구조적 특성을 지니고 있다고 볼 수 있다.

한 잔 먹세 그려 또 한 잔 먹세 그려. 꽃을 꺾어 술잔 수를 꽃잎으로 셈하면서 한없이 먹세 그려.

이 몸이 죽은 뒤면 지게 위에 거적을 덮어 꽁꽁 졸라매 가지고 (무덤으로) 메고 가거나, 아름답게 꾸민 상여를 많은 사람들이 울며 따라가거나, 억새, 속새, 떡갈나무, 은백양이 우거진 숲을 가기만 하면 누런 해, 밝은 달, 가랑비, 함박눈, 회오리바람이 불 적에 그 누가 한 잔 먹자고 하리요?

하물며 무덤 위에서 원숭이가 휘파람을 불며 뛰놀 적에는 (아무리 지난날을) 뉘우친들 무슨 소용이 있겠는가?

「순오지」에는 이백李白, 이하李賀의 명시인 「장진주將進酒」를 본받았다 하고 두보杜甫의 시에서도 그 뜻을 취하였다 하였으나 거기에서 소재와 시상의 발판을 삼았을 뿐 전혀 독창적인 작품이다. 내용은 인생은 허무한 것이니 후회하지 말고 죽기 전에 술을 무진장 먹어 그 허무함을 잊어버리자는 권주가勸酒歌인데, 전체적으로는 무덤과 죽음이라는 암울한 분위기에 맞는 소재를 선택해서 삶의 허무함이라는 무거운 주제를 운율에 실어 잘 형상화하고 있다. 특히, 고사성어나 한문 조어를 피하고 우리말의 일상적 생활어를 시어로 선택함으로써 대중과의 공감대를 폭넓게 확보하고 있다. 이백의 「장진주」가 남성적인 호탕함을 보임에 비하여 이 작품은 여성적인 여린 감정을 기반으로 하고 있어 대조적이라고 볼 수 있다.

초장은 반복법을 주로 사용하고 중장은 대조법과 병치법의 교묘한 조화에 의하여 열거 절정의 기법을 구사하고 있다. 말하자면 이 표현기법, 반복→열거→절정의 기법은 사설시조가 갖는 독특한 기법인 셈이다. 말하자면 장진주사는 사설시조로서의 형식적 요건을 다 갖추고 있는 전형적인 작품이라 할 수 있다.

이 사설시조의 기법은 현대 사설시조의 효시라고 일컬어지는 조운의 「구룡폭포」에서도 잘 드러난다. 그러나 오늘날의 사설시조는 반복→열거→절정의 구조적 특성, 사설시조의 본래 미학을 많이 상실하고 있다. 그냥 평이하게 길게만 늘어뜨리는 것이 사설시조가 아니고, 절묘하게 말을 사슬처럼 엮어 반복하고 대조와 병치의 기법, 열거의 기법을 혼용하면서 결국에는 절정으로 치달아 극적으로 마무리하는 기법을 실체적으로 예증해 주고 있기 때문이다.

반복과 열거, 절정의 기법은 가사시에서도 잘 나타나고 있다.

살아도 어둠의 시간
죽어도 어둠의 시간
꽃의 대낮을 캄캄하게 뺏긴 꽃
찢기고 밟히고 짓이겨진 꽃의 꿈
꽃의 기억을 까맣게 잊은 꽃
구덩이에서 함성처럼 들려오는 "쳐 죽일 놈들"
우물에서 꾸짖듯 들려오는 "쳐 죽일 놈들"
살아있어도 죽은 꽃
살아있어도 잊힌 꽃
살아있어도 지워진 꽃
살아있어도 숨겨진 꽃
누구도 지켜주지 못한 한 맺힌 꽃, 꽃

— 전숙, 「꽃잎의 흉터」, 제3회 한국가사문학대상 우수상

(『오늘의 가사문학』 제11호, 2016년 12월, 119면.)

누가 꺾었나 어여쁜 꽃송이
누가 밟았나 순결한 꽃송이
누가 버렸나 고귀한 꽃송이
죄 없이 죄인인 죄 없이 쫓겨난
세상에서 가장 억울한 꽃송이
세상에서 가장 아픈 꽃송이

천지의 눈물 위에 띄워 보낸 꽃송이
이제 그만 아프게
이제 그만 서럽게

천지의 눈물로 희게 씻긴 꽃송이

— 전숙, 「꽃잎의 흉터」, 제3회 한국가사문학대상 우수상

(『오늘의 가사문학』 제11호, 2016년 12월, 120면.)

위안부를 꽃으로 상징하고 있는 비유하고 「꽃잎의 흉터」에서 꽃에 대한 반복과 열거는 점점 구체화되고 극점화되면서 상황을 최고조로 밀고 올라가는 효과를 거두고 있다.

살아 있어도 죽은 꽃→살아 있어도 잊힌 꽃→살아 있어도 지워진 꽃→살아 있어도 숨겨진 꽃→누구도 지켜 주지 못한 한 맺힌 꽃, 꽃

누가 꺾었나 어여쁜 꽃송이→누가 밟았나 순결한 꽃송이→누가 버렸나 고귀한 꽃송이→죄 없이 죄인인 죄 없이 쫓겨난 / 세상에서 가장 억울한 꽃송이→세상에서 가장 아픈 꽃송이

점층적인 효과를 주어야 하기 때문에 후자가 전자보다 더 강렬한 느낌을 주어야 효과를 극대화할 수 있음을 반드시 유의할 필요가 있다. 인용 작품은 이 점을 고려하여 창작되고 있음을 알 수 있다.